国家哲学社会科学成果文库
NATIONAL ACHIEVEMENTS LIBRARY
OF PHILOSOPHY AND SOCIAL SCIENCES

文气话语形态研究

夏静 著

商务印书馆
创于1897 The Commercial Press

作者简介

夏静 1969年生，上海人，文学博士、博士后，现任首都师范大学文学院教授、博士生导师。兼任中国古代文学理论学会理事、中国《文心雕龙》学会副秘书长、曲阜师范大学兼职教授。出版专著《礼乐文化与中国文论早期形态研究》（2007）、《合内外之道——儒学文艺思想论集》（2012）；主编《文学史理论》（2011）、《中国古代文论读本》（2013）等。获得“全国优秀博士论文奖”、“中国高校人文社会科学研究优秀成果奖”；入选教育部“新世纪优秀人才支持计划”、北京市“长城学者培养计划”、“国家百千万人才工程”、“国家有突出贡献中青年专家”等。

《国家哲学社会科学成果文库》

出版说明

为充分发挥哲学社会科学研究优秀成果和优秀人才的示范带动作用，促进我国哲学社会科学繁荣发展，全国哲学社会科学规划领导小组决定自2010年始，设立《国家哲学社会科学成果文库》，每年评审一次。入选成果经过了同行专家严格评审，代表当前相关领域学术研究的前沿水平，体现我国哲学社会科学界的学术创造力，按照“统一标识、统一封面、统一版式、统一标准”的总体要求组织出版。

全国哲学社会科学规划办公室

2011 年 3 月

序

夏静的新著《文气话语形态研究》即将由商务印书馆出版，付梓前向我索序，因我与她有师生之谊，对她开展这一课题研究的缘起、具体进行过程，以及期间所付出的学术艰辛等情况，略有所知，故而欣然应之。

“文气”问题是中国传统文学理论批评中的一个极其重要的论域，在百年来的中国古代文论研究中始终受到重视，一直属于研究的“热点”问题之一。夏静实际上从读博期间起，就开始关注、思考、研究“气论”和“文气”论问题了。她在博士学位论文《礼乐文化与中国文论早期形态研究》的初稿之中，本来写有关于礼乐文化与“文气”说之关系的一章，就礼乐文化对于“气论”及“文气”说的影响作了一定的分析阐述。但是，由于“气”、“气论”及“文气”说诸问题涉及的面非常广泛，虽然礼乐文化与先秦时期的“气论”不无关系，比如对于孟子“养气”说的影响，以及孟子“养气”说对于传统文论中之“文气”说的影响等等问题，在论析礼乐文化对于传统“气论”和“文气”说的影响关系之时，均足资谈议。然而，“气论”作为中国古代的一种认知方式和知识框架，具有事实认知与价值认知、知识论与道德论双重交织、相互缠绕的特点，需要从多个维度展开研究，仅仅从礼仪文化之影响这样一个维度是难以完全说明问题的。因此，我便建议她干脆删去这一章，留为下一个研究课题而做专题性研究，并且着重从体用分析的方法入手，从知识、思想、价值、艺术实践、批评方法、话语形态等维度展开，对“气”、“气论”、“文气”说等进行历时性梳理考察和共时性分析剖判并臻的系统而深入的研究。因此，夏静于2006年秋季进入首都师范大学从事博士后研究工作起，便正式开始了这一专题的研究工作。2008年夏天出站留校工作之后，她同时又申请到陕西师范大学文学院作过一站博士后研究工作，所做的课题仍是“气论”、“文气”论。期间，她还就这一课题申请到了国家社科基金项目，这对于她认真扎实地做好这一研究课题，无疑是一个有力的鞭策和激励。

如果从2006年算起的话，到现在为止，夏静从事这一课题的研究差不多已经有8年之久了，期间除了授课工作，以及其他一些零星的研究撰述工作而外，可以说她将主要的精力完全投在“气论”与“文气”说这一课题的研究之中了，所付出的努力和艰辛，恐怕只有她自己才能道说得仔细了。就思想个性、学术兴趣、治学方法等而言，夏静虽然心无旁骛地固守在中国古代思想与文论研究领域，研读传统思想和文论领域的历史文献典籍自然是日常功课，但据我所知，她对于西方当代人文思想学说的研读范围也相当广泛，因此在掌握当代人文研究的理论分析工具方面，也实有优长之处，并且对于她开展“气论”、“文气论”话语形态的研究，产生了实实在在的影响。经过8个年头的专心致志的辛勤工作，经过数番修改校订，夏静终于完成了洋洋近50万字的《文气话语形态研究》文稿，就笔者个人的认识而言，以为该文稿在如下三个方面形成了自己的研究特点：

第一，方法论方面的自觉意识。以往的“文气论”研究，鲜有从体与用两个层面来考察和阐释“气”、“气论”、“文气”问题的，而夏静在她的研究中，则充分地体现了欲从体用分析的角度来认识、阐释研究对象，文稿一至三章，便是她从解释学的问题意识入手，在细致地梳理、反思“气论”、“文气论”研究之学术历程的基础之上，就如何以体用分析为方法，以话语形态考察为切入点，对“气论”、“文气论”进行知识谱系和思想谱系研究，作了系统、深入、明晰的阐述，确实体现出了一种方法论方面的自觉与进步。

第二，“大文论”视野与观念的落实。以往的“文气论”研究，受现代纯文学观念以及文艺学知识框架和理论分析工具的牵制，更多地局限于仅仅挑选传统“文气论”话语中与现代文艺学话语相契合的内容进行比附性的阐述，而过滤掉了传统“文气论”中大量的与现代文艺学知识不相投契的内容成分。同时，以往的“文气论”研究，比较隔绝与中国哲学史研究中的“气论”研究，互通声气不够，在使“气论”、“文气论”两者研究一体化方面，缺乏必要的学术理念方面的自觉。然而，即如前面所言，“气论”、“文气论”在中国传统思想文化母体中之生成与演变，几乎与经、史、子、集四部全有关涉，因此必须超越现代文艺学的知识范围，必须克服现代文艺学眼光和阐述方法的单一使用，而回到“气论”、“文气论”的知识、思想原点上来，将一种笔者曾经阐述过的与传统“国学”所代表的学术理念和方法相称符的“大文论”视野付诸研究实践，追求一种思想史研究的格局，如此而行事，庶几可以取得研究上的一些突破，获得自己的一些具有学术创新意义的见解。该文稿之第四、五两章，便集中体现了夏静的这一用意和研究所得。

第三，话语形态分析试图为“文气论”研究开辟一个新的视角。在文稿的六七八这三章之中，作者对“文气”话语的结构形态、“文气”话语的言说方式，以及“文气”话语价值体系等问题，分别进行了考察与阐述。其中无论是对于作者之气、文本之气以及文章气象之分析，还是对于整体关联、意会体悟以及对待立义等“文气论”话语言说方式的总结，以及“文气”话语批评的价值指向、体系构成、特点呈现等问题的阐述，均体现出了一种新的问题意识和新的分析角度，一些提法和见解，对于进一步深化“文气论”研究，确实具有启发意义。

当然，由于“气”、“气论”、“文气论”研究确实具有相当大的学术难度，由于当下包括笔者在内的从事传统文论研究的学者，全部存在着知识层面的错位性重叠和思想观念层面的缠绕纠结，因此在理论认知方面根本无法做到旧便彻底旧、新便彻底新，因而虽然欲想在古今中外的左右顾盼中达到一种旧学与新知圆融自如、还原与建构俱臻佳境的程度，但是这个目标的实现，恐怕永远是一个过程性追求。因此，夏静对于“气论”、“文气论”话语形态的研究，亦远远不能说已经达到了尽美尽善的地步，而势必存在着这样那样的缺陷与不足，比如：文稿中对于传统“文气”话语批评实践的现象描述还不够全面；对于“文气论”影响下的传统文学创作现象、作家主体心态和精神的体认等的关注也还尚嫌不够；对于以“气”、“文”为构成要素而形成的传统文论中的“文气”话语批评的范畴、概念、术语、命题的爬梳、层级分类、语义考释、批评实践考察方面亦尚有遗漏之处，等等。近期欣闻夏静的此文稿已经入选国家哲学社会科学成果文库，这固然是一件好事，但是同时也意味着该书稿出版之后，定会受到学界读者更加严苛的审视目光。不过迎接这种审视目光之到来，对于夏静今后的学术研究再上一个台阶是非常需要的，笔者亦相信夏静会在下一步的研究之中继续致思于“气论”、“文气论”问题，以新的研究心得弥补、修正既有研究中的一些不足环节，并且在传统文论研究的其他方面取得新的学术成就，以更加充实自己的学术人生，使之更加内涵丰硕、容光焕发。

是为序。

党圣元

2013年12月8日深夜草就于京西北寓所

目　录

Contents

第一章

气学研究的回顾与展望

第一节　引言

这部书论述的内容是中国古代思想史上气学话语形态的一般问题以及文气话语形态的分析。本书以体用立论，选取原体显用、即体即用、即用显体的维度，通过探讨中国历代思想家对气范畴所提出的解释、比附、推演及其所隐含的思想史意义，论述气学之知识学意义、宇宙论意义、本体论意义以及文气话语之价值核心与方法原则，旨在推原气之经验与超验、事实与价值、实然与应然内蕴，显明由体向用的生成过程、由用向体的开显过程以及体用辉映的阐释历程。

就方法论立场而言，这部书并不是传统的以目录学为基础的文气论史，所以并不企图巨细靡遗地收集两千多年来涉及气学或文气解释系统的所有著述，当然也无意于对历代思想家关于气论所留下的只言片语，进行书目式的梳理，尽管在搜集资料中绝不轻易放过任何有关气的史料，但是，就目前此一领域的研究现状而言，相关资料的整理，已经有了相当的积累。因而在撰写这部《文气话语形态研究》时，所关注的核心问题在于文气之知识构成、逻辑意义、运思模式以及由此培育的历史内蕴与精神价值，展开的基本问题有：如何说气、气学诠释之思想前提、气学之知识状况、气学体用层次、“气”系列共相与殊相、“文”系列语义关联、文气之体与文气之用、文气与文道的分梳、作者之气的结构形态、文本之气的解释面向、文章气象的意义分殊、文气观念丛的意义关联、文气之元范畴意义、中国式的整体关联（意会体悟、对待立义）运思方式、文气话语的价值实现、文气话语价值体系的奠基、价值理性的形成，等等。

为了比较有效地探索上述基本问题，也为了汇集问题意识的焦点，这部书所持的基本立场是：以体用的方法诠释气学，即探讨气学思想系统中体与用两个层面在历代研究者手中的发展及其在文学思想史上的意义。从这个角度来看，这部书并非仅仅是“气学文学观”或“气学文艺观”，尽管在分析气学诠释史的过程中，最终不可避免地常常会落脚到历代思想家释气或重气的文学思想史背景。

那么，为什么中国文学思想史和文学观念史中的文气诠释史值得探究呢？让我们从王夫之（船山，1618—1692）对齐梁文学的评价说起。

船山先生是传统气学思想的总结者，他针对理学内部理本、心本过分张扬之弊，极为坚定地将传统的人文信仰奠定在以气为宇宙本体的基础上，完善了北宋前期以来发展的气本思想。在《古诗评选》卷五中，船山认为：

> 文笔两途，至齐而衰，非腴泽之病也。欲去腴泽以为病，是涸天之雨，童地之山，髡人之发，存虎之鞟焉耳矣。文因质立，质资文宣，衰王之由，何关于此？齐、梁之病，正苦体跼束而气不昌尔。文者气之用，气不昌则更无文。顾昌气者，非引之荒大，出之駤戾也。行于荣卫之中，不见其条理而自不相失。苟顺以动，何患乎窒？故有文采焜煌而经纬适，文情惊踔而纲维调。若气有或至或不至，小顿求工而失其初度，则削肉留筋，筋之绝理者，早已为戾矣。齐、梁之失，唯此为甚。①

这一段评语，讨论的中心问题是“齐梁之失”，这是对齐竟陵王萧子良五言古体《登山望雷居士精舍同沈右卫过刘先生墓下作》的评价，船山以气定得失，符合其“以生气为主”②的一贯理路。我们知道，船山将诗人分为“小家”与“大家”，所谓“小家”是“意不逮辞，气不充体，于事理情志，全无干涉”，所谓“大家”乃是“唯意所适，而神气随御以行”③，故而船山论诗，尤

① 王夫之：《船山全书》第14册，岳麓书社1996年版，第762页。

② 王夫之：《古诗评选》卷5萧子范《夜听雁》评语，《船山全书》第14册，第763页。

③ 王夫之：《夕堂永日绪论外编》2，《船山全书》第15册，第843页。

其强调的是气（意）的贯注。正因为船山对于文气问题的重视，所以能够直指齐梁文学的陋处，所谓“文者气之用，气不昌则更无文”的断语，可谓言简意赅，一语言中。

众所周知，对于齐梁文学的评价，是古代文学史上一个老话题，历代思想家多有涉及，尤其是所谓轻绮浮艳的特质，一向是受到讨伐的。对此，生逢其时的刘勰（彦和，约464—522），已有颇多不满，如《文心雕龙》中对宋初“讹而新”的评价，对近代辞人“率好诡巧”的贬斥，俱是基于正统的儒家立场，定下价值判断的基本调子。所不同的是，在彦和的思想中，虽然已经充分意识到气之盛衰左右着一个时代的文风，如评价建安文学“梗概而多气”、“慷慨以任气”，评价晋代诗人“力柔于建安”，但大体上仍然是秉承了汉魏以来的气化宇宙观及其衍生的人物品鉴观念，至于形上层面思考的痕迹，常常因袭多于新创，并不突出。与彦和不同，船山释文气，以体用立意，勾连起文质、文气、文情、文采、文笔等一系列气学家族范畴，别开一路，显示出高度的理论整合与驾驭能力，因而具有深厚的方法论底蕴和强大的理性说服力，基本上代表了古典时代诗论领域形上思辨的最高水平。

彦和与船山的解释，不仅触及文学史解释的方法论问题，还关涉到一个文学解释的终极意义问题，也就是知识还原或历史再现与价值意义建构之间的张力问题。历史如烟，不可还原，文学史上的人物及其思想一旦消逝，后代的理论家身处不同的历史语境，对于文学史的重建，将不可避免地带入个人的解释。因此，后代研究者所建构的文学史图像，常常随着自身的时空因素变迁而不同。为了成就“一家之言”，孟子（约前372—前289）体悟出“知人论世”、“以意逆志”，太史公（司马迁，前145—前86）通晓“古今之变”，彦和明言“原道”、“征圣”、“宗经”。对于历史的重建，他们所选择的大体是价值的路径而非知识的路径，所追求的知识宗旨是价值与意义，而非历史的还原与再现。因此，古往今来有识见的思想家，于经典诠释中，一定要显现出某种价值指向，或哲学观、宇宙观或人生观，虽然这种价值义理常常是隐微的，常常寓于历史事实的叙述之中。在现代社会科学领域中，德国社会学家马克斯·韦伯（Max Weber，1864—1920）主张从意义的掌握去了解人类的行为，从而了解人类的社会制度。他认为人文社会科学的基本对象是“文化事件”，而“文化事件”的根本特征就在于“价值”和“意义”，这是人文社会科学与以“自然事件”为基本研究对象的自然科学最根本的区别。① 韦伯所处的时代，人文学还是一体化的学科群体，因此他所说的人文社会科学，大体上相当于我们泛论的文史哲。

史事层面与意义层面的模糊，事实判断与价值判断的纠结，成就了中国经典诠释传统的重要特征。价值和意义先于知识，决定了古代知识系统在本质上呈现为价值质态而非知识质态，对于宇宙价值、人生价值、社会价值的内在诉求与深层肯定，也就在相当程度上决定了中国古代思想文化体系的基本品格。因而古人追求的知识效应往往是思想文化的“能指”效应，而不是描述性的“所指”事实甚或逻辑推演的理性知识，所谓言外之意、味外之旨的追求胜过言内之意的求证，也就成为文学思想史上常常看到的情形。

在以历史传统、文化现象、知识系统为对象的诠释学传统中，身临其境的言内之意呈现与抉发意蕴的言后之意发掘，以及囿于时空阻隔、古今异音而形成的种种曲解、臆断，促成了经典解释中的两难处境。对此，当代法国哲学家保罗·里克尔（Paul Ricoeur）认为：

> 所有诠释学的目的，都是要征服存在于经典所属的过去文化时代与诠释者本身之间的疏远和距离。借由克服这距离，使自己与经典的时代合一，注释者才能够使其意义为自己所有：他使陌生成为熟悉，也就是说，他使它属于自己。这正是他透过理解他者而得到他所追求之自我理解的成长。因此，每一诠释学，无论外显地或隐含地，都是经由理解他者而有的自我理解。②

顺着里克尔的意思，我们可以看到，彦和与船山围绕文气的探讨，不仅要克服时空的差距，与先秦气学的意脉相承，与经典合一，同时要开出自我理解

① ［德］马克斯·韦伯：《社会科学方法论》，韩水法、莫茜译，中央编译出版社1999年版，第5页“韩序”。

② ［法］保罗·里克尔：《诠释的冲突》（*Le Conflit des Interpretations*），林宏涛译，台北桂冠图书公司1995年版，第14—15页。也可参见［法］保罗·利科：《解释的冲突》，莫伟民译，商务印书馆2008年版，第18—19页。

的新意。为人文的世界提供一个终极的、整体的解释，是古典时代思想家的宿命，因而围绕文气的研讨，并不纯然是为文学提供存在的本原，从根本上看，是重构传统价值信念的一种理论尝试。彦和与船山所处时代，是传统的经典解释系统遭遇异质文化的根源性冲击，儒家经义的合法性受到全面质疑的时代，他们面对万壑争流的思想世界，返本而开新，借解经而出新意于旧论，委婉曲折地批驳异端，证立己说。因此，他们对于文气体用义的发挥，带有深深的卫道护教性质。我们今天研究的兴趣，正是要探究历代文气研究者，如何经由解释文气而完成“自我理解”的，以及文气之精神脉络是如何在阐释者手中与其原生意义体用辉映的。

第二节　解释的偏向

在本书展开对中国文学思想史、文学观念史上文气话语形态的探讨之前，我们有必要对20世纪以来（尤其是近年来）学术界关于文气研究的成果加以回顾，并在研究史脉络中对其中的偏向，略作阐明。为了集中讨论问题的焦点，本书不打算全面列举文气研究的论著书目，而是以几代学者的代表作为例，依序加以回顾。

审视一个多世纪以来中国文论领域中文气的研究，在学科确立、边界划分以及相关的研究路数和方法论原则的选取上，都是值得反思的。第一代研究者为了学科边界的划定，主要是将文气从气学的哲学思想史语境中剥离出来，从而使其理论体系简单条贯一些，此处以郭绍虞先生（1893—1986）为例。郭先生1929年的《文气的辨析》一文，是从姚鼐（1731—1815）所谓“文之精”的“神、理、气、味”说开的。郭氏认为，其中尤其以“气”的界限最易混淆不清，他解决的方法是：

> 本文删除枝叶，所以不旁涉到哲学上论气的话。当然，不是说哲学上的论气和文学上的论气没有关系，但是为要使文气说的理论简单化一些，还以避免不谈为宜。①

① 郭绍虞:《照隅室古典文学论集》上编，上海古籍出版社1983年版，第116页。

这种剥离的做法，充分体现了第一代研究者的路数，即将中国古代具有一定文学理论批评意涵的观念性话语从整体思想体系中析出，悬置这些话语文艺之外的其他指向功能，将其置于西方“纯文学”这样一个预设的论域之中，进行过滤、提纯式的阐释，从而确立本学科的言说范围、学科边界等基本问题。当然，这种言说方式与学科边界的确立，也受制于研究者本人的学术兴趣、知识储备以及社会形势的需求等。就郭氏本人而言，兴趣显然在传统诗文创作的价值而非我们今天的理论系统眼光，他写批评史的目的在于印证文学史。[①]第二、三代研究者，大体在此一范围内缝缝补补，在西学范式尤其是马克思主义理论武器指导下，忙于文学理论体系的建构和文学概论的写作，就文气问题的研究而言，增加了作者气质或作品风格的维度，添加了唯物或唯心的标签。经过这样层层地剥离与建构，尔后的研究大都从既有的文学概论结论出发，缺乏对学科构成方式与运作模式上的反思，从而导致此一领域研究方式的贫乏，研究氛围显得颇为沉闷。

在研究传统文气思想时，我们或可注意到，20世纪以来现代学术分科的观念因水土不服而具有先天的缺陷。在中国古代的学术传统中，气的思想及其涵盖的范畴、命题具有无所不包的特征，在天人学、阴阳五行学、医学、数术以及文论、画论、书论、乐论等艺术理论中通用无碍，因此，现代西方学术的分科观念并不适用于中国古代文史哲合一、道艺合一的学术大传统。就气的问题而言，古人常常并未就文论而文论、画论而画论，也非就天人而天人、就阴阳而阴阳，他们置身于一个古老思想传统的传递与承接中，重视的是个体生命身处于历史传统之中对文化生命的继往开来。在浓厚的历史意识与哲学思辨中，气具有一体多相的特质，也即气（元气、道气、理气）之本体与各自领域不同的成相（血气、志气、精气、神气、文气等），构成了复杂而多面的知识话语形态，所以我们今天在研究文气问题时，不能就文论而文论，还必须具有哲学的眼光与历史的视野。钱穆先生（1895—1990）曾指出：“中国文学实即一种人生哲学。今必分文学、哲学而为二，斯其意义与价值，惟各见其减，不见其增矣。”[②]说的也是相同的意思。

---

① 对于第一代研究者得失之检讨，党圣元先生有深入的分析。参见党圣元：《学科意识与体系建构的学术效应——关于古代文学批评史研究学科的一个反思》，《文学评论》2004年第4期。

② 钱穆：《现代中国学术论衡》，《钱宾四先生全集》第25卷，台湾联经出版事业公司1998年版，第262页。

对于当代学者研究文气所关注的问题意识，我们稍加整理，大致有如下几组：

（1）历代文气研究的资料整理、归类；

（2）文气演变的历时性梳理、文气发展史上的重点个案分析，如曹丕、刘勰、韩愈逮至清代“桐城”各家等；

（3）文气研究体系的建构、文气与诸多次生范畴的关系。

这三组问题是近数十年来文气研究中常常被学者关注的问题，下文依问题先后顺序，就目前的研究专著略加回顾。

从目前资料整理来看，涉及文气专题的，有三部：贾文昭先生主编《中国古代文论类编》（海峡文艺出版社1988年版）①、徐中玉先生主编“中国古代文艺理论专题资料丛刊”《文气·风骨编》（中国社会科学出版社1997年版）②、胡经之先生主编《中国古典文艺学丛编》（北京大学出版社2001年版）③。以上资料汇编，将古今文气研究的基础史料罗列其中，这就为进一步的理论阐释，提供了“基础史料”④。那么，就当前古代文论研究的未来走向来说，重点工作应该是从史料的整理走向史料的创造性诠释，在目前业已积累的相当数量的史料整理基础上，深究历代文论家围绕文气问题提出的解释、争辩、推演、发挥及其所蕴含的思想史意义与诠释学内涵。

第二组问题是以文气发展的历史为中心，涉及历代文气论的发展演变，尤其是几个标志性人物的理论，近数十年来这一组问题研究成果颇为丰硕，论文数量最为可观。从研究专著来看，台湾学者中值得注意的有：朱荣智先生的《文气论研究》（台湾学生书局1986年版）、张静二先生的博士论文《中国文学批评

① 《中国古代文论类编》在“创作论”部分，列有文气专题，包括文气的地位和作用、文气的类型和要求、养气，并有风骨、风格、气象等相关范畴。

② 《文气·风骨编》有如下专题：文以气为主，气与志、言、法、胆、识、才、情之关系，为文必在养气。

③ 《中国古典文艺学丛编》在“创造”编中，设有“文气”专题。

④ 所谓“基础史料”，是指现有资料收集主要集中于文献中带有“气”或“文气”字样的语句，采取的仍然是剥离的路数，而更为广泛的思想史层面上的资料并没有纳入收集者的视野。

上"气"的研究》。朱著从"气"的三重含义谈起，认为文气应该包括作品的辞气和作者的才气两方面，随后从汉魏人物品评和建安文坛风向论述文气论产生的背景，历时性地梳理文气论在六朝、唐宋、元明清的发展，最后论及文气与文学创作、风格、批评的关系。全书在资料收集上颇见功力，论述条理也相当清晰，其中对文气含义的界定，值得我们加以留意：

> 文气应该包括作品的辞气和作者的才气，作品的辞气，指作品的气势和情韵；作者的才气，包括作者的性情和才学。因为文气，一方面是指作者的性情，透过文字的表达，所显现出来的艺术形貌，一方面也是指作品所能反映出来的作者生命形相。①

此一方面的工作，大陆学者中有张义宾先生的《中国古代气论文艺观》（山西人民出版社2003年版），全书取道历史思想史的进路，将文气的发生放在历史文化背景，诸如玄学、佛学、理学中加以研讨。②

有关文气发展史上标志性作品的诠释，寇效信先生（1933—1989）的研究思路是值得借鉴的。③在寇先生看来，许多研究者对于气内涵的认识有简单化、单一化的倾向，他借鉴西方心理学的理论，从生理和心理论述气之外延与内涵，尤其是关于形、神、血、气、志不同层次与质性的分析，以及《文心雕龙》中气与志气内涵的剖解，显示出对于文气的发生、发展有着相当完整的见解。

第三组"问题意识"的产生，是在各种各样西方文艺学体系的刺激下，学者试图梳理出具有中国特色的理论体系而进行的尝试，与前辈学者相比，已经具有了相当的理论自觉和体系意识。其中，值得关注的有陈竹先生的《中国古代气论文学观》（华中师范大学出版社1995年版），全书参之中哲史领域元气论的研究路数，以气本观、气化观、气感观为哲学理论的架构④，建构气论的文学本体

① 朱荣智：《文气论研究》，台北台湾学生书局1986年版，第78页。

② 该著将文气文艺观的发展历程分为四个时期加以论述，即先秦两汉的孕育期、汉末魏晋的产生期、南北朝隋唐五代的发展成熟期、宋元明清的分裂期。

③ 寇氏遗作《文心雕龙美学范畴研究》（陕西人民出版社1997年版），虽然不是研究文气的专著，但全篇设有专章论及作者之气、作品之气，加之另有专文《曹丕"文以气为主"辨》（《陕西师范大学学报》1994年第6期），因而形成了一套较为完整的文气研究框架。

④ 参见程宜山：《中国古代元气学说》，湖北人民出版社1986年版，第106—164页。

论、文学主体论、文学构成论、文学创作论、文学风格论和文学品评论。该著较为全面地清理了气的哲学、美学内涵，是目前此一领域的研究成果中具有较强理论形态的论著。此外，第环宁先生的《气势论》（民族出版社2002年版）一书，将气势分为理势、情势与构势、言势四种类型，前两者归属文章内容，后两者归属文章形式，认为气势是包括文章思想内容、作者情感、结构方法和语言形式在内的重要范畴。

从已有的研究成果看，论者基本上都注意到气论弥散在文学与其他艺术门类的复杂状况，也注意到文气所牵扯的相关思想史背景，如涂光社先生的《原创在气》（百花洲文艺出版社2001年版），全书研讨形神论、阴阳五行说中的气论，较为全面地论述了气论在文论、乐论、书论、画论领域的内涵及演变。又如朱荣智先生的《文气论研究》，将气的含义分为自然之气、天地元气、人体之气，业已涉及气论在上古思想语境中的多重意蕴。但是，从研究方法上看，大体上均为中哲史研究范式的移用或借鉴，更具整体性、开拓性的论著仍然值得期待。

古代文学思想之形成，不仅仅是对文学存在的反思判断，更涉及颇为复杂的历史文化经验与价值意义。文论的研究，一旦斩断了与多门学科之间的思想链接，隔绝了与古代知识系统的生命关联，就罕有能深入到中国文论的根本命脉，尤其对于文论史上具有元范畴意义的文气、文道而言，巨大的思想传统作为先在的知识资源在相当程度上范围了其视野与方向，因此我们无法将其萌生与渐向成熟从具体的历史语境与逻辑义理中抽象出来。就文气而论，离开了思想史的背景，离开了哲学义理，文气也就无依无靠，无从说起了。因而在目前所见的文气发生期研究中，大多半道谈起，或从《典论·论文》开始，或顶多追溯到孟子的"浩然之气"。又譬如文气研究中一个重要的问题，就是关于曹丕"文以气为主"的内涵。目前学界流行的看法，认为就作者方面而言，指气质、个性、语气；就作品方面而言，指作品的风格。持气质、才性论者，如陈钟凡（1888—1982）、朱东润（1896—1988）、方孝岳（1897—1973）等先生；持才气、语气论者，如郭绍虞、罗根泽（1900—1960）等先生；持才气、风格论者，如刘大杰（1904—1977）等先生①。这样的理解，是值得我们今天再思考的。

① 参见朱东润《中国文学批评大纲》、方孝岳《中国文学批评》、罗根泽《中国文学批评史》、陈钟凡《中国文学批评史》、郭绍虞《中国文学批评史》、刘大杰《中国文学批评史》。

就当前中国文论的研究路径而言，要重返学术史、文学史以及价值论的整体语境，必须坚持事实认定与价值判断并重，强调“顺着说”而不是“倒着说”。因此，我们用以考察的视野和立场不可能纯然是某种“中立性”或普遍客观性的，而只能是“中国式”的。换言之，我们将从建构中国式的文气价值观念体系或观念形态的文化视角和价值立场出发，来检视西方文学观念与文论体系的建立过程。这也就意味着，其一，我们所采取的文化视野和价值立场很可能与西方的文化立场有着巨大的甚至根本性的区别，因而这一探究过程本身就包含着两者不同文化传统和不同理解方式的对话与比照。那么，探究主体与文化他者之间的文化陌生感和异质性的呈现，将不可避免。其二，呈现异质性的目的，不仅仅在于描述和揭示出一种事实真理，更主要是通过文论传统的比照和对话，探寻建立一种新的中国式的现代文气话语体系的可能性。这样的价值立场决定了我们不可能无批判地认同西方文论价值观念的体系，也不会无条件地接受西方文论在文化建设和价值实践上的天然合法性。这就必然要求我们，从中国文学思想自身的资料和本然的历史脉络“顺着说”文论史，而非从现代西方思想的后设价值立场“倒着说”古代思想的意义。

总的来看，就文气研究的现状而言，若要深入下去，紧要的功夫就是进一步打通文史哲的界限，培养国学视野与中西比较视野下的文化通观意识，将文气的发生、发展视为古人形上之思的一部分，寻找其间的知识共识与精神共享，恢复并重新搭建人文话语系统。我们认为，面对着一套已经失效的话语系统，也许最好的方法就是重新建立一套解释系统，虽然材料范围大体没变，但是解释系统变了，由此呈现的古代知识景观也就大不一样了。反之，在既定的框架与套路中自说自话，研究的道路只会越走越窄。

第三节 解释的维度

在回顾与总结文论领域现有研究成果的基础上，本节主要参照目前哲学、思想史两大阵营学者，在研讨气学时所关注的问题意识与主要创见及其在方法论上的创新之处，提出文气研究多条路径并存，以及解释转向的可能性。

考察当代气学的研究，基本上可以分为两种进路：一为哲学观念史路径，一为历史思想史路径。前者主要是从哲学角度，将气视为与社会、政治、经济变迁无关的独立范畴，以此为基始点，来研究元范畴与次生范畴以及观念丛的演变发展，比如精气、血气、元气、理气、太虚、气象以及有无、动静、两一、本末、体用、天人等范畴之间的关联，等等。这也是所谓的内在研究途径，即侧重思想系统内部观念之间的结构形态。此一研究途径的理论假设在于：思想文化自身具有内在的整体性，所衍生的观念范畴具有相同的知识背景与共同的心理逻辑，其核心的问题意识既内在又超越，具有自足的逻辑关联与自主的生命力，并不随着历史场景的切换而变迁。美国当代哲学家诺夫乔伊（Arthur O. Lovejoy，1873—1962）倡导“观念史”（History of Ideas）研究方法，在《存在巨链——对一个观念的历史的研究》一书中讨论“观念史”的研究思路与方法。在他看来，历史上有一些最基本的或重复出现的概念，包括“一些含蓄的或不完全清楚的设定，或者在个体或一代人的思想中起作用的，或多或少未意识到的思想习惯”，这些东西是“心照不宣地被假定”，无须论证，甚至日用不知，但是“他们有可能在任何事情上影响人的反思进程”。① 对于这些概念的研究，常常要穿越不同的时空、语言、民族、国家，也要贯通不同的学科领域，因此，观念史的路径是当代学术研究中一种相当行之有效的方法。②

就观念史的研究成果而言，港台学者中，钱穆先生晚年巨著《朱子新学案》（台湾联经1998年版）具有典范意义。钱氏以“述古综六艺以尊朱”为学术归宿，旨在重新整合理学和儒学，将援释入儒的宋学，收归到儒、释、道合流统贯的大传统中。全书采用传统学案体，详述朱子理气论、心性论，以及朱子论无极、太极、阴阳、鬼神、仁、天人等内容，每一个概念均用一章的篇幅，不参照西学，却自成系统。大陆学者中，具有代表性的论著是张岱年先生（1909—2004）的《中国哲学大纲》，其中设有多章论述气及相关范畴的演变史，充分展示出气范畴及其家族系列在古代哲学观念史建构中的形上意义。

与此同时，我们也应该看到，观念史研究方法的弊病是明显的。针对观念

---

① ［美］诺夫乔伊：《存在巨链——对一个观念的历史的研究》（*The Great China Being: A Study of the History of an Idea*），张传有等译，邓晓芒等校，江苏教育出版社2002年版，第5、9、18—19页。

② 对于观念史研究，黄俊杰先生《思想史方法论的两个侧面》有深入的分析，见《史学方法论丛》，台北学生书局1977年版，第243—301页。

史研究的理论预设，也即概念范畴具有自身的整体性与逻辑关联，法国学者米歇尔·福柯（Michel Foucault，1926—1984）的批评是具有代表性的。[①] 以逻辑的、科学的后设价值来范围古代的概念范畴，并追究其历史发展的规律，而更多不合乎这种规律标准的内容，则被当成没有思想含义的东西，有意或者无意地遮蔽了。尔后英国“剑桥学派”代表人物昆延·斯金纳（Quentin Skinner）对诺夫乔伊的观念史研究方法进行了颠覆性的批判。[②] 在他看来，因为所有考察的学说被化约为某一实体（entity），其发展过程被描述成一个不断成长的有机体，主体消失了，代之是观念之间的格斗，在这样的历史写作中，我们的叙述很快便与言说主体失去关联。[③] 同样，在否定“纯历史”、“纯知识”的英国学者怀特海（Alfred North Whitehead，1861—1947）看来，观念史研究的巨大危险在于简化，所以观念之史便是错误之史。[④] 有鉴于此，仅仅依靠于观念史的研究方法，无法克服自身的缺陷，那么，辅助于思想史的研究方法就显得很

① 在对综合性、连续性研究抱有怀疑的福柯看来，观念史倾向于“一个全面的描述”，“围绕着一个中心把所有的现象集中起来”，譬如原则、意义、精神、世界观、整体形式，而不是总体历史研究那样展开的“某一扩散的空间”。在强调断裂、不连续性、界限、极限、转换等问题域的福柯眼中，观念史排除任何不连续性的概念，“某种概念的历史并不总是，也不全是这个观念的逐步完善的历史以及它的合理性不断增加，它的抽象化渐进的历史，这个概念的逐渐演变成为使用规律的历史”。参见［法］米歇尔·福柯:《知识考古学》，谢强、马月译，顾嘉琛校，生活·读书·新知三联书店1998年版，第12、3页。

② 在《观念史中的意义与理解》（Meaning and Understanding in the History of Ideas）一文中，斯金纳针对观念史研究中纯化、抽象的方式方法，也即把思想家的思想从具体语境中抽离出来，通过整理与评论相结合的方式对其全部文本或部分思想进行阐释，以期发现其理论之间具有“普遍真理”的逻辑关联与内在张力，昆延·斯金纳认为，这正是观念史研究方法的危险所在。参见［英］斯金纳:《政治的视野》（*Visions of Politics*, vol. Ⅰ, *Regarding Method*），剑桥出版社2002年版，第84页。中译本收入《什么是思想史》第1辑，任军锋译，上海人民出版社2006年版，第95—135页。

③ 斯金纳否定在经典文本中包含有“普遍观念”与“永恒问题”的理论预设的存在，他认为诺夫乔伊的错误，就在于寻找某种“观念”（idea）的“基本意义”（essential meaning），认为这种意义基本“保持不变”，而且假定这种“基本意义”必然存在。参见［英］斯金纳:《政治的视野》，第62页。

④ 怀特海认为，独立的存在只是一种神话，在有关观念史的过程中，“纯知识”这一类高度抽象的概念，应该从我们头脑中被清除，因为知识总是伴随着情感及目的等附件。参见［英］怀特海:《观念的冒险》，周邦宪译，译林出版社2012年版，第9、29、31页。

有必要了。

在有关思想史研究的讨论中，英国学者柯林武德（Robin George Collingwood，1889—1943）的理论倡导是有目共睹的。他认为："历史的过程不是单纯事件的过程而是行动的过程，它有一个由思想的过程所构成的内在方面；而历史学家所要寻求的正是这些思想过程。一切历史都是思想史。"①顺着柯林武德的语脉，我们可以说，一切历史研究的对象都必须通过思想加以说明，正因为如此，思想史，并且因此一切的历史，都是在历史学家自己的心灵中重演过去的思想，历史学家不仅要重演过去的思想，而且在重演时批判它，形成价值判断，纠正所能识别的任何错误。因此，对于思想史的研究而言，最完全的错误莫过于假定，因为一切思维都是批判的思维。换言之，所谓思想史的研究方法，那就不仅意味着人们必须历史地、设身处地地遥想古人在做某一件事情时是如何思想的，而且意味着一切过去的历史必须联系当下才能得以理解和阐明，也即经典阐释者的"历时性"问题。

不同于观念史较为注重问题意识的自主性，思想史的取径更为重视阐释的循环效应。美国学者史华兹（Benjamin I. Schwartz，1916—2000）在《为什么是思想史》中认为："在文本和解释者之间存在一种永恒辩证的互动关系……说到底，我们必须仔细斟酌对于原始文本的理解，对文本的关注反过来又必定激发人们对于文本得以诞生的历史环境的关注。"②因此，思想史所面对的问题，就是人们如何对他所处环境进行有意识的回应，以及这种回应是否会随着时代而变化的问题。同样的，在昆廷·斯金纳倡导的历史语境分析方法中，主张研究各种不同词语的使用功能及其语境，以及作者使用这些修辞文本所要表达的意图，也即把思想还原到具体的历史社会语境中去理解和分析，因此，他特别强调历史语境的还原。这种历史语境还原的研究方法，注重阐释者的"自我理解"

---

① 在历史哲学的研究中，柯林武德反对史学中的自然科学与实证主义思潮，在他看来，传统史学只不过是剪刀加糨糊的历史学，而历史事件之所以成其为历史事件，就在于它有思想，因而他提出史学中培根式的革命，把杂乱支离的史学研究改造成真正能够提出明确问题并给出明确答案的史学。参见［英］柯林武德：《历史的观念》，何兆武、张文杰译，商务印书馆1997年版，第302—303页。

② ［美］史华兹：《古代中国的思想世界》（*The World of Thought in Ancient China*），程钢译，刘东校，江苏人民出版社2004年版，第2页。

与其原生意义之间的体用辉映，这在习惯“知人论世”、“设身处地”运思的中国学者看来，是相当有亲和力的。

就气学研究而言，主要是将气学思想的发展演变放在历史时代的变局之中，并与数千年来中国精神文化的脉络相表里，考察各个时代的不同衍生形态以及与诠释者所处的时代背景、思想氛围及其个人经验之间的关联，尤其注重探究阐释者的心路历程与文化立场，特别关注孟子、董仲舒（前179—前104）、王充（27—97）、王弼（226—249）、张载（1020—1077）、王夫之等人在气学思想史上的转折意义，包括半个世纪以来唯物与唯心的价值之争、本源论与本体论的形上辨析，等等，大都属于此一范围。就思想史的研究而言，具有典范意义的是日本学者小野泽精一（1919—1981）、福永光司与山井涌编写的《气的思想——中国自然观和人的观念的发展》，全书以“气”概念的历史变迁来考见思想文化的意蕴，沟通哲学概念与中国古代文化各个领域的联系，既有对若干历史问题的系统考辨，同时又脱出历代思想分类的框架，并对未来的开拓领域进行了新的意向考察。在资料占有、论证力度乃至结论启发性等方面，此书都高出同类论著，业已成为思想史研究领域中，学者案头必备之书。

当然，上述两种研究途径，只是大体而论，实际上，两者虽然取径不同，方法各异，但是相辅相成，交互映射之处颇多，很难截然分开。同时，各有利弊，长短易见，能补两者之弊而取其长者，乃余英时先生提出的“内在的理路”（inner logic）。在《清代思想史的一个新解》中，余先生认为：“把思想史本身看作有生命的、有传统的，这个生命、这个传统的成长并不是完全赖于外在刺激的，因此单纯地用外缘来解释思想史是行不通的……所以在外缘之外，我们还特别要讲到思想史的内在发展。我称之为内在的理路（inner logic）。”① 这实际上是调和两种研究路径的折中之法。

顺着以上思路，站在现有研究成果的基础上，对文气研究此一领域未来的问题意识，我们可以提出新的展望。

从文学观念史的进路考察文气的研究，是将文气范畴作为独立于社会、政治之外的存在处理，将其当作具有自主性的本体加以分析，在这个假设下，拟

① 余英时:《中国思想传统的现代诠释》，江苏人民出版社2003年版，第158页。

牵涉到以下的问题：

（1）知识论层面：文气之知识谱系、文气形态论；

（2）认识论层面："气"系列、"文"系列及文气观念丛的意义共享与语义关联；

（3）价值论层面：文气之发生意义、文气之精神品相、文气之思维特质；

（4）本体论层面：文气之体与文气之用、文气与文道的分梳。

在知识论的层次指向知识的特性与知识形成的条件，在认识论的层次指向知识的表达方式与结构形态，在价值论的层次指向知识的效应与宗旨，在本体论的层次指向范畴的体用特质，四者密切关联、相互界定。其中，每一个层次下面又可以有若干分支，譬如文气观念丛的意义关联，既是气与才、言、志、情、心、神、形之间的意义纽结，也是文气元范畴与次生系列范畴之间的交相诠释、意义互决；又如文气话语形态，依照其基本构架，大体上拟分为：孟学"气—志—言"、曹丕"气—意—辞—事—体"、《文心雕龙》"气—志—情—辞"、《原诗》"气—理（事、情）—识（才、胆、力）"，等等，以此为核心，展开对各家思想体系、言说模式的研讨。

从思想史的路径看，这是所谓外在的研究途径，即侧重古人所身处历史文化的外在环境，尤其关注此一时间段的人文创作氛围、时代语境、学术圈子、焦点话题乃至个人际遇、知识储备等要素，也即阐释的循环效应与视野融合诸问题。对于一个历史意识厚重且习惯于作古今历史对照思考的民族来讲，常常习惯于将其思考的对象放在特定的历史时空与文化语境中去审视，而并不习惯于将现象从历史脉络中抽离出来作纯粹观念的抽象演绎，这种思维习惯左右下构成的现场感、情境性乃至衍生的原生性观察视角，不仅使得当代人更为容易理解历史人的时空情境，同时也有利于舒缓两者之间的某种紧张感。取道历史思想史途径，梳理考察历代学者有关气论的诠释，其中突出的问题意识包括：

（1）先秦诸子气论尤其是孟子气论形成的历史语境，其间所蕴含的文学思想质素；

(2) 作为原初范畴文气的生成所依托的历史语境与思想资源；曹丕“文以气为主”思想与其政治观、文学观乃至人生观的关系；

(3) 刘勰诠释文气的方法，如何勾连元范畴与次生范畴？其中的转变有何文学思想史的意义？

(4) 唐宋元明清各家的新发展，昭示出何种文学思想史的意义？

以上问题的产生，也就是将文气话语系统的建构，放在历史或文化的脉络中，去知人论世，去追本溯源，尤其关注演变发展中的几个重要历史情境，如三代文化语境、孟学心性语境、汉代元气语境、魏晋人物品评语境、理学本体论语境，等等，分析文气在具体历史时空中的沉浮，并延伸到伦理道德的维度、心性情志的维度以及音韵声调语势的维度等，以此出发对古代文学思想的变迁、转型等重大过程的诠释提供有效的支持。

本书所论述的文气话语形态问题，需涉及气学知识与思想系谱的大量概念、范畴、命题，对于取道何种路径，笔者较为认同金岳霖先生（1896—1984）的观念。在论及概念与命题的关系时，金先生指出，它们互为分合，概念是一套普遍命题的综合，命题是概念与概念之间的关系，因而分析概念及其结果总发现它等于好些普遍命题，分析普遍命题及其结果总发现它是多数概念与概念的关系。[①] 在笔者看来，从文气思想史和观念史研究的内容看，范畴更适宜观念史进路的诠释，譬如道气、神气、辞气，等等，命题更适宜思想史进路的诠释，譬如“浩然之气”、“阳尊阴卑”、“气盛言宜”，等等。

比较上述两种研究进路，虽然不乏对历代文气解释中核心问题的共同关注，从其诠释史中我们也能够比较清晰地梳理出历时性的演变历程，但是，范畴的自主性可以不受到外在的社会政治经济因素的影响，其内在的逻辑义理仍然是清晰的，尤其是对于具有本体意义的文道、文气等范畴而言，它们属于中国古代文学思想史中的“公共话语”（common discourse）[②]，将文学的终极意义挂在不可言说的道、气之上，是古典时代的传统，也是中国文论的传统，贯穿于

① 金岳霖：《论道·无极而太极》，商务印书馆1987年版，第168—169页。

② 本杰明·史华兹认为，“性”、“气”、“心”从战国时代就成为诸子百家的共享观念、共同论域。参见［美］史华兹：《古代中国的思想世界》，第180—193页。

整个传统时代，具有普遍的方法论价值和本体论意义。文气研究史上具有重大意义的问题意识，如养气、“文以气为主”、气与情志的关联等，虽然不免受到诠释者文化语境的渗透，但是，这些问题意识具有相当的自主性和连续性，较少受到历史上非思想因素变化的影响。以养气的问题为例，自孟学正式拈出养气的意思后，尔后儒学一系的思想家，虽然从不同角度多有阐释，但逮至明清以后的各家各派，在孟子道德心志的核心意义上是没有变化的，只是在深入细化中生出若干旁枝，转换的乃是诠释的角度与具体的方法而已。就这一层面的特点来看，较之同样具有元范畴意义的文质、中和而言，文气范畴演变的自主性及其内在理路更为明显，而文质、中和与思想史的联系更加密切一些，其意义的脉络在历时性演变中也显得更为清晰一些。

第四节　解释的转向

从历史思想史的角度，对气学的发生、发展进行梳理，是历来研究方法中，一种颇为常见的路数，此一方面的工作，前贤已有相当多的成果积累。[①] 有鉴于此，在整体格局上，本书并不以传统目录学式的，对历代气学资料进行巨细靡遗地收集，笔者所关注的核心问题在于气在哲学观念史、哲学思想史上的原初意义，以及尔后在文学观念史、文学思想史上的衍生意义，这种意义的确立，始于春秋诸子，并在后世思想家、文论家的诠释中共同完成，这构成了中国古代哲学、诗学形上思辨的核心部分。

目前气学观念史研究的主要切入路径，大体有两种，即心性论和身体观。传统的研究多从心性的角度切入，近年来，身体视野逐渐成为一个研究热点。从身体的立场研究气论，哲学界、史学界新见迭出，中西方理论资源的借鉴及其运用，均有详细的发挥，此一气学研究的新动向，正方兴未艾，对于未来中国文学思想领域中文气研究的开拓与创新，无疑具有解释转向的可能性。

---

① 譬如在文论领域的研究中，朱荣智先生的《文气论研究》，梳理了六朝、唐宋、元明、清代的文气论；在中哲史领域的研究中，张立文先生主编的《气》（中国人民大学出版社1989年版），分为先秦、秦汉、魏晋南北朝、隋唐、北宋、南宋、元明、清，举其大要，总结了各个历史阶段主要的气论思想。

就身体观的研究历史看，在西学传统中，先验哲学具有典型的扬心抑身特质，而身体观作为人文研究的一个关注命题，源于从尼采（Friedrich Wilhelm Nietzsche，1844—1900）到福柯的哲学肉身化推进思路。在古典哲学中，纯粹意识自为存在的主体与纯粹物质自在存在的客体之间一直处于对立状态，这种对立必然推演出身心二元论，从而导致将身体与灵魂或精神的分离。处于从属地位的身体，作为物理性的实存，只具有感性功能，没有哲学上的意义，从苏格拉底（Socrates，前469—前399）、柏拉图（Plato，前428—前347）、笛卡尔（René Descartes，1596—1650）到康德（Immanuel Kant，1724—1804），所取均为无身的思维主体。在20世纪以来的现代和后现代哲学话语中，身体成为人自我认识的重要方式，有关身体的学问一跃为显学，从尼采对无秩序性代表酒神的推崇，柏格森（Henri Bergson，1859—1941）的生命哲学、弗洛伊德（Sigmund Freud，1856—1939）的精神分析学乃至存在主义、现象学，等等，在揭示身体异化的同时，也旨在重新发掘身体的意义和价值，均在宏观探讨中给身体留有一席之地。

在有关身体问题的思考中，学术界的理论资源主要来自法国思想家米歇尔·福柯。福柯以新的“权力—知识”视野，通过对理性统治、临床医学、监狱体系和性问题的研究，阐释围绕在身体和生命周围的政治权力，强调科学知识使得身体成为一个政治领域，揭示出医学、精神病学、犯罪惩罚等与身体有关的权力运作机制。从福柯开始，西方身体观的研究得以进一步深入。值得注意的，还有法国现象学家梅洛-庞蒂（Maurice Merleau-Ponty，1908—1961）关于身体的论述①。在其现象学视域中，意识隐退了，身体直接出场，以身心交融的“身体主体”扬弃笛卡尔“我思”的身心二元论。这种理论视角的更新，对于我们文史哲领域研究方法的更新和研究视野的拓宽，具有相当的启发意义。

历史地看，虽然身体之学在中国主流学术话语中从来没有成为显学，但

---

① 在《知觉现象学》一书中，梅洛-庞蒂用了差不多三分之一的篇幅去描述身体现象，将现象学的意义和人的存在尤其是躯体的存在联系起来。他认为“身体主体”（body subject）是连接意识与自然、人与世界的桥梁，故而对于自然、社会、历史、文化的理解，必须要由“身体主体”开始；而对“身体主体”的理解，则必须通过对自然、社会、历史、文化的描述来完成。参见［法］梅洛-庞蒂：《知觉现象学》，姜志辉译，商务印书馆2005年版。

是，灵魂和肉身之间的永恒张力，使其成为古代学术中一个绕不开的维度。传统文化中的身体空间并不仅仅是一个客观的实存，而且是一个贯通形、气、心、志、情，涵摄形上与形下的综合体，身体的时间性和空间性构成充满意义的精神世界，深刻地浸润着社会政治和历史文化的脉络。对于中国古代身体学的研究而言，气的研究是一个重要的维度。对此，杨儒宾先生的这一段话，可以总结古代身体观中气的作用：

> 现象学地来看，此世之内没有无身体的意识，也没有无意识的身体，而在这两者中间居间起作用的，乃是“气”。所以身体一活动，即有气的流行，也就有潜藏的意识作用。意识一活动，也即有气的流行，也就有隐藏的身体作用。①

此一领域的研究，汉学家走在前面，尤其是日本学者，其中值得关注的是汤浅泰雄先生的比较哲学研究②。在他看来，东西方身心观最大的差异，在于选择分析某种现象的方法论上的差异，对现代西方传统而言，身心观主要关注以经验为基础的、可观察到的精神和肉身现象间的关系，而在东方传统中，身心观一般侧重于人如何通过修行而达到身心合一。③汤浅泰雄先生的研究颇具启发性，为我们认识肉身提供了一种新的视野。此一领域，台湾学者的研究成果相当丰硕，值得我们特别关注。④

就身体观的研究路数而言，目前中哲史领域的研究视角大致有：作为思维方式的身体观、作为精神修养的身体观和作为政治权力的身体观几个维度。⑤

---

① 杨儒宾：《儒家身体观》，台北“中央研究院”中国文哲研究所1996年版，第49页。

② 汤浅泰雄认为，东方形而上学是从身体出发，并不等同于西方的metaphysics，而是“超医学性的心理学”（meta-medico-psychology），即以身心实际关系研究为基础的哲学。参见汤浅泰雄：《“气之身体观”在东亚哲学与科学中的探讨》，见杨儒宾先生编《中国古代思想史中的气论与身体观》，台北巨流图书公司1993年版，第67页。

③ ［日］汤浅泰雄：《灵肉探微——神秘的东方身心观》，马超等译，中国友谊出版公司1990年版，第14—18页。

④ 譬如杨儒宾先生编著的《中国古代思想史中的气论与身体观》（台北巨流图书公司1993年版）、黄俊杰先生主编的《儒学的气论与工夫论》（华东师范大学出版社2008年版）等。

⑤ 参见黄俊杰《中国思想史中“身体观”研究的新视野》，《现代哲学》2002年第3期。

同样，史学界对于身体史的研究也在升温，其研究视野大体集中在综合身体史、器官功能史、生命关怀史等维度。[①]当然，应该注意的问题还在于，目前身体观研究中普遍存在“以西释中”的倾向，因而无法摆脱西方人文视野的“宰制性”与霸权色彩，那么，其中的中国文化特质乃至价值也就值得反思了。

较之哲学、史学领域的理论探索，文学领域的研究则相对滞后，尚处于拓荒阶段。人的存在，作为一种自然的存在、文化的存在，总是一种身体的存在。身体的体验表现出复杂多层的面向，诸如物理的、生理的、心理的、社会的、政治的、宗教的，等等。对于身体，不外乎两种设定：或是现实给予的、自然的存在，或是话语建构的、历史文化的存在。中国传统的学问为生命体验之学，融政治伦理、个人修养以及思维模式、言说范式于一体，易学谓“远取诸物，近取诸身”，业已显示出古代宇宙人生论、社会政治论的一般思维取径。从发生的意义看，如果说儒家给予身体的主要是社会政教的规范，那么道家给予身体的则主要是自然生命的规定，因此，在古代知识系统中，关乎身体、生命的材料极为丰厚，诸如三代礼乐中的威仪身体、公羊学视野中的政治身体、心性学传统中的道德身体，等等，加之两千多年来大一统政治与经典阐释传统之间的交互影响，也更能凸现出身体隐喻与政教权力此一维度的复杂内蕴。

具体到文艺思想的研究，将文气范畴的生成、发展置于古代身体观的整体场域中，采取身心互渗言气的路数，可以打破传统以心言气的研究套路，由此统摄形气、身心、养气、践形、心知、性情诸说，并具有自然气化和人文教化两个向度。前者联结天地人，融大宇宙、小宇宙为一体，整体和谐、动态圆融，由此建立了具有华夏特质的宇宙论、本体论、方法论；后者联结内圣心性与外王资治，是人内在身心性情和谐与外在社会群体和谐的纽结，由此建立了独具民族特色的境界论、修养论、价值论。因此，引入身体观的理论视野，不仅可以拓宽现有的研究视域，而且可以为此一领域未来的研究，开出一条新的诠释路径来。

① 譬如新近出版的黄金麟《历史、身体、国家——近代中国的身体的形成，1895—1937年》(台北联经出版公司2000年版)、杨念群《再造“病人”——中西冲突下的空间政治(1832—1985)》(人民大学出版社2006年版)，均为目前身体史研究中的上乘之作。

第二章
气学解释的一般方法论问题

第一节 引言

这一章将对本书所采用的气学诠释的一般性方法问题进行初步分析。第一章的第二、三、四节从解释的偏向、解释的维度和解释的转向三个面向，参之史学界、哲学界及思想史领域的研究成果与知识工具，检视了现有文气研究的基本景观，并对本书即将展开的问题意识，进行了基本的勾勒。接下来，有必要对本书的研究方法作一个说明，以期读者对本书的研究方法有基本的体认。对于本书为什么选择体用作为气学的切入角度，我们以为，这来源于三个一般性的方法论问题：

（1）对于不可言说的终极性存在，中西学术传统的解决之道；
（2）作为方法论体用之普遍意义；
（3）文气体用义之极高明内蕴。

这三个问题各自包含若干层次不同却又互相关联的次生问题，其间古今、中西交错，极具方法论兴味。我们在这里之所以将其称为“一般性”的方法论问题，主要是因为这三个问题，在本质上环环紧扣，在经典时代的诠释传统中屡屡可见，均可视为具有普遍意义的问题。明了以上问题，对于中国文学思想史上文气范畴的运思脉络与意义关联，也就大体了然了。

第二节 “体不可说”及其对策

一

一提到“体”，就不可避免地要涉及“体”是否可知、可说的问题，在现代知识语境中，又不免牵扯到知识论、认识论与本体论的问题，也涉及对形上学的认识与定位问题。作为哲学意义上“体”的纯正意蕴，是指万物之共同本质与存在根据以及世界之最高本体或本原及其认识路径诸问题。对此，熊十力先生（1885—1968）揭示得很明确：

体字有二义，曰体认，曰体现。①

第一义涉及认识论与价值论，第二义涉及知识论与本体论。对于终极性本原的探索，是人类形上追求中一个永恒话题。对一种真正的哲学而言，研究知识论、认识论的最终目的还是要达到本体，深一步言，一种哲学的价值，本质上就在于认识和达致最高本体的形上学方法。

谈论哲学意义上的本体问题，还关联到西方哲学自近代以来出现的“认识论转向”问题。西方认识论的发展史告诉我们，囿于主客二分的理论模式，认识论或知识论的研究者永远不可能超越自我中心主义，也就是说，作为认识的主体，我们人类没有办法超越自身而达致本体。自笛卡尔、洛克（John Locke，1632—1704）以来，认识论的研究除了使问题层出不穷外，并不能推进知识论、本体论的进步。熊十力先生曾批评过西方的旧形而上学，认为它们把本体视为在现象之外、与现象毫无共同之处且不可沟通的另一重世界，而现代哲学只谈知识论，不谈本体论，这又陷入了另一偏向。② 在

---

① 熊十力：《原儒》下卷，《熊十力全集》第6卷，湖北教育出版社2001年版，第570页。

② 熊氏认为：“因为哲学所以站脚得住者，只以本体论是科学所夺不去的。我们正以未得证体，才研究知识论。今乃立意不承有本体，而只在知识论上钻来钻去，终无结果，如何不是脱离哲学的立场？凡此种种妄见，如前哲所谓‘道在迩而求诸远，事在易而求诸难’。”他十分强调哲学的根本宗旨在于探究宇宙和人生的根本，哲学是一门证明本体存在和如何识得本体的学问。参见熊十力：《新唯识论》（语体文本），中华书局1985版，第250—251页。

他看来，哲学家是为了识得本体，才去研究知识论的，因此，从哲学上来讲，离开对于本体的证悟，去孤立地研究知识论，是毫无用处的。[①] 对于中西形而上学的不同之处，日本学者汤浅泰雄先生认为，中国的形而上学不是以单纯的观察知识为基础的理论，而是一种能够用身心以实践修行的体验知识，并以这种体验知识为基础而获得超日常经验的高层次知识，因此，不能等同于西方的"metaphysica"（形而上学），大概可以称为"meta-praxis"（身心实践修行的体验知识）[②]。这种观点，也是具有启发性的。

以上所论，大体可以表明，在形而上学的地位已经一落千丈的今天，本书为什么要从形上的角度来理解并阐释气学话语形态。对于形而上学的知识，徐复观先生（1903—1982）有过这样的解释，在谈论《论语》中"一以贯之"的语义问题时，他认为，孔子（前551—前479）所谓"道"，包括由闻见而来的知识以及形成人格、诱导行为的最高原则，此最高原则，被人以工夫加以吸收融化时，则成为一个人的精神状态。孔子把知识归结向形成人格的精神状态这一方面，凡是可称为知识的，一定有其条贯性，一定有系统性，否则不配称为知识……贯穿一切的一贯知识，就是形而上学的知识……人类自身即是形而上的存在，所以人有追求形而上的倾向，有追求一贯的倾向。20世纪的哲学思想，一面是贯彻反形而上学，一面又是形而上学的复兴，便是这种原因。[③] 徐氏所论，相当富有见地，对于本书即将展开的论述，提供了巨大的精神支持。

但是，问题的难处在于，作为哲学最高存在的"体"，正如王弼谓"万物虽贵以无为用，不能舍无以为体也"[④]，已经完全脱离了形与象的具体联系，遁形于

---

① 针对西方哲学只重视向外认识客观世界，而不重视向内认识人的心灵，不懂得人的心灵与宇宙本体相通的种种不足，熊氏从宋明理学的伦理观和人生论出发，提出"反识本心"，也即认识宇宙本体，达于万物本原，必须反观人的本心，而不能向外探求。熊氏认为西方哲学家的认识论，实际上只是"量智"的认识论，也即经验的认识和逻辑的推理，凭"量智"只能认识现象界，不能认识本体界；东方哲学家注重"性智"，这是一种直觉认识本体的能力，因为只有通过"性智"才能认识本体。参见熊十力:《新唯识论》（语体文本），第678—680页。

② ［日］汤浅泰雄:《"气之身体观"在东亚哲学与科学中的探讨》,《中国古代思想史中的气论与身体观》，第67页。

③ 徐复观:《中国思想史论集》，上海书店出版社2004年版，第201页。

④ 王弼著，楼宇烈校释:《老子道德经注》第38章,《王弼集校释》，中华书局1980年版，第94页。

万物之中，蕴含在道器、隐显、动静、常变之间，那么，如何表述“体”呢？对于这一点，古今、中西学术传统中有着不同的运思逻辑与衍变历程。

纯观念形态的“体”，往往隐微难察，唯一可以把握的是种种“化迹”，即在“用”中显现，故而识“体”必依其“用”，离“用”无从识“体”。从西学的角度看，作为本质的“体”和作为属性的“用”，大体相似于亚里士多德（Aristotle，前384—前322）《范畴篇》中“本体”与“属性”的对举，“本体”是“体”，是其他范畴存在的根据，其他范畴都是表述它的，不能和它分离。① 对于“体”的认识，中国古代哲人有过许多精微的研究。孔子少有形而上的思考，因为本体对于孔子而言，是不可言喻的，只能诉之于个体的直接体验，所以他选择“无言”的方式来表述。譬如《论语·阳货》：“天何言哉？四时行焉，百物生焉，天何言哉？”天不可言，但并不意味着天不可知，只是知的方式不是通过言的方式，而是体验地知、意会地知。对此，朱子《集注》解释为：“天地之化，往者过，来者续，无一息之停，乃道体之本然也。”② 故而“体”之最根本性质，还在于个人不同的体验。

比较而言，老庄对于“体”的思考，更为精深。在老子思想体系中，“道”是最高本体，其整个哲学系统都是围绕“道”这个观念展开的。至于“道”是什么，老子（前580—前500）开章明意：“道，可道，非常道；名，可名，非常名。”在老子的思想中，作为终极存在的“道”具有如下特性：不可言说、不可命名，且“视之不见”、“听之不闻”、“抟之不得”，“知者不言，言者不知”，故而“道”是不确定的，人的耳闻、目睹、言说，对于体“道”，均是无效的，也正因为无法肯定它是什么，所以只能说它不是什么，此之谓“正言若反”。那么，如何体“道”呢？《老子》第十六章是这样描述的：“致虚极，守静笃。万物并作，吾以观复。夫物芸芸，各复归其根。归根曰静，是谓复命，复命曰常，知常曰明。”所谓“守静”、“知常”、“归根”，作为老子体“道”的途径，是一种将个人体验完全融入天地万物的意会感知，这与尔后庄子保持静默，通过“心斋”、“坐忘”、“忘言”体“道”，取径大抵相同，均以为语言的知识形态与表述方

① 亚里士多德在《范畴篇》第6、7、8、9章，论述依存于本体并可表述本体的九个次范畴：数量、关系、性质、位置、时间、状况、属有、动作、承受。参见《范畴篇·解释篇》，方书春译，商务印书馆1959年版。

② 朱熹：《四书章句集注》，中华书局1983年版，第113页。

式，无法达成对本体的理解。诚如有研究者指出，道家的无名理论在西方哲学中没有十分准确的相似物，它源自古人一种独特的观念，即语言相对于本体论的理解而言并不是完全可有可无的，但是为了达到对这样的本体论理解，语言又必须废除。本体和语言是不能并立的，它们分别属于人类经验的两个层面。①

深受道家思想熏陶的金岳霖先生，从元学的对象出发，认同庄学万物齐一、超形脱相、无人无我、生有自来、死而不已的思想。②金先生早年接受过英国分析哲学的知识论与逻辑学的训练，在他看来，形上的世界，是超经验知识的世界，是说不得的世界，在《势至原则》中论述“名言世界与说不得”问题时，他认为：

> 治哲学总会到一说不得的阶段。说不得的东西就是普通所言名言所不能达的东西……说不得的东西当然说不得，若勉强而说之，所说的话也与普通的话两样……因为治哲学者的要求就是因为感觉这些名言之所不能达的东西，而要说些命题所不能表示的思想。假若他不是这样，他或者不治哲学，或者虽治哲学而根本没有哲学问题。③

通过文法主宾词与逻辑主宾词的不同，金氏说明为什么形上本体说不得，譬如在其形上学的建构中，“能”就是说不得的，因为“能”根本无所谓，不是个体，也就不在“名言范围之内”。④

对于不可说之本体，美籍学者成中英先生称之为“不可言喻之本体论”，成

① ［美］成中英：《易学本体论》（*Theory of Benti in the Philosophy of Yijing*），北京大学出版社2006年版，第180页。

② 金氏认为，研究知识论可以站在知识论的对象范围之外，可以暂时忘记自己是人，用冷静的态度去研究；研究元学则不同，虽然可以忘记自己是人，但不能忘记“天地与我并生，万物与我为一”，因此不仅在研究方法上追求理智了解，而且在研究结果上追求情感满足。参见金岳霖：《论道》“绪论”，第17—18页。

③ 金岳霖：《金岳霖学术论文选》，中国社会科学出版社1990年版，第339—340页。

④ 在金氏的思想体系中，虽然吸取了许多西方哲学的研究方法，用以确定概念、范畴的明晰含义，但其内容形式却是民族化的，诸如理、势、性、情、太极、无极、正觉、意念等，由此建立了具有民族特色的本体论、逻辑论和认识论系统，为传统哲学的现代化、世界化提供了可资借鉴的经验。

氏所建构的“本体诠释学”（Onto-Hermeneutics），受到奎因（Quine，1908—2000）本体论和方法论的影响。在他看来：

> 我们可以把这种根本的直接体验、直接体现或对现实之直接领悟称为不可言喻之本体论。这样说并不意指本体论和语言没有联系，而是指本体论不是在语言中部分或全部地得以系统阐释，并且可能根本永远也不会被部分或全部地系统阐释。

由此，他进一步认定：“尽管中国语言可以说是呈现了中国哲学的本体论，但中国哲学的本体论并不是惟一地决定中国语言。”①一般而言，中国的哲学家不相信有一种元哲学或元语言的标准能够解释一种本体论，不管这种标准是语法的或是逻辑的，相反，他们一般相信在哲学和哲学的语言之外，存在着直接的体验以及一个人对现实的直接领悟。这种直接的体验以及对现实的直接领悟，成为所有哲学思考和哲学语言意义的根据与基础。②成氏本体论建立在长期对易学的研讨之上，虽然受到西方现象学、逻辑经验论、日常语言分析、过程哲学、实用主义以及社会批评理论的多元影响，但其本体论的最终指向是中国哲学，作为其诠释最高层级的哲学本体，是以一体二元的生命本体为依归，这大体相当于熊十力先生所谓的“体用不二”。

总的来说，“体”是超验的、不可言说的，正是在不可言说的地方，通过“无”的境界，才能达到人与万物合一的整体世界，《庄子·天地》谓“泰初有无，无有无名”，通过“心斋”、“坐忘”体“道”；王弼“以无为本”③，通过“言不尽意”、“得意忘言”体“无”，大抵都是这个意思。针对今人在此一问题认识上的偏颇，有学者反省认为：

---

① ［美］成中英：《易学本体论》，第168、169页。

② 成氏认为，这种无言本体论的直接体现，即《周易·系辞上》所谓“仰观天文，俯察地理”，知“幽明之故”、“鬼神之情状”，这种知识不是以逻辑的方式系统阐释出来的命题知识，而是一种直接产生一种感觉和存在状态的知识，一种表现在一个人的行为或生活方式中的知识，构成这种知识基础的正是“不可言喻之本体”。参见［美］成中英：《易学本体论》，第169页。

③ 王弼《大衍义》：“夫无不可以无明，必因于有，故常于有物之极，而必明其所由之宗也。”参见王弼著，楼宇烈校释：《王弼集校释》，第548页。

> 我们一般都把这种以"无"为最高原则、承认有不可说的思想贴上神秘主义的标签，就以为可以一棍子打死，我过去也是这样看问题。其实，这是由于不懂得把握人与存在合一之整体正是哲学思考之第一要义，不懂得只有在不可说的地方，通过"无"的境界，才能真正把握这种整体的意义。这种观点片面地以为人对世界万物的唯一态度和关系就是主客关系式，因而认为哲学的最高任务只是把握客体或对象性事物之本质，而看不到对上述整体之把握；这种观点还在于片面的理性至上主义，以为最高、最真实的只是可以通过概念，通过逻辑来认识的，只是可以言说的，而看不到正是在不可说的地方，在一般所谓神秘的地方，有着最真实、最深刻的意义。①

或进一步言，"无"虽然不可说，但不能认为不可说者就没有，只有超越"无"这一最高原则，才能获得与存在协调合一的整体性。

二

作为人类认识活动的一种普遍性体验，中西哲人都意识到，对于终极的真实无法作出陈述或者判断，由此形成"体不可说"的见解和相关问题。不同之处在于方法的选择上，老庄以无为体，从方法论角度，反面说无，而西学多从概念范畴立论，从知识论角度，正面说有。

从西方哲学的历史渊源来看，哲学研究的主体有一个不断转变的过程。传统的形而上学秉承理性至上的原则，一般认为凭借知识与理性，没有不可说的、没有不可认识的。这虽然是西方传统哲学的主流，但也不乏被斥为神秘主义的异端思想存在，这包括从古希腊后期延续到中世纪新柏拉图主义的许多思想家观点。②

---

① 张世英:《进入澄明之境——哲学的新方向》，商务印书馆1999年版，第57—58页。

② 譬如古希腊后期的普罗提诺（Plotinus，204—269），他视"太一"为最真实的、最高的、无所不包的整体，无感觉、无思想、无区别，是超越"有"之上的"无"，它是最高的统一体，不可知、不可定义，语言文字不可名状。普罗提诺将"太一"置于柏拉图的"理念"之上，明确认定有超出理性思维与概念的不可说的领域，他认为理解"太一"与认识其他对象的知识不同，因为它没有理智的性质，无法借助抽象思维及概念进行，把握"太一"，要靠"出神"的一种"心醉神迷的状态"，只有在这种状态中，人才能与"太一"合一。又譬如中世纪的厄里根纳（John Scotus Erigena，810—877）认为，最高统一体超出名言，不可说，人只有在忘我的

自柏拉图以来的传统逻辑认为，概念是思维中最基本的要素，由概念而判断而推理，可以说尽形而上学。康德对此提出挑战，他从认识论的角度，认为思维中运用的概念、范畴，不是先于判断，而是由判断力发展而来的，他以“二律背反”驳斥传统的理性至上，主张有不可知的，有一般概念不可言说的最高存在。20世纪以来，随着反形而上学和“语言的转向”，一些西方哲学家更加关注语言的有限度问题，其中值得关注的：英国哲学家怀特海的“过程哲学”，德国哲学家维特根斯坦（Ludwing Wittgenstein，1889—1951）的“逻辑哲学”，以及海德格尔（Martin Heidegger，1889—1976）关于“语言—存在”的思考。

在谈论哲学的目的时，怀特海认为，哲学的困难源于语言的失误，难以表达自明的东西。① 在他看来，哲学与诗相类似，不仅代表了文明的最高理智，而且哲学的努力体现在从诗人的生动词汇中创造一套可以与其他思维联结的语言符号，同时，“二者都力图表达我们名之曰文明的终极的良知，所涉及的都是形成字句的直接意义以外的东西” ②。这种看法与我们熟知的黑格尔看法相似，艺术、宗教、哲学所要把握的目标一致，但形式却不同。

维特根斯坦早年的《逻辑哲学论》（*Logisch-Philosophische Abhandlung*），旨在说明语言与世界之间的逻辑结构，划定思维的界限，在他看来：

> 凡可思者都可以清楚地思，凡可说者都可以清楚地说。（4.116）
>
> 哲学中的正当方法固应如此：除可说者外，即除自然科学的命题

精神状态中直观它。黑格尔（Hegel，1770—1831）认为，像爱里更那这一类被称为神秘主义的哲学家，是“虔诚的、富于精神修养的人物……在这里人们可以找到纯真的哲学思想，这也就是人们所谓的神秘主义”。他对此表示赞赏，并与中世纪的正统经院哲学比较，谴责后者的“彼岸性”，欣赏前者的现实整体性与反彼岸性特点。参考［德］黑格尔:《哲学史讲演录》卷3，贺麟、王太庆译，商务印书馆1959年版，第187—188、319、323页;［英］罗素:《西方哲学史》上册，何兆武、李约瑟译，商务印书馆1963年版，第363页;《古希腊罗马哲学原著选辑》，北京大学翻译，商务印书馆1957年版，第463页。

① 在怀特海看来，人类的日常语言虽然变化万千，但均不涉及哲学自明性层面的揭示，且语言处于直觉之后，我们的理解超出了语汇日常应有的范围，因此，这种理解“主要不是以推理为基础，理解是自明的”，但囿于我们直觉明灭不定，清晰性有限，因此，推理虽然是达到理解的手段，但哲学中的一切推论都标志着一种不完满。参见［英］怀特海:《思维方式》，刘放桐译，商务印书馆2006年版，第45页。

② ［英］怀特海:《思维方式》（*Mode of Thought*），第45、152页。

外——亦即除与哲学无关的东西外——不说什么。(6.53)

对于不可说的东西，必须沉默。(7) ①

质言之，他表述了一个重要命题：凡是能够说的，都能够说清楚；而凡是不能说的，就应该沉默。② 在维特根斯坦看来，“诚然有不可言传的东西。它们显示自己，此即神秘的东西”③，不可说的“神秘”、“应当保持沉默”的东西“只能显现”。他认为，语言的界限就是思想的界限和世界的界限，界限之内是可说的，并且可以说得清楚，界限之外是不可说的神秘地带，这个领域没有自身的正面性规定，是言语无法达到的地方，只能通过可说的领域显现出来。

维特根斯坦此论的目的，在于运用可说与不可说这一界限，把伦理和美学排除在哲学之外，因而结论是否正确，倒也不必深究，关键在于这种认识方法所蕴含的价值。这种对语言遮蔽性特征的认识，与稍后的海德格尔是一致的，他们都在极力地表明语言的限度，有许多东西用抽象的、概念的语言无法表达，因此“沉默”才是一种真正的理解。当然，要径直保持“沉默”也是难的。

在海德格尔的后期思想中，对“语言—存在”问题有深入的思考。④ 在《形而上学是什么》中，海德格尔认为，科学以一种高傲的无所谓的态度对待“无”，把“无”当成“不有”的东西牺牲掉了。“无”并不是在有存在者之后才提供出来的相对概念，而是原始地属于本质本身，是我们与现实存在物作为整体相合一时才遇到的，也就是他所说的“在‘无’中”。在他看来，把握“无”从而真正把握人与物合一之整体，乃哲学思考的第一要义。⑤ 海氏的“不可

① ［英］路德维希·维特根斯坦:《名理论（逻辑哲学论）》，张申府译，北京大学出版社1988年版，第39、88页。

② 所谓“可说的”东西，是符合逻辑语法的经验事实命题,它包括日常经验命题和自然科学命题；所谓“不可说的”事项大致包括：逻辑形式、形而上主体、世界的意义和人生的意义、与世界的意义和人生的意义有关的伦理学、美学、形而上学和宗教，等等。

③ ［英］路德维希·维特根斯坦:《名理论（逻辑哲学论）》，第88页。

④ 在三个《语言的本质》演讲中，海德格尔以诗人斯退芬·格奥尔格的诗歌《词语》为例，企图“从语言中获得一种经验”。他认为，语言知识无涉于我们从语言身上获取一种经验，相反语言知识掩盖了真相，颠倒了人与语言的关系，所谓“词语破碎处，无物存在”，因此，只有弃绝言说，世界才能是本来的样子。参见［德］海德格尔:《语言的本质》,《海德格尔选集》，孙周兴译，上海三联书店1996年版，第1061—1067页。

⑤ ［德］海德格尔:《形而上学是什么》,《海德格尔选集》，第139—146页。

说”，只是相对于有限的“人言”而论的，对于隐藏其后的“道说”而言，却是生生不息的。对此，师从海德格尔的熊伟先生（1911—1994）认为：

“不可说”乃其“说”为“不可”已耳，非“不说”也。“可说”固须有“说”而始“可”；“不可说”亦须有“说”而始“不可”。宇宙永远是在“说”着。无非“它”“说”必须用“我”的身份始“说”得出，若由“它”自己的身份则“说”不出。故凡用“我”的身份来“说”者，皆“可说”；凡须由“它”自己的身份来“说”者，皆“不可说”。但此“不可说”亦即是“它”的“说”；“它”并未因其“不可说”而“不说”。①

“可说”和“不可说”同出，乃“说”的两个方面，必须有“可说”和“不可说”才能构成“说”的世界。这与“有”和“无”的关系一样，不能全“有”，亦不能全“无”，宇宙本一，有无相成而为宇宙。

三

对于形上学，中国现代哲学家大都怀着浓厚的兴趣，熊十力先生的“新唯识论”与冯友兰先生的“新理学”就是两个典型的形上学体系。② 对于形上学中不可说的领域，他们各自的解决之道却不相同。冯友兰先生接受过逻辑实证主义的训练，受到维特根斯坦思想的影响。相对于维氏选择的“沉默”，冯氏选择“以负代正”的言说方法。熊先生偏于经验世界与本体世界的区分，借用佛学“遮诠”的方式，遮拨一切法相，破相显性，达致本体，建构了极具学术原创性的体用论。下面拟分别论之。

首先，冯氏辨明了科学与哲学对“物”的不同理解。③ 在他建立的“新理学”

---

① 熊伟：《说，可说，不可说，不说》，国立中央大学《文史哲》季刊1942年第1期。

② 譬如冯友兰先生就认为，在中国的哲学史中，先秦的道家，魏晋的玄学，唐代的禅宗，恰好形成了一个形上学传统，他所创建的“新理学”就是在这种传统的启发下，“接着”宋明道学的讲法，利用现代新逻辑学对形上学的批评，以成立一个完全“不著实际”的形上学。参见冯友兰：《新原道》，《三松堂全集》卷5，河南人民出版社1986年版，第147页。

③ 冯氏认为，科学和唯物论中的“matter”（物质），有物质性，可名状、可言说、可思议；哲学上的“matter”（物质），本身无性，因无一切性，故不可名状、不可言说、不可思议。参见冯友兰：《新理学》，《三松堂全集》卷4，第47—48页。

系统中，有四组主要的命题，这四组命题都是形式命题，理、气、道体、大全四个主要观念，就是从四组命题中推出来的，其中“理及气是人对于事物作理智的分析，所得的观念。道体及大全是人对于事物作理智的总括，所得的观念”。[①]他明确地宣称，真正形上学的任务，就在于提出这一类观念并加以说明。通过中西形上学方法的比较后，冯氏指出，西方哲学家讲形上学用的方法是“正的方法”，即“逻辑分析方法”，当他企图用此一方法解释新理学的四个形上学概念时，却发现无从下手。[②]由此总结出“正的方法”讲形上学的局限性，即用理性在天与人之间划定了一个界限，因此不能真正把握形上学的对象，更不能使人达到“天人合一”的最高境界。有鉴于此，他从道家哲学和禅宗思想中总结出“负的方法”，即直觉主义的整体把握方法，也即所谓“烘云托月”法，是讲其所不讲或画其所不画，说气，不说气是什么，而说气不是什么；画月，则画云彩留白。在冯氏看来，对于不可思议、不可言说的形上本体，只能采取“负的方法”，而非“正的方法”。[③]

在冯先生的形上学建构中，“负的方法”极为重要，超过“正的方法”，故而“以负代正”，居于上位。同时，两种方法又是相辅相成的，在他看来：

> 一个完全的形上学系统，应该始于正的方法，而终于负的方法。如果它不终于负的方法，它就不能达到哲学的最后的顶点。但是如果它不始于正的方法，它就缺少作为哲学的实质的清晰思想。
>
> 在中国的哲学史中，正的方法从未得到充分发展……在西方哲学史中从未见到充分发展的负的方法。只有两者相结合才能产生出未来的哲学。
>
> 在使用负的方法以前，哲学家或学哲学的学生必须通过正的方法；在达到哲学的单纯性之前，他必须通过哲学的复杂性。

---

① 冯友兰:《新原道》,《三松堂全集》卷5，第154页。

② 譬如“真元之气”之“不能讲”，在于它没有任何具体性质可被思议言说，因为气不是甚么，如思议言说它，就要当它是甚么，是甚么者就不是气；又如“道体”和“大全”之“不能讲”，在于“道体”是一切的流行，“大全”是一切的有，二者都是外延至大、无所不包，因而不能被对象化的存在。这三个观念之所以不可说、不可思，就在于其所指均超出了逻辑的范围、语言的范围。参见冯友兰:《新原道》、《新知言》,《三松堂全集》卷5，第151—152、231—232页。

③ 冯友兰:《新原道》,《三松堂全集》卷5，第169—174页。

> 人必须先说很多话然后保持静默。①

冯氏的“新理学”，源于思之说，止于不思不说。冯氏的沉默，类似于理学家今日格一物明日格一物之后，突然豁然贯通，直接面对已然完整呈现出来的形上对象，同天、同万物浑然一体，此时，对于领悟不可言说的境地，语言已成多余。

不同于冯氏的“以西释中”，熊十力先生更多地从传统思想资源中寻找解决之道。熊氏认为，“体”是超越一切事物的至理，没有差别，没有分畛。言说所表达的，是有封畛的，“体”无封畛，非言说能及，而“用”是有形状、千差万别的，故可说。他是这样说的：

> 我们要谈本体（体），实在没有法子可以一直说出。所以，我很赞成空宗遮诠的方法。但是，我并不主张只有限于这种方式，并不谓除此以外再没有好办法的。我以为所谓体，固然是不可直揭的，但不妨即用显体。因为体是要显现为无量无边的功用的，用是有相状诈现的，是千差万别的。所以，体不可说，而用却可说。②

那么，哲学家又如何达致本体呢？熊氏认为，哲学家不应该定义本体是什么，因为这样只能引起误解，而是应该引导人们摆脱关于本体的种种误解，返观自识，自悟真理，虽不能用语言表达，但心知肚明。那么，如何才能借助语言，摆脱误解而心知肚明呢？熊氏认为，哲学上的修辞，最好用“遮诠”的方式：

> 详夫玄学上之修辞，其资于遮诠之方式者为至要。盖玄学所诠之理，本为总相，所谓妙万物而为言者是也。以其理之玄微，故名言困于表示，名言缘表物而兴，今以表物之言而求表超物之理，往往说似一物，兼惧闻者以滞物之情，滋生谬解，故玄学家言，特资方便，常有假于遮诠。③

---

① 冯友兰：《中国哲学简史》，《三松堂全集》卷6，第305—306页。

② 熊十力：《新唯识论》（语体文本），第301—302页。

③ 熊十力：《新唯识论》（文言文本），第66页。

在熊先生看来，古今讲哲学而善用“遮诠”的，莫过于佛家，佛家中尤其以大乘空宗为善巧，故而他特别欣赏空宗一往破执的“遮诠”言说方式。[①]凡是不便明说或者难于明说的地方，通过“遮诠”的间接方式，把该说的隐去，借已说的使人联想，对人启发，使人领悟，可以达到意想不到的效果，这与反诘、旁敲侧击、棒喝等方式类似，均为禅宗觉悟佛性本体的方式。对此，熊氏析云：

> 夫言说有遮诠、表诠。表诠者，直表其事，如在暗室而对彼不睹若处有几者，呼告之曰若处有几。遮诠者，因有迷人于暗中几妄惑为人为怪，乃从所惑而遣除之，即以种种事义，明其如何非人，以种种事义，明其如何无怪，而不复与直说是几，卒令彼人悟知是几。[②]

“遮诠”的言说方式，是由大乘佛教的龙树菩萨发展而来的一种解释方法，其基本特征在于否定一切由理性知识的“量智”所定义的本体观念，使人们认识到对象化思维的局限性，最终超越“量智”达到“性智”，也即本体境界；其基本的方法就是不作任何肯定的陈述，而是通过不断地否定别人的意见，指出别人的错误，使人认识到日常语言的限度与有效性，最终认识本体。[③]

---

① 所谓“表诠”、“遮诠”，乃佛教体认和传播佛理的言说手法。“表诠”是从正面对所欲诠释的事物和道理作径直的肯定解释，“遮诠”是指所欲诠释的事物和道理，无法直接表达，只好针对人心迷妄执着的地方，想办法攻破，令人自悟。对此，宋初永明延寿禅师释云：“遮谓遣其所非，表谓显其所是；又遮者拣却诸余，表者直示当体。”（《宗镜录》卷34）

② 熊十力：《新唯识论》（文言文本），第66页。

③ 遮诠的句子具有“既是又否”、“既不是又不否”的形式。熊氏本人就常采用这种言说方式，如“本体既是空的又不是空的”，“本体既不生又不不生”等。对此，张庆熊先生认为：“遮诠的说话方式不是简单的否定，而是一系列肯定和否定的结合。使用遮诠的说话方式的人意识到，任何有关本体的陈述，至多只有部分的真理性，而且会引起某种误解。因此当作出了有关本体的肯定的陈述时，就要设法否定它，避免引起新的偏差，这叫作‘自说自扫’……本体归根到底是不可言说的，语言在此犹如一把梯子，借助它爬上高处，跨越量智的障碍之墙，再把它扔掉自己去看本体的真理。”（参见张庆熊：《熊十力的新唯识论和胡塞尔的现象学》，上海人民出版社1995年版，第244页）熊氏最喜欢用的比喻是，当一个小和尚不知道什么是月亮的时候，老和尚用手指着月亮，说这就是月亮。月亮当然不是手指，小和尚要看到月亮，必须顺着老和尚的手指，超越老和尚的手指，用自己的眼睛去看月亮。我们要认识本体，也必须通过语言，超越语言，返观自己的本心，自己体认本体。

熊氏认为，“遮诠”之法可以破除一切人的知识与情见，涤除世俗知见，破除一切法相，达于豁然彻悟，深入真实本性，即所谓“破相显性”，如云：“他们的言说，总是针对着吾人迷妄执着的情见或者意计，而为种种斥破，令人自悟真理。”① 熊氏论及此一问题时，深有感触，认为许多奥隐曲折的意思，广大精深，很难为一般人说得，唯有与他有相同见解的人，才知个中甘苦。在他看来，用“遮诠”方式讲体用，可以避免把“体与用截成二片”，体用高度统一，不可分割，“体”虽不可说，“用”却是可以说的，因为“用”总是“体”之“用”，“用，就是体的显现。体，就是用的体。无体即无用。离用元无体。所以，从用上解析明白，即可以显示用的本体”②，故而对“用”的言说，都可以显现、烘托、反映出未说的“体”的境界，并且使我们更接近“体”。

从方法论上看，无论是“沉默”、“负的方法”或是“遮诠”，对于我们研究“体”的问题，都具有重要的启发意义。所谓“不可说”者，在一定意义下仍然是可说者，“不可说”本身是一种言说方式，是一种无须借助语言的直接体悟，在知识论与认识论层面上，不同于今人之理解。清人姚鼐在评价传统的评点之学时，认为圈点启发人意，有愈于解说，不可言喻者，必自可言喻者而入，如《答徐季雅》云：

> 夫文章之事，有可言喻者，有不可言喻者。不可言喻者，要必自可言喻者而入之。韩昌黎柳子厚欧苏所言论文之旨，彼固无欺人语，后之论文者，岂能更有以逾之哉！若夫其不可言喻者，则在乎久为之自得而已。震川阅本《史记》，于学文者最为有益，圈点启发人意，有愈于解说者矣。③

同样，对于不可说之本体之气，也应该有一个可言喻的入口。明了此一前提，对于重新审视气之本体论、价值论及其蕴含的一般知识状况，具有思想清场的意义。这正是我们要进一步探讨的。

---

① 熊十力：《新唯识论》（语体文本），第300—301页。

② 熊十力：《新唯识论》（语体文本），第302页。

③ 姚鼐：《惜抱尺牍》卷2，见《明清十大家尺牍》卷3，中华书局1938年版，第36—37页。

第三节 如何说气及其蕴含的一般知识状况

一

如何说气，这就涉及近代以来知识论与认识论的一般状况。中国近现代以来认识论的确立，是与引进西方近代认识论密切相关的。中国近代意义上的认识论，始于严复先生（1853—1921）对英国经验哲学的引进，在翻译《穆勒名学》（原名为《逻辑学体系：演绎和归纳》）一书时，他明确区分了主体与客体的关系，“万物固皆意境，惟其意境，而后吾与物可以知接，而一切之智慧学术生焉。故方论及于万物，而明者谓其所论，皆一心之觉知也”。对于这一段话，他解释为：“盖我虽意主，而物为意因，不即因而言果，则其意必不诚。”[①]“主”即是主体，“物”即是客体，“意”即是认识，“因果”即是逻辑。他强调经验是认识的源泉，确定了人认识能力的限度，所谓“可知者止于感觉”，这就将本体与现象区分开来，也将人的认识能力与认识对象区分开来，可以说，严氏对中国近代哲学认识论的建立有开创之功。对于近代以来哲学的基本走向，章太炎先生（1869—1936）《菿汉昌言》评云：“康德以来，治玄学者，以认识论为最重要，非此所得，率尔立一世界缘起，是为独断。”[②]这既道出了西方哲学的走向，也点明了中国近代哲学的趋势，就是认识论问题的一支独秀。

西方认识论的状况，自20世纪以来，发生了很大的变化。以量子学和相对论为代表的现代科学，最早从思维框架上突破了传统哲学的二元论边界，对于传统知识论和认识论的看法正在发生变化，其中具有启发意义的，譬如波兰尼（Michael Polanyi，1891—1976）的科学认知理论。物理化学家的身份，使波氏切身感到科学本身的危机，特别是作为方法论基础的还原主义和客观主义所导致的以简约取代复杂，从根本上将人的因素、人的情感排除在科学认知以外，从而丧失系统的整体性和主体性，造成事实与价值、知识与人的分裂，使科学成为反人的理论。有鉴于此，波氏倡导科学与人性的重新结合，主张迈向个人知识的认识论。他将知识区分为“显知识”（explicit knowledge）和“意

---

① 严复：《穆勒名学》，《严复集》第4册，中华书局1986年版，第1027—1053页。

② 章太炎著，虞云国校点：《菿汉昌言》，《菿汉三言》，上海书店出版社2011年版，第10页。

会知识”（tacit knowledge）[①]，强调“意会知识”逻辑地先于“显知识”，其确定性超出或低于“显知识”。他认为：“意会知识比显知识更为根本：我们能知道的比我们能说的更多；而如果不通过对我们可能不能言说的事物有所意识，那么，我们将对其不可言说。”[②]

波氏以“意会知识”说“不可说”，对于中国传统文化的研究，是具有启发意义的。如果换成我们古人的说法，所谓“显知识”，大体相当于“言”，“意会知识”大体相当于“意”，也就是说，本体只能通过意会的方式知道，也即借思维模式、符号体系来显示，而非语言的形式。以气论而言，古人论气，少有直接定义者，多采用迂回曲折、类比联想、举一反三的方式，譬如论“天地间清气”，元代刘将孙（1257—？）是这般描述的：

> 天地间清气，为六月风，为腊前雪，于植物为梅，于人为仙，于千载为文章，于文章为诗……清以气，气岂可握而学，揽而蓄哉！目之于视，口之于言，耳之于听，类不知其所以然而然，有得于情性者，亦如是而已。夫言亦孰非浮辞哉？惟发之真者不泯，惟遇之神者必传，惟悠然得于人心者必传而不朽。彼求之物而不求之意，炼于辞而不炼于气，何如其远也。[③]

被四库馆臣誉为“浩瀚演迤，自成一家”的刘将孙，是元初文气说的倡导者。在他看来，“清气”之于诗，犹如人中之仙、花中之梅，不可缺少，其特点在于“得于情性”、“不知其所以然而然”，所以“发之真”、“遇之神”、“得于心”，带有一种孤高脱俗、缥缈无际的情愫，这种“清气为诗”的说法，可能与元初士人的遗

① 在《科学、信仰与社会》和《个人知识》中，波氏描绘出两者的区别，“显知识”是可以言传的知识，通过书面语言、图表或数学公式来表达，具有如下特点：概念运动、焦点意识、解析清楚、演绎、归纳并论证；“意会知识”既非可言明的感性经验，亦非理性的冲动，而是存在于人的认识实践中，具有如下特点：运用辅助意识、身体行为、运用技巧、行为模式、调整适应能力。

② ［英］迈克尔·波兰尼：《个人知识——迈向后批判哲学》，许泽民译，贵州人民出版社2000年版，第129页。

③ 刘将孙：《彭宏济诗序》，见陶秋英编选《宋金元文论选》，人民文学出版社1999年版，第550页。

民情绪有关。这一段关于“清气”的描述，如行云流水，用诗一般的语言描述了“清气”的存在方式及其与情性、言辞之间的关系，这种诗人萃“天地间清气”，以月露、风云、花鸟为其性情的写法，乃是典型的中国式意会表达方式。

作为一种特殊的人文知识，中国传统的人文知识并非现代意义上的科学知识或可编码化的技术知识，其知识宗旨是价值与意义，而非普遍真理，所擅长的知识表达方式与其意会默识的知识特性是相辅相成的，它崇尚传统的历史叙事、价值规约，追求的知识效应往往是学问化的知识积累与智慧流布，而非学术化的理性推理与逻辑式的知识推新。这是一种能够体验感知却无法用价值理性予以分析，无法用语言文字表述的意会默识，是一种切近古人生活经验、情感体验的学问与精神智慧，包含对传统文化精神生命的体悟，对其深层价值的心领神会，它的获得，源于古典时代的整体知识结构对于学者心智的潜移默化式渗透。

作为中国古代意会知识的核心要素，气在上古思想史中变迁的真相，我们目前还很难定论。气是古代哲学观念史中的一个关键术语，就其原始字形来看，最初似源自水蒸气一类，蒸发为云雨，液化为水，固化为冰，形态多样，与呼吸、云霭、地气有密切的联系，与云、雨、水、冰等概念有着相同的源头。① 就目前的甲骨文、金文资料来看，虽然有“气”字出现，但有学者认为，这是作为以“乞”为意符的一类文字的假借字使用，此“气”字并不能直接发现气概念的原型，战国时期的“氣”字才是“气”的本字。② 但这并不意味着气的思想战国才出现，气源于原始生命意识和上古身体观念，人们很早就有对气作为“呼吸的东西”的意识，故而现代学者也常常紧扣甲骨文中“风”、“云”、“地”的资料，来推测“气”字的原型。但是，显明的问题在于，“气”字在甲骨文、铭文以及《尚书》、《诗经》中的含义，与春秋以后的文献在文化特性与哲学意蕴上有着很大的断层，目前所见的文献资料还不足以梳理出意义完整的线索。就现存典籍来看，作为自然现象的大气、身体意识的气息与本体意义的元气思想，已经共同出现在战国时期的各种文献中，有关气的宇宙观和形上思想已经完成，气业已成为中国早期哲学中形质与本体、具体与抽

① 详细的论述，参见本书第三章“气学知识谱系及其扩展”。

② ［日］小野泽精一、福永光司、山井涌编：《气的思想——中国自然观和人的观念的发展》，李庆译，上海人民出版社1990年版，第26页。

象兼备的原初范畴了。气的多重样态为宇宙普遍原则的概念化提供了原型，古代思想家论气，能够从中抽绎出某些原理法则，这样的原则既适用于自然变化也适用于精神生活，因此，将其比附作为指导人类社会行为与人文创造的准则，也便顺理成章了。

对于气的理解，汉学家的观点，或许可以从他者的立场，给我们以启示。[①] 葛瑞汉（Angus Charles Graham，1919—1991）认为，气在中国古代思想中的地位相当于西方宇宙论中的“物”的范畴，“气首先是呼吸，动静不拘，有空间扩展而又不是实体，尽管结霜时变得视而可见。气被想象为固体，运动的速度越慢，越不利于体内循环与增强活力，如‘精’，身体中一种刺激生命的液体。就其最大限度的纯洁度而言，我们能够把它思之为西方的纯能（pure energy）”[②]。艾兰（Sarah Allan）认为，就人而言，气是呼吸与精神活力；就物质世界而言，气是雨水与溪流之间转化的雾霭；就抽象层面而言，气是道的组成部分，“有意义的是，‘气’的概念超乎西方人的理解——但对中国人则不然——它作为系于人体的物质与超越之间的临界点，作为更广大宇宙的物质创造物，在物质世界‘气’是雾霭，在非物质宇宙‘气’是精神”[③]。他们普遍认为，气是中国早期概念中最难理解的本体概念之一，它兼有万象之本质与客体之成分，含义纷繁，定义模糊，无法用西方语言中的一个词来囊括气的特征和意义，除音译外，见于汉学家的论著中，还有各式各样的译法，如“以太”、“物力”、“生命力”、“物质”、“物质能量”、“组合力”等，总之，气不是单一的范畴，而是融合了许多概念的含义。[④]

二

在中国近现代以来哲学家的知识体系建构中，作为一个本体意义的范

---

① 对于“气”字的解释以及对气学的理解，汉学家基于不同的文化背景给予的阐释也不同。譬如《气的思想——中国自然观和人的观念的发展》附论“西洋文献中‘气’的译语”，收罗了德、法、英的资料，第528—537页；李存山先生《中国气论探源与发微》有相关转录及评述，第379—389页。

② ［英］葛瑞汉：《庄子：内篇》（*Chuang Tzu：The Inner Chapter*），转引自［美］艾兰：《水之道与德之端》（*The Way of Water and Sprouts of Virtue*），张海晏译，上海人民出版社2002年版，第95—96页。

③ ［美］艾兰：《水之道与德之端》，第145页。

④ 参见［美］杨斯基：《朱熹之“气”辨析》，《哲学探讨》1987年第3期。

畴，气具有突出的理论建构价值，在这一方面，冯友兰先生的研究是具有代表性的。不同于宋明理学的理本、气本、心本的路径，冯氏“新理学”要解决的一个根本问题，就是如何借助于逻辑的形上学观念达致哲学的最高境界，即万物浑然一体的天地境界。他运用类逻辑、重言式、名言分析、命题逻辑诸方法，推演“理”、“气”、“道”、“大全”的含义及其相互关系，以期建立一个“纯形式的”形上学体系，从而找到宇宙大全的终极根源。

冯氏认为，在中国哲学中，所谓“气”是一个意义非常分歧的名词，他是这样界定的：

> 凡不可看见，不可捉摸的东西，或势力，旧日多称之为气。近来空气或电气之所以称为气者，其故也由于此。用现在的话说，所谓天地之气，大概可以说是宇宙间的根本的本质或势力。①

他将“气”分为两层意思，有相对的意义，有绝对的意义。就相对的意义说，“气”是一种事物，是某种有机质的原质，譬如人的血肉筋骨，是所以能存在者；就绝对的意义说，“气”是一切事物所以能够存在者，而其本身，只是亦可能的存在，也就是“新理学”中的“真元之气”。“气”曰真元，这个“气”，就是从绝对的意义上说的。②在冯氏的理论系统中，“气”完全是一逻辑的观念，“其所指既不是理，亦不是一种实际的事物”③。在他看来，中国哲学史上已往主理气说者，对于气皆未能有清楚的见解，包括横渠与程朱所谓之气，都不似一完全逻辑的观念。④对冯氏而言，“气”并不是某种具体的存在或事件，而是事物之所以为此物在逻辑上的可能性，他认为：

> 我们不能说气是什么。其所以如此，有两点可说。就第一点说，说气是什么，即须说：存在的事物是此种什么所构成者。如此说，即是对于

---

① 冯友兰：《新原道》，《三松堂全集》卷5，第92页。

② 冯友兰：《新原道》，《三松堂全集》卷5，第151页。

③ 冯友兰：《新理学》，《三松堂全集》卷4，第49页。

④ 冯先生认为，张载哲学中气完全是科学的观念，程朱哲学分气为清浊，未将气之名作为私名看。

> 实际，有所肯定。此种什么，即在形式之内的。就第二点说，我们若说气是什么。则所谓气，亦即是一能存在的事物，不是一切事物所有以能存在者。气并不是什么。所以气是无名，亦称为无极。①

冯氏所谓“真元之气”，虽然借用自伊川，但并不是一种实际的物，而有似于何晏《无名论》谓“夫惟无名，故可得偏以天下之名名之”②，乃是“依照‘玄’之理而实际中即有实际的黑的物，依照‘素’之理而实际中即有实际的白的物。真元之气，其本身不依照任何理，惟其不依照任何理，故可以依照任何理，其本身无任何名，惟其无任何名，故可为任何物，有任何名”③。这与普通言语中常说的“气”，以及中国旧哲学中常说的“气”，是不同的。

在“新理学”的四个形上概念中，“气”不等于“理”，但有“理”必有“气”，因为“事物必都存在。存在的事物必都能存在。能存在的事物必都有其所以能存在者。借用中国旧哲学家的话，有理必有气”④。他认为，从逻辑说“理”与“气”是“物之初”，这是因为“理与气都是将事物分析到最后所得的。我们不能对事物作再进一步的分析，所以它们都是‘物之初’，不能有再‘初’于它们者”。⑤ 冯氏关于形上本体的解释，与宋明理学的解释纯然不同，而是有似于古希腊柏拉图、亚里士多德的哲学以及近代黑格尔的哲学，如“理”之观念有似于‘有’之观念，“气”之观念有似于‘无’之观念，道体之观念，有似于‘变’之观念，大全之观念，有似于‘绝对’之观念。⑥ 在冯氏看来，形上学的任务，就是要说明这一类的观念。

冯氏关于“气”的主要见解，如上所述。那么，需要进一步追问的问题是，在“新理学”这样一个“不着实际”的逻辑中，哲学的形上意义何在？如何经由气之形上观念返回形上学对象，并最终达致与万物浑然一体的天地境界呢？

---

① 冯友兰：《新原道》，《三松堂全集》卷5，第151—152页。

② 列子著，杨伯峻集释：《列子集释》，中华书局2012年版，第116页。

③ 冯友兰：《新理学》，《三松堂全集》卷4，第49—51页。

④ 冯友兰：《新原道》，《三松堂全集》卷5，第150页。

⑤ 冯友兰：《新原道》，《三松堂全集》卷5，第155页。

⑥ 冯友兰：《新原道》，《三松堂全集》卷5，第155页。

对于第一个问题，冯氏是这样认为的：

理及气的观念，可使人游心于“物之初”。道体及大全的观念，可使人游心于‘有之全’。这些观念，可使人知天、事天、乐天，以至于同天。这些观念，可以使人的境界不同于自然，功利，及道德诸境界。①

据此，他认为哲学乃无用之用，也可称为大用。形上学的目的，不在于予以人积极的知识，但可使人对实际、对宇宙人生有一种了解，对于有此种了解的人即有一种意义，此一意义即构成人的一种境界，这一境界也即“同天”的境界，这是人的最高精神境界，这种境界的获得，必须经由形上学的习得。正是针对“正的方法”以逻辑纯思截断了天人之间的界限，使我们不能真正地把握形上学，冯氏提出通过“负的方法”，即借助形上学观念，超越理智与语言的界限，直接面对表现出来的形上对象，进而返归“大全”，也即“同天”，达到天地人合一的“天地境界”。

对于第二个问题，囿于冯氏并没有将其形上体系与人事割裂开来②，所以他并没有对这种“天地境界”如何实现作进一步的、充分的论证，因此，如何经由气之观念最终返回与万物浑然一体的整体世界，也就无从知道了，这正是我们有兴趣进一步追问的。而在此之前，重新审视此一提问背后的中西学术的不同逻辑预设，也就显得很有必要了。

三

在主客二元的思维模式下，以物观物，固然是现实世界之必然，但是在“天人合一”的整体追求中，以气观物、以道观物，则能显现出更高的境界来。对于传统气学的研究而言，后者理当成为更高层次上比勘会通方法论之首选。那么，如何才能进入天地一家、“万物一体”的境地呢？

就传统气学的研究而言，毫无疑义，对于知识意义的追求是题中应有之义。譬如从知识意义上，我们可以讨论的问题有：什么是气、构成气的要

① 冯友兰：《新原道》，《三松堂全集》卷5，第159页。

② 譬如“新理学”虽然是最玄虚的哲学，但最终讲的还是内圣外王之道。

素、气的起源、气的性质、气的范围、气演变的规律，等等。这些问题业已构成了现代哲学思想史研究中一个相当重要的面向。但是，问题的另一方面在于，知识论存在的前提，在于认识上的主客对立，也就是作为主体的研究者通过什么样的方法或途径才能认识或理解作为本体的气，但是，时至今日，过多的自我中心与实践意识侵蚀着人类的精神，有碍于对于世界整体关系的体认。因此，我们首先需要审视的是作为现代立场与方法论原则的心物关系和身心关系，也即近代以来占据中西主流话语地位的主客二元论和自我中心论，并以此为契机，尝试重建一种“万物一体”、一气相通的精神世界，也即物与物、人与物、人与人融合一体的世界。

无法回避的是，如何进行中国传统气学的整体性研究，是一个现代学术视域中的问题，这是在西方学术思想的对照下，尤其是伴随着现代学科条块分割而带来的先天性局限背景下才凸现的问题。探讨此一问题，近现代以来西方哲学的研究成果，值得我们倍加重视。三百多年来，在哲学领域占据统治地位的是笛卡尔的主客二分或物质精神二元论，这种传统自柏拉图开端①，经过基督教哲学的发展完善，在近代定型。一般以主体性为原则，按照主客关系的思维模式，把认识事物的本质视为哲学的最高任务。这种外在性、对象性的哲学理念被现当代哲学家所抛弃，从尼采、海德格尔、雅斯贝斯（Karl Jaspers,1883—1969）到马塞尔（Gabriel Marcel,1889—1973），超越主客体的思想成为时代的主流。上述几位哲学家，在汉语思想界的名声颇大，在这里列举另外几位。

德国古典哲学的改造者谢林（Friedrich Wilhelm Joseph von Schelling，1775—1854），在早期代表作《先验唯心论体系》中，一反康德的审美观，主张天地万物本原乃是主体与客体、自我与非我、思维与存在、精神与物质的无区别同一，在他看来，人类的理性实践受制于主客二元对立，只有在“理智直观”活动中才能超越主客关系，重新回到“绝对”，也即主客不分的状态。② 这

① 柏拉图在《蒂迈欧篇》（*Timaeus*）、《斐多篇》（*Phaedo*）中，明确地将宇宙和人的构成分为灵魂与肉体两部分，精神性的灵魂高于物质性的肉体。所谓“哲学生活”就是无视肉体的愉悦而转向心灵，这种思想业已预设了心物二分的前提。

② 按照谢林的说法，哲学认识要达到主客关系的合一，必须通过直观来把握，而哲学所谓直观并不是感性的，而是理智的、概念的，它必须被客观化，以便被意识到、被经验到，因而总带有概念的抽象性而缺乏现实性，谢林把这种直观称为“理智直观”。参见［德］谢林：《先验唯心论体系》，梁志学、石泉译，商务印书馆1977年版，第273—274页。

是高于原始主客合一的更高级状态，一般人的意识很难接近或达到哲学意义上的主客不分、“天人合一”的地步，因此哲学也就成了少数人的事业。谢林认为，艺术是解决现实困扰的救世主，艺术高于概念形式表达的哲学，“理智直观的客观化就是艺术”，“在艺术品之中能给我们以绝对同一”，因而艺术超越主客关系，超出日常生活的矛盾，是道德与功利、理性与感情的融合。[①] 谢林曾经是浪漫派的领军人物，他相信人类的历史是从“原始状态”（即“黄金时代”）开始，以“理性王国”（即“法治的黄金时代”）结束，他的思想遭到同学黑格尔的贬低，却在半个世纪后受到海德格尔的赞赏。

德国宗教存在主义哲学家马丁·布伯（Martin Buber，1878—1965），在其文笔优美的《我与你》（*Ich und Du*）中，将人的对象化活动称为“我—它”（Ich-Es），将主客的相融相通称为“我—你”关系[②]。人通过筑居于“它”之世界，利用与我相关联的一切在者获取经验，满足欲望。布伯认为，人类若没有这种对象化的活动，就不能产生科学。但是，假如一个人仅仅停留于这种态度的生活，那也就被物化，失去了作为主体的意义，就不能成为一个真正的人。因此，他认为应该强调的不是“人与物”的关系，也即“我—它”的占有、对立状态，而是“人与人”的关系，也即“我—你”相遇、对话的关系世界。只有这样才能跳出人类自我中心论的控制，将自我和他物的关系由占有与被占有，转为人与物融为一体的境界，或者说是一种天地一家的超越主客的境界，从而避免科学主义与唯我独尊而导致的更大危机。[③]

稍晚于布伯，同为犹太籍的波兰尼批评科学实证主义的方法论，提出全新的人学科学观与认识论。他认为，只有处于“内居”（indwelling）的关系，也即主客同一的过程中，才能更真实地认识对象。这种主客同一的“内居”状态，是一个认知不断深化的运转过程，首先是外在的“我—它”关系，即人与

---

① ［德］谢林:《先验唯心论体系》，第273—274页。

② 所谓“我—它”，即自我世界与“它”之世界的二重性，世界于我便是相对立的“它”者。“我—你”关系为枢机的“相遇”哲学，展示了世界的二重性与人生的二重性，即“你”之世界与“它”之世界的对立，“我—你”人生与“我—它”人生的对立，以及“我—你”与“我—它”在人类历史文化中的呈现。参见［德］马丁·布伯:《我与你》，陈维钢译，生活·读书·新知三联书店1986年版，第45—51页。

③ ［德］马丁·布伯:《我与你》，第45—51页。

对象相对，通过自己的存在意会地认识对象；其次是“内居”层面的“我—你”关系，即将自己的存在投入到对象之中（人的知识、信念、情感和价值等），从而获得有关对象的特定认识；最后是认知过程的最高点“我—我”关系，这是一种主体的“静观”（contemplate）和在对象中发现有我的“欢会神契”（conviviality），它填平了“我—它”、“我—你”之间的鸿沟，代表了最高层次的“内居”。[①] 基于此一全新的认知方式，波氏将科学的认识论与对人性的认知结合在一起，重新回归了西方自启蒙运动以来的个人主义、人本主义的传统，并对当代的一些著名的科学哲学家，如库恩（Thomas S. Kuhn）、瓦尔托夫斯基（M.W. Wartofsky）等产生了重要的影响。

稍晚于波兰尼的吉尔伯特·赖尔（Gilbert Ryle,1900—1976），系英国分析哲学“牛津学派”的创始人，他用分析哲学的方法，对笛卡尔的主客二分或身心二元论，进行了全面的逻辑分析和批判，其代表作《心的概念》（*The Concept of Mind*）产生了巨大的影响。在赖尔看来，认定身心二元，就意味着将世界万物及表象都归为两种平行不悖的存在范畴，即身与心两者是不同的存在实体。赖尔用“范畴错误”为核心的归谬法，对身的本质有广延性而无思想，心的本质无广延性而有思想的悖论提出质疑。在他看来，心灵与身体有着相似性，心灵的活动与身体一样有原因和结果，它们共存一个躯体中，却又彼此独立，这就必然导致两个荒谬的结论：如何解释身体现象与精神现象的交互作用？人的精神现象是否为他人所知？赖尔将笛卡尔的身心二元论形象地比喻为“机器中的幽灵”（ghost in a machine），他的做法是消除心与物之间的神圣对比以及唯物论与唯心论之间的不恰当判断。[②] 赖尔用这个方法，对“理智”、“理性”、“理论思维活动”等各种心理活动的词句进行逻辑分析，以证明笛卡尔“范畴错误”之

---

① ［英］迈克尔·波兰尼：《科学、信仰与社会》（*Science, Faith and Society*），王靖华译，南京大学出版社2004年版，第200、28—29页。

② 赖尔认为，不恰当的关联导致的“范畴错误”是形成哲学误解的原因所在，譬如“心：头、手、足”关联“统治者：臣民”的“副政治神话”（the para-political myth），“心：头、手、足”对应“控制器：其他机器”的“副机械论神话”（the para-mechanical myth）。他尝试一种新的因果关联，即“心：头、手、足”对应“大学：学院、图书馆、运动场”，或“心：头、手、足”对应“英国机构：议院、法院、英国国教”。参见［英］吉尔伯特·赖尔：《心的概念》，徐大建译，商务印书馆1992年版，第1—19页。

所在。①

不同于谢林将超越主客关系引向艺术哲学，布伯将超越主客的统一体引向宗教，波兰尼将其引向科学哲学，赖尔则引向了逻辑分析。虽然路径不同，但是，他们在超越主客二分的目的上，却是一致的。这与近现代西方哲学的主导思想，如尼采主客观融合的“酒神”状态，海德格尔“天地神人”的四位一体，在理论旨趣上是相同的。顺着以上各家论述的语脉，可以认为，只有超越主客二分的境界，才能在“人与物”和“人与人”构成的关系世界里，达致人与物融为一体，人与人融洽和谐的状态，大体上也就是王阳明所说的见岩中花，“则此花颜色一时明白起来”的“人与物”化境，以及《礼记·乐记》中“人与人”的“和顺”、“和敬”、“和亲”境况。对于超越主客关系的“万物一体”境界的追求，对于无限的精神性联系与整体世界的向往，亦是中西学术相通的理念。

对于整体性的把握是哲学的最高任务，气学正是通过实现这一任务而呈现出自身的价值与意义。在以天地、理气、心性为核心所构成的中国古代宇宙伦理话语系统中，气是一个公共性的关联要素，也是一个具有形上意义的本体范畴。理解气是理解中国古代“三才”知识体系以及对待立义、中和、体用等思维模式的关键所在，如《淮南子·本经训》谓“天地之合和，阴阳之陶化万物，皆乘人（一）气者也”②，亦如王夫之谓“天人之蕴，一气而已”③，在无内无外、无量无边、无始无终、无高无下、无古无今的境地中，唯有浑然一气的流动充盈，此即是古人视野中的“天人合一”之境，故而在传统气学思想中，“天人合一”就是体用合一，也就是道器合一、心物合一、知行合一、物我合一。因此，对气学的诠释，也须置放于天地人合一的情境中，才能较为准确地理解和把握。

有鉴于此，在当代知识结构和学术话语中，为什么谈“气”以及在什么层面谈论“气”是远比什么是“气”之确定含义更加重要的问题。历史地看，20个世纪以来围绕气论展开的唯物、唯心之辩，与哲学思想史上的有无之辩、形神之

① ［英］吉尔伯特·赖尔：《心的概念》，第1—19页和“译者的话”。

② 刘安著，何宁集释：《淮南子集释》，中华书局1998年版，第565页。

③ 王夫之：《读四书大全说》卷10，中华书局1975年版，第660页。

辩、体用之争一样，都是在不同的历史时间段里，古今、中西传统碰撞下方法论的抉择。因此，厘清围绕在气学知识话语及其背后的思维路数，不妨视为本书展开前的思想清场。之所以有以上引述，是基于当下的现实和学术环境，在诸神隐遁、唯我独尊以及技术理性、科学主义、实用主义节节胜利的世界图景中，普遍性的知性思维方式是人们认识自然、社会乃至人自身的不二法门，主客思维模式仍然是唯一正确的认识方法。只有放弃将其视为唯一正确的方法论的时候，或许可以心定神远地谈论有关气的问题。当然，本书即将以古今、中西维度展开的气学话语形态研讨，虽然体现了在此一方面的理论努力，但仍不免担心落入既有的框架之中自说自话。

第四节 气学解释的必要前提

一

作为一套知识系统形成的主导因素，思维范式不仅以一种隐秘的方式影响着人们的社会生活，在深度意义上改塑着人们的精神世界，而且以特定的方式构建着人类思想的历史。对于古人思维特征、分析方法和逻辑思辨特质的研究，是传统学术中的一个较为薄弱的环节，历代的研究均显不足，当然，这本身也是近代以来中西文化体系的全面碰撞中，对照而出的一个问题意识，因为对古人而言，浸淫其间，真诚信仰，毋庸置疑。对此，我们可以从忧心忡忡的杞人和朋友间的一组对话来看。

“杞人忧天”在中国文化史上的名气是很大的，按照《列子·天瑞》篇的记载，故事是这样的：

杞国有人忧天地崩坠，身亡所寄，废寝食者。又有忧彼之所忧者，因往晓之。曰：“天，积气耳，亡处亡气。若屈伸呼吸，终日在天中行止，奈何忧崩坠乎？”其人曰：“天果积气，日月星宿，不当坠耶？”晓之者曰：“日月星宿，亦积气中之有光耀者，只使坠，亦不能有所中伤。”其人曰：“奈地坏何？”晓者曰：“地积块耳，充塞四虚，亡处亡块。若躇步跐蹈，终日在地上行止，奈何忧其坏？”其人舍然大喜，晓之者亦舍然大喜。长庐子闻而笑之曰："虹蜺也，云雾也，风雨也，四时也，此积气之成乎天者也。山岳也，河海也，金石也，火木也，此积形之成乎地者也。知积气也，知积块也，奚谓不坏？夫天地，空中之一细物，有中之最巨者，难终难穷，此固然矣；难测难识，此固然矣。忧其坏者，诚为大远；言其不坏者，亦为未是。天地不得不坏，则会归于坏。遇其坏时，奚为不忧哉？"子列子闻而笑曰："言天地坏者亦谬，言天地不坏者亦谬，坏与不坏，吾所不能知也。虽然，彼一也，此一也。故生不知死，死不知生；来不知去，去不知来。坏与不坏，吾何容心哉？①

这一组对话的思想内涵极为丰富，思考杞人之追问及其所蕴含的问题，我们至少可以提出这样几组问题：其一，忧天的为什么是杞人？② 其二，杞人为何单单忧天？其三，杞人和"晓之者"的气论宇宙观及其代表的一般知识背景是什么？其四，长庐子和列子的解答及其蕴含的哲学立场是什么？

在一般知识话语与民间信仰中，这一段话常常被视为一个庸人自扰的典型事例，当然，也有学者为杞人"忧天"之举叫好，以此来印证古人"天人合一"的思想。如果探讨到此为止，那么它所揭示的也仅仅是人所共知的事实，确乎是没有深度意义的。但是，如果从气学思想的知识背景与思维特质考察，也就是从几位思想家所共同分享的气学解释话语出发，来揭示出相同的类比关联与运思路数，那么其间思想的面向与意义的深度也就复杂许多。如同葛瑞汉已经观察到的那样，《庄子》中分享了传统中国人的两个假定："（1）事物的产生自始便不是位于时间起点的一个事件，而是一个持续过程；（2）物质由非物质凝结而来并向非物质消散而去。"第一个假定在"命"的观念中得以体现，第二个假定在"气"的概念中展现出来，两者都是"道"的体现。③ 借用葛氏的运思逻辑，《列

① 列子著，杨伯峻集释：《列子集释》，第29—33页。

② 颇费人思量的是，《列子》的作者为什么要选择杞人，是否和《韩非子》中每每轻言"郑人"一样，蕴含着战国时期思想家的一般偏见呢？杞为禹后，杞国乃夏代的一个封国，颇得夏之遗风，根据《礼记·礼运》的记载，孔子为复兴三代礼乐，曾经前往杞国，但却失望而归，并抱怨说："我欲观夏道，是故之杞，而不足征也，吾得夏时焉。"我们不必追究为什么杞国在春秋时期"不足征"的原因，但夫子这一番言论，至少证实了杞国作为夏朝后裔在文化传承上的正统地位，换言之，从中或许可以看出早期思想家在思考终极性问题时共同的文化价值认同感。

③ ［英］葛瑞汉：《庄子·内篇》，转引自艾兰《水之道与德之端》，第165页。

子》的这一段对话，在逻辑上反映出几位思想家共同分享的关于天地人整体关联的假设，杞人和朋友展开的问题，都基于这样的假定：其一，天地万物之所以“自生自化，自形自色，自智自力，自消自息”①，在于整体关联、同生共死，依据着有关气的一致性原则；其二，天地人的世界，相通相似、一气贯通，分享着有关气的类比性原则。因而在他们的世界里，对气的理解，也就意味着对天地人前生来世的理解，也正因为有了这样的理解，他们才能获得精神的解脱与内心的平静。

相比之下，在中哲史的研究中,《列子·天瑞》中的这一段话，更为研究者所熟悉：

> 昔者圣人因阴阳以统天地。夫有形者生于无形，则天地安从生？故曰：有太易，有太初，有太始，有太素。太易者，未见气也：太初者，气之始也；太始者，形之始也；太素者，质之始也。气形质具而未相离，故曰浑沦。浑沦者，言万物相浑沦而未相离也。视之不见，听之不闻，循之不得，故曰易也。易无形埒，易变而为一,一变而为七,七变而为九。九变者，究也，乃复变而为一。一者，形变之始也。清轻者上为天，浊重者下为地，冲和气者为人。故天地含精，万物化生。②

列子是一个标准的道家，他不像杞人、“晓之者”及长庐子那样谈论宇宙之生生死死、世界之分分合合，也不似杞人般忧心忡忡、长庐子般客观冷静，而是完全处于一种超然的境地中，他所关注的是气之聚散与气中所体现的道，以及这种道的变化规律。道家所谓的气，靠其自身，能生万物，有似于道，这在老子中已显端倪，至于何晏《道论》中所谓道，则纯然就是气，如云：“夫道之而无语，名之而无名，视之而无形，听之而无声，则道之全焉。故能昭音响而出气物，包形神而章光影；玄以之黑，素以之白，矩以之方，规以之员，员方得形而此无形，白黑得名而此无名也。”(《列子·天瑞》篇张湛注引)③ 由此

---

① 列子著，杨伯峻集释:《列子集释》，第4页。

② 列子著，杨伯峻集释:《列子集释》，第5—8页。

③ 列子著，杨伯峻集释:《列子集释》，第10页。

可见，气循道而流，贯通天道、地道、人道，这是古人思想世界里的共同假设，也是气学解释模式的基本格局。列子正是怀抱着这样的思想，所以能够达致不知生死、不知来去、不知坏与不坏的纯粹至境。

二

值得关注的是，对于中国古代思维方式的探究，身处西方文化氛围的汉学家们是极为敏感的①，这与“日用而不知”的国内研究者相比，形成了颇为鲜明的对照②。与中国学者长于总结、综合已有成果，进行复杂渐进式的研究路径不同，西方学者置身于西方思想文化传统的背景下，首先关注的是中西学术在思维模式上的不同，因此，他们更强调气学与中国古代思维方式的关联。

20个世纪30年代，法国汉学家葛兰言（Marcel Granet，1884—1940）就提出了“中国思维模式”（structure of thought）的命题，在他看来，阴阳思想是远远落后于希腊逻辑发展阶段的。尔后葛瑞汉将阴阳（Yin and Yang）与五行（Five Processes）构成的宇宙论称为“关联思维（Correlative thinking）。在他看来。所谓“关联思维”是人类思维的一种普遍形式，具有分析思维所不可取代的作用，而阴阳与五行构成的宇宙论就是建立在“关联思维”上的一种“前科学”思

---

① 对于这一派汉学家的学术谱系，有学者指出，可以追溯到1934年马塞尔·葛兰言的《中国文明》（*La Pensee Chinoise*）及后来的李约瑟、克劳德·莱威斯特劳斯（Claude Levi Strauss）、纳森·西尔文（Nathan Silvin）、葛瑞汉（A.C.Graham）、郝大维（David Hall）、安乐哲（Roger Ames），也包括华裔学者唐君毅、成中英等。尽管他们在表达术语上不尽相同，如“关联思维”、“阴阳思维方式”、“辩证思维”等，但核心思想在于认为，在哲学传统上中国区别于西方的地方在于一种结构性差异，在于与西方二元论和直线式因果论的区别（参见田辰山：《中国的互系性思维：通变》，《文史哲》2002年第4期）。对于此一特性，国内学者也有归结为“同源同构互感”的（参见葛兆光：《古代中国的历史、思想与宗教》，北京师范大学出版社2006年版，第43页）。

② 就国内的研究成果而言，1987年5月中国社会科学院哲学研究所中国哲学史研究室组织了一次全国性的关于中国传统思维方式的学术讨论会，根据这次会议编成的《中国传统思维偏向》（中国社会科学出版社1991年版），基本上代表了传统思维方式研究方面的主要成果。全书汇集张岱年、成中英等学者文章，研讨中国传统思维的整体、综合、直觉、意象、阴性等特质，以区别于西方思维的局部、分析、推理、阳性等特征。除此以外，就专题研究而言，李志林先生的《气论与传统思维方式》（学林出版社1990年版），论及“整合关联”、“体用不二”、“矛盾和谐”思维方式的特点。就国际汉学界的研究成果而言，艾兰等主编的《中国古代思维模式与阴阳五行说探源》，入选了葛瑞汉、艾兰等学者的代表文章。

想，因此，通过阴阳五行的研究可以厘清“关联思维”与分析思维乃至原始科学与现代科学的关系等重要问题。[①] 通过对《周易》、《管子》、《吕氏春秋》、《淮南子》、《汉志》、《白虎通义》等文本的分析，葛氏较为详尽地阐明了阴阳五行在“关联思维”语境中的发展过程。他认为这种宇宙论经由道德与自然范畴的关联而把人类道德纳入宇宙秩序之中，并认为阴阳五行与《周易》的支配地位无疑反映了一种理智退化（intellectual deterioration）。[②] 葛氏的这种贬低之辞与中国学术界所熟知的李约瑟（Joseph Needham，1900—1995）的观点不同。

李约瑟肯定了以阴阳为代表的气学思维的价值，视之为“自然主义”和“准”科学或“前”科学，认为其具有引导中国思想家开明地认知西方自笛卡儿以来才熟习的科学方法和科学理性的潜在价值。在《中国古代科学思想史》一书中，李氏提出了独特的中西比较研究视角。首先，就“人性的几种学说”展开东西方的比较，人性善和人性恶两种学说，作为正统派和异端派的代表，在中国和西方的发展正好相反。接下来，李约瑟列举了更重要的一例，那就是东方与西方同时有“灵魂阶梯”理论，并做了相应的图表，综合如下：

“灵魂阶梯”的学说

亚里士多德与中国学者说法之比较[③]

亚里士多德（公元前4世纪）

植物（原书的希腊字）

植物生魂

---

① 基于对古代汉语特征的把握，葛氏兼采结构主义与人类学分析的路数，运用结构语言学所倡导的一系列方法与术语，如索绪尔（Saussure）的“言语”（parole）与“语言”（langue）、雅各布森（Roman Jakobson）的“聚合体/结构段”（paradigm/syntagm）、“隐喻/换喻”（metaphor/metonym），来说明“关联思维”与语言自身的运作之间有一种完美的对应关系，并通过辨明阴阳思想所体现的中国思想关联层面与西方分析层面的不同，来显示自己与葛兰言的不同。参见［英］葛瑞汉：《论道者——中国古代哲学论辩》（*Disputers of the Dao: Philosophical Argument in Ancient China*），张海晏译，中国社会科学出版社2003年版，第356、357页。

② ［英］葛瑞汉：《论道者——中国古代哲学论辩》，第437页。

③ ［英］李约瑟：《中国古代科学技术史》第2卷《科学思想史》，何兆武等译，科学出版社、上海古籍出版社1990年版，第23页。

动物　　植物生魂 + 动物觉魂

人　　植物生魂 + 动物觉魂 + 灵魂

荀卿（公元前3世纪）

水火　　气　　“水火有气而无生，草木有生而无知，禽兽有生而无义”。
“人有气，有生，有知，亦且有义，故最为天下贵也”。

植物　　气+生　　草木

动物　　气+生+知　　禽兽

人　　气+生+知+义

刘书（公元6世纪）

植物　　生

动物　　生+识

王逵（公元14世纪）

天　　雨露霜雪　　气

地　　土石　　气+形

植物　　气+形+性

动物　　气+形+性+情

人　　气+形+性+情（+义）

李氏认为，亚里士多德将“灵魂”分为植物（植物生魂）、动物（植物生魂+动物觉魂）、人（植物生魂+动物觉魂+灵魂）三个阶梯，晚他数十年的荀子（约前313—前238）将“灵魂”分为水火（气）、植物（气+生）、动物（气+生+知）、人（气+生+知+义）四个阶梯。对于中西思想家有如此类似的思想，李约瑟颇为感慨，亚里士多德与荀子相差不过数十年，而中西交通之“丝路”开关尚在一个半世纪以后，很难想象两者之间会互有影响。他认为，荀子之说显露出中国思想的特色，“人之异于一般动植物，乃是‘义’,有道德涵养的‘义’,而不是西方所标榜的‘理智’”。在亚里士多德和荀子之后的中西思想领域，有很多类似的说法，李氏特别列举了6世纪《刘子》和14世纪王逵《蠡海集》的说法，以期说明儒家学者在八百年间，在此一问题上花费了多少心思。值得注意的是，李约瑟充分注意到荀学万物皆有气的思想，但他采用了静态的加法，对荀子“阴阳接而变化起”（《荀子·天论篇》）的气化思想与“治气养心之术”（《修身篇》）的养气思想关注不够，这种方法论上的偏颇也就导致了认识上的局限。在荀子看来，人之为人，并不仅仅在于“气”、“生”、“知”等自然禀赋，更在于通过“化”而形成“义”等道德意识，由“水火”而“草木”而“人”的发展，实际上就是由“气”而“生”而“知”而“义”的上升，也正是这种人文化成的成效，使人在自然世界中居于最高的位阶。

应该说，与中国本土学者比较，西方汉学家对中国早期思想认识的基础是不同的，这种中西差异，除了表现在不同文化基因所决定的信仰层面外，还表现在不同的方法论选择上。汉学家们更注重研究方法的选择，对于古典的研究，西方学者更倾向于采用《圣经》研究与宗教研究中所发展起来的一系列方法论，如文本研究方法、文学研究方法、哲学研究方法与宗教研究方法等，擅长于语言学的解构与逻辑严密的理性分析。国人对于气学的研究，长期以来基本上没有摆脱传统治学的路数。历代学者从音韵、文字、训诂、订补、校勘、辨伪、辑佚等角度进行原典考证，带有思想方法、学术视野、知识工具以及价值取向上的相对局限性。无论是从甲骨文或青铜铭文中去寻找“气”字，或是从早期文献中寻找与气论相关的诠释，均带有现代学术研究中方法滞后的特点以及旧学范式在这一研究领域中的负面影响。因此，借鉴西方汉学研究的认识方法和知识工具，跳出自家的圈子，反观自身，开辟出新的研究范式，无疑是此一领域的研究进入现代形态的一条有效途径，就此意义而言，对汉学家们研究之再审视，借西方汉学家的眼光重新审视此一领域的研究，可以使我们的研究多一种视角，也多一份自知之明。

三

检视中国传统学术，本身蕴含着丰富的方法论与思维范式资源，这对于今天的气学研究仍然具有很大的启发意义，下面我们首先看看常常被忽略的墨学，从其系统的逻辑运思中考察古代思想发生期所孕育的方法论意识；然后以张载的本体论思想体系为例，考察气学思维所贯通的知识论、认识论、本体论、价值论及方法论诸问题，以此还原中国古代思想成熟期的思维特质。

墨学业已具备颇为精粹的逻辑范畴，如“三物”,《墨子·大取》:“夫辞，以故生，以理长，以类行也者。”“故”是指论断的根据与条件，墨家主张“辩故”、“明故”、“无故从有故”的论辩原则，考究事物之然与所以然，兼具实践经验与理性思辨的双重维度。“理”是指思维的基本逻辑与规律，等同于方法、法则，具体而言就是墨学的“三表法”，也即“有本”、“有原”、“有用”三条标准，其中包含归纳、演绎和实践的质素，涉及形式逻辑的同一、排中和矛盾基本规律。“类”是指对象的种属、异同关系，墨学强调“察类”、“知类”，自觉地将“类同”与“不类”作为认识对象和论辩手段，形成“以类取”的推论原则以及类比思维的原型要素。在论断逻辑中，墨学强调“三物”都必须具备，以我们今天的眼光看，“类”、“故”、“理”三者，涵盖了提出一个论断所包含的根据、理由及论证诸要素，所谓明其所自、考其所由、察其所终，构成了一个相当完整的逻辑关联与意义系统。可以说，在理论系统性和认识高度上，墨学已经达到相当的水平，这种“考察原始—审度其由—实践检验”的方法论系统①，不仅代表了中国早期哲学在逻辑思辨上的尺度，也反映了古代思维模式在理论总结上的突出成果。

在中国早期的思想史语境中，尤其是“轴心期”思想家的公共话语中，气是一个重要范畴，但并不是一个核心范畴，其重要性不及天、道、命等范畴，因此，我们不可能指望墨家有关于气学思维的专门论述，就如同儒家论及气与社会人事的关联，道家论及气与自然生命的关联，在他们的论域中，气只是一个连带的问题，而非核心论题。但是，这并不影响我们对于墨家方法论的吸取，尤其是“类”的方式，作为一般的方法论原则，对于尔后气学思维模式的确立，意义既内在又深远。气之类推的思维方式，作为天地人之间的一致性原则，构成了中国思想发生期的共同假设，当思想家开始把关于宇宙人事的特点进行哲理化、系统化总结时，此一假设也就自然蕴含其间，并内在于所建构的概念范畴与理论体系中，这不仅在分析特定的概念、范畴时可以得以证明，同时也体现于范畴间的动态结构。例如，在论及自然与宇宙存在时，气便与天、道、性、神、物等关系颇为密切，在论及人的思想与情绪状态时，气便与情、志、心、形等紧密联系在一起。我们还应该注意到，由于气学思维的生命化特质，带动古代修养论、鉴赏论的发达，纯粹知识论、本体论的发展并不明显，关于认识和求知的逻辑与方法也不甚明晰。此一特质自然也影响到中国古代思想体系中范畴架构的发展，有关方法论的思考大都是在修

① 参见党圣元:《中国古代文论的范畴和体系》,《文学评论》1997年第1期。

养论、鉴赏论的格局下提出，并未形成相对独立的认知与求知逻辑方法。也正因为如此，置身于整体的思想文化传统中，墨学提出的逻辑范畴与思维范式，也就弥足珍贵了。

不同于早期思想家的一般性探讨，宋代理学的核心命题就是气，如何建构一个合天人、兼体用的宇宙本体论，以对抗体系精致的佛学，是理学家面临的时代主题。张载的理论是宋代理学的中间环节，他贯通了天人之道，《横渠易说·说卦》谓“天道即性也，故思知人不可不知天，能知天斯知人矣”[①]，使天道与人道、知天与知人成为互蕴互涵、一面两体之事，弥补了周敦颐（1017—1073）、邵雍（1011—1077）在天与人、体与用之间的缺陷，并为程朱的进一步探讨奠定了本体论基础，就此意义而言，张载是理学真正的奠基人物。

在以气为本体的思想体系建构中，横渠贯穿了有关知识论、认识论、本体论、价值论的诸多见解，这对于我们今天的气学研究仍然具有十分重要的借鉴意义。首先，他将知识的来源分为两类，即“见闻之知”与“德性所知”。《正蒙·诚明篇》：“诚明所知乃天德良知，非闻见小知而已。”在张载看来，两类知识所蕴含的价值意义与人生境界是不同的，“见闻之知”为“小知”，“德性所知”为“良知”，在此基础上，他提出认识事物的两种方法：“闻见”、“体物”，如云：

> 言尽物者，据其大总也。今言尽物且未说到穷理，但恐以闻见为心则不足以尽心。人本无心，因物为心，若只以闻见为心，但恐小却心。今盈天地之间者皆物也，如只据己之闻见，所接几何，安能尽天下之物？所以欲尽其心也。穷理则其间细微甚有分别，至如偏乐，其始亦但知其大总，更去其间比较，方尽其细理。若便谓推类，以穷理为尽物，则是亦但据闻见上推类，却闻见安能尽物！今所言尽物，盖欲尽心耳。[②]

所谓“闻见”，大体相当于日常生活中的感性认知能力，“人寻常据所闻”，“尽耳目之才”，也就是耳闻目睹的意思，乃广义的事实认知。他认为人的“闻见”是

① 张载：《张载集》，中华书局1978年版，第234页。

② 张载：《张子语录》下，《张载集》，第333页。

有限的，无法穷尽天下宇宙，“如只据己之闻见，所接几何，安能尽天下之物”？但“闻见”又是重要的，“闻见不足以尽物，然又须要他。耳目不得则是木石，要他便合得内外之道，若不闻不见又何验”？“闻见”是“穷理”、“尽物”的基础。所谓“穷理”，是哲理意义上的理性之思，包括人的概括与推理能力，“穷理则其间细微甚有分别”，因此，他极为看重“穷理”之道，“万物皆有理，若不知穷理，如梦过一生”。但是，由于“穷理”源于“闻见”，因而也不免带有局限性，“以穷理为尽物，则是亦但据闻见上推类，却闻见安能尽物”，也即是说，“穷理”以“闻见”为基础，因而无法“尽物”。那么，如何才能“尽物”呢？

所谓“尽物”，也即“体物”，是一种直觉体认的方法，它并不抛弃认识，也不抛弃知识，而是一种比认识论、知识论更为重要的内在体验。对此，张载指出：

> 大其心则能体天下之物，物有未体，则心为有外。世人之心，止于闻见之狭。圣人尽性，不以见闻梏其心，其视天下无一物非我，孟子谓尽心则知性知天以此。天大无外，故有外之心不足以合天心。见闻之知，乃物交而知，非德性所知；德性所知，不萌于见闻。①

他认为“体物”乃“知其大总”、“大其心”，是以心体天下之物，也即依靠直觉体认的方法，而不以“闻见”的感觉所及为限，《正蒙·大心篇》谓“体物体身，道之本也”，不为身所累，不为物所限，与物合而为一，以此把握宇宙万物之本体，才能达致一种最为广大的直觉，进入“物我一体”的境界。那是因为“体物”这种内在体验，能够把握无限的整体，能够从浅层次的主客融合状态进入深层次的物我两忘境界，此乃“天人合一”的最高价值意义与审美理想之所在。

张载区分了两种认识方法及其达致的境界，明确指出“德性所知”高于“闻见之知”。“闻见”之知是一种有限的知识，本于气质之性，囿于一己之身，借助耳目与物相交，必为外物所累，止于“闻见”之狭，因为“闻见”的方法是建立在“天人异用”、主客二分的基础上，无法通于内外之道、物我之情，也就

---

① 张载:《正蒙·大心篇》,《张载集》，第24页。

不足以合天尽性。张载认为宇宙万物之源乃至大无外之气，《乾称篇》谓“气之性本虚而神”，其最大特点就是“虚”，“与天同原谓之虚”，“天地以虚为德”，“天地从虚中来”，“虚心然后能尽心”（《张子语录》中），这种“虚”的境界，是不可能靠着耳目感官的“闻见小知”而达到的。“体物”之知就不同了，它源于天地之性，乃“诚明所知”、“天德良知”。对此，船山释云：“仁义，天德也。性中固有之而自知之无不善之谓良。”[①] 它以仁义为价值本源，包容无限的太虚，《张子语录》中：“诚者，虚中求出实。”《正蒙·诚明篇》：“诚明所知乃天德良知，非闻见小知也。”又云：“所谓诚明者，性与天道不见乎小大之别也。”只有通过“虚中求实”，才能达到身心与天道的沟通，“以天体身”，“身而体道”，超越“闻见小知”，摆脱外物所累、耳目所蔽，在“天人合一”的境界中获得本体直觉与价值体认。严格地讲，通过“体物”而达致的“德性所知”，已经超越了现代意义上知识论、认识论的层面，而进入本体论、价值论的境界，这也延续了儒学自先秦以来理性优先的一贯理路。

在这种认识的基础上，张载进行了哲学层面的提升，他把“一物两体”的气归结为宇宙的本体，指出其间体用互为的关系：

> 一物两体者，气也。一故神，两故化，此天之所以参也。两不立则一不可见，一不可见则两之用息。两体者，虚实也，动静也，聚散也，清浊也，其究一而已。有两则有一，是太极也。若一则有两，有两亦一在，无两亦一在，然无两则安用一？不以太极，空虚而已，非天参也。[②]
>
> 神，天德，化，天道，德，其体，道，其用，一于气而已。[③]

“神”者气之“神”，“化”者气之“化”，“神”为体，“化”为用，体用不二，归于“一气”。此“气”，作为一种精神性的存在，乃天与地、阴与阳、两与一、神与化、体与用的统一体；作为一个普适性的抽象范畴，既统摄万有之实，亦囊括万有之虚，涵括虚实、动静、聚散、清浊等对待立义的两面。可以说，张载对于气的诠释，超越了魏晋以来的有无、动静之辩，其中所包含的万物因精神之

① 王夫之：《张子正蒙注》卷3，《船山全书》第12册，第113页。
② 张载：《横渠易说·说卦》，《张载集》，第233页。
③ 张载：《正蒙·神化篇》，《张载集》，第15页。

气而合为一体的观念，业已具有贯通生成论与本体论的意义，至此，横渠先生终于建构起一个“为天地立心”、的气学本体论体系。

就中国传统学术固有的方法论与思维范式来看，以上分析的墨学逻辑思辨方法和张载知识二分法，虽然具有代表性，而且至今看来都具有相当的理论价值，但我们必须看到，这并非传统学术研究的主导方法。在中国古典哲学本体论的研究视域中，“体用不二”是更为根本的方法。正如有学者指出：“‘体用不二’的思维方式之所以能对本体和现象的关系作出正确的阐明，成为认识客观世界的思维方式，也颇得力于气论。”① 在古代的知识话语系统中，天地人处于一个相互联系、相互作用、相互影响的网络，这个网络之所以成为一个物我主客相融的整体，就在于它们共处于一个无限性的精神联系之中，其中的纽结点就是气。作为一种关联性的存在，气存在于天地人的精神统一体中，在万有相通、一气流行的整体世界里占据着核心的地位，并与人类的生产实践、精神生活息息相关。从本体意义上看，气具有一般本体论所讨论的问题性，能够为传统天人学的一多、体用、心物、主客等问题提供一个观念性的解答，作为一种公共性的知识话语，其间所关涉的问题意识与思维方式，也构成了中国古典哲学本体论的基本视域。

以体用诠释气论，是古典时代形上学的一个重要面向，其渊源在先秦的子学传统，在尔后宋明理学的发展中，更是将其作为天人学的一个主要诠释维度，提升到哲学的最高层面来探讨。如何建构一个“体用不二”、“天人合一”的思想体系，是有宋一代理学家所追求的共同目标，只是他们各自的理论侧重不同，或气本，或理本，或心本而已。因此，唯有进入体用观的视野，才有可能以一种近似于古人的方式获得组织思想学说的方法，尽管可能揭示出的意义是有限的，但是，仍然不失为获得审视自身思想的文化根源与历史成见的一个特定视角。

第五节　作为思维方式的体用及其方法论意义

一

关于体用的由来，三百多年前，明末清初顾炎武（1613—1682）与李颙

① 李志林：《气论与传统思维方式》，学林出版社1990年版，第270页。

（1627—1705）之间曾经有过一场争论，双方往复三辩，多方追根溯源，论证十分精详。[①] 顾、李之争，触及古代学术史的一个重要问题，那就是对中国哲学产生了巨大影响的体用范畴，其思想源头与形上意蕴的确立问题。学术界一般认为，中国哲学体用范畴的萌芽在先秦，成熟于魏晋，从魏晋玄学有无、本末之辩，到南北朝时期形神之争，逮至隋唐佛学证体、定慧、佛性诸论，到宋明理学理气、知行诸说，乃至近代以来中西学术碰撞中"保种保教"的衡断，国人均裁之以体用，因而在漫长的历史文化积淀中，自然形成了独具民族理论特质的运思模式。

历史地看，体和用观念的萌芽很早，且并不仅限于"体"、"用"二字，"本"与"物"、"本"与"用"的并举，均蕴含了尔后体用范畴的基本含义或部分含义。[②] 易学以道器、动静、显微、一多论体用，业已蕴含了丰富的思想因素。譬如《周易·系辞上》"形而上者谓之道，形而下者谓之器"，是以道器论体用义；"寂然不动，感而遂通天下"，是以动静论体用义；"显诸仁，藏诸用"，是以显微论体用义；《周易·系辞下》"天下之动，贞夫一者也"，是以一多论体用义。在易学的文化视野中，天道、地道、人道的分合关系，乃至反复强调的时中关系

---

① 顾、李之辩，问题意识有二：一是体用"出于佛书"或"出于儒书"，一是体用产生的时间。关于前者，顾、李二人均认为体用范畴不是从印度传来的，而是中国本土思想发展的产物，但在中国思想的范围中，究竟出自佛书或儒书，二人各持一端。李颙认为"体用"二字，出于佛书。顾炎武不同意此说，他指出"体用"二字见于先秦儒家经传，如《周易》、《礼记》，西来的佛书如《四十二章经》、《金光明经》等并无"体用"二字，晋宋以后佛学始有言体用者。关于后者，李颙认为《周易》、《礼记》中言体用，"皆就事上言事"，但并不像内外、本末等兼举并称，"六经"中没有，《十三经注疏》中也没有，体用并举始于惠能"解《金刚经》，以为金者性之体，刚者性之用"。顾炎武认为，东汉魏伯阳《周易参同契》中已有"内体"、"外用"对举，这是体用并举之始，惠能、朱子言体用皆源于此（李颙：《答顾宁人先生》，《二曲集》卷16，中华书局1996年点校本，第148—152页）。对此，同时代的王夫之也认为："夫'能'、'所'之异其名，释氏著之，实非释氏昉之也。其所谓'能'者即用也，所谓'所'者即体也，汉儒之已言者也。"（王夫之：《尚书引义》卷5，《船山全书》第2册，第277页）但他没有明言"汉儒"是谁，后人也就难以考证了。

② 如《老子》谓"弱者道之用"，《论语》谓"礼之本"，"礼之用"等。体与用并举，始见于《荀子·富国篇》："万物同宇而异体，无宜而有用，为人数也。"张岱年先生认为："荀子此处偶以体用二字并举。"（张岱年：《中国哲学大纲》，中国社会科学出版社1982年版，第7页）两者没有内在关联，还不是义理层面的使用。

等，均可视为整体意义上的体用义。魏晋时期，王弼的玄学体用观，第一次提出“以无为体”的命题，《老子道德经注》：“万物虽贵以无为用，不能舍无以为体也。舍无以为体，则失其为大矣。”在《周易注》中，以有无训释体用，如论《周易》大衍义：“夫无不可以无明，必因于有，故常于有物之极，而必明其所由之宗也。”又云：“必有之用极，而无之功显。”[①]他视六十四卦与三百八十四爻为体用结构，打通易学、老学，杂糅儒家、道家，使体用、有无、本末之辩成为魏晋玄学的理论支柱，同时，作为一种有效的思维模式，也为尔后唐宋儒学复兴提供了重要的理论方法。盛行于东晋南北朝以及隋唐时期的佛学，广泛地运用体用范畴去阐述性相、理事、寂照、定慧、空色、真俗、法界缘起等教义理论。[②]隋唐时期天台、华严、禅宗，均大谈体用，胜意迭出，形成了波澜壮阔的声势。[③]佛学领域的深入研讨，将体用关系推进到即体即用、体用一源的哲学高度，对于其后理学本体论的兴起有很大的刺激作用。[④]

宋代以后的体用观，呈现出两种阐释向度，一是偏于“达用”的外王经世体用观，一是偏于“明体”的内圣心性体用观。就前一种倾向来看，庆历（1041—1048）年间，针对宋初的浮华之风，胡瑗（993—1059）提出：“国家累朝取士，不以体用为本，而尚声律浮华之词，是以风俗偷薄。”他以“明体达用”作为复兴儒学的纲领，“体”是指“仁义礼乐，历世不可变者”，“用”是指“举而措之天下，能润泽斯民，归于皇极者”。[⑤]当时以欧阳修（1007—1072）为首的知识群体，包括“北宋三先生”，虽然在学术宗旨上不同，但经世外王的倾向却

---

① 王弼著，楼宇烈校释：《王弼集校释》，中华书局1980年版，第94、548、553页。

② 譬如东晋僧肇（384—414）结合般若与玄学，主张“本无、实相、法性、性空、缘会，一义耳”，较之玄学体用观，形上意味更加浓厚，故汤用彤先生（1893—1964）谓：“肇公之学说，一言以蔽之曰：即体即用。”并认为：“已谈至‘有无’、‘体用’问题之最高峰，后出诸公，已难乎为继也。”参见汤用彤：《汉魏两晋南北朝佛教史》，中华书局1983年版，第236页。

③ 譬如禅宗北宗领袖神秀（606—706）云：“我之道法总合归体用两字。”（净觉《楞伽师资记》卷1）南宗开创者惠能（638—713）以定慧为本，“定是慧体，慧是定用”（《坛经·定慧品》），以体用来诠释本质与现象之间的关系。

④ 对此，清人全祖望（1705—1755）总结为：“两宋诸儒，门庭径路，半出入于佛老。”（《鲒埼亭集外编》卷31）

⑤ 黄宗羲著，全祖望补修：《宋元学案·安定学案》，《黄宗羲全集》第3册，浙江古籍出版社1985年版，第57页。

是相当明显的。①

就后一种倾向来看，从周敦颐开始，体用观就从“达用”转向“明体”。周子追求在天人整体之学中探讨天道性命的内圣维度。②在其思想体系中，太极是宇宙万物的本体，“诚”是心性道德的本体，均呈现为有体有用两个方面。③这种将太极与万物的关系描绘成一与二、一与万的本体与现象的做法，成为其后理学本体论命题，如“一本万殊”、“理一分殊”、“体用一源”、“全体大用”的思想源头。在周子“无极而太极”的核心观念中，仍然沿袭了王弼以有无论体用的思路，宇宙论与本体论的界限并不清晰，逮至张载，本体思想趋于成熟。张载以体用为方法论原则，认为气是有无、虚实的统一。④对此，牟宗三先生（1909—1995）认为，体是本体之体，不是物体之体，不能当作一个独立的物体看，但却可以当作有独立意义的本体看，此体是一，是全，是遍。本体之体可以不离其用，是以有相融相即、不离不二之论。⑤因此，从体上说，气虚而无形；从用上说，气的运动表现为万物的生灭聚散。张载这种“气兼有无”的做法，以“体用不二”来论证虚与实、有与无、体与用，抛弃了玄学的路子，从而进入了本体论的论域。

从张载、二程（程颢，1032—1085；程颐，1033—1107）、朱熹（1130—1200）到王阳明（1472—1528）、王夫之，都好讲体用，以期重建儒学形上理

---

① 譬如南宋真德秀（1178—1235）认为“圣人之道，有体有用”，《大学》之所以重要就在于包括了“全体大用”之学，前五目“格物、致知、诚意、正心、修身者”是“体”，后三目“齐家、治国、平天下者”是“用”（真德秀：《上大学衍义表并札子》，《西山先生真文忠公文集》卷首，《四部丛刊》本）。西山强调形上、形下不分、体用不离，批评“有无用之体”的老、庄和“有无体之用”的管、商，主张“内圣外王”之学（真德秀：《召除户书内引札子四》，《西山先生真文忠公文集》卷13），以道德心性为治国平天下之体，其目的在于资治，仍然是偏于经世的体用观。

② 譬如《通书·思》：“无思，本也；思通，用也。几动于此，诚动于彼。无思而无不通，为圣人。”《诚下》：“圣，诚而已矣。诚，五常之本，百行之源也。静无而动有。至正而达明也。”（周敦颐：《周子通书》，上海古籍出版社2000年版，第35、33页）

③ 如《理性命》：“二气五行，化生万物。五殊二实，二本则一。是万为一，一实万分。万一各正，小大有定。”（周敦颐：《周子通书》，第38页）

④ 《正蒙·乾称篇》：“有无虚实通为一物者，性也。”《横渠易说·系辞上》：“气能一有无。”《正蒙·太和篇》：“太虚即气。”又云：“太虚无形，气之本体。”（张载：《张载集》，第63、207、8、7页）

⑤ 牟宗三：《心体与性体》，上海古籍出版社1999年版，第403页。

论。总体来看，张载标举“体用不二”的气本体论反对佛学“体用殊绝”；程颐首揭“体用一源，显微无间”①，后儒奉为圭臬，广作传释；朱子体用观双路并进，兼及形上形下，义无定所，随处可说，极为驳杂，显示了极强的方法论意义②；王夫之进一步阐明了朱子形上形下之二分，明晰了体用范畴的二重意蕴。近代以来，体用范畴得以继续发扬，如清末著名的“中体西用”之争，孙中山先生（1866—1925）以体用解释物质与精神，以及熊十力先生“新唯识论”哲学体系的建立，均以体用为立论宗旨。

总体来看，体用思想的渊源在先秦，是指事物本身以及事物之间一而二、二而一的关系。自魏晋获得明确的哲学意义以后，体用成为形上学领域一个最具说服力的范畴，在思想史上一直保持着旺盛的生命力，逮至宋明理学更是别开一条新路。体用概括了华夏民族思考宇宙存有问题的基本立场和方法，是最能表现中国哲学思维方式的一个范畴，深刻地体现了古代哲人的智慧，蕴含了极强的文化衍生性和解释力。

就历史发展大的脉络而言，以上的线索是清晰的，但是，对于其间一些关键环节，学界至今仍然存有很大的分歧，最为突出的问题是：体用从一般概念演变为哲学范畴，是玄学的影响，或是印度佛学的影响，或是玄学体用观与印度佛学体用观相融合的产物。③ 与此相关的问题，那就更多了。从历史的角

---

① 程颢、程颐：《周易程氏传》“序”，王孝鱼点校，中华书局1981年版，第689页。

② 朱子承伊川之学，集理学之大成，其思想体系基本上是理气二元、心物二分的格局，其体用观的基本立场是体用一源，譬如体用互易、互为体用、互为其根、若相反而实相成、体只即用而见、因用致体、舍却用无处觅体、形而上者不必即是体、形而下者不必即是用，等等。陈荣捷先生《朱子言体用》归纳朱子体用观的六种原则：一是体用有别；二是体用不离；三是体用一源；四是自有体用；五是体用无定；六是同体异用。（见深圳大学国学研究所主编《中国文化与中国哲学》，东方出版社1986年版，第251—259页）

③ 对此，学者观点不一。方克立先生《论中国哲学中的体用范畴》认为：“印度佛教中本无体用观念，中国佛教学者由于受到魏晋玄学的影响，才喜谈体用，如僧肇、梁武帝萧衍谈体用都在菩提达摩之前。有无体用观念甚至成为区分中国佛教著作和传译印度佛经的一个重要标志。”（方克立：《中国哲学范畴集》，人民出版社1985年版，第127页）景海峰先生则认为：“但有一点可以肯定，即印度佛教中确有自身的体用观念，而且在流行于中国之初，就已经显露出了这方面的丰富思想。所以，那种认为中国佛教的体用论完全是受了魏晋玄学的影响之后才产生的观点，恐难成立……魏晋时代，玄学讲体用，佛学也讲体用，各有所资而交相融摄，使这一观念逐渐由隐而显，熔铸成了一对较为固定的哲学范畴。”（景海峰：《中国哲学的现代诠释》，人民出版社2004年版，第92页）

度，研究体用在古代思想文化发展中的演变历程，就目前的研究现状来看，还是远远不够的，无法与其本身的学术史地位相比，因此，研究视野的进一步拓展，仍然是值得期待的。

二

虽然专题性的研究尚嫌不足，但不可否认，作为一种普遍的方法论原则与思维范式，体用是历代学者建构学说体系的重要知识工具。中国古代的思想家，善谈体用者甚多，历史上的儒、道、佛三家都讲体用，尤其是唐宋以后，体用更是成为思想家普遍使用的范畴。中国的思想家，从古到今，不论立场分歧有多大，但对于体用范畴的基本特征，并无明显分歧，强调体用统一的思想传统尤为深厚。①在古代的思想话语系统中，体与用的内涵极为丰富，以下可以举个例子。

譬如唐代崔憬是颇具洞察力的易学家，他对《系辞》"形而上者谓之道，形而下者谓之器"的解释，把体与用的关系表述得颇有新意，其注云：

> 凡天地万物皆有形质，就形质之中，有体有用。体者，即形质也；用者，即形质上之妙用也。言有妙理之用以扶起体，则是道也。其体比用，若器之于物，则是体为形之下，谓之为器也。假令天地圆盖方轸为体为器，以万物资始资生为用为道；动物以形躯为体为器，以灵识为用为道；植物以枝干为器为体，以生性为道为用。②

此一段论述，对于体与用、道与器、形上与形下之间的关系，体悟得清楚明白，明确指出形下之器属"体"层面，形上之道属"用"层面，特别是关于"用以扶起体"的妙论，颇得老学之精髓，与易学解释中的正统一脉，相得益彰。

体用对举，具有多重对应关系，广泛地出现在古代知识系统的各个领

① 常见的说法就有："体用一源"、"体用一如"、"体用一贯"、"体用同时"、"体用相伴"、"依体起用"、"摄用归体"、"体用一致"、"体用合一"、"体用无二"、"体用玄通"、"体用相即"、"体用自在"、"体用双融"、"体用交彻"、"一体十用"、"从体起用"、"用不异体"、"用即体，体即用"，等等。

② 崔憬:《周易探玄》，见李鼎祚《周易集解》卷14,《周易系辞》引，中国书店1984年影印本。

域，诸如本体和现象、内在本质和外在表现、根本原则和具体方法、本质和现象、原因和结果、内容和形式、必然和偶然、全体和部分、主要和次要、未发和已发、常态性和变动性、第一性和第二性①，等等，成为具有普遍解释力的话语模式和随处可用的言说套路。熊十力先生曾经总结过中国历史上的体用学说，将其分为两类：一类是玄学（哲学）意义上的体用，是就宇宙人生之基源、大化之本始处立言；一类是“一般通用者”，随机而设，凡主次、轻重、本末、先后、缓急等不同，都可用之表达。后一类又可分为甲乙两类：甲类是“随举一法而斥其自相”，“随举一法而言其作用”，即具体事物之实体与功能的关系；乙类是“如思想所构种种分剂义相，亦得依其分剂义相，而设为体用之目”②，近代以来的“中体西用”便是此一类的代表。

就体与用的关系而言，大体有三层含义：其一，万物有体有用，无论是具象之物或抽象之理皆有体用。如王夫之云：“凡言体用，初非二致。有是体则必有是用，有是用必固有是体，是言体而用固在，言用而体固存矣。”③又云：“天下无无用之体，无无体之用。”④船山十分强调二者不即不离、互涵互摄的关系。其二，用随体变。邵雍《观物内篇》：“体无定用，惟变是用。用无定体，惟化是体。体用交而人物之道于是乎备矣。”⑤随着形而下器之体到形而上道之体的抽象，用的类别和内容得以极大地丰富，凡体的性质、关系、状态、样式皆属于用的范围。其三，体在用中，用以显体。作为观念形态的体，往往隐微难察，唯一的认知途径就是其显露之用，因此，用不仅是指体的功能或属性，而且是体自身的显现，离用也就无所谓体了。

从方法论的角度看，作为表达思维活动及其形式的范畴，体用使用灵活，可以指导人们认识自然，解释世界，组织学说，在古人表述宇宙论、本体论、认识论、人性论以及历史观、政治伦理观时，随处可见，朱子谓“体用无

---

① 譬如张岱年先生认为：“中国古代哲学中所谓‘体’就是根本的、第一性的；所谓‘用’就从生的、第二性的。这是‘体’与‘用’的最简单最主要的意义。”参见张岱年：《中国古典哲学中若干基本概念的起源与演变》，《哲学研究》1957年第2期。

② 熊十力：《破破新唯识论》，《新唯识论》，第182—183页。

③ 王夫之：《读四书大全说》卷7，第472页。

④ 王夫之：《读四书大全说》卷6，第412页。

⑤ 邵雍著，郭彧整理：《邵雍集》，中华书局2010年版，第6页。

定”，就是随处可说的意思。①凡论理气、道器、心性、动静、太极无极、形上形下等问题时，朱子往往牵出体用二义，意蕴广博，层次清晰，体现出自觉的方法论意识。在论及性情、善恶、忠恕等人性问题，以及涵养省察、格物致知、穷理尽性、立志主敬等践履工夫时，也常常随机挂到体用上去，钱穆先生评云：“所谓体用，乃只就当前之用以推见其发用之体，非是别有一体独立于一切用之前而自为存在。”② 从某种程度上讲，朱子理学的博大精深，正是源于体用内涵的丰富性与使用的灵活性。

这种灵动的体用模式，在宋代以后的理学家著书立学中，屡屡可见，虽然他们对于体与用的界定各不相同，但并不影响纯熟地运用。譬如横渠“苦心极力”，以气之体用“为天地立心”，《正蒙·神化篇》：“神，天德；化，天道；德，其体；道，其用，一于气而已。”又如象山“满心而发”，充塞天地，在心为本体的视野下，天人一体，体用合一，如云：“心之体甚大，若能尽我之心，便与天同。”③ 再如船山阐释横渠易说，以阴阳、动静明气之“体同用异”，如云：“盖阴阳者气之二体，动静者气之二几，体同而用异则相感而动，动而成象则静，动静之几，聚散、出入、形不形之从来也。”④ 体用不仅用以解释宇宙本体论，也用于修养道德论的阐释。譬如二程主张“忠体恕用”，如云：“忠者体，恕者用，大本达道也。”又云：“‘配义与道’，即是体用。道是体，义是用。”⑤尔后朱子“道兼体用”、“心兼体用”，沿用的是相同的路子。

---

① 譬如《性理三》：“体、用也定。见在底便是体，后来生底便是用。此身是体，动作处便是用。天是体，‘万物资始’处便是用。地是体，‘万物资生’处便是用。就阳言，则阳是体，阴是用；就阴言，则阴是体，阳是用。”（朱熹著，黎靖德编，王星贤点校：《朱子语类》卷6，中华书局1986年版，第101页）《答何叔京》：“‘体用一源’者，自理而观，则理为体，象为用，而理中有象，是一源也。‘显微无间’者，自象而观，则象为显，理为微，而象中有理，是无间也。”（《晦庵先生朱文公文集》卷40，《朱子全书》第22册，上海古籍出版社、安徽教育出版社2002年版，第1841页）《答方宾王》：“仁、义、礼、智，性也，体也；恻隐、羞恶、辞逊、是非，情也，用也。统性情，该体用者，心也。”（朱熹：《晦庵先生朱文公文集》卷56，《朱子全书》第23册，第2660页）

② 钱穆：《朱子新学案》，《钱宾四先生全集》11卷，第502页。

③ 陆九渊著，钟哲点校：《陆九渊集》卷35，中华书局1980年版，第423、444页。

④ 王夫之：《张子正蒙注·太和篇》，《船山全书》第12册，第23页。

⑤ 程颢、程颐：《二程遗书》卷11、18，第170、208页。

在理学家的心目中，体用大抵相当于一个模子，是一套可以随时抽象为符号系统又可落实还原为具象万物的意义系统。对于体用所具有的丰富性、灵活性，伊川先生谓“体用一源，显微无间”，他将之归结为理与事、显与微的关系，显与微代表体用的两个向度，即具象化与体系化、抽象化与符号化，也即是说，任何体系化或符号化都表现为一种显性或微化的努力，它们最后兼容并包于体用所构成的整体意义系统中。早期零散的体用经验凝结为高度体系化的体用知识系统，早期的体用经验，包括物物相生、虚实相生、有无相生、阴阳相生等命题，以及现代学术视野下的部分与整体、抽象与具象、主观与客观、状态与行为、实体与功用等多重经验，在不断的体系化与符号化中，衍化为体用知识网络中的重要节点。体用意义系统的形成，由近而远，触类旁通，由一种现象变化引申到另一种现象变化，由经验而抽象出涵盖一切事物变化的总体原则。这一过程的特点是将观念和经验密切结合而又不分为二橛，这也是中国古代思维异于西方的独特之处。

三

对于体用问题，近代以来的熊十力先生有创造性的发展。在中国哲学史上，他是唯一把自己的哲学本体论称为“体用论”的哲学家。熊氏的思想体系，乃是援佛入儒，体用与性相互释，承续《易传》和道家体用论的传统，又参之印度佛教唯识学的诸多观点，建立了自己的本体宇宙观。①在“新唯识论”中，熊氏以体用立宗，自觉地把“体用不二”作为一以贯之的原则，将每一个环节的论述都与此一原则联系起来，确是他的独创之处。②熊氏认为，本体有四义，《体用论·明变》：“一、本体是万理之原、万德之端、万化之始；二、本体即无对即有对，即有对即无对；三、本体是无始无终；四、本体显为无穷无尽

① 唯识学是唐玄奘（600—664）带回中国的宗教哲学，玄奘编译《成唯识论》，其弟子窥基（632—682）详加注释成《成唯识论述记》，由此演变成体系完备的哲学理论，其基本主张是以三相解释宇宙万物，把世界一切现象归结为“识”的作用，故又称三相宗或唯识宗。中国近现代以来的思想家中，王夫之、龚自珍（1792—1841）、谭嗣同（1865—1898）、章太炎（1869—1936）等，均受到唯识学思想的影响。熊十力先生吸收了唯识学的有关认识论和方法论，着力于本体论和认识论领域的研究，建立了不同于佛学的具有积极进取意义的“新唯识论”。

② 熊氏晚年著《体用论》，乃是《新唯识论》改作，他声称此书即成，前作俱可毁弃，无保存之必要，可见体用乃其根本方法论，是他一生学术的归结点。

的大用，应对是变易的。”① 其体用论特点在于：强调本体是绝对的，是恒转、功能，是生生不息的大化之体；本体幽奥难察，不可致诘，故诠体，唯有从大用流行处，推显致隐，即用显体，两者相即相离，如同大海水与“众沤”的关系。《体用论·佛法下》：

> 体用二名，相待而立，假如说，有体而无用，则体便空洞无所有。若尔，体之名何从立?假如说，有用而无体，则用乃无原而凭空突现。如木无根而生，如水无源而流……应知，无体则用之名亦无由立。余尝言，体用可分而实不二。②

在熊氏思想体系中，处处显示出事事无碍、互摄互入的圆融意识。他认为体用是圆满无缺，不可分割的，由体显用，由用识体，即体即用，故而坚持体用不二、心物不分的立场，不可求体于万象之外，如唯心论以精神为世界之本体，或唯物论以物质为本体，皆是体用分割,不悟真源。

熊氏体用论的根本在于，只存在一种实体，即本体或本心，其他的存在，无论物质或精神，均可归结为本体的功用。本体是无形的，是“大自在者”，没有固定的属性，呈现为一切的精神与物质，是万物生存变化的源泉，处于永恒的转变中，是变现为万物的那种潜能，所以他把本体也称为“恒转”、“能变”；万物是本体呈现出的东西，是可能性的实现，是变化无穷的，相对于本体来说是“所变”。③ 尽管强调本体是唯一自在的存在，但它并不存在于万物之外，本体与万物是“能变”与“所变”、体与用的关系。熊氏在宇宙论、本体论层面使用体用范畴，业已摆脱了传统认识论、方法论、实用论的论域，上升到本体论的层面，因此，他的体用论与中国哲学史上的体用论既有联系的一面，更有很多独创的地方。④

---

① 熊十力:《体用论》，中国人民大学出版社2006年版，第13页。

② 熊十力:《体用论》，第78页。

③ 熊十力:《体用论》，第12—15页。

④ 本书以体用立义，得益于《新唯识论》、《体用论》的启发。熊氏是20世纪中国杰出的思想家，特立独行，无所依傍，自成一系。几十年来，对熊十力思想评价的变迁，颇能折射出中国现代哲学发展的曲折历程。2001年《熊十力全集》由湖北人民出版社出版，“编纂出版说明”认为:“熊十力先生是现代中国和世界著名的哲学家。他所创立的‘新唯识论’哲学体系，批判

本书之所以将气之体用分层次考察，也受益于贺麟先生（1902—1992）文化体用论的启发。[①] 按照贺氏的思路，体与用的关系为范型（form）与材料（matter）的关系，由最低级的用、材料，到最高级的体、本体或纯范型，中间有一依序发展层级的过程。[②] 正是基于对中西学术的理解，贺氏提出超越中西文化的界限，建立新的文化体用论。他认为不同部门文化表现的精神价值有等差之不同，在文化体用论中，既有绝对的，也有相对的，层层重叠，构成了文化的方方面面，只有透过一层又一层的体用网络，才能够厘清精神文化的本质特征。在贺氏的文化体用论中，构成文化体用的对举范畴灵活而多样，核心概念有：道、文化、自然、精神。从绝对的体用观看，道是体，文化、自然与精神皆道之显现，皆道之用；从相对的体用观看，自然为文化之用，文化为自然

地重建儒学，颇具独创精神，着力表现了他以现代批判传统、防止传统僵化和以传统批判现代、抗拒时俗浸染的双向批判精神，面对工业社会给人类带来的负面——人文精神的沦丧、价值和存在的迷失、道德意识的危机、生命本性的困惑，他以探寻宇宙人生的大本大源为己任，重新反省生命的意义，重建人的本体和'人道之尊'。"这一评价反映了学术界在熊十力哲学研究上的深化，也显示了中国人在文化上的自信。较之于中国其他的现代哲学家，熊氏体用论走的是自己的路，使用的都是传统儒、道、释的术语，体系完备，论证严密，保持了中国哲学的传统，这既是他不同于其他现代哲学家之处，也是其理论在西方更加受到重视的原因所在。

① 贺氏是中国近代的黑格尔研究专家，他翻译的《哲学史讲演集》、《精神现象学》、《小逻辑》等，均是具有里程碑性质的成果。贺氏不仅对于西方哲学有着深刻的理解，而且对于传统儒学抱有明显的偏袒，尤其是对陆王心学一往情深。在《五十年来的中国哲学》中，贺氏评析了梁漱溟先生（1893—1988）的"新孔学"、熊十力先生的"新唯识论"、冯友兰先生的"新理学"，其中对"新唯识论"评价最高。他认为熊氏之学，乃近代以来陆、王心学之精微化、系统化，是最具独创之集大成者。他说："得朱、陆精意融会儒释，自造新唯识论。对陆、王本心之学，发挥为绝对的本体，且本翕辟之说，而发展为宇宙论，用性智实证以发挥陆之反省本心、王之致良知。"在他看来，儒家思想的新发展，应发挥仁的本体论、仁的宇宙论，因此，对于熊氏《明心》章中"仁者本心"的见解，深为认同。他认为熊十力从本体论和宇宙论的角度阐发陆王心学，奠立了新儒学形上论域的本体论基础，这种努力与他提出的关于"仁"的本体论、"仁"的宇宙观思想极为契合。参见贺麟：《贺麟选集》，吉林人民出版社2005年版，第336—338页。

② 这种体用观，一方面包括柏拉图式的绝对体用说，以纯理念或纯范型为体，以现象界的个体事物为用；另一方面又包含了亚里士多德式的相对体用观，以纯范型作为判别现象界个体事物价值的标准，将现象界事物排列层级而指出其体用关系，即根据事物表现纯范型之多或寡，或距离纯范型之近或远，而辨别其为体或用。参见贺麟：《哲学与哲学史论文集》，商务印书馆1990年版，第343—344页。

之体；文化为精神之用，精神为文化之体；精神为道之用，道为精神之体。①按照贺氏的逻辑，每一对范畴对举，均从不同的方面展示了文化独具的品质属性，而这种多角度、全方位对文化的透视，正是展现文化全貌的有效途径。

顺着贺氏的语脉，考察中国学术传统中的体用观。朱子理气合一说，以理为体气为用，近于绝对的体用观。周子无极而太极，太极而阴阳，阴阳而五行，五行而万物，可分为五个层次的相对体用观，即无极为太极之体，太极为无极之用；太极为阴阳之体，阴阳为太极之用；阴阳为五行之体，五行为阴阳之用；五行为万物之体，万物为五行之用。以此类推，显示了贺氏体用论灵动而深刻的一面。但是，问题的另一面在于，贺氏按照柏拉图、亚里士多德思想所诠释的体用论，其中的一个特点就是，以距离的远近与时间的先后，进行的单向推断，这是一种由A到B的静态模式，这与西方科学主义意义上的因果观相同，只有单一的向度，无价值的等级或层级的差别。中国传统的体用观与西方哲学的因果观，是纯然不同的，因为它本身呈现为双向的互系性特点②，也就是说，由A到B，再由B到A，是一个互动相生的过程，这如同传统因果论是循环、互相决定的一样。中国传统的体用观念界定了一种复杂的多重关系，这些关系自身构成了有机的统一体，互为关联，相互丰富。

对此，我们可以举一个例子，譬如蕺山先生（1578—1645）《学言上》："心无体，以意为体；意无体，以知为体；知无体，以物为体。物无用，以知为用；知无用，以意为用；意无用，以心为用。此之谓体用一源，此之谓显微无间。"③宗周认为，"心"之本体在"意"，这是对阳明"心无体，以天地万物感应之是非为体"④的发展。宗周反对朱子将"意"视为"心"之所发，而是将"意"视为比"心"更为根本的范畴，乃心之本体，而非作用或次生层面

① 文化又分为真、善、美三个领域，按照相对的体用论，哲学与科学均追求真，科学追求自然之真，哲学追求价值之真，因此哲学为科学之体，科学为哲学之用；宗教和道德均以追求善为宗旨，宗教追求神圣之善，道德追求人本之善，宗教为道德之体，道德为宗教之用；艺术与技术均代表着美之价值的文化界域，艺术是超实用的美的价值，技术是使用的美的价值，因此，艺术是技术之体，技术是艺术之用。参见贺麟：《哲学与哲学史论文集》，第347、348页。

② 此处借用西方汉学家的说法，如葛瑞汉、郝大维、安乐哲等人，均有相关的论述。

③ 刘宗周：《刘子遗书》卷2，文渊阁四库全书本。

④ 王阳明著，吴光等编校：《传习录下》，《王阳明全集》卷3，上海古籍出版社1992年版，第108页。

的概念，因此朱子、阳明所谓“已发之心”，对他而言，只是“意”之用。这一段话中的体与用，含义多重、层次丰富，很值得玩味。就体与用的意蕴而言，体为目标、起点、核心、对象、主体、基础、主宰，用为作用、发动、方法、媒介、过程、手段、展现、实行；就体与用的动态关系而言，在宗周心学中，“心、意、知、物”范畴之间，形成了一个有具体层次又往复连续的整体。成中英先生据此认为，从“心→意→知→物”是体的落实，从“物→知→意→心”则是用的引申。① 深一步言，前者是宇宙论的坐实，后者是性命论的体认，显示了宗周心学完整的结构。这种体用关系模式，是一种互动相生的动态环节，既可顺而下推，亦可逆而上推，既独立成体，又互相依靠。此一意义系统的建构，乃是向着一个更深刻、更宏大的理性思辨结构与经验整合形态，故而宗周此番推演，较之于单向度的类推思维，确是高明之极。

通过考察上述古今体用观的演变，本书尝试建立一种新的动态体用观，在这个新的话语系统中，须重新确立体的内涵，也须重新确立用的内涵，在事物互为体用的思考与理解中建立一种整体性的文化体用模式。在此一体系中思考，所谓体就是一套意义系统，是一个文化体系赖以存在的思想基础与价值原则；所谓用就是此一套意义系统中的各种文化要素与功能。体用是一种观察与思考事物、认识与解决问题的知觉方式，也是一种基于这种知觉方式的言说方式与理解方式。体用的经验凝结成体用的观念，体用的观念凝结成体用的体系，成为一个层次分明的意义系统，也是一个多种因素相互交错的诠释系统，我们所意识到的所有、所觉、所欲、所思，均能用此一框架进行解释。② 因此，本书所要建立的气学体用层次论，希冀以之涵盖古代知识系统的诸多领域，同时能够对其中的核心问题作出有效的诠释。诠释的过程既是保留传统的过程，也是结合现实目标与人生境遇以及价值立场而创造新知的过程。当然，这一过程本身是中西文化融合的过程，既包括中国思想传统的价值核心及

---

① ［美］成中英：《创造和谐》，上海文艺出版社2002年版，第196页。

② 在谈到形而上学的原理时，英国哲学家怀特海曾指出：“思辨哲学就是要建构一个由诸一般观念构成的一致的、逻辑的、且必然的体系。根据这一体系，我们经验中的每一成分都能得到解释。”在他看来，一切体系化的思想都必须从一些预先的假定出发，哲学的重要性就在于它坚持不懈地建构这样一套思想框架，然后用这套框架来解释经验。参见［英］怀特海：《过程与实在》（*Process and Reality*）卷1，周邦宪译，陈维政校，贵州人民出版社2006年版，第3页。

其文化生命，也包括对西学范畴命题、言说范式、逻辑结构的借鉴，大体是在中学价值体系与西学知识结构层面的结合，也即是以中国文化传统之体用，辅之西方文化之体用，在两套体用系统的相互碰撞、对话中，形成一个新的、动态的、与时俱行的体用观。

四

有关哲学意义上的体用及其内蕴的中西思维比较，以及本文尝试建立的新的文化体用观，已如上所述。那么，落实到文学意义上的体用，与哲学意义上的体用又有什么不同呢？这是最后需要略加说明的问题。

关于文学意义上的体用，徐复观先生有过精辟的论述。在《皎然〈诗式〉"明作用"试释》① 一文中，徐先生解释"明作用"的内涵。《诗式·明作用》的原文是这样的："作者措意，虽有声律，不妨作用，如壶公瓢中，自有天地日月。时时抛针掷线，似断而复续，此为诗中之仙。拘忌之徒，非可企及矣。"徐先生认为作者引用《后汉书·方术传》中壶公的典故，瓢的自身为"体"，以喻诗的题材，瓢中的日月，由瓢所显出的为"用"，以喻题材所显出的意味、情态、精神等，"体"受到空间限制，"用"所受限制较小，所以从境界的角度看，常常是"体"小"用"大。所以有此"体"便有此"用"，有此"用"便有此端倪、消息。日月藏于壶中，以喻"用"在"体"中，"用"虽藏于"体"中，但会时时露出端倪、消息，故有"时时抛针掷线，似断而复续"，能由"体"中玩味出"用"的境界来，为"诗中之仙"，反之，拘忌于"体"，不能发现"用"之情态、精神，便是"拘忌之徒，非可企及矣"。高明的诗人便要懂得"言用不言体"的道理。

为了证明这一点，徐先生引证了南宋魏庆之（约1240年前后在世）《诗人玉屑》卷十《体用》中的一大段文字，摘录如下：

"十不可"：一曰高不可言高，二曰远不可言远，三曰闲不可言闲，四曰静不可言静，五曰忧不可言忧，六曰喜不可言喜，七曰落不可言落，八曰碎不可言碎，九曰苦不可言苦，十曰乐不可言乐。（陈永康《吟窗杂序》）

---

① 该文收入徐复观先生的《中国文学精神》，上海书店出版社2006年版，第330—334页。以下的引述，均出自该文。

"言用勿言体"：尝见陈本明论诗云："前辈谓作诗当言用，勿言体，则意深矣。若言冷，则云：'可咽不可漱'；言静，则云：'不闻人声闻屦声'之类。本明何从得此！"(《漫叟诗话》)

"言其用而不言其名"：用事琢句，妙在言其用而不言其名。此法惟荆公、东坡、山谷三老知之。荆公曰："含风鸭绿鳞鳞起，弄日鹅黄袅袅垂。"此言水、柳之名也。东坡答子由诗曰："犹胜相逢不相识，形容变尽语音存。"此用事而不言其名。山谷曰："管城子无食肉相，孔方兄有绝交书。"又曰："语言少味无阿堵，冰雪相看有此君。"又曰："眼看人情如格五，心知外物等朝三。""格五"，今之簺融是也。后汉注云："常置人于险恶处也。"苕溪渔隐曰："荆公诗云：'缲成白雪桑重绿，割尽黄云稻正青。''白雪'即丝，'黄云'即麦，亦不言其名也。"余尝效之云："为官两部喧朝梦，在野千机促妇功。"蛙与促织，二虫也。"(《冷斋》)

"不名其物"：临川云："萧萧出屋千寻玉，霭霭当窗一柱云。"皆不名其物。然子厚"破额山前碧玉流"，已有此格。(《溪》)

"如咏禽，须言其标致，只及羽毛飞鸣则陋矣"：众禽中唯鹤标致高逸，其次鹭亦闲野不俗。又尝见于六经，后之诗人，形于赋咏者不少，而规规然只及羽毛飞鸣之间。如咏鹤云："低头乍恐丹砂落，敛翅常疑白雪销。"此白乐天诗；"丹顶西施颊，霜毛四皓须。"此杜牧之诗；皆格卑无远韵也。至于鲍明远鹤赋云"钟浮旷之藻思，抱清迥之明心"；杜子美云"老鹤万里心"；李太白画鹤赞云"长唳风宵，寂立霜晓"；刘禹锡云"徐引竹间步，远含云外情"，此乃奇语也。如咏鹭云："拂日疑星落，凌风讶雪飞。"此李文饶诗；"立当青草人先见，行近白莲鱼未知。"此雍陶诗；亦格卑无远韵。至于晚晴赋云："忽八九之红芰，如妇如女，堕蕊黦颜，似见放弃；白鹭潜来，邈风标之公子，窥此美人兮，如慕悦其容媚。"虽语近于纤艳，然亦善比兴者。至于许浑云："云汉知心远，林塘觉思孤"；僧惠崇云："曝翎沙日暖，引步岛风清。照水千寻迥，栖烟一点明。"此乃奇语也。(《庚溪诗话》)①

① 魏庆之著，王仲闻点校：《诗人玉屑》，中华书局2007年版，第298—300页。

在徐先生看来，文学意义上的体用，与哲学有所不同。文学意义上的“体”是指某事或某物的自身，“用”是指某事或某物所发生的意味、情态、精神、效能等，所谓“言用勿言体”，是说应言事物所发生的意味、情态、精神、效能，而不要直接说出某事某物的自身。“含风鸭绿鳞鳞起”是春水的情态，“弄日鹅黄袅袅垂”是春柳的情态，“形容变尽语音存”是久别重逢的悲喜交集意味，这都是“言用”；“低头乍恐丹砂落”是指鹤顶的丹，“敛翅常疑白雪销”是指白鹤翅上的白，这都是“言体”。鲍明远、李太白所咏的鹤，是他们所把握的鹤的神情形态。徐先生认为，与画法比较，“言体”相似于“形似”，“言用”相当于“传神”。他将《诗品》与《诗人玉屑》比较，认为钟嵘所举的“皆由直寻”的诗句，譬如“思君如流水”、“高台多悲风”、“清晨登陇首”等句，均可谓“言体不言用”，但在所言之“体”中，即蕴有深远之“用”，但《诗人玉屑》所述，则是把“体”和“用”对立起来，这固然是诱导初学者致力的一种方法，但其流弊可能成为猜谜语的诗，以这种方式说诗，便自然也就有所局限了。

沿着徐先生的思路，可以说体用在文学与哲学上的意义各不相同。如果说哲学家的最高目标是穷究“体”的话，那么，或“言用勿言体”，或于所言“体”中蕴含深远之“用”，大约就是文学家的最高境界了。运用于文论、诗论领域的“体”，有两层意思，一是作为“文之体”层面的终极价值指向（譬如文道、文气），一是作为“文之用”层面的体裁、风格、文体、意境等。就后者而论，浸淫于古代宇宙生成论语境中的学者，多关注于文学的内部问题，如陆机（261—302）《文赋》“体有万殊，物无一量”①，刘勰《文心雕龙·体性》“若夫八体屡迁。功以学成，才力居中，肇自血气”②，等等。又譬如苏门弟子李廌（1059—1109）认为“凡文章之不可无者有四”，即“体”、“志”、“气”、“韵”，《答赵士舞德茂宣义论宏词书》释“体”：“述之以事，本之以道，考其理之所在，辨其义之所宜，卑高巨细包括并载而无所遗，左右上下各若有职而不乱者，体也。”③以上所言之“体”，基本上也是从“用”的层面立言。至于执着于探究宇

① 陆机著，张少康集释：《文赋集释》，人民文学出版社2002年版，第99页。

② 刘勰著，詹锳义证：《文心雕龙义证》，上海古籍出版社1989年版，第1022页。

③ 李廌：《济南集》卷8，文渊阁四库全书本。

宙之终极所在，纯然取超越层面论及文学之根本问题者，在古代文论家中，并不多见。

第六节　结论

这一章对气学诠释的一般性方法论问题进行初步分析，具有思想清场的意义。作为现代知识形态的建构，本书所谓“气学”，一方面要从古代浩瀚的“气论”文献中提取、概括，另一方面，更需要根据“学”的要求梳理成序，使之成为今天的一项学术建树。“气学”的提出，旨在通过与西方思维方式的比较，对中国式的方式方法予以知识化的建构，因此，也就不可避免地涉及西方自古典时代以来所形成的认识论、知识论与本体论的理论视域与研究方法，更不可避免地要面对百余年“西学东渐”所遗留下来的种种后遗症。

本章所关注的问题在于：首先，检视对于不可言说的本体，中西思想家所采取的解决之道，这是本书从形上层面建构气学话语形态的理论前提。笔者认为，从知识的构成特性看，作为意会性的知识，气是整体关联性的，其“有无相生”的时间序列、“阴阳偶合”的空间序列，使其意义的生成乃是一分为二或合二为一，即时空一体的统合整体。气无形可感，处于虚实、有无、形神之间，如同《庄子·知北游》谓“不形之形，形之不形”,《庄子·德充符》谓“虚而往，实而归”，具有形而神、神而形、虚而实、实而虚的特质，是心身、物我之间贯通自如的一种普遍联系。《管子·内业》:“灵气在心，一来一逝，其细无内，其大无外。”对于气所具有的无所不在、无微不入、无内无外的特性，管子一系解释得很清楚。从知识的认知路径看，气是不可说的，其本质不可界定，能够在对象和特性上代表且不对气的理解产生偏颇和错误的概念，是不存在的。换言之，对于不可道不可言之本体，我们不可能形成知识意义上的完整概念或定义，但是，思想与语言能以间接的方式指涉或意指不可道、不可言之本体，因此，我们仍然能够从宇宙的整体性与思想的最高层面上，理解或感受其特性。

其次，中国哲学是一种体用的哲学，中国思维也是一种体用的思维。体用关系，用以说明一个事物不同层面，或者一个系统的不同面向，是表述关系性存在的极好方式。气学的最大特点表现为对待性与统合性的整体关联，因此，体用这种一而二、二而一的整体与局部结合的思维方式，对于诠释气的基本特性，至少具有三方面的意义。其一，可以避免传统宇宙生成论中道与气、理与气在时间先后上的历时性困扰，也可以避免中哲史传统中没有西学意义上先验的本体论，也没有现象世界之外独立存在的逻辑世界等本质差异。其二，以体用视野考察气学所贯通的内在世界与外在世界，较之单单从心性论谈伦理道德，从本体论谈形上根据，从生成论谈万物本根，面向更多，层次更丰富，也就更具有理论弹性与说服力。其三，就两者之间的关系而言，"体"与"用"是在不断使用中更新意义内涵的，"体"的边界是开放的、与时偕行的，关键还在"用"的层面。考之气范畴，也并非一开始就属于形上学的论域，其形上意义的获得，正是借助于"体"与"用"义项、内涵的愈用愈明而得以确定的。

本章所讨论的问题，基本上是一般性的方法论问题，也是一般诠释学常常碰见的问题，虽然气学所蕴含的方法论问题并不仅仅如此而已，尚有许多系统且特殊的问题值得探索。按照笔者的设想，在业已探讨气学本体意义的基础上，接下来的几章将尝试从知识和价值的角度探讨：

（1）从知识学角度考察，气作为一般知识话语与民间信仰与思想家意义建构的不同。

（2）从思想史角度考察，古人关于气的知识，是如何转化为评价性工具及其精神化、价值化的历程。

（3）从观念史角度考察，"气"系列与"文"系列在共相与殊相上的特质。

（4）气之一体三相以及文气之元范畴意义。

气之知识谱系、思想谱系究竟应该包括哪些内容？气之体用义涵盖哪些范畴？这是一个需要深入细致长期讨论的问题，本书的设想较为粗糙，抛砖引玉而已。

第三章
气学知识谱系及其扩展

第一节　引言

始编于清光绪年间的《辞源》，是百科全书式的辞书，其中收罗了古今以来与气学相关的词条，关于“氣”字，是这样解释的：

> 云气。见《说文》。清段玉裁谓“气”、“氣”古今字。自以“气”为云气字，乃又作“餼”为廪氣字。气本云气，引申为凡气之称。见《说文解字注》。

这里对“氣”的释义有七条，包括：云氣、氣息、氣味、嗅（闻）、氣候（氣色）、氣势（氣质）、古代哲学概念（常指构成万物的物质）。在“氣”目录下列举了四十一种词条，包括：氣力、氣户、氣分、氣化、氣母、氣宇、氣色、氣序、氣性、氣拍、氣味、氣度、氣骨、氣海、氣索、氣息、氣候、氣習、氣毬、氣窗、氣運、氣悶、氣量、氣象、氣结、氣势、氣幹、氣盡、氣調、氣節、氣樓、氣概、氣數、氣魄、氣質、氣焰、氣類、氣韻、氣食牛、氣急敗壞、氣湧如山。

从气学知识谱系的角度检视以上词条，值得注意的解释有：

> 气化：阴阳之气的变化。（一）《大戴礼记·曾子天圆》：“阳之专气为雹，阴之专气为霰，霰雹者，一气之化也。”张载《太和》：“由太虚，有天之名；由气化，有道之名；合虚与气，有性之名；合性与知觉，有心之

名。”王夫之注：“气化者，气之化也……气化者，一阴一阳，动静之几，品汇之节具也。”（二）中医指人体气机的运行变化，《素问·至真要大论》：“不同气化。”又：“从中者，以中气为化也。”注：“化，谓气化之元主也。有病以元主气，用寒热治之。”

气类：（一）生物之同类，易乾：“同声相应，同气相求……则各从其类也。”孔疏：“言天地之间，共相感应，各从其气类。”《三国志·蜀蒋琬传·与蒋斌书》：“巴蜀贤智文武之士多矣，至于足下，诸葛思远，譬诸草木，吾气类也。”斌，琬子；思远，诸葛亮子瞻字。（二）意气相投者，《文选》三国魏曹子建《求通亲亲表》：“至于臣者，人道绝绪，禁固明时，臣窃自伤也，不敢乃望交气类，修人事，叙人伦。”

气韵：风格和意境。多用于书画、文章。南齐谢赫《古画品录》：“书有六法……一气韵生动是也，二骨法用笔是也，三应物象形是也，四随类赋是也，五经营位置是也，六传移模写是也。”宋陈善《扪虱新话》上一：“文章以气韵为主，气韵不足，虽有辞藻，要非佳作也。”①

《辞源》收词近十万条，解说近一千二百万字，凝聚几代学者的心血，是目前国内最具权威性的辞典之一。其编写以旧有字书、韵书、类书为基础，兼收并蓄，并参之现代辞书的体例，融词汇与百科于一炉，除大量的字词释义外，也收罗艺文、故实、曲章、制度、人名、地名、书名乃至天文、星象、医术、技术、花鸟虫鱼等内容。从以上关于“气”、“氣”的训释，可以看到，《辞源》的编撰者将“气”、“氣”视为古今字，并将其置于“天人感应”、阴阳互生的话语系统中言说，这是将气的解释置于秦汉以来宇宙生成论的路数中，基本上沿袭了汉学的知识系统。对此，我们还可以参照《汉语大字典》，这是目前收集汉字单字最多的字典，凡列有甲骨文、金文、小篆、隶书等形体以及上古韵部和中古反切。对于“气”字的释义，仅列举《说文》和段注，以及近人于省吾先生（1896—1984）《卜辞求义》的说法，并将“气”字释为两义：一为“云气”，一通“饩”，乞求之意。虽然相当省略，但汉学的解释路径仍然清晰可见。

---

① 凡引《辞源》部分，参见《辞源》2，商务印书馆1998年修订本，第1704—1709页。

从以上这些具有代表性的字书、辞典的解释中，我们可以看到，古代的气学知识系统，暨乎汉人，运用已经相当熟练自如，逮至唐宋以后，业已扩展到艺术创作和审美鉴赏领域。因此，要沿波讨源、追根溯源气学解释系统的知识根底，应该将我们的目光投向更加遥远的上古，看一看作为前知识状态存在的气学知识，在先民的物质生活和精神生活中占据何种地位，看一看在百家争鸣、百川汇流的战国，气学知识系统的泛化扩展，以及在汉人的经典诠释传统中，气学的训诂传统是如何形成的。以上这三个方面的内容，基本上可以囊括早期气学知识谱系的面貌。①

第二节　作为前知识状态

一

就目前的文献资料来看，要寻觅前知识状态存在的气学思想的踪迹，大抵有两种路径：一是依据对甲骨文、金文中所载“气”字用法和意义的考察，同时紧扣后世气学知识系统中的核心要素，在甲骨文、金文资料中寻绎与之相适合的原型或轮廓；一是参照西学视野和研究范式，尤其是人类文化学的路数，以期还原先民物质生产和精神生活中有关气的知识、观念与信仰。

将甲骨文中“三”的字样解释为“气”字，始于于省吾先生。根据《殷契骈枝·释气》的说法，甲骨文中的“三”字有三种意义：

一是“庚申卜今日气雨”（《殷契粹篇》七七一），这里是作“乞求”的意义使用，这条卜辞的意思是说“卜于庚申，今日，能求到雨吗？”

二是“气至五日丁酉，允有来鼒”（《殷墟书契菁华》一），这里是作“迄至”的意义使用，这条卜辞的意思是说“王占曰，有灾祟，它会降临吗？迄至五日丁酉，确实会降临灾难吗？”

三是“之日气有来鼒”（《殷墟书契前编》七·三一·三），这里是作“讫终”的意义使用，这条卜辞的意思是说“这一天终于降临灾难”。②

---

① 限于篇幅，本书对于气学知识谱系的梳理，集中在先秦两汉部分，引述材料大多出自这一时期。

② 于省吾：《甲骨文字诂林》，中华书局1996年版，第3372—3373页。

于氏此说之后，陈梦家先生（1911—1966）在《殷墟卜辞综述》中，提出作为“乞取”意义使用的说法，饶宗颐先生在《殷墟贞卜人物通考》中，提出作为“刉、汔”意义使用的说法。那么，甲骨文中的“气”字究竟是什么意思，还有待于通过一个个用例的勘查才能得以确认。

虽然问题重重，但也有一些基本的共识，那就是甲骨文中的“三”即是今之“气”字，这与数字“三”在记载上不同，前者中间一画短，后者上中下三画的长度相等；甲骨文中“气”不是名词，而是作为动词或副词来使用，并没有后来《说文》中所谓“云气”的意思。于省吾先生认为：“总之，甲骨文气字作三，自东周以来，为了易于辨别，故一变作⺄，再变作⺄。但其横画皆平，中画皆短，其嬗演之迹，固相衔也。气训气求、迄至、汔终，验之于天文词例，无不吻合。”[①] 见于金文的“气”字，譬如“洹子孟姜用气嘉命”（《三代吉金文存》一二·三三），就是作“乞求”意思使用的。又譬如拓片保存于《三代吉金文存》中的“行气玉柲铭”（《三代吉金文存》二十·四九），陈梦家先生根据五行起源的考证，认为此铭器乃是战国初年齐国器物，其文“行氣立则遉，遉则神”，陈氏引用孟子“养气”、老子“专气致柔”、荀子“治气养身之术”等文字，认定铭文的“行氣”就是“行气”，与“养气”、“专气”、“治气”的意思相同。[②] 这种解释路数，虽不乏臆断的成分，但就现存的甲骨文、金文资料来看，考辨包含“氣”字在内的铭文字义，仍然不失为一条具有可操作性的研究途径，遂成为尔后学者寻觅早期气概念生成的一条重要线索。

总体来看，从甲骨文、金文中寻觅“气”的字形、字义，并以此推测气学的前知识状态，就目前的研究进展而言，由于缺乏关键性的考古证据，因而还无法呈现出一条完整而清晰的脉络来。正如日本学者业已指出的那样，先秦时期气学思想呈现出一个“很大的断层”，也即是说，在殷商甲骨文和西周、春秋时期的铭文，以及《尚书》一部分和《诗经》等典籍中，未见有意味的“大气”、“气息”文字。后来写作“气”的字，是“乞取”以及“迄至”、“讫终”的意思，“氣”字须待到战国初期的青铜器上才出现，这种情形与春秋以后“气”的文化特

① 于省吾：《甲骨文字释林》，中华书局1979年版，第79页。

② 陈梦家：《五行之起源》，《燕京学报》第24期，燕京大学、哈佛燕京学社北平办公处、燕京学报编辑委员会1938年12月出版，第35—53页。

性，形成了一个大的知识断层与思想断裂。① 这应该是目前气学早期形态研究中面临的最大难题。

对于此一难题的探索，中外学者从不同的角度进行了卓有成效的研究，大体上有这样几种路径。

从字源学的角度追根溯源，是行之有效且易于被学者接受的传统方法之一。作为汉字研究的基础文献，东汉许慎（约58—约147）《说文解字》的训释，常常启发后世学者，并成为对汉字的字形、字义进行本源性研究的重要依据。关于“气”,《说文》释云：

> 氣，馈客刍米也。从米，气声。《春秋传》曰：‘齐人来气诸侯。’‘槩’，‘氣’或从既。‘饩’，‘氣’或从食。②

这里所列举的“气、槩、饩”三个通行字，以小篆的“气”为正体，“槩、饩”为别体，按照许氏的说法，“氣”是表示与之同音的“馈”字意义的文字，所谓“馈客”，就是把粮食给予不同客人之意。对于“氣”构成要素之一的“气”，许氏是这样解说的：“气，云气也。象形。”③ 段注：“象云起之貌，三之者，列多不过三之意也。”这里所谓的“云气”，就是形成云的气体，其篆文“气”就如同由下而上升腾流动的气体，三横乃谓气多。我们知道,《说文》是根据汉字的字形来探求本义，辨识声读，但是问题在于，在许慎的时代所能看到的最早文字是金文，而金文已经是甲骨文的衍变形式了，倘若某个字的甲骨文字形、义符与金文不同，那么,《说文》所训释的本义也就未必可靠了。

同时，更要加以注意的是，许慎的观点已经相当晚近了，我们知道，许氏乃东汉经学大师，是时天地人、阴阳五行所构成的世界阐释模式早已定型，经师完全可以用之熟练地解释宇宙万物生成的原理以及天地人之间的联系与秩序，这种先在的知识体系与解释模式，在许氏的文字训释中留有深刻的印记。譬如：

---

① ［日］小野泽精一、福永光司、山井涌编：《气的思想——中国自然观和人的观念的发展》，第3页。

② 许慎：《说文解字》七篇上，中华书局1963年版，第148页。

③ 许慎：《说文解字》一篇上，第14页。

勇，气也。(《说文》十三篇下)

瘁，气不定也。(《说文》七篇下)

融，炊气上出也。(《说文》三篇下)

烟，火气也。(《说文》十篇上)

山，宣也。宣气散生万物，有石而高。象形。(《说文》九篇下)

雾，地气发，天不应。(《说文》十一篇下)

云，山川气也。从雨云，象云回转之形。(《说文》十一篇下)

魂，阳气也。(《说文》九篇上)

魄，阴神也。(《说文》九篇上)

情，人之阴气有欲者。(《说文》十篇下)

性，人之阳气，性善者也。(《说文》十篇下)

甲，东方之孟，阳气萌动。(《说文》十四篇下)

乙，象春草木冤曲而出，阴气尚强。(《说文》十四篇下)

戌，灭也。九月阳气微，万物毕成，阳下入地也，五行土生于戊，盛于戌。(《说文》十四篇下)

地，元气初分，轻清阳为天，重浊阴为地。万物所陈列也。(《说文》十三篇下)①

在许氏的解释系统中，有关“气”字的语义关联以及气学家族系列的各个层面均有涉及，无论是山川的自然气息以及气候、律历、干支，乃至人的生老病死等表征，还是作为万物的基质和动力，气、元气及阴阳二气业已成为体现宇宙时空秩序的象征符号，应该说，许氏的天地人解释系统已经相当成熟完善了。

二

对于“气”字原始含义的勘查，有一种较为普遍的作法，就是从甲骨文中所见的“风”、“云”、“雨”、“土”等概念中，寻觅蛛丝马迹，发现与之相匹配的内容，以期寻求两者融合、离分的脉络。这种思想的萌芽也许来自许慎的解释，在《说文》中，许氏把“气”训释为“云气”，而“云”字又训释

① 许慎:《说文解字》，第292、155、62、209、190、22、242、188、188、217、217、308、309、314、286页。

为“山川气也”，这种互训式的循环解释很容易使人联想到“气”与“云”之间有着某种内在的关联，与此相关的“风”、“雨”、“地”等，也就自然进入了学者的研究视野。更深一步看，根据殷商甲骨文的考辨，可以发现，古人对于“气”、“云”、“风”等的理解，并不仅仅局限于单纯的农业生产活动，而是往往与精神信仰联系在一起的。因此，在这种研究视野中，对于西学范式的借鉴，尤其是人类文化学研究方法的参照，也就成为颇为常见的路数了。

在古人看来，风、云、雨并不是自然现象，而是上帝之物，是与原始宗教信仰联系在一起的。首先来看雨。在五帝及夏、商、周时期，天上的神被称为“帝”或“皇”，如“上帝”、“天帝”、“上皇”、“东皇”等，而作为人间君主的天子，乃“天”或“皇”之子，天子受命于天，常常伴随在上帝左右。殷商时期的人们相信，上帝拥有降雨的权力与能力，在中国古代以农业生产为主导的自然经济中，雨水的多少直接决定了年成的好坏，故而各种祭神降雨仪式就显得非常重要了，这不仅滋润谷物，带来丰收，关乎现实的生活，而且与上帝信仰联系在一起。在乞雨的甲骨卜辞中，常见的是取积柴焚烧人牲，以烟气祈雨的方式，譬如：

> 烄，㞢从雨，烄，亡其从雨。（前，五·三三·二）
> 今日烄，从雨。（续，四·一八·一）
> 烄，雨，不雨。（甲，六三七）
> 又尞于六云，五豕，卯五羊。（后上，二三·三一四）①

所谓“尞”，是焚牲祭天的一种仪式，《说文》释“尞，柴祭天也”，“祡，烧柴焚燎以祭天神”。焚燎求祈是古人常用的祭天仪式，如《礼记·祭法》：“燔柴于泰坛，祭天也。”孔疏：“谓积薪于坛上，而取玉及牲置柴上燔之，使气达于天也。”祭祀的步骤，就是通过燔柴，以烟气感神灵，从而攘祸致福。在先民们看来，天神是高高在上的，非燔柴不足以使烟气达之。故而有研究者认为，“气”的原始本义是指烟气、蒸气，按照汉字“动静相因”② 的原理，动词

① 转引自李存山先生《中国气论探源与发微》，中国社会科学出版社1990年版，第19页。

② 汉字以象形为先，许多字的名词性意义要先于动词性意义，古文字学家把这种现象称为“动静相因”。参见黄侃：《声韵通例》，《黄侃论学杂著——〈说文略说〉、〈音略〉、〈尔雅略说〉等十七种》，上海古籍出版社1980年版，第165页。

“气”字由名词“气”字演变而来，“气”早期指称的是某些具体物体，譬如烟气、蒸气等，尔后转化出“以气求之”等动词意义，其中亦包含了“体用一源”的哲理①。

与降雨息息相关的自然现象，有云、风、雷、电等。在古人看来，云、雨同源，乃天地之气的交感，如《素问·阴阳应象大论篇》：“地气上为云，天气下为雨，雨出地气，云出天气。”② 在长期的天象观察中，古人业已发现云气有很多类型，如《周礼·春官宗伯》：“视祲掌十煇之法，以观妖祥，辨吉凶。一曰祲，二曰象，三曰鑴，四曰监，五曰闇，六曰瞢，七曰弥，八曰叙，九曰隮，十曰想。”郑注：“祲，阴阳气相侵也。象者，如赤乌也。鑴，谓日旁气四面反向如煇状也。监，云气临日也。闇，日月也。瞢，日月瞢瞢无光也。弥者，白虹弥天也。叙者，云有次序，如山在日上也。隮者，升气也。想者，煇光也。”由此可以看到，汉人对于云气的类型、形貌已经有了详细的分类，不然郑玄也不会有如此细致的描述。不仅仅是云气的问题，在天地人解释系统中，凡自然现象大抵为阴阳二气交感的产物，如《大戴礼记·曾子天圆》：“阴阳之气各静其所，则静矣，偏则风，俱则雷，交则电，乱则雾，和则雨。”③ 以阴阳二气的存在状况来解释各种自然现象的生成，偏阴或偏阳为风，阴阳俱发为雷，阴阳相交为电，阴阳失序为雾，阴阳相和为雨，这基本上代表了上古气学知识的一般认知状况。

在知识与信仰交织的气学解释系统中，类似的仪式还有祭云、祭风等。先看祭云，如云：“王占曰……有各云自东。”（《殷墟书契菁华》四）又云：“乙丑卜，争贞，亦，雀云燎豕？”（《殷墟文字乙编》五三一七）又云：“癸酉卜，又燎于六云、六豕，卯六羊（侑）？”④ 这里燎祭的对象均为云，所谓“云，山川气也”，云为山川之气的凝聚，是降雨的主要来源。次看祭风。自春秋战国以来，风就被视为天上“六气”之一，乃天地之气的产物，如《管子·侈靡》：“视之亦（俞樾《诸子平议·管子三》认为“亦”乃“天”字之误）变，观之风

---

① 参见李存山：《中国气论探源与发微》，第19、20页。

② 张志聪集注：《黄帝内经素问集注》，浙江古籍出版社2002年版，第35页。

③ 王聘珍撰，王文锦点校：《大戴礼记解诂》卷5，中华书局1983年版，第99页。

④ 转引自［日］小野泽精一、福永光司、山井涌编：《气的思想——中国自然观和人的观念的发展》，第17、18页。

气。”又《吕氏春秋·音律》:“天地之气，合而生风。”[①] 考之甲骨文，有“四方”和“四方风”的记载,《尚书·尧典》和《山海经》中亦有相似的记载。胡厚宣先生（1911—1995）从20个世纪40年代开始，发表了一系列文章，通过与《国语》和《夏小正》诸书的印证，指出商代已有“四方”观念，这是原始“五行说”的滥觞。[②]日本学者平冈祯吉先生据《吕氏春秋》、《淮南子》以春、夏、秋、冬为寒、暑、风、雨表示的用例，提出把寒、暑、风、雨四项，归纳为风这一项，他认为:“以风来作为抽象的气，因为风最易体验得知气的变化，而且风有南风、北风等等的称呼，与人们的生活有着重大的关系。”并断言:“风是气的异名。”赤冢忠先生据甲骨卜辞的资料，详细论述了风的信仰及特性，认为气“在与给予生物，尤其是农作物的生成及变化的风类比中诱导出的概念”，并以此断定“风和季节变化的关系，产生出了气的概念”。[③] 在人们看来，风从四方远隔之地而来，到处流动，对自然界的生命现象起着重要的作用，若要在天地之间寻找与生命现象有关的气概念原型，那就非风莫属了。

从上古气学思想研究的整体性和完整性来看，研究与气相关的其他概念，譬如云、风、山川，也是认识气学在上古思想领域中存在状况的一种有效途径。考察这种关联性的研究路径，不妨以山川为例。在古人看来，具体可感的天地之气，包括天上可见的云、雨、风，其中一个重要的来源就是地上的山川河流，尤其是对于生活在河谷地区的人们而言，首先感受到的是天地之气及其云蒸霞蔚、烟雨弥漫的气化交感景象。源于长期的生产生活实践，人们认为山川河流能兴风云，聚雨水，滋养万物，繁衍生命，如《周易·说卦》:“山泽通气。”又《国语·周语下》:“夫山，土之聚也；薮，物之归也；川，气之导也；泽，水之钟也。夫天地成而聚于高，归物于下，疏为川谷，以导其气。”在古人

① 吕不韦著，陈奇猷校释:《吕氏春秋新校释》，上海古籍出版社2001年版，第328页。

② 胡厚宣:《甲骨文四方风名考证》、《论殷代五方观念及中国称谓之起源》,《甲骨学商史论丛初集》（外一种）上，第265、277页。

③ 关于风与气学之间的关联，近代以来已经有相当多的学者进行了卓有成效的研究，其中值得注意是日本学者的努力。在《气的思想——中国自然观和人的观念的发展》一书中，较多地介绍了日本学者平冈祯吉、赤冢忠等人的研究成果。他们以甲骨卜辞为主要资料，详细地论述了风的信仰及其特性，认为气概念的原型，可以在殷代甲骨卜辞中所见的“风”和“土”中求得,“风”和气在某种程度上同源，可以代替气而有气的诸种内涵。参见［日］小野泽精一、福永光司、山井涌编:《气的思想——中国自然观和人的观念的发展》，第19、20、26—27页。

眼里，高山大川与天地阴阳浑然一体，风雨闪电雷鸣，日月云雾升腾，总能令人产生无限的遐想与崇拜，见于其他文献的记载，譬如：

积土成山，风雨兴焉。①

夫山……出云风以通乎天地之间，阴阳和会，雨露之泽，万物以成，百姓以飨。②

山林、川谷、丘陵能出云，为风雨，见怪物，皆曰神。③

天地之气聚于高山、归于渊薮，山川河流便成为气之聚散、疏导所在，因而以山川云雨宣导天地之气，来解释气之所由也就理所当然，按照许慎《说文》的说法，就是“山，宣也，宣气散生万物”。天地万物乃阴阳之气交感的结果，其生长发育都要承受天地之气的滋养，这是中国古代山川祭祀和图腾崇拜的思想基础之一。《春秋公羊传·僖公三十一年》：“山川有能润于百里者，天子秩而祭之。”何休（129—182）解诂：“此皆助天宣气布功，故祭天及之。”这也明确道出山川具有“助天宣气”、“润于百里”的功能，因而在古代祭祀天地的宗教信仰乃至大一统的政治神话中，山川河流也就常常被赋予重要的象征意义。

三

从人类文化学的角度探讨中国早期思想文化，在百余年的人文研究中，屡屡可见。在西方早期人类学家的研究视野中，遍及世界各地的原始音乐舞蹈是古代宗教仪式中最重要的一部分，这对人类早期文化的形成以及传承起到了重要作用。在崇尚鬼神、巫觋兴盛、事事卜筮的巫卜文化氛围中，文化的中心在神，乐歌娱神、乐舞祈雨等祭祀活动在先民的精神生活中占据了重要的地位。商汤时代开始用乐舞祈雨的传统一直流传到商代后期，在甲骨卜辞中最常见的是以舞求雨，譬如：

于翌日丙舞，有大雨，吉。(《合集》30041)

王其乎舞……大吉。(《合集》31031)

① 《荀子·劝学》。

② 《尚书大传·略说》,《四部丛刊》本。

③ 《礼记·祭法》。

丙辰卜贞，今日奏舞，有从雨。(《合集》12818)①

在甲骨文和金文中，我们还可以看到一种被称为“万”的人，譬如“唯戍呼舞，有大雨。唯万呼舞，有大雨”(《合集》30028),“唯万舞盂田，有雨”(《合集》28180)，就卜辞看，其字形作人之侧象上加一横，根据裘锡圭先生的揭示，“万显然是主要从事舞乐关系的一种人”②。就裘先生所提供的材料还可以看到，从事舞乐的“万”，常常和祈雨有关，而乐舞似乎就是他们祈雨的手段。再以古老的“雩”祭为例。《周礼·春官宗伯》载:“若国大旱，则帅巫而舞雩。”《说文》释:“雩，夏祭，乐于赤帝，以祈甘雨也。从雨，亏声……雩舞羽也。”《尔雅》释:“舞号，雩也。”《礼记·月令》中亦记载仲夏之月,“大雩帝，用盛乐”，郑玄注:“雩，吁嗟求雨之祭也。”由此可知,“雩”祭以歌舞为主，场面隆重而热烈，乃是祭天祈雨之巫术仪式。③

在上古的乐官文化传统中，盲瞽乐官的一项重要职责是“省风—辨音—知气”，也即察节气，协农事，成万物，如《国语·周语上》:“瞽告有协风至。”又云:“瞽师、音官以风土。”韦昭(204—273)注:“瞽，乐太师，知风声者也。”又云:“音官，乐官。风土，以音律省土风，风气和则土气养也。”《郑语》:“虞幕能听协风，以成乐物生者也。”韦昭注:“虞幕，舜后虞思也。协，和也。言能听知和风，因时顺气，以成育万物，使之乐生。”韦氏此注有误，虞幕乃舜之先祖。所谓“省风”、“听风”的目的，在于借助听测风声以判断时令节气是否适于农业耕种，在古人“听风知政”的政教逻辑中,“知气”是重要的一环，这是与民众安居乐业，乃至王朝兴衰、政治气数密切相关的。

关于气与乐的关系，在古代典籍中，也屡有所见。譬如《国语·周语下》记载伶州鸠反对周景王铸大钟“无射”的事迹。身为乐官的伶州鸠认为只有乐之平和，才能带来阴阳协调，政治昌盛，百姓富裕。他是这样说的:“如是，而铸

① 郭沫若主编，胡厚宣总编辑:《甲骨文合集》，中华书局1978—1982年版。以下相关引文均出自此版本。

② 裘锡圭:《释万》,《中华文史论丛》1980年第2辑。

③ 在古代精神生活中，作为沟通天地、神人的中介，乐舞具有娱神、媚神、通神、降福免灾的神秘力量，明人朱载堉(1536—1611)《律吕精义·舞学十议》:“乐舞之妙，在于进退屈伸，离合变态，若非变态，则舞不神，不神而欲感动鬼神，难矣。”乐舞借助于各种原始崇拜及祈神仪式加以表现，所内蕴的是先民的情感体验与文化认同。

之金，磨之石，系之丝木，越之匏竹，节之鼓而行之，以遂八风。于是乎气无滞阴，亦无散阳。阴阳序次，风雨时至，嘉生繁祉，人民和利，物备而乐成。”古人相信通过金、石、丝、竹、匏、瓦等乐器可以疏散“滞阴”之气，达到“气无滞阴，亦无散阳”，也即阴气、阳气平衡中和的理想状况。《吕氏春秋·古乐篇》:“昔古朱襄氏之治天下也，多风而阳气畜积，万物散解，果实不成，故士达作为五弦瑟，以来阴气，以定群生。”① 在古人看来，风和气均为生命之本源，当风太盛，气蓄积太多，则对万物生长不利，就需要用五弦瑟来驱散积蓄太多的风和气。虽然这一段话，本意是讲古乐的起源，但同时也表明，在古人的思想观念中，乐的发生与具有疏导功能的风、气相伴随，它们共处同一知识话语系统中。

在上古帝王创制乐舞的种种传说中，特别强调乐舞所具有的“宣导”功能在“理气”、“形气”中的作用。譬如《吕氏春秋·古乐篇》:“昔陶唐氏之始，阴多滞伏而湛积，水道壅塞，不行其原，民气郁阏而滞着，筋骨瑟缩不达，故作为舞以宣导之。”② 乐舞之所以能够使“郁阏而滞着”的人体之气恢复正常，关键在于具有的“宣导”功效。“宣导”的过程，实际上就是“理气”、“形气”，也即调理、畅通气机，而此一目的的实现，有赖于乐舞过程中所激发的生命能量与所获得的精神满足。从医家的角度看，乐舞所具有的“宣导”作用与传统医疗中的“导引之术”作用相当，均旨在借助“宣气”、“行气”，宣散人体郁积之气，引导运行通畅有力，从而达到驱逐病邪的目的。所以有学者认为，陶唐氏之舞乃是疏导体内外阴气，调和阴阳的舞蹈活动，中国原始的舞蹈艺术起源于祛病健身的活动。③ 这种对于气与乐关系的认识，对中国古代乐论有很深的影响，以乐为宣导天地之气方法的理念，贯穿于整个古代政治文化传统。

四

古代的导引之术，建立在原始气学知识的基础上。见于古籍的记载，譬如：

吹呴呼吸，吐故纳新，熊经鸟申，为寿而已矣。此道引之士，养形之

---

① 吕不韦著，陈奇猷校释:《吕氏春秋新校释》，第287页。

② 吕不韦著，陈奇猷校释:《吕氏春秋新校释》，第288页。

③ 于民:《中国审美认识与神秘的人体科学》,《中国审美意识的探讨》，中国戏剧出版社1989年版，第30页。

人，彭祖寿考者之所好也。①

彭祖者，殷大夫也……八百余岁，常食桂芝，善导引行气。②

阴康氏时，水渎不疏，江不行其原，阴凝而易閟，人既郁于内，腠理滞着而多重膇，得所以利其关节者，乃制为舞，教人引舞以利导之，是谓大舞。③

导引，谓摇筋骨，动支节。④

远古时代，江河泛滥，湿气弥漫，加之劳动繁重，民众患病的较多，出现关节不利的“重膇”之症，传世典籍中多有“禹步”⑤的记载，考之马王堆帛书《五十二病方》，言“禹步三”凡五处，这大约是古人为解除病痛而发明的原始气功之术。张荣明先生认为，具有“利导”作用的阴康氏之舞，正是远古中华气功导引的一种萌芽。⑥

---

① 《庄子·刻意》。

② 刘向:《列仙传》，文渊阁四库全书本。

③ 罗泌:《路史》前纪卷9，文渊阁四库全书本。

④ 王冰注:《素问·异法方宜论篇》，文渊阁四库全书本。

⑤ 所谓“禹步”，即跛行。相传大禹治水辛苦，身病偏枯，足行艰难，故名。《尸子下》:“禹于是疏河决江，十年不窥其家。手不爪，胫不生毛，生偏枯之病，步不相过，人曰禹步。”（尸佼著，汪继培辑:《尸子下》上海古籍出版社1989年版，第20页）《法言·重黎》:“巫步多禹。”（杨雄著，汪荣宝义疏:《法言义疏》，中华书局1987年版，第317页）《抱朴子·登涉》篇详细解释“禹三步”后云:“如此，禹步之道毕矣。凡作天下百术，皆宜知禹步。”（葛洪著，王明校释:《抱朴子内篇校释》，中华书局1986年版，第303页）古人相信“禹步”具有驱邪逐鬼的功能，故后世巫师、道士作法的步法也称为“禹步”。唐代孙思邈将“禹步”视为呼吸运气健身方式，《千金翼方·禁经上·掌诀法第五》:“凡禹步法，移步左右脚，前后不同。凡欲作法，必先取二三光气，又禹步，然后作法验矣。三光者，日月星；禹步者，或三步七步九步，不定。若欲受三光气者，极晴明日向日两脚并立，先所愿事随意多少小咒之，然后取禹步三步也。所欲步时，先举头看日光，剩开口吸取日光明，即闭口塞气至三步始得放气也。三步者，从立处两过移两脚始成一步，三步即是六过移脚也。向日光禹步时，左脚先移，右脚后移。若向月、星二光禹步时，并右脚先移，左脚在后也，但步数不同耳。若向星禹步时，须满九步也。九步者，向日中三步，更足六步耳……向星禹步作九步时，既长久，若一气不得度，是以三步作一闭气，则九步即三过闭气也。”（孙思邈著，鲁兆麟等校:《千金翼方》，辽宁科学技术出版社1997年版，第200页）“禹步”包括念咒、呼吸、闭气、定神等步骤，旨在疏通经络，调和血气，类似于气功和瑜伽的修炼、治疗方式。

⑥ 张荣明:《中国古代气功与先秦哲学》，上海人民出版社1987年版，第28页。

导引的作用在于活动身体，促进消化，畅通气血，在古人看来，凡人自摩自捏，伸缩手足，便可除劳去烦，这是医家常见的治疗手段之一。在传统医学看来，气血顺畅则无疾病，反之则百病滋生，故《素问·调经论篇》："血气不和，百病乃变化而生。"① 在战国、秦汉之际，导引之术业已很流行。1983年年底在湖北张家山汉墓出土的竹简《引书》，以及马王堆三号汉墓出土的帛画《导引图》，是目前所见关于导引的最早文献。② 见于古籍的其他记载，譬如《史记·留侯世家》记载张良多病，即导引不食谷，"乃学辟谷，导引轻身"。③《素问·异法方宜论篇》："中央者，其地平以湿，天地所以生万物也众。其民食杂而不劳，故其病多痿厥寒热，其治宜导引按蹻，故导引按蹻者，亦从中央出也。"《奇病论篇》："帝曰：病胁下满气逆，二三岁不已，是为何病？岐伯曰：病名曰息积，此不妨于食，不可灸刺，积为导引服药，药不能独治也。"《移精变气论篇》："古之治病，惟其移精变气。"④ 汉代医家张仲景（约150—215）《脏腑经络先后病脉证》："四肢才觉重滞，即导引、吐纳、针灸、膏摩，勿令九窍闭塞。"⑤ 导引之术大约是古代医家通用的治疗方法。

在古代养生术中，与导引并列的，还有吐纳、行气。所谓"吐故纳新"是方士的食气辟谷法。在马王堆三号汉墓出土的帛书中，有一篇今定名《却谷食气》的文字，记载了食气辟谷的方法。汉简《十问》中有关于食气的论述，认为吸气之道，在于"息必深而久，新气易守。宿气为老，新气为寿。善治气者，使宿气夜散，新气朝最，以彻九徼（窍），而实六府"。⑥ 见之于其他文献，譬如《淮南子·精神训》："若吹呴呼吸，吐故内新，熊经鸟伸，凫浴蝯躩，鸱视虎顾，是养形之人也。"⑦《山海经·大荒北经》："大荒之中……有山名曰齐州之

---

① 张志聪集注：《黄帝内经素问集注》，第417页。

② 张家山汉简整理组：《张家山汉简〈引书〉释文》，《文物》1990年第10期；湖南省博物馆、中医研究院医史文献研究室：《马王堆三号汉墓帛画导引图的初步研究》，《马王堆汉墓研究》，湖南人民出版社1979年版。

③ 司马迁撰，裴骃集解，司马贞索隐，张守节正义：《史记》卷55，中华书局1982年版，第2048页。

④ 张志聪集注：《黄帝内经素问集注》，第95、334、96页。

⑤ 张仲景著，何任等校注：《金匮要略校注》，人民卫生出版社1990年版，第3页。

⑥ 魏启鹏，胡翔骅：《马王堆汉墓医书校释》2，成都出版社1992年版，第104页。

⑦ 刘安著，何宁集释：《淮南子集释》，第527页。

山、君山、鬻山、鲜野山、鱼山。有人一目，当面中生。一曰是威姓，少昊之子，食黍。有继无民，继无民任姓，无骨子，食气、鱼。”① 这一段“无骨子食气”的说法，清人郝懿行（1757—1825）笺注：“食气、鱼者，此人食气兼食鱼也。”类似的说法，见于其他文献的，譬如《大戴礼记·易本命》：“食气者神明而寿。”②《吕氏春秋·求人》：“禹……西至三危之国，巫山之下，饮露、吸气之民。”③《淮南子·时则训》：“西方之极，自昆仑绝流沙、沉羽，西至三危之国，石城金室，饮气之民，不死之野。”④《论衡·道虚篇》：“道家相夸曰：‘真人食气，以气而为食。’故传曰：‘食气者寿而不死，虽不谷饱，亦以气盈。’”⑤ 凡此种种，不一而足。

将吸入的天地精气加以意志的引导，就是引气，《春秋繁露·循天之道》：“天气常下施于地，是故道者亦引气于足。”⑥ 讲的就是行气之道。关于引气的最早记载，目前所见是战国时期的《行气玉佩铭》，郭沫若先生（1892—1987）在《古代文字之辨证的发展》中，认为是战国初年作品，于省吾先生在《双剑誃吉金文选·附录·刀珌铭》中，认为是晚周的作品，用通用文字可以这样译述：

> 行气，深则蓄，蓄则伸，伸则下，下则定，定则固，固则萌，萌则长，长则退，退则天。天几本在上；地几本在下。顺则生；逆则死。⑦

这一段话的意思是说，行气之法，先吸气（吞），后行气（蓄），逐渐运气至腹下，这是吸的过程，略作停顿后又自下而上逐渐返还至头顶（天），这是呼的过程，呼气要行至头顶，吸气要行至腹下，行气的顺逆不可违背。现代学者一般认为，这是讲古代气功的运气之道，其中的境界，大约已经超越气功中“小周

① 袁珂校注：《山海经校注》，上海古籍出版社1980年版，第435—436页。
② 王聘珍撰，王文锦点校：《大戴礼记解诂》卷13，第259页。
③ 吕不韦著，陈奇猷校释：《吕氏春秋新校释》，第1524页。
④ 刘安著，何宁集释：《淮南子集释》，第434—435页。
⑤ 王充著，黄晖校释：《论衡校释》，中华书局1990年版，第336页。
⑥ 董仲舒著，苏舆义证：《春秋繁露义证》，中华书局1992年版，第449页。
⑦ 参见陈邦怀：《战国〈行气玉铭〉考释》，见《古文字研究》第7辑，中华书局1982年版，第187—192页。

天”的景象，而进入了“大周天”的境地。

通过上述气学前知识状态的梳理，大体可以得出以下结论：在早期知识系统的形成过程中，有关气的知识在古人的物质生活和精神生活中发挥了极为重要的作用，作为一种普遍的知识话语与民间信仰，这也为春秋以后气学知识的扩展与泛化打下了基础。

第三节　作为一般知识话语与民间信仰

一

本书所谓的一般知识话语与民间信仰，是相对于主流意识形态及精英思想而言的，它虽然不离大文化圈的影响，在相当程度上也是上层精英文化的产物。但是，这并不妨碍我们从中得知一般大众的日常生活以及民间信仰的消息，尤其是从生老病死观、轮回观、魂魄观以及各种祭祀仪式乃至墓葬所见古人对死后世界的想象，均能在相当程度上反映民间生活的状貌。这是因为，在根本的宇宙观乃至衍生的人生观、道德观上，官方与民间并无不同，正如有学者指出：“官方宗教的目的在求国家社会的福祉，民间的宗教则多半为了民众自身一己的利益，因此民间信仰与官方宗教的差别也许不在其根本的宇宙观，而在它们各自所关心的问题。”① 在依存的知识系统和价值观上，两者并无不同，所不同的主要在于执行的态度或解释的方法上。

从一般知识话语与民间信仰的角度研究气学，最大的困难在于资料的取舍，因为几乎所有的古代文献都是知识阶层留下的，其中不乏有意的建构、刻意的修饰，也有无意的批评、不经意的陈述，等等，如何从中瞭望一般人的知识状况与信仰呢？大多数时候，研究者仍然不得不经由上层精英文化的产物来获取社会的一般知识水平，虽然其中所记载的哲理、政论、史传和文学有主观意图与特定目的，但其中的主要讯息，仍然会受到时代大文化的影响，也可能透露出更大范围内人们的思想感情与宗教信仰。此外，近年来新出土的文物，如云梦睡虎地秦简《日书》、马王堆帛书《五十二病方》、银雀山汉简《阴

① 蒲慕洲：《追寻一己之福——中国古代的信仰世界》，台湾允晨文化实业股份有限公司1995年版，第27页。

阳时令占候》等[①]，可以让我们更直接地看到普通民众对气学知识的一般认识状况。虽然出土墓葬大多非一般民众，但其间内容无疑与日常生活密切相关，依然可以反映较大范围内社会群体的知识水平与信仰状况。

对此，我们可以举一个例子来看。《后汉书·礼仪志》中详细地记载了夏至到仲夏之间的各种祭祀活动，主要依据的是气之阴阳五行论。此一段记载中，并没有明确提到是否有官方祭祀活动，其中的习俗与一般民众的生活密切相关，如云：

> 仲夏之月，万物方盛。日夏至，阴气萌作，恐物不楙。其礼：以朱索连荤菜，弥牟（朴）蛊钟。以桃印长六寸，方三寸，五色书文如法，以施门户。代以所尚为饰。夏后氏金行，作苇茭，言气交也。殷人水德，以螺首，慎其闭塞，使如螺也。周人木德，以桃为更，言气相更也。汉兼用之，故以五月五日，朱索五色印为门户饰，以难止恶气。日夏至，禁举大火，止炭鼓铸，消石冶皆绝止。至立秋，如故事。是日浚井改水，日冬至。钻燧改火云。[②]

这一段文字记载的是东汉时期普通民众在夏至的一些活动，其中朱索五色、辟兵鬼怪等习俗，也见于应劭的《风俗通义》，尤其是五月端午用五彩丝驱邪的做法以及附会屈原的说法，这些习俗民间沿用至今。只是对于这些祭祀活动在夏、商、周的原始意义，汉朝人已经不甚清楚了，故“兼用之”。这一段记载的主导思想是气之阴阳五行观，夏至在农业社会具有重要性，这是阳气由极盛转衰、阴气由极衰转盛的时节，阴气阳气相交剧烈，恶气滋生，容易产生各种疾病，民间自然就会想到用各种方法，如五彩丝、桃木印等，来抵御恶气入侵，而官方可能就会采用禁举大火、止炭鼓铸等方法来平抑阳气过盛的状况。虽然这一段记载中，官方话语与民间话语参半，但还是可以从中看出，在

---

① 以1973年在长沙马王堆出土的汉墓帛书《五十二病方》为例，考古学界一般认为它早于战国时期选辑的《黄帝内经》，应该为春秋时期的医事。该书中提到先民用“气”熏蒸治病的传统医方，如“气熨”、“气熏”等术，而且不少药方的后面表明“已验”、“令”等字样，证明是经过民众长期实践积累下来的，这说明有关气的一般知识早已渗透到民众的日常医疗中。

② 范晔著，李贤等注：《后汉书》，中华书局1966年版，第3122页。

一般民众的信仰系统中，气学知识话语所占据的重要地位。

本书尝试将民间知识与官方知识相对而论，这种思想源自近代以来人类学、社会学对文化与社会存在的一种根本假设，也就是说，一个社会的知识结构与文化信仰，可以分为更多的层次来讨论。20世纪美国人类学家雷德菲尔德（Robert Redfield，1897—1958）在其代表作《农业社会与文化》（*Peasant Society and Culture*，也译为《农民社会与文化》）中，提出“大传统”与“小传统”的概念，前者是指精英分子有意识的文化传承，这是一种主动的文化创造活动，后者是指大多数民众所共同接受并保有的文化，这是传统农业社会一种习而不察的文化传统。[①] 这种将传统社会分为“精英”与“民众”，或“统治”与“被统治”两个阶层的做法，成为尔后学者分析社会文化结构的重要理论工具。但许多学者过于突出大、小传统之间的对立，有悖于雷德菲尔德的初衷。他虽然有大小的划分，但同时也强调大、小传统之间是彼此影响、互动互补的，大传统引导思想文化的走向，小传统提供真实具体的思想文化素材，两者均为构成文化整体的组成部分，因而并不存在一个绝对的二分。

比较而言，法国汉学家葛兰言（1884—1940）更为强调民间宗教是精英文化的源泉。在其博士论文《古代中国的节庆和歌谣》（也译为《古代中国的祭礼和歌谣》）中，葛氏引入很多社会学的研究方法。通过分析《诗经》中的情歌，考察中国上古时期朴野的习俗（即“俗”）是如何转化为“文明的秩序”（即“礼”）的。比如在论文第一编《〈诗经〉的恋爱诗》中，他挑选了六十七首诗进行分析，并引入日本和中国云南、西藏等地的民俗资料，力证这是古代农民在祭礼活动时的歌唱。他认为歌谣起源于男女对歌，这种对歌活动是在季节性祭祀中与其他竞争性活动一起进行的。葛氏从古典精英文化的范本《诗经》中梳理出古代民间信仰的痕迹，自有理由相信《诗经》等经典文献源于民间的祭祀和歌谣，故而在其著作中一再强调，精英文化是从民间文化中生长出来的，两者具有基本的同质性。[②] 葛氏的看法，与中国古老的“采诗”说颇为类似，也即诗歌

---

① ［美］雷德菲尔德：《农业社会与文化》（*Peasant Society and Culture*），转引自余英时：《士与中国文化》，上海人民出版社2003年版，第117页；蒲慕洲《追寻一己之福——中国古代的信仰世界》，第21页。

② 参见［法］葛兰言：《中国古代的祭礼与歌谣》（*Fêtes et Chansons Anciennes de la Chine*），张铭远译，上海文艺出版社1989年版；《古代中国的节庆和歌谣》，赵丙祥、张宏明译，广西师范大学出版社2005年版。

采自民间，经由“行人”或采诗官员编订成集。

二

在有关中国社会文化或宗教祭祀的研究中，上层精英集团的宗教文化传统被视为与下层民众知识与信仰相距甚远，甚至是互不相干的两种文化传统。这种观念比较符合一些知识分子的精英立场，认为民间只有迷信盲从，没有理性的科学知识，这大体代表了一个多世纪以来此一领域研究的主流看法。现在看来，社会文化分层研究固然重要，但是，完全的二分并不可取，因为大、小传统之间是互动互通、相互支持、相互转化的，它们源于共同的宇宙观、世界观，中国古代气学知识话语的形成便是如此。下面将用传统药家、医家思想，以及风水信仰与鬼神、魂魄观念来加以说明。

一个值得思量的现象就是，在中国近现代以来的哲学史、思想史研究中，基本上没有将传统药家、医家的思想纳入视野①，而主要关注的是权力阶层、知识阶层的思想建构，这可以说是传统精英思想的一个延续，同时，这也从另一个侧面印证，医家、药家的思想，与普通民众的生活联系得更为密切一些。他们既不同于儒家侧重向内说明人的精神意志与气的关系，也不同于道家侧重向外探询“一气运化”的自然规律。医家偏重于从生理角度探索气与养生治疗的关系，关注人的现世幸福，与道德预设、形上思辨少有关联，因而其知识体系也就更能反映出一般民间的思想与信仰。

在早期医家思想中，气之和与不和，是导致疾病的重要原因之一。《左传·昭公元年》中医和的见解，是较为典型的例子。虽然医和的这一番言论，重点在于说明晋侯的病不是由于饮食、鬼神的缘故，而在于女色过度，但他也顺带谈到一般性的病因，也即“六气说”，如云：

> 天有六气，降生五味，发为五色，征为五声，淫生六疾。六气曰阴、阳、风、雨、晦、明也。分为四时，序为五节，过则为灾。阴淫寒

① 目前仅见冯友兰先生《先秦道家思想与医学的关系》（见《中国哲学史论文二集》，上海人民出版社1962年版）中研究了医学思想，这与汉学家们的视野颇不相同，如法国的马伯乐（H.Maspero，1883—1945）在《古代中国》、英国的李约瑟在《中国古代科学思想史》中，对中国传统医学均流露出极大的兴趣。

疾，阳淫热疾，风淫末疾，雨淫腹疾，晦淫惑疾，明淫心疾。女，阳物而晦时，淫则生内热惑蛊之疾。今君不节、不时，能无及此乎？

在他看来，阴、阳、风、雨、晦、明过度，就会分别产生寒疾、热疾、末疾、腹疾、惑疾、心疾六种疾病。医和的“六气”病因论，源自长期的医疗实践，这应该是古人在天人一体的思维框架中，对气象与疾病之间关联的一种经验性总结，其中的一些说法，后世一直沿用下来。东汉刘熙的《释名》中，将气学知识导入对某些病理的解释，如《释疾病》：“疾，病也。客气中人急疾也。病，并也，与正气并在肤体中也。”这说明当时以气解释病因的理论业已相当成熟，这虽然是汉末的情形，但大体上也是先秦医家思想的延续。

秦汉以来的民众，对于如何利用药物和其他物质延缓衰老、延年益寿，积累了丰富的知识。马王堆汉墓出土的《养生方》、《杂疗方》两篇帛书，记载了不少强身益寿的古方，其中涉及的动植物类药方有三十种，如《养生方》记载：

除中益气：一曰：取细辛、干□（姜）、菌桂、乌□（喙），凡四物，各冶之。细辛四，干□（姜）、菌桂、乌□（喙）各二，并之，三指最（撮）以为后饭，益气，有（又）令人免（面）泽。[①]

酒对药性的激发作用，古人大多是认可的，故而帛书《养生方》中药物多以酒冲饮。同时出土的竹简《十问》，记载文挚与齐威王论睡前补养之道，其中也提及酒的药用价值，如云：“酒者，五谷之精气也，其入中散流，其入理也彻而周，不胥卧而究理，故以为百药由。”[②]从中也透露出秦汉以来民众对于药性与酒关系的一般认知。

成书于汉代的《神农本草经》，是战国及秦汉间药家思想的一个汇集，是先秦以来药物养生经验的一个总汇。该书的原貌已失传，我们现在看到的是清人辑本。全书将收集的三百六十余种药物，分为上、中、下三品，对每一味药的性味、产地、别名、主治病症以及采集时间、炮制方法、贮藏方式、服药原则等，均简要说明，并概括介绍了“君臣佐使”、“七情”、“四气”、“五味”等

① 魏启鹏、胡翔骅：《马王堆汉墓医书校释》2，第43页。

② 魏启鹏、胡翔骅：《马王堆汉墓医书校释》2，第122页。

药学理论。其中有关“水道”、“益气”、“驱邪气”的说法，比比皆是，遍布全书，如同常识一般作为全书的知识前提，因而也可以视为官方和民间通用的药理知识。

在《神农本草经》“序录”中，有上、中、下三品药物性能的描述：上药为君，养命，多服益气，具有“多服久服不伤人”，“轻身益气，不老延年”的药效；中药为臣，养性，斟酌服用，也能“遏病补羸”；下药为左使，治病驱邪气。著者认为，药有酸、咸、甘、苦、辛“五味”，又有寒、热、温、凉“四气”，相须相使者为良，相恶相反者勿用。以上品为例，共一百二十种，大多无毒、延年益寿、久服不伤人，共同的疗效就是扶正祛邪，譬如具有益气、延年功能的药物有丹砂、云母、石钟乳、滑石、白石英、车前子、蓍实、青芝、肉苁蓉、麻贲、白瓜子、苋实、白胶、阿胶；具有驱邪气功能的药物有消石、朴消、紫石英、五色石脂、人参、木香、远志、白蒿、蘼芜、丹参、蛇床子、石龙刍、云实、榆皮、蕤核。它们共同的特点在于，能够除去藏于体内任何地方的异物，兼有荡涤五脏六腑，开通闭塞利水道等功效。虽然《神农本草经》中的一些绝法秘方，今人不明其理，不明所本，但大多数药物功效是与事实相符合的，其配药的比例，即一君、二臣、三佐、五使，或者一君、三臣、九佐使，仍然是沿袭至今的汤药一系中医的基础性知识。

属于经络一系的气学知识，我们可以用《黄帝内经》为例。《黄帝内经》讨论了不同层次、不同范围的千余种气，涵盖了本原、本体以及自然、四时、阴阳乃至人体之身心诸问题，集秦汉以前气学知识之大成，为内经气学的形成奠定了基础。在内经医学理论中，人的身体和精神是依靠气或血气来调和维持的，《灵枢·海论篇》认为，如同中国有四海，十二经络也有四海，即髓海、血海、气海、水谷之海。譬如气海，就是宗气汇集之处，由大气（空气）出于肺，循喉咽，故呼则出，吸则入，这是一个由口吸入、由肺吐出的循环过程，气海有余者，则气满胸中，气海不足者，则气少不足以言。气之所以与疾病密切相关，是因为联系着五脏，《素问·宣明五气篇》：“心藏神，肺藏魄，肝藏魂，脾藏意，肾藏志。”①所谓神气、魂魄之气、意志之气，均有各自的生理基础，也有统一的气学运行规律，正因为此气的存在，人才能保持灵与肉的协调

① 张志聪集注：《黄帝内经素问集注》，第189页。

一致。以此类推。不同的疾病，对应的气穴也不同，依《灵枢·五乱》的说法：

> 岐伯曰：气在于心者，取之手少阴心主之输。气在于肺者，取之手太阴荥足少阴输。气在于肠胃者，取之足太阳阳明；不下者，取之三里。气在于头者，取之天柱大杼；不知，取足太阳荥输。气在手臂足，取之先去血脉，后取其阳明少阳之荥输。黄帝曰：补泻奈何？岐伯曰：徐入徐出，谓之导气，补泻无形，谓之同精，是非有余不足也，乱气之相逆也。①

四时之气不同，导致的病因也不同，《灵枢·本输篇》："此四时之序，气之所处，病之所舍，藏之所宣。"② 根据《素问·四时刺逆从论篇》的解释，春天由于天气始开，地气始泄，冻解冰释，经络也就流通了，所以人气集中于经脉。夏天由于经络皆盛，内溢肌中，所以人气集中于此。秋天天气始收，肌理闭塞，皮肤引急，所以人气集中于此。冬天盖藏，血气在中，内着骨髓，所以人气也集中于此。因为邪气常随四时气血而变化，所以必须确定经络而除去邪气，否则病情就会加剧，故而医家必须根据时间和节气来调整血气，方能收到疗效。也正是因为四时与气的对应关系，民众可以根据季节的循环，预防疾病的发生，由此也就派生出若干养生的道理来。如《素问·四气调神大论篇》中，有与四时对应的养生之道：春天要夜卧早起，以使志生，逆则伤肝；夏天易生寒病，夜卧早起，无厌于日，使气得泄；秋天生疾疟，早卧早起，使秋气平，使肺气清；冬天闭藏，早卧晚起，必待日光，逆则伤肾。

大而广之，人的一生与气有密切的关系，气支配着人的一生。《灵枢·天年》中认为，人生十岁，五藏定，血气通。二十岁，血气始盛。三十岁，血脉盛满。四十岁，五藏六府十二经脉皆大盛。五十岁，肝气始衰，六十岁，心气始衰，七十岁，脾气虚，皮肤枯。八十岁，肺气衰，魄离。九十岁，肾气焦，四藏经脉空虚。百岁，五藏皆虚，神气皆去，形骸独居而终矣。在医家的思想中，气是独立存在的，如西汉时期的张家山《脉书》有这样的字句："汗出如丝，榑而不流，则气先死。"③ 魂魄既然可以先人而去，那就说明在一般民众的

---

① 张志聪集注：《黄帝内经灵枢集注》，第238—239页。

② 张志聪集注：《黄帝内经灵枢集注》，第20页。

③ 江陵张家山汉简整理组：《江陵张家山汉简〈脉书〉释文》，《文物》1989年第7期。

观念中，气是一种单独存在的实体，既可以与万物合而为一，也可以离万物而去，这种认识与精英知识分子的气论，是有一定差距的。

三

中国古代的风水信仰，是以气学为核心建构的一套知识体系与信仰系统，经数千年，历代沿革，从朝廷到民间，从帝王将相到士大夫乃至一般民众，风水思想得到普遍认同与广泛接受。风水信仰的源头是早期的“相土”、“堪舆”之术，如《诗经·大雅·公刘》：“既景乃冈，相其阴阳，观其流泉。”又《逸周书·大聚解》：“别其阴阳之利，相土地之宜，水土之便。”①这应该是早期典籍中关于风水的记载。一般说来，风水是民间流行的说法，学界认同的称谓是“堪舆”。“堪”与“舆”的本义，乃指天与地，这是以殷商时期的相地术为基础，杂糅天文、地理、阴阳、五行、八卦形成的一套理论，主要是用于营建城邑、选定阳宅、阴宅地址等，目的在于占卜吉凶、攘祸致福。

就其实质而言，风水的本义，大体相当于阴阳，乃传统气学的一个组成部分，对此，古人已有相当自觉的认识②。在古代堪舆术的解释系统中，天地山川之气是风水的思想基础，譬如三国时期的术士管辂（210—256）长于阴阳历算，被视为后世卜卦观相的祖师，托名管氏而作的《管氏地理指蒙》，专门论及山水与气之间关系，诸如：水无山则气散而不附，山无水则气塞而不理；土逾高其气逾厚，水逾深其气逾大；土薄则气微，水浅则气弱。在古人看来，山水之气的厚薄、实虚，不仅关系到现世的福祉，而且关系到子孙的富贵、贫贱，因而是一生中至关重要的大事，这种风水意识在民间信仰中占据了重要的地位。

明代的《地理人子须知》一书，综述了前人的各种论说，是风水研究领域普遍认可的入门读物。《论风水名义》云：

> 地理家以风水二字喝其名者，即郭氏所谓“葬者乘生气也”。而生气何以察之？曰：“气之来有水以导之，气之止有水以界之，气之聚无风以

① 黄怀信等撰：《逸周书汇校集注》，上海古籍出版社1995年版，第200页。

② 最早对“风水”一词进行解释的，旧本题为晋郭璞（276—324）《葬书》：“葬者，乘生气也……古人聚之使不散，行之使有止，故谓之风水。”风水的核心是气之阴阳五行，《宅经》：“夫宅者，乃是阴阳之枢纽……凡之阳宅，即有阳气抱阴；阴宅，即有阴气抱阳……若一阴阳往来，即合天道自然，吉昌之象也。”（文渊阁四库全书本）

> 散之，故曰要得水，要藏风。”又曰：“气乃水之母，有气斯有水。”又曰：“噫气惟能散生气。”又曰：“外气横形，内气止生。”又曰：“得水为上，藏风次之。皆言风与水，所以察生气之来与止聚云尔。”总而言之，无风则气聚，得水则气融，此所以有风水之名。循名思义，风水之法无余蕴矣。①

在著者看来，风水学的根本在于气的变化，如其《旧序》云：“论法象者莫辨于易，其曰天地定位，山泽通气。夫位有定而气实通焉，絪缊磅礴，游魂灵怪，气也。蒸为风雨，应为列星，流形于山川草木，亦气也。气也者，载天地而浮之也。是故山气多勇，泽气多暗，谷气多痹，险阻气多寿。”全书所述内容与一般民众的生死观、丧葬观密切相关，如“不可停柩不葬”、“不可侵葬祖冢”、“不可图葬旧穴”、“不可轻易改葬”、“不可不修阴德”，等等，包括了很多民俗学的内容，基本上代表了民间对于风水与气学关系的一般认识。

以气选宅，讲究背山面水、坐北朝南、负阴抱阳，这是断定风水吉凶的主要标准。明代的医学家、风水家缪希雍（1546—1627），在《葬经翼》中专辟一篇论“望气”，强调紫气、苍烟、色泽、草木、流泉、石润等意象的昭示作用，将“望气”视为风水中的精微极致之法。古人认为，通过观气之阴阳感应，不仅可以察见天地自然、山水湖泽之情状，同时可以解释前生、今世、来生之祸福吉凶，更为重要的是可以借助于改变风水，攘祸致福，祈求子孙得福。凡建筑、选址、规划、设计、营造，等等，堪定风水吉凶是头等大事，这一点，从我国现存的大量古城镇、古建筑、园林、民居及陵墓中均可体现。古人在长期的生产、生活实践中总结出的一套风水理论，体现的是国人对于自然知识、人生哲理的根本看法和普遍信仰，蕴含着传统的生存智慧、美学观念等诸多内涵，具有深刻的文化意蕴与思想内涵。作为一个完整成熟的文化体系，风水思想广泛地闪现在古人的居住环境、建筑意识、祸福观念以及宗法伦理思想中，是最具中国特色的文化传统，也是贯通大传统与小传统的思想体系。美国学者罗丝巴哈（Sarah Rossbach）在《风水：中国的方位艺术》中，强

---

① 徐善继、徐善述著：《地理人子须知》，华龄出版社2012年版，第17页。

调风水对于中国文化的意义，并认为气是风水中最重要的因素，认识气，便懂得风水的全部意义。[①]

与风水信仰相似，在鬼神观与魂魄观上，大、小传统之间也拥有相同的知识背景以及相应的宇宙观、人生观，虽然解释和应用不同，彼此关怀的核心问题也不相同，但并不妨碍两者拥有共同的信仰系统。对于人死后世界的想象以及与此相关的鬼神、魂魄观念，在民间有着源远流长的传统，诸如“黄泉”、“冥府”、“幽都”、“招魂”的说法。最为人熟悉的是春秋时期郑伯克段“黄泉”的说法，《左传・隐公元年》记载郑庄公发誓不见他母亲，有“不及黄泉，不相见也”的话，最后，他接受颍考叔的建议，“掘地见母”。由此可以看出，人死后赴黄泉，在春秋已经是一种相当普遍的观点。

与此相关的，是古人关于鬼神、魂魄的看法[②]，人死后以何种形态存在，是一切终极关怀必须解答的问题。就目前所见典籍来看，“魂魄”字样最早出现在《左传・昭公七年》，这里记载子产（？—前522）的一段话：“人生始化曰魄，既生魄，阳曰魂。用物精多，则魂魄强。是以有精爽至于神明。”在这里，虽然子产并没有说清楚“魂”与“魄”有什么不同，而是强调“化”的过程，但有两点意思还是很明确的：一是魂魄以阴阳之气的形式存在，二是一般民众死后也可以有魂魄。郑国思想家子产早于孔子，他的思想对诸子有相当的影响，因此，我们可以将其观念视为春秋时期精英阶层的一般认识，虽然这已经是将民间知识整理后，从理论角度进行的阐释了。至于孔子的魂魄观，《礼记》中的各种记载，恐怕是比较晚起的说法。《祭义》：“宰我曰：‘吾闻鬼神之名，不知其所

① 参见［美］罗丝巴哈：《风水：中国的方位艺术》，李焕明译，台北明文书局1988年版。

② 在古人看来，鬼与神是流动于宇宙中气的不同形态，如《管子・内业》：“凡物之精，此则为生，下生五谷，上为列星，流于天地之间，谓之鬼神，藏于胸中，谓之圣人。”《周易・系辞上》：“精气为物，游魂为变，是故知鬼神之情状。”《论衡・论死篇》：“鬼神，阴阳之名也。阴气逆物而归，故谓之鬼。阳气导物而生，故谓之神。”（《论衡校释》，第872页）《正蒙・神化篇》：“鬼神，往来、屈伸之义，故天曰神，地曰示，人曰鬼……气有阴阳，推行有渐为化，合一不测为神。”（《张载集》，第16页）《朱子语类・鬼神》：“鬼神不过阴阳消长而已……鬼神只是气。屈伸往来者，气也。”（《朱子语类》卷3，第34页）王廷相《雅述》上：“体魄、魂气，一贯之道也。体之灵为魄，气之灵为魂。有体即有魄，有气即有魂……知魂魄之道，则神与性可知矣。”（《王廷相集》，第873页）古代思想家以气来解释生命和精神的起源，世间万物包括鬼神、魂魄，均由气之往来生成。

谓。’子曰：‘气也者，神之盛也，魄也者，鬼之盛也。合鬼与神，教之至也。’”郑注：“气，谓嘘吸出入者也，耳目之聪明为魂。”《郊特牲》：“魂气归于天，形魄归于地。”清人段玉裁（1735—1815）在解释“魄”字时，引用了上述《礼记》及郑玄（127—200）注，《说文解字注》：“魂魄皆生而有之，而字皆从鬼者，魂魄不离形质，而非形质也。形质亡而魂魄存，是人所归也，故从鬼。”① 段氏并没有辨明“魂”与“魄”之间的区别，但是明确了一点，就是魂魄不离形质，但非形质，也就是说，魂魄不是非物质性的存在，而是精神性的存在，这大体上是古代知识分子的一般见解，并不能据此推断代表一般民众的想法。

至少到战国时期，人们认为人死后魂魄可以上天入地，无所不在。比如《楚辞》里有《招魂》：“魂兮归来，君无上天些……魂兮归来，君无下此幽都些。”《礼记·檀弓下》认为，人死后“骨肉归复于土，命也。若魂气则无不之也”。《郊特牲》也有关于“魂魄”的说法。虽然《礼记》成书于汉代，业已经过儒者的智性改造，但这些文献在不经意间也呈现出更大范围内一般人的信仰。考之于出土材料，如甘肃天水放马滩秦墓“墓主记”中，记载一个名“丹”的人死而复生的故事，马王堆辛追墓著名的“T形帛画”，以及河北满城西汉中山王刘胜墓中的金镂玉衣，均表明古人对于死后世界的想象。② 他们相信，人死后有魂魄之气的存在，这种魂魄之气的存在与人之生死相伴，且多为物质性的存在，这基本上代表了战国到秦汉间民众的一般认识水准与信仰状况。

第四节　气学话语的泛化

气学知识话语在春秋战国以后的发展，不仅渗透到民众精神生活的各个方面，而且辐射到古代学术传统的各个领域，呈现出多领域、多层面并进的局

---

① 许慎撰，段玉裁注：《说文解字注》，上海古籍出版社1981年版，第435页。

② 对于死后世界的想象，最能体现出一个时代的此世精神。诺夫乔伊认为，如果将来世想象为今世的延续，去掉无价值、令人厌恶的特性，增加令人愉快的东西，以弥补今世的失落，那么，实际上来世观就是今世观的最极端形式。余英时先生据此分析汉代人对现世有强烈的依恋感，因而借助各种途径将人世延伸到死后世界，从而使自己得到安慰。参见诺夫乔伊：《存在巨链——对一个观念的历史的研究》，第25—26页；余英时：《东汉生死观》，侯旭东译，上海古籍出版社2005年版，第9页。

面。正如日本学者指出的那样，在战国儒家、道家、兵家思想中，“气”不仅以治气养心这种“术”的习俗形态显现，而且成为自然哲学的基质概念。汉以后，作为产生精、神、形、质的基础，“气”被纳入宇宙生成论的框架内，并在政治领域的“天人感应”思想中发挥作用。[①]从气学知识体系的质态特征看，物理之气、天地之气、生命之气、生理之气、心理之气、精神之气、伦理之气、道德之气，等等，产生于不同历史时期的气学知识，共时性地繁荣起来，成为中国古代学术发生期一道独具特色的风景线。

一

中国古代宇宙观、世界观方面的思想演进，是随着古人对天地人普遍联系认识的深入，建立在以“三才”、道、阴阳、五行为核心的解释系统上，并伴随着古代宇宙生成论的渐次成熟而累积的。在传世文献中，有大量记载五帝时代与夏、商、周始族的神话资料，这些起源神话往往与宇宙起源和图腾崇拜联系在一起，这形成了早期宇宙观的基本框架。历史地看，古代宇宙观的成熟经历了漫长的发展阶段，从史前时期到五帝时代古人对天象的观察，商代古宇宙体系的基本成形，到战国时期的多元发展衍化，逮至汉代“天人感应”、“天人合一”思想的最终完成，在新的思想要素不断融入中，形成了极为错综的理论形态。在古代宇宙解释系统中，有一系列的基本概念与命题，如道、阴阳、四时、五行、八卦、“三才”以及“天人感应”、“天人合一”等，构成了层级复杂的思想系谱。

天地人“三才”是古代宇宙解释系统的核心要素。“三才”思想源于古人对宇宙的看法，人们习惯于从天、地、人三个维度对研究对象的属性加以界定和判断，并通过寻找它们与“三才”的关系来确定在宇宙中的位置。越来越多的考古资料证明，古代宇宙系统中的若干基本概念出现得很早，甚至可追溯到第三纪的史前时代。从凌家滩含山玉版来看，这种宇宙论的萌芽还要更早。[②]至少

---

① ［日］小野泽精一、福永光司、山井涌编：《气的思想——中国自然观和人的观念的发展》，第6页。

② 1987年在安徽中部长江北岸含山县凌家滩一座新石器时代晚期墓葬中，出土了一件四方八位图案的方形玉版，其表面刻有规整而复杂的图形，中心有一个小圆圈，圈内刻有一八角星形符号，外面再有一个大圆圈，用直线分割成八等份，每份中有一矢形，大圆圈外面又有四个矢形，指向玉版的四隅。根据学者的研究，它与后世的式、镜类似，象征四极八方，包含古

在商代晚期之初，将一年分为四时，并以四时与四方相结合的宇宙论已经普遍流行。在殷墟出土的武丁时代甲骨上，发现与《尚书·尧典》、《山海经》、《夏小正》诸书所载基本相同的“四方”、“四风”，这已经被胡厚宣先生最早揭示。① 此后杨树达先生（1885—1956）在《甲骨文中之四方神名与风名》一文中，认为“四方”名与草木生长有关，这些神名都带有农事的意义②，这与《尧典》中“东作”、“南讹”、“西成”、“朔易”意思相同，都是讲农事的，古人正是从农业生产的需要出发去认识四时与年月的。因此，甲骨文中的“四方”、“四风”，实际上显示出商代已经有明确的四时和方位观念，这已经是较为成熟的宇宙观了。这也是目前文献中所见天人思想与原始气学知识结合的早期证据，至于两套知识系统更加密切的融合，则是春秋以后阴阳五行思想的蜂起。

在中国古代，阴阳之说是最普遍性的知识，所谓“百姓日用而不知”，深刻地影响了古人思维模式与文化心理结构的形成。关于阴阳的起源，古今无有定论，但至迟到春秋时期，人们已经开始用阴阳来解释自然界一些相互作用的现象。现代学者一般认为，阴阳作为范畴出现，肇端于《国语·周语上》。周宣王即位，大臣虢文公劝谏宣王不可废弛籍田的仪节，他认为每到春耕时节：

> 稷则徧诫百姓，纪农协功，曰：“阴阳分布，震雷出滞。”土不备垦，辟在司寇。

周幽王二年（前780年），“西周三川”地震，太史伯阳父用阴阳二气失序来解释地震原因：

> 周将亡矣！夫天地之气，不失其序；若过其序，民乱之也。阳伏而不

人时空观的宇宙意识。李学勤先生认为，含山玉版图形表现了天圆地方及八个方位，具有明显的宇宙论意义。参见安徽省文物考古研究所：《安徽含山凌家滩新石器时代墓地发掘简报》，《文物》1989年第4期；李学勤：《古代中国文明中的宇宙论与科学发展》，《烟台大学学报》（哲学社会科学版）1998年第1期。

① 胡厚宣：《甲骨文四方风名考证》，《甲骨学商史论丛初集》（外一种）上，河北教育出版社2002年版，第265页。

② 杨树达：《甲骨文中之四方风名与神名》，《积微居甲文说》，上海古籍出版社1986年版，第77—81页。

能出，阴迫而不能烝，于是有地震。

从《周语》这两条材料可以看出，至少西周末年，人们已经用阴阳二气的运动来解释自然现象。朱伯昆先生认为："阴阳指寒暖二气，寒气为阴；暖气为阳，认为阴压迫阳气，所以有地震。其所谓阴阳，属于天文学的概念。"[①]在《国语》的其他篇目中，阴阳常常是与气或其他具体事物联系在一起的。如《周语下》记载乐官州鸠以"阴阳序次，风雨时至"论"乐正"来解释音乐的作用；《越语下》记载范蠡以"后则用阴，先则用阳"来解释退守与进攻的用兵之道。《左传》也有不少以阴阳之气来揭示自然与人事现象的例子。如《僖公十六年》周内史叔兴以"阴阳之事，非吉凶所生"解释风大使"六鹢退飞过宋都"；《昭公元年》秦名医医和在为晋侯诊病时，用阴阳失调来解释晋侯不节制男女之事而得不治之症；《昭公二十一年》和《昭公二十四年》，鲁国梓慎用"日过分而阳犹不克，克必甚"来揭示日食和天象变异的成因等。以阴阳来解释陨石、日食、水旱、冰霜、疾病等自然现象，虽然还没有完全摆脱殷商以来天命思想的束缚，但已经明显闪烁着理性思维的光芒，且带有鲜明的新旧变革的时期色彩了。[②]

战国后期，随着五行思想的逐渐盛行，阴阳与五行学说开始合流，成为一种公认的关于宇宙世界的新型解释系统。五行的起源，较之阴阳更为复杂和神秘，源于《尚书》的传统，古人认为，五行的起源与黄帝有关。水、火、木、金、土的五行字样，最先见于《洪范》"天乃锡禹洪范九畴，初一曰五行"的记载，《史记·历书》谓"盖黄帝考定星历，建立五行，起消息"[③]。现在无法证实这是神话还是信史，以今人之理性眼光考之，此论不足深信。至于汉代刘歆（约前50—23）等人对此的进一步神化，皆因五行在当时的势力巨大，为

① 朱伯昆：《易学哲学史》第1卷，华夏出版社1994年版，第35页。

② 对于春秋以来气学思想的演变，杜正胜先生《从眉寿到长生—中国古代生命观念的转变》认为，吴季札、郑子产、晋叔向、秦医和、周单穆公、楚观射父和鲁季敬姜这些并世而互为先后之人，均为春秋中晚期封建君子的代表人士，他们都在基于西周封建礼制的基础上，用"气"的观念来解释生命起源、礼制合法性以及变异缘由等，思想相当接近，体现了他们在维护旧文化的同时，尝试给旧的制度浇灌新的泉源。参见《"中央研究院"历史语言研究所集刊》第66本第2分册，第438—446页。

③ 司马迁撰，裴骃集解，司马贞索隐，张守节正义：《史记》卷25，第1256页。

政治文饰的需要才离经叛道。[①]虽然上述“天赐”说已不为现代学者所信，但至迟春秋，五行之说已经成为一种公共性的知识，见于《左传》、《国语》诸书，有大量记载五行的言论，可以视为阴阳五行思想合流之前的重要思想资源，譬如：

> 天生五材，民并用之，废一不可。
>
> 庚午之日，日始有谪，火胜金，故弗克。
>
> 子，水位也……水胜火，伐姜则可。
>
> 及地之五行，所以生殖也；及九州名山川泽，所以出财用也，非是不在祀典。
>
> 故先王以土与金木水火杂，以成百物。[②]

对照《左传》、《国语》、《尚书》中论述五行的文字，可以看到：其一，五行观念起源于民生日用不可或缺的五种材料，即“五材”，在此基础上，人们对五行认识开始转向功能属性与相生相克的关系上；其二，五行与五声、五味、五色、五谷、五祀、五典、五礼、五官有着密切的联系，它是人们通过经验积累与朴素统计，直观把握事物之间制约与联系的一种方式，在一定程度上也反映了事物

---

① 现代学者在讨论“五行说”的起源问题时，一种意见认为“五行说”可能源于商代的“四方”观念，最先引发这一看法是胡厚宣先生。他从20世纪40年代开始，发表了一系列文章，指出商代已有“四方”观念，这是原始“五行说”的滥觞。还有一些学者认为五行的起源与殷人尚“五”有关，如庞朴先生重新引证了《殷契粹编》907片中有关“商”与“四土”受年的甲骨文卜辞，用以论证“殷人已经具有了确确实实的五方观念”，并推断“这种以方位为基础的五的体系，正是五行说的原始”。另一种意见认为五行起源于数的启发，如范文澜《与颉刚论五行说的起源》、金景芳《西周在哲学上的两大贡献》。还有一种意见认为五行源于“考定星历”的观象活动，如顾颉刚《〈尚书·甘誓〉校释译论》。还有一种意见认为五行起源于农业生成中对风雨、物候的观察，持“五方”观有郭沫若《中国古代社会研究》、胡厚宣《论五方观念及“中国”称谓之起源》；持“四方风雨”观有杨向奎《中国古代社会与古代思想研究》、丁山《中国古代宗教与神话考》等。参见胡厚宣：《甲骨文四方风名考证》、《论殷代五方观念及中国称谓之起源》，《甲骨学商史论丛初集》（外一种）上，第265、277页；庞朴：《阴阳五行探源》，《中国社会科学》1984年第3期。

② 参见《左传·襄公二十七年》、《左传·昭公三十一年》、《左传·哀公九年》、《国语·鲁语上》、《国语·郑语》。

的某些规律性。①

伴随着宇宙观的渐次成熟，古人在形上方面的思考，也逐渐丰富起来。在先秦思想家所讨论的具有本体论意义的范畴中，气与道、天、心、性相似，代表了对宇宙与人终极存在的思考。此一时期，出现了一系列对气本体进行探讨的命题，譬如“冲气”、“天地之气”、“浩然之气”、“六气”、“精气”，等等，其中尤其以老学、易学和管子一派为代表。

老子把阴阳观念纳入道的论域，视为万物运动变化的根源与总规。《老子》第四十二章：“道生一，一生二，二生三，三生万物，万物负阴而抱阳，冲气以为和。”所谓“一”，是指万物形成前一种混沌未分的状态，“一”生“二”，即产生天地阴阳，天地阴阳交合生“三”，“三”生万物，如此推导下来，道与阴阳乃一体两面，阴阳既是道的表征，又与道合而为一。与早期阴阳思想比较，老学之阴阳，抽象成为宇宙本体论的基本元素与法则，业已发生了明显的形上意义转变。《易经》的卦象、卦、爻辞是用以占筮的，其中并无阴阳的概念。成书于战国的《易传》将阴阳引入对《易经》义理的阐释中，论及阴阳者凡十二处，其中表述最为明确的，是《说卦》中的这一段：“昔者圣人之作《易》也，将以顺性命之理，是以立天之道曰阴与阳，立地之道曰柔与刚，立人之道曰仁与义。兼三才而两之。”在易的经验中，“三才”各一分为二，由阴卦、阳卦各取一个配合，这就视阴阳及变化法则为事物的本质，将其提升到道的高度，作为哲学的最高范畴来言说，建立了以阴阳释易的思想体系，使《周易》一书成为阴阳学说的象征性文本。

有关精气（精）的说法，在先秦两汉典籍中，多有论述，其中具有代表性的说法：

> 窈兮冥兮，其中有精。其精甚真，其中有信。
> 形精不亏，是谓能移。精而又精，反以相天。
> 一气能变曰精，一事能变曰智。
> 夫精者，身之本也。
> 精充天地而不竭，神覆宇宙而无望。

---

① 在中国古代社会，五行学说不仅对自然科学、应用技术和人文思想的发展影响巨大，而且在一定程度上还推动了古人思维的进展，决定了中国古代思想发展在一定时期内的基本走向。正因为如此，即使是对五行观进行了彻底而系统批判的梁启超和顾颉刚诸先生，也不得不承认：“五行，是中国人的思维律，是中国人对于宇宙系统的信仰；二千余年来，它有极强

天地之袭精为阴阳，阴阳之专精为四时，四时之散精为万物。

人之所以生者，精气也，死而精气灭。①

比较各家的观点，管子一派的精气说，在早期宇宙本体论建构中，具有突出的理论价值②，对于传统医学的影响也尤为明显。在管学的理论视野中，所谓精气乃气之化，是最细微之气，上为列星，下生五谷，流于天地之间，是万物之本（等同道），化生为人先天、后天的质素，亦为生命之源，涵括精、气、神等生理要素以及道德伦理、才性境界等精神品格。

在管学的本体论域中，把不可说、不可把握的道视为流布于天地之间、遍存于万物之间的精气，《管子·内业》："凡道，无根无茎，无叶无荣。万物以生，万物以成，命之曰道……精也者，气之精者也。气道乃生。"把五行之气亦化生为五种精气，《管子·侈靡》："天地精气有五，不必为沮。"尹注："谓五行之时也，其时之气不能必，则为沮败也。"这里的"五行"，已经不再是早期的水、火、木、金、土五种物质，而是指分布在天地之间的五种精气。在管学的生成论域中，精气是生命的物质基础，《管子·内业》："凡人之生也，天出其精，地出其形，合此以为人。"因而主张存精养生，乃至节欲保精，《管子·内业》："精存自生，其外安荣，内脏以为泉原。"又云："爱欲静之，遇乱正之，勿引勿推，福将自归。"这一方面的内容，在医家思想中也有相当细致的阐发。在内经医学中，将精气分为先天之精和后天之精，前者禀受于父母，充实于水谷之精，归藏于肾者，后者由饮食化生，输布到五脏六腑。精气根源于先天，充养于后天，两者相互依存，相互促进，从而保持人体精、气、神之充盈。总

固的势力。""阴阳五行说为二千年来迷信的大本营，直至今日在社会上犹有莫大势力。"参见顾颉刚：《五德始终说下的政治和历史》，见《古史辨》第5册，上海古籍出版社1982年版，第404页；梁启超：《阴阳五行说之来历》，见《古史辨》第5册，第343页。

① 参见《老子》第21章、《庄子·达生》、《管子·心术下》、《素问·金匮真言论篇》、《吕氏春秋·下贤》、《淮南子·天文训》、《论衡·论死篇》。

② 《管子》的《内业》、《心术上》、《心术下》、《白心》四篇中，有多处论述精气的地方。李志林先生认为，《管子》精气说不是凭空产生的，而是沿着两条路线进行抽象的结果，一是"六气"→"道"→"气（精气）"，一是"五行"→"水"→"气（精气）"，两者殊途同归。参见李志林：《气论与传统思维方式》，学林出版社1990年版，第31页。

之，先秦的精气理论影响深远，在后世形形色色的养生、养气、养精、养神思想乃至所有的养生术和神仙术中，得以进一步的阐发。

二

天人学是中国传统学术的正统之学，有关天文、历法的知识在古代社会十分普及。对此，人们所熟知的是明代顾炎武（1613—1682）的一段话：

> 三代以上，人人皆知天文。"七月流火"，农夫之辞也；"三星在天"，妇人之语也；"月离于毕"，戍卒之作也；"龙尾伏晨"，儿童之谣也。后世文人学士，有问之而茫然不知者也。①

顾氏所引四句话依次见于《诗经》的《豳风·七月》、《唐风·绸缪》、《小雅·渐渐之石》和《国语·晋语》中，这些诗句是否真是农夫、妇人、戍卒所作，不得而知，以此断定"三代以上人人知天文"，亦不足信，但是至少可以从一个侧面折射出天文知识在农业社会各个阶层的普及状况，顾氏点出这一点，也是颇具慧眼的。

在古人看来，天与人、人与人之所以能够沟通，就在于一气流通，这是古代天人学在思想信仰、价值本原层面最根本的理论预设。《吕氏春秋·精通》有这样一个故事，如云：

> 周有申喜者，亡其母，闻乞人歌于门下而悲之，动于颜色，谓门者内乞人之歌者，自觉而问焉，曰："何故而乞？"与之语，盖其母也。故父母之于子也，子之于父母也，一体而两分，同气而异息。若草莽之有华实也，若树木之有根心也。虽异处而相通，隐志相及，痛疾相救，忧思相感，生则相欢，死则相哀，此之谓骨肉之亲。神出于忠，而应乎心，两精相得，岂待言哉？②

在秦汉时期的人们看来，父母与子女有骨肉之亲，同气异息，一体两分，因

① 顾炎武著，黄汝成集释：《日知录集释》卷30《天文》，岳麓书社1994年版，第1049页。
② 吕不韦著，陈奇猷校释：《吕氏春秋新校释》，第514页。

此，即便身在异处，仍心神相通、痛疾相感。他们之间之所以能够相互感应，就因为有精、有神，精为精气，神为神气，精、神乃气之两分，人与人、人与物之相遇相感，前提就在于气之相通互感。这种超越经验层面的意会体悟，与庄子“以天合天”、董仲舒“天人感应”，处于共同的信仰系统中。

在中国古代的学问中，凡与气有关的，均被视为沟通天人关系的媒介，成为古代天人学的一个部分，譬如灾异学、占卜术（星占、望风、候风、风角）、律学，等等。下面拟分而论之。

在《周易·系辞上》“天垂象，见吉凶”的信念下，占卜学主要是考察政治得失与天象变异的对应关系，这在儒学一系中得以弘扬，加之历代史官、司天官员不断完备，借天象讽喻政治，劝诫人生，是古代“圣人以神道设教”之精义所在。以《尚书·洪范》推论灾异，是汉代天人学之一种，因为被经学普遍采用，遂成为经学的一个部分，是经学作用于现实政治、社会人生的一条途径。汉景帝、武帝时代，董仲舒治《公羊春秋》，以阴阳五行之学来附会《春秋》所记载的自然灾害和异常现象，成为《汉书·五行志》中“推阴阳”的大宗①。在《春秋繁露》中，他详细地论述了阴阳消长、五行相生与自然人事之间的对应关系，如《五行顺逆》云：

> 木者春，生之性，农之本也。劝农事，无夺民时，使民，岁不过三日，行什一之税，进经术之士，挺群禁，出轻系，去稽留，除桎梏，开门阖，通障塞，恩及草木，则树木华美，而朱草生，恩及鳞虫，则鱼大为，鳣鲸不见，群龙下。如人君出入不时，走狗试马，驰骋不反宫

① 西汉时期善“推阴阳”者，除董仲舒外，还有夏侯始昌、周堪、许商一脉，以及眭孟、京房、谷永、李寻等人。东汉有张衡、杨厚、蔡邕等人。东汉的灾异说与谶纬、九宫、风角、卦气等数术纠结在一起，加之谶纬为汉廷所尊，因而也就变得更为复杂和神秘。两汉许多讲阴阳灾异的经学家，虽然动机是为巩固君权，但结局都不好，对此，班固《汉书·眭两夏侯京翼李传赞》感慨：“汉兴推阴阳言灾异者，孝武时有董仲舒、夏侯始昌，昭、宣则眭孟、夏侯胜，元、成则京房、翼奉、刘向、谷永，哀、平则李寻、田终术。此其纳说时君着明者也。察其所言，仿佛一端。假经设谊，依托象类，或不免乎‘亿则屡中’。仲舒下吏，夏侯囚执，眭孟诛戮，李寻流放，此学者之大戒也。京房区区，不量浅深，危言刺讥，构怨强臣，罪辜不旋踵，亦不密以失身，悲夫。”（班固：《汉书》卷75，第3194—3195页）

室，好淫乐，饮酒沉湎，纵恣，不顾政治，事多发役，以夺民时，作谋增税，以夺民财，民病疥搔、温体、足胻痛。咎及于木，则茂木枯槁，工匠之轮多伤败，毒水渰群，漉陂如渔，咎及鳞虫，则鱼不为，群龙深藏，鲸出见。①

同时，董仲舒指出灾异可御可救，《五行变救》："木有变，春凋秋荣，秋木冰，春多雨，此繇役众，赋敛重，百姓贫穷叛去，道多饥人；救之者，省繇役，薄赋敛，出仓谷，振困穷矣。"②这就为其谈人事，谈政事，以神权抑制君权，以道统匡复政统奠定了理论基础。

所谓天谴论，是在"天人感应"、"天人一气"的理论预设下，将旱魃、洪水、地震等自然灾难以及日蚀、彗星等异变，看成是天对人间君主政事、人事得失的告诫。在这一问题上，董仲舒明显地吸收了墨家"天志"③的思想，并将天人之间的感应讲得更为系统和完善④。他认为天人互感表现在：一方面，如果君主失德，天将出现各种灾异来警告、惩罚君主，其表现形式为一年四季气候变化的时与不时或五行的乱与不乱，《春秋繁露·必仁且智》："小者谓之灾。灾常先至而异乃随之。灾者，天之谴也；异者，天之威也。谴之而不知，乃畏之以威。"⑤董仲舒将神权高置于王权之上，以显示"天"所具有的超人间力量；另一方面，天能以"灾异"惩罚人，人也能以自己的行为感动天，君主如果接受天的"灾异"谴告，及时悔过，并采取措施，"救之者，举廉洁，立正直，隐武行文，束甲械"，就会迅速除去"灾异"，还天下太平，"五行

① 董仲舒著，苏舆义证：《春秋繁露义证》，第371—373页。

② 董仲舒著，苏舆义证：《春秋繁露义证》，第385页。

③ 墨家认为，"天"是有意志赏罚分明的人格神，能够监察人的行为，通过一系列自然现象来表达自己的意志，并对人间的统治者进行告诫或奖赏，如《墨子·尚同中》："既尚同乎天子，而未上同乎天者，则天灾将犹未止也。故当若天降寒热不节，雪霜雨露不时，五谷不熟，六畜不遂，疾灾戾疫，飘风苦雨，荐臻而至者，此天之降罚也。"《墨子·天志上》中，墨子提倡以"天志"行赏罚，顺"天志"者必有赏，逆"天志"者必受罚，如禹、汤、文、武顺"天志"而得赏，而桀、纣、幽、厉逆"天志"故受罚。

④ 在《儒术真论》中，章太炎先生认为董仲舒代表的"今文经学"派，是墨家的遗流。参见章太炎：《章太炎政论选集》上，中华书局1997年版，第118页。

⑤ 董仲舒著，苏舆义证：《春秋繁露义证》，第295页。

变至，当救之以德，施之天下，则咎除”。[①]所谓“灾异”与“谴告”，是董仲舒将阴阳引入儒学后的创制，其理论基础的“天人感应”，遂成为有汉一代“卦气说”的思想前提。

古代的占卜学（星占、望风、候风、风角），与天文学是混融一体的。星占之术的起源颇早，从周初青铜器利簋铭文“武征商，唯甲子朝，岁鼎”[②]，以及《左传》中记载梓慎等人的岁星占验来看，岁星占验的起源要早得多。战国时期，社会的战乱状况为星占术兴起提供了客观的条件，汉以后阴阳五行大盛，为星占术的发展提供了学术条件。《史记·天官书》:“天则有日月，地则有阴阳，天有五星，地有五行，天则有列宿，地则有州域。三光者，阴阳之精，气本在地，而圣人统理之。”[③]京房（前77—前37）《易传》:“星者阴精也。五行之形其体在下，其曜在天。”（《开元占卜》卷七十六引）在汉人看来，日月星辰均为阴阳五行之精，而“气本在地”，人间阴阳五行的消息亦能借助天象反映出来，这种天人一体、“天人感应”思想是星占术的理论基础。

与星占同属天文占验的，有望风与候风。《周礼·春官宗伯》有视祲“掌十煇之法以观妖祥，辨吉凶”的记载；马王堆三号汉墓出土的帛书中，有一件被考古学者定名为《天文气象杂占》的帛书，共三百多条，有图有文字，大部分是云、气的占卜。云的部分，有楚云、赵云、韩云、魏云、越云、中山云、宋云等十四国（族）的云；气的部分，能辨认出的有蜃气、晕、虹的占验。候风和风角，经过翼奉、京房的发展，在汉代很盛行。风角是古代重要的方术之一，唐代大星占学家李淳风（602—670）所著《乙巳占》卷十，记载风占有三十三种，名目繁多，包罗了社会生活的各个方面。[④]

---

① 董仲舒著，苏舆义证:《春秋繁露义证》，第385页。

② 这与《淮南子·兵略训》“武王伐纣，东面而迎岁”的意思相同。

③ 司马迁撰，裴骃集解，司马贞索隐，张守节正义:《史记》卷27，第1342页。

④《乙巳占》记载风占三十三种，包括：候风法、占风远近法、推风声五音法、五音所主占、五音风占、论五音六属、五音受正朔日占、五音相动风占、五音鸣条已上卒起官宅中占、推岁月日时干德刑杀法占、论六情法占、阴阳六情五音立成占、五音刑德日辰所属立成占、六情风鸟所起加时占、八方暴风占、行道宫宅中占、十二辰风占、诸解兵风占、诸陷城风占、入兵营风占、五音客主法、四方夷狄侵郡国风占、占官迁免罪法、候诏书、候赦赎书、候大兵将起、候大兵且解散、候火灾、候诸公贵客、候大兵攻城并胜负、候贼占、候丧疾、候四夷入中国、杂占王候公卿二千石出入。

望气是古代星占学的重要内容，历史上著名的“紫气东来”、“丰城剑气”、“金陵王气”[①]等典故，都与望气占卜的传统有关。《周礼·春官宗伯》中“保章氏”职掌：“以五云之物，辨吉凶、水旱降，丰荒之祲象。以十有二风，察天地之和，命乖别之妖祥。”当时的望气是属于天文气象一科的。在各种政事、战事活动中，望气是吉凶祸福的征兆，这一类的记载，在《史记》中颇多[②]。《汉书·天文志》认为，似烟似云之气郁郁葱葱，是庆云、喜庆之气；王充则是一个坚定的先天气禀论者，《论衡》中有很多望气的故事，在他看来，人的寿命长短、贫贱富贵、吉凶成败均取决于先天气禀的厚薄。[③]又譬如《乙巳占》第九卷全部谈占气，谓之“气象”，共十二种：帝王气象、将军气象、军胜气象、军败气象、城胜气象、屠城气象、伏兵气象、暴兵气象、战阵气象、图谋气象、吉凶气象、九土异气象。[④]由此可见，在古代的社会生活中，望气术是非常流行的。

---

① 分别出自刘向《列仙传》、《晋书·张华传》、刘禹锡《金陵怀古》。

② 从秦到汉初流行的望气，收集在《史记·天官书》中，整个《天官书》就是记载星占、风角、望气之事的，在《孝文本纪》、《封禅书》、《河渠书》中也有望气的记载。

③ 譬如《论衡·吉验篇》：“秦始皇帝常曰：‘东南有天子气。’于是东游以厌当之。高祖之起也，与吕后隐于芒、砀山泽间。吕后与人求之，见其上常有气直起，往求辄得其处。后与项羽约，先入秦关王之。高祖先至，项羽怨恨，范增曰：‘吾令人望其气，气皆为龙，成五采，此皆天子之气也，急击之。’”又云：“王莽时，谒者苏伯阿能望气，使过春陵，城郭郁郁葱葱。及光武到河北，与伯阿见，问曰：‘卿前过春陵，何用知其气佳也？’伯阿对曰：‘见其郁郁葱葱耳。’盖天命当兴，圣王当出，前后气验，照察明著。”又云：“虞子大，陈留东莞人也，其生时以夜。适免母身，母见其上若一匹练状，经上天。明以问人，人皆曰：‘吉。’贵气与天通，长大仕宦，位至司徒公。”在王充看来，先天禀赋与后天吉凶成败之间存在着某种内在的必然关联，故《吉验篇》云：“凡人禀贵命于天，必有吉验见于地。见于地，故有天命也。验见非一，或以人物，或以祯祥，或以光气。”（王充：《论衡校释》，第84—95页）刘邦和刘秀之所以有“九五”之尊，关键在于他们所持的先天气禀，这种禀赋常常以自然祥云的方式呈现于天空。

④ 譬如“帝王气象”：“凡天子气，内赤外黄，正四方所发之处，当有王者。若天子欲有游往处，其地亦先发此气。”凡命中注定要成为帝王者，身上便会带有这类气，如鸿门宴之前，范增力劝项羽杀刘邦，原因在于刘邦有天子之气。又如“军胜气象占”：“夜黑气出，上有赤气临我军上，敌强我弱，弱能破强，小能击大。大战大胜，小战小胜。”又论“屠城气象占”：“赤气在城上，黄气四面绕之，城中大将死，城降……望城中气起而正上赤，可屠。”在古人看来，在两军交战时，这一类昭示战场胜负的气象布满战区上空，一般人看不见，望气家或精通天文的将领，可以从中分辨而取胜。

春秋战国时期，望气被普遍运用于政治军事领域，《左传·僖公五年》："公既视朔，遂登观台以望，而书，礼也。凡分、至、启、闭，必书云物，为备故也。"这是由观察气候，以明作物的收成好坏，所谓"分、至、启、闭"，是指在春分和秋分、冬至和夏至、立春和立夏、立秋和立冬等节气，都要望气，并加以记载，以备后用，可见古人对气候变化极为重视。《左传·昭公二十年》："梓慎望氛，曰：今兹宋有乱，国几亡，三年而后弭，蔡有大丧。"这是由天候的变化，推演人事祸福乃至政治治乱。《墨子·迎敌祠》是墨家探究城池防守战略的文章，开篇详述兵临城下时应如何祭祀与誓师，紧接其后，言及"望气"："凡望气，有大将气，有小将气，有往气，有来气，有败气，能得明此者可知成败、吉凶。举巫、医、卜有所，长具药，宫之，善为舍。巫必近公社，必敬神之。巫卜为请守，守独智巫卜望气之请而已。"城池被围攻之际，守城主将命令医、巫、卜等人专司望气之事，通过望占来推断敌军何时进攻、何时撤退，我军宜何时、何地反攻，宜作何种战略部署。"望气者"在这一特定时期地位十分重要，日夜伴随守城主将左右，随时将"望占"实情上报。在古代典籍中，关于望气之术还有很多记载。譬如帛书《天文气象杂占》有很多与军事相关的说法，如"客胜"、"主败"、"兵兴"、"军疲"、"城拔"、"邦亡"、"益地"、"失地"等。综合《史记》、《汉书》、《越绝书》和《通典》的记载，可知"望占"被古人视为解释战争成败的气象依据。①

运用于军事领域的气学知识，非常强调养气蓄势的作用。对于养气与打

---

① 譬如《史记·天官书》："凡望云气，仰而望之，三四百里。平望，在桑榆上，千余二千里；登高而望之，下属地者三千里。"又云："徒气白。土功气黄。车气乍高乍下，往往而聚。骑气卑而布，卒气抟。前卑而后高者，疾；前方而后高者，兑；后兑而卑者，却。其气平者其行徐，前高而后卑者，不止而反。气相遇者，卑胜高，兑胜方，气来卑而循车通者，不过三四日，去之五六里见。气来高七八尺者，不过五六日，去之十余里见。气来高丈余二丈者，不过三四十日，去之五六十里见。"《史记·天官书》记载西汉王朔善于候气，"王朔所候，决于日旁。日旁云气，人主象，皆如其形以占"。(《史记》卷27，第1336—1338页)《汉书·天文志》："精白，其芒低者，战胜，其前赤而印者，战不胜。"(《汉书》卷26，第1297页)对此，《越绝外传·记军气》中所作的解释尤其翔实。杜佑（735—812）认为："若云气从敌所来，终日不止，吾军不可出，出则不利，若风气具来，此为败候，在急也。"如果敌军营垒上空有黑气，形状如牛马，"名曰天狗下食血，败军也"；两军对垒，如果云气形状如飞鸟一样在敌方营地上空盘旋起伏，说明敌军"兵锐不可击"。(《通典》卷162《风云气候杂占》)

仗的关系,《孙子兵法・军争》:“朝气锐，昼气惰，暮气归。善用兵者，避其锐气，击其惰归，此治气者也。”这是从整体的军事力量来谈的。从短兵相接，尤其是近身肉搏来看，兵士的精、气、神状况对于一次战斗的胜负有极大的影响，故而善用兵者，一定要审时度势，善于利用这一点。《尉缭子・战威篇》:“民之所以战者，气也。气实则斗，气夺则走。”善战者，要避实就虚，打击敌人,《淮南子・兵略训》对此分析得极为详细,“故善战者不在少，善守者不在小，胜在得威，败在失气……夫气之有虚实也，若明之必晦也。故胜兵者非常实也，败兵者非常虚也。善者能实其民气，以待人之虚也；不能者虚其民气，以待人之实也。故虚实之气，兵之贵者也。”① 通过养气，养精蓄锐，鼓舞斗志，凝聚民心，因此在古代军事斗争中，善于利用气的力量，显得极为重要。

三

天人一体的气学思想，是古代占主导地位的世界观，律学本是声学的一个部分，因为与气学相关，成为数术的一个部分，在古代被看成是沟通天人关系的一个媒介。《古文尚书・舜典》中记载舜受禅后,“协时月正日，同律度量衡”，业已流露出古人观念中律学与天文、度量衡之间的关系。《国语・周语下》记载乐官伶州鸠认为乐宣养阴阳之气，使“气无滞阴，亦无散阳，阴阳序次，风雨时至，嘉生繁祉，人民和利，物备而乐成”，并认为:“古之神瞽考中声而量之以制，度律均钟，百官轨仪。”韦昭注:“度律吕之长短，以平其钟，和其声，以立百事之道法也。”汉代以律为标准定度量衡，制定太初历，便是这种思想的延续。《礼记・礼运》:“五行之动，迭相竭也。五行四时十二月，还相为本也；五声六律十二管，还相为宫也。”古人认为，黄钟为宫构成五声音阶，称为“黄钟宫调式”，十二律相生相依，体现了宇宙间阴阳五行更相为始的循环往复。作为直接与气相关的知识，音律成为战国以来数术的一大宗。战国有将六律六吕运用于占验的方法，如天水放马滩秦简就有十二律占卦的具体内容。② 见之于其他典籍,《周礼・春官宗伯》:“大师，执同律以听军声而诏吉凶。”《史记・律书》

---

① 刘安著，何宁集释:《淮南子集释》，第1097页。

② 参见何双全:《天水放马滩秦简综述》,《文物》1989年第2期；戴念祖:《试析秦简〈律书〉中的乐律与占卜》,《中国音乐学》2001年第2期。

开篇也论兵事，可见战国至汉初，律学在军事领域运用极广。《汉书·礼乐志》："听工以律知日冬夏至一人。"①《后汉书·明帝纪》："升灵台，望元气，吹时律，观物变。"②听音律之清浊，察时节之和与不和，是两汉列为制度的占验之法。《后汉书·律历志》记载以律管候节气的方法，如云："候气之法，为室三重，户闭，涂衅必周，密布缇缦。室中以木为案，每律各一，内庳外高，从其方位，加律其上，以葭莩灰抑其内端，案历而候之。气至者灰（动）。其为气所动者其灰散，人及风所动者其灰聚。"③史官以这种方法察阴阳的和与不和，并沿用到隋代。

所谓"候气"，本意是找到天地之元气，也即冬至"一阳初生"之气，以候气是否效验为参照，为编定历法找到一个起算基点，以明历法是否合于天道。按照古人的做法，十二律与一年十二个月相对应，当各月所属之气到来时，与之相应律管内的芦苇衣灰就会飞散，从而可以将十二律确定下来。对此，后来学者大多认同，譬如见于《宋史·律历志》的记载："候气之法，十有二月，每月为管，置于地中。气之来至，有浅有深，而管之入地者，有短有长。十二月之气至，各验其当月之管……上古之圣人制为十二管，以候十二辰之气，而十二辰之音亦由之而出焉。"④在古人看来，音律乃是季节更替导致四方之气变化的表征而已，尽管律吕之管随各朝定律制度不同而有变化，譬如隋文帝对典籍中关于候气的解释不满意，亲自实验，"每其月气至，与律冥符，则灰飞冲素，散出于外"⑤，但以律吕衡量天地之气，以候气为修订历法的惯例，一直被历代所沿用。

汉人乐律占卜，主要见于《吕氏春秋》、《淮南子》、《史记》。《吕氏春秋》中乐律占卜的主要内容，如下表⑥：

月份	天干	星座	帝	神	阶名	律名	术数
孟春	甲乙	营室	太皞	句芒	角	太簇	八
仲春	甲乙	奎	太皞	句芒	角	夹钟	八

① 班固撰，颜师古注：《汉书》卷22，中华书局1962年版，第1073页。
② 范晔著，李贤等注：《后汉书》卷2，第100页。
③ 范晔著，李贤等注：《后汉书》志1，第3016页。
④ 脱脱等撰：《宋史》卷81，中华书局1977年版，第1918页。
⑤ 魏征等撰：《隋书》卷16，中华书局1973年版，第394页。
⑥ 参见戴念祖：《试析秦简〈律书〉中的乐律与占卜》，《中国音乐学》2001年第2期。

续表

季春	甲乙	胃	太皞	句芒	角	姑洗	八
孟夏	丙丁	毕	炎帝	祝融	徵	仲吕	七
仲夏	丙丁	东井	炎帝	祝融	徵	蕤宾	七
季夏	丙丁	柳	炎帝	祝融	徵	林钟	七
孟秋	庚辛	翼	少皞	蓐收	商	夷则	九
仲秋	庚辛	角宿	少皞	蓐收	商	南吕	九
季秋	庚辛	房	少皞	蓐收	商	无射	九
孟冬	壬癸	尾	颛顼	玄冥	羽	应钟	六
仲冬	壬癸	斗	颛顼	玄冥	羽	黄钟	六
季冬	壬癸	婺女	颛顼	玄冥	羽	大吕	六

《淮南子》中乐律占卜的主要内容，如下表：

方位	五行	帝神	星座	兽	阶名	天干	地支	颜色
东	木	太皞	岁星	苍龙	角	甲乙	寅卯	青
南	火	炎帝	荧惑	朱鸟	徵	丙丁	巳午	赤
中央	土	皇帝	镇星	黄龙	宫	戊己		黄
西	金	少昊	太白	白虎	商	庚辛	申酉	白
北	水	颛顼	辰星	玄武	羽	壬癸	亥子	黑

《史记·律书》中乐律占卜的主要内容，如下表：

月份	五行	天干	地支	方向	风名	星座
十月	应钟		亥	西北	不周风	壁、室、危
十一月	黄钟	壬癸	子	北	广莫风	虚、女、牛、斗
十二月	大吕		丑			
正月	太簇		寅	东北	条风	箕、尾、心、房
二月	夹钟	甲乙	卯	东	明庶风	氐、亢、角
三月	姑洗		辰			
四月	仲吕		巳	东南	清明风	轸、翼、星、张、柳
五月	蕤宾	丙丁	午	南	景风	弧、狼

续表

六月	林钟		未	西南	凉风	罚、参
七月	夷则		申			
八月	南吕		酉			浊、留
九月	无射	庚辛	戌	西	阊阖	胃、娄、奎

从以上三表来看，秦汉时期占卜者利用某些自然现象的有机联系，排定术数、时间（如季节、月份、时辰）顺序流转、心宿位置、一年风向变换，加上干支、律名、阶名的轮回，乃至数字的加减递变。虽然术数的排法是任意的、主观的，但各种自然现象及其之间有机联系却成为占卜术的理论依据。

四

同世界上其他古代文明一样，中国古代科学中最为发达的，除了天文历法，就是医学，其中最具有理论体系的是内经医学。秦汉时期，医家被列入方技一类，如刘歆《七略·方技略》中，包括医经、经方、房中、神仙四家。早期系统的运气理论，也见于医家思想，这是古人将天人、阴阳、五行思想与人的生理疾病、吉凶运程对应在一起而形成的。《内经》的运气学说，有所谓的运气七篇，即《素问》中的《天元纪大论》、《五运行大论》、《六微旨大论》、《气交变大论》、《五常政大论》、《六元正纪大论》、《至真要大论》，主要涉及金、木、水、火、土“五运”和风、火、湿、燥、寒、暑“六气”的循环更替对气候、人体的各种影响等。从宇宙观看，七篇与《素问》其他篇目主旨是一致的，均强调万物由变化不测的阴阳二气生成，人体的五脏六腑十二经脉与五行六气有一一对应关系，自然界五行六气的变化有一定规律，而这种规律可以用作为时空符号的天干地支来推算。

具体来说，所谓天干纪运，是根据当年纪年的天干，按照五行相生或同气相随的道理，推算出值年的岁运、主运和客运，以及五运之气的太过不及。主运是指主治一年五时中某一时的五运之气，一年三百六十五日又二十五刻，一时为七十三日又五刻，每年始于木运，终于水运，顺序年年不变。每年五运顺序虽然不变，但每一运有太过和不及，岁运也有太过和不及，各年主运的太过和不及，与该年岁运的太过和不及是一致的，因此可以根据岁运来推主运。客运与主运相对而言，不同在于每年的客运并非固定始于木终于水，而是以岁运为初运，依次生出以下各运。所谓地支纪气，是根据当年纪年的地支，推出每年的主气、客气和客主加临三种情况。主气是主司一年的正常气候变化，一年分六步，一步主四个节气，也就是六十天八十七刻半，按五行相生或同气相随的规律，始于厥阴风木，终于太阳寒水，年年不变。客气是天阳之气本身的盛衰变化，三阴三阳互为司天、在泉、间气，客气的六步随纪年的地支而变，六年为一个周期。客主加临，就是每年轮值的客气六步分别加在年年不变的主气六步之上，所以只要把下图中客气圈逐年向左移动一格，就是该年的客主加临图。客主加临对气候、人体的影响，决定于客主之间相得与否、顺和逆的关系，“气相得则和，不相得则病”①，客主之气五行相生或客主同气，便相得，相得便气候和平，人无病，否则五行相克，便是不相得，气候反常，人易致病。

在古人看来，天干纪运、地支纪气、五运六气，是在叠加的情况下发生作用的，这就是运气的合治，以甲子纪年，实际上就是体现了运和气的合治。《内经》运气七篇所体现的运气学说，是秦汉天道循环思想的发挥，体现了古人对于自然规律与人生理活动、疾病流行之间内在联系的探索。

《内经》的理论体系，建立在古人对精、气、神的理解之上。对于人体之气，《内经》有仔细的分类，如精气、真气、宗气、神气、血气、营气、卫气、脏气、经气等。气的来源有二：一是由胃中水谷化成，一是由外界空气吸入。精气是具有本体意义的一般之气，“精者，生之本也”②，在脏腑的精气称为脏气（如肝气、胃气等），在经络的精气为经气，真气则是水谷之气和天空之气相合而成的，与精气概念区别不大。营气和卫气较为特殊，它们直接由水谷化成，《灵枢·邪客》：“营气者，泌其津液，注之于脉，化以为血，以荣四末，内注五藏六府，以应刻数焉。卫气者，出其悍气之慓疾，而先行于四末分肉皮肤之间而不休者也。昼日行于阳，夜行于阴，常从足少阴之分间，行于五藏六府，今厥气客于五藏之府，则卫气独卫其外，行于阳不得入于阴。”《灵枢·本

① 张志聪集注：《黄帝内经素问集注》，第465页。

② 张志聪集注：《黄帝内经素问集注》，第28页。

藏》:“卫气者，所以温分肉，充皮肤，肥腠理，司开合者也。”①可见，营气的主要作用是化成血液，循环于经脉，营养脏器组织；卫气则是白天在身体的外部循环，温润肌肤，抵御邪气，晚上进入体内，循环于腑脏间。②

内经学以五行架构起人体脏腑与各种生理、病理现象之间的关联。在五行模式中，肝属木，心属火，脾属土，肺属金，肾属水，如《素问·玉机真藏论篇》:“五藏受气于其所生，传之于其所胜，气舍于其所生，死于其所不胜。病之且死，必先传行，至其所不胜，病乃死。此言气之逆行也，故死。肝受气于心，传之于脾，气舍于肾，至肺而死。心受气于脾，传之于肺，气舍于肝，至肾而死；脾受气于肺，传之于肾，气舍于心，至肝而死；肺受气于肾，传之于肝，气舍于脾，至心而死；肾受气于肝，传之于心，气舍于肺，至脾而死。此皆逆死也。”③人体器官分为三类：五脏、六腑和奇恒之腑，其中五脏是最重要的脏器，心的功能是“藏神”和“主血脉”，肺的功能是主气,《素问·经脉别论》:“脉气流经，经气归于肺，肺朝百脉。”④肝“藏血”，脾的主要功能是转化谷水，使之成为气血津液，肾的功能是“藏精”和“主水”，而精是“身之本”。六腑中胃的功能最为重要,《灵枢·五味》:“胃者，五藏六府之海也。水谷皆入于胃，五藏六府，皆禀气于胃。”⑤胃将水谷消化成气血津液等有用物质，供给其他脏器。《素问·五藏别论篇》:“五藏六府之气味，皆出于胃，变见于气口。”⑥所以单诊气口之脉可以知道五脏六腑的变化，这是中医诊脉的理论基础。《内经》认为疾病的发生机制主要有三：一是精神、气血、津液等正气的不足或郁滞，一是邪气入侵妨碍正气的运行，一是阴阳的失衡。正气不足引发各种虚症，邪气入侵或正气郁滞引起各种实症，阴阳偏胜，阴胜引起寒症，阳胜引起热症，虚、实、寒、热是各种疾病生成的基本病理。

---

① 张志聪集注:《黄帝内经灵枢集注》，第400、285页。

② 在内经病理说中，五气（风、暑、湿、燥、寒）与四季影响相联系，春易伤风，夏易伤暑，秋易伤湿，冬易伤寒，其中尤以风为“百病之长”，此一类外物所导致的疾病，均通称为邪气。参见王铁:《汉代学术史》，华东师范大学出版社1995年版，第100—105页。

③ 张志聪集注:《黄帝内经素问集注》，第147—148页。

④ 张志聪集注:《黄帝内经素问集注》，第172页。

⑤ 张志聪集注:《黄帝内经灵枢集注》，第326页。

⑥ 张志聪集注:《黄帝内经素问集注》，第90—91页。

建立在精气说和天人学基础上的内经生理病理学说，对于养生养气极为重视。这在《素问》的开头两篇中多有论述，首篇《上古天真论篇》中描写“呼吸精气，独立守神”的上古真人、“去世离俗，积精全神”的至人、“形体不敝，精神不散”的圣人、“逆从阴阳，分别四时”的贤人，在作者看来，圣人和贤人的养生之法，不同于真人和至人。[①]次篇《四气调神大论篇》，对春生、夏长、秋收、冬藏四时之气，进行了详尽描述，认为春天要“夜卧早起，广步于庭，被发缓形，以使志生”，夏天要“夜卧早起，无厌于日，使志无怒”，秋天要“早卧早起，与鸡俱兴，使志安宁”，冬天要“早卧晚起，必待日光，使志若伏若匿”，养生之道在于顺应四时阴阳消长之道，“故阴阳四时者，万物之终始也，死生之本也。逆之则灾害生，从之则苛疾不起，是谓得道”，否则就会产生各种各样的疾病，“逆春气，则少阳不生，肝气内变；逆夏气，则太阳不长，心气内洞；逆秋气，则太阴不收，肺气焦满；逆冬气，则少阴不藏，肾气独沉”。[②]在古人看来，养老便是养气，如《礼记·内则》：“凡养老，五帝宪，三王有乞言。五帝宪，养气体而不乞言。”孔疏：“此一节论五帝三王养老之礼……覆说上五帝宪之法，奉养老人，就气息身体，恐其劳动，故不乞言。”

在古人的养生理论中，养气、养精、养神与吐纳、行气是一门功夫，这也是一切养生术和神仙术的基本功夫。在爱精、养神、益气方面，神仙家与医家是一样的，均承认精、气、神是人生命之根本。从《庄子》内篇来看，战国后期神仙术非常盛行，如《逍遥游》中列子“御风而行”，藐姑射山的神人“肌肤如冰雪”，“不食五谷，吸风饮露”，《大宗师》中“息以踵”真人，“寝不梦”、“觉无忧”、“食不甘”，参之屈原《离骚》“朝饮木兰之坠露兮，夕餐秋菊之落英”，《远游》“餐六气而饮沆瀣兮，漱正阳而含朝霞”，这些游仙成分，可互为印证，其中涉及的内容，也许并非仅仅是神话或浪漫主义想象，而是与战国时期神仙术兴盛，讲究养精、吐纳和导引之术息息相关的。这与尔后的秦始皇、汉武帝求仙、采药、炼石一样，是战国秦汉之际社会各个阶层的共同信仰。

思想家在这方面的诠释，代表性著述有《春秋繁露》、《论衡》等，散见于诗

① 张志聪集注:《黄帝内经素问集注》，第6—7页。

② 张志聪集注:《黄帝内经素问集注》，第8—12页。

文创作与书信往来中的言论就更多了。[①] 在《春秋繁露·循天之道》中，董仲舒专门研究养生的问题，他延续了先秦以来重精、气、神的思想，如谓“气从神而成，神从意而出，心之所之谓意，意劳者神扰，神扰者气少，气少者难久矣”；强调中和对于养气、养生的重要性，如谓“和者天之功也，举天地之道，而美于和，是故物生，皆贵气而迎养之”；从爱精养生的角度主张节欲，如谓“是故君子甚爱气而游于房，以体天也”。[②] 对董仲舒学问颇为推崇的王充，在《论衡·自纪篇》中，自述作《养性》之书，凡十六篇，旨在“养气自守，适食则酒，闭明塞聪，爱精自保，适辅服药引导，庶冀性命可延，斯须不老”[③]，也即《养性》一书，是王充根据自己养气的切身体验而写作的，所以刘勰《文心雕龙·养气》开篇即言：“昔王充著述，制《养气》之篇，验己而作，岂虚造哉。”[④] 汉末名医华佗（约145—208）在养生方面也颇有造诣，根据《后汉书·方术列传》的记载，华佗“晓养性之术，年且百岁而犹有壮容，时人以为仙”。华佗曾对其徒云：“人体欲得劳动，但不当使极耳。动摇则谷气得销，血脉流通，病不得生，譬如户枢，终不朽也。”为此，他教授“五禽之戏”：“一曰虎，二曰鹿，三曰熊，四曰猿，五曰鸟。亦以除疾，兼利蹄足，以当导引。体有不快，起作一禽之戏，怡而汗出，因以着粉，身体轻便而欲食。”其徒依法练习，“年九十余，耳目聪明，齿牙完坚”[⑤]。这种养生之术，亦为后人所效仿。

第五节　结论

这一章从前知识状态、一般知识话语与民间信仰以及知识话语泛化三个面向，逐层深入，推演气学知识谱系的生成与扩展诸问题，旨在厘清气学在中国早期思想文化传统中的知识脉络及其意义生发。作为一般认识水准与信仰原则，气学的若干范畴、命题及其思维方式，业已渗透到社会各个阶层的日常生

① 余英时先生在《养生与长寿》中，收罗了汉代士人服食、导引、辟谷的种种言行，包括王充、仲长统、嵇康、曹操等人，以论述当时士人和民众追求不朽与长寿的养生风气。参见余英时：《东汉生死观》，第50—77页。

② 董仲舒著，苏舆义证：《春秋繁露义证》，第452页。

③ 王充著，黄晖校释：《论衡校释》，第1209页。

④ 刘勰著，詹锳义证：《文心雕龙义证》，第1564页。

⑤ 范晔著，李贤等注；《后汉书》卷82下，第2739—2740页。

活、精神生活包括人文创造之中。春秋战国以降，随着气学知识系统的逐渐形成，气与思想文化中的若干核心要素（天人、“三才”、道、阴阳、五行等）不断融合，形成古代最大的解释系统与信仰体系，由此基本上决定了中国两千多年来学术发展的高度、深度与宽度。本章的析论亦可以部分印证日本学者的观察，在考察气学演变趋势时，日本学者认为：“历史地看，气在中国，不仅自宋到明，在朱熹（朱子）和王守仁（阳明）为中心的理气哲学中，在体系性的存在论中起着主要作用，而且可以看到，在战国到汉代——把万物的生成作为考察对象时开始，它就被作为实质组成人和物的能量的基础，贯穿于包括儒教、道教及佛教的整个中国思想史。不仅在狭义的精神历史范围内，而且还包括人的身体方面——在道教不老不死的方技中，在汉医学的治疗处方中，它作为最原质的基础原理在说明上被明确地使用。还不仅如此，甚至更推广到文学、艺术方面，气在重视蕴藏于诗文和书画深层的生动性的理论中也被使用着。”①

本章关于中国早期气学知识的广泛罗列，旨在表明：一方面，无论是传统文字学的路数，或者西方人类学的方法，对于“气”字形、字义的解释，仍然缺乏关键性的证据，殷商、西周的“气”字与春秋以后大量气学文献之间，存在一个明显的知识断裂，这就意味着，目前我们对气学知识在早期学术传统和民间信仰中的发展衍生脉络还不甚清晰；另一方面，气学知识谱系的梳理，还在于气学思想谱系的展开。那么，气学知识谱系和气学思想谱系有什么不同呢？笔者认为，关键在于知识和思想的不同。

在价值中立下，知识旨在求真，具有独立性、自主性，在认识论的框架内，按照认识工具的选择，知识可以分为不同层次、不同方向、不同深度以满足不同生命与生活的需要；在价值规约下，思想旨在求善，以主体绝对性与自我意识为主，建立在道德动机、知识水平、价值判断的基础上，以理解、建构为目的。思想是统一的整体，可以因不同生命、生活需要而发为不同层次的知识，体现出多面向与多元性。就知识和思想的关系而言，知识离不开思想的牵引，思想需要知识提供支撑，两者构成即体即用的关系。气学有一个内在的

① ［日］小野泽精一、福永光司、山井涌编：《气的思想——中国自然观和人的观念的发展》“原序”，第4、5页。

思想传统，在不同时期、不同境况下生发为不同性质、不同层次的知识，形成一个复杂多面的知识系统展开形态。但是问题在于，仅凭借知识谱系，无法提供意义，确立信仰，达致审美，因此，并不能诠释古代思想世界的全部。所以，本章对于气学知识谱系的梳理，目的还在于从思想谱系的角度进一步探讨古人关于气的知识，如何转化为评介性工具，及其本体化、精神化、道德化、价值化的历程。

第四章

气学思想谱系及其艺术阐释

第一节 引言

“元气二字，到底是何物事？”[1]一个世纪以前，严复先生提出了一个颠覆旧学的问题。

严氏之问，虽然对于今之学者而言，可以心领神会，但对旧学而言，此一追问，前无古人，可谓石破天惊。因为在知识背景、思维模式及提问方式上，这与传统学术的路径纯然不同。作为新、旧学交替时期的代表人物，严氏以西方的科学思想与逻辑分析为武器，全面质疑气的传统含义，他是这样说的：

> 即如中国老儒先生之言气字。问人之何以病？曰邪气内侵。问国家之何以衰？曰元气不复。于贤人之生，则曰间气。见吾足忽肿，则曰湿气。他若厉气、淫气、正气、余气、鬼神者二气之良能，几于随物可加。今试问先生所云气者，究竟是何名物，可举似乎？吾知彼必茫然不知所对也。然则凡先生所一无所知者，皆谓之气而已。指物说理如是，与梦呓又何以异乎！[2]

严氏这种刨根问底式的追问，旨在赋予无所不包的气概念一个确定的、共

---

① 严复:《严复集》第5册，中华书局1986年版，第1206页。

② 《名学浅说》（*Primer of Logic*）系英国逻辑学家耶方斯（W. S. Jevons，1835—1882）的著作，是一本逻辑学的入门书，讲的是演绎逻辑与归纳逻辑，是严复翻译的两本西方逻辑学著作之一（另一本是《穆勒名学》）。参见严复:《名学浅说》，商务印书馆1981年版，第18页。

同的、具有科学意义的逻辑定义[1]，这带有明显西方传统形而上学认识论的痕迹[2]。在中国近代哲学的发展中，对于认识论的强调是一个突出的倾向，这正始于严复对英国经验哲学的引进，由此基本上主导了一个世纪以来中国哲学认识论、知识论的走向。但是问题在于，当代西方哲学思想并没有按照此一轨迹发展。

随着20世纪以来哲学的转向，对于传统认识论和方法论的认识发生了很大的变化，现当代哲学中人文主义思潮的代表，如尼采、海德格尔、伽达默尔等人，已不再满足于旧形而上学对于抽象本质的追问，转而要求回到具体的、变动不居的现实世界，在此一过程中，传统认识论所讨论的核心命题，如主体与客体、现象与本质、具体与抽象、感性与理性，开始转向在场与不在场、理解与超越、思与诗、古与今、中心与边缘、言与无言，等等。在这一哲学认识论的转向中，中国传统"天人合一"的思维模式、"万物一体"的人生境界，得到不少西方学者的赞赏与借鉴，而其中所蕴含的"一气流通"的东方智慧与超越主客、超越知识的精神境界，也正在日益显现出学术意义与精神价值。

时至今日，当我们再次重温严复先生当年所提出的问题，不仅慨叹于其间所昭示的中西文化碰撞及其话语权的切换、古今历史处境的迥异以及旧学新知在思维方式与知识图景上的嬗变。如果说，20世纪的学者研究气学的着眼点在于力证中国传统形上学的发展符合人类思想文化的普遍规律，那么，我们当今的研究则应该更多地着眼于探寻气学发展的自身特质，研究这些特质如何来丰富人类思想的多样性，以及对于人类未来思想发展具有的启发性智慧。在此意义下，如何在现代语境下恢复民族文化的自我叙事功能，重建中国气学思维的原始气象与生命活力，理应成为此一领域未来的研究方向。

之所以有以上论述，是因为其中所折射的中西学术的基本走向，对于我们

---

① 无独有偶，在《新青年》创刊号（1915年9月）《敬告青年》中，陈独秀（1879—1942）也认为："（中国文化）其想象之最神奇者，莫如'气'之一说，其说且通于力士羽流之术。试遍索宇宙间，诚不知此'气'之果为何物也。凡此无常识之思维，无理由之信仰，欲根治之，厥维科学。"参见陈独秀：《独秀文存》第1卷，上海亚东图书馆1922年版，第10页。

② 西方传统形而上学的一般理论预设：秉持以人为主体征服自然的"主体性哲学"思维，以主体—客体的对立存在为逻辑前提，由现象到本质、具体而抽象、个别而普遍的逻辑思维为工具，以追求普遍性、本质性、同一性为最高目的。

认识两者知识体系、认知方式、话语模式乃至生存样态是极为重要的，这不仅对于两者的比勘会通是十分必要的，而且对于文气话语形态的探讨，也具有相当的启发意义。

第二节　气之一体三相

在古代思想家的一般认知理路中，对于气的存在，大体是这样描绘的：天地人宇宙的存在，是一种气的存在与流行，气是一种基质（譬如在汉代的宇宙论系统中，又称为元气①），这是"本体之气"，乃可知之气。元气在流行运转过程中，在天地境界中，逐渐与各种自然现象化合，诸如水、云、风、雾，凝聚成诸多物质具象，这是"具象之气"，乃可感之气。在生命境界中，此气逐渐与各种精神现象相融合，经由一系列生命意志的转化，由内而外地敞开朗现，派生出若干心灵活动与情感趣味来，这是"精神之气"，乃可悟之气。在这个大化流行、生生不息的循环过程中，如何充实"精神之气"，以迈向更高的超越境界，是儒、道、释思想家共同关注的问题，他们谈论的层面虽然不同，解决之道也不尽相同，但殊途同归，主旨并无不同。简言之，气具有三种品相，既能与万物融合而为经验之具象，又能贯通天地之道而为超越之虚相，或拓扩到人类精神生活领域，凝聚成人间万象，无所不在，无所不包。

气之一体三相，涉及现代意义上的知识论、认识论、本体论乃至审美论、价值论等层面的问题，虽然在古代思想家的文化视野中，并不存在这样明晰的层级分梳。譬如编订于清康熙年间的官修辞典《佩文韵府》，搜罗先秦到明代文献中有关气的说法，统共七百四十多条，涉及具象之气、本体之气、精神之气多个方面，内容十分庞杂，但并无明确的类分意识。②

一　具象之气

首先来看无形有象的"具象之气"，这是一种具体可观、可感的物理之气，与物质世界的联系最为密切，是气学话语的早期形态。外在于人，常见的如水气、云气、雨气、谷气、丘气、泽气、烟气、雾气、露气、朝气、夜

① 这与道气、理气相同，虽然不同时代所关注的中心范畴不同，但并无根本的不同。

② 参见《佩文韵府》卷64，文渊阁四库全书本。

气、暮气、暑气、秋气、湿气以及各种饮食之气，其根本在于气具有阴阳五行的属性；内在于人，并通过主体践形而外显的生理或精神气质，常见的如血气、胆气、肝气、侠气、王气、霸气、邪气、勇气、豪气、志气、怒气、灵气、隽气、秀气、奇气、匠气、俗气、老气、天子气、馆阁气、神仙气、书卷气、江湖气、梗概之气、阳刚之气、阴柔之气、浩然之气、超拔之气、奇崛之气，等等。对于此一类问题的认识，经历了极为漫长的历史发展阶段，其中几个重要的支点，如《左传》的“六气”、孔孟的血气与“浩然之气”、老庄的“冲气”与“纯气”、管子学派与易学的精气等，较之尔后气学思想的泛化衍生，均具有原初的意义。

《左传》关于“六气”的说法，在中哲史研究领域中，常常为人称引。其一见于《昭公元年》，医和将气分成阴气、阳气、风气、雨气、晦气和明气，“六气”的变化，形成春、夏、秋、冬四季，衍生金、木、水、火、土五行，并伴生辛、酸、咸、甘、苦五味，白、青、黑、赤、黄五色，宫、商、角、徵、羽五声。“六气”的失衡，便会产生寒疾、热疾、末疾、腹疾、惑疾、心疾等六种疾病。医和这一段关于气之源流及其运动化生的论述，涉及的内容非常丰富，囊括了三代以来天人学的基本元素，业已具有相当思辨的色彩。其二是子产关于“六气”的说法，见于《昭公二十五年》的记载，赵简子问礼，子大叔言“仪礼有别”，为此，他引用子产的一段话为证：

> 夫礼，天之经也，地之义也，民之行也。天地之经，而民实则之。则天之明，因地之性，生其六气，用其五行。气为五味，发为五色，章为五声，淫则昏乱，民失其性。是故为礼以奉之。为六畜，五牲，三牺，以奉五味。为九文，六采，五章，以奉五色。为九歌，八风，七音，六律，以奉五声。为君臣上下，以则地义，为夫妇外内，以经二物。为父子、兄弟、姑姊、甥舅，昏媾、姻亚，以象天明，为政事、庸力、行务，以从四时；为刑罚威狱，使民畏忌，以类其震曜杀戮；为温慈惠和，以效天之生殖长育。民有好恶、喜怒、哀乐，生于六气，是故审则宜类，以制六志。哀有哭泣，乐有歌舞，喜有施舍，怒有战斗，喜生于好，怒生于恶。是故审行信令，祸福赏罚，以制死生。生，好物也；死，恶物也。好物，乐也；恶物，哀也。哀乐不失，乃能协于天地之性，是以长久。

子产的这一番议论，在中国古代政治思想史上具有重要的价值。对于这一段话，各家注解不一，一些细节也不甚清楚，但其基本思想还是明确的，子产以政治家的敏感论证了礼在社会政治生活中的意义，并以礼制为中心，描绘了一幅天地人，阴阳五行和谐顺畅的理想政治图景，其理论基础是“六气”说。人之“六志”，源自“六气”，要相互协调，必须加以礼的规范，无论声色、刑政或伦理等现存秩序的各种规定，均不离礼的统摄范围，在他看来，凡此种种，无非“六气”和顺在天地人世界的具体表现而已。子产是与孔子同时代且稍早的思想家，他的思想对于先秦诸子之学有一定的影响。

除“六气”的说法以外，上古典籍中还有不少以阴阳之气来揭示自然与人事现象的。如《左传·僖公十六年》，周内史叔兴以“阴阳之事，非吉凶所生”说明风大使“六鹢退飞过宋都”;《昭公二十一年》和《昭公二十四年》，鲁国梓慎用“日过分而阳犹不克，克必甚”揭示日食和天象变异的成因;《国语·周语上》虢文公以“阴阳分布，震雷出滞，土不备垦，辟在司寇”劝谏宣王不可废弛籍田的仪节;《周语上》伯阳父用“夫天地之气，不失其序。若过其序，民乱之也。阳伏而不能出，阴迫而不能烝”解释“西周三川”地震。在古人看来，气不仅构成人的形体，而且决定人的性情与道德的善恶，因而保持体内阴阳之气的和顺，乃是保持心地平和、言论得当的关键，“口内味耳内声，声味生气。气在口为言，在目为明……不精则气佚，气佚则不和”(《国语·周语下》)，同时，也是政通人和、天下大治的基础，“阴阳序次，风雨时至，嘉生繁祉，人民和利”(《国语·周语下》)。

见于《论语》的气论观点，主要有“辞气”(《论语·泰伯》)、“屏气”、“食气”(《乡党》)、“血气”(《季氏》)等说法。所谓“辞气”是指说话的声气，“屏气”是指人的呼吸，“食气”是指饮食的风气，均为春秋时期的一般性用法，并没有深入的哲理思辨在内①。值得注意的是“血气”的观念，《论语·季氏》:

孔子曰:“君子有三戒：少之时，血气未定，戒之在色；及其壮也，血

① 气为饮食之气，是先秦相当流行的说法。比如墨子的饮食法，《墨子·节用中》:“充虚继气，强股肱，耳目聪明。”又《辞过》:“其为食也，足以增气充虚，强体适腹而已矣。”均在饮食的基础上认识气。其他零星的资料，譬如《太平御览》卷21引《公孙尼子》“孔子有病”的记载、卷849“饮食以通血气”的说法，亦可印证。

气方刚，戒之在斗；及其老也，血气既衰，戒之在得。”

孔子将人的一生分为三个阶段，每一个阶段的生理、心理特征皆由血气所决定。相似的说法，屡见于《国语》、《左传》等典籍。春秋时期，用血气的思想来解释生命的起源、始终，业已成为一种公共性的认知方式，譬如楚大夫申叔豫“瘠则远矣，而血气未动”（《左传·襄公二十一年》）的病症，鲁大夫展禽“血气强固”（《国语·鲁语上》）可享高寿的说法，春秋晚期晏婴“凡有血气，皆有争心”（《左传·昭公十年》）的观点，等等。有关这一方面的论述，在《黄帝内经》中也是极为详尽的。①

古人对于血气颇为看重，所谓“治血气”、“导血气”是早期君子阶层的修为路数。血气不仅联系着形躯、脏器的身体维度，同时也联系着心神、意志的精神维度，乃形神互通的纽结之处，譬如《文子·九守》：“夫血气者，人之华也，五藏者，人之精也，血气专乎内而不外越，则胸腹充而嗜欲寡……血气者，五藏之使候。故耳目淫于声色，即五藏动摇而不定，血气滔荡而不休，精神驰骋而不守。”荀子气论，建立在早期宇宙生成论的基础上，以血气、元气为宇宙之始、万物之本，譬如《荀子·礼论篇》：“凡生乎天地之间者，有血气之属必有知，有知之属莫不爱其类。”《乐论篇》：“凡奸声感人而逆气应之，逆气成象而乱生焉；正声感人而顺气应之，顺气成象而治生焉。唱和有应，善恶相象，故君子慎其所去就也。君子以钟鼓道志，以琴瑟乐心，动以干戚，饰以羽旄，从以磬管。故其清明象天，其广大象地，其俯仰周旋有似于四时。故乐行而志清，礼修而行成，耳目聪明，血气和平，移风易俗，天下皆宁，美善相乐。”《君道篇》：“血气和平，志意广大。”《赋篇》：“血气之精也，志意之荣也。”荀子肯定血气是知的基础，修养血气是君子的必要功夫，反复强调礼乐教化对于血气修养的重要意义。荀学之气的价值指向，不在老庄一系的养生、养神甚或精神超越层面，也不同管子一系执着于精气对于本原、本质问题的叩问，而是直接与政教礼法接轨，具有强烈的经世致用品格。

对于血气带来人相貌形质、气质禀赋的变化，清代画家沈宗骞（1736—

① 如《素问·八正神明论篇》：“血气者，人之神，不可不谨养。”《调经论篇》：“气血以并，阴阳相倾，气乱于卫，血逆于经，血气离居，一实一虚。”（张志聪集注：《黄帝内经素问集注》，第204、420—421页）将气之生血、运血、调血功能，论述得清楚明白。

1820）《芥舟学画编·传色》有一段形象的描述："人之颜色，由少及老随时而异。婴孩之时，肌嫩理细……如花朵初放之色。盛年之际，气足血旺，骨骼隆起……由光华发越之象。若中年以后，气就衰而欲敛，色虽润而带苍，棱角折痕俱属全显……若在老年，则皮皱血衰，折痕深嵌，气日衰而渐近苍茫，色纵腴而少为憔悴。"①人体之气的运动，不仅表现在物质生理层面，而且反映在心理情感层面，这是古人更为看重精神生活以及重气养神的深层缘由。对此，医家早有深入的解释，譬如《素问·阴阳应象大论篇》："人有五脏化五气，以生喜怒悲忧恐。"②人体之气不仅联系着情性，还联系着意志，如《灵枢·本神》就认为心"怵惕思虑则伤神"，肾"盛怒不止则伤志"，肝"悲哀动中则伤魂"，肺"喜乐无极则伤魄"。对于气所具有的这种综合特质，徐复观先生认为，古人所谓"气"，并非仅指呼吸之气，如《礼记·祭义》郑注"气，谓嘘吸出入也"，而且系指人生理的综合作用，或由综合作用所发生的力量，如孟子谓"气，体之充也"，总之，气是由生理所形成的生命力。③

在古人的理解中，气的存在是单独的，也可以与万物合而为一，同时，可以离万物而去，因此，血与气的关系，与心、肺、肝、脾、肾与气的关系相同，根底上均为体与用的关系，乃早期气本思想的具体运用，这对于尔后元气、道气、理气观念的产生，也有相当的培育，这种观念至今仍然是国人的一般信仰。对于血气观念，孔子没有明确的界定，也没有作为一个观念形态的范畴（如仁、礼）加以论述，因此，进一步的理论诠释与意义建构也就很有必要了，后儒的气本论、心本论、礼仪论，均与之有着各种逻辑的关联④，血气也就成为传统时代正统一派哲学思想的根基。

---

① 沈宗骞述，齐振林写：《芥舟学画编》，人民美术出版社1959年版，第20页。

② 张志聪集注：《黄帝内经素问集注》，第39页。

③ 徐复观：《中国思想史论集》，第122、123页。

④ 比如荀子的"血气"与"志意"、"知虑"一样，为治气修身、实施礼乐的身体基础，《荀子·修身篇》："以治气养生则后彭祖，以修身自名则配尧、禹。宜于时通，利以处穷，礼信是也。凡用血气、志意、知虑，由礼则治通，不由礼则勃乱提僈。"又《君道篇》："血气和平，志意广大。行义塞乎天地之间，仁知之极也。"再如清人黄宗羲《孟子师说》卷二："人身虽一气之流行，流行之中，必有主宰……养气者使主宰常存，则血气化为义理。失其主宰，则义理化为血气，所差在毫厘之间。"（黄宗羲：《黄宗羲全集》，浙江古籍出版社1985年版，第62页）梨洲承宗周思想，走的是阳明心学路线，持心即理、心即气的一元立场，在他看来，流行与主宰、血气与义理同质且互为表里。

在中国早期典籍中，气的思想，既有伦理层面的意义，也有形上层面的意蕴，但是总体而言，此一时期的气论还不是“本体之气”。考察上古整体的思想体系，气学模式作为解释天地人世界的根本范式尚未确立，虽然古人已经单独使用“气”字，且带有万物法则与规律的意味，但其基本意义仍然限定在云、雨、雾、血等具体对象中。借用恩斯特·卡西尔（Enst Cassirer，1874—1945）的说法：“它原先并不表达单纯的生存或存在的一般状态，而是指称显象的某个特殊种类和形态；尤其是在某个地点即空间中某一特殊点上的存在。”①气还不是一个具有普遍性意义的范畴，并不具有绝对的超越品格，较之早期思想史语境中的“天”、“命”、“性”、“道”而言，后者已经被定格为决定一切事物存在的终极存在，因此更具本体意味。从形上学的角度看，在早期的思想文化语境中，气并不具有本体意义上的优先性，气的形上化历程是从晚周诸子那里开始的。

二 本体之气

其次来看“本体之气”，这是一种无形无象的形上之气，虽不可感、不可观，但可以认识、可以理解。在古代思想家的理论视野中，气论本质上并不是一种关于气的知识，而是一种对宇宙人生的终极解决方案，是对万物本质与变化发展的一种理论解答。虽然他们提出的方案和论证的方法各不相同，也不乏内在的缺陷，但其理论的深度意义以及哲理思辨所达到的高度，确乎支撑了中国形上思想几千年的发展。对一种真正的哲学而言，研究知识论、认识论的最终目的还是要达至本体，深一步言，一种哲学的价值，本质上就在于认识和达到最高本体的形上学方法。自近现代以来的文化语境变迁中，伴随着本体论被认识论化、知识论化，并最终被解释学化的整体趋势，遂使“本体之气”成为气学研究中最不受重视的一个层面，因此，对其进一步的深究是很有必要的。

考之观念史上“本体之气”的发展，经历了泛化衍生、反复提纯的过程，如冲气、一气、精气、真气、道气、正气、理气、梵气、卦气、天地气、混沌气，此一类形上之气所具有的兼容性与概括力，是形成早期气学话语形态的关

① ［德］恩斯特·卡西尔：《语言与神话》（*Sprache und Mythos*），于晓译，生活·读书·新知三联书店1988年版，第94页。

键所在。本节重点考察道气、元气、理气三个范畴，这基本上代表了“本体之气”发展的一般特征。

（一）道气

道论与气论，是历代思想家关注的话题，虽然在不同的时期，倾向的重心各有不同，譬如道论是先秦道家理论追究的根本，气论则是宋明理学形上重建的突破口，而明确地将两者等同起来谈论，则是先秦管子一派的特色。道与气的关系，本质上就是体与用的关系，如谓“圣人知道之难言也，故借阴阳以言之”①，在苏轼看来，无形无象之阴阳，乃道之表征。这种思想的源头在老庄之学中业已显明，逮至王弼更得以理论上的证实。在汉代以后的道家思想中，道与气的关系更趋向于一种同位概念，这是伴随着元气观念的本体化倾向，影响道与气关系出现的新变化。宋明以后的理学，虽然被称为论道之学，但理论兴趣却更多地集中在理与气的关系上。

比较而言，先秦诸子思想中，早期道家对于气抱有更为浓厚的兴趣。道家的气论比较复杂，作为一个观念性的范畴，气在老庄的理论建构中具有重要作用，宇宙生成论和形上本体论的意味也相当浓厚，因此将其理解为“本体之气”或“精神之气”，也就更为确切一些。作为宇宙生成论的中介要素，老庄论气，赋予其“阴阳”、“冲”、“一”、“纯”的含义，并在相当程度上模糊了与最高本体的边界，在天地人的框架中，建构起“道—气—万物—气（道）”②的论证模式，这种循环模式，开创于老子，完成于庄子。作为轴心期“哲学突破”的最高成就，老学之道是代表宇宙本体的最高范畴，这种在形上层面的突破，意义极为重大。按照汉人的说法，老子谓“道生一”之“一”为气，气分阴阳，阴阳二气的交感形成“冲气”。与此类似，庄子所谓“一气”、“纯气”的最终归宿也是道，如云：

> 人之生，气之聚也，聚则为生，散则为死。若死生为徒，吾又何患。故万物一也。

---

① 苏轼:《东坡易传》卷7，文渊阁四库全书本。

② 岑贤安先生认为，在庄子“道—气—人（物）—气—道”的结构中，气是道化生万物的中介，是直接构成万物形体精神的物质材料。参见张立文主编:《气》，中国人民大学出版社1989年版，第36—37页。

彼方且与造物者为人，而游乎天地之一气。

杂乎芒芴之间，变而有气，气变而有形，形变而有生。今又变而之死，是相与为春秋冬夏四时行也。①

庄子以气之聚散论人之生死，从其“通天地一气”、“道通为一”的印证来看，“气”与“道”作为同位概念，意义可以说是相当的②。庄子视气为万物统一性的根源，这与老子视气为天地人生成变化的本根与根据，颇为相似，如云：“有物混成，先天地生，寂兮寥兮，独立而不改，周行而不殆，可以为天下母。”（《老子》二十五章）道家的养生（性）论与宇宙生成论互为表里，如老子之“专气致柔”与庄子之“虚静”、“心斋”，均为一种“纯气”状态，而这是达道的唯一途径，由此可见，在早期的道家思想中，已经有了把气视为宇宙化生的根本因素与发展动因的看法。比较老子的“冲气”与庄子的“一气”（“纯气”），虽然前者主要倾向于宇宙生成论，后者主要倾向于自然养生论，但在根基上均与道有相互的关联，在终极指向上可以视为一物。在战国及秦汉以后的道家思想余脉，如稷下学派和黄老思想中，以气为道、道气互证的观点愈加得以强化。

较之道家的以道观气，管子一派在说明天地之源、万物之本和世界之始时，明确地将两者等同起来。现存《管子》一书中，探讨了气的多重含义，涉及气之一体三相的各个层面。单单从道与气关系的论述来看，主要文存于《心术上》、《心术下》、《白心》、《内业》等篇。在管子一派的宇宙本体论与方法论原则中，道与气为天地人的本原，具有相同的存在样式与衍生形态，属于同位范畴，也就是说，道相当于气，气亦相当于道，为明显的道气合一论③。譬如论道之属性：

道之在天者，日也。其在人者，心也。故曰：有气则生，无气则死。万物以生，万物以成，命之曰道。

① 参见《庄子·知北游》、《大宗师》、《至乐》。

② 参见［日］小野泽精一、福永光司、山井涌编：《气的思想——中国自然观和人的观念的发展》，第122页。

③ 裘锡圭先生认为，《管子》中的“道”就是“气”。参见裘锡圭：《稷下道家精气说的研究》，见陈鼓应主编《道家文化研究》第2辑，上海古籍出版社1992年版，第167页。

夫道者，所以充形也。

道在天地之间也,其大无外,其小无内。①

又如论气之属性：

凡物之精，此则为生。下生五谷，上为列星。

灵气在心,一来一逝,其细无内,其大无外。

气者，身之充也。②

两相比较，可以看到，管子一派对于道与气的存在状况、存在形质以及存在特点的认识，是基本相同的。③

在古代思想系统中，气论与道论是不可分的，在相当程度上，两者的界限很模糊。战国秦汉以降，道气合一的思想颇为流行。汉人桓谭（前23—50）评《太玄经》,《新论·闵友》:"扬雄作《玄》书，以为玄者天也、道也，言圣贤制法作事，皆引天道以为本统，而因附属万类、王政、人事、法度，故宓羲氏谓之易，老子谓之道，孔子谓之元，而扬雄谓之玄。"从形上学的角度看，易、道、元、玄处于同一层级。冯友兰先生在《中国哲学史》、《中国哲学史新编》中，把老子之道视为事物的总原理。他认为老子之道相当于"新理学"的"真元之气"。冯氏所谓"真元之气"，是从绝对的意义上说的，是一完全逻辑的观念④，因而不是某种具体的存在或事件，而是事物之所以为此物在逻辑上的可能性，包括道、理以及由气而道、由气而理的所有过程，乃形上与形下的合一。

道、气范畴，自先秦确立形上意义，遂成为古代思想体系中最基本的形上范畴，后世的诠释构成古代形上学的各种新形态。先秦以后，气逐渐衍变为元气，成为宇宙本体思想的核心范畴，在道家及道教一系的思想演变中，仍然有

---

① 参见《管子·枢言》、《内业》、《心术上》。

② 参见《管子·内业》、《心术下》。

③ 杨国荣先生认为，就先秦天道观演进而言，管子的思想是从道论到气论的过渡，扬弃了老学的超越性特质，试图将形而上本根（道）还原为具有现实性品格的实体（气），以期重建世界的统一性原理。参见杨国荣:《道论：超验的进路及其衍化》，原载《江淮论坛》1991年第2期，收入《历史中的哲学》，华东师范大学出版社2009年版，第126—138页。

④ 参见冯友兰:《新理学》,《三松堂全集》卷4，第49页。

将道与元气等同的观念，如《淮南子》中的道气观以及受道教影响的医书[①]。从汉代佛经翻译开始，道与气就被用来表述宇宙万物的本体，这对中国佛教本体论思想的形成有重要影响。东汉及三国时期的般若学，主张体证本体，重视对道论的诠释，禅学主张守意养气，重视对气学思想的阐发。两晋以来，佛教学者对于中国本土思想进行了广泛地吸取与发挥，随着气论在形神结构和因果报应论等方面的展开，作为构成物质现象的基本元素，气因具有祸福的属性而成为因果报应的根源，从而与中国本土哲学中的元气理论相得益彰。隋唐时期，随着如来藏思潮和唯识思潮在佛教内部的广为流行，气论思潮渐趋降温，始有宗密（780—841）《原人论》问世，他一方面指出气本原说在阐明人类精神现象起源方面的局限，另一方面又肯定了气在形成人的肉体和外界事物方面的决定性作用，这构成中国化佛教本体论的一个重要内容[②]。

在古代文学思想领域，文论家常常视道、气为文学的终极价值指向，尤其是在正统一脉的思想中。譬如宋人吕南公（约1047—1086）《灌园集》卷十一《与汪秘校论文书》云：

> 盖古人之于文，知由道以充其气，气充然后资之言，以了其心，则其序文之体，自然尽善，而不在准仿。

他将“知道—充气—资言—序文”的顺序说得非常清楚，顺之，则“自然尽善”，反之，气不充不厚，则“虽劳犹不能杰然自立”。宋人王柏（1197—1274）坚定地认为：“夫道者，形而上者也：气者，形而下者也。形而上者不可见，必有形而下者为之体焉，故气亦道也。如是之文，始有正气。”[③]虽然王氏力主“载道之文”，为后世所诟病，但其关于道与气、知道与养气、形上与形下的辨析，极为精谨，在古典时代的形上学领域占有重要的一席。明代方孝孺（1357—1402）认为，自周代衰败以后，作为完整的“至神之气”就“屈而在下，无所

---

① 对此，日本学者福永光司有详细论述，参见［日］小野泽精一、福永光司、山井涌编：《气的思想——中国自然观和人的观念的发展》，第126—139页。

② 关于佛教气学思想的演变及其特征，参见方立天:《中国佛教的气本原说和道体说》,《宗教学研究》1997年第4期。

③ 王柏:《题碧霞山人王公文集后》,《鲁斋集》卷11，文渊阁四库全书本。

于用”，孔子作《春秋》，孟子著七篇“得是气”，秦汉以后，“是气分而不全，赋于人，或得之而不善养，或善养而不遭乎时”[①]，故而在谈论道、气、文的关系时，他明确指出：

> 盖文与道相表里，不可勉而为。道者，气之君；气者，文之帅也。道明则气昌，气昌则辞达。文者，辞达而已矣。然辞岂易达哉。六经、孔、孟，道明而辞达者也。自汉而来二千年中，作者虽有之，求其辞达，盖已少见，况知道乎。[②]

方氏认定道与气的存在，是本原意义上的整体性存在，只存在逻辑意义上的先后关系罢了。方氏乃明初大儒宋濂（1310—1381）的弟子，他承继宋氏“道明而后气充，气充而后文雄”[③]的思想，提出“道明则气昌，气昌则辞达”的观点，同时，他对古文家的思想也有所吸收，如《答王仲缙五首》：“盖文之法有体裁，有章程，本乎理，行乎意，而导乎气。气以贯之，意以命之，理以主之，章程以覈之，体裁以正之。”[④]对于文章的章法、技巧、体裁诸问题，亦相当地重视。

道与气不是彼此孤立的概念，它们在逻辑意义上的关联，反映出两者依据着相同的知识系统。道与气的相关性，建立在一个共同的假设之上，即气循道而流，气贯通天道、地道、人道，这是古人思想世界的共同假设。也就是说，天地人“三才”的知识平台，不仅为道与气的存在提供前提，更为其哲学形上化进程提供了思想语境与意义关联。正是基于此一知识平台，道、气在天地人三界具有一致性法则，支配自然宇宙与人类社会的原则也就一致了。在中国早期思想史语境中，诸子各家均有关于道、气与整体性世界关系的看法，或一般性谈论，或系统化阐述，譬如儒家注重于道、气与社会人事的关联；道家注重于道、气与自然生命的关联。实际上，体现道、气与“三才”整体关联的共同假设，并不囿于儒、道两家，而是所有中国早期文献的一般性假定，也并不囿于某一学派，而是中国思想发生期共同的知识背景。

---

① 方孝孺：《赠郭士渊序》，《逊志斋集》卷14，《四部丛刊》本。
② 方孝孺：《与舒君》，《逊志斋集》卷11，《四部丛刊》本。
③ 宋濂：《文学》，《文宪集》卷31，文渊阁四库全书本。
④ 方孝孺：《答王仲缙五首》，《逊志斋集》卷10，《四部丛刊》本。

值得一提的是，在中国早期哲学观念史的话语系统中，一、二、三（或一、两、叁）有着深厚的思想内蕴。一般而言，分别代表道、阴阳、“三才”，体现了古人对宇宙世界的基本看法，古来一切学问、一切学派，无不关注于此一类根本问题，围绕生成论、本体论、境界论各个层面进行创造性的阐发。譬如老子谓“道生一,一生二,二生三,三生万物”(《老子》四十二章)，那么，如何理解“一生二”呢？庄子做了解释,《庄子·知北游》:“通天下一气耳，圣人故贵一。”又《天运》:“万物循生，一盛一衰，文武伦经，一清一浊，阴阳调和。”又《则阳》:“是故天地者，形之大者也，阴阳者，气之大者也。”在庄子看来，人之生死，乃气之聚散，如《知北游》“聚则为生，散则为死”，也就是一而二、二而一的过程，故而对于生死，他能够采取一种超然的态度。《至乐》篇记载庄子妻死，鼓盆而歌，惠子不解，庄子释曰:“不然。是其始死也，我独何能无概。然察其始而本无生，非徒无生也而本无形，非徒无形也而本无气……人且偃然寝于巨室，而我噭噭然随而哭之，自以为不通乎命，故止也。”庄子这样的阐释，就将生存论视域的气论问题，提升到本体论的超越层面，并为气论在人生境界、审美感知层面的拓展，打开了理论想象的空间。

（二）元气

比较而言，元气是最具有本原意义的范畴，如果说道气、理气主要是侧重于从构成天、地、人的基质中阐明气之本体性，那么，元气则主要侧重于对宇宙原初状态与生命起源的探求，以此阐明气化生万物的本原性。[①] 前两者讲本体与外用，是本体论的讲法，后者讲本原与后出，是宇宙论的讲法。不同之处还在于，元气是一个完整的范畴，在大多数解释中，元与气同义，因此，元气范畴实际上是气本思想发展到中古时期的一种演变形态[②]，而道与气、理与气

---

① 对此，明代王廷相的观点具有总结意义，如《雅述》上:“天地未生，只有元气，元气具，则造化人物之道理即此而在，故元气之上无物、无道、无理。”《慎言·五行篇》:“元气者，天地万物之宗统。有元气则有生，有生则有道显。故气也者，道之体矣；道也者，气之具矣。以道能生气者，虚实颠越，老庄之谬谈也。”参见王廷相著，王孝鱼点校:《王廷相集》，中华书局1989年版，第841、809页。

② 关于中国古代元气论的理论缺陷，杨国荣先生认为有四个方面：其一，元气论认为气构成万物，又可以流行于万物之外，这既是气一元论的基本观念，又是其不能彻底驳倒思辨哲学的根源。其二，以物质性的气解释精神现象，以气沟通心物来达到世界的统一性，这

作为范畴对举，则是一种关系性的存在，我们常常所探究的是，此一关系中轻重、主辅的问题。

对于“元”的重视，始于战国秦汉之际，许多思想家开始用“元”来阐释天地的本原，如《易传·彖辞》谓“大哉乾元，万物资始，乃统天”，又“至哉坤元，万物资生，乃顺承天”。也有将“元”与气放在一起谈论，如《吕氏春秋·应同》：“黄帝曰：‘芒芒昧昧，因天之威，与元同气。’”① 以上著述，虽然提及“元”的概念，但并没有明确提出元气范畴。《鹖冠子·泰录》虽有“天地成于元气，万物乘于天地”的说法，但与《汉志》所载不同，难以确证为先秦旧文，因此，目前所见文献中，最早明确提出元气范畴的，是西汉初年的董仲舒，他提出元气范畴，并对“元”字进行解释：

> 《春秋》何贵乎元而言之？元者，始也，言本正也。道，王道也。王者，人之始也。王正则元气和顺、风雨时、景星见、黄龙下。王不正则上变天，贼气并见。（《春秋繁露·王道》）
>
> 惟圣人能属万物于一而系之元也……元犹原也，其义以随天地终始也……故元者为万物之本，而人之元在焉。安在乎？乃在乎天地之前。（《春秋繁露·重政》）②

所谓“元”，是对万物本始的一种形上的、抽象化的提炼，在“天人感应”的宇宙观中具有重要的意义。董仲舒的思想，东汉有两种发展趋向，从生成论层面看，王充认为人禀受天地之元气，如《论衡·率性篇》：“人之善恶，共一元气。气有少多，故性有贤愚。”又《无形篇》：“人禀元气于天，各受寿夭之命，以立长短之形，犹陶者用土为簋廉，冶者用铜为柈杅矣。器形已成，不可小大；人体已定，不可减增。用气为性，性成命定，体气与形骸相抱，生死与

就不可避免地带来形神关系上的二元论与认识论上的先验论。其三，气一元论解释世界的多样性，贫乏单薄。其四，气一元论影响下的变易观，始终无法摆脱循环论痕迹。（参见《元气论的思维特质》，原载《探索与争鸣》1989年第11期，收入《历史中的中国哲学》，第64—71页）。对此，我们从孟子“浩然之气”和曹丕“文以气为主”中，可以明显地看出先验论的运思痕迹，而从气之阴阳对待立义思维模式中，也可以明显地看出循环论的言说印记。

① 吕不韦著，陈奇猷校释：《吕氏春秋新校释》，第683页。

② 董仲舒著，苏舆义证：《春秋繁露义证》，第100、147页。

期节相须。"[①] 这种先天命定论，对魏晋以后重视才性以及人物品鉴有着很大的影响。从本体层面看，"元" 更类似于道。对于 "元" 与气的关系，何休明确断定为天地未分的统一体，《公羊传 · 隐公元年》解诂："元者气也，无形以起，有形以分，造起天地，天地之始也。" 尔后阮籍（210—263）在《通老论》中将道与元并提，如云："道者，法自然而为化，侯王能守之，万物将自化。《易》谓之太极，《春秋》谓之元，《老子》谓之道。" [②] 这种说法，就明确地将太极、元、道视为同一层面的本体范畴。

"天人感应" 理念下孳生的谶纬之学，有关元气的说法，极为常见。一般来看，纬书认为，天地万物皆因浑沌之元气分裂而成，如云：

> 元气正，则天地八卦孳也。(《春秋纬 · 命历序》)
>
> 元气无形，汹汹蒙蒙，偃者为地，伏者为天也。(《河图括地象》)
>
> 夫有形者生于无形．乾坤安从生。故曰：有太易，有太初，有太始，有太素。太易者，未见气也。太初者，气之始也。太始者，形之始也。太素者，质之始也。气形质具而未相离，故曰浑沦。(《易纬 · 乾凿度》) [③]

从生成论的角度看，所谓 "太易"、"太初"、"太始"、"太素"，均为元气相递变化的不同层级与形态而已，如果元气为体，那么四者均为元气之用，这与老学思想中无中生有的观念是一致的，均为本根层面 "无形" 到 "有形" 的过程，本质上仍然是有与无、体与用的关系问题。

把初始的宇宙本体理解为浑沌未分的元气，是汉人的一般看法。《礼记 · 礼运》："夫礼必本于大一，分而为天地，转而为阴阳，变而为四时，列而为鬼神。" 孔颖达（574—648）《正义》："谓天地未分，混沌之元气也，极大曰天，未分曰一，其气既极大而未分，故曰太一也。" 这种以天地未分之混沌气为元气，为天地之始、万物之本的观点，应该是源于汉人的一般看法。[④] 东汉王符（85—163）

① 王充著，黄晖校释：《论衡校释》，第81、59页。

② 阮籍著，陈伯君校注：《阮籍集校注》，中华书局1987年版，第159页。

③ [日] 安居香山、中村璋八辑：《纬书集成》，河北人民出版社1994年版，第884、1092、11页。

④ 关于元气在汉代发展的三个阶段，葛荣晋先生有详细论述。参见葛荣晋：《中国哲学范畴通论》，首都师范大学出版社1999年版，第22—28页。

从人事的角度探讨元气与天地之道的关系，他认为："上古之世，太素之时，元气窈冥，未有形兆，万精合并，混而为一……翻然自化，清浊分别，变成阴阳。阴阳有体，实生两仪……是故道德之用，莫大于气。道者，气之根也，气者，道之使也。"①王符并不像他亲近的友人张衡（78—139）那样，热衷于从天体自然法则的角度探讨元气，如《灵宪》谓"太素之前，幽清玄净，寂漠冥然，不可为象。厥中惟灵，厥外唯无"②，而是关注于"天人感应"与人间政教状况的勘查，这更符合儒学外王一系的传统。

作为一种新型的宇宙解释范式，元气说对于汉代学术的影响巨大，被用以制定律吕历法、注解经书、解释生死，等等。譬如《论衡·谈天篇》："说易者曰：元气未分，浑沌为一。"又《超奇篇》："天秉元气，人受元精。"③《汉书·律历志》："太极元气，函三为一。"又云："太极中央元气，故为黄钟。"④《说文》："地，元气初分，轻清阳为天，重浊阴为地。"⑤以元气解释人之生死，也为汉人的一般看法，譬如后汉赵咨，历任郡守，官拜议郎，临终之际要求"薄敛素棺，籍以黄壤，欲令速朽，早归后土"，并遗书其子陈述自己不厚葬的理由，他认为："夫含气之伦，有生必终，盖天地之常期，自然之至数……夫亡者，元气去体，贞魂游散，反素复始，归于无端。既已消仆，还合粪土。"也即是说，人之死是气魂从肉体散去，肉体归于粪土，而气魂则向元气的始元复归。唐人李贤（654—684）注："元气，天之气也，贞，正也。复，旋也。端，际也。太素、太始，天地之初也。言人既死，正魂游散，反于太素，旋于太始，无复端际者也。"⑥虽然这是用魏晋以后的通说来解释，东汉之际的人，恐怕也是这样理解的。

汉人元气说重视天地纲常、品物运化的特质，在古代思想史上的影响是很长久的。⑦比较而言，如果说在汉代的元气思想中，尚存有宇宙生成论的痕

---

① 王符著，汪继培笺，彭铎校正：《潜夫论笺校正·本训》，中华书局1985年版，第365—367页。

② 《汉魏六朝百三家集》卷14，文渊阁四库全书本。

③ 王充著，黄晖校释：《论衡校释》，第472、615页。

④ 班固撰，颜师古注：《汉书》卷21上，第964、981页。

⑤ 许慎：《说文解字》十三下，第286页。

⑥ 范晔著，李贤等注：《后汉书》卷39《赵咨传》，第1315、1316页。

⑦ 在中国学术史上，汉学传统的复兴带动了汉人元气说的复兴，譬如明清之际的元气说，以及尔后清人的元气说，虽然所关注的核心问题与运思路径乃至各自赋予的意义上，有着

迹，那么，在尔后魏晋玄学的解释中，元气的形上意味就相当明显了①，东晋张湛《列子注》就是其中的一个典型。《列子》被视为伪书，杂糅儒、道、释思想，其中关于气的论述，还明显带有谶纬的影响，从中可以看出魏晋时期元气的一般知识状况。正如日本学者麦谷邦夫先生注意到的那样，张湛之于气，与其他玄学家王弼、郭象一样，不太关心，基本是传统气概念的沿袭。②譬如：

虽浑然一气不相离散，而三才之道实潜兆乎其中。

至于至人，心与元气玄合，体与阴阳冥谐，方员不当于一象，温凉不值于一器。

夫生者，一气之暂聚，一物之暂灵。③

张湛的理论贡献，在于明确"无"为元气之本，《天瑞》注："形、声、色、味皆忽尔而生，不能自生者也。夫不能自生，则无为之本。无为之本，则无留于一象，无系于一味；故能为形气之主，动必由之者也。"又云："至无者，故能为万变之宗主也。"④这种以"无"为元气之本的观点，是魏晋玄学以有无谈论本体的典型话语，也为尔后本体之气的发挥提供了可资借鉴的思想资料。

在中古的思想史视野中，元气是宇宙万物的本原和本体，元气的不同形

极大的差异，但是由于均取"元气"之名，所以极易被误认为属于相同的思想架构。对于两者的区别，郑吉雄先生的观点值得关注。在《戴震气论与汉儒元气论的歧异》一文中，他认为，汉儒的关注点在"天上"，对神秘无垠的宇宙规律深具浓厚兴趣；而戴震的关注点在"人间"，对基层民众的生活与生命寄予无限关怀。对双方而言，"气"这个字，只是一个"假名"，汉儒与戴震各自给这个假名，赋予不同的意义。参见黄俊杰主编，郑吉雄编：《东亚视域中的近世儒学文献与思想》，华东师范大学出版社2008年版，第49页。

① 关于这一点，汤用彤先生认为玄学与汉学差别甚大，老学盖为本体论，而汉学为宇宙论或宇宙构成论，玄学则体用一如，汉学主万物依元气而始生，元气永存而执为实物。自宇宙构成言之，万物未形之前，元气已存。万物全毁之后，元气不灭。汉学元气化生，固有无物而有气之时（元气在时空以内）。玄学即体即用，实不可谓无用而有空洞之体也（体超时空）。参见汤用彤：《汤用彤学术论文集》，中华书局1983年版，第249页。

② 参见［日］小野泽精一、福永光司、山井涌编：《气的思想——中国自然观和人的观念的发展》，第259页。

③ 列子著，杨伯峻撰：《列子集释》，第6、66、206页。

④ 列子著，杨伯峻撰：《列子集释》，第9、10页。

状、形态和结构及其运化形成了天地人的复杂样态与变化范式。[①] 譬如《太平御览》中有关元气的收录。《太平御览》乃宋初官修“四大书”之一，类目全，资料多，勾稽历代佚文，是研究唐史的重要资料。首篇设“天部（一）”，将“元气”置于篇首，气与霜、雹、虹霓、雾等自然现象紧随其后，明确地将本体之气与具象之气区分开来，并引用二十几种古书对元气进行说明，如《河图》：“元气无形，汹汹蒙蒙，偃者为地，伏者为天也。”《家语》：“夫礼必本之太一，太一分为天地，转为阴阳，变为四时，列为鬼神。”《太平御览》特别收录汉以后诗赋中元气的用例，如杨雄（前53—18）《檄灵赋》：“自今推古，至于元气始化，古不览今，名号迭毁，请以《诗》《春秋》言之。”班固（32—92）《东都赋》：“万乐备，百礼暨，皇情浃，群臣醉，降烟煴，调元气。”陆机《云赋》：“摅神景于八幽，合洪化于烟煴，充宇宙以播象，协元气而齐勋。”潘岳（247—300）《西征赋》：“古往今来，邈矣悠哉，寥廓惚恍，化一气而甄三才。”[②] 从这些收录的材料中，我们不仅可以看到不同时期著述对元气含义的不同解说，而且可以看到元气范畴在不同领域的演变发展趋势。

作为宇宙之本原，元气是穷尽万物的终极性根据，也是一种充满生命原质的当下显现，因此可以有效地诠释生命物质与精神意识之缘起。元气乃天、地、人的根本，是人类一切生命存在与精神创造的基础，这在儒家、道家乃至道教思想中，并无根本不同。唐中期华严宗的宗密，在批判儒家经学和道家、道教这些中国本土思想时，就是以批判儒、道元气论为契机的。在《原人论》中，他把“道法自然，生于元气。元气生天地，天地生万物”的元气论视为儒道共同的形而上学，在他看来：“天地之气本无知也，人禀无知之气，安得欻起而有知乎？草木亦皆禀气，何不知乎？”[③] 宗密以元气之无知，来否定人的本原是元气，企图从根本上瓦解儒、道的宇宙生成论。

唐宋以后的元气思想发展中，柳宗元（773—819）是一个代表性人物，其“庞昧革化，惟元气存”[④] 的思想，是对汉代自然元气论的回归。柳氏认为天地未

① 譬如唐代道家谓“内气（即体内元气）”、北宋程颐谓“真元之气”，均指向先验之气，其意略同于元气。

② 以上引述，参见《太平御览》卷1，《四部丛刊》本。

③ 《大正藏》第45册。

④ 柳宗元：《柳宗元集》卷14，中华书局1979年版，第365页。

分之前，上有元气，天地既分之后，元气存在于天地之间，故《天说》：“彼上而玄者，世谓之天。下而黄者，世谓之地。浑然而中处者，世谓之元气。”[①]南宋真德秀（1178—1235）多有关于元气的论述，如《西山文集》卷二十八《日湖文集序》：

> 盖圣人之文，元气也，聚为日星之光，耀发为风尘之奇变，皆自然而然，非用力可至也。自是以降，则视其资之薄厚，与所蓄之浅深，不得而遁焉。故祥顺之人，其言婉，峭直之人，其言劲，嫚肆者无庄语，轻躁者无确词，此气之所发者然也。

西山视元气为宇宙之源、文章之本，如《跋豫章黄量诗卷》：“予谓天地间，清明纯粹之气盘薄充塞，无处不见，顾人所受如何耳。故德人得之以为德，材士得之以为材，好文者得之以为文，工诗者得之以为诗，皆是物也。”[②]作为南宋理学的总结性人物，真氏所阐扬的元气、纯粹之气，具有鲜明的形上意味[③]，在运思理路上，与理学家们阐释天地万物基始的路数如出一辙，乃儒学哲学化在文学思想领域的自然衍化。宋代以后，在宋儒迫切希望重建儒家形上体系的时代要求中，较之元气，理气的重要性也就更为明显地凸现出来。

（三）理气

理范畴的兴起虽然在先秦，但自宋明理学后，始成为中国哲学中最具说明力的形上范畴，并形成理与气二元并争的局面。理学家们或偏于理本，或偏于气本，或协调理气合一，这种本体之争，延续了五百多年，成为宋以后乃至近代思想史发展中一个绕不开的话题。

哲学意义上有关理的讨论，开始于战国时期，是诸子关于客观可知的原则、道理、规律的一个假定，兼及具体与抽象，是基于认识论领域的一个认知性范畴，有所谓“条理”、“文理”、“大理”、“通理”、“穷理”等说法，譬如：

---

① 柳宗元：《柳宗元集》卷16，第442页。

② 真德秀：《西山文集》卷34，文渊阁四库全书本。

③ 西山先生《西山文集》卷33有《夜气箴》，主要论述心性工夫。其论承朱子而来，所谓“夜气”，可养，但非先天，也明显带有形上的意味。

君子黄中通理。(《周易·坤·文言》)

易简而天下之理得矣。(《周易·系辞上》)

穷理尽性，以至于命。(《周易·说卦》)

金声也者，始条理也。玉振之也者，终条理也。始条理者，智之事也，终条理者，圣之事也。(《孟子·万章上》)

凡人之患，蔽于一曲而暗于大理。(《荀子·解蔽篇》)

依乎天理……因其固然。(《庄子·养生主》)

理者，成物之文也。道者，万物之所以成也。故曰："道、理之者也。"(《韩非子·解老》)

上述关于理的说法，无论是对天地之理的追究，或是人世之理的裁定（如《荀子·解蔽篇》谓"凡以知，人之性也；可以知，物之理也"），均肯定理之可知，理乃人之本性、物之本性。从诸子谈论的路数看，均出自认识论的路径，从个别抽象一般，从殊相演绎共相，体现出古代思想家认知能力达到一定程度后哲学思辨层面的自觉。

就哲学体系的构成看，理与气处于不同的意义层级。就基本属性而言，理是认知性范畴，气是倾向于宇宙生成的本体性范畴。就理论的关注点而言，气所关注的是物之本根、存在之实质、变化之过程，理所关注的是物之存在形式、变化法则、物物间关联与秩序，等等。以上所识，乃是认识宋以后理与气关系的前提。

就整体思想倾向而言，宋儒之学之所以被后世称为"理学"，那是因为他们都讲理或天理，理范畴在他们思想体系中占据了极为突出的地位。理学共同的特点，既不同于汉唐经学的宇宙论路数，也不同于魏晋玄学的本体论路数，而是以探究天道性命为主旨，融合宇宙本体和价值本体，追究天人学与性命学的合一，并使理范畴成为天道性命的最终依据。四库馆臣认为，汉以后易学流派的特色，"王弼尽黜象数，说以老庄，一变而胡瑗、程子，始言儒理"①，所谓的"儒理"，作为一种普遍的价值取向与信仰本原，与天道性命相关，与人伦道德相连，得到宋代理学家的一致认同。对此，汉学家认为，宋代"理气论"的出

① 永瑢等撰：《四库全书总目》卷1，中华书局1965年版，第1页。

现，乃是先秦以来“理”、“气”观念发展的延续，其动因来自此一时期形成的新天观，即北宋以来“天即理”这种宇宙与人相互联系、合而为一的新理观，是体系化的“理气论”形成的一种动因。① 这种说法是可信的。

在北宋早期理学家的思想中，理范畴的形上意味并不明显。譬如周敦颐认为：“礼，理也；乐，和也。阴阳理而后和。”②邵雍认为：“循理则为常，理之外则为异矣”③ 在他们看来，虽然万物皆有理的存在，但理范畴仍然是属于早期认识论范围的，其地位远远不能与太极、阴阳、天地等终极意义的范畴相比。对此，尔后的二程理论贡献极大。他们视理为构成万物的最根本元素，赋予其鲜明的本体特质，如云：“天下之理，未有不动而能恒者也。动则终而复始，所以恒而不穷。”④又云：“生生之理，自然不息。”⑤又云：“天者理也，神者妙万物而为言者也。”⑥又云：“物我一理，才明彼即晓此，合内外之道也。”⑦ 经由二程的理论努力，理范畴作为宇宙最高本体与万事万物最终依据的地位，终于得以提升。

在宋儒宇宙本体与价值本体合一的理论建构中，理的内涵不仅与天道性命的宇宙本体论结合在一起，也必然与仁、义、礼、智等伦理价值范畴结合在一起，这种宇宙论和价值论合一的倾向，在理学家的思想中多有体现。譬如二程认为：

> 仁者天下之正理，失正理则无序而不和。⑧
>
> 忠者天理，恕者人道……忠者体，恕者用，大本达道也。
>
> 然推本而言，礼只是一个序，乐只是一个和，只此两字，含蕴多少义理。
>
> 性即理也，所谓理，性是也。天下之理，原其所自来，未有不善。

---

① 参见［日］沟口雄三：《“理气论”的形成》，见王中江主编《中国观念史》，中州古籍出版社2005年版，第144页。

② 周敦颐：《周子通书·礼乐》，第36页。

③ 邵雍：《观物外篇》，《邵雍集》，第162页。

④ 程颢、程颐：《周易程氏传》卷3，《二程集》，第862页。

⑤ 程颢、程颐：《二程遗书》卷15，上海古籍出版社2000年版，第214页。

⑥ 程颢、程颐：《二程遗书》卷11，第178页。

⑦ 程颢、程颐：《二程遗书》卷18，第241页。

⑧ 程颢、程颐：《河南程氏经说》卷6，《二程集》，第1136页。

棣问："福善祸淫如何？"曰："此自然之理，善则有福，淫则有祸。"又问："天道如何？"曰："只是理，理便是天道也。"①

这种将理范畴与伦理道德观念融会贯通的做法，在尔后张载和南宋朱熹的思想中，也表现得极为明显。

张载的宇宙本体论，是以气为核心展开的。所谓气，乃是太和、太虚、太极的三位一体，世上万物包括天地山川乃至人之心性，均气化之产物。张载的本体论建构，既不同于周子讲宇宙演化，也不同于邵子讲先天后天，而是直接就太虚之气本体推出心性论，消解了传统宇宙生成论的路子，建构了一个较为纯粹的本体论理论形态。如《正蒙·太和篇》："由太虚，有天之名；由气化，有道之名；合虚与气，有性之名；合性与知觉，有心之名。"虽然重气，对于理，张子也相当重视，他肯定万物皆有理，《张子语录》上："理不在人皆在物，人但物中之一物耳。"《张子语录》中："万物皆有理，若不知穷理，如梦过一生。"《正蒙·太和篇》："天地之气，虽聚散、攻取百途，然其为理也顺而不妄。"② 对于理与气关系，虽然张子没有明确地论述，但他视气为最根本，理不过是气化过程中所产生的固有模式或秩序的这一层意思，还是很容易揣度出来的。同时，其明确的"穷理"意识，以及"闻见"小知与"德性"良知的区别，仍然是在知识论、认识论的框架内谈论的。船山认为，张载所谓的"太虚"和"天"，指未化的原始之气，此乃气之本体。如云："气不倚于化，元只气，故天即以气言，道即以天之化言，固不得谓离乎气而有天也……理即气之理……舍气言理，则不得以天为理矣。何也？天者，固积气者也。"③只有经过气化的过程，气化为刚柔、中正、仁义，这才叫作理，而阴阳和合、理气不分的浑沦之体乃是气之本体，亦称太极、天、诚。可见在船山的思想中，气乃本源，理乃气变化的条理，气中函理，气聚成形质，理即为形质之性，在此理论前提下，理气不离，互相为体。

毫无疑问，朱子视理为最根本的形上范畴，使之成为本体论和价值论的

① 程颢、程颐：《二程遗书》卷11、18、22上，第170、276、347、345页。

② 张载：《张载集》，第9、313、321、7页。

③ 王夫之：《读四书大全说》卷10，第718—719页。

大本大原，而不是知识论、认识论的原则。在《太极图说解》中，他视周子之“无极”为理的一个属性，在《周易本义》中，他用理来解释易学中的诸多基本概念及其演变过程，如“太极”、“形”、“道”、“会通”等。对朱子而言，理代表事物的本体构成与终极本原，理的存在先于物，无论一物存在与否，均有理，存在有存在之理，不存在有不存在之理。理具有普适性，其原则适合于天、地、人，于人就是仁义道德，于万物就是元亨利贞，“所以然”与“所当然”是相互统一的。

正是基于这样坚定的本体论认识，决定朱子对理与气的定位。虽然他大体上肯定了没有无理之气，也没有无气之理，如云：“天下未有无理之气，亦未有无气之理。”①也承认两者不可分，如云：“在物上看，则二物浑沦，不可分开各在一处。”②但对于两者的关系，则明确断定在逻辑与时间的先后上，理为根本。如云：“若论本原，既有理而后有气，故理不可以偏全论；若论禀赋，则有是气而后理随以具，故有是气则有是理。”③又云：“天地间有理有气。理也者，形而上之道，生物之本也。气也者，形而下之器也，生物之具也。是以人物之生，必禀此理然后有性，必禀此气然后有形。”④朱熹与弟子多次讨论理气先后的问题，《语类》有很多这样的记载，如云：“理在先，气在后。”⑤又云：“理有动静，理不可见，因阴阳而后知，理搭在阴阳上，如人跨马相似。”⑥按照朱子的说法，从生成论来看，理与气没有先后可言；从本体论来看，理先气后，理体气用，理随气行。朱子的这种观点，虽然认识到了理气之间的二元对待性，但忽略了理气之间的整体合一性，从而陷于二元论的困境。所以贺麟先生认为，朱子的理老是被气纠缠，欲摆脱气而永远摆脱不开，欲克制气又恐克制不了。既不能把理气合而为一，又不能把理气析而为二，所以真是困难极了，费了九牛二虎之力，好容易得出几条结论：就逻辑而论，“理先于气”；就形而上学而论，“理形而上，气形而下”；就价值而论，理无不善，气有清浊纯杂；就修养

① 朱熹著，黎靖德编，王星贤点校：《朱子语类》卷1《理气上》，第2页。
② 朱熹：《答刘叔文》，《晦庵先生朱文公文集》卷46，《朱子全书》第22册，第2146页。
③ 朱熹：《答赵致道》，《晦庵先生朱文公文集》卷59，《朱子全书》第23册，第2863页。
④ 朱熹：《答黄道夫》，《晦庵先生朱文公文集》卷58，《朱子全书》第23册，第2755页。
⑤ 朱熹著，黎靖德编，王星贤点校：《朱子语类》卷1《理气上》，第3页。
⑥ 朱熹著，黎靖德编，王星贤点校：《朱子语类》卷94《周子之书》，第2374页。

而论，“变化气质”，“去人欲存天理”。①

总体而言，理与气的关系具有两重性，既对待立义，又整体合一，两者不可分，没有时间和逻辑上的先后。关于这一点，明道先生看得很清楚：

> 论性不论气，不备；论气不论性，不明。二之则不是。
>
> 天地万物之理，无独必有对，皆自然而然。②

对于理与气的关系，业已揭橥得颇为明晰，可惜后儒各执一端，形成了理气二元的状况。理学诸家，在本体论上均注重理与气之间的对待关系，他们处于同一思想系统，虽有争议，但只是研究角度各有不同，在宇宙论、本体论、价值论、人性论、认识论上各有偏颇而已。宋儒及其后学围绕理气的争论，在客观上拓展了儒学宇宙论、本体论的高度，以及人性论、认识论的视野乃至政治伦理思想的内涵，提高了理学的哲学思辨性，对于整个中国古代形上学的发展贡献极大。

对于理气问题，王夫之的论述是带有总结意义的。《思问录》内篇：“气者，理之依也。气盛则理达。天积其健盛之气，故秩序条理，精密变化而日新。故天子之齐，日膳大牢，以充气而达诚也。天地之产，皆精微茂美之气所成。人取精以养生，莫非天也。气之所自盛，诚之所自凝，理之所自给，推其所自来，皆天地精微茂美之化，其酝酿变化，初不丧其至善之用。释氏斥之为鼓粥饭气，道家斥之为后天之阴，悍而愚矣。”③也就是说，气是理所凭借的载体和基础，气之健、盛才能导致理之通达。天地间积存的气刚健茂盛，不仅使得气的秩序条理精密，而且使得气的变化日新不断。天地间的一切物产均来源于“精微茂美之气”，气、诚、理也无不源自天地之气化。在船山看来，“精微茂美之气”的絪緼变化，具有至善的作用，道家将其贬斥为“后天之阴”，释家将其贬斥为“鼓粥饭气”，均未能认识到气作为本体的本源价值与道德力量。

今人成中英先生通过对《易经》六十四卦和《彖传》、《象传》的分析，重新诠释理气的问题。他认为，从形而上方面言之，气是创造的来源与本体，理

① 参见贺麟：《贺麟选集》，吉林人民出版社2005年版，第214—215页。

② 程颢、程颐：《二程遗书》卷6、11，第132、167页。

③ 王夫之：《船山全书》第12册，第419—420页。

是具有创造力的气的条理化与分殊化活动。气的活动在具体的事物中显露出来，就是理；从逻辑方面言之，气是主词，理则是气的谓词或属性。理是气形成秩序、分殊、平衡、和谐、统一、分类、关系和组织的活动，是气活动之最后产物。理是无限的，因为气具有无限的可能性。在任何情况下，两者均不可二分或析离。[①]成氏所论，颇多新创，也为近年来此一领域的研究，提供了极具启发性的思路。

三　精神之气

再次看“精神之气”，这是与人的精神生活联系得最为密切的，也是直接与文学艺术实践活动紧密相关的超越之气。“精神之气”的存在，源自人的精神存在与审美追求，它既是“具象之气”气化于人后所派生的心灵活动与生命境界，也是古人之于“本体之气”的玄想与冥思。在天地人的大化流行、生生不息循环往复中，如何充实并培育“精神之气”，并迈向更高的超越境界，成为古代思想家孜孜以求的共同目标，虽然关注的层面不一，解决的方法不同。在古人的一般认知逻辑中，气化的过程是永恒的，人的存在只是宇宙气化过程中的一个存在链条而已，各种自然之气的内化，培育了人的先天质素，如知、情、理、志等，再通过后天的养气养性与修为导引，转化为才、胆、识、意、神、风、骨、味、趣、力、势、韵等心理状态或精神品相，外显在各种人文活动与审美创造中，从而呈现出层次各异、气象万千的“精神之气”。如果说生理、心理之气乃生命根源的话，那么“精神之气”便是生命本体的呈现，日本学者铃木虎雄（1878—1963）将气定义为“精神的活力”[②]，大抵也是相同的意思。

最早对“精神之气”进行系统探讨的是孟子，与上下天地同流的“浩然之气”，便是孟学理想状态的“精神之气”。有关孟子志气、养气的含义，历代众说纷纭，除传统心性路数的“即心言心”、“即气论气”外，还有近年来“身体哲学”的新动向，各家解说互有出入。20世纪30年代，钱穆先生在讲解《孟子》时认为，欲探究孟子原意，最佳方法当取自《孟子》一书，因而在论及孟子政治主

---

① ［美］成中英：《易学本体论》，第123—126页。

② ［日］铃木虎雄：《中国诗论史》，许总译，广西人民出版社1989版，第38页。

张、对同时代学者评价、尚论古先圣哲以及性善论与修养论诸问题时，皆以孟子所言者、所用之辞、所用事证来阐明其自用之观念。① 本着这种研究方法，也许可以破除历代对孟子气论认知的蔽见。

在《孟子·公孙丑上》中，有关“知言养气”的论述，开始于公孙丑和孟子关于“动心”问题的讨论。虽然他们之间的讨论是从政治功业开端的，但孟子很快就将话题引入自己熟悉的心性道德话语中，分析自己与告子达到“不动心”境界与方法的不同，很典型地表现了儒家一系将政治伦理与道德修养融为一体的路数。我们先来看原文：

> 公孙丑问曰：“夫子加齐之卿相，得行道焉，虽由此霸王，不异矣。如此，则动心否乎？”孟子曰：“否，我四十不动心。”曰：“若是，则夫子过孟贲远矣。”曰：“是不难，告子先我不动心。”
>
> 曰：“敢问夫子之不动心与告子之不动心，可得闻与？”“告子曰：‘不得于言，勿求于心；不得于心，勿求于气。’不得于心，勿求于气，可。不得于言，勿求于心，不可。夫志，气之帅也。气，体之充也。夫志至焉，气次焉。故曰持其志，无暴其气。”
>
> “敢问夫子恶乎长？”曰：“我知言，我善养吾浩然之气。”“敢问何谓浩然之气？”曰：“难言也。其为气也，至大至刚，以直养而无害，则塞于天地之间。其为气也，配义与道。无是，馁也。是集义所生者，非义袭而取之也。行有不慊于心，则馁矣。我故曰：告子未尝知义，以其外之也。必有事焉而勿正，心勿忘，勿助长也。”
>
> “何谓知言？”曰：“诐辞知其所蔽，淫辞知其所陷，邪辞知其所离，遁辞知其所穷。生于其心，害于其政；发于其政，害于其事。圣人复起，必从吾言矣。”

这一大段话是孟子论气思想的集中阐述，其中涉及气学几个层面的意义：一为宇宙层面的意义（“其为气也，至大至刚，以直养而无害，则塞于天地之间”），一为道德层面的意义（“其为气也，配义与道；无是，馁也”），一为生理

① 钱穆：《孟子要略》，《钱宾四先生全集》卷2，第163—281页。

层面的意义（“气，体之充也”），这些多重特征辩证地结合在人的主体性认识中，贯通于宇宙世界与人伦世界，既是经验的，又是超验的。[①] 正因为具有多层面的特点，无法客观地说明其存在状态，也无法为其下一个确切定义，所以对于“浩然之气”，孟子总的判断是“难言”，对气为何物并无明确断言，而是主要围绕着几组关系来谈论，如“不动心”与气的关系、勇与气的关系、“知言”与养气的关系，等等，因而也留下了很多问题。

上述《知言养气章》的这一段文字，涉及的核心问题颇多，古今中外学者都极为关注，由此展开的争论牵扯到诠释者的立场、心态、方法的诸多方面，如果单从问题意识的独立性来看，英国分析哲学家瑞恰兹（L.A.Richards）的《孟子心论》（*Mencius on the Mind: Experiments in Multiple Definition*）一书，提到孟学心论研究中的十二个问题，其中包括：

（1）孟子所谓“性”的含义何在？

（2）“心”的含义何在？

（3）“志”的含义何在？

（4）“心”、“性”、“志”有何关系？

（5）“性”与“四端”有何关系？

（6）以上各项与“仁”、“义”、“礼”、“智”又有何关系？

（7）“仁”、“义”、“礼”、“智”应作何解？

（8）“仁”、“义”、“礼”、“智”与其他诸德（如理或道）有何关系？

（9）“欲”从何而来？

（10）“气”指何而言？

（11）“气”与“志”之关系？又如何与“四端”等发生关系？

（12）“气”又与不动之“心”有何关系？[②]

---

① 朱熹在《孟子集注》（卷3）中，对“浩然之气”兼具宇宙意义和伦理色彩的特征，有深入诠释。比如解释“其为气也，至大至刚，以直养而无害，则塞于天地之间”一段认为：“至大初无限量，至刚不可屈挠。盖天地之正气，而人得以生者，其体段本如是也。”又如解释“其为气也，配义与道；无是，馁也”一段认为：“配者，合而有助之意。义者，人心之裁制。道者，天理之自然。”（《四书章句集注》，第231页）

② 转引自黄俊杰：《中国孟学诠释史论》，第9—10页。

全书的第三章《孟子心学》，主要就是围绕上述问题展开的，虽然其中的若干观念及结论，中国学者大都耳熟能详，但是瑞恰兹所提出的十二个问题，特别是其分析哲学的路数，对于从观念史的角度重新审视孟学思想体系，尤其是气与其他范畴在层级意义上的区别，仍然是颇具启发意义的。

根据这样的思路，我们可以梳理出孟子思想中涉及气学的，至少有这样两个面向：一是气与志、心等的关系问题，一是养气的问题，尤其“知言”与养气的先后关系。前者涉及气学结构论与形态论等知识层面的问题，后者涉及气学方法论和境界论等价值层面的问题，是后世心性修养、穷理格物乃至文艺创作与鉴赏批评的理论源头。由于孟子思想复杂多面，涉及早期气学思想体系建构中若干重要问题的引出，因此，上述两方面的问题，我们将分别在“文气话语的结构形态”、“文气话语的价值体系”中讨论，本节则重点研讨“浩然之气”的问题。

在孟学整体思想系统中考察，所谓“浩然之气”，乃盛大流行之气，乃纯一之气，是尽心、知天以后，弥漫在天地间的存在，因此，“浩然之气”是一个既实存又超越的概念，伴随着主体的活动而不断地显现出道德力量、精神向度与人格光辉等多重意蕴。譬如苏轼评价中唐韩愈文章的超越意义，就借用“浩然之气”的精神底蕴，《潮州韩文公庙碑》云：

> 匹夫而为百世师，一言而为天下法。是皆有以参天地之化，关盛衰之运。其生也有自来，其逝也有所为。故申、吕自岳降，傅说为列星，古今所传，不可诬也。孟子曰：“我善养吾浩然之气。”是气也，寓于寻常之中，而塞乎天地之间。卒然遇之，则王公失其贵，晋、楚失其富，良、平失其智，贲、育失其勇，仪、秦失其辩。是孰使之然哉？其必有不依形而立，不恃力而行，不待生而存，不随死而亡者矣。故在天为星辰，在地为河岳。幽则为鬼神，而明则复为人。此理之常，无足怪者。
>
> 自东汉以来，道丧文弊，异端并起，历唐贞观、开元之盛，辅以房、杜、姚、宋而不能救。独韩文公起布衣，谈笑而麾之，天下靡然从公，复归于正，盖三百年于此矣。文起八代之衰，而道济天下之溺，忠犯人主之怒，而勇夺三军之帅，此非参天地，关盛衰，浩然而独存者乎？①

---

① 苏轼著，孔凡礼点校：《苏轼文集》卷17，中华书局1986年版，第508—509页。

东坡所谓“气”，虽然源自孟子，但与孟学视“浩然之气”为道德意义上的自我挺立不同，苏轼之气，“寓于寻常之中，而塞乎天地之间”，“不依形而立，不恃力而行，不待生而存，不随死而亡”，可以使“王公失其贵，晋、楚失其富，良、平失其智，贲、育失其勇，仪、秦失其辩”，不随人的意志为转移，是一种独立自主的精神存在。在东坡看来，“浩然之气”的形成是一个道德提升与境界培育的过程，生理层面的气须经由道德层面的转化，才能“塞于天地之间”，践形于人之“四体”。此气，能够挽道之丧、文之弊，从而“参天地”、“关盛衰”，实现精神化、价值化的转换，成为超越层面的“精神之气”。苏轼的阐发，将孟子“浩然之气”提升到一个新的层面，影响极为深远。

“浩然之气”的状态，是一个天地人合一、内圣外王不二的境界。这种境界集知识、信仰、价值、情操于一体，是长期以来道德行为的累积、伦理情感的约束以及德义的高度自觉而达致的一种内外交辉的精神状态。朱子《集注》引程子言：“天人一也，更不分别。浩然之气，乃吾气也。养而无害，则塞乎天地。”[1] 对于朱子的说法，徐复观先生认为：“诚如朱元晦所说，气和浩然之气，原非二物，都是人的生命力，不过浩然之气是经过塑造而向志升华后的生命力……又程、朱在这种地方牵连到天地之气上面去说，这实是自汉以来的歧出，没有什么意义。浩然之气，是人格向上的统一完成的一种气象。”[2] 在此，徐先生点出先秦子学与汉唐经学乃至宋明理学，在气学价值取向的相异之处，那就是孟学心性内圣倾向与汉儒天人宇宙倾向以及宋儒形上本体倾向的不同。

关于孟子在《知言养气章》中，为何单单说“配义与道”，朱子是这样解释的：

问：“气之所配者广矣，何故只说义与道？”

曰：“道是体，义是用。程子曰：‘在物为理，处物为义。’道则是物我公共自然之理；义则吾心之能断制者，所用以处此理者也。”

“其为气，配义与道；无是，馁也。”配，合也。义者，人心节制之用；道者，人事当然之理。”[3]

---

① 朱熹：《孟子集注》卷3，《四书章句集注》，第231页。

② 徐复观：《中国思想史论集》，第127页。

③ 朱熹著，黎靖德编，王星贤点校：《朱子语类》卷52《孟子二》，第1256页。

朱子认为，“道”乃是体，是共相，“气”乃是用，是殊相。近人郭沫若先生（1892—1978）认为孟子“浩然之气”的说法，来自管子一派，“配义与道”的“道”正是道家思想中的“道”，他据此推测，孟子可能是袭自宋尹学派。[①]这种说法有待商榷，我们知道，以道、气为核心的话语系统，是中国古代形上学的本原，也是古代思想家的公共论域。孟学之特色，在于将气与道、心、志等观念整合在一起，并通过养气、持志、存心、践形的修养工夫，达致天人贯通、物我合一的超越境地。

作为古代“精神之气”的突出代表，孟子所谓“浩然之气”，兼有心理、生理、伦理的多重意蕴。这种与主体意志联系的精神力量，往复于“塞乎天地之间”的宇宙世界与“以直养而无害”的人文世界，统摄宇宙秩序与人文秩序，使天道与人伦贯通为一。要实现孟子理想人格的若干规定（《尽心下》所谓“善、美、大、圣、神”），一方面，人内在潜能需要培育、升华（《告子上》所谓“五谷者，种之美者也。苟为不熟，不如荑稗。夫仁亦在乎熟之而已矣”），由先天善端的培育而返归本心、本性；另一方面，需要养气的方式培育主体的道德人格及其使命意识与社会责任（《告子下》所谓“苦其心志，劳其筋骨，饿其体肤，空乏其身”），实现本然的我与理想的我的合一，这种充分实现、证立的主体之气，便是孟学伦理实践逻辑的一环——“浩然之气”。“浩然之气”的存在，首先是充满身体的，是心身实践修炼的环节，因而是与血气、勇气关联的；其次，“浩然之气”的终极目的是充溢于天地之间，故而又是与天地之气、本体之气联系在一起的[②]；最后，“浩然之气”的养成，常常与先在的理性法则、伦理逻辑相关联，因而又具有价值优先的原则。[③]

在20世纪末的二十年间，马王堆汉墓和郭店楚墓两次出土《五行》篇，为研究孟子后学思想提供了有力的材料。对此，学术界观点不一，学者从历史考

---

① 郭沫若:《宋钘尹文遗著考》,《青铜时代》，科学出版社1957年版，第245—270页。

② 关于人身之气与浩然之气的关系，朱子说得很明白:“气，只是一个气，但从义理中出来者，即浩然之气；从血肉身中出来者，为血气之气耳。”（《朱子语类》卷52，第1243页）

③ 譬如陈来先生认为，“浩然之气”不是“平常心”，而是一种特别的生理心理体验。当人为一种崇高的正义感所激励、支配、充满时，会有一种强烈的内在充实的感受。平常语所谓“理直气壮”正是描述的这种感受机制。参见陈来:《有无之境——王阳明哲学的精神》，生活·读书·新知三联书店2009年版，第349页。

古、文献训诂、思想史角度提出了不同的看法。①在孟子的身心观中，以心摄身、身心合一，《孟子·尽心上》所谓“君子所性，仁、义、礼、智。根于心，其生色也，睟然见于面，盎于背，施于四体。四体不言而喻”，两者是一个有机的整体，《五行》中提出的“仁、义、礼、智、圣”之五行“形于内”，与“不形于内”之行，则显现出内外的差别。②从人文创造的角度看，五德之行（“仁、义、礼、智、圣”）的运化流行，“精神之气”向内蓄养、扩充，向外朗现、体证，由此成就了作者在内外两个向度的出入、吐纳之功，内在化地改变作者的身心结构与创作意图，五德之气同步流行，外在化地影响作品的词句章法与风格气象。因此，这种作者“精神之气”的内在扩充与外在显现是一体两面、互通互证的关系。

在古代文学思想的批评视野中，“浩然之气”犹如一个巨大的信仰支柱，成为历代诗文评中道德理想的标杆，常常出现在古人谈文论艺，尤其是在作家品评中。譬如元代刘将孙在比较韩愈与苏轼之文才时，发挥孟子“浩然之气”的意思，如云：“文以气为主，非主于气也，乃其中有所主，则其气浩然，流动充满而无不达，遂若气为之主耳。故文之盛也，如风雨骤至，山川草木皆为之变；如江河浩渺，波涛平骇，各一其势。大之而金石制作，歌明堂而颂清庙……故昌黎之古文，其小律小绝无不精妙。东坡之大才，其回文丽句各极体裁，或有谓能文不能诗，能诗不能文者，皆其主弱而气易衰也。”③ 明人王文禄也认为：“诗文之妙，非命世之才不能也。惟养浩然之气，塞乎天地之间，始能驱一世而命之也。若执化工之柄，阴符曰天地在于手，宇宙生于心。悟此者，可与论

① 相关论述，参考庞朴先生《竹帛〈五行〉篇校注》（《庞朴文集》卷2，山东大学出版社2005年版，第117—151页）、郭齐勇先生《郭店儒家简与孟子心性论》（《武汉大学学报》1999年第5期）、黄俊杰先生《马王堆帛书〈五行篇〉“形于内”的意涵——孟子后学身心观中的一个关键问题》（收入杨儒宾先生主编《中国古代思想中的气论与身体观》，台北巨流图书公司1993年版，第353—367页）、杨儒宾先生《德之行与德之气——帛书〈五行篇〉、〈德圣篇〉论道德、心性与形体的关系》（见钟彩钧主编：《中国文哲研究的回顾与展望论文集》，台北“中央研究院”中国文哲研究所筹备处1992年版，第417—448页）。

② 对此，梁涛先生认为，《五行》所谓“仁、义、礼、智、圣”，实则为仁气、义气、礼气，是将其看成道德生命扩充、发展、实现的过程，看作由内而外的外推显现过程。参见梁涛：《郭店竹简与思孟学派》，人民大学出版社2008年版，第199页。

③ 刘将孙：《谭村西诗文序》，见陶秋英编选《宋金元文论选》，第552页。

诗文也。”[①]清人沈德潜（1673—1769）以“浩然之气”论诗，他认为：“文以养气为归，诗亦如之。七言古或杂以两言、三言、四言、五六言，皆七言之短句也。或杂以八九言、十余言，皆伸以长句，而故欲振荡其势，回旋其姿也。其间忽疾忽徐，忽翕忽张，忽渟潆，忽转掣，乍阴乍阳，屡迁光景，莫不有浩气鼓荡其机，如吹万之不穷，如江河之滔莽而奔放，斯长篇之能事极矣。四语一转，蝉联而下，特初唐人一法，所谓‘王杨卢骆当时体’也。”[②]清代《静居绪言》以“浩然之气”论李杜文才，如云：“人以李、杜为才大，未也。李、杜之高凌八代，俛视一切者，气之大也。气大则宏中肆外，致广尽微而有余。然莫作矜才使气看，亦如孟子所谓浩然之气，养而充者也。使气之气也浮躁，气盛之气也从容，使气之气鼓激而有之，气盛之气得之自在者也。”[③]清人管同（1780—1831）认为：“日蓄吾浩然之气，绝其卑靡，遏其鄙吝，使夫为体也常宏，而其为用也常毅，则一旦随其所发，而至大至刚之概，可以塞乎天地之间矣。如此则学问成，而其文亦随之以至矣。”[④]凡此种种，均旨在强调“浩然之气”与文章之气乃至学问人生之间，存在着内在的精神转化，因而具有相同的道德属性与审美品格。

本节对“精神之气”的论述，主要是以孟子论气尤其是“浩然之气”为问题意识展开的。值得注意的是，作为一个共同关注的话题，先秦诸子对于“精神之气”在思想体系建构中的意义，有着高度的理论自觉。就儒学内部而言，譬如孟子之气与荀子之气，就儒学外部而言，譬如孟子之气与庄子之气，均与晚周的整体学术氛围相呼应，只是在价值取向、政治立场及其相关的应对策略上，各有不同。

在实践功夫论层面，孟子偏于内圣的规范，荀子偏于外王的规范，互相弥补，共同发挥了孔子在道德实践上内外并重的传统，这大约是学界的一般看法。但值得注意的是，在有关气的思想，尤其是在养气问题上，两者的表述显得颇为相似，并没有明显的不同。譬如《荀子·修身篇》论“治气养心之术”，荀

① 王文禄：《诗的》，丛书集成本，第26页。

② 沈德潜：《说诗晬语》，见丁福保编《清诗话》下，中华书局1963年版，第535页。

③ 佚名：《静居绪言》，见郭绍虞编《清诗话续编》下，上海古籍出版社1983年版，第1638页。

④ 管同：《与友人论文书》，《因寄轩文初集》卷6，续修四库全书本。

子认为："治气养心之术：血气刚强，则柔之以调和；知虑渐深，则一之以易良；勇胆猛戾，则辅之以道顺；齐给便利，则节之以动止；狭隘褊小，则廓之以广大；卑湿、重迟、贪利，则抗之以高志；庸众驽散，则劫之以师友；怠慢僄弃，则炤之以祸灾；愚款端悫，则合之以礼乐，通之以思索。凡治气养心之术，莫径由礼，莫要得师，莫神一好。夫是之谓治气养心之术也。"荀子重视礼法等外在制度的建设，这是学界业已公认的，同时，作为先秦诸子中思想体系最为完备的集大成者，荀子对于内在的身心修养功夫，也并没有忽视。其"治气养心之术"与孟子尽心、知言、养气的表述，没有根本的对立，且《荀子·劝学篇》谓"君子之学，入乎耳，著乎心，布乎四体，形乎动静"，与《孟子·尽心上》谓"君子所性，仁、义、礼、智。根于心，其生色也，睟然见于面，盎于背，施于四体。四体不言而喻"，如出一辙。《荀子·不苟篇》谓"君子养心莫善于诚，致诚则无它事矣。唯仁之为守，唯义之为行。诚心守仁则形，形则神，神则能化矣。诚心行义则理，理则明，明则能变矣。变化代兴，谓之天德"，这与《中庸》谓"诚则形，形则著，著则明，明则动，动则变，变则化"，更是神似。① 孟、荀的不同，多体现在问题的论证维度，尤其是信仰立场与方法路径上。孟子高扬主体性，确信"气—志—言"的整体合一，在他看来，儒者的养气乃是本心由内而外地不断自我提升；荀子并不认为养气可以由内而外地自我主宰，在他看来，礼才是价值的本源，因此，养气必须施以礼的外在规范与法的外力约束。究其根源，孟、荀的不同，大约是人性论在气论诸问题上的自然延伸。

如果说，孟子之气重在价值及道德层面的理论构建，那么庄子之气则重在认识及审美超越层面的理论构建。② 同为"精神之气"的论述，庄子之气有两个面向：一是万物本体及其达致途径，一是审美境界及其超越意义。这涉及庄

① 当然，我们也应该充分重视到荀子思想的复杂性及矛盾处，早期在稷下学宫为祭酒时，受到思孟与稷下道家思想的影响，晚年思想体系成熟，且势力坐大，故而对思孟在内的"十二子"进行批驳。参见廖名春：《荀子新探》，台北文津出版社1994年；《〈荀子〉各篇写作年代考》，《中国学术史新证》，四川大学出版社2005年版，第536—546页。

② 孟子和庄子在气论的不同价值取向，是当代学者共同关注的问题。譬如刘若愚先生认为，庄子的气所表示的是"精神"或一个人领悟"道"的那种直觉的、超理性的能力；孟子的气是"体之充"的一种生命力，是"集义所生者"。庄子之气是形而上的，孟子之气是伦

子对道气、神气、“虚静”的论述，以及围绕“听之以气”、“圣人贵精”、“圣人贵一”等命题的阐释。比较而言，先秦思想家中，庄子对宇宙本体的兴趣更为浓厚。作为一个观念性的范畴，庄子之气被赋予“阴阳”、“一”、“纯”的含义，在思想建构中具有重要的作用。从“通天地一气”、“道通为一”、“万物一也”的说法来看，庄子持道气同一的观点。更深一步看，作为一种“纯气”的状态，庄子之“虚静”、“心斋”、“坐忘”、“凝神”，是达道的唯一途径，在道气合一、神气相通的理论假设下，顺天而行，以天合天，方能达致“万物为一”、“与天为一”的状态。庄子认识论的精华，在于“听之以气”命题的提出，这种“听之以气”的认识方式，不同于感性认识，也不同于理性认识，而是一种带有强烈气学色彩的悟性思维，这与“心斋”谓“以虚为要”，“虚静”谓“专一心志”，有异曲同工之妙。对于上述问题，本书在其他章节亦有详细论述。

第三节　思想史视野中的气学解释——以汉学为例

曹魏太和年间（227—232）博士张揖，为增广《尔雅》，广泛搜集作《广雅》，凡汉代以前经传的训诂，包括《楚辞》、《汉赋》注释，以及汉代字书《方言》、《说文解字》等解说，均囊括其中。对于开天辟地，他是这样解释的：

> 太初，气之始也，生于酉仲，清浊未分也。太始，形之始也，生于戌仲，清者为精，浊者为形也。太素，质之始也，生于亥仲，已有素朴而未散也。三气相接，至于子仲，剖判分离，轻清者上为天，重浊者下为地，中和为万物。①

理学的，也是心理学兼生理学的。参见刘若愚：《中国的文学理论》，田守真、饶曙光译，四川人民出版社1987年版，第49页。杨儒宾先生认为，庄子与孟子都强调身体的精神化，庄子的精神是指虚灵心，是要将学者带回到一种无社会意识、无伦理关系、无建构内容的深层意识；孟子的精神是指道德心，具有规范的作用，要进入伦理的关系网络中才能朗现出来，乃先天与后天、超越与社会的统一。参见杨儒宾：《支离与践形》，《中国古代思想中的气论与身体观》，台湾巨流图书公司1993年版，第445—446页。

① 《广雅·释天》，文渊阁四库全书本。

鉴于《广雅》是具有类书性质的辞书，因而这种以“太易”、“三气”、“四始”为核心的宇宙解释系统，应该是当时公认的一般说法，亦可视为汉人气学思想的一个总括。自战国以来的宇宙生成论中，气是宇宙万物的本原，自生而自化，存在于有无、形神、动静之间，无论是宇宙意义上的有形之物，或是本体意义上的无形之物，均为气的存在方式，受制于阴阳二气与五行之气的运动化生，以及一气流动的循环往复，形成了一个万物相通、天地一体的整体世界。在古人探索世界本原和变化法则的思想历程中，气学解释系统无疑是极为有效且具有可操作性的，这种世界观和方法论的定型，汉人的贡献尤为巨大，其中董仲舒以阴阳释《春秋》，象数派的卦气说以及刘劭的《人物志》，是标志性的理论范式。

一

考察战国至秦汉以来的宇宙生成论，最重要的文献就是《吕氏春秋》和《淮南子》[①]，其后董仲舒整合了战国以来天人、阴阳、五行、四时、四方的宇宙观念，并与儒家的伦理道德观念相结合，成就了以“天人感应”为基础的“《春秋》阴阳说”。虽然自汉人起，就视邹衍为阴阳五行学派的创始人[②]，但从现存有关邹衍的资料来看，其思想核心是“五德终始说”[③]，其中并无阴阳观念，因此，即使兼谈阴阳与五行，在邹子这里，两套理论尚未完全融合，真正将阴阳五行与“三才”融合为一，并建立了完整理论形态的是董仲舒，他是这一套解释系统的最终完成者，所以班固《汉书·五行志》认为“董仲舒治《公羊春秋》，始推阴阳，为

① 被视为杂家的《吕氏春秋》，依天道循环，将天象、物候、农事、政事与人事，按阴阳五行之法则、四时运动之次序、十二纪之配伍整合，形成了一个完整的道→阴阳→四时→五行的宇宙时空模式，成就了《情欲》所谓“人之与天地也同，万物之形虽异，其情一体也”的天、地、人法则。在宇宙论的时空建构上，《淮南子》更为宏大玄妙，譬如《原道训》以道贯通天、地、人三界，《俶真训》以阴阳、天地、四时解释宇宙缘起，《天文训》、《地形训》、《时则训》诸篇以时空关系串连天地万物，形成《要略》所谓“纪纲道德，经纬人事，上考之天，下揆之地，中通诸理”的整体知识构架。

② 譬如《史记·孟子荀卿列传》谓“深观阴阳消息而作怪迂之变，终始大圣之篇十余万言”，《封禅书》谓“以阴阳主运显于诸侯”，《孟子荀卿列传》谓“先验小物，推而大之，至于无垠”。

③ 按照《吕氏春秋·应同》篇的记载，所谓“五德”，即五行之德，当具有五行之一的德者出现时，天将降下吉祥的符应，以显示君权受命于天，每代皆得“五德”之一“德”，而

儒者宗”[①]，近代梁启超先生也认为董仲舒才是阴阳五行的创立者[②]。

董仲舒气学思想体系的特点在于，将阴阳五行与天道组合成一个整体。《春秋繁露·天地阴阳》认为，世界是由天、地、人、阴、阳、木、火、土、金、水十种要素构成的，至于其间关系，《五行相生》云：“天地之气，合而为一，分为阴阳，判为四时，列为五行。”[③]在天地人的框架内，以元气为出发点，阴阳五行为联结范畴，将天地、四时、人事乃至政治历史、道德伦理融通为一，故《天地阴阳》云：“明阳阴、入出、实虚之处，所以观天之志。辨五行之本末顺逆，小大广狭，所以观天道也。”[④]在其理论体系中，阴阳五行并无确定的内涵，也没有确定的外延，而是涵盖了自然与社会、物质与精神各个层面，成为解释天、地、人一切存在的终极依据之一。可以说，经由董仲舒专精一思的用力，“三才”与阴阳、五行真正合一了。

阴阳五行理论的形成，是特定历史时期的时代精神需要与气学思维发展的必然逻辑共同熔铸而成的。在战国末期合流之前，阴阳五行经历了漫长的独立发展时期，从邹衍到董仲舒，阴阳五行学说始完成。后世论者在谈及阴阳五行合流的问题时，往往强调邹子言此以求显达于诸侯，董仲舒言此为“大一统”寻找理论依据等外在缘由，但是我们也要看到，两者之所以能够合二为一，有特定的思想文化背景下特殊人物的创见等外因，其理论发展的内在要求也是重要的原因。首先，五行是在阴阳基础上产生的。宇宙本源于气，阴阳之气交错产生春、夏、秋、冬四时，阴阳相推、四时更迭形成生、长、化、收、藏五阶段，由此才形成了万物之五行结构与五行运动。其次，五行是阴阳的具体化。阴阳学说源于人们对自然界中一些显而易见的对待立义现象的观察和归

能推翻前代，以其“德”能克前代之“德”，如黄帝之时“土气胜”，禹之时“木气胜”、汤之时“金气胜”，文王之时“火气胜”等，“五行之气”的流转与王朝更迭一一对应。秦始皇相信此说，定服色为黑色，改黄河为德水，以适应水德制度的要求，他是中国历史上第一个将五行学说纳入国家意识形态的帝王。汉代秦后，亦承秦制，自称为土德。“五德始终说”在秦汉时期发挥了重要的政治作用。

① 班固撰，颜师古注：《汉书》卷27上，第1317页。

② 梁启超：《阴阳五行说之来历》，见《古史辨》第5册，上海古籍出版社1982年重印，第343页。

③ 董仲舒著，苏舆义证：《春秋繁露义证》，第362页。

④ 董仲舒著，苏舆义证：《春秋繁露义证》，第467页。

纳，所揭示的是宇宙万物之间最一般的联系与法则，故《黄帝内经·阴阳应象》云："阴阳者，天地之道也，万物之纲纪。"但问题在于，阴阳的解释模式是一个抽象的理论系统，虽然涵盖自然、物质、生命、精神、伦理、社会诸方面，却没有明确的内涵、外延指涉，它可以解释一切，却又无法具体地说明系统内部结构的复杂状况，因而如何使之具体化正是五行所要解决的问题。与解释宇宙普遍联系与发展动因的阴阳不同，五行把整个宇宙看作一个五行法则构成的系统，它以四时和五方为核心，通过把五种不同事物或事物属性排列起来，在分析内部结构关系的基础上，进行整体性的把握，强调动态平衡和自我调节，因此，五行所要阐明的是宇宙万物不仅具有一定的规律，而且具有统一的木、火、土、金、水相生相克的结构模式。也正因为阴阳与五行具有这些逻辑上的因果关联，始有理论上合流的可能性。

二

在汉人的理论建树中，除上述宇宙论、本体论的宏论外，相人之术、人物评鉴作为具体可行的用人方法，成为汉代气学知识作用于现实社会、政治生活的重要途径。

观气、观色，即观人才性，这种"以气定性"的思想渊源甚早，在诸子之学中已成体系。荀子讲血气、元气、气色，《荀子·劝学篇》："可与言而不言谓之隐，不观气色而言谓之瞽。"这里的"气色"，是指人内在的血气、气质，外显于颜面。《大戴礼记·文王官人》认为"五气诚于中，发形于外"，太师用"六徵"观人之才艺，其中第四"观色"之法，如云："诚智必有难尽之色，诚仁必有可尊之色，诚勇必有难慑之色，诚忠必有可亲之色，诚洁必有难污之色，诚静必有可信之色。"[①]在古人看来，内在的品德必然以一定的气色呈现出来。董仲舒第一次明确提出"以气定性"的观点，《春秋繁露·深察名号》："天生民性有善质，而未能善，于是为之立王以善之，此天意也。民受未能善之性于天，而退受成性之教于王，王承天意，以成民之性为任者也。"阴阳二气有善、恶之分，人禀二气而生，人性便有贪、仁的不同，所以必须施以教化，方能向善，又云："故性比于禾，善比于米。米出禾中，而禾未可全为米也。善出性中，而性未可全为善也。善与米，人之所继天而成于外，非在天所为之内也。天之所为，有所至而

① 王聘珍撰，王文锦点校：《大戴礼记解诂》，第192页。

止，止之内谓之天性，止之外谓人事，事在性外，而性不得不成德。”[1]董仲舒一方面强调气的先天决定性，一方面也突出后天礼乐政教的作用，这对于中国历史上的气学价值论、教化论、人性论、才性论有很深的影响。

作为“以气定性”思想的忠实信徒，王充关于人性、才性的看法，完全建立在元气论的基础上。见于《论衡》的论述，比比皆是，譬如：

> 万物之生，皆禀元气。(《言毒篇》)
>
> 人禀气而生，含气而长，得贵则贵，得贱则贱。(《命义篇》)
>
> 诸生息之物，气绝则死。(《道虚篇》)
>
> 人之所以生者，精气也，死而精气灭。(《论死篇》)
>
> 人未生，在元气之中；既死，复归元气。元气荒忽，人气在其中。(《论死篇》)[2]

王充秉承董仲舒观点，主张“用气为性”[3]，在他看来，有气则有性，有性则有命，人之生死、寿夭、贵贱、贫富，均由命定，而寿夭之命、贵贱之命，均源自性。针对两汉时期的颂古非今思潮，王充以“五常之气”予以反驳,《论衡·齐世篇》:“上世之人，所怀五常也，下世之人，亦所怀五常也。俱怀五常之道，共禀一气而生，上世何以质朴？下世何以文薄？”[4]针对论敌“上世之人，质朴易化；下世之人，文薄难治”的论点，他认为“五常之气”、“仁义之性”等，均为超越时空的永恒所在，在每一个时代均盛行，即使各个时代的社会治乱、风俗盛衰各不同[5]，但“五常之气”、“五常之道”却是千古不变的，故而《命义篇》中，他坚定地认为:“禀得坚强之性，则气渥厚而体坚强，坚强则寿命长，寿命

---

① 董仲舒著，苏舆义证:《春秋繁露义证》，第302、297页。

② 王充著，黄晖校释:《论衡校释》，第949、48、328、871、875页。

③ 譬如《论衡·无形篇》:“人禀元气于天，各受寿夭之命，以立长短之形……用气为性，性成命定。”《初禀篇》:“人生受性，则受命矣。性命俱禀，同时并得，非先禀性，后乃受命也。”《命禄篇》:“凡人遇偶及遭累害，皆由命也。有死生寿夭之命，亦有贵贱贫富之命。自王公逮庶人，圣贤及下愚，凡有首目之类，含血之属，莫不有命。”(《论衡校释》，第59、20页)

④ 王充著，黄晖校释:《论衡校释》，第808页。

⑤ 譬如《论衡·齐世篇》:“文质之法，古今所共。一质一文，一衰一盛，古而有之，非独今也。”(《论衡校释》，第808页)

长则不夭死；禀性软弱者，气少泊而性羸窳，羸窳则寿命短，短则早死。”[①]人之命受于天，由气而成，人之身形相貌，也是由气先天而定的，察人之骨相，可以看出一个人的命运。[②]我们知道，以相观命，古已有之，如《荀子·非相篇》：“相人，古之人无有也，学者不道也。古者有姑布子卿，今之世，梁有唐举，相人之形状颜色而知其吉凶妖祥，世俗称之。古之人无有也，学者不道也。”相人之术，汉代很流行，譬如《史记》记载汉高祖、韩信、陈平的不俗相貌，《论衡》论及三代至汉代许多历史人物的骨相与性命之间的关系，这对于尔后刘劭《人物志》的出现，有着直接的影响。

汉代取士用人，主要是察举和征辟。察举始于高祖十一年的求贤诏，目的在于求贤良方正和直言敢谏的人才，譬如文帝十五年的晁错，即为一例[③]。武帝时期采纳董仲舒建议，设州郡察茂才，举孝廉，遂成定制，每二十万人察举一人。征辟是皇帝特招的杰出人才，不受年龄限制，盛行于两汉，譬如武帝以“安车蒲轮”征枚乘，因其年老死于途中便是一例[④]。汉代这种用人制度，面对的重要问题就是如何观察人才，举荐人才，因而班固《古今人表》、刘劭《人物志》等品评人物的著作也就应运而生了，其中的代表作便是《人物志》[⑤]。

刘劭论人之才性，秉承两汉以来的气化理论，尤其是董仲舒、王充“以气定性”的传统[⑥]。《人物志·九征》：“凡有血气者，莫不含元一以为质，禀阴阳以

---

① 王充著，黄晖校释：《论衡校释》，第46—47页。

② 譬如《论衡·骨相篇》：“人曰命难知。命甚易知。知之何用？用之骨体。人命禀于天，则有表候于体。察表候以知命，犹察斗斛以知容矣。表候者，骨法之谓也。”又云：“禀气于天，立形于地，察在地之形，以知在天之命，莫不得其实也。”（《论衡校释》，第108、123页）

③ 参见《汉书·晁错传》，《汉书》卷49，第2277页。

④ 参见《汉书·武帝纪》，《汉书》卷6，第157页。

⑤ 《人物志》3卷12篇，《隋志》著录于名家，《四库全书总目》：“其书主于论辨人才，以外见之符，验内藏之器，分别流品，研析疑似，故隋志以下，皆著录于名家。”全书主要讨论三个方面的问题：论才性的得失品第、论知人之术、论量才授官。《自序》：“夫圣贤之所美，莫美乎聪明；聪明之所贵，莫贵乎知人。知人诚智，则众材得其序，而庶绩之业兴矣。”本书引用《人物志》，为文渊阁四库全书本。

⑥ 关于《人物志》与两汉气化理论的异同，牟宗三先生《才性与玄理》有详切的论述。他认为《人物志》代表的“才性名理”，不同于先秦以来从道德善恶观点论人性，而是从美学观点对人之才性或情性的种种姿态作品鉴，尤其是活泼通脱而摆脱规矩的风流轻逸。参见牟宗三：《才性与玄理》，《牟宗三先生全集》2，台北联经出版社2003年版，第52—53页。

立性，体五行而著形。苟有形质，犹可即而求之。”又云：“故明白之士，达动之机，而暗于玄虑；玄虑之人，识静之原，而困于速捷。犹火日外照，不能内见；金水内映，不能外光。二者之义，盖阴阳之别也。”刘氏以阴阳之别论才性，阳多之人，明白而动，不能玄虑；阴多之人，玄虑而静，不能速捷。刘氏又以五行论人之性格，金、木、水、火、土比附人体筋、骨、血、气、肌的各不相同，如《九征》云：

若量其材质，稽诸五物。五物之征，亦各著于厥体矣。其在体也，木骨、金筋、火气、土肌、水血，五物之象也。五物之实，各有所济。是故骨植而柔者，谓之弘毅；弘毅也者，仁之质也。气清而朗者，谓之文理；文理也者，礼之本也。体端而实者，谓之贞固；贞固也者，信之基也。筋劲而精者，谓之勇敢；勇敢也者，义之决也。色平而畅者，谓之通微；通微也者，智之原也。五质恒性，故谓之五常矣。五常之别，列为五德。是故温直而扰毅，木之德也；刚塞而弘毅，金之德也；愿恭而理敬，水之德也；宽栗而柔立，土之德也；简畅而明砭，火之德也；虽体变无穷，犹依乎五质。故其刚柔、明畅、贞固之征，著乎形容，见乎声色，发乎情味，各如其象。

以五德、五常、五质、五体与五行相配，这样“内藏之器”与“外见之符”就一一对应相符了。根据内外相符的原则，从人之气色、眼神、声音、语调等外在征象，可以考察人之内在才性，《人物志·九征》：“能知精神，则穷理尽性。”受汉代气化思想的影响，汉魏以来的人们普遍相信，人的内在精神状态一定会外显在形体容貌上，“诚在其中，必见诸外”①，因形见性，乃是知人之术的最高境界，与此相关的，有关风度、神情、风神的描述，在《世说新语》、《晋书》中，也颇为常见。

刘劭相信先天内在之气对才性的影响，提出从九个方面，即精、神、筋、骨、

① 所谓“诚在其中，必见诸外”的观点，是先秦以来的固有传统。譬如《逸周书》卷7《官人解篇》：“诚在其中，必见诸外。以其声，处其实，气初生物，物生有声。声有刚柔、清浊、好恶，咸发于声。心气华设（诞）者，其声流散；心气顺信者，其声顺节；心气鄙戾者，其声醒丑；心气宽柔者，其声温和。信气中易，义气时舒，和气简备，勇气壮力。听其声，处其气，考其所为，观其所由，以其前，观其后，以其隐，观其显。以其小，占其大。此之谓视声。”

气、色、仪、容、言，去知人,《人物志·九征》：

> 平陂之质在于神，明暗之实在于精，勇怯之势在于筋，强弱之植在于骨，躁静之决在于气，惨怿之情在于色，衰正之形在于仪，态度之动在于容，缓急之状在于言。

就其中的八种要素而言，精、神、筋、骨、色、仪、容、言，皆本于气。譬如骨与气的关系,《八观》:“何谓观其至质，以知其名？凡偏材之性，二至以上，则至质相发，而令名生矣。是故骨直气清，则休名生焉；气清力劲，则烈名生焉；劲智精理，则能名生焉；智直强悫，则任名生焉。集于端质，则令德济焉；加之学，则文理灼焉。是故观其所至之多少，而异名之所生可知也。”又譬如容、声、色与气的关系,《九征》:“夫仪动成容，各有态度：直容之动，矫矫行行；休容之动，业业跄跄；德容之动，颙颙卬卬。夫容之动作发乎心气，心气之征，则声变是也。夫气合成声，声应律吕：有和平之声，有清畅之声，有回衍之声。夫声畅于气，则实存貌色，故诚仁，必有温柔之色，诚勇，必有矜奋之色，诚智，必有明达之色。”在刘劭看来，心气乃是容动、声变、色存之本原。

三

秦汉以后，作为一种普遍适用的解释模式，阴阳五行受到广泛的重视①，并与“六艺”传统形成融合之势，使得两汉经学普遍带有数术化的倾向，譬如易学领域的卦气说、春秋学领域的“春秋阴阳说”、书学领域的“洪范五行说”、礼学领域的“明堂阴阳说”、诗学领域的“四始五际说”，等等。下文分别以卦气说、“四始五际”说为例。

卦气理论，是阴阳数术与易学结合的产物，从其理论基础看，依托于“天人感应”思想。汉代卦气说，发端于宣帝（前91—前49）时期《说卦》的重新发现，成熟于孟喜（约生于前90年）、京房（前77—前37）的阐发，于谶纬学中达到高峰，终结于郑学。所谓“卦气”的说法，依据《说卦》，视震、离、兑、坎

① 譬如儒家倾向明显的《礼记·月令》与道家倾向明显的《淮南子·时则训》以及被视为杂家的《吕氏春秋·情欲》诸篇中，皆有以阴阳五行为基础的十二纪宇宙图式，均受到战国以来气化宇宙观的影响。

为四正卦，分主东、西、南、北四方与春、夏、秋、冬四时发展而来。根据《论衡·正说篇》和《隋书·经籍志》的记载，秦焚书后，《周易》失《说卦》三篇，后河内女子于老屋中发现，魏相“数表采《易阴阳》及《明堂月令》奏之”，孟喜“得《易》家候阴阳灾变书”均与此有关。魏相是宣帝时期的丞相，《汉书·魏相传》载：“东方之神太昊，乘震执规司春；南方之神炎帝，乘离执衡司夏；西方之神少昊，乘兑执矩司秋；北方之神颛顼，乘坎执权司冬；中央之神黄帝，乘坤艮执绳司下土。兹五帝所司，各有时也。”① 魏氏以四正卦配四方、四时，为“卦气说”勾勒出大致框架。孟喜的著作，早已失传，见于唐人僧一行（本名张遂，673—727）《卦议》的记载：

> 十二月卦出于《孟氏章句》，其说《易》本于气，而后以人事明之……当据孟氏，自冬至初，中孚用事，一月之策，九六、七八，是为三十。而卦以地六，候以天五，五六相乘，消息一变，十有二变而岁复初。坎、震、离、兑，二十四气，次主一爻，其初则二至，二分也。坎以阴包阳，故自北正，微阳动于下，升而未达，极于二月，凝涸之气消，坎运终焉。春分出于震，始据万物之元，为主于内，则群阴化而从之，极于南正，而丰大之变穷，震功究焉。离以阳包阴，故自南正，微阴生于地下，积而未章，至于八月，文明之质衰，离运终焉。仲秋阴形于兑，始循万物之末，为主于内，群阳降而承之，极于北正，而天泽之施穷，兑功究焉。故阳七之静始于坎，阳九之动始于震，阴八之静始于离，阴六之动始于兑。故四象之变，皆兼六爻，而中节之应备矣。②

孟喜的卦气理论，由《说卦》发展而来，以坎、震、离、兑与二十四节气相配，并以其中阴阳奇偶变化来解释季节变化的周期性，所谓“坎、震、离、兑，二十四气，次主一爻，其初则二至，二分也”，是以四卦每卦六爻，凡二十四爻，每爻代表一个节气，初卦分别代表春分、夏至、秋分、冬至。孟氏以卦爻与历法相配的方法，旨在建构一个易于操作的占验系统。

京房《京氏易传》站在象数派的立场，以八宫卦为主干，根据乾坤六子阴阳

① 班固撰，颜师古注：《汉书》卷74，第3139页。
② 欧阳修，宋祁撰：《新唐书》卷27，中华书局1975年版，第598—599页。

变化，对六十四卦的卦序作了新编排。《汉书·京房传》载："其说长于灾变，分六十四卦，更直日用事，以风雨寒温为候，各有占验。"孟康注："分卦直日之法，一爻主一日，六十卦为三百六十日。余四卦，震、离、兑、坎，为方伯监司之官。所以用震、离、兑、坎者，是二至二分用事之日，又是四时各专王之气。各卦主时，其占法各以其日观其善恶也。"① 这种以六十四卦、三百八十四爻的数目与一年三百六十五日相配，从天文历法的角度看，并不相符合，但以分卦直日之法解释阴阳灾异，比"春秋阴阳说"、"洪范五行说"、"明堂阴阳说"、"四始五际说"更具有说服力，关于这一点，京房接连给汉元帝上的三封奏折，可以印证。孟、京易学皆立为博士，属于官方的正统学术，而哀平之际社会危机导致谶纬兴起，《易纬》卦气说随之兴盛。谶纬之于经学的不同，在于所杜撰的神秘起源与传授系统以及"托诸孔子"的做法，西汉末年之所以兴起一股带有强烈时代特色的谶纬思潮，与当时社会多重政治矛盾的激化有着密切关系②。"卦气说"是《易纬》的主要内容，《四库全书总目》卷六对于《易纬》八种一一作了评述，如评《易纬稽览图》云："其书首言卦气起中孚，而以坎、离、震、兑为四正卦六十卦，卦主六日七分，又以自复至坤十二卦为消息，余杂卦主公、卿、侯、大夫，候风雨寒温以为征验。"在孟、京"卦气说"的基础上，《易纬》建立了更为严密复杂的体系。③ 总而言之，以观察卦气来预言人事万物乃至政治得失，乃有汉一代"卦气说"的主旨。

在汉儒解诗的传统中，有关于"四始"的说法。所谓"四始"，是指代表周王朝起始盛衰的四个起点，以此揭示《诗经》的结构及其代表的政教意蕴，主要路数有二：一为毛诗、鲁诗和韩诗为代表④，一为齐诗和现存《诗纬》为代表。后

---

① 班固撰，颜师古注：《汉书》卷75，第3160页。

② 譬如《汉书·哀帝纪》、《资治通鉴》卷34记载，关东饥民举着禾秆制成的西王母筹，游行数十郡国到京城的政治示威活动，即为典型一例。

③ 关于《易纬》卦气理论的特点，参见余敦康：《汉宋易学解读》，华夏出版社2006年版，第38—60页。

④ 毛诗以风、大雅、小雅、颂为"四始"。鲁诗以《关雎》为《风》始，《鹿鸣》为《小雅》始，《文王》为《大雅》始，《清庙》为《颂》始。韩诗与鲁诗相同。《关雎》将礼制源头追溯到男女婚姻、社会治乱、王朝兴衰，体现缘人情制礼的传统；《鹿鸣》描写燕饮，体现"亲亲"、"尊尊"的宗法传统；《文王》歌颂周代文治武功的创始人及其德治天下、垂范后世的功绩，展示周王朝政治面貌与法则仪象；《清庙》以文王德治天下，歌颂周代德政教化的理想政治。故郑笺云："始者，王道兴废之所由也。"孔疏云："此四者，人君行之则为兴，废之则为衰。"

者的解释路数与前者不同，它们在天地人的框架中，将阴阳、五行、方位、时辰、情性整合在一起，以天地阴阳五行之变比附会历史人事之变迁，以阴阳始终际会推度国家吉凶休咎，如云：

> 四始皆阳，木、火、金、水分布于四方，故为四始也。土独无始者，土为五行之君，周流于四者之间，循环无端也。（迮鹤寿《齐诗翼氏学·四始五际名义》，续修四库全书本）
>
> 大明在亥，水始也。四牡在寅，木始也。嘉鱼在巳，火始也。鸿雁在申，金始也。(《诗纬·泛历枢》)①
>
> 纬说因金木水火有四始之义，以诗文托之，盖欲王者法五行而正百官，正百官而理万事，万事理而天下治矣。政教之所从出，莫不本乎五行，乃通于治道也。（陈乔枞《诗纬集证》卷一，续修四库全书本）
>
> 古之作乐，以三诗为一终……说始际者，则以与三期相配,《文王》为亥孟,《大明》为亥仲,《绵》为亥季，其水始，独言《大明》，犹三期之先仲次季而后孟也。(《诗纬集证》卷二，续修四库全书本）

其论虽另开一路，但论诗主旨与前三家并无不同，旨在以《诗经》中所载周王朝的兴衰历史为明鉴，从中寻出“王道兴废之所由也”，这也是汉儒解诗的一般倾向②。

除“四始”说外，齐诗还有“五际”说。所谓“五际”,《齐诗内传》:“五际，卯、酉、午、戌、亥也。阴阳终始际会之岁，于此有改变之政也。”③就

① ［日］安居香山、中村璋八辑:《纬书集成》，第480页。

② 譬如《史记·儒林传》评价韩与齐、鲁学术主旨后认为“然其归于一也”。《汉书·艺文志》论齐、鲁、韩三家:“或取《春秋》，采杂说，咸非其本义。”清人陈乔枞《韩诗遗说考序》发挥:“今观《外传》之文，记夫子之绪论与春秋杂说，或引《诗》以证事，或引事以明《诗》，使‘为法者章显，为戒者著明’。虽非专于解经之作，要其触类引申，断章取义，皆有合于圣门商、赐言《诗》之义也。况夫微言大义往往而有，上推天人性理，明皆有仁义礼智顺善之心，下究万物情状，多识于鸟兽草木之名，考风雅之正变，知王道之兴衰，固天命性道之蕴而古今得失之林邪？”近人朱自清先生认为，这一段话可视为汉代四家诗总论，也可视为汉人《诗》教总论。参见《诗言志辨》，华东师范大学出版社1996年版，第112—113页。

③ 《汉书·翼奉传》孟康注引,《汉书》卷75，第3173页。

是以方位、季节与《诗经》相配合，以亥、卯、午、酉等干支位，立冬、春分、夏至、秋分等节气比附诗篇，找出周王朝政治变化的五个关键环节，以《大明》、《天保》、《采芑》、《祈父》、《十月之交》比附周王朝的初起、兴盛、初衰、颓衰、衰亡五个转折点[①]，旨在借鉴周王朝的历史教训，具有鲜明的资治目的。据《汉书·翼奉传》记载，汉元帝时期，齐诗代表人物翼奉“好律历阴阳之占”，他认为：“《易》有阴阳，《诗》有五际，《春秋》有灾异，皆列始终，推得失，考天心，以言王道安危。”据《五行大义》记载，翼奉以“仁、义、礼、智、信”等“五常”释“性”，以“喜、怒、哀、乐、好、恶”释“情”，他认为：“情胜性则乱，性胜情则治。性自内出，情从外来，情性之交，间不容系。”[②]其诗论的核心乃“情性”说，《汉书·翼奉传》云：

> 《诗》之为学，情性而已。五性不相害，六情更兴废。观性以历，观情以律，明主所宜独用，难与二人共也。[③]

所谓“观性以历，观情以律”，视“六情十二律”为“王者之秘道”，内藏教化天下的治政主张，其政教目的极为明显。

战国以来零碎化的知识片段，到汉代已经整合成为统一的知识体系，诗学话语的形成，不仅受制于特定的社会政治语境，而且对统一的知识体系具有高度的依赖性。将诗与阴阳五行、月历、方位、季节比附，进行形上的阐释建构，旨在为诗学话语寻找终极的理论依据，至于种种曲解，其论固然荒谬，却影响了两千多年来文学思想的基本品格。历代《诗经》学研究中，对齐诗的评价甚低，但是如果我们将其放入汉人整体知识背景中考察，可以看到，齐诗的阐释路径代表了汉代学术的发展方向，也代表了汉代诗学经学化、官学化的主要途径，最显而易见的例子就是，通齐诗者入仕最为容易，《汉书·儒林传》：“诸齐以《诗》显贵，皆固（辕固生）弟子也。”[④]原因也正在于此。

---

① 《毛诗大序》孔疏引《六艺论》。

② 萧吉著，钱杭点校：《五行大义》，上海书店2001年版，第106页。

③ 班固撰，颜师古注：《汉书》卷75，第3170页。

④ 班固撰，颜师古注：《汉书》卷88，第3612页。

第四节 艺术活动中的气化——兼论苏轼气论

作为中国古代重要的艺术生产与艺术活动方式，气化重视空间性、在场性、历时性，有一个由渐变而质变的过程，呈现出一种弥漫的、渐进的、互渗的整体气质与气象。对于文学创作中的气化状态，苏轼（1037—1101）曾经有一段非常有名的论述，《自评文》：

> 吾文如万斛泉涌，不择地皆可出，在平地滔滔汩汩，虽一日千里无难。及其与山石曲折，随物赋形，而不可知也。所可知者，常行于所当行，常止于不可不止，如是而已矣。其他虽吾亦不能知也。①

在总结自己的创作经验时，苏轼描绘了一幅在创作激情驱使下，情不自禁、不可阻挡的灵感喷薄景象，这是艺术创作中一种典型的气化状态。对于文学艺术创作中的气化特征，古人有很多生动形象的说法，譬如陆机的“应感之会”、韩愈的“气盛言宜”、苏轼的“随物赋形”，等等，均涉及艺术创作前状态的物我、主客、心物之间的互动关系。② 对于其间的关联，“湘中五子”之一的邓绎认为：“陆机《文赋》：‘来不可遏，去不可止。’东坡所云‘行乎其所不得不行，止乎其所不得不止’也。又云：‘思风发于胸臆，言泉流于唇齿。’东坡所云‘如万斛泉源，随地涌出’者也。不惟东坡，虽彦和之《文心雕龙》，亦多胎息于陆。”③与此相关的文论命题，如物感说、感兴说、物化说、教化说，等等，本文认为，均与人文创作中的气化、气感、气场有着密切的关联。④

---

① 苏轼著，孔凡礼点校：《苏轼文集》卷66，第2069页。

② 关于陆机“应感之会”、韩愈“气盛言宜”，本书第七、八章有专门论述，本节主要论及东坡“随物赋形”。

③ 邓绎：《藻川堂谭艺・日月篇》，见王水照编《历代文话》卷7，复旦大学出版社2007年版，第6153页。

④ 有学者认为，气范畴类似于物理学意义上的“场”，既是质，亦是能。譬如王元化先生认为：“气不是物质性的，也不是精神性的，而是近似‘场’。”参见《思辨随笔》，上海文艺出版社1994版，第226页。

一 气化的一般特征

从思想谱系看，古人对气化状态及特征的认识，经历了从混沌到清晰的过程，关于这一方面的研究，当代学者在西学视野参照下，取得了多方面的成果①。于民先生认为："从混沌中的气化审美艺术并生、人体生命科学与原始艺术的合一，到先秦的养生气化与哲学美学伦理学等的密切相连，直到汉魏后艺术创作形成独立的气化理论，就如同地球由太阳分出，独立运行而又为太阳所吸引制约。这一点对以往封建文人士大夫来说，可以说是不言而喻，自然而然，因为他们的宇宙观、自然观、创作观就是建立在气化基础上的。而对现在习惯于接受西方知识教育而又对东方人体科学不理解的人来说，将古老的人体科学、哲学上的气化论与创作观连在一起，却显得多么陌生而令人疑惑不解？"②这一段话颇有见解，尤其是对百余年"西学东渐"对中国文化影响的评价，可谓一语中的。

（一）

从观念形态的角度考察，对于气化的理解，牵涉的层面大致有二：一是气化之所由、所本；二是气化之所感、所显。

气化之所由，乃是从发生论和生成论的角度考察气化存在的基本方式。从宇宙万物的人文化成看，气化是自然世界到人文世界的重要环节，如《慎言·道体篇》："有太虚之气而后有天地，有天地而后有气化，有气化而后有牝牡，有牝牡而后有夫妇，有夫妇而后有父子，有父子而后有君臣，有君臣而后名教立焉。"③在古人看来，有气化与形化之分，譬如朱熹《太极图说注》："人物之始，以气化而生者也，气聚成形，则形交气感，遂以形化。"④在宋明以后的学

① 譬如萧兵先生在《混沌与气》一文中，曾对原始人有关宇宙之起源为气、宇宙之生成为气化，做过详细介绍和深入分析。他摘引西南少数民族中的纳西、景颇等原始神话、诗歌的材料，引述《山海经》、《天问》等有关内容，还引用了希腊、印度古代的一些记载，说明远古时期世界各地对于气化混沌特点认识的一致性。参见萧兵：《混沌与气》，《活页文史丛刊》1986年中国史专题。

② 于民：《气化谐和——中国古典审美意识的独特发展》，第429—430页。

③ 王廷相著，王孝鱼点校：《王廷相集》，第752页。

④ 朱熹：《晦庵先生朱文公文集》卷52，《朱子全书》第13册，第74页。

者眼里，所谓气化、形化，不过是气的不同存在形态而已。关于形与气的关系，明代学者的看法值得关注。譬如王廷相认为："阴阳在形气，其义有四：以形言之，天地、男女、牝牡之类也；以气言之，寒暑、昼夜、呼吸之类也。总言之，凡属气者皆阳也，凡属形者皆阴也。极言之，凡有形体以至于氤縕葱苍之气可象者，皆阴也；所以变化、运动、升降、飞扬之不可见者，皆阳也。"又云："气附于形而称有，故阳以阴为体；形资于气而称生，故阴以阳为宗。性者，阴阳之神理，生于形气而妙乎形气者也。"① 王氏此论，从本体的层面将阳与气、阴与形一一比附，将形气与阴阳、有无之间对待立义的关系，揭示得清楚明晰，可谓自成一系。又如宋应星（1587—1666）认为："天地间非形即气，非气即形，杂于形与气之间者，水火是也。由气而化形，形复返于气，百姓日习而不知也。气聚而不复化形者，日月是也。形成而不复化气者，土石是也……初由气化形人见之，卒由形化气人不见者，草木与生人、禽兽、虫鱼之类是也。"② 宋氏以"形气化生"揭示形与气之间对待立义的生成关系，在他看来，世间万物均存在形与气的转化关系，故而天地之间，非形即气，非气即形。

更深一步看，气化有前、后之分，戴震云："道，犹行也；气化流行，生生不息，是故谓之道。"又云："气化之于品物，则形而上下之分也。形乃品物之谓，非气化之谓。"③ 戴东原不满于宋儒的理气二分，认为理在气中、道在事中，以此反对朱子以阴阳为形而下、理为形而上的观点，他认为："形谓已成形质，形而上犹曰形以前，形而下犹曰形以后。"又云："不徒阴阳非形而下，如五行水火木金土，有质可见，固形而下也，器也；其五行之气，人物咸禀受于此，则形而上者也。"④ 即是说，形而上之气是本体层面的阴阳二气，形以前未成形质，生生不息，形而下之气是生成层面的"一生二,二生三,三生万物"，也即形以后化生万物，以气化形。

戴震反对在形下的世界上，再建一个形上的世界，在他看来，气化乃道的表征，乃万物生生不息的本原，天地气化、品物流行是天道，而人伦日用、不可止息是人道。他所关注的是气在不同层次的流行相通，并不执着于宇宙本体

① 王廷相著，王孝鱼点校：《慎言》卷1、4，《王廷相集》，第752、767页。

② 宋应星：《论气·形气化》，上海人民出版社1975年版，第52页。

③ 戴震：《孟子字义疏证》，中华书局1961年版，第21页。

④ 戴震：《孟子字义疏证》，第22页。

层面的追究。如云：

> 是故在天地，则气化流行，生生不息，是谓道；在人物，则人伦日用，凡生生所有事，亦如气化之不可已，是谓道。(《孟子私淑录》卷上)
>
> 日用饮食之道，亦如阴阳气化之为道也……天地无心而成化，非得理失理之可议也。(《孟子私淑录》卷上)
>
> 气化生人物以后，各以类滋生久矣。(《孟子字义疏证》卷中)
>
> 凡有生，即不隔于天地之气化。阴阳五行之运而不已，天地之气化也，人物之生生本乎是，由其分而有之不齐，是以成性各殊。(《孟子字义疏证》卷中)
>
> 易曰："天地之大德曰生。"气化之于品物，可以一言尽也，生生之谓欤。观于生生，可以知仁；观于其条理，可以知礼；失条理而能生生者，未之有也，是故可以知义。(《原善》上)①

在戴东原眼里，气所成之物，不仅是各类物品之流行，并且包含各物所蕴含的性相、品性及其化生的可能性，万物之生死聚散，皆气化形、形化形、形归气的过程。他强调气在不同层次的全体相通，无论是时间意义上的古往今来，还是空间意义上万物的形气、神明、智慧，虽分殊万千，但其内在世界却是一气互通，没有扞格不通的问题。

气化之特征，在于生生不息。所谓气化生万物，《管子·内业》谓"化不易气"，"化"既是气存在的方式，也是万物生成的方式，故而郑玄注《礼记·乐记》"和故百物皆化，序故群物皆别"云："化，犹生也。"在"和"的状态下，万物化生，"百化兴焉"，所谓"气盛而化神"，"化不时则不生"，乃是"天地之情也"。《乐记》包含《乐化》一篇，专论乐能化人，始至于善，其中涉及"乐以治心"、"乐盈而反"、"立乐之方"诸命题，对于礼乐所具有的人文教化、政治教化以及社会整合与思想掌控功能，进行了详尽地辨析，这是典型的儒家人文化成论域中的表述。至于道家自然化成论域中的阐释，五代时期的《化书》，论述得颇为精妙。如云：

---

① 戴震：《孟子字义疏证》，第129、133、25、28、63页。

道之委也，虚化神，神化气，气化形，形生而万物所以塞也。道之用也，形化气，气化神，神化虚，虚明而万物所以通也。(《化书·道化》)

虚化神，神化气，气化形，形化精，精化顾盼，而顾盼化揖让，揖让化升降，升降化尊卑，尊卑化分别。(《化书·大化》)

虚化神，神化气，气化血，血化形，形化婴，婴化童，童化少，少化壮，壮化老，老化死。死复化为虚，虚复化为神，神复化为气，气复化为物。化化不间，犹环之无穷。夫万物非欲生，不得不生；万物非欲死，不得不死。达此理者，虚而乳之，神可以不化，形可以不生。(《化书·死生》，文渊阁四库全书本)

阴阳是气存在的基本形态，“化”是气存在的基本方式，气化不仅是道的存在方式，也是万物的生成方式，这是先秦以来的学术传统。关于阴阳之化，易学称之为“神”①,《周易·系辞下》:“精义入神，以致用也；利用安身，以崇德也。过此以往，未之或知也。穷神知化，德之盛也。”对此，后儒的解释路数大都相同，譬如周子谓“天道行而万物顺，圣德修而万民化。大顺大化，不见其迹，莫知其然，之谓神”②；二程谓“穷神知化，化之妙者神也”③；横渠谓“气之性本虚而神，则神与性乃气所固有”④；船山谓“天之外无道，气之外无神，神之外无化”⑤，以“神”来显示阴阳气化的复杂性与精微性，强调“穷神知化”，是易学诠释传统的一贯路数，也是中国古代宇宙论的重要内容。⑥

以气化为道，视气化过程为道之载体的观点，亦是儒者一贯立场。譬如《论语·子罕》谓“子在川上曰：逝者如斯夫，不舍昼夜”，朱子《集注》释

---

① 所谓“神”,《周易·系辞》谓“阴阳不测之谓神”，韩康伯注“变化之极”。

② 周敦颐:《周子通书·顺化》，第36页。

③ 程颢、程颐:《二程遗书》卷11，第168页。

④ 张载:《正蒙·乾称篇》,《张载集》，第63页。

⑤ 王夫之:《张子正蒙注·序论》,《船山全书》第12册，第11页。

⑥ 易学所谓“天地絪緼，万物化醇”,“日新之谓盛德，生生之谓易”,“一阖一辟谓之变，往来不穷谓之道”，不仅描述宇宙起源与构成，而且解释变化动因与发展过程。易学所建构的以道、气为核心的解释话语，较之老庄之学、管子之学，更注重从实在性考察转入过程性考察，整个宇宙被视为一气化成、生生不息的无穷过程，这种阴阳气化思想的凸现，辨证地充实、系统地完善了古代宇宙解释系统。

云："天地之化，往者过，来者续，无一息之停，乃道体之本然也。然其可指而易见者，莫如川流，故于此发以示人。"① 王廷相《慎言·道体篇》认为："气者造化之本，有浑浑者，有生生者，皆道之体也。生则有灭，故有始有终。浑然者充塞宇宙，无迹无执。不见其始，安知其终。"② 在这里，他指出气化的两种形态，"浑浑者"乃是元气的存在，充塞宇宙，无迹无执，无始无终，这是形而上之气化；"生生者"是气化生万物，有始有终，有生有灭，这是形而下之气化，两者乃体用互依的关系。戴震认为："生生者，化之原；生生而条理者，化之流。"③ 这就明确指出气化的源流特征，所谓的"气化流行，生生不息"，也旨在强调天地人的世界处于一个循环往复、永无止境的运动化生过程之中。

（二）

对于"化"与气、神的关系，王夫之有着深刻地论述。在解释《孟子·尽心上》时，船山引用张载、朱熹之言加以佐证，他认为：

> 张子云："繇气化，有道之名。"而朱子释之曰："一阴一阳之谓道，气之化也。"周易"阴""阳"二字是说气，著两"一"字，方是说化。故朱子曰："一阴而又一阳，一阳而又一阴者，气之化也。"繇气之化，则有道之名。然则其云"繇太虚，有天之名"者，即以气之不倚于化者言也。气不倚于化，元只气，故天即以气言，道即以天之化言，固不得谓离乎气而有天也。④

对于《周易·系辞》"一阴一阳之谓道"的说法，船山认为，"阴"、"阳"二字指"气"，其中两个"一"字是表达"化"。这个解释源于朱子，朱子认为"一阴一阳之谓道"，就是"一阴而又一阳，一阳而又一阴"的气化迭运过程。同时，船山指出气化的另一个特点，即"气不倚于化，元只是气"，有气之化，这是应然，也有"不倚于化"的元气（太虚），这是本然，"所以为化者，刚柔，健

① 朱熹：《四书章句集注》，第113页。
② 王廷相著，王孝鱼点校：《王廷相集》，第755页。
③ 戴震：《法象论》，收入《孟子字义疏证》，第175页。
④ 王夫之：《读四书大全说》卷10，第718页。

顺，中正，仁义"，"唯化显理"，也即是说，理呈现在气已化的过程中。换言之，气化为理，气未化时，为静，不得谓之理。通过这一段话，我们可以看到，借助气与化关系的辨析，船山阐明了理气不离、动静相因的原则，同时，将气化过程中本然与应然的意义关联，也一并显现出来。

有关气化过程中形、质、神的转化，也见于传统诗文评的论说中。譬如清人宋大樽认为："颈处险而瘿，齿居晋而黄，化以彼之形质，桔逾淮为枳，麝食柏而香，化以彼之气；合欢蠲忿，萱草忘忧，化以彼之神。泥之在钧，惟甄者之所为；金之在镕，惟冶者之所铸，质化以我之形；螟蛉之子，蜾蠃祝之曰：'类我类我。'久则肖之，形质化以我之气；声无哀乐，气化以我之神。"[1] 这里以常见的物类气感相通的例子，论及形、质、气、神之间的气化类推，这与《淮南子·原道训》"夫形者生之舍也，气者生之充也，神者生之制也，一失位则三者伤矣"[2]的思想，虽然在论述层面与为文主旨上，各不相同，但均为古人文化视野中所理解的一般意义上的气化关联。

化是一种状态，一个过程，从字源学的角度看，包含"化"这一语素在内的范畴（譬如气化、物化、教化、感化、生化等），均呈现出过程性的特征[3]，古人的说法就是"生生不息"。在汉语中具有相似特征的语素，如"感"、"遇"、"会"，大体上亦有类似的特征，对于这一特点，本书其他章节亦有涉及[4]，这里，我们来看看感。感的方式，有似于化的方式，如《周易·咸·彖》："咸，感也。柔上而刚下，二气感应以相与……天地感而万物化生，圣人感人心而天下和平。观其所感，而天地万物之情可见矣。"阴阳二气有感有应，有聚

① 宋大樽：《茗香诗论》，见丁福保编《清诗话》上，第102页。

② 刘安著，何宁集释：《淮南子集释》，第82页。

③ 关于"化"的过程性特征，高楠先生《"化"——规定中国古代文学发展过程的自然意识》一文中，论及"化"的哲学意蕴和范畴意义。参见高楠：《艺术的生存意蕴》，辽宁人民出版社、辽海出版社2001年版，第245—274页。张亨先生《庄子哲学与神话思想——道家思想溯源》认为，"化"是《庄子》的重要观念，是一种"有"变化成另一种"有"，生命从一种形态转移到另一形态。参见《思文之际论集——儒道思想的现代诠释》，新星出版社2006年版，第84—85页。黄俊杰先生认为，作为先秦儒学身体哲学中的功能性概念，在道德修养脉络中使用的"化"，发挥的是荀子"化性起伪"的功能；在政治社会脉络中使用的"化"字，发挥的是孟子"化民成俗"的功能。参见《先秦儒家身体观中的两个功能性概念》，《文史哲》2009年第4期。

④ 关于"会"的问题，参见第七章中"意会体悟"一节。

有散，促成宇宙万物的发展变化，故而感的方式，与化的方式，在本质上是一致的。对此，张子曾有辨析，如《正蒙·乾称篇》：“无所不感者虚也，感即合也，咸也。”《横渠易说·系辞上》：“感而后有通，不有两则无一，故圣人以刚柔立本，乾坤毁则无以见易。”《横渠易说·观》：“有两则须有感，然天之感有何思虑？莫非自然。”[①] 船山《张子正蒙注·太和》释云：“感者，交相感；阴感于阳而形乃成，阳感于阴而象乃著。”[②] 在他们看来，感的方式普遍存在于天地阴阳之中，形式多样，内容丰富，无处不在，无所不包。

除感与化外，古人还关注渐与化的关系。对于《周易·系辞上》“化而裁之存乎变，推而行之存乎道，神而明之存乎其人”的说法，张载《正蒙·神化篇》认为：“气有阴阳，推行有渐为化，合一不测为神。”又云：“化而裁之谓之变，以著显微也。”《横渠易说·乾》：“变，言其著，化，言其渐。”[③] 对此，戴震释云：“夫天地间，有阴阳，斯有人物，于其推行谓之化，于其合一谓之神，天道之自然也……人之血气本乎化，人之心智配乎神……由化以知神，由化于神以知德。”[④] 在他们看来，气化的过程，也是渐化（渐变）的过程，化与变是相对而言的，渐则体现了积累的过程，化因渐乃微，变因著而显，渐化的过程就是由微到著、由化到变的过程。所谓“有渐为化”、“渐化有章”，就是指阴阳二气在相推相移中完成由内而外的变化。

就生成论而言，气具有自化、自生、自见的特征，按照上博简《恒先》的说法，就是“气是自生，恒莫生气。气是自生自作”[⑤]。对此，汉人的气化理论，尤其在王充的著述中，有大量的论述，譬如《论衡·自然篇》：

> 阴阳自和，无心于为而物自化，无意于生而物自成。
>
> 阳气自出，物自生长；阴气自起，物自成藏。
>
> 气变之见，殆自然也。变自见，色自发，占候之家，因以言也。[⑥]

---

① 张载：《张载集》，第63、206、107页。

② 王夫之：《船山全书》第12册，第28页。

③ 张载：《张载集》，第16、70页。

④ 戴震：《孟子私淑录》卷下，《孟子字义疏证》，第153页。

⑤ 马承源主编：《上海博物馆藏战国楚竹书》3，上海古籍出版社2003年版，第106页。

⑥ 王充著，黄晖校释：《论衡校释》，第781、782、785页。

在王充的理论视野里，气乃自生、自变、自然、自为、自成、自和、自化、自出、自起、自集、自发、自见的。在他看来，气自然而然、无为而有为，《自然篇》：“谓自然无为者何？气也，恬淡无欲，无为无事者也。”[①] 气化的过程是一个自然的过程，人也是自然的产物，故天地生人，不是“故生”而是“偶自生”。对于这种自生自化，后人也称为“神化”[②]。我们知道，汉代气化理论是与天人问题联系在一起的，这也见于王充的元气理论，譬如《谈天篇》谓“天者，含气之自然”，在天地人之间，“非物即气”，此气没有目的、没有意志，呈现出自始自终、自变自化的运行特征。同时，《辨祟篇》谓“禀气于元，与物无异”，《道虚篇》谓“气积而为人”，均偏于元气之物质属性，这种论证方式，不仅斩断了董学天人之间的感应，也在一定程度上弥补了自荀学以来儒家在天人关系上的鸿沟。

气虽不依于化，但气化一定有所感，化同于感，乃“交相感”，但不同于遇，非“类相遇”，也即是说，气化是阴阳相感产生新质或发生变化，而非阴遇阴，或阳遇阳产生新的形或新的象。[③] 譬如柳宗元认为：“山川者，特天地之物也。阴与阳者，气而游乎其间者也。自动自休，自峙自流，是恶乎与我谋？自斗自竭，自崩自缺，是恶乎为我设？彼固有所逼引，而认之者不塞则惑……又况天地之无倪，阴阳之无穷，以澒洞轇轕乎其中，或会或离，或吸或吹，如轮如机，其孰能知之？”[④] 这一段话形象生动地描绘了气化过程，阴阳二气弥散交错于天地之间，于“会”、“离”、“吸”、“吹”的变换中，“如轮”、“如机”般运转不息，三川的形成与崩裂，正是借助于阴阳二气“自动自休，自峙自流”、“自斗自竭，自崩自缺”的“逼引”（排斥和吸引）而产生的。气化的过程，必然表现为聚散、显微、动静的动态过程，王廷相认为：“有聚气，有游气。游聚合，物以之而化。化则育，育则大，大则久，久则衰，衰则散，散则无；而游聚之

---

① 王充著，黄晖校释：《论衡校释》，第776页。

② 如王夫之《张子正蒙注·神化》认为：“气，其所有之实也。其絪缊而含健顺之性，以升降屈伸，条理必信者，神也。神之所为，聚而成象成形以生万变者，化也。故神，气之神；化，气是化也。”（《船山全书》第12册，第76—77页）在他看来，气源于神，神源于化。

③ 关于“感”和“遇”的区别，参见王夫之《读四书大全说》卷10、《张子正蒙注·太和篇》。

④ 柳宗元：《非国语上·三川震》，《柳宗元集》卷44，第1269页。

本，未尝息焉。”① 气化的过程，还表现出聚散有序、动静相衔、渐化有章的辩证关系，王夫之认为：“聚者聚所散，散者散所聚，一也，而聚则显，散则微，其体分矣……使无一虚一实，一动一静，一聚一散，一清一浊，则可疑太虚之本无有，而何者为一。惟两端迭用，遂成对立之象，于是可知所动所静，所聚所散，为虚为实，为清为浊，皆取给于太和絪緼之实体。”② 所谓聚散、显微、动静构成对待立义的两极，两种状态相对而言，具有互换性，且正是在这种相对与互换中显示出气化过程的整体意义。

（三）

从前文所引《辞源》来看，古人对于气化的理解，大体在两个方面，一是《大戴礼记·曾子天圆》、《正蒙》所揭示的阴阳二气的化生，一是《素问·至真要大论》所揭示的人体气机的运行变化。前者如上文所述，下面来看一看后者。

在古代医家看来，天地万物的衍生变化，归根到底源自气的推动，故称之为“生化”、“气化”、“大化”、“物化”、“淳化”、“布化”③，包括气之自化，促成他物之生化，或是代表宇宙发展的大化，其间蕴含着顺物性自然、隐而不露、循环往复、永无止境等多重意蕴。《素问·五常政大论篇》：“气始而生化，气散而有形，气布而蕃育，气终而象变，其致一也。”又云：“化不可代，时不可违……无代化，无违时，必养必和，待其来复，此之谓也。”④内经学之所谓“化”，是指五运之气化，人之形体乃气运所资养，气止则化绝。在儒家“存心养性”、道家“修心炼性”、释家“明心见性”的修炼理论中，虽然修身养性的渠道、途径不同，但思想根基相同，那就是古代医家养生、养性的气化思想。在内经学的理论中，男子的精液和“生之本”的精在很大程度上是同一物，譬如《素问·上古天真论》：“二八肾气盛，天癸至，精气溢泻，阴阳和，故能有子。”又云：“七八肝气衰，筋不能动，天癸竭，精少，肾藏衰，形体皆极。”⑤ 中医养生之所以特别重视节制房事，原因就在于此。同时，气之运化、流行离不开脏象、经络、血脉的结构，《素问·阴阳应象大论篇》谓“味归形，形归气，气归精，精

① 王廷相著，王孝鱼点校：《慎言·道体篇》，《王廷相集》，第753页。

② 王夫之：《张子正蒙注·太和篇》，《船山全书》第12册，第36页。

③ 《素问·五常政大论篇》中，诸如此类的说法，比比皆是。

④ 张志聪集注：《黄帝内经素问集注》，第532、536页。

⑤ 张志聪集注：《黄帝内经素问集注》，第4、5页。

归化”[1]，所追求的是身心的整体和谐。见于上古典籍，类似的说法颇多，譬如《吕氏春秋·知分》：“凡人物者，阴阳之化也。阴阳者，造乎天而成者也。天固有衰嗛废伏，有盛盈坌息；人亦有困穷屈匮，有充实达遂。此皆天之容、物理也，而不得不然之数也。”[2]《白虎通义·性情》：“性者阳之施，情者阴之化也，人禀阴阳气而生，故内怀五性六情。情者，静也，性者，生也，此人所禀六气以生者也。”[3]这种整体和谐，包括天地人的合一、阴阳五行的平衡、精气神的统一，是涵盖物理、生理、心理诸方面的内外协同。

在《周易参同契发挥》中，宋末元初的道教学者俞琰（约1253—1314），对于人体之内一气流动的状况，以及由此引发的生理活动、心理状况有详尽而生动的描绘，如云：

> 穿两肾，导夹脊，过心经，入髓海，冲肺腧，度肝历脾，复还于丹田。当其升时，滃然如云雾之四塞，飒然如风雨之暴至，恍然如昼梦之初觉，涣然如沉疴之脱体，精神冥合，如夫妇之交接，骨肉融和，如澡浴之方起。(《周易参同契发挥》卷上)
>
> 其和气周匝于一身，溶溶然如山云之腾太虚，霏霏然似膏雨之遍原野，淫淫然若春水之满四泽，液液然象河水之将欲释，往来上下，百脉冲融，被于谷中，畅于四肢，拍拍满怀都是春，而其状如微醉也。(《周易参同契发挥》卷中)
>
> 神凝气聚，混融为一，内不觉其一身，外不知其宇宙，与道冥一，万虑俱遗，溟溟涬涬，不可得而名，强名之曰太一。(《周易参同契发挥》卷中，文渊阁四库全书本)

这种真气的运转流行，疏通百脉，于神思恍惚中，如醍醐灌顶，令人身心飘逸，舒畅无比，于不期然间与天地自然融为一体，确乎是一种非常奇妙的感受。追求这种体验，文人当然也不例外，明代高攀龙（1562—1626）精于静心

---

① 张志聪集注：《黄帝内经素问集注》，第36页。

② 吕不韦著，陈奇猷校释：《吕氏春秋新校释》，第1355页。

③ 陈立撰，吴则虞点校：《白虎通疏证》，中华书局1994年版，第381页。

养气,《困学记》:

> 是夜明月如洗，坐六合塔畔，江山明媚，知己劝酌，为最适意时，然余忽忽不乐……明日于舟中厚设褥席，严立规程，以半日静坐，半日读书……心气清澄时，便有塞乎天地气象……又如电光一闪，透体通明，遂与大化融合无际，更无天人内外之隔，至此，见六合皆心，腔子是其区宇，方寸亦其本位，神而明之，总无方所可言也。(《高子遗书》卷三，文渊阁四库全书本)

在动静交养中开悟，如电光闪现，透体通明，无天人内外隔阂，与大化融合为一，体会“塞乎天地气象”，这与庄子“天地与我并生，万物与我为一”，大抵是同一精神境界，带有可以意会不可言说之神秘色彩。

（四）

在古人的行气理论中，重视气盛、气贯，譬如强调“为文全在气盛”的曾国藩（1811—1872），对行气非常重视，常常以列子御风、孟子七篇、韩愈“气盛言宜”为例。如《同治二年十一月日记》:“夜核批札稿，二更后温韩文数篇，若有所得。古人之不可及，全在行气。如列子之御风，不在义理字句间也。”①又《同治元年八月初四日》家训:“行气为文章第一义，卿云之跌宕，昌黎之倔强，尤为行气不易之法。”②《咸丰十一年正月初四日》家训:“雄奇以行气为上，造句次之，造字又次之……余好古人雄奇之文，以昌黎为第一，扬子云次之。二公之行气，本之天授，至于人事之精能，昌黎则造句之功夫居多；子云则选字之功夫居多。”③一则文气之顺、畅、贯，方能淋漓尽致地显示作家的思想情感，一则行气之分合、断续也是大有讲究的，在他看来:“为文全在气盛，欲气盛，全在段落清。每段分束之际，似断非断，似咽非咽，似吞非吞，似吐非吐；古人无限妙境，难于领取。每段张起之际，似承非承，似提非提；似突非

① 曾国藩:《曾国藩全集》，岳麓书社1994年版，第950页。

② 曾国藩著，李鸿章校勘，宁波等校注:《足本曾文正公全集》第8部，吉林人民出版社1995年版，第5547页。

③ 曾国藩著，李鸿章校勘，宁波等校注:《足本曾文正公全集》第8部，第5530—5531页。

突，似纾非纾；古人无限妙用，亦难领取。”① 这种“似断非断”、“似承非承”的状态，是指行气之止与非止、分与合、断与续，这种既独立又连贯的状态自然使得全篇文章段落清楚、文气贯通、意境高远。在古人看来，列子御风、孟子七篇，是行气顺畅的经典之作。这种运气方式，不仅在于气盛，而且贵在气贯，条贯顺畅，前后照应，承接有力，常常产生神似大过形似的艺术效果，刘师培先生《论文章有生死之别》认为：“夫文章之所以能生动，或由于笔姿天然超脱，或由于记事善于传神。如画蝴蝶然，工于画者既肖其形，复能传其栩栩欲活之神，不工于画者，徒能得其形似而已。”② 文之传神，必有鲜活之气，欲有鲜活之气，必使一气流动，所以文气贯通，是文学艺术生动传神的前提，否则，纵然文辞堆砌，亦只得形似而已。

所谓气化无形可感，处于有无、动静、虚实、形神之间，是天地、物我之间的一种互为关联，有生于无，形源于神，静生动，虚生实，由此构成的气象、气运、气场，作为一种心物关联，渗透在古代人文创造的各个方面，衍生出古代文论众多命题、范畴。譬如在艺术创作和审美鉴赏领域，涉及创作动机、运思逻辑、鉴赏能力等，关联到作者维度之虚静、神气、物感、养气、刚柔相济、文本维度之形神、声调、神韵、气盛言宜、读者维度之气韵、气象、虚实相生、动中有静等问题。就更为广阔的人文化成而言，作为一种弥漫的、渐进的、互渗的整体气质与氛围，气化（气场）弥散在主体个性、时代氛围、政治主张、生活方式、审美趣味、文化圈子、精神气质等各个方面，甚至成为一个时代思想文化乃至民族精神风貌的表征。对于这一点，明代李东阳（1447—1516）有深切的认识，如云：“人囿于气化之中，而欲超乎时代土壤之外，不亦难乎？”又云：“秀才作诗不脱俗，谓之头巾气；和尚作诗不脱俗，谓之馂馅气；咏闺阁多于华艳，谓之脂粉气。能脱此三气，则不俗矣。至于朝廷典则之诗，谓之台阁气；隐逸恬淡之诗，谓之山林气，此二气者，必有其一，却不可少。”③ 参之现代解释学的观点，这大约就是作者的“历史性”问题。

---

① 曾国藩著，李鸿章校勘，宁波等校注：《足本曾文正公全集》第8部，第4935页。

② 刘师培：《汉魏六朝专家文研究》，《中国中古文学史讲义》，上海古籍出版社2006年版，第120页。

③ 李东阳著，李庆立校释：《怀麓堂诗话》，人民文学出版社2009年版，第179、184页。

作为一种创化过程，气化为理解审美对象与创作主体的互动相生奠定了理论基础，也影响到古人关于情与景、情与理、虚与实、物与我、古与今、真与伪、刚与柔、师心与师物之间审美特性的思考，以及在对待立义、中和等问题上的认识深化。随着对气化认识的深入，在一定程度上，也促使文论家有关创作主体性的认识，以及审美对象的物性与文学性理解的加深。审美创作之物，既具有一般的物理性，“一草一木，其能发生者，理也”，还具有特殊的审美性与哲理性，所以叶燮将物三分为“理、事、情”，能发生者“理”，既发生则“事”，发生后则“情”。气则为“理、事、情”三者之贯通，《原诗》认为：“三者藉气而行者也。得是三者，而气鼓行于其间，絪緼磅礴，随其自然，所至即为法，此天地万象之至文也。”①这样便将哲学层面之气化与文学层面之气化贯通起来，使其哲学意义落实为创作中的具体特质，由此也反映出古人对于外物之理与主体才性的认识已经进入了新的境界。

在具体的艺术创作中，灵感、天机、神气总是相伴而行。以气为本，以气化为形，艺术构思阶段常常伴随着偶发性际会、瞬间性感发等心理活动，譬如陆机谓“来不可遏，去不可止”（《文赋》），陶宗仪（1329—约1412）谓“恍惚而来，不思而至”（《说郛》卷二十五下），袁枚（1716—1797）谓“迎之未来，揽之已去”（《续诗品·即景》），王世贞（1526—1590）谓“忽然而来，浑然而就”（《艺苑卮言》），等等。对于此一类心理活动过程，刘勰的阐述最为传神，《文心雕龙·神思》：“文之思也，其神远矣。故寂然凝虑，思接千载；悄焉动容，视通万里；吟咏之间，吐纳珠玉之声；眉睫之前，卷舒风云之色；其思理之致乎。故思理为妙，神与物游。神居胸臆，而志气统其关键。”②此一“神远”的状态，乃是一种超越宇宙时空的、具有无限丰富性的一气流行，可以在“寂然凝虑”的状态中置身千里之外、万里之遥，于内外的吟咏吐呐中发出珠圆玉润的乐声，于遐思妙想中勾描出风云变幻的色彩，这种“神远”之思，源自外物触发，始于静寂，与神气、灵感相偕，能够穿行于古今、天地之间，从而获得创作构思的自由适意，达致“神与物游”、无所不知、无所不能的境地，这与司空图“行神如空，行气如虹”（《二十四诗品·劲健》）、“思与境偕”（《与王驾

① 叶燮著，霍松林校注：《原诗·内篇下》，人民文学出版社1979年版，第21—22页。

② 刘勰著，詹锳义证：《文心雕龙义证》，第975—976页。

评诗书》)、袁宏道“情与境会”(《叙小修诗》)、王世贞“神与境合”(《艺苑卮言》),大抵是同样的意思。

在古人的审美文化视野中,气化在艺术创作中所呈现的特征,常常表现为生气贯注、空灵蕴藉、变化莫测,介乎似是而非、虚实相生、有无相济的形神、动静之间。譬如陆时雍论“神韵”云:“诗之佳,拂拂如风,洋洋如水,一往神韵,行乎其间。”①所谓“如风”、“如水”般的佳作,也就是行气顺畅之作,陆氏以此为准则,贬低班固《明堂》诸篇,“质而无鬼”,缺乏生气。近人俞陛云(1868—1950)《诗境浅说》认为律诗“诗有作意,而能以气运之,律诗之枕中秘也。”评杜甫《登高》一诗中间四句云:“有一泻千里之势,纯以气行,而意自见。”② 宗白华先生《论文艺的空灵与充实》认为:“艺术心灵的诞生,在人生忘我的一刹那,即美学上所谓‘静照’。静照的起点在空诸一切,心无挂碍,和世务暂时绝缘。这时一点觉心,静观万象,万象如在镜中,光明莹洁,而各得其所,呈现着它们各自的充实的、内在的、自由的生命,所谓万物静观自得。”在他看来,空明的觉心容纳着万境,万境浸入人的生命,染上人的性灵,亦如周济谓“初学词求空,空则灵气往来”,灵气往来既是物象呈现灵魂生命的时候,也是美感诞生的时候③。

二　气化的艺术显现——随物赋形

(一)

在画论和文论中,东坡多次论及“随物赋形”,在对“死水”和“活水”画法进行比较后,他认为:“古今画水,多作平远细皱,其善者不过能为波头起伏,使人至以手扪之,谓有洼隆,以为至妙矣。然其品格,特与印板水纸争工拙于毫厘间耳。”这是“死水”,而“唐广明中,处士孙位始出新意,画奔湍巨浪,与山石曲折,随物赋形,尽水之变,号称神逸”④,这是“活水”。这一段话中,值得探究的问题有二:一是“随物赋形”的本义与引申义,一是“死水”与“活水”的区别,为什么在于“尽水之变”?

① 陆时雍:《诗镜总论》,见丁福保编《历代诗话续编》下,中华书局1983年版,第1403页。
② 俞陛云:《诗境浅说》,天津人民出版社2008年版,第41、53页。
③ 宗白华:《艺境》,北京大学出版社1987年版,第176—177页。
④ 苏轼著,孔凡礼点校:《画水记》,《苏轼文集》卷12,第408页。

所谓“随物赋形”，实则创作中的行气、运气，“物”是指事物的本然状态，“形”是指创作中的应然状态，这是一个由本然而应然、形似而神似的过程，也是一个自然而然、率性而为的过程。在东坡看来，好的作品应该是这样的：

> 大略如行云流水，初无定质，但常行于所当行，常止于所不可不止，文理自然，姿态横生。（《与谢民师推官书》）①
>
> 此数十纸．皆文忠公冲口而出，纵手而成，初不加意者也。其文采字画，皆有自然绝人之姿，信天下之奇迹也。（《跋刘景文欧公帖》）②
>
> “冲口出常言，法度法前轨。人言非妙处，妙处在于是。”乃知作诗到平淡处，要似非力所能。（周紫芝《竹坡诗话》引）③

所谓“冲口而出”与“随物赋形”可互为印证，均为主体创作时心理状况的一种描述，只有在“冲口而出”、无有阻碍之时，方能“随物赋形”，两者常常相伴而行。文学创作和欣赏中的“随物赋形”，就是以有形之文字描摹出无形之情愫，凡创作造诣深者，大多精于物我合一、情景相融、浓淡相宜之创设。清人沈德潜的这段话，可以形象地为此作注脚：“诗贵性情，亦须论法。乱杂而无章，非诗也。然所谓法者，行所不得不行，止所不得不止，而起伏照应，承接转换，自神明变化于其中；若泥定此处应如何，彼处应如何（如磺沙僧解三体唐诗之类），不以意运法，转以意从法，则死法矣。试看天地间水流云在，月到风来，何处著得死法。”④在古代诗文评作者看来，天地间风云变化，皆遵循自然之道，诗家明了此理，便能下笔如神，自有一片化机，否则，纵然是刻舟求剑，精益求精，亦无生趣。

对于苏轼这种率性而作、无意而工的“随物赋形”，后世学者评价不一。魏叔子对苏轼之文，极为赞赏，他认为古今文章之工，分有意之工和无意之工两种，东坡之文，本无心传世，乃自然天成，如云：“然而风之行于空也，草木为之传其声，水行于地，而山石曲折写其形，故曰，风水相遭而文生焉……风期

① 苏轼著，孔凡礼点校：《苏轼文集》卷49，第1418页。

② 苏轼著，孔凡礼点校：《苏轼文集》卷69，第2198页。

③ 周紫芝：《竹坡诗话》，见何文焕编《历代诗话》上，中华书局1981年版，第348页。

④ 沈德潜：《说诗晬语》，见丁福保编《清诗话》下，第524页。

自然，无意而极工，虽寻常凌杂之言，无不可深味而久传也。”[①]究其根源，在于文气浩荡，生气蓬勃，故《论世堂文集序》：“圣人之气如天之四时，分之而为十有二月，又分之而为二十有四气，得其一气，则莫不可以生物……而世之言气，则惟以浩瀚蓬勃，出而不穷，动而不止者当之，于是而苏轼氏乃以气特闻。子瞻之自言曰：‘吾文如万斛泉涌，不择地皆可出。在平地一日千里无难，及其与山石曲折随物赋形，而不自知也。行乎其所当行，止乎其所不得不止。’而乃以气特闻。”[②]对此，近世学者林纾（1852—1924）的看法却不同，他认为：“吾生平不嗜读苏东坡文，以其为文往往不能极意经营。然善随自救弊，则由东坡天才聪敏。无其天才者，不可学也。”[③]先天禀赋不同，后天文才自然迥别，林氏所云，大抵也是平实之论。

从文学观念史的渊源看，虽然此前六朝谢赫率先在画论中提出“应物象形”和“随类赋彩”（《古画品录》），文论领域有《文赋》物“多姿”、体“屡迁”以及《文心雕龙·物色》“写气图貌，既随物以宛转”等说法，但明确提出“随物赋形”的是苏东坡。以自身的艺术实践为基础，以深厚的易学理论为导向，苏轼在论文、论画时，从理论到实践全方位地诠释其多重意蕴，“随物赋形”遂成为艺术创作中形象构思的普遍性法则。强调构思与行气的理想效果，追求作者之气、物象之气、形象之气的完美合一，是“随物赋形”的审美宗旨，譬如金代王若虚（1174—1243）评白居易诗云：“乐天之诗，情致曲尽，入人肝脾，随物赋形，所在充满，殆与元气相侔。”[④]元好问（1190—1257）《杜诗学引》评杜甫诗云：“如元气淋漓，随物赋形，如三江五湖，合而为海，浩浩瀚瀚，无有涯矣；如祥光庆云，千变万化，不可名状。”[⑤]清人邓绎认为：“‘万斛泉源，随地涌出’，其文心之盛乎？‘因方成硅，遇圆成璧’，其文心之巧乎？二者皆出于自然，故神于艺者近乎道。”邓氏论文重视文气的浩荡，追溯从孔子“辞达”到孟子“浩然之气”逮至唐宋古文家论文重气的传统，对于明以后主情不主气的倾

① 魏禧著，胡守仁、姚品文、王能宪校点：《研邻偶存叙》，《魏叔子文集》卷8，中华书局2003年版，第422页。

② 魏禧著，胡守仁、姚品文、王能宪校点：《论世堂文集序》，《魏叔子文集》卷8，第395—396页。

③ 林纾口授：《文微·唐宋元明清文评》，见王水照编《历代文话》卷7，第6553页。

④ 王若虚：《滹南集》卷38，文渊阁四库全书本。

⑤ 元好问：《遗山集》卷36，文渊阁四库全书本。

向，颇不以为然，认为这是读书少不能“知言养气”的结果，故而对东坡的“随物赋形”，尤为赞赏。①

后世学者对于“随物赋形”的阐发，大体上有两个维度，一是揭示气运本质，一是强调神运境界。譬如探究创作主体运气、行气的实质，袁枚认为：“混元运物，流而不注。迎之未来，揽之已去。诗如化工，即景成趣。逝者如斯，有新无故。因物赋形，随影换步。彼胶柱者，将朝认暮。”②这不仅点出“诗如化工”的特质，而且将运气、行气所具有的转瞬即逝、似幻似真的“入物”特性说得生动形象。廖燕看重行气、运气对于创作主体个性气质的培育，如云：“借彼物理，抒我心胸。即秋而物在，即物而我之性情俱在，然则物非物也，一我之性情变换而成者也。性情散而为万物，万物复聚为性情，故一拈髭搦管，即能随物赋形，无不尽态极妍，活现纸上。”③廖氏重视物我之间的情景交融，尤其强调“随物赋形”过程中主体情性“妙物”的作用。

在清人李重华（1682—1755）作诗五法中，“以神运者一，以气运者二，以巧运者三，以辞运者四，以事运者五”，那么，为什么“神运”第一呢？李氏认为：

> 神与气互相为用，曷以离而二之也？曰：诗品云：“行神如空，行气如虹。”夫神妙物于不知，气入物于无间，固各有当也。诗之宗莫若李、杜。杜生气远出，而总以神行其间；李神采飞动，而皆以浩气举之。是两人得之于天，各擅其长矣。惟夫杜之妙，神行而气亦行；李之妙，气到而神亦到，此其所以未易优劣尔。若历代名家，或凝神以发英，或振气以舒秀，尤了然可指者。诗之尤贵神也，惟其意在言外也；若气，则凡为文无不贵之，岂独诗然乎哉？我之微分其等者此也。④

在古人的审美视野中，神运的境界高于气运的境界。神与气之“微分”，在于互为体用，神与气均为气化的产物，气之“入物于无间”，神之“妙物于不知”，前

① 参见《藻川堂谭艺·比兴篇》、《日月篇》，见王水照编《历代文话》卷7，第6168、6158页。

② 袁枚：《续诗品·即景》，见丁福保编《清诗话》下，第1034页。

③ 廖燕著，屠友祥校注：《李谦三十九秋诗题词》，《二十七松堂文集》卷5，上海远东出版社1995年版，第119页。

④ 李重华：《贞一斋诗说》，见丁福保编《清诗话》下，第921—922页。

者示其质，后者显其神，均呈现出大化流行、无形有境的特点。从运思的角度看，无论是“凝神”之“神行而气亦行”，还是“振气”之“气到而神亦到”，神与气相协而行、自然天成，所谓“神行而形随”，旨在“应物象形”、“写气图貌”、“随物赋形”，须臾不可离分。

（二）

那么，苏轼为什么喜欢用水的意象来诠释画法、文法呢？我们认为，这既与儒道思想传统中对水意象的重视有关①，更与东坡本人对气的认识有关。

在东坡看来，水处于有无、动静之间，兼具“柔外”、“刚内”的特征，这种内外刚柔的统一，就是水所象征的“圣人之德”，如云：“阴阳一交而生物，其始为水。水者，有无之际也。始离于无而入于有矣。老子识之，故其言曰‘上善若水’，又曰‘水几于道’。圣人之德，虽可以名言，而不囿于一物，若水之无常形。此善之上者，几于道矣，而非道也。若夫水之未生，阴阳之未交，廓然无一物，而不可谓之无有，此真道之似也。阴阳交而生物，道与物接而生善，物生而阴阳隐，善立而道不见矣。”②《续养生论》：“阴阳之始交，天一为水。凡人之始造形，皆水也。”③在这种哲学思想的指导下，东坡为文，常常以水为喻，意在描摹文气灵动鲜活的动态美感，两者不仅在于形似，更在于神似，具有精神上的一致性，譬如：

天下之至信者，唯水而已。江河之大与海之深，而可以意揣。唯其不自为形，而因物以赋形，是故千变万化而有必然之理。(《滟滪堆赋》)

客亦知夫水与月乎?逝者如斯，而未尝往也。盈虚者如彼，而卒莫消长也。盖将自其变者而观之，则天地曾不能以一瞬。自其不变者而观之，则物与我皆无尽也，而又何羡乎?(《赤壁赋》)

阴阳之相化，天一为水。六者其壮，而一者其稚也。夫物老死于坤，而萌芽于复。故水者，物之终始也。意水之在人寰也，如山川之蓄

① 对于中国古代儒道思想资源中水意象的研究，业已取得了颇为丰富的成果，譬如葛瑞汉先生的《论道者——中国古代哲学论辩》、艾兰先生的《水之道与德之端——中国早期哲学思想的本喻》，均有较为深入的论述。

② 苏轼:《东坡易传》卷7，文渊阁四库全书本。

③ 苏轼著，孔凡礼点校:《苏轼文集》卷64，第1984页。

云，草木之含滋，漠然无形而往来之气也。为气者水之生，而有形者其死也。死者咸而生者甘，甘者能往能来，而咸者一出而不复返。此阴阳之理也。(《天庆观乳泉赋》) ①

东坡善用水为喻，正是因为水具有“有常无形”而“随物赋形”的物理属性，从其物理属性中引申出形上意义与审美特质，使之在解释宇宙本原与变化法则、文学创作中的审美态度与审美情感等问题时，显得相当圆融自如。

作为气的物化形态，水具有坚冰、水流、蒸汽等各种形态，在中国早期思想史语汇中，水这个意象具有多重意蕴，内涵了无形无象、自由自在、永无休止的寓意，长于时间流逝与空间转换的寓意表达，为古人理解和阐释时间观与空间观提供了具体可感的物象。当孔子面对水沉思遐想并不断赞美的时候，当老子用水作为道原型的时候，已经将人类道德原则和自然本质规律蕴含在水的各种表现形态中，因此在他们建立思想体系时，水这个意象便早已内在于思维模式与概念表述之中。对于这种以水为喻的方法，后世学者大多心领神会，譬如明代宋应星《论气·气声》：“物之冲气也，如其激水然。气与水，同一易动之物。以石投水，水面迎石之位，一拳而止，而其文浪以次而开，至纵横寻丈而犹未歇。其荡气也亦犹是焉，特微渺而不得闻耳。” ② 宋氏以“文浪”、“荡气”形容气之运行方式，认为气与水具有相同的物理特质。又如王船山认为：“水之为沤为冰，激之而成，变之失其正也。沤冰之还为水，和而释也。人之生也，孰为固有之质，激于气化之变而成形，其死也，岂遇其和而得释乎。君子之知生者，知良能之妙也。知死，知人道之化也。奚沤冰之足云。” ③ “沤冰”之喻，是儒家学者言体用关系时惯用的，水与气之间的物理性变化，乃是自然之道，人之死生与气之聚散，则是人道变化，两者具有相同的气化法则。对于中国古代思想家擅长以水为喻，艾兰先生认为：“气概念是以水的各种样态为原型。在自然界，它的字义指出水的循环往复，溪水下流，上升为雾，下降为雨，给植物以生机。作为人的呼吸，给我们以活力。而作为心的动能，它

① 苏轼著，孔凡礼点校：《苏轼文集》卷1，第1、6、15页。
② 宋应星：《论气》，第75页。
③ 王夫之：《思问录》内篇，《船山全书》第12册，第415页。

控制思想与情感，是我们道德感的源泉。”① 正因为水具有本体论、生成论层面的多种意蕴，精于易学，徘徊于儒道之间的苏轼，视水为道与万物相通的媒介，自由穿行于本体世界、精神世界、物质世界、心灵世界之间，追求“行云流水”、“文理自然”、“冲口而出”、“随物赋形”、“身与竹化”、“合于天造”的审美境界，这种随性、随意、率真、天成的创作风格，自然也就成为心灵自由与精神超越的象征。

（三）

考察东坡的气论思想，不仅深受老学气学本体论的影响，而且有着深刻的庄学痕迹，同时，还体现在对易学传统的再诠释，对孟子“浩然之气”的再发挥上，可谓混杂而广博。②

苏轼深受庄子“天地与我并生，而万物与我为一”（《庄子·齐物论》）的影响，对于庄子所谓人之生死、气之聚散、万物一也的法则（《庄子·知北游》），深信不疑。在他看来，人与万物本于一气，人的物质生活和精神生活均为气之创化，无论是生死之自然法则，或是美丑之审美法则，均为气化使之然，主体只有进入无为自然、万物自化的状态，“天下为量，万物一家。前圣后圣，惠我光华”③，不知物之为物，“吾与物俱不得已而受形于天地之间，其孰能有之？而或者以为己有，得之则喜，丧之则悲”④，方能真正进入物我合一的境地，获得“独与天地精神往来”（《庄子·天下》），“通天下一气耳”（《庄子·知北游》）的心灵超越境界。对于这种超越境界，东坡颇有体会：“居士之在山也，不留于一物，故其神与万物交，其智与百工通。虽然，有道有艺，有道而不艺，则物虽形于心，不形于手。”⑤得道即“神与万物交”，得艺即“智与百工

① ［美］艾兰：《水之道与德之端》，第102页。

② 关于苏轼哲学思想与文艺思想的复杂状态，学者多有关注，譬如余敦康先生《内圣外王的贯通——北宋易学的现代阐释》，学林出版社1997年版；冷成金先生《苏轼的哲学观与文艺观》，学苑出版社2003年版；王启鹏先生《水：苏轼文艺美学的精髓》，载《中国苏轼研究》1，学苑出版社2004年版；程刚先生《健与随：苏轼易学影响下的人格理想与文艺理想》，载《中国文论研究的方与圆》古代文学理论研究第31辑，华东师范大学出版社2010年版。

③ 苏轼著，孔凡礼点校：《广心斋铭》，《苏轼文集》卷19，第576页。

④ 苏轼著，孔凡礼点校：《书六一居士传后》，《苏轼文集》卷66，第2049页。

⑤ 苏轼著，孔凡礼点校：《书李伯时〈山庄图〉后》，《苏轼文集》卷70，第2211页。

通”，所谓“神与物游”，即与道合一、德艺双馨，这种道技合一是文学艺术创作的至高境界。按照冯友兰先生的说法，这是达致天地境界的预备状态，《新原人》云：“得到此等境界者，不但是与天地叁，而且是与天地一。得到此等境界，是天地境界中底人的最高底造诣。亦可说，人惟得到此境界，方是真得到天地境界。知天事天乐天等，不过是得到此等境界的一种预备。”①

苏轼一生，对于养气养生之道极为信奉，特别是黄州、岭海时期，更是服药练气，对“布气”、“胎息”等养生之术津津乐道②。在他眼里，气之道，与文之道、书之道、画之道，是融会贯通的。如《论书》：“书必有神、气、骨、肉、血，五者阙一，不为成书也。”③ 对于各种艺术之道的融会贯通，古代学者多有认同，尤其是有跨界特长者，譬如清人薛雪《一瓢诗话》就认为：“独往山人黄遵古与余同客武林幕府，朝夕观其作画，其正处精神，多在侧处渲染；近处位置，又从远处衬贴，浓不伤痴，澹不嫌寂，气运蓬勃而出，一时笔墨都化。微乎微乎！画之道，诗之道，文之道也。”医家出身的薛氏，对于天地人一气流行的道理，应该是了然于心中的，所以能够明确地将画道、诗道、文道贯通。在古人看来，自然之气，只要得一气皆可成文，由此形成的文气与自然之气一样，自然而然、无目的、无意识，作者无法自知，亦不能自持，此一状态，如同苏辙所言：“其气充乎其中，而溢乎其貌，动乎其言，而见乎其文，而不自知也。”④ 亦如邓绎所言：“‘行乎其所不得不行，止乎其所不得不止’，斯境非独文章有之，凡天下人事之往复万变而不可度思者皆是也。故凡为文章之阖辟奇纵而树立宏远者，必达于道，然后能不朽焉。”⑤ 在他们看来，行气之道与为文之道，乃至万事万物之道都是相通的，非“奇纵”、“宏远”不能弘道，惟弘道方能不朽。

---

① 冯友兰：《三松堂全集》第4卷，第633页。

② 参见《苏轼文集》卷73《杂记》，第2333、2337页。苏轼关于养生养气的著作颇多，有《养生诀》、《续养生论》、《广心斋铭》、《养生偈》、《日喻》等，清康熙年间王如锡汇编成《东坡养生集》，共12卷，一千零四十余条。

③ 苏轼著，孔凡礼点校：《苏轼文集》卷69，第2183页。

④ 苏辙著，陈宏天、高秀芳校点：《栾城集》卷22《上枢密韩太尉书》，《苏辙集》，中华书局1990年版，第381页。

⑤ 邓绎：《藻川堂谭艺·唐虞篇》，见王水照编《历代文话》卷7，第6125页。

在东坡的易学思想中，对“两一观”有深入的阐释，对易学的重阳倾向，亦有独到的见解。在解释“在天成象，在地成形，变化见矣”时，《东坡易传》卷七中认为：

> 天地一物也，阴阳一气也，或为象，或为形，所在之不同，故在云者，明其一也。象者，形之精华发于上者也。形者，象之体质留于下者也。人见其上下，直以为两矣。岂知其未尝不一邪？繇是观之，世之所谓变化者，未尝不出于一而两于所在也。自两以往，有不可胜计者矣。故“在天成象，在地成形”，变化之始也。

对于阴与阳、形与象的理解，基本上秉承了传统“两一观”的言说套路。《东坡易传》卷八解释“一阴一阳之谓道”：

> 阴阳果何物哉？虽有娄、旷之聪明，未有得其仿佛者也。阴阳交然后生物，物生然后有象，象立而阴阳隐矣。凡可见者皆物也，非阴阳也，然谓阴阳为无有，可乎？虽至愚知其不然也，物何自生哉？是故指生物而谓之阴阳，与不见阴阳之仿佛而谓之无有者，皆惑也。圣人知道之难言也，故皆阴阳以言之，曰“一阴一阳之谓道”。一阴一阳者，阴阳未交而物未生之论也。喻道之似，莫密于此者矣。

其间所涉及的阴阳与象、阴阳之自生自化、阴阳与道等问题，均承续了北宋以来易学解释的一般观点。针对易学传统中阳强阴弱、阳盛阴衰的状况，《东坡易传》卷三认为：

> 《易》之所贵者，贵乎阳之能御阴，不贵乎阳之陵阴而蔑之也，人徒知阴之过乎阳之为祸也，岂知夫阳之过乎阴之不为福也哉，立阴以养阳也，立臣以卫君也，阴衰则阳失其养，臣弱则君弃其卫，故曰大过。
>
> 故大过之世，智者以为阳宜下阴，而愚者以为阴宜下阳也。

由此可见，秉持“立阴以养阳”的中庸立场，是《东坡易传》的基本立场，也是苏轼气论思想的核心所在。

（四）

东坡以气论人，常常能够生出新意来，譬如他对韩愈的评价，在中国古代文学思想史上，具有相当重要的地位。《潮州韩文公庙碑》：“独韩文公起布衣，谈笑而麾之，天下靡然从公，复归于正，盖三百年于此矣。文起八代之衰，而道济天下之溺，忠犯人主之怒，而勇夺三军之帅，此非参天地，关盛衰，浩然而独存者乎！”① 苏轼从孟子的“浩然之气”说起，罗列历代文气特盛的文人、才士，由此归结出韩愈文章的历史意义和当代价值，具有鲜明的道统意识与文统色彩。东坡善于以气论人，譬如他评价黄庭坚：“则见足下之诗文愈多，而得其为人益详，意其超逸绝尘，独立万物之表，驭风骑气，以与造物者游，非独今世之君子所不能用，虽如轼之放浪自弃，与世阔疏者，亦莫得而友也。”② 又如《书唐氏六家书后》：“永禅师书，骨气深稳，体兼众妙，精能之至，反造疏淡。如观陶彭泽诗，初若散缓不收，反覆不已，乃识其奇趣。”③ 对于为文气象与年岁的关系，东坡有很精彩的论述，《与二郎侄一首》：“凡文字，少小时令气象峥嵘，采色绚烂，渐老渐熟乃造平淡；其实不是平淡，绚烂之极也。汝只见爷伯而今平淡，一向只学此样，何不取旧日应举时文字看，高下抑扬，若龙蛇捉不住，当且学此。”④ 所谓“绚烂之极”、“乃造平淡”的说法，大约也只有苏轼这样的天才，方能有如此深切地体悟。

作为蜀学代表的“三苏”，长于文学，影响传播极广。他们的文学主张，不尽相同，譬如苏辙论气，在文学史上也颇有名气，如云：“是何气也？天下之人莫不有气，气者，心之发而已。行道之人，一朝之忿而斗焉，以忘其身，是亦气也。方其斗也，不知其身之为小也，不知天地之大、祸福之可畏也。然而是气之不养者也，不养之气横行于中，则无所不为而不自知。于是有进而为勇，有退而为怯。其进而为勇也，非各欲勇也，不养之气盛而莫禁也；其退而为怯也，非吾欲怯也，不养之气衰而不敢也。”⑤ 苏辙的养气理论，企图打通孟

① 苏轼著，孔凡礼点校：《苏轼文集》卷17，第509页。

② 苏轼著，孔凡礼点校：《答黄鲁直五首》，《苏轼文集》卷52，第1532页。

③ 苏轼著，孔凡礼点校：《苏轼文集》卷69，第2206页。

④ 苏轼著，孔凡礼点校：《苏轼佚文汇编》卷4，《苏轼文集》，第2523页。

⑤ 苏辙著，陈宏天、高秀芳校点：《孟子解二十四章》，《栾城后集》卷6，《苏辙集》，第949页。

子“浩然之气”与天地之道的关系，并且与孔子以来儒学一脉的气学传统，自觉的相联系。在他看来，理想的养气状态，应该是这样的：“今夫水无求于深，无意于行，得高而停，得下而流，忘己而因物，不为易勇，不为险怯。故其发也，浩然放乎四海。古之君子，平居以养其心，足乎内无待乎外，其中潢漾，与天地相终始。止则物莫之测，行则物莫之御。富贵不能淫，贫贱不能忧。行乎夷狄患难而不屈，临乎死生得失而不惧，盖亦未有不浩然者也。”[①]这种养气的境界，“足乎内无待乎外”，“与天地相始终”，源于孟子“浩然之气”，近乎于本体意义上的道德挺立。

对于东坡以气论文，古来文论家评价很高。陈善（约1147年在世）认为：“文章以气韵为主，气韵不足，虽有辞藻，要非佳作也。乍读渊明诗，颇似枯淡，久久而有味。东坡晚年酷好之，谓李杜不及也。此无他，韵胜而已。”[②]东坡推崇陶诗，且“晚年极好之”，大约只有历经时世沧桑后，方能体味陶诗极枯淡、极有味的特点。南宋刘辰翁（1231—1297）认为：“词至东坡，倾荡磊落，如诗如文，如天地奇观。”[③]明人茅维（1577—1643）认为：“盖长公之文，犹夫云霞在天，江河在地，日遇之而日新，家取之而家足，若无意而意合，若无法而法随，其亢不迫，其隐无讳，澹而腴，浅而蓄，奇不诡于正，激不乖于和，虚者有实功，泛者有专诣……当其纷然而友，粲然而布，弥宇宙而亘今古，肖化工而完真气，无一不从文焉出之，而读之澹乎若无文也，长公其有道者欤！”[④]清人赵翼（1727—1814）认为：“东坡随物赋形，信笔挥洒，不拘一格。”[⑤]清人施补华（1835—1890）评价苏轼：“东坡五古，有精神饱满才气坌涌甚不可及者，如‘千山动鳞甲’、‘何人守蓬莱’诸篇。”[⑥]凡此种种，论者均注意到文气在东坡创作中所发挥的重要作用。

那么，人为什么要创作呢？在东坡看来，源自先天与后天的矛盾，如云：“贵、贱、寿、夭，天也。贤者必贵，仁者必寿，人之所欲也。人之所欲，适与

① 苏辙著，陈宏天、高秀芳校点：《吴氏浩然堂记》，《栾城集》卷24，《苏辙集》，第409页。
② 陈善：《扪虱新话》卷1，丛书集成本，第1页。
③ 刘辰翁：《辛稼轩词序》，《须溪集》卷6，文渊阁四库全书本。
④ 茅维：《宋苏文忠公全集叙》，《苏轼文集·附录》，第2390—2391页。
⑤ 赵翼：《瓯北诗话》卷11《黄山谷诗》，见郭绍虞编《清诗话续编》上，第1331页。
⑥ 施补华：《岘佣说诗》，见丁福保编《清诗话》下，第983页。

天相值实难，譬如匠庆之山而得成鐻，岂可常也哉。因其适相值，而贵之以常然，此人之所以多怨而不通也。至于文人，其穷也固宜。劳心以耗神，盛气以忤物，未老而衰病，无恶而得罪，鲜不以文者。天人之相值既难，而人又自贱如此，虽欲不困，得乎？”①又云：“古之人道其聪明，广其闻见，所以学也，正志完气，所以言也。”②自然与人事、先天与后天、应然与本然之间的矛盾，加之文人固穷，常常劳心耗神、盛气忤物、未老先衰，由此导致的内外冲突，便是为文的心理本原。苏轼认为，孔子“辞达”的最高境界是“了然于心与手”，《又跋汉杰画山二首》谓为文者要“取其意气所到”，《答谢民师书》：“大略如行云流水，初无定质，但常行于所当行，常止于不可不止，文理自然，姿态横生。”故而提倡一气贯通、自然畅达的书写。对此，清人潘德舆（1785—1839）不以为然，如云：“‘辞达而已矣’，千古文章之大法也。东坡尝拈此示人，然以东坡诗文观之，其所谓达，第取气之滔滔流行，能畅其意而已。孔子之所谓达，不止如是也。盖达者，理义心术，人事物状，深微难见，而辞能阐之，斯谓之达。达则天地万物之性情可见矣。此岂易易事，而徒以滔滔流行之气当之乎？”③ 也即是说，“辞达”不仅在意与气的表达，还在于表现事物的性情，因而决定“辞达”不仅在于意气，还在于“理义心术，人事物状”诸因素。

从气化角度，辨析化工与画工的区别，东坡认为：“观士人画，如阅天下马，取其意气所到。乃若画工，往往只取鞭策皮毛槽枥刍秣，无一点俊发。看数尺许便卷。”④ 李贽（1527—1602）则认为，化工乃“追风逐电之足，决不在于牝牡骊黄之间；声应气求之夫，决不在于寻行数墨之士；风行水上之文，决不在于一字一句之奇”，而画工“殚其力之所能工，而极吾才于既竭”，“穷巧极工，不遗余力，是故语尽而意亦尽，词竭而味索然亦随以竭”⑤。在古人看来，所谓“气盛言宜”，乃入于化工也；凡欣赏水平高者，亦长于物我相糅、悲喜与

① 苏轼著，孔凡礼点校：《邵茂诚诗集叙》，《苏轼文集》卷10，第320页。

② 苏轼著，孔凡礼点校：《送人叙》，《苏轼文集》卷10，第325页。

③ 潘德舆：《养一斋诗话》卷2，见郭绍虞编《清诗话续编》下，第2035页。

④ 苏轼著，孔凡礼点校：《又跋汉杰画山二首》，《苏轼文集》卷70，第2216页。

⑤ 李贽：《杂说》，见蔡景康编选《明代文论选》，人民文学出版社1999年版，第232页。

共、相通相若之共鸣，所谓“以意逆志”，入而与之俱化也，如此一来，创作方能细致入微，欣赏亦能同情之了解。

第五节　结论

这一章主旨在于探讨气学的本体化、精神化以及在文学艺术领域的衍生诸问题。通过本章的研究，可以发现，在古代的思想史论域中，气能诠释物质生命与精神意识之缘起，是宇宙之本原，是穷尽天、地、人的终极性根据，凡古代宇宙论、阴阳论、人性论、道德论、善恶论、性欲论、情性论等，均可还原到气。因此，在古人的知识话语中，凡论及人之生命精神本质、人与自然宇宙、社会人生关系等问题时，就不可避免地谈到气，历史上的各种思想观念、学术流派概莫能外。

本章首先指出，在气学思想谱系中，统摄“具象之气”、“本体之气”、“精神之气”三种品相，这构成气学认知的一般层级。“具象之气”是气学思想的早期形态，以物理和生理层面可观、可感的现象为主，古人关于“六气”、血气的认识，大都属于此一层级。“本体之气”与形上意义、超越品格相关联，虽不可感、不可观，但可知、可理解，本节关于道气、元气、理气范畴的梳理，旨在从本根、本原、本体层面确立气学思想的形上高度与理论深度。“精神之气”与心灵活动、生命境界密切相关，在古人谈论创作、运思、鉴赏诸问题时，常常涉及。作为“精神之气”的突出代表，孟子“浩然之气”兼有生理、心理、伦理的多重意蕴，因而又与“具象之气”、“本体之气”联系在一起。

为了避免宏观叙事的粗疏感，本章接着以两个具体的学术案例，来展开气之“一体三相”在经典解释者承传中再诠释的历程。首先以汉学为例，分析了思想史视野中气学诠释学的发展、演变。汉人的气学理论建构，多关注社会、历史、政治等气化形质层面的事物，构思玄妙，气势宏伟，兼顾宏观与微观、整体与部分，奠定了古代气学思想发展的基本格局，其中既有《淮南鸿烈》、《吕览》在宇宙论、本体论层面的宏大建构，也有董仲舒在天人、阴阳、五行方面的理论整合，亦不乏在相人之术、人物评鉴方面的现实运作，同时，气之阴阳五行解释模式与“六艺”传统的合流，形成了汉代经学若干独具特色的问题意识与方法论原则。

其次，本章以艺术活动中的气化以及苏轼的“随物赋形”为例，进一步论述“精神之气”在人文创作中的显现。我们所理解的气化，是人从自在的知行之域，走向历史中存在之所以可能的前提，是个人真正开始进入文化的过程，获得历史品格的依据，也是由存在的本然状态进入意义世界的桥梁。气化包括气化之所由、所本、所显、所感，牵涉到本体论、宇宙论层面的多重意蕴，所谓自化自现、生生不息，是气化最基本的特征。艺术创作中的气化介于形神、动静、虚实之间，无形可感、形神兼备、虚实相生、有无相济，其中的经典表述，就是东坡的“随物赋形”。对此，本文从三个层面加以辨析：其一，为文之气是一种志气，“随物赋形”是一个本然而应然、形似而神似的行气、运气过程。其二，东坡善以水喻行文运气，其本真意义在于水意象蕴含了气化的一般特征与固有特质，其思想根底兼有老学、庄学、易学、儒学的多重浸淫，充分显示了东坡思想驳杂的一面。其三，“随物赋形”揭示出古人行文运气的最高境界，这是一种“神与物游”、道技合一的天地境界，能体悟到气化此一层级意义，并自如地运用于艺术实践中，古往今来的文人中，非东坡天才不可为。

第五章

气学到文气学——元范畴意义的确立

第一节　引言

收录在李昉（925—996）《文苑英华》中唐人张文（605—678）的《气赋》，按照现在学科的划分，大体可以归为文学一科，如果单单从其中所蕴含的知识系谱和运思理路来看，基本上代表了中古时期知识阶层对气学话语的一般见解，如云：

> 若夫气之为物也，寥廓无象，中虚自然。激混混而为地，蔚苍苍而称天。其下降也，日月星辰著矣；其上腾也，山河树木生焉。虹楼隐于云际，蜃阁浮于海边。圣人遇之而为主，道士餐之而得仙。纷盖松而吐雾，拥炉柏而生烟。若乃变化千体，包含万类……翳春荣而绮靡，笼秋壑而枯悴，喷朝霞而共丹，腾晚霭而孤翠……睢盱不测，随致动静，与时消息，聚散无定，盈亏独全。其纤也，入于有象；其大也，出于无边。凭太虚而作宅，终造化而为年；随之不见其后，迎之不见其前。惟恍惟惚，玄之又玄。①

全篇用形象化的语言描述气的独特性，总结了秦汉以来气学的理论成果，大约有这样几层意思：其一，关于气的存在，既是自然客观的存在，有四时之变化，云雨烟雾，“寥廓无象”，又是社会的存在，圣人受命治天下，道士仙人“服气”养生，乃古人修齐治平之基本功，更是本体的存在，“惟恍惟惚”，“元之又元”，“包含万类”，乃宇宙之最高本体。其二，关于气的运动，通过“上

---

① 《文苑英华》卷20《天象》，文渊阁四库全书本。

腾”、“下降”，生成日月星辰、山河树木，天地皆一气化生而成。其三，关于气的显现，气本无形，“聚散无定”，“盈亏独全”，借象而形显，象中有气，有具象而无本象，故能神用无方，“变化千体”。

同属于文学作品，我们可以看看更早荀子的说法，《荀子》卷十八《云赋》：

有物于此，居则周静致下，动则綦高以鉅。圆者中规，方者中矩。大参天地，德厚尧、禹。精微乎毫毛，而大盈乎大寓。忽兮其极之远也，攭兮其相逐而反也，卬卬兮天下之咸蹇也。德厚而不捐，五采备而成文。往来惛憊，通于大神，出入甚极，莫知其门。天下失之则灭，得之则存……此夫大而不塞者与?充盈大宇而不窕，入郄穴而不逼者与？行远疾速而不可托讯者与？往来惛憊而不可为固塞者与？暴至杀伤而不忆忌者与？功被天下而不私置者与？托地而游宇，友风而子雨。冬日作寒，夏日作暑。广大精神，请归之云。

所谓“云”，即气，是一种可见的具象，但荀子这篇名为《云》的作品，实际上并不是描绘普通意义上可见的云，而是探讨具有形上之思的气，及其所具有的本原性、整体性和关联性的特质。①

荀子以赋的形式阐释哲理，传播思想，确系用心良苦，其中不乏与《管子》四篇中有关“精气”论述相契合之处②，较之张文《气赋》，语言更加素朴，表达更为隐晦，问题更加玄妙。考察先秦以来思想家有关气的论述，无论是一般描述顺带论及者，或是思想建构刻意为之者，均依据着相同的气学话语系统，随处可用，一再呈现。对古人而言，作为一种共享性的知识话语，以气论天地万物、以气论人间万象，以气谈文论艺，并无不同，超验之体与具相

---

① 荀子五赋，以隐语形式写成，旨在托物喻理，这一层意思，刘勰在《文心雕龙·谐隐》中已经揭示得很清楚了。荀子借用这样一种新的文学样式，用形象的方式表明对形上问题的思考，虽然从中可以看到荀子企图以气论打通天道、人道的理论努力，但先在的王道理想、礼乐教化范围了气学的价值取向，从而淡化了形上色彩。在这一点上，《云赋》所谓“德厚尧禹”，“天下失之则灭，得之则存”，与《蚕赋》“功被天下，为万世文。礼乐以成，贵贱以分”，《鍼赋》“下覆百姓，上饰帝王”的价值指向是相同的。

② 如《管子·内业》：“灵气在心，一来一逝，其细无内，其大无外。”《心术上》：“遍流万物而不变。”《白心》：“视则不见，听则不闻，洒乎天下满，不见其塞。”

之用呈现出一种统摄与归属的关系，由气学话语衍生出文气话语，也就自然而然、顺理成章了。

第二节 “气”系列之共相与殊相

一

天地人之所以具有相似性和相通性，就在于气的大化流行，分阴分阳是对待，动静刚柔是流行。在古人的思想世界里，天地人之存在，不过是气之聚、气之化、气之散的过程罢了，气是联结此岸世界与彼岸世界的桥梁，是祖先神灵与现世人生存在关联性的纽带。因此，在中国早期的宇宙意识里，气是天、地、人三界保持一致性的缘由，也是古人整体性世界观形成的依据，所谓“三才”之道均可统一于气，对此，朱子说得好：

> 动静无端，阴阳无始，天道也。始于阳，成于阴，本于静，流于动者，人道也……则人盖未始离乎天，而天亦未始离乎人也。①

正是基于此，建构一个“天人合一”、体用不二的思想系统，是历代思想家的最高理想，邵子《观物外篇》谓“学不际天人，不足以谓之学”，正复此意。天人学是气学存在的理论前提，气学是解释天人学的知识工具，见于古代思想史、观念史中形形色色的气学范畴总是与天地人纠结在一起的，这都可以视为“气”系列之共相。

虽然天与人构成一对哲学关系，并形成“天人感应”、“天人合一”的经典思想，但这业已是汉代以后的情形了。古人有关天人关系的思考，是“前轴心期”②思想的产物，发端于三代甚至更早史前时期的原始宇宙观，从“轴心期”

---

① 朱熹:《晦庵先生朱文公文集》卷67《太极说》,《朱子全书》第23册，第3274页。

② 在哲学思想史研究领域，人们常常引用德国人卡尔·雅斯贝斯的“轴心期”（Axial Period）理论，雅氏认为，公元前6世纪到前3世纪的春秋战国是中国文化的“轴心期”（参见［德］卡尔·雅斯贝斯:《历史的起源与目标》，魏楚雄译，华夏出版社1989年版，第14页），借用这种说法，追溯夏商、先周甚至更早的时代，可以视为“前轴心期”。

诸子的理论提升，到宋明理学的形上建构，经历了漫长的发展过程和复杂的衍生形态。各家各派围绕天人关系展开了艰苦的探索，关注的问题意识大体有二：

（1）天与人，孰轻孰重？

（2）天与人，如何合一？

历代学者或偏于天学，或偏于人学，或主天人相合，或主天人相分，在这些交错辉映的观点中，少有结论圆融自洽的。自20世纪80年代以来，关于天人关系的研究重新成为思想界关注的热点，时至今日，此一命题的理论意义与学术价值已经得到广泛的认同。但是，这些关注大多发生在信仰层面，价值论的意义大于本体论、认识论的意义。至于本然之天道与应然之人道如何贯通，为何天理蕴含人事，人事又如何反映天理，这些历代难辨的问题，至今仍然困惑着当代学者。要探索上述问题，气学的研究视野无疑可以提供有效的思路提示。

天与人关系的思想，源于古人对宇宙的看法。历史地考察，"前轴心期"的天人观，包括史前时期到五帝时代古人对天象的观察，到商代古宇宙体系的形成，逮至先周"以德配天"思想的出现，显示出由天论向人论发展的倾向。在中国古代思想文化产生的初始阶段，就形成了以人为中心，从人出发对天地的观察、体验与想象，这构成了古人思想视野中关于天、地、人关系的原初意义，这些观念积淀下来，并逐渐由自然宇宙领域比附、延伸到社会思想与政治文化领域，成为解释自然现象、社会现象的知识背景与理论工具。在思想史研究领域，人们常常引用颛顼命重和黎绝天地之通的故事①，现代学者对其内涵有多种解释，或谓巫术起源，或谓文明起源，或谓职官起源，究其实质，是指天人关系的变化，揭示出由人人平等，人人可以通天，到阶级社会出现以后，只有少数人拥有通天权利这样一个事实。进入五帝及三代以后，天人关系发生根本变化的原因在于，增加了一个中介：王（巫）。② 此一中介的出现，垄断了

① 参见《尚书·吕刑》、《国语·楚语下》、《山海经·大荒西经》。

② 在五帝及三代，天上的神被称为"帝（皇）"，如"上帝"、"天帝"、"上皇"、"东皇"等，这在《诗经》中有很多记载。古人认为，作为人间君主的天子，乃"天（皇）"之子，权力源于"天（帝）"，因此，天子所施行的任何措施，都成为天意（天命）的象征。天子的出现，使"天（帝）"退到幕后，这一转变的实质，是将人们对天体宇宙的崇拜畏惧转化成对拥有通天权利阶层的崇拜，这也开始了原始宇宙观与社会政治文明的结合。

通天的权利，代表了神权与政权的结合，这就改变了原始的自然宇宙观，也改变了古人对于天人关系的看法。总的来看，无论是殷商时期的至上神“帝”，还是先周时期的“天”，古人的理解都还处于原初阶段，仍然是在原始宇宙观和宗法制度的范围内展开的。逮至春秋战国时期，天人关系呈现出多元发展的态势，在商周时期人格化、符号化的基础上出现了自然灾异化、哲理抽象化和伦理道德化的趋向。[①]这一特点，在诸子思想中体现得极为鲜明。

在处于“轴心期”激烈交锋的诸子思想中，天与人关系是一个中心问题，诸子各执一端，形成了波澜壮阔的思想洪流。比较而言，老庄的天人观偏于自然意义上的天论。源于祝史一系的出身，道家与执掌天文历算的史官之间有着血脉的关联。《老子》第五章：“天地不仁，以万物为刍狗。圣人不仁，以百姓为刍狗。”也就意味着，作为自然宇宙之天并不必然蕴含着与仁义道德相关的人伦价值，人既不可能知天，也不可能灭天，只能顺其自然，故《老子》第二十五章谓“人法地，地法天，天法道，道法自然”。在老子思想体系中，道、天、地、人，是逐级次生的关系，《老子》第一章中的“玄之又玄”、“众妙之门”之“道”，则是从天、地、人的共同属性中抽绎出来的最高本体。对于天人的理解，庄子有所不同，如《庄子·大宗师》：“知天之所为，知人之所为者，至矣。”在他看来，天人之间没有对立，故而提倡摈弃人为，效法天地之虚静无为，如《齐物论》谓“天地与我并生，而万物与我为一”。关于天人关系，庄子主合，如《天下》：“不离于宗，谓之天人。不离于精，谓之神人。不离于真，谓之至人。以天为宗，以德为本，以道为门，兆于变化，谓之圣人。”就主体倾向而言，老庄一派的天人观，有天无人[②]，偏于体验“道”，长于从宇宙自生、天道自化、万物返朴中参悟自然规律与人生哲理，从而建构了一个偏于自然自化的理论形态。

与道家的形上路径不同，儒家天人观走了一条人间化的道路。虽然李约瑟

① 此一时期的天人关系，不同于西周时期人格化的至上神，而是较为抽象化、哲理化。比如《国语·周语上》记载西周末年伯阳父有关地震原因的论述，他将天地的灾异现象归于帝王的不良行径，《小雅·十月之交》中也引用这一事件，以及同一时期发生的其他自然反常现象，解释统治者“不用其良”而失政的后果，这也开启了尔后“天人感应”思想中神秘主义的先声。

② 最为著名的是荀子批评庄子“蔽于天而不知人”，见《荀子·解蔽篇》。

认为天文与历法历来是儒家的正统之学[①]，但对于天，孔子只是发表了一些感慨，所指并不明确[②]。在思孟一派的著述中，有大量讨论天与人、天道与人道关系的文字，如郭店楚简《语丛一》："知天所为，知人所为，然后知道，知道然后知命。"[③]其运思方式是由谈"天"转而谈"人"，考察天道的最终目的要落实于人道。在这一方面，孟子的人文色彩更加明显，如《孟子·离娄上》："诚者，天之道也。思诚者，人之道也。"孟子主张扩充善端，用"仁、义、忠、信"等人性道德原则贯通天道与人道，由尽心、知性而知天，《公孙丑下》谓"天时不如地利，地利不如人和"，是以人性应然之善取代天道本然之真。孟子之"天"，乃义理之天、命运之天，相对于庄子的有天无人，孟子建构了有人无天，偏于道德人伦的理论形态。

战国时期的荀子另走一路，他剥去了自殷周以来天的神秘外衣，认为天既不是有意志的人格神，也不是社会秩序的主宰者，而是自然的存在，所以《荀子·天论篇》开篇即宣称"天行有常，不为尧存，不为桀亡"。对于天人是否感应、道德是否天赋等问题，荀子颇有创见，明确提出天道与人道相分的思想，《儒效篇》："道者，非天之道，非地之道，人之所以道也。君子之所道也。"在他看来，社会的政治、法律、道德都是圣人根据人的需要而创设的，与天无关，全在人为，《天论篇》谓"明于天人之分，则可谓至人矣"的思想原则，既坚持了天的自然性，又注重了人的能动性。历史地看，"天人相分"思想的出现晚于"天人合一"，大约是作为一种反思性命题而提出来的，经过荀子、王充、柳宗元等人的发展，将天人关系还原为自然与人的关系，成为近世以来唯物主义的思想源头。

天人与气学的关系，在"轴心期"思想中，虽然有所涉及，但其成熟期是在宋代理学的形上探讨中。譬如老庄虽然屡屡提及气之阴阳，但更重视在气本与气化层面的意义，尔后也不乏儒家企图从元气角度来诠释天人关系，如董仲舒、王充等，但也未涉及天与人之间的内在逻辑，因此，天道与人道、天理与

---

① ［英］李约瑟：《中国科学技术史》第4卷《天学》，何兆武等译，科学出版社1975年版，第2页。

② 如《论语·泰伯》："唯天为大，唯尧则之。"《阳货》："天何言哉？四时行焉，百物生焉。天何言哉？"

③ 李零：《郭店楚简校读记》，北京大学出版社2002年版，第159页。

人伦，如何相通与合一的问题，并未解决。所以张载曾颇有感触地指出："知人而不知天，求为贤人而不求为圣人，此秦汉以来学者大蔽也。"①此一问题，到了理学家手里，才开出一片新天地来，而这正是与他们在气学思维上的新创密切相关的。

理学家将天人问题表述为天道与性命的关系，在他们的理论预设中，天与人是能够合一的。至于为什么能够合一，他们的论证不尽相同，从"北宋五子"到南宋朱熹，以天人问题为中心，大体上可以梳理出理学发展的一条基本线索。理学兴起之初，为了弥补儒学在形上层面的缺失，理学家的研究兴趣多在天道自然的宇宙观。周敦颐和邵雍主要依托于道家的自然生成体系，将天道理解为自然生成之理，然后将天道与人道之仁、义、礼、智一一相配。② 但是这种相似性的比附，并没有从内在层次结构分析其同源性，反而容易陷入天人二本、体用殊绝的境地，所以被朱子批评为"体用自分作两截"。二程的路数与此不同，在天人问题上，他们偏重于人道的探索③，礼乐仁义不仅仅是人间之道，而且上通天道，通过宇宙本体获得形上超越意义，这样就以三代礼乐文化的价值理想重建了儒家的本体论。但是，二程的问题在于，对自然之理缺乏系统研讨，在宇宙论上无甚建树，蔽于人道不知天道，同样也不能解决问题。

张载继承了周、邵以天道明人事的思路，在宇宙生成论上，引入气之体用统摄天人学的新思路。《正蒙·神化篇》：

> 气有阴阳，推行有渐为化，合一不测为神。
>
> 神不可致思，存焉可也；化不可助长，顺焉可也。存虚明，久至德，顺变化，达时中，仁之至，义之尽也。④

① 脱脱等撰：《宋史》卷427《张载传》，第12724页。

② 如《通书·顺化》："天以阳生万物，以阴成万物。生，仁也，成，义也……天道行而万物顺，圣德修而万民化。大顺大化，不见其迹，莫知其然，之谓神。"（《周子通书》，第36页）周子认为天道之阴阳，本质上是生成，人道之仁义，本质上也是生成，天人无二道，统一于生成之理。

③ 譬如程颐由人道上溯天道，把仁义提高到天地之和与天地之序的高度谈论，《二程遗书·伊川先生语四》："推本而言，礼只是一个序，乐只是一个和。只此两字，含蓄多少义理。"（《二程遗书》，第276页）在他们看来，礼之"尊尊"，乐之"亲亲"，合于天地之道。

④ 张载：《张载集》，第16、17页。

存神为仁，顺化为义，人道之仁义本乎天道之阴阳神化。张子之谓气，贯通于天地人“三才”之道，又如：

> 易一物而三才备，阴阳气也，而谓之天；刚柔质也，而谓之地；仁义德也，而谓之人。
>
> 天道即性也，故思知人（者）不可不知天，能知天斯（能）知人矣。
>
> 推而行之存乎通，所谓合德；（确）然（隤）然，所谓有体。乾于天为阳，于地为刚，于人为仁；坤于天则阴，于地则柔，于人则义。[①]

在张子的体系中，气是统摄宇宙万物存在及其变化规律的普适性范畴，贯通天道与人道，乃起源与目标的合一，过程与实在的统一。经过张载艰苦的努力，终于沟通了天与人的关系，朱子高度评价了张子之学，并进一步归结为：

> 盖天地之间，一气而已……盖天人一物，内外一理，流通贯彻，初无间隔。若不见得，则虽生于天地间，而不知所以为天地之理；虽有人之形貌，而亦不知所以为人之理矣。[②]

朱子认为天道与人道可以互相发明，由宇宙论入手，是由理一而分殊，由心性论入手，是由分殊而理一，“仁义礼智，便是元亨利贞”[③]，自然之理与人文之理互相蕴含，贯通为一，正所谓“许多人物生于天地之间，同此一气，同此一性，便是吾兄弟党与”[④]。朱子之学，为传统天人学确定了一个坚实的本体论基础，也为中古气学作了一个历史性的总束。

就天人与气的关系而言，两者是相互依存的，离开天人，气无所依挂，离开气，天人分为二本。中国古代文化视野中最大的解释系统，是由天地人之道以及贯通其间的阴阳二气为核心要素构成的，此一解释系统强调世界的整体性、运动性、和谐性，是一个动态平衡的整体网络。其中“三才”是核

① 张载:《张载集》，第235、234、225页。

② 朱熹:《晦庵先生朱文公文集》卷38《答袁机仲别幅》,《朱子全书》第21册，第1674页。

③ 朱熹著，黎靖德编，王星贤点校:《朱子语类》卷6《性理三》，第107页。

④ 朱熹著，黎靖德编，王星贤点校:《朱子语类》卷98《张子之书》，第2526页。

心范畴，统摄天地、人事并搭建古人思维运行的理论平台，阴阳二气是中介，以对待立义与动态平衡构成天、地、人结构的内在根据与生生不息的发展动力。如果视天地人为一个整体思维之网，那么，气就是其中的关联性要素，天、地、人则为气学的价值源泉，为气学的抽象化、哲学化诠释提供知识平台与文化语境，离开此一解释系统，中国古典解释学也就无所归依了。

二

古人谈论气的问题，总是与体用、有无、动静、虚实、清浊、聚散、本末等问题联系在一起，究其根源，作为一种普遍性的本体存在，气把殊相收蓄于共相之下，建构起理一分殊、月印万川的理论图式；作为一个普适性的抽象范畴，气乃天与地、阴与阳、两与一、神与化、体与用的统一体，涵括事物相对的两个方面，对待立义，达成整体，是既统摄万有之实，亦囊括万有之虚的一个整合性、关联性的范畴。从魏晋以来的有无、动静之辩，到宋代气学本体论的建立，万物因精神性的气而结合为一体，并呈现出有无、动静特征的观念已经深入人心了。

有无问题，自先秦老子提出，到明末清初王夫之作结论，争论了将近两千年，关注的问题意识主要有二：

（1）有与无，孰本孰末？

（2）有与无之间的关系？

有无成为明确的形上范畴，始于老子。老子提出两层意思：一是“有生于无”，“无”乃道之属性，肯定“有”之外“无”的原初性，如《老子》第四十章云：“天下万物生于有，有生于无。”一是“有无相生”，作为宇宙观的基本范畴，有无与阴阳一样，是对待立义、相辅相成的，如《老子》第二章云：“有无相生，难易相成，长短相形，高下相倾，音声相合，前后相随。”自老子提出有无的二重意义以后，各家各派对此都不乏思考，比如墨学重“有”，管子一派重“有”，庄学重“无”，黄老重“无”，等等。从先秦到两汉，思想家们多着眼于宇宙生成论层面的探讨，至于从本体论层面来深究此一问题，则是由魏晋时期的王弼完成的。

王弼旨在建构一个“以无为本”的本体论思辨体系。首先，以有无论体用，如云：“万物虽贵，以无为用，不能舍无以为体也。”① 以“无”为用，不能“舍无以为体”，把“有”之用发挥到极点，方能真正显示出“无”之功来，也就是说，“无”是本体，万物是“无”之用，体与用非两物，而是一个事物的两个方面。② 其次，把本末、一多、动静、言意等范畴，均引入有无的理论体系，如云：

天下之物，皆以有为生。有之所始，以无为本。将欲全有，必反于无也。③

万物万行，其归一也。何由致一？由于无也。由无乃一，一可谓无……有一有二，遂生乎三……故万物之生，吾知其主，虽有万形，冲气一焉。④

在王弼那里，有无、动静、本末是相互关联的，也即是“以静为本，以动为末”、“本静末动”、“无静有动”。比如他用动静来说明有无，如《周易注·复卦》：“天地虽大，富有万物，雷动风行，运化万变，寂然至无是其本矣。”又云：“动复则静，行复则止，事复则无事也。”⑤

再次，王弼所谓“无”，即是道，为贯通万物的统一法则。他认为本体的“道”或“无”乃虚静的存在，是制约万物发展的根本原因。在其本体论视野中，“静”、“无”的状态是绝对的、永恒的，“动”、“有”的状态是相对的、暂时的，因而，“无”生“静”，“静”生“动”。如云：

凡有起于虚，动起于静，故万物虽并动作，卒复归于虚静，是物之极笃也。

天地以本为心者也。凡动息则静，静非对动者也。⑥

---

① 王弼著，楼宇烈校释：《老子道德经》下篇第38章，《王弼集校释》，第94页。

② 在中国哲学思想史上，王弼第一次用体用来论证有无，以“无”为“有”的本体，“无”并不外在于“有”，而是在“有”中，并通过“有”表现出来。在其“以无为本”的思想体系中，体不离用、用不离体、由体显用，由用达体，体用不二，须臾不分。

③ 王弼著，楼宇烈校释：《王弼集校释》，第110页。

④ 王弼著，楼宇烈校释：《王弼集校释》，第117页。

⑤ 王弼著，楼宇烈校释：《王弼集校释》，第337页。

⑥ 王弼著，楼宇烈校释：《王弼集校释》，第36、336页。

在有无问题上，王弼已经不再从早期动态生成论的角度描述先后问题，而是着力从静态角度研讨万物赖以产生的本原与根据。这种转向代表了中古哲学思辨的重大飞跃，虽然其中还残留了一些生成论的痕迹①，但是大的思想转向已然确定。对于有无问题，进行完善总结的是宋人张载。

在横渠看来，前人之所以陷入体用殊绝、天人二分的境地，就在于割裂了有无关系，“不识所谓有无混一之常”，重“无”轻“有”者，有体无用；重“有”轻“无”者，有用无体。为此，他反复批判诸子之陋，如云：

> 《大易》不言有无，言有无，诸子之陋也。
>
> 气之聚散于太虚，犹冰凝释于水，知太虚即气，则无无，故圣人语性与天道之极，尽于参伍之神变易而已。诸子妄浅，有有无之分，非穷理之学也。②

他认为《大易》乃有无混一，“无”中有“有”，“有”中有“无”，以“无”为体、“有”为用，存神以明体，顺化以达用，乃体用不二之学。张子厚以气统有无，反对道家“有生于无”、玄学以无为本，《横渠易说·系辞上》：“凡不形以上者，皆谓之道，惟是有无相接与形不形处知之为难。须知气从此首，盖为气能一有无，无则气自然生，[气之生即]是道是易。”③以气为本体，认为气具有将有无统一的属性，气化的过程即为道、即为易。

下面这一段论述，可以视为张子气学本体论的总纲，最为紧要，《正蒙·太和篇》：

> 知虚空即气，则有无、隐显、神化、性命通一无二，顾聚散、出入、形不形，能推本所从来，则深于易者也。若谓虚能生气，则虚无穷，气有限，体用殊绝，入老氏“有生于无”自然之论，不识所谓有无混一之常。若谓万象为太虚中所见之物，则物与虚不相资，形自形，性自

---

① 比如王弼承认“有生于无”，无在有先等，虽然他讲“以无为本”，但“无”是什么，很难说清楚，如果说得清也就成“有”了，但其本意应该是指无形无名的本体。所以西晋裴頠《崇有论》中，以“无”为非存在，以存在不能从非存在产生攻击王弼，可谓谬之千里。

② 张载：《张载集》，第182、8—9页。

③ 张载：《张载集》，第207页。

性，形性、天人不相待而有，陷于浮屠以山河大地为见病之说。①

张载指出，气是有无、虚实的统一，有形的“实”是气，无形的“虚”也是气，有无“混一”于气，是气本体不同的存在形式，天地万物均遵循着气化聚散、有无相生的变化过程。老子“有生于无”的错误，在于导致体用殊绝，二气成为暂时的、相对的存在，虚无则成为永恒的绝对主体。那么，为什么佛教把山河大地说成眼病幻觉也不对呢？那是因为割裂了天地万物与太虚本体的联系，有无、虚实相待而成，抽掉“实”的一面，万物也便成为虚幻的东西了。②

以气为本，有无、隐显，聚散、形或不形均根源于气，是气本体的不同表现形态，气聚乃有形之万物，表现为有、显、明、形、实；气散乃无形之太虚，表现为无、隐、幽、不形、虚。③气兼有无，相辅相成，由气而象，由象而有，《正蒙·乾称篇》：“凡可状，皆有也，凡有，皆象也，凡象，皆气也。”④由气而虚，虚而无形，《太和篇》：“气本之虚则湛（一）无形。”⑤太虚无形，虚不是虚无，而是实中有虚，无中有有，《张子语录》中：“天地之道无非以至虚为实，人须于虚中求出实。”⑥没有绝对的虚无，有的只是太虚的无形而已，《正蒙·太和篇》：“知虚空即气，则有无。”⑦由气而性，性兼有无。⑧在张子看来，人性是一

① 张载：《张载集》，第8页。

② 对此，牟宗三先生评价甚高。他认为不同于老子言“无”，释氏言“空”，横渠提出“虚”字为准，与佛老之“空”与“无”相衡量，“虚”字比较具体，是中国人通常习用之字，不像“空”、“无”之专门化与概念化。“虚”是表诠字，不像“空”、“无”之纯为遮诠字，“空”由遮缘起法之自性而显，“无”由遮造作有为而显，“虚”是纯是化境之词，横渠以清通之神说“虚”，“虚”则神、“虚”则妙、“虚”则灵、“虚”则化、“虚”则纯一不杂、而亦不滞于一，坦荡悠然而从容，地道的代表中国人心灵。参见牟宗三：《心体与性体》，第393—394页。

③ 如《横渠易说·系辞上》：“气聚则离明得施而有形，气不聚则离明不得施而无形。方（其）聚也，安得不谓之（有）？方其散也，安得遽谓之无？”又云：“自无而有，故显而为物。自有而无，故隐而为变……大意不越有无而已，物虽是实，本自虚来。”

④ 张载：《张载集》，第63页。

⑤ 张载：《张载集》，第10页。

⑥ 张载：《张载集》，第325页。

⑦ 张载：《张载集》，第8页。

⑧ 天地之性乃人性的本质，源于太虚无形之道体，为虚，为无。气质之性乃自然感性的实存，源于气之殊相而成的肉身，为实，为有，也即《正蒙·乾称篇》谓“有无虚实通为一物者，性也”。

个整合性的概念,《太和篇》:“合虚与气，有性之名。”[①]天地之性与气质之性是统一的，前者为无，后者为有，前者寓于后者之中，有无皆性。

张载之学，彻底消解了早期周邵之学中残留的老学“有生于无”的痕迹[②]，以体用为方法论原则，以气学为核心，总结了魏晋以来的“有无（动静）”之辩，完成了本体意义的建构。其形上之思，旨在把有无、隐显、神化、性命乃至清浊、大小、虚实、一二统统整合起来。这种兼顾两边、由形上而形下的理论努力是极为艰苦的，其中也就不免为人误解，尤其是他以清虚一大来形容道体，极易被人理解为有清无浊、有虚无实，因而为程朱所批评，确为其理论上一大疏忽。

宋代以后有无范畴的关注焦点，除气学意义上的拓展外，譬如王廷相《慎言·道体篇》:“有形亦是气，无形亦是气，道寓其中矣。有形，生气也；无形，元气也。元气无息，故道亦无息。是故无形者，道之氐也；有形者，道之显也。”[③]有与无之间关系的思考，也成为形上思辨的一个方面，譬如明末清初的方以智（1611—1671）就有相当精辟的认识。在《东西均·三征》中，对于有无之间的关系，方氏有这样的论述：

> 混沌生于有，开辟生于无，混沌非终无，开辟非始有。有无不可分，而强分之曰：未生以前，有在无中；既分以后，无在有中。天下偏病，亦此两端，不执泥，则断灭。告之曰有，则偏于有，故言无；告之曰无，则又偏于无，故言非无。[④]

方氏认为，有中有无，无中有有，有无互涵，不可执泥于有无两端，比较而言，方氏虽然主张有无二分，但更为强调有无统一，这与其一贯坚持的儒家“执两用中”的思想相一致。在《东西均》一书中，列《反因》一节，专门论述

① 张载:《张载集》，第9页。

② 比如周敦颐“无极而太极”命题，实则源于老子“有生于无”的思想，这是以道家为体，以儒家为用。邵雍把太极解释为一，按照一分为二，二分为四，四分为八的推演，提出天地人的宇宙生成图式，亦带有道家宇宙生成论的痕迹。

③ 王廷相著，王孝鱼点校:《王廷相集》，第751页。

④ 方以智著，庞朴注:《东西均注释》，中华书局2001年版，第40页。

对待立义、相反相成的辩证关系，涉及阴阳、有无、动静、一二等诸多对待立义的范畴，其形上性、思辨性所达到的高度，除王夫之以外，无有能与之比肩者。①

另一个对有无问题进行理论总结的学者，就是王夫之。船山认为老学、佛学在有无上的错误，就是切断有与无的联系，尤其是割裂了有无与气的联系，“知有之有而不知无之有，知虚之虚而不知虚之实”，没有认清两者的对待关系，使之成为虚幻的主体，如云：“老、释以无在有外……惟不知神之与气，气之与形，相沦贯而为一体，虚者乃实之藏，而特闻见之不逮尔。”又云：“庄老言虚无，言体之无也；浮屠言寂灭，言用之无也；而浮屠所云真空者，则亦销用以归于无体。”②他明确地继承了张载的气学本体论，认为气是有无的统一，如云：“凡虚空皆气也。聚则显，显则人谓之有；散则隐，隐则人谓之无。”又云：“人之所见为太虚者，气也，非虚也。虚涵气，气充虚。无有所谓无者。”③对于有无之间的辩证关系，船山认为：

> 有者不更有，而无者可以有。有者适于无，而无者适于有。有者有其固有而无其固无，无者方无若有而方有若无。④

一方面，有无相互蕴含，相互转化；另一方面，有无是始终相继、发展变化的关系，如云：“始终，非有无之谓也；始者聚之始，日增而生以盛，终者聚之终，数盈则日退而息于幽，非有则无以始，终而无则亦不谓之终矣，所自始者即所自终。”⑤船山以有无、始终论万物之更化，所谓“所自始者即所自终”，生死更替、有无相生、始终相依，是一个生生不息、循环往复的过程。

总体而言，对于有无问题的思考，先秦时期主要从生成论上讲先后、本末

① 方氏是与顾炎武、黄宗羲、王夫之同时代齐名的学者，但因戴罪之身，客死他乡，殃及著述难以问世，学术不能流传，甚至连名字都少为人知了。

② 王夫之：《张子正蒙注·可状篇》，《船山全书》第12册，第362页。

③ 王夫之：《张子正蒙注·太和篇》，《船山全书》第12册，第23、30页。

④ 王夫之：《尚书引义·大禹谟》，《船山全书》第2册，第260页。

⑤ 王夫之：《张子正蒙注·可状篇》，《船山全书》第12册，第375页。

问题。魏晋时期主要是从本体论、境界论上讲体用、虚实问题。[①]宋代以后，主要关注有无之间的对待关系以及有无的实体等问题，有理本、气本、心本几种路数，这与理学家对于宇宙本体的理解是一致的。

与有无密切相关的就是动静问题，在大部分情况下，如魏晋玄学中，有无、动静常常被视为同一个问题。譬如王弼对于老学以静为主思想的发挥，就是与有无问题联系在一起的，对此，前文业已论述，不再赘述。宋以后，对于动静问题谈论较多的是周子，如《通书·动静第十六》：

> 动而无静，静而无动，物也。动而无动，静而无静，神也。动而无动，静而无静，非不动不静也。物则不通，神妙万物。[②]

周子认为，对物而言，“动而无静，静而无动”，动静两分，但对神（即太极）而言，“动而无动，静而无静”，动静无对，动静合一，如此一来，其思想的内在矛盾也就显现出来了。[③]其后张载以“气有动静”来诠释，程朱以“理有动静”来发挥。譬如朱子认为，讲到动静之理，有体用之分。从体上说，静中有动，动中有静；从用上说，静而能动，动而能静。总之，理的动静是互相贯通、互相转化的。讲到物的动静，也有体用之分。从体上说，动而无静，静而无动；从用上说，动者则不能静，静者则不能动。[④]朱子的目的很明确，物之动静不能贯通，不能过渡，由动到静，由静到动，只能靠理的推动。他把动静的根源归之于形上之理，而不是物自身，这种强调形上之理的意图，与其在有无观念上的倾向是一致的。王夫之以“动静者，阴阳之动静也”[⑤]，批评朱子在太极理解上的

---

① 关于“无”的研究，牟宗三先生认为，道家“无”的形上学是一种“境界形态”的形上学，目的在于提炼“无”的智慧以达到一种境界。参见牟宗三：《才性与玄理》“三版自序”，《牟宗三先生全集》2，第7页。冯友兰先生认为，玄学家所谓“体无”并不是指对本体的把握，而是一种精神境界，也就是“以无为心”的境界。参见冯友兰：《中国哲学史新编》第4册，人民出版社1986年版，第162页。

② 周敦颐：《周子通书》，第36页。

③ 如《太极图说》：“太极动而生阳，动极而静，静而生阴。静极复动，一动一静，互为其根。分阴分阳，两仪立焉。”太极并非不静不动，而是自静自动、动静互转的，虽然这不乏合理的对待因素，但终难以自圆其说。

④ 参见朱熹著，黎靖德编，王星贤点校：《朱子语类》卷94《周子之书》，第2372页。

⑤ 王夫之：《尚书引义·大禹谟》，《船山全书》第2册，第203页。

错误:“误解太极图说者，谓太极本未有阴阳，因动而始生阳，静而始生阴。不知动静所生之阴阳，为固有之絪，为寒暑、润躁、男女之情质，其絪缊充满在动静之先。”① 在他看来，动只是气之动，静只是气之静。太极对气之动而为动之理，对气之静而为静之理。气之动静系属于太极，因而为太极所有。由此观之，船山把动静观建立在气学基础上，最终回归到张载的气本思想。

建立在气学基础上的动静观，构成了中国古典时代知识论、认识论的理论出发点。确如王廷相《慎言・见闻篇》所言:“动静者，合内外而一之道也。心未有寂而不感者，理未有感而不应者，故静为本体而动为发用。理之分备而心之妙全，皆神化之不得已也。”② 动乃永恒，静乃相对；动为用，静为体。因此，运动化生与虚静专一，成为两种重要的认知模式。前者以《易传》为代表，强调“生生不息”、“穷则变，变则通，通则久”的法则，提出了变化、更革、日新的思想，如《周易・系辞上》:“参伍以变，错综其数，通其变，遂成天地之文；极其数，遂定天下之象。非天下之至变，其孰能与于此？”这就突出了变化发展在自然、人事上的重要意义，对于古代文学史观的形成影响很大。后者以庄学和荀学为代表，对于古人的创作论、境界论产生了深远的影响。如《庄子・天道》:“虚则静，静则动。”又云:“言以虚静推于天地，通于万物，此之谓天乐。”《人间世》:“气也者，虚而待物者也。”庄子强调效法天地之虚静无为,《齐物论》“天地与我并生，而万物与我为一”，长于从天地之自由境界出发来论证人之生存状态，这也是其“物化”、“心斋”思想提出的理论依据。《荀子・解蔽篇》:“心何以知？曰，虚壹而静。”荀子以为,“虚”乃本然，是指心永远能接受、能容纳,“壹”是指在认知活动中，不能同时认识两个以上的对象，只能集中在一个对象上，而“心”能自然集中在一个对象上。要把对象认识清楚，必须在“静”的状态,“心”才会自然平静下来。据此，徐复观先生认为，荀子很早便知道“心”是知识得以成立的根源，在知识活动方面,《荀子・解蔽篇》可以说是中国古典性的认识论。③

对于动与静之间的对待立义关联，王船山的分析极为精深。他认为:“太极

① 王夫之:《张子正蒙注・太和篇》,《船山全书》第12册，第24页。

② 王廷相著，王孝鱼点校:《慎言》卷5,《王廷相集》，第774页。

③ 徐复观:《中国思想史论集》，第214页。

动而生阳，动之动也；静而生阴，动之静也。废然无动而静，阴恶从生哉。一动一静，阖辟之谓也。繇阖而辟，繇辟而阖，皆动也。废然之静，则是息矣。'至诚无息'，况天地乎？'维天之命，于穆不已'，况静之有。"①太极"动而生阳"、"静而生阴"，均为"动"，就如同门的开关，开是动，关也是动。船山认为没有绝对的静止，否则便会"息"，也即一切生成的停止，如《中庸》谓"至诚无息"、《诗经》谓"于穆不已"，天地间的运动永远不会停息。又云："故曰明则有礼乐，幽则有鬼神，鬼神、阴阳之几也，礼乐之蕴也。幽者明之藏，明者幽之显也。知此则太极动而生阳，静而生阴。阳有条理，阴有秩序。非有以生之，则条理不成，秩序亦无自而设矣。静生秩序，非幽谧阒寂之为静可知。"②在船山看来，阴阳是变化法则，是"幽"。"幽"与"明"之间并非没有联系，"幽"是"明"的隐藏，"明"是"幽"的显现。动静也是如此，动与静并非全然不相干，静是动的一种形式，所以说"动而生阳"，生成条理；"静而生阴"，生成秩序，无论动静，均遵循宇宙生成之体用法则。

在古人的文化视野中，静的状态是达致精神超越境界的重要途径，思想家所追求的修养功夫，便是让心从其他生理活动中摆脱出来，以本来面目活动，从而生发出各种超越性、审美性的精神体验。因此，古人每每谈论与精神境界相关的问题时，均不离静的状态，这是古代一切修养论、修身论、修炼论的理论出发点，也是儒、道、释工夫论的必由之路。

静而养气，成为传统时代学者，尤其是理学家特别倡导的修为方式。如程颐"见人静坐，便叹其善学"③；"南剑三先生"的罗从彦（1072—1135）、李侗（1039—1163）专教人默坐澄心，"看喜怒哀乐之未发作何气象"④。朱子认为："始学工夫，须是静坐。静坐本原定，虽不免逐物，及收归来，也有个安顿处。"⑤又云："读书闲暇，且静坐，教他心平气定，见得道理渐次分晓，这个却是一身总会处。"⑥所以要求弟子"半日静坐，半日读书"⑦。陈白沙（1428—1500）认

① 王夫之：《思问录》内篇，《船山全书》第12册，第402页。
② 王夫之：《思问录》内篇，《船山全书》第12册，第405页。
③ 黄宗羲著，全祖望补修：《宋元学案·伊川学案下》，《黄宗羲全集》第3册，第774页。
④ 黄宗羲著，全祖望补修：《宋元学案·豫章学案》，《黄宗羲全集》第4册，第567页。
⑤ 朱熹著，黎靖德编，王星贤点校：《朱子语类》卷12《持守》，第217页。
⑥ 朱熹著，黎靖德编，王星贤点校：《朱子语类》卷11《读书法下》，第178页。
⑦ 朱熹著，黎靖德编，王星贤点校：《朱子语类》卷116《训门人四》，第2806页。

为:“为学须从静坐中养出个端倪来，方有商量处。”[①] 又云:“作圣之功，其在兹（指静坐）乎。有学于仆者，辄教之静坐。”[②] 王阳明早年曾经与道士“对坐忘归”[③]，这种工夫为他历经宦海风波、成就内圣外王奠定了基础，如云:“日间工夫，觉纷扰则静坐，觉懒看书且看书，是亦因病而药。”[④] 又云:“日夜端居澄默，以求静一；久之，胸中洒洒。而从者皆病。”[⑤] 罗洪先（1504—1583）认为:“当极静时，恍然觉吾此心中虚此物，旁通无穷，有如长空云气流行，无有止极；有如大海鱼龙变化，无有间隔，无内外可指，无动静可分，上下四方，往古来今，浑成一片，所谓无在而无不在，吾之一身，乃其发窍，固非形质所能限也。”[⑥] 刘宗周（1578—1645）认为:“静坐是养气工夫，可以变化气质。”[⑦] 魏禧云:“山静而草木生，人静而思虑出。诗之为物，触于境，感于事，而勃然发诸言，是动物也，然非有静气以为之根，则嚣然杂出，不能自成其文理。虽工于字句，侈于文，而真意消亡，无复可以言诗。”[⑧] 在静坐运气的过程中，体会个体与宇宙自由往来的奇妙感受，心物、主客之间没有差别，天地人完全融为一体，这种习静养气对于身心修养具有特别的功效，因而也常常成为文学创作的孕育阶段。

所谓本心、本真，大抵是一种虚静的气化状态，一旦进入真正心静的状态，散布于全身各处之气便会自然地贯通畅达，均衡和谐地渗透于身体的每一个部分，并通过与身体之外天地之气的互动相生，达致内外两忘、“万物一体”的“定心（定性）”、“入静（静心）”状态。此气聚集内外之合力，见诸人，则为人之气质、人格；见诸文章，则为文之文气、气象。譬如讨论静在养生中的意义，董仲舒提出“静神”,《春秋繁露·循天之道》:“故君子闲欲止恶以平意，平意以静神，静神以养气。气多而治，则养身之大者得矣。”[⑨] 所谓的“静

---

① 陈白沙著，孙通海点校:《陈献章集》卷2《与贺克恭黄门》，中华书局1987年版，第133页。

② 陈白沙著，孙通海点校:《陈献章集》卷2《复赵提学佥宪》，第145页。

③ 王阳明著，吴光等编校:《王阳明全集》卷33《年谱》1，第1222页。

④ 王阳明著，吴光等编校:《王阳明全集》卷1《语录》，第11页。

⑤ 王阳明著，吴光等编校:《王阳明全集》卷33《年谱》1，第1228页。

⑥ 黄宗羲著，全祖望补修:《明儒学案·江右王门学案》,《黄宗羲全集》第7册，第462页。

⑦ 黄宗羲著，全祖望补修:《明儒学案·蕺山学案》,《黄宗羲全集》第8册，第922页。

⑧ 魏禧著，胡守仁、姚品文、王能宪校点:《许士重诗叙》,《魏叔子文集》卷9，第489页。

⑨ 董仲舒，苏舆义证:《春秋繁露义证》，第452页。

神”，与静心、静气，意义大体上是相当的。蔡邕（133—192）提出“默坐静思”，强调创作主体不受外在干扰，专心致志于审美观照，《笔论》：“夫书，先默坐静思，随意所适。言不出口，气不盈息，沉密神彩。”① 刘勰提出“神思”，《文心雕龙·神思》：“陶钧文思，贵在虚静。”②“虚静”是创作前的心理准备状态，乃是“驭文之首术，谋篇之大端”，这就从艺术思维的角度将“虚静”的作用发挥到了极致。再如元代陈绎曾（约1286—1345）论“养气之法”：“右养气之法，宜澄心静虑，以此景此事此人此物默存于胸中，使之融化，与吾心为一，则此气油然自生。”③ 在他看来，只有“澄心静虑”，将景与物融于心中，方能心平气和。这种说法，类似于徐增所谓“作诗如抚琴，必须心和气平”④，也即与物融合、与心为一，文气方能油然而生，这在各种人文创造中，大致都是通用的法则。

对于气之动静意义，在《论世堂文集序》中，魏禧（1624—1681）有过这样的分析：

> 气之静也，必资于理，理不实则气馁。其动也，挟才以行，才不大则气狭隘。然而才与理者，气之所冯，而不可以言气。才与气为尤近，能知乎才与气者之为异者，则知文矣。吹毛而驻于空，吹不息，则毛不下。土石至实，气绝而朽壤，则山崩。夫得其气则泯小大，易强弱，禽兽木石可以相为制，而况载道之文乎！视之以形而不见，诵之以声而不闻，求之规矩而不得其法，然后可以举天下之物而无所挠败。⑤

气有先天、后天之分，先天所禀之气出于才，后天所养之气积于理。魏叔子的分析，层次相当清晰，他认为“气之静”联系着“理”，“气之动”联系着“才”，由“理”与“才”可知“文”，“理不实则气馁”，“才不大则气狭隘”。他以“吹毛不息”、“土石至实”两个形象的例子，来说明气对于“文以载道”的重要性，当

① 蔡邕著，邓安生编：《蔡邕集编年校注》，河北教育出版社1999年版，第557页。
② 刘勰著，詹锳义证：《文心雕龙义证》，第976—977页。
③ 陈绎曾：《文说·养气法》，文渊阁四库全书本。
④ 徐增：《而庵诗话》，见丁福保编《清诗话》上，第429页。
⑤ 魏禧著，胡守仁、姚品文、王能宪校点：《魏叔子文集》卷8，第396页。

然，“依乎六经而不背于道”的论调，最终还是回到正统文道论的路子上。

第三节 气之层级释义及其意义关联

一

自近代以来的中西文化体用之争，从20世纪30年代开始就时断时续，迄今尚无定论。其中对于国人思想传统影响有很深切的一面，那就是在传统知识体系和话语形态中融入了相当多的西学质素，表现在对传统气学的诠释上，也融入了许多西学的因素，比如主与客、本体与现象、实体与功用等，较之传统视野的动与静、有与无、知与行等关系，虽然存在知识体系上的异质性与思维模式上的不对应性，但所面对的问题仍然是如何达致一个整体与部分的动态结构，如何在多元话语中寻求统一法则的整体诉求，而这个发展的新的体用结构的形成，本身是一个中西学术融合的过程。百余年的学术实践业已证明，只有在这个融合的过程中，中国传统气学的核心价值才能确立其现代意义，从而获得新的理论生命力。

从体上看，气范畴具有现代意义上一般本体论所讨论的问题性，可以为传统本体论中的一多、体用、心物等问题提供一个观念性的解答。通过分析隐含其中的方法原则与思维特质，能够揭示出中国传统学术术语、范畴与思维模式之间的有机联系与相互关联，其间所关涉的问题意识与思考方式，也就成为中国古典哲学体用论的基本视域。中国思想史中的一些最基本的原初范畴，比如“道”、“心”、“性”等，均与气论有着密切的关联。中国早期文献中的很多术语，根植于气学类比的方式方法，同源共生，类推比附，有颇多相同或相似的特性，均可以借助于气的术语来加以解释或描述。对此，可以看一段王夫之的话。

在《读四书大全说·孟子·尽心上篇》中，船山先生有一个十分精辟的论断：

> 盖言心言性，言天言理，俱必在气上说。若无气处则俱无也。①

---

① 王夫之:《读四书大全说》，第718页。

此一论断，是在比较程子以理为本和张子以气为本后，船山得出的结论。在他看来，程子以理统心、性、天，是为了破除释家之异端，不及张子以气言天、言道更为精细深刻。船山短短一句话里，就囊括了传统时代形上学的五大原初范畴。[①] 所谓“必在气上说”，就是以“气”为根本大法或根本准则，将一切归于气，不仅显示出船山所预设的根本法则是气一元论，而且也反映出古典哲学以寻求根本规则为应然理想的理论诉求。

顺带可以指出的是，所谓“必在气上说”，从更深的层面追究，气为何是心、性、天、理的根源？这也关涉到中国古代形上学的一个重要传统。徐复观先生认为，古人对于这种无法解答的问题，常以形而上学的命题作交代。孟子谓“此天之所与我者”，程伊川谓“良能良知皆无所由，乃出于天”，这都是把心的问题转到形而上方面去。当一个问题追到最后不得解答时，近代学者往往就建立一种基本假设，古人便往往把它挂在形而上学之上[②]，这种不证自明的认知逻辑与思维路数，为中国古代形上学的一个重要特质。

在中国古典哲学本体论的解释视域中，天、理、性、命均为展示道、气的不同存在形式的范畴。它们中的每一个均可用于阐释道、气存在的体与用问题，几乎古代所有的思想体系都是围绕此等中心或涉及其中某些观念，其他观念均可视为道、气之分殊或属性，儒、道、释均无例外。作为终极统一理想范畴的气，不但具备了一般范畴所具有的认知事物真实之意，也成为其他范畴系统之根本，进而将其他范畴看作其应有或在不同层次上（或不同历史时期）的具体变化，如先秦时期关注的天、性，宋以后的中心范畴是心、理，心、性是修养论层面气学的推演，天、理则是宇宙论层面气学的推演，凡此种种，均可以用气这一终极范畴加以诠释 。[③] 也正因为气作为元范畴具有的实践意义和指导价值，因此不能将其仅仅视为一个单纯的认知范畴，而应该视为古代知识系统中范畴群之根本所在。

---

① 还有道，船山秉承张子思想，认为道、理均为气化的产物，故离气也就无所谓道、理。

② 参见徐复观:《中国思想史论集》，第216页。

③ 气范畴本体意义的确定，是随着古人理性意识的强大以及天道、性命的解释性衰退而强化的，虽然在先秦业已萌芽，但本体意义的最终确定在宋代理学。所谓“理一分殊”的说法，充分显示了终极范畴落实于分殊范畴的统一特性，由此也可以看出古代思想范畴的一大特色。

二

从观念史的角度看，气学系统是由不同层级意义构成的整体。气即整体，整体即气，它是一个动态的可比拟的存在模式，是由内在的各种关联性要素形成的一个整体。我们说气是一个整体，应同时包含各种共性与殊性，如《正蒙·参两篇》:“一物两体，气也。一故神，两故化，此天之所以参也。”[①]又《神化篇》:“神，天德。化，天道。德，其体，道，其用，一于气而已。”[②]也即是说，气之“一物两体”，既是共性，亦是殊性，不可分开来说。此一整体基于气本体的大全与流行[③]，具有内在的自足性，既与气本体不即不离，又保持着独立性与主体性，这就自根底上决定了气学思想体系是一个开放且具有多重可能性的系统。对于气之层级意义，拟分析如下:

其一，气有本体的意义，气乃宇宙的原质。宇宙的本体无法定义，是当下呈现的大化流行本身，囊括天人，即体即用，既化生万物又浑融万理，既为气，亦为道，如果视道与气为宇宙本体的不同功能，那么原质的宇宙就是道与气两种功能的混沌未分状态。宋明理学以气为最根本的存在，推而论之，气直承太极而起，发而为道，为理，为仁，成人，成物，成性，体用相即，动静相感，既能贯通天下，亦能范围万物。

其二，气有本源的意义。气即本源，本源即气。所谓本源，也就是结构的基础或纽结点，既是过程又是变化发展的源泉，它孤悬于世界之外，有体无用，有虚无实，是产生世界的最初依据。作为太极创化成果，气比天地更具本源性，一方面，气以天地人为本源，另一方面，气又是天道、人性的根源，既具有二而一的整合性原则，也具有一而二的关联性原则，是共相与殊相合一的基础与源泉。

其三，气乃和。所谓气，阴阳之道也，气之有阴有阳，乃本体中自有主体与客体，为一种内在的互需关系，两者可以互相转化却不能取代。从体用的角度看，一阴一阳之道有对待、有流行，对待为静为体，流行为动为用，虽先有

---

① 张载:《张载集》，第10页。

② 张载:《张载集》，第15页。

③ 这是冯友兰先生的说法，也即是气学体用一源的思想。参见冯友兰:《三松堂全集》第5卷，第152—156页。

对待后有流行，但体用不二，对待必发为流行，流行必蕴有对待，两者统一为一体，不可强分，如此循环往复、体用相即，方能把握气之本质。因而，气的存在也可视为一种状态与过程，体现在气之自有主客体及主客体之间的关系上，静中有动，以静为主的状态，动中有静，以动为主的过程，其价值指向，乃是和的境界，如《太平经》："气之法行于天下地上，阴阳相得，交而为和，与中和气三合，共养凡物。"①混元一气（即元气）分为阴阳二气，二气相交生中和之气，阴、阳、中和三气生成物，这虽然是早期生成论的路数，但视气为一种关系的存在，这层意思还是很清楚的。

其四，气即化（气化、生化、教化、变化），化即气。所谓"凡有生，即不隔于天地之气化"②，从无形到有形复归虚空，循环往复，永无止境，在阴阳相济、动静相衔、虚实（有无）相生的内力推动下，完成"一气运化"的过程。《周易·系辞上》："精气为物，游魄为变。"孔疏："谓阴阳精灵之气，氤氲积聚而为万物化。"气既源于宇宙本体，又是宇宙创生的结果，是宇宙创化与创造的本源，自然便具有生化、变化、教化的特征。对人而言，气乃是一种创造性潜能，是人创造力高下的源泉，也是人德性的源泉，既可以弘道，也可以践形、体仁、成物。由气质之性转化为人之德行，把不完善的气质培养为完善的德性，使之通变且参赞化育，达致《中庸》中"能尽其性，则能尽人之性。能尽人之性，则能尽物之性"的境界，本身亦是一个气化的过程。船山认为，化乃是天人、内外、上下"一致之理"，故云："天地之化，与君子之德，原无异理。天地有川流之德，有教化之德，德一而大小殊，内外具别，则君子亦无不然。天地之化，天地之德，本无垠鄂，唯人显之。"③正复此意。

气并非本体的静态结构，尤其并非已经全然决定的存在，这就与天、道有很大的区别。比如宋儒将人性之不完美归于气，二程认为："论性不论气不备，论气不论性不明，二之则不是。"④张载认为："气质犹人言性气，气有刚柔、缓速、清浊之气也，质，才也。气质是一物，若草木之生亦可言气质。惟其能克己则为能变，化却习俗之气性，制得习俗之气。所以养浩然之气是集义

① 王明编：《太平经合校》卷48，中华书局1960年版，第148页。

② 戴震：《孟子字义疏证》卷中，第28页。

③ 王夫之：《读四书大全说》卷5，第312页。

④ 程颢、程颐：《二程遗书》卷6，第132页。

所生者，集义犹言积善也，义须是常集，勿使有息，故能生浩然道德之气。某旧多使气，后来殊减，更期一年庶几无之，如太和中容万物，任其自然。”①张子关于气质之性与天地之性的辨析，从根本上解决了孟学、荀学关于人性善恶的争论。气（气质）不仅是天地创化的本源，也是人性善恶的渊薮，也即是说，人性是可以发展，可以修持并趋于完善的。当然，在孟子“毋忘，毋助长”，“善养吾浩然之气”的修持方法中，也暗含了养气与性善之间的关系，以及性所具有的发展性和可塑性特质。

三

为了深入一步说明气之层级释义及其意义关联，本书仍然以道气关系为例，探讨气在本原、原质层面的意义。从观念史的角度看，虽然道与气具有层级的差异，并不是常常处于同一层面，但两者并无本质的不同，道与气的关系，本质上就是无与有、静与动的关系，也就是体与用的关系。气的最大特征在于化，可以依据不同的存在层次而具有不同的性向特质，涵括了从物质到精神到终极本体的不同层次，以及不同的变化法则与运化规律，因而可以用以说明一切事物的存在之道与发展之理。对此，不妨参考近代以来哲学家的观点。

对于道观念，冯友兰先生曾经比较过先秦两汉时期的不同，他认为在先秦哲学中，除名家外，道家是最哲学的，因为其逻辑观念较多。道家所谓道，近乎一逻辑观念，其所说的“有”、“无”，均是逻辑观念。汉代《淮南子》解释道家思想时，常把道家原来逻辑的观念，予以事实的解释，如《庄子·齐物论》“有始也者，有未始有始也者，有未始有夫未始有始也者”，均为逻辑的观念，但按照《淮南子·俶真训》的解释，“有始者”是指“将欲生兴而未成物类”，“有未始有始也者”是指“天气始下，地气始上……欲与物接而未成兆联”，“有未始有夫未始有始也者”是指“天含和而未降，地怀气而未扬……气遂而大通冥冥者也”。《淮南子》所谓气，就完全是一种实在的物。所以冯氏认为，汉人是最富于科学精神的，但与他所谓的“真元之气”是不同的。② 对于气观念，张岱年先生认为，中国哲学中所谓气，是未成形质之有，而为形质所

① 张载:《经学理窟·学大原上》,《张载集》，第281页。

② 冯友兰:《新理学》,《三松堂全集》第4卷，第50—52页。

由以成者，可以说是形质之“本始材朴”（荀子论性语）。气非无，乃是有，气非无形，乃是无形之有而能变成形的。他认为唯气论的形成，与道家宇宙论中气的观念有关，比如《庄子·外篇》及汉代道家以道为宇宙本根，同时也言气，而显明的唯气论，以汉代的元气论为代表。①

推而论之，道与气虽无质的区别，但仍然具有层级的差异，因此大多思想家并不将气等同为道。譬如宋代张载就将气分为三个层次，并认为“太和所谓道”，按照张岱年先生的说法，“太和”包括了一切运动中的气，是气的总体，所谓“太和”与道都是指气化而言的②，如此推演下来，道大约也就是气了。有关天人在道、理、气方面的异同，横渠先生是有明确界定的，他认为：

> 阴阳者，天之气也。刚柔缓速，人之气也。生成覆［帱］，天之道也。仁义礼智，人之道也。损益盈虚，天之理也。寿夭贵贱，人之理也。天授于人则为命，人受于天则为性；形得之备，气得之偏，道得之同，理得之异。此非学造至约不能区别，故互相发明，贵不碌碌也。③

作为一个重要的气学话语范畴，阴阳被视为气的两种属性，以相反相成的阴阳之气解释道，是历代气学研究中的一个重要论域。从源头上看，老子虽然有“万物负阴而抱阳”的对举，但是明确阴阳与道的关系，对此加以界定的，是《易传》“一阴一阳之谓道”的论断。对此，理学家们多有解释，二程的诠释最为直切，如云：“‘一阴一阳之谓道’，道非阴阳也。所以一阴一阳道也，如一阖一辟谓之变。”又云：“离了阴阳更无道，所以阴阳者是道也。阴阳，气也。气是形而下者，道是形而上者。”④朱熹的说法也颇为明晰：“问：‘立天之道曰阴曰阳。’道，理也，阴阳，气也。何故以阴阳为道。曰：‘形而上者谓之道，形而下者谓之器。’明道以为须著如此说。然器亦道，道亦器也。道未尝离乎器，道亦是器之理……理只在器上，理与器未尝相离，所以‘一阴一阳之谓道’。”⑤又云：

---

① 张岱年：《中国哲学大纲：中国哲学问题史》，中国社会科学出版社1982年版，第65—66页。

② 张岱年：《中国古典哲学概念范畴要论》，中国社会科学出版社1989年版，第129页。

③ 张载：《张子语录》中，《张载集》，第324页。

④ 程颢、程颐：《二程遗书》卷3、15，第118、208页。

⑤ 朱熹著，黎靖德编，王星贤点校：《朱子语类》卷77《说卦》，第1970页。

"阴阳迭运者，气也，其理则所谓道。"[①] 更深一步看，道与气的关联，还表现在动态层面，将气的聚散过程，即气化与道联系在一起，并形成有关"气化之道"的认识，譬如张载认为："由气化，有道之名。"[②] 戴震认为："道犹行也，气化流行，生生不息，是故谓之道。"[③] 在古代思想家的一般运思逻辑中，道不离阴阳，道在阴阳中，也即体不离用，体在用中。

气与包括道在内的形上范畴之间的逻辑关联，在古人谈文论艺时，常常会不自觉地加以深究。对于气与心、性、天、道等范畴的内在关系，宋人黄裳（1044—1130）的见解颇为精深，《演山集》卷二十三《上黄学士书》：

> 论文章者谓气之所寓，此固是也。而气之所以寓乎文章，夫有能言者，尝谓气之高下，自夫学自远近。古人之学，由心而见性，由性而见天，由天而见道，然后其志高明，其气刚大，出乎万物之表，我无物而交之，物无我而引之，故其气之来也，本乎性天，发乎德机，而形见乎声色，声色不足寓之也，一泻于文辞也。与万物之理相得于无穷，与万事之变相适于无常。有如泉源自山之幽，决为长江大河，时于平流之中，涌为洪澜惊湍，出人不意，开悟其耳目，然后滔滔其东下，岂非其志高明，其气刚大，世气俗趣，不足以系累其灵台者耶？

在他看来，气之所以寓于文，是源于"心—性—天—道"的推演，文气源于"性天"，发乎"德机"，见于"声色"，写于"文辞"，在中国式的整体关联运思逻辑中，万物同此性、同此天、同此道，物我同此一气，"道之文"也就转化为"心性之文"了。黄氏一贯主张"养心治气之道"，如《演山集》卷二十一《书意集序》："立之以志，作之以情，有感而后动，合养而为意，思一寓之翰墨，则其所书者意耳，不主乎言。"在他的理论预设中，文源自心性，外显于意、志、情、感，"合养而为意"，故凡论言意，必以养气、养心为出发点，这明显是偏向于孟学心性内养的路数。

---

① 朱熹著，廖名春点校：《周易本义》，中华书局2009年版，第228页。

② 张载：《正蒙·太和篇》，《张载集》，第9页。

③ 戴震：《孟子字义疏证》，第21页。

界定道、气的含义是困难的[①]，阐明道与气的关系也是困难的。从本体的层面看，在中国早期的宇宙本体论阐释路径中，大体上凸现出道与气之间的三层关系。其一，有无关系。道是无，道生气、生万物的过程，就是一个无中生有的过程，万物归于气（道）的过程，又是一个有归于无的过程。其二，动静关系。道是静态的存在，气乃动态化生，道生气、生万物的过程，就是一个由静到动的过程，万物归于气（道）的过程，又是一个由动归于静的过程。其三，体用关系。道乃体，气乃用，气从属道，道气的演变历程，就是体与用的结合过程。以上三层意义，旨在印证气之变化兼有无、动静、体用的三种性向与状态，故以气来发挥有无相生、动静合一、即体即用的宇宙观是最自然不过的 。[②] 同时，道概念的建立也有赖于气的各种形态，换言之，没有气就没有道。如果说这一层意义在老庄的思想中还表达得较为模糊，带有暗示性的话，那么在随后魏晋玄学的解释系统中，有与无、体与用之间的关系，就更为明晰圆融了。

与其他具有本体意义的范畴（如性、仁、心、德等）相比，道与气不仅具有不同的层级，也具有不同的特质。就前者而言，道与气是居于第一层的范畴，是性、仁、心、德的本原与逻辑起点，离开了道与气，中国古代的一切思想、哲学便无所归依了。就后者而言，道与气是一种本体性的存在，与人的自然存在并不直接关联，或外在于人、或内化于人，与人的精神存在之间是一种隐秘的转化关联[③]，这与性、仁、心、德等源于人自身是不同的。推而广之，道、气是天地人不可或缺的存在本源，较之性、仁、心、德等范畴，意蕴更深，范围更广，也更具有本原性、本根性。

---

① 学界对于气的研究，如前所述。对于道多义性的研究，唐君毅先生认为,《老子》之道有六方面内涵：有通贯异理之用之道、形上道体、道相之道、同德之道、修德之道及其他生活之道、为事物及心境人格状态之道。（唐君毅:《中国哲学原论》“原道篇”，中国社会科学出版社2005年版，第225—232页）傅伟勋先生认为，道分道体（Tao as Reality）、道原（Tao as Origin）、道理（Tao as Principle）、道用（Tao as Function）、道德（Tao as Virtue）、道术（Tao as Technique）等六个层面。（傅伟勋:《老庄、郭象与禅宗——禅宗哲理联贯性的诠释试探》，见《中国文化与中国哲学》1987年号，生活·读书·新知三联书店1988年版，第1870—188页）

② 对此,《正蒙·太和》揭示得很明确:“知虚空即气，则有无、隐显、神化、性命通一无二，顾聚散、出人、形不形，能推本所从来，则深于易者也。”（张载:《张载集》，第8页）虽然张载以气兼有无，但与早期道家“有生于无”（《老子》第40章）的观念是完全不同的。

③ 这是相对而言的，道、气既外在于万物，又内化成万物的本性，人之性、心、仁、德的形成均不例外，同时，人可以通过养气（养生）而体道，这种观念自先秦以来，便逐渐积淀下来。

从问题的另一个方面来看，道与气的相异性也是明显存在的。这种相异性存在于以下两个方面。其一，同为本体范畴，道是终极性、抽象性的存在，完全为非人格化概念，更倾向于纯粹的本体范畴，气则是整体关联性的，不仅是最具体的物质，也是最抽象的本质，更是人最深切的体认与感受，具有人格化倾向，带有较为明显的生成论痕迹。其二，道的存在是高高在上的，与人的现实生活并无直接联系，并非人人都需要悟道、体道。作为终极存在的道，是公正而平等的，无论天道、地道、人道，在本体意义上均是平等的、无等差的，这在老庄的道生万物思想中体现得极为鲜明，道生成天地万物，万物依据道的变化而变化，简言之，万物生而平等，循道而动。气则不然，在儒学一系的价值视野中，气是不平等的、有等差的，气有阴阳、清浊、阳刚、善恶、正邪之分，先在地决定了人的质素禀赋，并影响此生的性命、性情和德行，因而也就与人的现世福祉联系更为密切一些。

第四节 “文”系列之共相与殊相

20世纪80年代，钱仲联先生（1908—2003）在《释气》一文中，分析了二十三种关于气的术语，他认为：“我国汉字的特点，是一字一词一义，文论术语方面的复合词，是两个字结合而成的，它融贯了两个词的含义在内。这和用近代语言翻译西方文论的术语，显然不会吻合无间。”① 这种说法是很有道理的。在文论范畴形成伊始，将两个单独的语素拼合起来，能最为直接地、辩证地表达其相辅相成、对待立义的关系，这是古人从理论的高度把握文学现象及其本质规律最直切有效的方法之一，也是今人以最微观的单位诠释思想文化本源的有效途径之一。因而我们对于文气范畴的理解，理应还原到“文”与“气”两个语义系列及其相应的知识话语与思想语境之中。如果说，本书的其他章节偏重于论述“气”之共相与殊相的话，那么，本章理当对“文”系列进行一个总体性的扫描。

一

本书之所以专门探讨“文”系列之共相与殊相，考察“文”系列中次生范畴之间的关联，并以此作为理论支撑点，诠释文气之元范畴意义，其根本的理论

---

① 钱仲联：《梦苕庵清代文学论集》，齐鲁书社1983年版，第240页。

假设还在于：文气范畴的形成，一方面受到气学思维的先在影响，王充所谓“形须气而成，气须形而知”①，也即黄侃所谓“气不能自显，情显则气具其中”②，从宽泛的意义上看，天地人的存在，皆为文气之呈现，如同宋人罗大经所言：“天以云汉星斗为文，地以山川草木为文，要皆一元之气所发露。”③ 故而以气论文与以气论人，抑或以气论道，源于相同的思想资源，在理论推演上遵循着同样的路数。另一方面，也即是长期以来研究所忽视的一面，那就是文气范畴的出现，亦受制于“文”观念本身的演变发展，譬如曹丕“文以气为主”命题产生的关键因素，便是顺应了“文”观念自觉的思想文化语境的内在要求。同时，还值得注意的是,《典论·论文》的主旨，乃是“论文”，即专门论述“文”作为“经国之大业”、“不朽之盛事”的价值与意义，有关“文以气为主”的说法，只是顺带而已。曹丕及其同时代的人，对于气的知识，只是一个享用的态度，少有新创之处。

不可否认的是，曹丕的帝王身份，客观上促使了文气说在后世的广泛传播乃至正统地位的确立，但从文学思想本身的发展来看，在不同时期，对于文学内部不同要素的重视，自有其内在的逻辑理路。④ 曹丕的“文以气为主”，虽然在气学领域并无新创，但在文学领域的影响却极为深远，尤其是处于上古文史哲合一的大文学传统转向中古文人创作为主体的小文学传统的重要节点。⑤ 但是，对于文气的解释，近代以来的学者多从“气”的角度切入，却很少从“文”的观念切入，这种做法带来的问题就是，在文学理论研究领域常常将文气视为气韵、风骨、气骨、风力的先声，这就偏重了文气范畴“气”的属性而忽略了其固有的“文”属性，并在一定程度上，混同了诸多次生范畴在层级上所具有的相近或相似意义。

需要注意的是，在中国早期思想史语境中，存在着多种话语系统及其相应的诠释界限。就儒学一系的发展来看，从早期儒学到“七十子”、“儒家八派”，呈现出复杂的面貌，大体上有两种致思路数：一是向外探寻，从宇宙本体到社会功利；一是向内探索，明心见性。就前者而言，自春秋战国至西汉初期，儒家学者围绕礼乐的崩坏与重建，展开深入的思考，他们以政治关怀为中

① 王充著，黄晖校释:《论衡校释》，第875页。

② 黄侃:《文心雕龙札记·风骨》，华东师范大学出版社1996年版，第128页。

③ 罗大经:《鹤林玉露》丙编卷1《文章》，中华书局1983年版，第251页。

④ 譬如文气重视的是创作主体，气韵重视的是文本音律，风骨重视的是文章风格。

⑤ 换言之，是在“文”观念泛化的情形下，将气学思维比附于“文”观念重新诠释的结果。

心，兴趣多在仁义道德、礼乐教化，这构成了先秦两汉时期儒学思想文化的主流。① 作为礼乐文化的固有特征，“文”最初的缘起与意义空间的展开逮至内涵、外延的定型都孕育在三代文化的历史语境中，因此，次生范畴如文德、文教、文学、文章等，在发生特征上均与礼乐文化的整体知识背景有着千丝万缕的关联。但是，文气范畴却有所不同，即使能从“尚文”意识以及“文”的语义衍生来梳理文气的形成，但这只是问题的一个方面。从学术谱系和思想成分来看，它还联系着另外一套知识话语，这不仅涉及早期儒学的另一条线索，即强调心性之学，注重道德修养的思孟一派，也联系着注重自然无为、养气养生的老庄之学，同时，与早期的易学、内经医学也有着密切的关联。因而对于文气的诠释，不得不将其放在这样几套知识话语中进行共时性考察，并通过其间的交错辉映，形成一套新的文气诠释系统。

从观念史的角度看，在中国古代思想文化体系中，“文”处于人文知识结构的最基础层面，围绕此一维度敞开的语义关联和意义空间，建构了一个宏大的知识谱系和思想论域，古代人文知识的大部分视野都不离其左右。从思想史的角度看，“文”的意识是伴随着先民物质生活、精神生活的丰富而逐渐清晰、抽象出来的，从具体器物之文的观念，进一步扩展到人与自然、社会，出现了人的外观美饰之文，社会现象之文以及自然之文。② 到春秋战国时期，“文”已经成为思想领域一个普遍谈论的话题，涉及政治制度、文化建设、道德伦理诸多领域，涵盖了礼乐文化的各个方面。③

从字源学的角度考证，“文”之本义，大约汉人就无法确知了。就目前所见的考古研究成果来看，甲骨文与金文的两组字符代表了两组义项。④ 一组是象形

① 参考拙著《礼乐文化与中国文论早期形态研究》，中华书局2007年版，第198—235页。

② 参考于民：《春秋前审美观念的发展》，中华书局1984年版，第133页。

③ 刘永济先生（1886—1966）认为“文”有六义：“一者，经纬天地；二者，国之礼法；三者，古之遗文；四者，文德；五者，华饰；六者，书名，文辞。”这种概括是比较全面的。参见《十四朝文学要略》（上古至隋），黑龙江人民出版社1984年版，第2—4页。

④ 在甲骨文中，“文”的写法有两组：“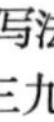”（乙三六一二）、“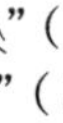”（后二·一四·一三）、“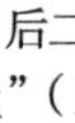”（前三·二三·一）和“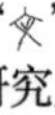”（甲三九四〇）、“”（乙六八二一反）、“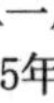”（京津二八三七）。（参见中国社会科学院考古研究所编：《甲骨文编》，中华书局1965年版，第372—373页）在金文中，“文”有八十多种写法，延续了以上甲骨文两组的差别并更加明显化，两组分别为“”（休盘）、“”（此簋）、“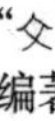”（虢文公鼎）和“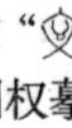”（文能匋尊）、“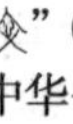”（利鼎）、“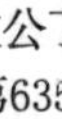”（文公丁簋）、“”（引觥）。（参见容庚编著，张振林、马国权摹补：《金文编》，中华书局1985年版，第635—637页）

字符，显示了许慎“错画”之义。[①] 尔后引申出“痕迹”、“纹路”、“花纹”、“文采”、“文饰”、“修饰”、“文字”等义项。另一组是指事字符，于人胸口处加以指事性的“心”符，与人的心情与品德相关，表示“文德”之义[②]，乃“忞”字的前身，常常用于表示美德、美称的谥号，尔后引申出“文心”、“文人”、“文治”、“礼文”、“文化”、“文教”、“文献”、“文学”等义项。考察以上两组义项，可以发现，由外在“错画”含义与内在“文德”含义，经由词义引申和词性转换，“文”的意义空间在内外两个维度展开，促使其思想空间与知识维度空前充实和广阔起来。

从思维模式上看，中国古代很早就形成了“尚文”的意识，这是在礼乐文化历史语境中，通过与“三才”、阴阳五行的融合而得以丰富，并且通过与“象喻”言说方式的交相辉映，构成了一个文义斑斓、含义丰富的思想谱系。[③] 在这个思想谱系中，古人不但以“文”概括一切自然创生，涵括一切人文创造，更

---

① “错画”之说源于《说文解字·文部》：“文，错画也，象交文。”段注：“错画者，交错之画也。考工记曰：‘青与赤谓之文’……造画者，文之本义，彣彰者，彣之本义，义不同也。初造书契，依类象形，故谓之文。”“错画”之说符合古人对于天文、地文、人文现象的解释习惯，可以有效地解释先秦典籍中很多用例，如解释自然现象，《周易·系辞下》谓“观鸟兽之文，与地之宜”，《尚书·顾命》谓“西序东向，敷重厎席、缀纯，文贝仍几”；又如解释人文现象，《论语·子张》谓“小人之过也，必文”，《孟子·万章上》谓“不以文害辞，不以辞害志”，《周礼·春官宗伯》谓大师掌“六律”，“皆文之以五声”，“皆播之以八音”，《穀梁传·哀公十三年》谓“吴，夷狄之国也，祝发文身”，《礼记·表记》谓“容貌以文之，衣服以移之”，等等，这在春秋以后文献中屡屡可见。

② “文德”之说，历史悠久。“文”作为人名，诸铭中所见“武丁”、“康祖丁”、“武乙”、“文武丁”、“文武帝”、“文武帝乙”等，皆为殷王庙号，殷人独尊文、武之谥号，周人因之，故金文中此一义项极为常见，结构变化更为复杂。考之东周以前的文献，西周时期称先人为“文”、“文祖”、“文考”，广见于西周金文，如善鼎铭：“唯用绥福乎前文人，秉德恭纯。”胡簋铭：“其格前文人，其频在帝延陟降。”《尚书·文侯之命》：“追孝于前文人。”郭沫若先生认为，“文”是对先人的美称，泛称先祖，并不限于是谁。（郭沫若：《金文丛考·周彝中之传统思想考》，人民出版社1954年版，第6页）所谓“文人”，就是文德之人，也即有礼之人。

③ “尚文”的重要参照系统是“象喻”，文象同源，天地人同构，共同构成了古代知识系统中整体关联的意义世界，譬如《周易·系辞上》：“通其变，遂成天下之文。极其数，遂定天下之象。”《淮南子·天文训》高诱注：“文者，象也。”《说文解字》卷15上“序”：“文者，物象之本。”《文心雕龙·练字》：“文象列而结绳移，鸟迹明而书契作。”在古代思想家的文化视野中，“象”与“文”两套符号系统具有相同的指涉功能，这与中国式的意会体悟表达方式有着密切的关联。参考拙文《古代文论中的“象喻”传统》，《文艺研究》2010年第6期；《“象喻”思维论》，《江海学刊》2012年第2期。

以“文”为一切历史文化之总括。源于“三才”之道合一,“三才”之文合一，由“文”探“象”，由“象”显道，由“文”、“象”之符号旨趣探索道之无限境界,“文”便成为认识天、地、人本质的一个思维进路，其意义指向自然就具有了深刻的形上性与本原性。此一维度敞开的意义空间极为开阔，不仅培育了仰视天文、俯察人间万象的宏大视野，而且造就了郁然有彩、英华发外、焕然成章的人文气象。后世所谓载道、言意、境界等说法均受制于此一理论视野，并直接影响到古人关于文学功用与价值取向的种种看法。由“三才”之文论及文学之本原，成为古代文学理论的重要言说方式，历代文论家的论述极为丰富，譬如宋人石介（1005—1045）《上蔡副枢密书》云：

> 故两仪，文之体也；三纲，文之象也；五常，文之质也；九畴，文之数也；道德，文之本也；礼乐，文之饰也；孝悌，文之美也；功业，文之容也；教化，文之明也；刑政，文之纲也；号令，文之声也。圣人，职文者也，君子章之，庶人由之。①

这一段话，内涵极为丰富，囊括了古代人文知识的各个方面，这大约是古人关于“文”的意义关联与价值指向最为宽泛的用法了。

二

作为一种文化基因,“尚文”意识开启了中国古代文学的知识维度、逻辑空间、精神气质与价值取向，影响到古人对于文学性质、特征、规律及其功能等根本问题的认识。“尚文”意识对于古代文学思想的影响，极为明显地体现在一系列文论范畴的形成上。作为礼乐文化的固有特质,“文”构成了古代文论范畴的核心语素，也形成了古人谈文论艺的基本语式，对于中国古代艺术传统尤其是文学思想中诸多范畴的形成有着直接的关联。“文”的内涵、层次丰富，从具象到抽象，由各种具体德行到一切人文总名，辐射到古代思想史发生期的多个领域。凡视野所至、思想所及皆可有“文”，如人之言辞、义理、礼仪、修养、人格、气象，社会之政治、制度、文化、教育、风貌、时尚，等等，不一而足。在宇宙解释话语中，有文道、文气、文质等元范畴；在人文解释话语

---

① 石介著，陈植锷点校:《徂徕石先生文集》卷13，中华书局1984年版，第143—144页。

中，有文德、文武、文教、文化、文艺、文学、文字、礼文等次生范畴，与此相关的语义衍生和意义关联层面，有文章、文体、文野、文辞、文笔、文思、文采、文言等次生范畴；在文学创作和文学批评层面，有神思、立意、自然、声律、风骨、含蓄、比兴、通变、典雅、知音、性灵、养气、趣味、滋味、境界、意境等衍生范畴，凡此种种，不胜枚举。

从话语形态上，我们大体上可以将“文”系列范畴分为两类：一是互渗类，如文道、文气、文德、礼文、文化、文教等，此一类范畴的意义关联，建立在主从、匹配的关系之上，两者分殊而合、联类互动，在相互阐释、吸纳、补充中，呈现出整体性的关系特征；一是互补类，如文质、文武、文野、文言等，此一类范畴的意义关联，形成于对称、平等的关系之中，在互补中共构，在相离中共存，呈现出体用一源的思想品格。以上分类，基本厘清了两类范畴在结构上的不同，然而问题在于，同为“文”语义系列的范畴，它们的共同之处在哪里呢？

为了说明此一问题，我们不妨引入怀特海的“象征指涉”（symbolic reference）①理论。所谓“象征指涉”，是基于两种知觉的“共用基础”或不同差异，用一种知觉来澄清或解释另一个知觉，从而诱发象征知觉与被象征知觉之间的“感应的统一”（unity of feeling）②。怀氏认为：

> 一类知觉对象与另一类知觉对象有某种共同的“基础”，因此两者之间的相互关系才可建立起来……对一类知觉对象中的某一成员的知觉唤起了它在另一类知觉对象中的相关成员，并将感觉、情感及诸派生作用的融汇体抛给该相关成员，这时，这两类知觉对象之间便存在着“象征指涉”（“符号参照”）。③

---

① 怀特海的“symbolic reference”，成中英先生翻译为“象征指涉”（参见［美］成中英：《世纪之交的抉择——论中西哲学的会通与融合》，知识出版社1991年版，第229—245页），周邦宪先生译、陈维政先生校《过程与实在》（贵州人民出版社2006年版，第209页）中，翻译为“符号参照”。

② 怀特海认为，我们以两种不同的知觉模式理解事物，即“因果效应模式的直觉”（perception in the mode of causal efficacy）和“直接呈现模式的知觉”（perception in the mode of presentational immediacy），前者对生物而言较为基本和普遍，后者是包括人在内的高级生物的特征。

③ ［美］怀特海：《过程与实在》卷1，第246页。

在一个“象征指涉”中，两类知觉系统互为指涉项，通过交互作用，相互阐释各自的意义，在这种双向的“象征指涉”中，形成有机统一的整体，象征与被象征对象互为镜子，互为参照，从而促使整体意义更深刻、更丰富。

怀氏所建构的形而上学思想，一向以深奥难懂著称，其思辨哲学的许多重要部分，包括对创造性范畴的理解，与中国传统学术取向纯然不同。但是，这并不影响与中国哲学相吻合的一面，尤其是“象征指涉”理论，极富洞见地指出，人类知觉系统之间是关联统一的，我们可以通过从一个系统或多个系统，清晰地了解并进入另一个系统。怀氏这种思辨理论所提供的概念工具与方法论新见，对于中国传统学术的研究，有颇多启发与借鉴之处。[①] 参之“象征指涉”的“共同基础”、“相互阐释”和“感应的统一”诸论，重新审视中国早期思想文化系统，可以发现，其间存在两类知识系统：一类是宇宙序列，一类是人文序列。前者以天地、阴阳解释宇宙经验，后者以尊卑、贵贱、刚柔解释人间经验，两者同等重要的在《周易》、《春秋繁露》、《礼记》、《白虎通义》等典籍中展开。两类知识系统的共同基础在于古人宇宙观上的共识，也即宇宙建立在天地人同一性原则之上，“三才”、道、阴阳、五行、四时、八卦等范畴，同源共构、相互关联，处于整饬有序、流转不居的运转之中。此一系统中的各种思想因子，自春秋战国以后不断成熟、融合，构成了中国古代学术思想体系中最大的解释系统乃至价值核心所在。

古人所有知识的获得，均建立在宇宙与人文两大知识序列的平行对应与相互理解之上 。[②] 无论从天道到人伦，抑或由人伦到天道，一一对应，层层转换，推

---

① 成中英先生认为此论与中国哲学方法颇多一致，可以用来阐释和探究中国哲学的内容与含义，据此，他将《易经》和《道德经》解释为相互“象征指涉”的系统，以此阐明中国哲学原初的某些重要特质。参见［美］成中英:《成中英文集》第1卷，湖北人民出版社2003年版，第280—290页。

② 譬如《易传》用阴阳二气来统摄宇宙秩序与人文秩序,《咸·彖传》:“咸，感也。柔上而刚下，二气感应以相与。止而说，男下女，是以‘亨，利贞’,‘取女吉’也。天地感而万物化生，圣人感人心而天下和平。观其所感，而天地万物之情可见矣。”较之《咸》之卦辞：“咸，亨，利贞，取女吉。”《彖传》保留了原有“取女吉”之意，把这一卦的指涉意义推广到整个宇宙万物。就宇宙序列而言，阴阳二气感生万物；就人文序列而论，圣人查人心之所感而见万物之情。考之其他典籍,《国语·周语下》:“象物天地，比类百则，仪之于民，而度之于群生。”以天地比类万物，推演百姓之仪节、群生之法度，是从天道推导人伦;《礼记·丧服四制》:“凡礼之大体，体天地，法四时，则阴阳，顺人情，故谓之礼。”是由人伦推演天道、四时、阴阳。

绎的过程并不需要概念和判断，而是凭借感知、联想，进行比附、类比。在此一过程中，认知体验、价值判断与情感态度往往交融一体，语言的作用并不在于作出判断，而在于进行想象性的描述、相似性的比附以及同类性的限定。两个序列之间，互为能指与所指，由宇宙原则坐实到人伦秩序，由人伦秩序提升到宇宙原则，也即是说，人们既可以用父母、夫妻来象征天地，也可以反过来，用天地象征父母、夫妻，两者可以作可逆性置换，既能从宇宙秩序自然推演出人伦秩序，也能从人伦秩序自然扩展到宇宙秩序，相互阐释，互为例证。两大知识系统这种功能性的关联统一，是中国早期知识系统具有无所不包特性的主要原因之一。

用上述观点来审视“文”义系列范畴，可以发现文道、文气、文质与文德、文武、文化等，虽然在发生意义上有着显明的差异，但在整体的语义建构上，亦有着共同的“文脉”贯通，其“共同基础”在于源自相同的思想谱系，也即古人的宇宙解释系统。虽然它们分别属于宇宙、人文知识序列，但两大序列之间的相互诠释、互相支持，交相辉映出“文”义系列在共相与殊相上关联统一的特质。

三

首先，我们来看属于宇宙系列的“文”义范畴（文道、文气、文质）。在古代知识系统中，“文”形上意义的确立，源自与“三才”、阴阳五行的关系。在古人的文化视野中，“文”是天地人的根本特质，是天地人“可观之象”的有序组合，是对天地间焕然有章的各种文象不同特征的限定、修辞、分类与描述。“文”是“三才”之道的外在显现①，在古人的类推想象中，人法天象地，“三才”之道派生出“三才”之文，人道与天道、地道是同形同构的，人文与天文、地文也必然具有同一性。“文”乃道之外化，朱子谓“裁成天地之道，辅相天地之宜”②，这就为“文”之普遍存在找到了本源与依据，由此所确立的天地人

① 古人谈“文”离不开“三才”之道，如《国语·周语下》：“天六地五，数之常也。经之以天，纬之以地。经纬不爽，文之象也。”所谓“文”，乃天地人之具象与常道。《周易·系辞下》：“《易》之为书也，广大悉备。有天道焉，有人道焉，有地道焉……物相杂，故曰文，文不当，故吉凶生焉。”易学不仅明确提出“三才”之道，而且将天道、地道、人道的变化与“文”的观念整合起来。

② 朱熹著，黎靖德编，王星贤点校：《朱子语类》卷29《论语十一》，第730页。

存在意义与法度，成为古代人文思想生成的哲学前提与终极意义所在。“文”义与阴阳五行的关系，起源也是很早的，从《左传》、《国语》等传世文献看，在“物相杂为文”、“五色成文”的观点中就已经出现了，西周末年史伯谓“物一无文”，认为单一色彩不能成为悦目的文采，这就将“文”的观念提升到哲学层面。“文”之形上特质，正是通过与气之阴阳五行的结合而体现出来的，所谓“五色”、“五声”、“五采”，只有在上下、高低、粗细、清浊、长短、方圆、曲直的恰当分布与协调配伍中，才能产生和谐的美感。

源于本体意义与形上品格，“文”义系列的范畴，大多与宇宙知识系统联系密切，同时又可以由宇宙义推演人事义，化生为人文知识系统的价值本原与信仰准则，成为贯通天、地、人三界的范畴。下面以文道、文质为例。

虽然先秦诸子纷纷言道，但有关文道的说法，出现较晚。在传世典籍中，最早见于《国语·齐语》载齐桓公“隐武事，行文道，帅诸侯而朝天子”的举动，《管子》也有类似的记载，《逸周书·武纪解》谓“内无文道，外无武迹”①，这里的“文道”大体等同于文德。在古人看来，道是宇宙的本体，天、地、人的本源，“文”乃万物总体特征，天、地、人之共性，如《论语·子罕》：“文王既没，文不在兹乎？”朱熹《集注》释云：

> 道之显者谓之文，盖礼乐制度之谓，不曰道而曰文，亦谦辞也。②

所谓天文、地文、人文并列，天道、地道、人道同出，文与道互为表里，其间关联不证自明，因而对道的理解也就决定了对“文”的理解，“文”也就自然被赋予了道的种种规定与属性。这不仅决定了古人关于“文”与道关系的理解，也影响到德与艺、道与技的理解。譬如文道与德艺的关系，《论语·述而》：“志于道，据于德，依于仁，游于艺。”王夫之释云：“若艺，则与道相为表里，而非因依仁而始有。其不先依仁而后游艺，甚著明矣。”③ 此论颇得孔子思想精髓。至于道艺关系，庄子多有论述，如《庄子·天地》：

---

① 黄怀信等撰：《逸周书汇校集注》，第433页。

② 朱熹：《四书章句集注》，第110页。

③ 王夫之：《读四书大全说》卷5，第308页。

故通于天地者，德也。行于万物者，道也。上治人事者，事也。能有所艺者，技也。技兼于事，事兼于义，义兼于德，德兼于道，道兼于天。

这一段是庄子道艺观的总论，前五句由“道”推演到“技”，以“道”治“艺”，后五句由“技”上溯“道”，以“艺”合“道”，结论是“通于一而万事毕，无心得而鬼神服”，这里“一”就是“道”。由此观之，由天地达于人事的理路，乃早期儒、道在文道问题上的共识。

在古人看来，物之质文犹如人之内外，属于事物不可缺少的两个部分，宇宙万物及其产生的人文现象都不可避免地存在质内文外即本质与表象的问题，因此，从根本上看文质范畴是天、地、人关系的具象化，举例来看：

天地之道，一阳一阴。礼俗之变，一文一质。①

商者，常也。常者质。质主天。夏者，大也。大者，文也。文主地。故王者一商一夏，再而复者也。正色，三而复者也。②

天地之性，贵诚上质，不敢修其文也。③

王者必一质一文者何……质法天，天法地而已，故天为质，地受而化之，养而成之，故为文。④

文质乃言说天地万物基本属性的元范畴，古人（尤其是汉代公羊学）习惯于在文质的递变中寻求天地万物的动态和谐。对于文质与天地人、阴阳的关系，汉人扬雄（前53—18）的见解最为精深。《太玄·文》:“文，阴敛其质，阳散其文，文质斑斑，万物粲然。”“质”是阴气内敛的结果，“文”是阳气外散的结果，文质结合万物粲然，因此也就具有了阴阳变化的普遍意义，故《太玄·文》谓“天文地质，不易厥位”，以文质来解释天地万物的生成、变化与消亡的过程。扬雄从哲学高度阐释了天地、阴阳与文质的关联，把文质统一的传统思想上升为自

① 令狐德棻等撰:《周书》卷23《苏绰传》，中华书局1971年版，第393页。

② 刘向撰，向宗鲁校证:《说苑》卷19《修文》，中华书局1987年版，第476—477页

③ 班固撰，颜师古注:《汉书》卷25《郊祀志下》，第1256页。

④ 陈立撰，吴则虞点校:《白虎通疏证·三正》，第368页。

然宇宙的普遍规律，并确立了哲学形上意义。总之，在中国早期文论话语系统中，文道、文质是联系天、地、人三界的核心范畴，与“三才”和阴阳五行构成的思想文化传统以及由此生发的自然宇宙观和社会价值观密切关联。

其次，我们来看属于人文序列的“文”义范畴（文德、文武、文化、文教）。此一系列的原初范畴是文德，作为礼乐政教的核心价值，文德的思想到西周已经成熟并完善，构成了传统时代伦理道德思想的本原，其他次生范畴均与之有着千丝万缕的衍生关系。

文德乃“文”之基源意义之一，甲骨文的“文”字中加指事符号，西周彝铭则清楚地加以“心”字成分，多指源自内在的个体品德修养。金文习见的“正德”、“懿德”、“孔德”、“介德”、“元德”、“明德”、“哲德”，都是对品行高尚者的称谓。[①] 文武与文德是相对的，古人对于“文”、“武”的理解，均与具体的德行有关，“文”主内心慈惠，“武”主外力暴戾。如《逸周书·谥法解第五十四》：“经纬天地曰文，道德博厚曰文，勤学好问曰文，慈惠爱民曰文，愍民惠礼曰文，赐民爵位曰文。刚强直理曰武，威强睿德曰武，克定祸乱曰武，刑民克服曰武，大志多穷曰武。”[②] 这些记载虽然不乏后人的想象，但亦说明，古人重文武之德，尤其重视君王的政治品格。故有学者认为，“文”、“武”自殷商以来就代表两个观念，“武”字表示人的一种事功（征伐），偏于政治的意义，“文”字表示人的一种行为态度，偏于伦理的意义。[③]

文德的意义内涵在不断衍生中，开始与文理结合在一起。古人认为，“文”不仅是德之总名，而且“文”与理也是相通的，如《荀子·礼论篇》：“贵本之谓文，亲用之谓理，两者合而成文。”杨倞注：“文，谓修饰。理，谓合宜。”王先谦《集解》注引郝懿行语：“文、理一耳。贵本则溯追上古，礼至备矣，兼备之谓文；亲用则曲尽人情，礼至察矣，密察之谓理。理统于文，故两者通谓之文也。”这种解释是可信的。同时，早期的文德、文武开始衍生出文质的意思。文德重在内心修养，文武重在外在武力，文质则重在文野之辩。如《论语·雍也》：

---

① 如《诗经·周颂·维天之命》谓“于乎不显，文王之德之纯”，《国语·鲁语上》谓“文王以文昭”，均指文王有懿德、纯德，故谥“文”。

② 黄怀信等撰：《逸周书汇校集注》，第288页。

③ 季镇淮：《来之文录》，北京大学出版社1992年版，第24页。

“质胜文则野，文胜质则史。文质彬彬，然后君子。”何晏《集解》：“野，如野人言鄙略也。史者，文多而质少。彬彬，文质相半之貌。”过质之野蛮与过文之虚饰，都非儒学所倡导的理想，文与质结合，才能中庸和谐，由此可见，文质的出现，继承了三代文德、文武的思想，并从历史制度、人文教化渐次演进到文章言辞等领域。

文教也源于文德，是“文”在春秋时代的一个衍生意义。最有名的例子是晋文公之所以为“文”，是因为他定霸前曾经实施“文教”，根据《左传·僖公二十七年》的记载：

> 晋侯始入而教其民，二年，欲用之。子犯曰：“民未知义，未安其居。”于是乎出定襄王，入务利民，民怀生矣，将用之。子犯曰：“民未知信，未宣其用。”于是乎伐原以示之信。民易资者，不求丰焉，明征其辞。公曰：“可矣乎？”子犯曰：“民未知礼，未生其共。”于是乎大蒐以示之礼，作执秩以正其官，民听不惑，而后用之。出谷戍，释宋围，一战而霸，文之教也。

这里“文之教”的内容包括“义”、“信”、“礼”的成分，这些意思都不离文德的范畴，所谓“文之教”就是德教。在古人的文化视野中，文教的目的也可以归结为文化，所谓的文化，也即《周易》所谓“观乎天文，以化成天下”。西汉刘向（约前77—前6）最早使用“文化”一词，《说苑·指武》：“圣人之治天下也，先文德而后武力。凡武之兴，为不服也，文化不改，然后加诛。”[①]此处的“文化”是指以礼乐制度进行文治教化。正因为“文”有教化之功，故“文”与“化”能合而为一，这是华夷之辩的前提、文野之分的界线，化外为野，化内为文，化前为朴，化后成人。

春秋时代“文”义已经泛化，“文”之含义，无所不包，凡人生一切德行修养，皆可以通称为“文”，并衍生出庞大的意义群，“文”相当于“德”、“章”、“学”等义，文德、文章、文学的概念，就偏重在“德”、“章”、“学”之义，最典型的例子是《国语·周语下》载单襄公告其子顷公，论晋孙谈之子

① 刘向撰，向宗鲁校证：《说苑》卷15，第380页。

周（即晋悼公），如云：

> 其行也文，能文则得天地，天地所胙，小而后国。夫敬，文之恭也。忠，文之实也。信，文之孚也。仁，文之爱也。义，文之制也。智，文之舆也。勇，文之帅也。教，文之施也。孝，文之本也。惠，文之慈也。让，文之材也。

韦昭注："文者，德之总名也。"单襄公看到晋悼公具备敬、忠、信、仁等十一种德性，拿一个"文"来概括他，后来晋悼公果然复国了，证明单襄公没有看错，很有知人之明。对此，饶宗颐先生《孔门修辞学》认为："'文'字可说是一个典型的道德综合体，实在具有道德文化的全体意义。"①

从"文"系列来看，文道、文气、文质、文理、礼文、道艺等范畴，均呈现出体与用、内与外、微与显的关系。对于这一层意思，古人是看得很明白的，譬如王阳明论礼文、文道等问题，如云：

> 是文也者，礼之见于外者也。礼也者，文之存于中者也。文，显而可见之礼也；礼，微而难见之文也。是所谓体用一源，而显微无间者也。②
>
> 夫道广矣大矣，文词技能于是乎出，而以文词技能为者，去道远矣。③

在他看来，礼与文、文与道之间是相辅相成的关系，用待体生，体待用显，乃一面两体之事。方以智则认为"道寓于艺"，《东西均·道艺》："知道寓于艺，艺外之无道，犹道外之无艺也。称言道者之艺，则谓为耻之，亦知齐古今以游者，耻以道名而托于艺。"④他认为真正有道者，乐居艺中而耻以道名，明清以后，对于"文"的看法已经相当泛化，其意义的指向已经不在"文"义本身了。

---

① 饶宗颐：《文辙：文学史论集》（上册），台湾学生书局1991年版，第81页。
② 王阳明著，吴光等编校：《博约说》，《王阳明全集》，第266页。
③ 王阳明著，吴光等编校：《送宗伯乔白岩序》，《王阳明全集》，第228页。
④ 方以智著，庞朴注：《东西均注释》，第178页。

第五节　文气之元范畴意义——兼论曹丕气论

一

对于气在文学活动中重要性的体认，乃历代文论家之共识，无论哪个时代，概莫能外，相关方面的言论极为丰厚，其中亦不乏精谨的论述，略举数例：

> 文章当以理致为心胸，气调为筋骨，事义为皮肤，华丽为冠冕。①
>
> 夫文有神来、气来、情来。②
>
> “尚气尚理，有简有通。”能者得之以四，不能者失之亦以是。四者皆得之于全。③
>
> 为文大要有三，文之以理，张之以气，束之以法。④
>
> 何谓三会？博学以养才，广著以养气，经事以养道也。才不赡则寡陋而无文，气不充则思短而不属，事不历则理舛而犯义。⑤
>
> 《余师录》曰：“文不可无者有四：曰体，曰志，曰气，曰韵。”作诗亦然，体贵正大，志贵高远，气贵雄浑，韵贵隽永。四者之本，非养无以发其真，非悟无以入其妙。⑥
>
> 诗文家俱有三足，言理足、意足、气足也。盖理足则精神，意足则蕴藉，气足则生动。理与意皆辅气而行，故尤必以气为主，有气即生，无气则死。但气有大小，不能一致，有若看春空之云，舒卷无迹者；有若听幽涧之泉，曲折便利者……倏忽万变，难以形容，总在作者自得之。⑦

在上述诸家论及的为文要素中，文气及其次生范畴占据了重要的位置，囊括

---

① 颜之推著，王利器集解：《颜氏家训》卷4，中华书局1993年版，第267页。

② 殷璠：《河岳英灵集序》，见周祖诜编选《隋唐五代文论选》，人民文学出版社1999年版，第143页。

③ 权德舆：《醉说》，见周祖诜编选《隋唐五代文论选》，第184页。

④ 吴子良：《跋陈耆卿篔窗集》，见《篔窗集》卷末，文渊阁四库全书本。

⑤ 王廷相著，王孝鱼点校：《与郭价夫学士论诗书》，《王廷相集》，第503页。

⑥ 谢榛：《四溟诗话》卷1，第10页。

⑦ 钱泳：《履园谭诗》，见丁福保编《清诗话》下，第871页。

了作者之气、文本之气与文章气象各个层面，贯穿了文学本源论、本体论、创作论、鉴赏论等各个方面，是整个文学活动的出发点、归宿乃至最高境界所在。据此，可以清晰看到文气在中国古代文学理论体系中具有的元范畴意义。

考察古代文学观念史，可以发现自有一套完整的理论体系，其出发点和联结中介是一些贯穿始终的范畴。所谓范畴，“是一套可以发展不同哲学思想体系的基本概念与名言”，“一方面具备超越不同思想体系的中立性，一方面却又具备参与承受不同思想体系的潜入性。换言之，范畴可以成为不同思想体系建立的基本概念和基本用辞”。① 因此范畴是用以反映事物本质属性和普遍联系的，往往成为理论中最高的概括形式。在这些范畴中，出现最早的、包容性和衍生性最强的为元范畴。元范畴是不同思想体系建立的核心概念或基本用辞，贯通于每一个时代的思想文化领域，用以解释自然现象、人文现象乃至思维现象各个层面的问题，在观念史的整体演进过程中，始终居于结构体系的中心位置。元范畴一方面具有超越不同思想体系的独立性，一方面具备参与不同思想体系的潜入性，具有实践的延续性和空间的广含性，以及结构的拓深性与圆融性，故而在历史的发展中具有较强的稳定性与公共性。也正是因为借助于共同分享的元范畴，不同的思想体系具有相互影响的可能性，以及融合互通的可行性。

中国古代文学思想的研究，自产生伊始，似乎一直都围绕着此一类元范畴及其伴生的观念发挥，也可以说这些范畴和命题带动着中国文学研究的传统。先秦哲学中移植过来的元范畴，如文道、文气、文质等，一直占据着古人关于人文本原性思考的中心位置，随后的发展并未代替或取消这些范畴，反而是借新的历史文化语境来重新解说和阐释，极大地充实和丰富了原有的内涵外延。文学观念史上的元范畴，是整个文论体系的基本出发点和纽结点，通过这些点，可以贯通整个文论发展的历史。每一个元范畴都形成了一系列的次生范畴和命题，这些文论的元范畴、次生范畴和命题相互联系，相辅相成，形成前后左右、上下交错的复杂网络，离开了这些元范畴，整个古代文论的理论体系就不复存在。因此，对于文论元范畴的考察，不仅可以在历史延续性中考见基源意义，也可以借助于观念史的交错辨析出衍生意义。当然，不能以此将次生范畴作为元范畴之注脚，否定次生范

① ［美］成中英：《中国哲学范畴问题初探》，《中国哲学范畴集》，人民出版社1985年版，第42页。

畴的独立性，而是应该借此确定其范畴的独立意义与理论价值。同时也应该认识到，次生范畴不但为元范畴所孳生，与元范畴互为解释，决定元范畴的部分意义，同时其部分意义也为元范畴所决定，这种相互辉映乃中国古代文论阐释传统的一大特色。

对于气学话语及其伴生的文气范畴，在此前的研究中有这样的概括。其一，在古代知识系统中，气是天、地、人的纽带，也是“三才”共具的本质特征，它是一种流动不居的精微之体，无所不包地存在于不同的物质形态与精神形态之中。其二，孟学和庄学对于气的诠释，具有形上的超越意义。孟学之气，指向精神层面，将“气”与“知言”、“志”、“义”、“道”联系在一起，包括了精神意志、道德境界、智慧才性等因素。庄学之气，乃自然之气、生命之气。作为养生的一个部分，庄学养气并没有多少伦理道德的色彩。孟子、庄子的气论，虽然兼有西周以来气学、老学气论以及稷下学派精气思想的影子，但是价值取向和言说方式上却有很大的差异。他们对于后世文气说的影响是共同存在的，如在曹丕的“文以气为主”，刘勰的“风骨”、“养气”，韩愈的“气盛言宜”思想中，就兼有两者的影子。其三，作为中国古代文学观念史上的一个原初范畴，文气的批评话语中处处充满了生命意象的词汇，最能体现中国文论自产生伊始便具有的生命化色彩，同时还衍生出古代艺术理论中许多与风格、意境有关的命题与范畴，成为传统文论中作家主体道德情性、个性气质与作品风格气象之间贯通的一个中心环节，文气也就成为贯通文学本体论、创作论、批评鉴赏论的一个核心命题。①以上观点，与本书即将展开的论述密不可分，从这个意义上看，本书是对上述观念的进一步延伸与发挥。

二

在古代思想史上，“文”与“气”均有源远流长的历史，以气论物、以气论文，亦有源远流长的传统。② 但从现存文献来看，第一次明确提出“文以气为主”

① 以上所论，参见拙著《礼乐文化与中国文论早期形态研究》，第42页。

② 譬如汉人的诗文创作中，常常以元气论文、论人，譬如见于《太平御览》卷一所收录，扬雄《解嘲》：“《太玄》五千文，支叶扶疎，独数十余万言，深者入黄泉，高者出苍天，大者含元气，纤者入无间。”班固《汉颂论功歌诗》：“后土化育兮四时行，修灵液养兮元气复。冬同云兮春霢霂，膏泽洽兮殖嘉榖。”

思想的是曹丕。在探讨《典论》中那一段著名的文字之前，先来看看《文选》和《汉魏六朝百三家集》中，所收录曹丕的其他文字：

日月所照，戴天履地，含气有生之类，靡不被服清风，沐浴玄德。(《让禅第三令》)

秋风动兮（大）[天]气凉，居常不快兮中心伤。(《感离赋》)

余以为周成王体圣考淑气，禀贤妣之胎教。(《论周成汉诏》)

非含乾坤之纯和，体芬芳之淑气。(《与钟繇九日送菊书》)

合肥之役，辽、典以步卒八百，破贼十万，自古用兵，未有之也。使贼至今夺气，可谓国之爪牙矣。(《封张辽李典子为关内侯诏》)

斯可谓声协钟石，气应风律。(《答繁钦书》)

公干有逸气，但未遒耳。(《又与吴质书》)

王粲长于辞赋，徐干时有齐气，然粲之匹也……孔融体气高妙，有过人者。然不能持论，理不胜辞，至于乎杂以嘲戏。(《典论·论文》)①

考察曹丕的气学知识，论天地阴阳，论元气，论气候，论人之品性气质，论乐之宫商协律，于本书所谓“一体三相”层面，即“具象之气”、“本体之气”、“精神之气”，均有所涉及。同时，对于气的问题，曹丕并无特别的关心，使用时也基本沿用传统意义。对于这一点，还可以参考曹植（192—232）的气论，如云：

元气否塞，玄黄喷薄，辰星乱逆，阴阳舛错……武王之兴也，以道凌残，义气风发。(《魏德论》)

时变则物动，气移而事应。(《辨道论》)

建安二十二年，疠气流行。(《说疫气》)

及见武皇帝试闭左慈等令断谷，近一月，而颜色不减，气力自若。(《释疑论》)②

---

① 曹操、曹丕、曹植：《三曹集》，岳麓书社1992年版，第152、123、215、164、143、165、161、178页。

② 曹植著，赵幼安校注：《曹植集校注》，人民文学出版社1984年版，第215、187、177、396页。

其论涉及天地之气、身体之气，在用法上也没有特别的意味，并没有超越汉人的理论视野。再参之于魏晋之际以正统自居的阮籍气论，无论是《大人先生传》中对“云气”的描述，《达庄论》中对自然阴阳之气的论述，也并没有从传统的儒、道气学思想中脱逸出来，而《乐论》更是典型的儒家礼乐政教话语，如论“情气”云：“昔者圣人之作乐也，将以顺天地之体，成万物之性也……开群生万物之情气。”论“心气”云：“故圣人立调适之音……度数者应先王之制。入于心，沦于气。心气和洽，则风俗齐一。”又云：“乐者，使人精神平和，衰气不入。天地交泰，远物来集，故谓之乐也。”[①] 在阮籍的视野中，气贯穿天地之体，乐体现秩序之用，心气是自然与人内在精神统一的产物，也是和乐产生的前提。

之所以列举与曹丕同时代或稍后思想家关于气的论述，旨在说明本书的一个基本观念：曹丕及其同时代的人，对于气的知识，只是一个享用的态度，并没有脱逸传统的言说范围。曹丕文气说的出现，一方面是沿用了传统的气学思想，但另一方面，也许更主要的是受制于“文”观念的演变，也即“文”观念自觉的历史语境是更为重要的思想前提 。[②] 就主旨而言，《典论·论文》乃专门论述“文”之价值与意义，尤其是“盖文章，经国之大业，不朽之盛事”的论断，在历代为文者心中激起的巨大回响绝不在孔子之下。至于文气的说法，乃是自然带出，大抵基于直觉的类推，所以曹丕本人对此也并没有细致地加以分梳。这一点，不仅体现在一般性的气学话语表述中，也体现在首倡的“文以气为主”中。

三

见于《典论·论文》[③]中的那一段著名论述，是这样说的：

> 文以气为主，气之清浊有体，不可力强而致。譬诸音乐，曲度虽

---

① 阮籍著，陈伯君校注：《阮籍集校注》，中华书局1987年版，第78、84—85、99页。

② 寇效信先生分析了“文以气为主”命题出现的三方面原因：一是汉代元气说发展的必然结果，一是建安文学创作经验的理论概括，一是文学自觉的理论表现。此论兼顾当时“气”与“文”两方面的知识状况，是有说服力的。参见寇效信：《曹丕“文以气为主”辨》，《陕西师范大学学报》1994年第2期。

③ 《典论·论文》最早见于《三国志·魏文帝纪》，裴松之注引，有一百六十八字。今传《典论·论文》，见于《昭明文选》，有五百九十四字。

均，节奏同检，至于引气不齐，巧拙有素，虽在父兄，不能以移子弟。①

曹丕的这一段文字，有关气学的核心观点有三："文以气为主"，文气分"清"、"浊"，文气不可移。所谓"文以气为主"的说法，虽然是曹丕首次提出的，但从理论思维的发展理路来看，在经历了汉代元气论的去实体化转向后，基于儒家思想的内在化要求，需要在以道、气为本体的框架下重新确立传统价值体系的有效性。从这个意义上看，"文以气为主"的拈出为传统道德人格增加了气质禀赋的新维度，儒家价值体系的完善，在曹丕这里打开了另外一扇门。至于气分清、浊的说法，基本上是老调重弹了。这是秉承汉人的气化观念，所谓人禀天地之元气，生成先天之才性，而先天才性的品质，因为禀受阴阳二气的多寡不同、厚薄不均，便有清浊、动静之别，这也是汉魏人物品鉴的理论前提。②

让人惊异的是关于文气"不可力强而致"、"不能以移子弟"的说法，明确了天赋或者是气质禀性等先天质素对才性才情的养成乃至文学创作的决定意义，从而斩断了与后天之学的联系。在传统的主流话语中，否定后天之学，尤其是教化教育的作用，常常被认为是有失偏颇的，但子桓思想的光辉之处也正在于此。这种观点的提出，应该是曹丕本人的切身感受，这既是他对所处的"慷慨以任气"时代与邺下文人集团才情才气的比较而得出的结论。当然，也不排除可能为"三曹"在历史上的政治地位、文学地位埋下一个伏笔。③ 这一层意思，在近几十年

---

① 曹操、曹丕、曹植:《三曹集》，第178页。

② 在汉代元气论话语中，人之生理血气与精神之气具有一致性。譬如《非草书》："凡人各殊气血,异筋骨。心有疏密,手有巧拙。书之好丑,在心与手,可强为哉。"（上海书画出版社、华东师范大学古籍整理研究室选编:《历代书法论文选》，第2页）赵壹强调书法之优劣与心之疏密、手之巧拙，均由先天素质——"气血"与"筋骨"所决定。又如《论衡·气寿篇》："夫禀气渥而其体强，体强则其命长；气薄则其体弱，体弱则命短，命短则多病寿短。"（王充著，黄晖校释:《论衡校释》，第28页）王充认为体弱源于气弱，血气旺盛，则精力旺盛，寿人寿世。这些观点对于曹丕文气思想中的先验成分应该有所影响。

③ 王梦鸥先生《从典论残篇看曹丕嗣位之争》认为，曹丕的《典论》，约编成于公元217年的秋冬之际，以《三国志》、《全三国文》、《文选》、《史通》等资料印证来看，都是"文不苟作"的。一部分是用以晓论立嗣的利害，一部分则用以讽刺其敌手。《"中央研究院"历史语言所集刊》第51本1分册，"中央研究院"历史语言研究所1990年版，第97—114页。

的古典文学研究领域中，已经有不少学者关注到，并且进行了深入的研究[①]，故而在此，仅仅从理论观念史的角度进行一些补充性的论述。

在中西思想史上，均有关于天赋的观念。在欧洲哲学的认识论传统之中，有诸多关于天赋的看法，或将认识看成是对天赋的回忆，或将认识看成是天赋观念的逻辑展开，或认为天赋是人天生具有的认识能力，或认为理性思维是天赋的认识工具，等等。近代以来的欧洲哲学是在唯理论与经验论交织中发展的[②]，其中笛卡尔的观念具有开创性。他明确地把自我观念分为三类，即天赋的或原初的观念（innatas）、来自外界的观念（adventitias）、虚构的或被创造出来的观念（factas）。他认定天赋观念与外物无关，是心灵天生具有的，这些天赋观念数量不多，但却是唯理论的演绎根据和逻辑前提，因而也是其知识论大厦的根基。[③]

对于先天禀赋的看法，中国古代有着更为久远的传统，较之西方思想家明晰的理性思考与渊源不断的思想传统，中国思想家的表述方式更为意会，在历史文化中的脉络更为隐晦。最早见于《周易·乾·文言》，就有先天与后天的说法，如云："先天而天弗违，后天而奉天时。"关于先天质素与后天学养的关系，是古代思想家关注的一个中心话头，也是历代天人学的一个重要内容。在儒家的传统中是非常重视后天学养的，虽然孔子并不否定天命，但其"性相近，习相远"的人性观，在一定程度上决定了后天习养的紧要性，通过重"学"，重"思"，重"行"，重"修己"的自我修为方式达致完善，是儒生一辈子

① 关于三曹在政治、文学上的评价问题，胡明先生在《关于三曹的评价问题》一文中，有精到评价。（原载《文学评论》1993年第5期，后收入《古典文学纵论》，辽海出版社2003年版，第144—167页）

② 自笛卡尔提出天赋观以后，洛克（John Locke，1632—1704）在《人类理解论》中以"白板说"来阐释其经验论，反驳笛卡儿的天赋观，莱布尼兹（Gottfriend Wilhelm Leibniz，1646—1716）在《人类理智新论》中，重提天赋论反对洛克的经验论，这构成了16到18世纪西方认识史论的重要发展线索。

③ 在《第一哲学沉思集》中，笛卡尔认为天赋观念是与生俱来的、先天的观念，而不是抽象的，或脱离事物的和个别事例的，公理和普遍原则、上帝观念、认识能力、简单性质的观念均是天赋的。在早年创建的心物二元论中，笛卡儿就断然否定了物质与精神之间具有任何经验性的相互作用，他所讨论的是上帝的存在和人类灵魂与肉体的区别，物质性东西的存在以及心灵和肉体之间的实在区别。参见［法］笛卡尔：《第一哲学沉思集》（*Meditations on First Philosophy*）中关于"六个沉思"的论述，庞景仁译，商务印书馆1986年版。

都不敢懈怠的事情。逮至宋代邵雍杂糅儒道思想，虽然强调先天之学，但仍然以后天之经世致用为旨归[①]，这是古典时代主流一脉的观点。或可注意的是，即使同为作者之气的发挥，孟子“浩然之气”与曹丕“文以气为主”，论述角度也是很不相同的，前者就主体心性修养而论，后者就主体先天禀赋而论。[②] 换言之，一个是倾向于后天之学，一个是倾向于先天之学，孟子和曹丕的不同，实际上代表了气学解释传统中的不同面向。

在重视正统的文化语境中，曹子桓所谓文气“不可力强而致”、“不能以移子弟”观念的提出，无疑是具有相当挑战性的。当然，可以将其归功于那个伟大的时代，关于《典论·论文》所处的历史文化语境，四库馆臣评曰：“文章莫盛于两汉，浑浑灏灏，文成法立，无格律之所拘。建安、黄初，体裁渐备，故论文之说出焉，《典论》其首也。”[③]建安时期，由于曹氏父子的奖掖提倡，文风甚盛，文体渐备，始有《论文》出，可以说，在文学出现整体新变的建安时期，“文以气为主”表达了一个时代共同的审美理想，刘勰《文心雕龙·时序》谓“志深而笔长”、“梗概而多气”，就准确地概括出这个时代整体的审美心理特征，无论是写离乱，写豪情，写宴游交际，写池苑风月，均传达出相同的审美原则，这不仅体现于文人的精神风貌和文学趣味，也必然落实到文学作品的语言、结构、意象、修辞等层面。以上这种从社会治乱探究文学新变的思想史路径，无疑是大多数研究者所认同的。更深一步言，对于文学创作的动力与源泉的探讨，是历代思想家思考的一个重要问题，对此，古人提供了形色各异的解答，有归之于社会生活实践的，有归之于教育教化的，也有归之于先天禀赋灵感的。子桓此论，表面看似荒诞无稽，离经叛道，经不起实证的推敲，实则蕴含着一种真正的哲理之思，贯穿着一种对包括创作和鉴赏在内的文学活动的深度思考，显示出横扫传统文学解释经验，首开论文、自立新说的宏大气魄与

① 邵康节以老学为体、孟学为用，从象数的角度发挥先天之学与后天之学，所谓先天者先天象而有，藏而未显，无形可见，天象由此而生，万化由此而生。虽然他以先天明体，以后天明用，对先天之学有独到的体会，但仍然落实在经世致用的后天之学，《观物外篇》谓“尧之前，先天也。尧之后，后天也。后天乃效法也”，探究的仍然是内圣外王之道，对此，明道先生已有精到评语，此处不赘述。

② 对于这一点，颜昆阳先生有详细的辨析。参见颜昆阳：《六朝文学观念丛论》，台湾正中书局1993年版，第344、345页。

③ 永瑢等撰：《四库全书总目》卷195，第1779页。

探索精神。有鉴于此，我们今天来看曹丕的“文以气为主”，并不仅仅是为了从中获得某种文学解释经验的知识，更应当立足于深入的同情式理解，理解他观察文学的基本思路，体察他借论文以抒志的良苦用心。只有通过这种设身处地、知人论世，方能较为准确地把握思想内蕴与心路历程，同时，曹丕此论在中国文学思想史上的地位，也可以通过这种审视，获得较为公平通达的衡断。

比较而言，对于文学创作中先天与后天的关系，齐梁时期刘勰的看法，调和了孟子后天之学与曹丕先天之学，显得相当圆融。一方面，刘勰仍然将先天质素视为作者才略的先决条件，如《文心雕龙·体性》:“若夫八体屡迁，功以学成，才力居中，肇自血气，气以实志，志以定言，吐纳英华，莫非情性。”[①]《才略》以文气来评论创作才华的形成与特点，如枚乘、邹阳等“气形于言”，孔融“气盛于为笔”，阮籍“使气以命诗”，刘琨“雅壮而多风”。同时，也明确地从禀气各异、长短相依的特点来评价作家才华，如评价司马相如为汉赋之宗，但辞赋夸艳，理不胜辞；桓谭学富而才贫，长于讽谕短于丽辞；陆机思能入巧，却无法制繁。另一方面，在刘勰看来，性情虽自天生，但也要受到后天修养的影响。故而《体性》既讲“才有庸俊，气有刚柔”，也讲“学有浅深，习有雅郑”，主张“才有天资，学慎始习”，同时，专设《养气》篇，以明文气、血气、志气贯通之道。但是，彦和所谓文气，终究不同于孟学“浩然之气”，也不同于曹丕的先天禀赋，他的养气相似于养生，重在顺和性情，使之勿衰竭、勿壅滞，带有强烈的道家养生色彩。相对于彦和的圆融与含混，稍后颜之推（531—约595）的观点，则非常鲜明，虽然颜氏文学观念极为正统，但对气质才性却非常重视，《颜氏家训·文章篇》:“学问有利钝，文章有巧拙。钝学累功，不妨精熟。拙文研思，终归蚩鄙。但成学士，自足为人。必乏天才，勿强操笔。吾见世人，至无才思，自谓清华，流布丑拙，亦以众矣。”[②]他详尽地收罗了先秦以来作者有才无德的事例，认为“自古文人，多陷轻薄”，原因在于道理、理性等对于为文并无帮助，文学创作乃是气质、情感率性而为，如此一来，就必然冲破传统儒家的道德戒律，在他看来，两者的矛盾无法调和，所以他告诫其子不要做文人。

---

① 刘勰著，詹锳义证:《文心雕龙义证》，第1022页。

② 颜之推著，王利器集解:《颜氏家训》卷4，第254页。

虽然说重视后天教化教育的正统观念是无法撼动的，但见于中古以后的文学观念，仍然不乏对先天灵气的礼赞。如唐代白居易（772—846）的“粹灵”说，《故京兆元少尹文集序》云：“天地间有粹灵气焉，万类皆得之，而人居多；就人中，文人得之又属多。盖是气凝为性，发为志，散为文。粹胜灵者，其文冲以恬；灵胜粹者，其文宣以秀；粹灵均者，其文蔚温雅渊，疏朗丽利，检不扼，达不放，古淡而不鄙，新奇而不怪。”① 又如李德裕（787—850）的“自然灵气”说，如云：“文之为物，自然灵气。惚恍而来，不思而至。杼轴得之，淡而无味。琢刻藻绘，弥不足贵。如彼璞玉，磨砻成器。奢者为之，错以金翠。美质既雕，良宝斯弃。此为文之大旨也。”② 对于先天之学的推崇，也成为历代文学思想论述中的重要话题，如张戒《岁寒堂诗话》：“大抵句中若无意味，譬之山无烟云，春无草树，岂复可观。阮嗣宗诗，专以意胜；陶渊明诗，专以味胜；曹子建诗，专以韵胜；杜子美诗，专以气胜。然意可学也，味亦可学也，若夫韵有高下，气有强弱，则不可强矣。”③ 在张戒看来，阮籍之“意”、陶渊明之“味”、曹植之“韵”、杜甫之“气”，都是出类拔萃的，其中“意”、“味”可学，而“韵”、“气”为先天之学，即便是努力也不一定能够达到，这种思想明显也是承续了曹子桓的思维路数。又如宋人周密（1232—1298）就极为推崇天分：“周子充云：‘文章有天分，有人力，而诗为甚。才高者语新，气和者韵胜，此天分也。’”④ 又如明代宋濂《林伯恭诗集序》：“诗，心之声也。声因于气，皆随其人而著形焉。是故凝重之人，其诗典以则；俊逸之人，其诗藻而丽；躁易之人，其诗浮以靡；苛刻之人，其诗峭厉而不平；严庄温雅之人，其诗自然从容而超乎事物之表。如斯者，盖不能尽数之也。”⑤ 诗虽为心声，但心志仍受制于先天气质禀赋的左右。明代董其昌（1555—1636）《画禅室随笔》：“书家六法，一气韵生动。气韵不可学，此生而知之，自有天授。然亦有学得处，读万卷书，行万里路，胸中脱去尘浊，自然丘壑内营，成立鄞鄂，随手写生，皆为山水传神矣。”⑥ 此论杂糅先天之气与后天之气，相当中庸和谐。清人薛雪在比

① 白居易著，朱金城笺校：《白居易集笺校》卷68，上海古籍出版社1988年版，第3654页。

② 李德裕：《文章论》，见周祖诜编选《隋唐五代文论选》，第304页。

③ 张戒：《岁寒堂诗话》，见丁福保编《历代诗话续编》上，第450页。

④ 周密：《浩然斋雅谈》卷上，文渊阁四库全书本。

⑤ 宋濂：《林伯恭诗集序》，《文宪集》卷6，文渊阁四库全书本。

⑥ 董其昌：《画禅室随笔》卷2《画诀》，见俞剑华编《中国画论类编》，第726页。

较杜甫、韩愈、柳宗元后认为，之所以杜诗高于韩诗，韩诗高于柳诗，就在于先天才气之高下，如云："苏黄门谓杜诗雄，韩诗豪。杜诗之雄，可以兼韩之豪。如柳柳州，不若韩之变态百出也。使昌黎收敛而为柳州则易，使柳州开拓而为昌黎则难矣。此无他，意味可学，才气不可学也。"[1] 清代"阳湖派"的李兆洛（1769—1841）区分先天之学与后天之学，主张二者合一，如云："夫气有厚薄，天为之也；学有纯驳，人为之也；体格有迁变，人与天参焉者也；义理无殊途，天与人合焉者也。得其厚薄纯杂之故，则于其体格之变，可以知世焉；于其义理之无殊，可以知文焉。"[2] 晚清陈澹然（1859—1930）认为气乃"文之所由生也"，在他看来，气有三个层面，如云："孟子之学，主于集义，故其气至刚，此圣贤之气也。史公之学，得其旷游，则其气自远，此豪杰之气也，皆真气也。后世文人不知葆其真气，乃思读古人之文，借古人之气，以换我之气。夫以人换我，皆客气矣。"又云："夫文之极至，非圣贤豪杰不能为，其才皆由天授。天地生我，即有我之气挟以俱来。吾才可为圣贤，吾气即圣贤之气，吾文即圣贤之文。吾才可为豪杰，吾气即豪杰之气，吾文即豪杰之文。何待古人为吾换气？"[3] 陈氏认为才气天授，与生俱来，后天的读书学习，均为客气而非真气，亦力主先天之学。

自近现代以来，随着唯物主义的兴起，传统气学中气质先天禀赋的论述，常常被视为神秘主义的先验论而遭到讨伐，但也有不同的声音。譬如牟宗三先生认为，就人之实践言，气禀之清浊、厚薄、刚柔、偏正、纯驳、智愚、贤不肖等，既足以明个性之差异、人格之不齐，亦足以明道德实践上之限制。人之由道德实践以体现性理或体现本心性体，既不能离开此气禀，即在此气禀中或通过此气禀气质以体现之，即使可以变化气质，化其偏而善其用，亦须仗托此变化了的气质以体现之，自此而言，是气之积极作用。[4] 气之积极作用，其实也就是一种气化，气化生成万物后，万物亦非一成不变，其变也是一

① 薛雪：《一瓢诗话》，人民文学出版社1979年版，第149页。

② 李兆洛：《骈体文钞序》，见舒芜等编选《近代文论选》，人民文学出版社1959年版，第109页。

③ 陈澹然：《晦堂文钥·真气章》，见王水照编《历代文话》卷7，第6787页。

④ 牟宗三：《性体与性体》，第257页。

种气化，即另一层面的气化，因此，既有生成层面的气化，亦有变异层面的气化，既是终点，也是起点，既是过程，也是目标。

四

以上论及曹丕文气说的三层意思，并着重分析了第三层意思。另外两层意思，虽然其基本思想乃是古老传统的承续，但是，一旦用于文学领域，其意义空间的展开也就开阔起来，值得注意的还在于：其一，以气来衡量文学作品的高下，而非先秦以来以道德伦理为核心的政教立场，开拓了文艺创造的主体性与审美性维度；其二，“气之清浊有体，不可力强而致”，拓宽了创作主体与艺术风格乃至审美意蕴的意义关联。譬如对于曹丕的《西北有浮云》，王夫之评曰：

> 风回云合，缭空吹远。子桓论文云“以气为主”，正谓此。故又云：“气之清浊有体，不可力强而致。”夫大气之行，于虚有力，于实无影，其清者密微独往，益非嘘呵之所得。[①]

船山以子桓之论反观其诗，“气之清浊有体，不可力强而致”，为理解文学创作中虚虚实实、亦幻亦真的审美意境，提供了理论维度的支撑。

许多论者业已注意到“才性之辩”对于文气说的影响。汉末魏初在曹魏集团的引领下，普遍持重才性轻德性的看法，在汉代元气自然论的视野中，气是指人的气质、才气、性情所构成的总体心理状态，才性被认为是宇宙本体之气内化为身体之气的自然结果，人禀气而生，聚而生、散而死，禀气之多寡决定才性之优劣，并且可以通过人之行为、举止、仪容、声色、骨相等外在征象来证验。最引人注目的是刘劭《人物志》中，以“九征”、“八观”、“七缪”论知人之术，品鉴人之情性、形神和才能等先天质素，所谓“论辨人才，以外见之符，验内藏之器，分别流品”[②]，这就与汉代以来重视后天经学修养的总体思潮有着明显的不同。在这样一个“世积乱离，风衰俗怨”的时代，伴随着主体精神与生命意识的空前觉醒，传统的儒家经学价值系统发生了严重的动摇，这就使得曹丕

---

① 王夫之：《古诗评选》卷4，《船山全书》第14册，第662页。

② 永瑢等撰：《四库全书总目》卷117，第1009页。

之气已经不再是一个单纯的哲学范畴，也不是孟子式的道德之气，而是具有鲜明的个性特质与情感取向。此一时期的文学创作与批评已经从文化、文教、文德的视野中脱逸出来，成为个性挥洒、激情抒发的审美创造过程，从而营造了建安文学“梗概而多气”、“多慷慨之音”的整体风貌。

对于建安文学整体“尚气”的特征，刘永济先生（1886—1966）从时代背景入手辨析。他认为自东汉明、章帝崇儒，“学尚墨守”，“文风已敝”，“鲜有雅才”，以至于“每有诏敕，假手外请”；灵帝虽好辞制，但鸿都之士“浮华无实”，“虚冒文名”，“此则不特文学衰微之忧，实乃人心浇漓之象”；献帝末世，天下大乱，“魏武救之以名法……才士皆有慷慨靖乱之心。言为心声，发而不觉，文举、正平之文已然，至建安诸子，而风会遂成”。① 正是基于对建安文学“尚气”特征的充分认识，刘氏断定：“是则文气之论，虽发自子桓，实得于人心所同然。”②如果我们将曹丕之论放在气学思想史的整体脉络中审视，并不感到意外，考之三代以来古老的“尚气”传统③，加之经过汉代元气思想的极大盛行之后，子桓此论，倒是颇有水到渠成之感。如果纯粹从语言修辞的演进看，《论语》、《三国志》以“辞气”形容言辞风格；东汉崔瑗《河间相张平子碑》、孔融《荐祢衡表》以“声气”形容谈吐的技巧，因而由辞气、声气到文气，大体上也只是口头语到书面语的自然过渡而已。

从本体论的层面看，文气本无，一经作者吐纳，即化为有，按照元代陈绎曾的说法，就是“宜澄心静虑，以此景此事此人此物默存于胸中，使之融化，与吾心为一，则此气油然自生，当有乐处，文思自然流动充满而不可遏矣”④。这种人文创作中气化的生成，既联系着作者的个性气质，也联系着所处的历史文化语境，同时还关联着不同文体的内在要求以及由此引领的整体趋势，如宋人李涂（约1147年前后在世）评价上古典籍：“论语气平，孟子气激，庄子气乐，楚

① 刘永济：《文心雕龙校释》，中华书局1962年版，第171页。

② 刘永济：《十四朝文学要略》，黑龙江人民出版社1984年版，第137页。

③ 譬如《礼记·郊特牲》：“有虞氏之祭也，尚用气。血腥爓祭，用气也。”又云：“血祭，盛气也，祭肺、肝、心，贵气主也。”郑注：“气主气之所舍也，周祭肺，殷祭肝，夏祭心。”孔疏：“‘祭肺、肝、心，贵气主也’，此三者并为气之宅，故祭时先用之，是贵于气之主故也。血是气之所舍，故云‘盛气也’。三者非即气，故云‘气之主也’。”

④ 陈绎曾：《文说·养气法》，文渊阁四库全书本。

辞气悲，史记气勇，汉书气怯。”[①]不同文本之文气的特质各不相同，不同时代文体之特色亦不相同，明代许学夷认为：“或问：‘汉魏与靖节（陶渊明谥号）诗皆本乎情之真，而体有不同，何也？’曰：汉魏近古，兴寄深，故其体委婉。靖节去古渐远，直是直写己怀，固当以气为主耳。《扪虱清话》云：文章以气为主，气韵不足，虽有辞藻，要非佳作也。昨读渊明诗，颇似枯淡而有味。”[②]许氏对于陶诗极为推崇，他以气为评判标准，从历时性的角度，将陶诗与汉魏古诗诸要素进行比较，指出不同时代作者对于文气的追求，各不相同。

文气是一个生理和心理统一的概念[③]，包括精力、感情、意志、创作欲望和气质个性的统一，是对创作主体性的整体概括，也是决定一个作者创作成败的关键。曹丕所处的时代，是文人创作极为丰硕的时期，他已经充分意识到文章是由意（或情）、辞、事、体等要素构成的，故《典论·论文》有“文非一体”、“理不胜辞”、“见意于篇籍”等说法，但在构成文章的各种要素中，较之意、辞、事、体，气才是最主要的，对于这一点，曹丕看得很清楚。从音韵声律的角度看，在古人的心目中，构成文气顺畅的因素并不仅仅在于其内涵的道德力量、精神境界，更在于其句调、音节、语势乃至上下文搭配等因素，所以自六朝以后的研究者，对于音韵、声调、章法等方面的论述也就不绝于耳了。

现代以来文气说的研究者，本着作者、文本、世界的三分法，较为流行的看法是：就作者方面而言，文气指气质个性；就作品方面而言，文气指作品风格。[④]对此，寇效信先生在《曹丕“文以气为主”辨》一文中，对此进行了甄别。他认为把作品之气解释为作品的风格，缩小了气的内涵，丢掉了情感，因而缺乏依据。在曹丕那里，作品之气与作者之气是一个统一未分的概念，它

① 李涂著，王利器校点：《文章精义》，中华书局1998年版，第74页。

② 许学夷著，杜维沫校点：《诗源辩体》卷6，人民文学出版社1987年版，第103页。

③ 孔子“血气”与孟子“浩然之气”，乃一体两面之事，本质上都是存乎内之气，发乎外之精神气象，“血气”是指以生理为基础的精神状态，“浩然之气”是以心理为基础的精神状态，两者正好构成一个整体的身体观念，这也构成曹丕“文以气为主”的两个维度。

④ 譬如朱东润先生《中国文学批评大纲》认为是才性，方孝岳先生《中国文学批评》认为是才气，罗根泽先生《中国文学批评史》认为是文章的声调和先天的才气体气，陈钟凡先生《中国文学批评史》认为是才性，郭绍虞先生《中国文学批评史》认为是才气与语气，刘大杰先生《中国文学批评史》认为是作家的气质才性。

统属才性、情感、风格等，曹丕及其同时代人，在人体之气的启发下，体认到文学作品有同人一样的文气存在，至于文气的内容，还没有从理论上认识清楚，到刘勰时代，就把文章之气的内容，讲得十分透彻了。[①] 虽然在今人看来，可以将文气分为作者之气、文本之气与作品气象等面向，但曹丕所指的气，乃清浊之气、乃不可移之气，也就是说，指的是作者的先天禀赋，尚未涉及文本的声调、辞气，也与作品的整体气象、气势无涉。罗根泽先生充分注意到“曹丕论文气，而斤斤于气之清浊”，因而气之清浊所代表的元气说乃是以气论人的前提，也是曹丕论文的理论前提。但是，罗氏认为“文气是最自然的音律，音律是最具体的文气”[②]，并预设了音律的前驱是文气说的前提，这显然已经不是曹丕的文气说，而是带有作者自我理解的色彩了。

五

上述以曹丕气论为个案进行的探讨，更多地着眼于文气思想史的层面。历史地看，文气建构的历史，实则就是早期文论的发生史，文气话语的建构史就是文论话语的发生史。如果从观念史的角度来看，文气元范畴意义的形成，还在于两者之间的分合、体用关系。

“文”与“气”之间，本身处于一种分而不分、不分而分的特殊张力之中。所谓张力，乃离心力与向心力的平衡，两者均能单独成体，各自为用，又能合而为一，相互渗透，相互阐释，合之则两美，离之则两伤。如果“文”多而“气”少，那就是有用无体、以“文”害意，如果“气”多“文”少，那就是有体无用、“气”盛“文”不足。因此，“文”与“气”须有机统一，而不偏于一隅。正因为文气之间的这种特殊张力，故而在谈论此一类文论元范畴时（譬如还有文道），以体用加以言说，较之实体与现象、内容与形式等两分法，更能呈现出错综复杂的内涵与形态，也更能以言尽意。[③] 就体用义而言，文气源之于“气”，显之于“文”，“气”决定“文”，这一层意思，从曹丕谓“文以气为主”开始就很

① 寇效信：《曹丕“文以气为主”辨》，《陕西师范大学学报》，1994年第2期。

② 罗根泽：《中国文学批评史》卷1，上海古籍出版社1984年版，第165—166页。

③ 如同熊十力先生所言：“言有实体与现象二名，俨然表有两重世界，足以征其妄执难除，东土哲人，只言体用，便说得灵活，便极应理。”故而他认为体用的好处在于“分而不分，不分而分，恰善形容真实道理”。参见熊十力：《破破新唯识论》，《新唯识论》，第183、182页。

显明了。“气”为体，“文”为用，船山谓“文者气之用，气不昌则更无文”①，就归纳得十分精当。“气”的质态决定“文”的形貌，唐人刘禹锡（772—842）认为，“文”与“气”乃“枝”与“干”的关系，故云：“气为干，文为支，跨跞古今，鼓行乘空。”② 宋人吕南公认为，才能对于文气、文辞有着直接的决定作用，如云：“盖才卑则气弱，气弱则辞蹇。为文而出于蹇弱，则理虽不失，人罕喜读。人不读矣，则谁复料其持论哉？”③ 对于“文”与“气”之间的主从关系，清人邵长衡（1637—1704）也论述得颇为清楚，《与魏叔子论文书》：“其气盛者，其文畅以醇；其气舒者，其文疏以达；其气矜者，其文砺以纰；其气恧者，其文诐以刓；其气挠者，其文剽以瑕。”④ 在主体的艺术活动中，文气不仅关涉到思维调动、灵感来去、情感萌动、趣味取向，更重要的方面还在于联系着主体的道德情感、伦理意志、精神品格、个性气质等。因此，才气为体，文辞为用，大抵是古代文论家的一致看法。

从体用义考察文气范畴，其意义与价值显然并不止于体的层面，一切艺术表现都离不开语言、声音、线条、形状、色彩的形器层面，虽然其艺术价值并不止于形器层面，落实在具体文本的创作实践中，文气更多地体现为语势跌宕、音韵流畅、音节平正、字句精警、气势畅达、声调抑扬等表现手段。如唐人梁肃（753—793）就认为：“故文本于道。失道则博之以气。气不足则饰之以辞。盖道能兼气，气能兼辞，辞不当则文斯败矣……若乃其气全，其辞辨，驰骛古今之际，高步天地之间，则有左补阙李君。”⑤ 他将“道”、“气”、“辞”、“文”的层级关系，分辨得颇为清晰。又如殷璠认为：“气因律而生，节假律而明，才得律而清焉。宁预于词场，不可不知音律焉。”⑥ 殷氏论气，归之于音律，视其为“文章之本”。对于形器层面所显现的艺术魅力，刘申叔《论文章有生死之别》的见解颇为精彩：

① 王夫之：《船山全书》第14册，第762页。

② 刘禹锡：《答柳子厚书》，见周祖诜编选《隋唐五代文论选》，第230页。

③ 吕南公：《与王梦锡书》，见陶秋英编选《宋金元文论选》，第199页。

④ 邵长衡：《与魏叔子论文书》，见王运熙、顾易生主编《清代文论选》（下），人民文学出版社1999年版，第380页。

⑤ 梁肃：《补阙李君前集序》，见周祖诜编选《隋唐五代文论选》，第179页。

⑥ 殷璠：《河岳英灵集集论》，见周祖诜编选《隋唐五代文论选》，第144—145页。

> 文章有生死之别，不可不知。有活跃之气者为生，无活跃之气为死……凡文章有劲气，能贯串，有警策而文采杰出（即《文心雕龙·隐秀篇》之所谓“秀”）者乃能生动，否则为死。盖文有劲气，犹花有条干（即陆士衡《文赋》所谓“理扶质以立干，文垂条而结繁”）。条干既立，则枝叶扶疏；劲气贯中，则风骨自显。如无劲气贯串全篇，则文章散漫，犹如落树之花，纵有佳句，亦不足为此篇出色也。①

从花、干、枝、叶等文气之“用”，悟出内在之“体”，此“体”乃神、韵、味、趣等艺术感知，这是判断文章价值之关键所在。所谓体用不离、互为体用，古人所追求的“一气呵成”、“一气贯注”、“气象万千”的审美体验，也就并不仅仅限于语言文辞层面的事相性判断，而是上升到精神境界层面的价值判断了。

在古人看来，文章如人，是一个有血有肉、生气贯注的整体，气、格、声、华不可缺少，近世作者不明了这一点，故而做人、为文均不及前人。按照清人归庄《玉山诗集序》的说法，理想的状态应该是这样的：

> 余尝论诗，气、格、声、华，四者缺一不可。譬之于人，气犹人之气，人所赖以生者也，一肢不贯，则成死肌，全体不贯，形神离矣；格如人五官四体，有定位，不可易，易位则非人矣；声如人之音吐及珩璜琚瑀之节；华如人之威仪及衣裳冠履之饰。近世作诗者日多，诗之为途益杂；声或鸟言鬼啸；华或雕题文身；按其格，有颐隐于脐，肩高于顶，首下足上如倒悬者；视其气，有尫羸欲绝，有结轖拥肿，不仁如行尸者。使人而如此，尚得谓之人乎哉！②

用今人的思维考量，可以这样认为，天地自然之气与人体之气比附相通，从大处看，由天地自然之气到人体之气再化生为文章之气，由人体之气的变化影响心灵心理活动进而精神气质和人格气象乃至生命状态；从小处看，作为创作之气，文气是对生活的理解与生命的感悟，对于主体自身的艺术禀赋，包括观察

① 刘师培：《汉魏六朝专家文研究》，《中国中古文学史讲义》，第120页。

② 归庄：《归庄集》卷3，见王运熙、顾易生主编《清代文论选》上，第137页。

力、感知力、想象力、鉴识力有着较高的要求，因而论气、论文的问题，亦即归庄所谓“气达”而“格正”、“声华”之大丈夫，说到底，依旧是论人的问题。

第六节 结论

这一章所探讨的问题是：“文”系列之共相与殊相、“气”系列之共相与殊相、气之层级意义、文气之元范畴意义，并以曹丕气论为具体例证，通过层层的解析，提出以下的解释：文气话语形态的形成，经历了漫长的衍生过程，其中的“文”与“气”语素，内涵丰富，层级复杂，由简至繁，抽穗分杈，逐渐融合而成为连带极广的语义系列。本章之所以分析气学话语形态的不同层级，解释其概念体与用的不同意蕴，对于认识气学思想体系的逻辑结构以及梳理众多范畴之间的意义关联大有裨益。相对而言，“气”系列与“文”系列中诸多范畴，义无定所，用法灵活，抓住其共相与殊相进行探讨，对于认识文气话语形态的丰富多样及其内蕴的宏富博大，不啻有纲举目张之效。从这一章所研讨的文气话语形态的思想文化语境，可以发现气学对文学的影响是全面整体的、无所不包的，渗透在文学活动的各个层面与环节，包括本体论、创作论、批评论以及思维方式、话语形态乃至审美理想与价值目标等不同面向。

需要略加说明的是，所谓“气”系列与“文”系列，是从语义分析的角度，将文气还原到发生期的知识谱系与思想谱系中，以期寻求以微观单元诠释思想文化本源的可能性。因此，对于“文”与“气”略作发生意义上的追溯和语义关联的分析，厘清两个语义系列所统摄、所关联、所次生的范畴及其蕴含的运思逻辑，是理解文气话语形态的基本前提之一，这不仅有助于我们梳理文气元范畴的源流统绪，而且对于与之伴生的一些次生范畴的理解也会随之加深，由此文学批评史上文气话语的形态结构也便易于析疏与衡定了。

值得注意的是，作为一种同源性的对比研究，本书对于气与道的关联以及在层级意义上的异同，进行了较为详尽的诠释。这些先在的属性，成为尔后文气、文道范畴的固有特质。探讨文学的本源，是从古至今的一个公共话题，几千年来学者无不视其为文学研究的根本问题。文气与文道，是对此一问题的两种回答，一体两面，在本体层面上具有较为相同的意蕴。在考察古代文论范畴时，参之现代文艺理论体系，文道、文气话语系统所统摄的范畴群体，大多不具有西学意义上明晰的内涵、外延，也没有现代学科意义上的规范性。同时，此一类文论范畴大多没有明确的主体或客体指称，而是处于主客交融共生的状态，这均得益于气学传统中体用一源的品格。也正因为具有此一特性，因而文论话语的生成灵动随机，理论弹性大，用现代学科意义的规范性、科学性进行范围定义，恐难自圆其说。而当借助于体用建立气学思考的普遍论证形式与批评原则，并将其运用于思考文学传统中的若干具体问题时，便会综合成为一套范畴体系及一套意义架构，使之足以用来解释和整合所有的文学经验与心路历程。

第六章

文气话语的结构形态

第一节　引言

首先来看经典诠释中的“隧道效应”（tunnel effects）问题。这是源于现代史学研究领域的理论，是指经典诠释者常常将复杂万变的历史现象加以“隧道化”而形成政治史、经济史、社会史等各个领域的问题，同时，于无意中假设各个隧道之间互不相关，由此造成历史研究中的盲点，形成一种“隧道效应”。此一观点最早由美国华盛顿大学教授J.H.赫克斯特（J.H.Hexter）在《重新评价历史》一书中提出。[①] 对此展开进一步分析的是美国布兰迪斯大学教授戴维·H.费希尔（David H. Fischer），他在《历史学家的谬误:寻求历史思想的逻辑》一书中，将这种研究的盲点称为“隧道历史的谬误”（the fallacy of tunnel history），为了更清晰地说明这一点，费氏制作了相关的图式，如下所示：

---

① 赫克斯特称这种方式的研究为“隧道历史”（tunnel history），认为其具有局限性。“They split the past into series of tunnel, each continuous from the remote past to the present, but practically self-contained at each point and sealed off from contact with or contamination by anything that was going on in any of the other tunnels……the limitations that the tunnel historian imposed on himself concealed from him and from his readers as well many of the insighted that might have been theirs had he undertaken his work with a somewhat broader view of its scope and fuller sense of what it impinged on. But such limitation was usually the consequence of lack of imagination.” 在他看来，每一条隧道几乎自足密封，不与任何事情在任何方面接触，隧道历史学家对自己及其读者遮蔽了许多问题意识，这种局限通常的后果是缺乏想象力。J.H.Hexter, *Reappraisals in History*, London: Longmans, 1961, pp.194-195.

（一）

	Time（时代）	Past events（思想要素）
（Past）	1	A B C D E
（过去）	2	B C D E F
	3	C D E F G
	4	D E F G H
（Present）	5	E F G H I
（现在）		

（二）

	Time（时代）	Past events（思想要素）
（Past）	1	A
（过去）	2	B
	3	C
	4	D
（Present）	5	E
（现在）		

（三）

	Time（时代）	Past events（思想要素）
（Past）	1	E
（过去）	2	E
	3	E
	4	E
（Present）	5	E
（现在）		

费氏所假设的坐标轴，纵轴“Past”—“Present”是不同诠释者的时代性，横轴“Past events”，是指经典思想的核心要素（或问题意识）。假设它们最初包括A、B、C、D、E诸要素，随着时代的不同，这些要素在不同时代的诠释者那里，关注的焦点不同，出现复杂化和简单化两种趋势，如图式（一）所示。如此，便形成两种“隧道历史谬误”，一是图式（二）所示，这是一种复杂化趋势，即后世的诠释者带入自己所处时代的知识经验，以今释古，重新编排了A、B、C、D、E

要素的理论脉络与中心位置，从而使经典思想变得复杂化、歧义化。二是图式（三）所示，后来的诠释者为建构自己的理论，仅仅关注并放大E要素的地位与重要性，而忽略其他A、B、C、D要素，从而使经典思想的内涵变得狭义化、单向化。在费希尔看来，这两种趋势均不足取。[①] 借鉴上述理论，为了具体说明这种"隧道效应"，即由于不同时期的诠释者思想观念影响所形成的种种复杂状况，可以用文气在历代诠释者那里的发展演变为例，加以说明。

今天所理解的文气说，综合了历代学者有关气学思想的见解，主要呈现在三个方面：一是先天命定之气质禀赋、后天养成之心性道德，两者融合成为作者之气，包括创作主体之情、性、才、胆、识、力等；二是语言法则之体势声调、字句章法，这构成文本之气，包括文本之辞、字、句、音、韵、声、调等；三是作者之气和文本之气所共同熔铸的作品整体性的生命形相（气势、情韵、意境、风格等），如中唐韩愈（768—824）以"光焰万丈长"喻李杜文章气象，四库馆臣谓"韩文如潮"、"苏文如海"[②]，均指文章所烘托出的整体气象，犹如东坡词似关西大汉唱"大江东去"、柳永词似十七八岁女郎唱"杨柳岸，晓风残月"，所谓"以气象胜"、"全在气象"，亦复此意。从气之体用义看，作者之气相对于天地阴阳之气而言，是体与用的关系；从文气之体用义看，作者之气乃是体，文本之气、文章气象乃是用。换言之，内在之气为体，外显之文为用，这就构成了本书所谓的文气话语结构的三个方面。

按照以上文气结构三个方面的界定，曹丕"文以气为主"的说法，谈论的核心问题是文与气的关系，尤其是作者的气质禀赋，并不涉及文本辞气、文章气象等问题。后世学者从不同的历史时空回望时，受制于各自的时代氛围、人生际遇、学术兴趣、价值取向、情感方式，出新解于陈篇，生发出关于文本之气、文章气象的种种说法。他们既是传统经典的诠释者，也是新理论的建构者，他们的思想体系是特定历史时期的产物，所以对于经典内涵的理解，在深度、高度和广度上不可避免地存在着较大的差异，与经典写作者的原意必然有所出入，这种差异是所有经典诠释者必定遭遇的问题，也是今天文气研究所面临的一个重要课题。

---

① David H.Fischer，*Historian's Fallacies: Toward a Logic of Historical Thought*，New York：Harper & Row，1970，pp.142-143.

② 永瑢等撰：《四库全书总目》卷195，第1789页。

在今天研究者看来，虽然文学活动过程中的气，可以理解为创作主体以天赋的生命力为基础，加之后天学养的涵养充盛，借由语言文字等为文技巧而表现出的文章整体风貌与气象，并在读者的阅读鉴赏中得以辉映生色，如同本书在后面将要指出的那样，自曹丕明确提出“文以气为主”后，随着文学地位的独立，文学意义上的文气说遂演变为作者之气、文本之气和文章气象三个密不可分的面向。但是，在曹子桓的思想里，所谓清浊之气、不可移之气主要是指作者之气，同时也暗含作者之气在作品中的表现，两者是统一未分的整体，就其本意而言，更偏重于前者。当曹丕判定“王粲长于辞赋，徐干时有齐气”,“孔融体气高妙，有过人者；然不能持论，理不胜辞”，并且认为“文以气为主，气之清浊有体，不可力强而致。譬诸音乐，曲度虽均，节奏同检，至于引气不齐，巧拙有素，虽在父兄，不能以移子弟”的时候，他只是描述了一种文气存在的生命状貌及其呈现的知识状态，并没有明确区分出文气的三种形态以及回答孰重孰轻诸问题，当然，本书既不必苛求古人，也不必过度阐释。

但是，当刘勰重新诠释“文以气为主”时，就明确区分了作者之气与文本之气的不同；当韩愈提出“气盛言宜”时，也明显地强化了儒家“重言”传统与作者之气的关系，研究者或可注意到，在唐宋时期的众多气象论者那里，关注的是对文章之气整体而朦胧的把握；而当刘大櫆提出“以字句、音节求神气”的思想时，目光已经明确地转移到文本之气的音节字句上；凡此种种，还可以举出许多例子。纵观尔后文学思想史上文气意蕴的演变发展，我们不妨引用罗宗强先生的看法：“‘文气’的提法，本身含蕴巨大，而且义界模糊。它既使解者纷纷，也使自己处于一种不确定的、不断变动的状态中。”[①]确为平实之论。

历史地看，自孟学发作者之气的先声，文气说便呈现出复杂的演变态势，而曹子桓论“文以气为主”之后，表现出更为多元、细分的趋势，尔后刘勰的解释则相当圆融全面，到中唐古文运动倡导者韩愈那里，遥承孟子“浩然之气”，怀抱对作者之气的高度自信，转而倡导文本之言辞声调与自由变化，以

---

① 罗宗强:《魏晋南北朝文学思想史》，中华书局1996年版，第27页。

期代替文体卑弱、辞藻华丽的骈偶拘束，所以唐代以后的文论家，对于文本之气此一维度倍加重视，出现了问题意识的明显转向。清初叶燮的文气结构系统完整，体现出高度的理论自觉，尔后桐城派的刘大櫆，强调神气与音节、字句等要素的联系，深刻性与片面性也就同时呈现出来。这种历史的发展脉络，与前面所引费希尔的图式稍有不同，比较孟子、曹丕、刘勰、韩愈、叶燮、刘大櫆论气思想的侧重点与问题意识，如下所示：

孟子	作者之气（气—志—言）	
曹丕	作者之气（清—浊）	
刘勰	作者之气（气—志）	文本之气（情—辞）
韩愈		文本之气（言—声）
叶燮	作者之气（才—胆—识—力）	文本之气（理—事—情）
刘大櫆		文本之气（音节—字句）

可以看出，经典思想在诠释者手中变得丰富多样，这是一种颇为纷繁复杂的“隧道效应”，这种状况的形成不仅受制于文气观念史本身的发展逻辑，而且与后世诠释者思想体系中的历史性有着更为密切的意义关联。

对于诠释者的历史性，中西解释学的理解存在着巨大的差异。中国经典阐释传统的原则是还原去蔽，反对先入为主，要求体会原意，获得真知，孟子谓“知人论世”，庄子谓“虚静”，荀子谓“解蔽”，均蕴含了此一层意思。西学传统与此不同，自海德格尔、伽达默尔（Hans-Georg Gadamer）以来的哲学解释学颠覆了施莱尔马赫（Friedrich Schleiermacher）和狄尔泰（Wilhelm Dilthey）的方法论解释学传统。在哲学解释学看来，“前理解”和“先见”是解释和理解得以可能的条件，所有的理解、解释都不过是人的自我理解，从这个意义上看，文本的原意是不存在的。虽然对于诠释者的历史性，西方知识论解释学与中国经典阐释理论，有着极不相同的理解，但是两者之间也不乏基本的共识，那就是古今相通的观念。无论是中学“设身处地”或“同情之了解”，还是西学“视野融合”、“效果历史”，在历史观上的预设是相同的，今人之所以能够理解或解释古人，就在于历史具有连续性，文化传统是一个连续不间断的、一脉相承的整体。用太史公的话来讲，就是“通古今之变”，用伽达默尔的话来讲，就是“现在视域”与“过去视野”融合而成的“大视域”。这种对经典的诠释过程，正是一种自我理解的创造性活动过程。就古今、中西学术史的发展来看，所谓经典的历时性意义生成，必须在一个相当长的历史时段内，通过考察不同时期诠释意义的历时性呈现，才能完整地呈现出来，而在这个历史意义的完整呈现过程中，历代诠释者的历史时代性，是不可忽略的发生要素，只有通过这种历史性的揭示，才能使经典诠释中的“隧道效应”及其对于当代研究的价值意义豁然开显。

第二节　作者之气

考察历代学者关于作者之气的论述，大体包括这些核心要素：心、性、志、神、精、情。这些思想要素在不同的历史情境中，组合成作者之气的不同结构类型，论者之众多，数量之庞大，牢牢地占据了历代文气话语形态中最重要的一翼。细致梳理下来，可以发现其中几个引人注目的环节，分别是孟学“气—志—言”、《文心雕龙》“气—志—情—辞”、《原诗》“才—胆—识—力”等这些较为成熟的文气话语结构，当然，散见于各种论著中的片言只语就更多了。

一　孟学“气—志（心）—言”

近现代以来的学者，大都关注于孟子“知人论世”、“以意逆志”等批评方法对于后世文学思想的沾溉，尤其是政治观、历史观与道统、政统的建构诸问题，虽然先辈学者业已意识到孟子气论对于中国文学批评传统形成的重要影响，其中也不乏凸显一些问题意识，譬如“知言”与“养气”的关系问题。郭绍虞先生认为，“知言”是对人的，知他人之言；“养气”是对己的，自己立言的修养基础。要做到“知言”，就需要“养气”的工夫。孟子虽没有明白讲出“养气”和立言的关系，但后人论文，如韩愈、苏辙的文气说，都受其影响。① 刘大杰先生认为，孟子所谓“养气”是指人的一种道德修养工夫，需要“配义与道”，艰苦努力，才能达到“至大至刚”；“知言”的能力植根于“养气”，它表现出孟子关于人格修养的理想境界，后世的文学批评正是从这样的角度来理解气

① 郭绍虞：《中国古典文学理论批评史》，人民文学出版社1959年版，第33—34页。

与言、身心修养和文学的关系。[①] 又譬如对“浩然之气”的评价问题。顾易生、蒋凡先生认为，孟子“养气”既属于思想人格修养，也有关文化艺术修养。“养气”是对自己本性中的善端，循乎自然地加以扩充，不断进行道义的积累，这样就可以成为思想清明、品格伟大的人，气概轩昂、刚正不屈的人，善于分析与运用言辞的人。[②] 张少康先生认为，“浩然之气”有很鲜明的政治道德内容，是人的道德修养达到一定程度的产物。道德修养愈深，“浩然之气”愈充沛，言辞自然也就理直气壮。孟子善养“浩然之气”，就是善于培养自己“美、大、圣、神”的崇高品格。[③] 再譬如孟子气论与后世文气说、养气说的关系问题。罗根泽先生认为，“养气”与“知言”虽其目的超乎鉴赏文辞，但也正是鉴赏文辞的方法。后世的文气说，渊源自孟子，但与孟子不同：第一，孟子“养气”虽与他的文章有关，而其目的不似后来文气说之只在文章。第二，孟子所谓气是“集义所生”，义为本，气为末。后来的文气说之所谓气，则只是行文的气势而已。[④] 敏泽先生认为，孟子的“养气”和“知言”是相互联系的，只有从主观上不断加强道德修养，然后才能“知言”，之后韩愈的“气盛言宜”说，魏了翁的“辞根于气”说，方孝孺的“气畅辞达”说，是从“养气”和语言的关系上进行的发挥。[⑤] 周勋初先生认为，孟子养气说强调内心道德修养，对后代文人发生过很大的影响，而从创作方面的表现来说，与文章的气势等问题有关。[⑥] 就上述整体研究状况而言，见于20世纪的各类中国文学理论批评史或文学思想史论著中有关孟子气论的研究，或依旧习惯于社会历史政治的外在分析路径，或以现代西方纯文学的后设价值立场“倒着说”古代文学思想，系统的、全面的深度研究仍然显得不够。因此，重返孟子气论所蕴含的学术史、文学史以及价值论的整体思想语境，应该成为学界进一步研究的出发点。

从文学思想的整体性来看，孟子整合了春秋战国以来的文化碎片，将各种

① 刘大杰:《中国文学批评史》，中华书局1964年版，第27页。

② 顾易生、蒋凡:《先秦两汉文学批评史》，上海古籍出版社1990年版，第111—112页。

③ 张少康:《先秦诸子文艺观》，上海文艺出版社1981年版，第90—92页;《中国文学理论批评发展史》，北京大学出版社1995年版，第47—48页。

④ 罗根泽:《中国文学批评史》，上海古籍出版社1984年版，第49、50页。

⑤ 敏泽:《中国文学理论批评史》，人民文学出版社1981年版，第33—35页。

⑥ 周勋初:《中国文学批评小史》，长江文艺出版社1981年版，第12页。

零散的思想语素，有目的、有意识地整合在一起，尤其是心学与气学缩结而成的“气—志（心）—言”文气话语结构[①]，既是孟学精髓之所在，亦发后世作者之气的先声。

作为体现生命本能与创造力的本体范畴，气是与生命意义相关的一系列次生范畴产生的根源，譬如精、神、血、心、志等，均为气在不同层面的固结、凝显、迹化，呈现出体用一源的关系。对于这一点，日本学者汤浅泰雄从修炼角度指出精、气、神具有统一性，在一气贯通的大生命力中，物为气凝结积聚所成，心神则为气之精微灵明的表现。[②] 追溯学术史的根源，在早期管子一派的思想中，就极为强调精气的意义[③],《管子》全书提出十几种与精气相关的概念，其中包括：气，精、神、虚，恶气、善气，鬼神、灵气，阳气、阴气、和气，地气，邪气，等等。[④]先秦诸子关于精、气、神的论述，被后来的道教思想吸收，成为养生修炼思想的核心，称为“三宝”[⑤]。总体而言，对于精、气、神

---

① 杨儒宾先生认为孟子的身体观是由“形（体）—气—志（心）”三者组成的结构，与此相应的是“践形”、“养气”、“尽心”三种工夫论。在他看来，孟学践形论是一个“神气之流行—体气之充分转化—形体之彻底精神化”的过程，参见杨儒宾:《儒家身体观》，台北“中央研究院”中国文史哲研究所1996年版，第49、54、161页。我们知道，孟子思想的主轴不在身体观，也不在本文阐释的气论，而在心性道德的生发与扩充，气如何在形、志、心之间勾连，孟子引而未发，此一问题是由其后学完成的。

② ［日］汤浅泰雄:《“气之身体观”在东亚哲学与科学中的探讨》，见杨儒宾编《中国古代思想史中的气论与身体观》，第88页。

③ 譬如《管子·内业》:“凡物之精，此则为生。下生五谷，上为列星。流于天地之间，谓之鬼神。藏于胸中，谓之圣人。”又云:“精也者，气之精者也。”又云:“有神自在身，一往一来，莫之能思。失之必乱，得之必治。”《心术下》:“一气能变曰精。”这就明确地点出精气是构成物质统一性的基质，是一切生命现象和精神现象的本原。在管子一派看来，精、气、神在本质上是一致的，均为气之显现，只是表现的方式与特征不同而已，这与易学“精气为物，游魂为变”的意思是一致的。

④ 参见《管子·枢言》、《心术上》、《心术下》、《内业》、《幼官》、《五行》、《形势》。

⑤ 历代丹家均视精、气、神为修炼的中心环节与理论研究的主要内容，譬如明代修炼家伍冲虚《天仙正理》:“修仙者必用精、气、神三宝，此言只神、气二者，以精在气中，精气本是一故也。”参见伍冲虚:《天仙正理》，河南人民出版社1987年版，第23页。清代修炼家刘一明认为精、气、神是先天所定,《修真辩难》:“问曰:‘精气神后天乎？先天乎？’答曰:‘是先天。《心印经》云：上药三品，神与气精。恍恍惚惚，杳杳冥冥；视之不见，听之不闻；从无守有，顷刻而成。岂可以后天有形之物视之。’”参见刘一明:《修真辩难》，山西人民出版社1989年版，第38页。

的重视，是诸子各家共同关注的学术问题，只是各有聚焦，大体而言，管子重精，道家重气，儒家重心，侧重不同而已。①

孟子关于“气—志（心）—言”的论述，源于与公孙丑有关“动心”问题的讨论，由此引出“浩然之气”的培育问题。这一段论述极为紧要，涉及孟学体系建构中若干重要问题的引出：一是“气—志（心）—言”的关系，一是“知言”与“养气”的关系，牵涉到早期气学思想体系的结构论、形态论、方法论、价值论和境界论方面的问题。鉴于这一段论述的重要性，不妨再略加引述，在《知言养气章》中，孟子很在意地区分了自己与告子的“不动心”在方法上的不同，《孟子·公孙丑上》：

> “敢问夫子之不动心，与告子之不动心，可得闻与？”“告子曰：‘不得于言，勿求于心；不得于心，勿求于气。’不得于心，勿求于气，可；不得于言，勿求于心，不可。夫志，气之帅也。气，体之充也。夫志至焉，气次焉。故曰持其志，无暴其气。”
>
> “敢问夫子恶乎长？”曰：“我知言，我善养吾浩然之气。”

这一段话，论述的中心问题是“浩然之气”。对于“浩然之气”，孟子总的判断是“难言”，对其并无直接的界定，而是主要围绕着几组关系来谈论的，如“不动心”与气的关系、“勇”与气的关系、“知言”与“养气”的关系，等等。也就是说，在孟学思想体系中，“浩然之气”的培育，本身有着一个内在的逻辑运思结构，换言之，“浩然之气”的存在，是建立在关系性的气学结构与参照性的视野融合之上的。本文重点分析其中两层意义：一是“知言”与“养气”的关系问题，二是“气—志（心）—言”所构成的文气话语形态问题。

就第一层意思而言，“知言”与“养气”的先后关系，涉及孟子思想体系中的工夫论问题。在孟学的发生语境中，“知言”与“养气”并没有必然的因果关

① 对此，后世文论家颇为认同，譬如清人黄子云评价杜诗，有一个形象的比方，《野鸿诗的》：“导引之术，曰精气神，诗之理亦然。能鼓汉、魏之气，撷六朝之精，含咀乎《三百篇》之神者，唯少陵一人。”参见黄子云：《野鸿诗的》，见丁福保编《清诗话》下，第847页。在他看来，养生之术与为文之道相同，均源自精、气、神，唯杜甫独得先秦、汉魏、六朝文学之精髓，这里所谓的精、气、神，同源同质，含义相同。

系。参之先秦传统，尽管儒家有“慎言”观、“辞达”论，墨家有“三表”法、“以辞抒意”，老庄有“言不尽意”、“得意忘言”等命题，但在这个时期，“言”与“气”之间，本身并不构成一对问题论域，因而，“知言”与“养气”的关系，在孟子的思想中，是隐而不显的。通观《知言养气章》，孟子没有明确地提示，推衍孟学的逻辑，我们大体上可以认为，“知言”、“养气”与“不动心”、“集义”一样，只是对儒者生命状态与精神境界的一种描述，并无思想史上发生顺序或观念史上层级高下的分梳。

对于孟学的发挥，朱子的诠释富有创造性，他放弃了传统的体用一源模式，而以理气二分来诠释，认为“知言”先于“养气”，以“穷理”达“知言”而“养气”，故云：“盖知言为本，养气助也。”① 他之所以批评陆九渊不读书，只在心上理会，就是因为其与告子相似。基于“格物穷理”的认知优先性判断，朱子较之孟子以“本心”为价值源头的思路大不相同，因而与原意相距甚远，所以在随后几百年间引起了学者们的强烈批评。② 究其根源，从立论的出发点来看，孟子之学，旨在向内，乃自省存养的德性活动；朱子之学，旨在向外，乃穷理格物的知性活动，宗旨不同，问题意识也就不同，解决方案自然不一样。其后王夫之对告子的评价，也是基于对朱子的批评而来的，朱子认为告子“以气为性”，把气质之性当作本然之性，而本然之性皆善，气质之性则有善与不善。船山秉持气本善的立场，区分气之体用，认为告子只知“气之用”，未知“气之体”③，也即是说，告子只知“气之用”可以为善、可以为不善，却不知“气之体”是无不善的。船山之论，虽然与孟子原意有颇多差异，却能熔旧学新知为一炉，自成一家。

对古人而言，追究气为何物的兴趣远远小于对其价值、意义的探究，因而气之体的问题便高于气之用，在“知言”与“养气”的关系中，也就非常看重与心这一价值本体的关联。譬如《知言养气章》告子论性，在告子的义理中，“不得于言，勿求于心；不得于心，勿求于气”，告子所谓“言”是先在的，有其

① 朱熹著，黎靖德编，王星贤点校：《朱子语类》卷52《孟子二》，第1236页。

② 如王阳明、黄梨洲、戴东原等人，均致力于对朱子解释的批评。譬如梨洲就明言：“‘知’者，气之灵者也。气而不灵，则昏浊之气而已。养气之后，则气化为知，定静而能虑，故‘知言’、‘养气’是一项功夫。”参见黄宗羲：《孟子师说》卷2，《黄宗羲全集》第1册，第64页。

③ 王夫之：《读四书大全说》卷10，第661页。

自在的标准，并不受到“心”的统辖。而孟子则视“心”为生命源头、为价值本源，以“心”定“言”，以“心”统气，“言”与气均内在于“心”，因而“知言”、“养气”两种功夫都要听命于“心”，所以孟子批评告子：“不得于心，勿求于气，可；不得于言，勿求于心，不可。”孟子的气学与心学有着密切的关系，“养气”的功夫可以使人道德化、精神化、内圣化，这既符合孔孟将自然生命理性化、人文化的一贯路数，也符合儒家思想向内转的趋势。孟学的“养气”，指向“仁义礼智”，对于这一点，徐复观先生认为：“是指人我、人物，关联在一起而始显露出来的；所以在这种内容中，它会由内而一定要求通到外，由个体而一定要求通到群体，由观想而一定要求通到行为。”[①] 孟子的“知言”与“养气”是不可分的，两者相辅相成，互为依存，共同构成生命内视与外境、经验与超越两个维度的意义空间。正是因为其本身的视野极为开阔，论域极富弹性，因而在后世也就具有很强的理论衍生性。

孟学诠释史上“知言”与“养气”关系的争论，并没有引起文论界足够的重视，就目前的研究成果来看，或强调“重言”是孔子以来的传统（如敏泽先生的两卷本），或断言“养气”先于“知言”（如王运熙先生的七卷本），并没有深入一步探讨此一问题背后的理论价值。我们认为，这至少涉及两个方面的问题：一是对两者先后关系的解释，涉及古人有关养气说与文气说的理论建构宗旨，关乎价值论与知识论的裁断以及相关概念范畴的层级问题；二是涉及言、象、意与文气的关系问题，以及与气学方式方法乃至思维模式的复杂关联，尤其是此一问题的提出，开启了气学知识论、认识论的维度，而不是仅仅囿于传统意义上的价值论、境界论等面向。

就第二层意思而言，有关“气—志（心）—言”关系的思考，放在先秦时期整体思想脉络中考察，时有所见。譬如《左传·昭公九年》：“味以行气，气以实志，志以定言，言以出令。”《国语·周语下》：“气在口为言，在目为明……则味入不精，不精则气佚，气佚则不和。于是乎有狂悖之言……出令不信，刑政放纷，动不顺时，民无据依，不知所力，各有离心。”《大戴礼记·四代》：“食为味，味为气，气为志，发志为言，发言定名，名以出信，信载义而行之，禄不可后也。”[②]以上关于“气—志—言”关系的表述，在发生时间上，与孟子大抵

① 徐复观：《孟子知言养气章试释》，《中国思想史论集》，第125页。

② 王聘珍撰，王文锦点校：《大戴礼记解诂》卷9，第171页。

处于同一时期，从价值指向来看，与孟子对“诐辞”、“淫辞”、“邪辞”、“遁辞”的态度比较，同样具有鲜明的政教价值取向，可以看出是处于相同的文化语脉中。值得注意的，还有庄子、文子的相关论述,《庄子·人间世》:“若一志，无听之以耳而听之于心，无听之于心而听之于气。”《文子·道德》:“上学以神听，中学以心听，下学以耳听。”道家一系关于“气—心—耳”的论述，与儒家比较，虽然在本体意旨与感知模式上，各不相同，但是，在理论预设与论证方式上却是一样的，颇有一体两面之感。①由此可知，围绕气与心、志、言关系的论述，大抵上也是先秦思想家的公共论域。

探讨“气—志（心）—言”的结构，不可避免地要涉及气学与心学的关系问题。近现代以来的学者，均注意到孟子思想体系中气学与心学的密切关联。唐君毅先生（1908—1978）认为，孟学乃心学，其精神在于兴起一切人的心志，以立人，以立道，其“心”乃原始的素朴之心，在他看来:“孟子之言心，乃直就心之对人物之感应之事上说。此心初乃一直接面对人物而呈现出之心，初非反省而回头内观之心。”② 徐复观先生认为，孟子心善是性善论的基础，性、心、情、才都是围绕心的不同层次，他认为:“心在摆脱了生理欲望裹胁时，自然呈露出了四端的活动。并且这四种基本活动形态，虽然显现于经验事实之中，但并不为经验事实所拘限，而不知其所自来，于是感到这是‘天之所与’；亦即是‘人之所受以生’的性。这是孟子由‘心善’以言性善的实际内容。换言之，孟子在生活体验中发现了心独立而自主的活动，乃是人的道德主体之所在，这才是作为建立性善说的根据。”③牟宗三先生认为，孟学乃“心性之学”，此“心”代表“道德主体性”（moral subjectivity），具有自我立法性，是一种既主观又客观的“心即理”之心，它堂堂正正地站起来，人才能堂堂正正地站起来。④牟氏认为儒学是“生命的学问”，是一种成德之学，中国思想的三大主流（儒、道、释）都重“主体性”与“内在道德性”，而唯有儒家把“主体性”加以特殊的规定，成为“内在道德性”，所以儒学成为主流中的主流。⑤

---

① 参见杨儒宾:《儒家身体观》，第178—179页。

② 唐君毅:《原心上：孟子之性情心与墨子之知识心》,《中国哲学原论》“导论篇”，第54页。

③ 徐复观:《中国人性论史》“先秦篇”，生活·读书·新知三联书店2001年版，第151页。

④ 牟宗三:《中国哲学的特质》，台北学生书局1965年版，第66—67页。

⑤ 牟宗三:《生命的学问》，广西师范大学出版社2005年版，第30—35页;《中国哲学的特质》，第4页。

孟子与告子“不动心”的区别在于：告子所谓“不动心”，一是“不得于言，勿求于心”，二是“不得于心,勿求于气”；孟子认为，前者根本错误，因为言为心声，不正确的言辞（如“诐辞”、“淫辞”、“邪辞”、“遁辞”），“生于其心，害于其政，发于其政，害于其事”，政治后果极为恶劣。如果只是为“不动心”而“不动心”，对听到的各种不正确的言辞不予理睬，是不分是非的消极作法，由此而成的“不动心”与“养浩然之气”而达到的“不动心”，是不同的，因为后者是持守道义，所以“知言”即“知心”，即“集义”，“知言”与“养气”是不可分的。孟子否定了告子“不得于言，勿求于心”，但并不否定“不得于心，勿求于气”，这是因为在“气—志（心）—言”的结构中，“心”起到主宰的作用。

孟子论气，兼及心、志，且以心、志为主。所云“夫志，气之帅也。气，体之充也。夫志至焉，气次焉。故曰：‘持其志，无暴其气’”，此“志”即心志，是一种由理智、意志、动机而构成的稳定的心理状态；此“气”则为当下的意气、情感（譬如赵岐以“直怒之矣”解“求于气”）乃至体气、血气等。在孟子这里，心、性、情没有多大分别，既主张性善，心自然也是善的，志是心之所向，是心的作用，持志也便是保持良心（道德理性）在生理中的统率作用（“志气之帅也”）。孟子持理性的态度，以心主气，强调心的作用，说明其气论旨在为心性论服务，心、志与气的问题，本质上是一个关乎道德、伦理的价值判断而非生理、心理层面的问题。① 关于这一点，从孟子与公孙丑讨论“动心”的前面一段文字也可以佐证，这一段话是关于北宫黝、孟施舍、曾子养勇的方法问题：北宫黝之勇，是血气之勇，乃生理之气的表现；孟施舍之勇是志气之勇，乃心理之气的表现；曾子之勇是义气之勇，乃道德之气的表现。三者相比，以曾子之勇最得儒学精义。

正如本书前面业已谈到的那样，以道、气为核心的话语系统，乃中国古代思想家的公共论域，气与心、志之间的关联，共同构成了早期儒学气学话

① 对于孟学中气与志的关系，李幼蒸先生认为，气是一个三意素综合字词，包括纯物质主义意义、生理物质性层次以及准形上学心理观念。孟学的气论是伦理实践逻辑的一环，身心性的准物质存在，其作用主要是心理性的。孟学的志是一种以身心性的气为基质的意志力机制，其构成仍以精神和心理界的伦理信念成分为主。在他看来：“孟子准物质主义的气论是一种以实用性的心身修炼术来表达的实践学认识论。此仁学认识论陈述是以身心修炼术为根据的，而不是以逻辑性推理为根据的。”参见李幼蒸：《仁学解释学：孔孟伦理学结构分析》，中国人民大学出版社2004年版，第350页。

语的基本结构。[①] 孟学的特色在于将气与心、志等观念整合成一个有机的整体，并通过养气、存心、持志、践形的修养工夫，达致天人贯通、物我合一的境地。但同时，也应该注意到，气范畴并不是孟学最核心的要素，所谓“志至气次”、气志互为，对于这一点，后世学者见解颇深，譬如秦观（1049—1100）《浩气传》就认为：“气之主在志，志之主在心，心者，神之合也。”[②] 一方面，气充满于体内，受志的统帅；另一方面，气的变化也影响志，气属于身，志属于心，志与气的统一，便是身与心的合一。按照孟子的说法，气本来充满于体内，如能“善养”，则感到此气充塞于天地之间。二程就认为气与心志不可分，如释“不动心”云：“心之躁者，不热而烦，不寒而栗，无所恶而怒，无所悦而喜，无所取而起。君子莫大于正其气，欲正其气，莫若正其志。其志既正，则虽热不烦，虽寒不栗，无所怒、无所喜、无所取，去就犹是，死生犹是，夫是之谓不动心。”又云：“志顺者气不逆，气顺，志将自正。志顺而气正，浩然之气也。然则养浩然之气也，乃在于持其志无暴其气耳。”[③] 对于志与气之间的辩证关系，徐梵澄先生（1909—2000）认为，老子“专气致柔”乃“养气之事”，“其枢机仍在乎心思或意志。凡心之所至，气必随之”，他特别引用孟子“志至气次”加以阐明：“志气相为表里，非气无以持志，非志无以行气。”[④] 是为确论。

在孟子看来，君子的德行，并不仅仅内化于道德操守、精神追求，而是一定会外显于人之身体，或言行举止，或声色气度，故《孟子·尽心上》：“君子所性，仁、义、礼、智。根于心，其生色也，睟然见于面，盎于背，施于四体。四体不言而喻。”那么，此一内外相通的依据是什么呢？这就在于孟学的心性体系，其中的心、志、气、情融为一体，并无明确分梳，气乃是对知、情、志、意等心理因素的整合，正因为有气的内在整体贯通，有气的大化流行，各种生理因素、心理情感、精神力量方能浑融为一，神化而不自知，达

---

① 就先秦儒学一系来看，从孔子到孟子，均有关于气与心、志关系的思考。孔子的言论，除《论语》外，上博简《民之父母》中“五至”、“三无”、“五起”等问题的论述，也提供了佐证。孔子到孟子之间百余年的情形，郭店楚简《性自命出》等，提供了儒学修身修养的有力资料。相关问题，参见彭国翔：《儒家传统的身心修炼及其治疗意义——以古希腊罗马哲学传统为参照》，见黄俊杰主编《儒学的气论与工夫论》，华东师范大学出版社2008年版，第14—15页。

② 秦观著，徐培均笺注：《淮海集笺注》卷24，上海古籍出版社1994年版，第799页。

③ 程颢、程颐：《二程遗书》卷25，第378、379页。

④ 徐梵澄：《老子臆解》，中华书局1988年版，第13页。

致内在的整体和谐，并自然而然地流溢其外，“睟然”显于人之“四体”，并且超越主客体，与宇宙万物浑然为一，进入自由高超的境界。从这个意义上看，孟子所谓的“本心”①，是一种摆脱了生理欲望裹胁的自然、自化状态，这有似于《告子上》“牛山之木尝美矣”一章中的“平旦之气”、“夜气”。在孟子看来，当人的生理处于完全休息状态之时，欲望尚未与物相接而被激发，这是人之善端最易显露之时，此时之心，是摆脱欲望而独立活动的“本心”，也即一种整体性的气化状态。

所谓“气—志（心）—言”的文气话语结构，是文学研究中“内在路径”的有效切入方法。历代学者在论及人文研究以及文学创作的主体性诸问题时，常常能够心通意会，或化用，或套用，每每同声相应并加以引申，遂衍生出作者之气中若干新的诠释，将以气为核心的话语结构，建构得各具特色。譬如《大戴礼记·文王官人》所揭示的“心气（信气、义气、智气、勇气）”与“声”的一一对应结构：

> 诚在其中，此见于外。以其见，占其隐，以其细，占其大，以其声，处其气。气初生物，物生有声。声有刚有柔，有浊有清，有好有恶。咸发于声也。心气华诞者，其声流散；心气顺信者，其声顺节；心气鄙戾者，其声嘶丑；心气宽柔者，其声温好。信气中易，义气时舒，智气简备，勇气壮直。听其声，处其气，考其所为，观其所由，察其所安；以其前，占其后；以其见，占其隐；以其小，占其大。此之谓视中也。②

又如汉代董仲舒的“气—神—意—心”结构，从养生的角度，阐明“平意”、“静神”、“养气”、“养身”之间的关系，《春秋繁露·循天之道》：

> 故养生之大者，乃在爱气。气从神而成，神从意而出。心之所之谓意。意劳者神扰，神扰者气少，气少者难久矣。故君子闲欲止恶以平意，平意以静神，静神以养气。气多而治，则养身之大者得矣。③

① 《孟子·告子上》：“此之谓失其本心。”

② 王聘珍撰，王文锦点校：《大戴礼记解诂》卷10，第190—191页。

③ 董仲舒著，苏舆义证：《春秋繁露义证》，第452页。

南宋魏了翁（1178—1237）认为，文辞受制于作家的个性气质，在个性气质的引导下，后天之学识与志向有着不同的发展方向，遂有“心—辞—气—志—学”结构，《攻媿楼宣献公文集序》：

今之文，古所谓辞也。古者即辞以知心……盖辞根于气，气命于志，志立于学。气之薄厚，志之小大，学之粹驳，则辞之险易正邪从之，如声音之通政，如蓍蔡之受命，积中而形外，断断乎不可掩也。①

元代姚隧（1239—1314）认为，“君子之文”有“体—气—识”结构，在他看来，“识正”而“气正”而“体正”，有着发生意义上的关联，故而强调“学”对于养气为文的重要性，《卢威仲文集序》：

予尝熟玩其文之一二，大抵体根于气，气根于识，识正而气正，气正而体正。故劲特而伟健，明白而洞达，激烈而恳到，望而知其为威仲之文，盖君子之文也。抑余有闻，年有少壮老之不侔，气有明昏惫之殊致，故为善于少壮之日则易，而自立于衰暮之节则难，惟学则一而已矣。孟子曰我善养吾浩然之气，又曰以直养而无害，又曰是集义所生者，夫如是谓之学。此威仲所素讲者，余复诵而勉之。②

元代黄溍（1277—1357）提出“文—气—志—学”结构，《吴正传文集序》：

昔人之论文，率谓文主于气，气命于志，志立于学者也。盖三代而下，骚人墨客，以才驱气驾而为文，骄气盈则其言必肆而失于诞，吝气歉则其言必苟而流于谄。譬如一元之运，百物生焉，观其荣耀销落，而气之屈伸可知也。惟夫学足以辅其志，志足以御其气者，气和而声和，故其形于言也，粹然一出于正。③

---

① 魏了翁：《鹤山集》卷56，文渊阁四库全书本。

② 姚隧：《牧庵集》卷3，《四部丛刊》本。

③ 黄溍：《吴正传文集序》，见陶秋英编选《宋金元文论选》，第567页。

在他看来，文人“以才驱气驾而为文”，故“骄气”、“吝气”皆不可取，只有学辅志、志御气，方能“气和”而“声和”，如此“形于言”，乃为文之道。

志与气的关系，是孟子生活时代学者关注的一个重要问题①，也是中国古代文学观念史上的一个重要命题。作为一种价值标杆与方法论原则，孟学关于志气问题的论述，是儒学一系传承链条中的重要环节，后世论文者也极为在意，尤其是宋元以后的心性学语境中，在论及作者之气时，每每发挥孟学精义。比如王安石认为志与气乃是体用关系，如云：“生与性之相因循，志之与气相为表里。”② 在易学阐释中，苏轼也认为：“众人之志，不出于饮食男女之间。与凡养生之资，其资厚者其气强，其资约者其气微，故气胜志而为魄。圣贤则不然，以志一气，清明在躬，志气如神……故志胜气而为魂。”③ 根据他的论证，“气胜志”为众人，“志胜气”为圣贤，这种以社会属性统率自然本性的思想，与其“猖狂妄行而蹈其大方”的创作精神颇多背离，这种理论主张与创作实践的矛盾，大概是传统时代儒者慎重立身、放荡为文的结果吧。

二 《文心雕龙》“气—志—情—辞”

刘勰《文心雕龙》一书，以思想宏大、理论严密、文辞华美代表了中古文论的一个高峰，在文学思想史上具有长久的理论生命力和难以更替的地位。对于刘勰思想中兼综儒、道、释的复杂多面以及《文心雕龙》一书以儒学为主的思想倾向，学界已经进行了极为深入的研究并取得了一些基本的共识。同时，对于《文心雕龙》一书在文学本体论、创作论、鉴赏论层面的理论构建，近代以来的研究者均予以高度的评价。如果单单从气学思想谱系考察，我们可以看到，《文心雕龙》对于文气话语形态的继承与创新是非常明显的，这种承继与新创，并

① 譬如《尚书》的“诗言志”命题。《尚书》是现存最早的夏商周王室的档案文献辑录，保留了大量三代的资料，出现在今文《尧典》和伪古文《舜典》中的“诗言志”，历来为研究文学思想的人所重视，如云：“帝曰：夔，命汝典乐，教胄子，直而温，宽而栗，刚而无虐，简而无傲。诗言志，歌永言，声依永，律和声。八音克谐，无相夺伦，神人以和。夔曰：於，予击石拊石，百兽率舞。”这一段话表达了古人对诗乐舞起源、性质及功能的认识。按照蒋善国先生（1898—1986）的考证，勘定《尧典》出现于公元前372—前289年之间，即孟子生活的时代，参见《尚书综述》，上海古籍出版社1988年版，第168页。

② 王安石：《礼乐论》，《临川文集》卷66，文渊阁四库全书本。

③ 苏轼：《东坡易传》卷7，文渊阁四库全书本。

不仅仅拘泥于“气”字的出现[①]，抑或风骨、神思、虚静、辞气、志气等次生范畴的使用，或“风清骨峻”、“意气骏爽”、“梗概而多气”、“情与气偕”、“负气以适变”等气学家族系列命题的发挥，而是在于对气学思维方式的一种深层次的认同与接受。彦和论文，对于文气之一体三相，均有相当层面的涉及，这尤为明显地体现在“气—志—情—辞”的文气话语结构之中。

刘勰有着相当明确的体系建构意识，就此而言，在中国古代文论家中，他是比较特殊的。通观《文心雕龙》全书，他多次论述构成文的要素及结构，比如《体性》篇中，有构成文“内”的“才—气—学—习”，构成“文”外的“辞理—风趣—事义—体式”；又如《熔裁》篇中，有“情—事—辞”的“三准”，如云：“履端于始，则设情以位体；举正于中，则酌事以取类；归余于终，则撮辞以举要。”[②]又如《附会》篇中，有“才童学文”的“情志—事义—辞采—宫商”四要素，如云：“必以情志为神明，事义为骨髓，辞采为肌肤，宫商为声气。”[③]又如《宗经》篇中，有“文能宗经”的“情深—风清—事信—义贞—体约—文丽”六要素，如云：“一则情深而不诡，二则风清而不杂，三则事信而不诞，四则义贞而不回，五则体约而不芜，六则文丽而不淫。”[④]值得注意的是，以上所论及的为文要素及相关结构，均包括“气”这一因素，如“风趣”就是气，“风”也是气，而构成文章的其他要素，或情理，或辞采，或宫商，或体式，均与文气有着血肉的关联。刘勰所论的文气，沿隐至显，因内符外，流动并充盈在才、学、情、辞、事、义、体等为文要素之间，发挥着枢纽与关联的作用，因此，考察诸多为文要素，唯气不可少，这是决定文章是活法而不是死法之关键所在。

分析上述为文要素，我们拟将《文心雕龙》的文气话语结构归纳为“气—志—情—辞”四个要素。在今天看来，前两者偏于作者之气，后两种偏于文本之气，在作者之气占据主导地位的文气诠释传统中，彦和采取了一贯的折中态度，或者说，他把两者均纳入了理论参照视野。参之前文的“隧道效应”，我

① 全书“气”字出现，大约有八十余次，其中以词组形式出现的，有辞气、志气、血气、气力、养气、声气、才气、意气、体气、齐气、逸气、秀气、异气、韵气、精气、和气、素气、卫气、阳气、清气，等等。

② 刘勰著，詹锳义证：《文心雕龙义证》，第1182页。

③ 刘勰著，詹锳义证：《文心雕龙义证》，第1593页。

④ 刘勰著，詹锳义证：《文心雕龙义证》，第83—84页。

们可以看出，在构成文气结构的诸多思想要素中，譬如情志、学养、才力、文采、辞章、事义、风骨，等等，刘彦和兼容并取的眼光相当独到。在对经典的诠释过程中，他吸收了汉魏以来血气与文气同源的宇宙生成论思想，以显明文气、志气、血气的相通一致性，所谓“才力居中，肇自血气”，更明确了先天的血气是文气产生的基础。同时，他也吸纳了曹子桓“文以气为主”、“气不可移”的先验论，主张“才有庸俊，气有刚柔”，又加入了后天之学的成分，如《体性》谓“才有天资，学慎始习”、“功以学成”、“学有浅深，习有雅郑”，且辟专篇予以研讨，如《事类》论“学”，《定势》论“习”，强调后天修养习得的影响。又譬如同样是谈养气，彦和之于孟子，也有很大不同。孟学强调主体心性之修养，所谓“知言养气”乃积极性的进取，源于内在心性的培育，以刚正充沛为特征，这对于中国文学传统中强调作家主体性及道德人格有着极大的影响。彦和论养气，乃防御性的存养，所谓“爱精自保”[①]，旨在“理融而情畅”，即顺和性情，勿使衰竭，避免“钻砺过分”，而导致《养气》所谓“神疲而气衰”，这种对于自然之气资养、蕴藉的偏好，毕竟不同于孟子式的养气。

考察孟子—曹丕—刘勰以来逐渐明晰的诗文理论中的文气说，可以发现，其理论预设仍然来源于传统气学生成论，即气为构成天地万物的基本元素，“气之精”宿于人，如其充溢的话，“思”、“知”这一类的精神创造活动（包括诗文创作）就变得更为活跃。换句话说，个人气质（资质）的高下，或者神气（由杰出构思或灵感形成的创作冲动），在语气（辞气、语势）中的表达，是这种诗文论的根本所在。据此，日本学者三石善吉认为：“诗文论中的‘气’说是以研究作家‘气’（才能）的作家论和以研究包括表达形式的风格（即文气）、语气（语势）的文体论为中心的。”在他看来，随着宋以后道学的独尊，在作家论、文体论中，诗文的政治效用被放大，而创作的想象力、写实性和虚构性等问题也就逐渐被忽略了。[②]

---

① 黄侃先生认为：“养气谓爱精自保，与《风骨》篇所云诸气字不同。此篇之作，所以补《神思》篇之未备，而求文思常利之术也。”参见《文心雕龙札记》，中华书局1962年版，第204页。

② 转引自［日］小野泽精一、福永光司、山井涌编：《气的思想——中国自然观和人的观念的发展》，第472页。

正如我们在前文业已研究的那样，气范畴具有不同的层级意义，在不同时代、不同作者和不同文本语境中含有参差不齐的意素结构，既有固定的物质属性的基源意义，又有后来附加的次级衍生意义，因此，在以气为基本意素而生发的气学家族语义系列中，存在着不同主次要素的结构关系，这种结构关系指向的理论层面与价值取向，可能并不相同。在先秦时代，气概念的形上意蕴尚不凸现，因而在物理、伦理、生理层次和实践层次上的意义更为明确。魏晋以后，随着玄学体用思维的深入发展，气不仅为心、身、性概念，而兼有物、身、心的三合一，且在形上层面的本体论建构中有极大的意义延伸，发挥出既有自然本体性，也有生理物质性，还有心理伦理性的多重作用。这种气学家族语义及其结构的整体发展趋势，对于《文心雕龙》的气论思想有着相当广泛的影响。

对于刘勰的气论层次，寇效信先生曾将其分为四个层次，如下表所示：

第一层次　神		形
第二层次　神	气	形
第三层次　神志		气（精气）形
第四层次　神志		血　气　形

在他看来，“气”这一概念的外延，在构成因素的不同层次上，大小不同，与“形神”并列的“气”，外延最大，包括生理质能和心理功能两个方面，是“气”的全义。作为全义的“气”，包括生理之“精气”与心理之“神志”两个方面，是“志”与“气”的统一，所以又称为“志气”①。可备一说。

在《文心雕龙》一书中，彦和论气的文字，主要集中在《体性》、《养气》诸篇，为了方便研讨，先引述如下：

夫情动而言形，理发而文见，盖沿隐以至显，因内而符外者也。然才有庸俊，气有刚柔，学有浅深，习有雅郑，并情性所铄，陶染所凝。是以笔区云谲，文苑波诡者矣。故辞理庸俊，莫能翻其才；风趣刚柔，宁或改

① 寇效信:《文心雕龙美学范畴研究》，陕西人民出版社1997年版，第216—222页。

其气；事义浅深，未闻乖其学；体式雅郑，鲜有反其习。各师成心，其异如面。[1]

且夫思有利钝，时有通塞，沐则心覆，且或反常，神之方昏，再三愈黩。是以吐纳文艺，务在节宣，清和其心，调畅其气，烦而即舍，勿使壅滞，意得则舒怀以命笔，理伏则投笔以卷怀，逍遥以针劳，谈笑以药倦，常弄闲于才锋，贾余于文勇，使刃发如新，凑理无滞，虽非胎息之迈术，斯亦卫气之一方也。[2]

对于作者之气，彦和称之为志气、意气、血气、精气、风、风趣，或者养气、守气等，虽有分梳，在不同层面具有不同的指涉意义，但又具有贯通一体性，在本质上是一致的。譬如《风骨》开篇明义，将“风”确定为“志气”[3]，如云：“诗总六义，风冠其首，斯乃化感之本源，志气之符契也……意气骏爽，则文风清焉。”[4]“志气”乃主体创作之本源，“志气”发而成文，即为“风”，无气便无“风”[5]，故《风骨》云：“思不环周，索莫乏气，则无风之验也。”为了使得文章有“风”，作者就必须要养气，彦和称之为“守气”，如云：“是以缀虑裁篇，务盈守气，刚健既实，辉光乃新。其为文用，譬征鸟之使翼也。”[6]由此可见，在彦和的理论视野中，“志气—风—守气”具有逻辑上的因果关联。同时，还可以注意到，对于风骨此一类现代汉语系统难以诠释的范畴，古代学者多从气学的角度加以理解，譬如明末的曹学佺（1573—1646）《文心雕龙序》认为：“风骨一篇，归之于气。”清代的黄叔琳（1672—1756）认为：“气即风骨之本。”[7]李重华认为：“诗以风骨为要……风含于神，骨备于气，知神气即风骨在其中。”[8]近人

---

① 刘勰著，詹锳义证：《文心雕龙义证》，第1011—1012页。

② 刘勰著，詹锳义证：《文心雕龙义证》，第1580—1581页。

③ 即意气，《说文解字》：“志，意也。从心，之声。”

④ 刘勰著，詹锳义证：《文心雕龙义证》，第1047—1048页。

⑤ 范文澜先生认为：“此篇云风、情、气、意，其实一也，而四名之间，又有虚实之分。风虚而气实，风气虚而情意实，可于篇中体会得之。辞之与骨，则辞实而骨虚。”参见刘勰著，范文澜注：《文心雕龙注》，人民文学出版社1962年版，第516页。

⑥ 刘勰著，詹锳义证：《文心雕龙义证》，第1055、1052页。

⑦ 转引自刘勰著，詹锳义证：《文心雕龙义证》，第1046、1047页。

⑧ 李重华：《贞一斋诗说》，见丁福保编《清诗话》下，第922页。

郭绍虞先生也认为:“气在于作家谓之气，形之文者谓之风骨。”①

作为创作中极为重要的环节——神思，与“志气”也有着直接的关联，所谓“神居胸臆，而志气统其关键”，神思源于“志气”，乃文气、文思在创作活动中主观形相的一种显现，所以养气也就成为神思的前状态，两者相辅相成，有着时间上、逻辑上的前后关联。据此，有研究者指出《养气》与《神思》有承接关系，是创作论中不可缺少的组成部分，如王元化先生（1920—2008）认为:

> 《神思》篇曾提出过“秉心养术无务苦虑，含章思契不必劳情”的主张。《养气》篇更进一步说:“率志委和，则理融而情畅，钻砺过分，则神疲而气衰。”黄侃《札记》云“此篇之作，所以补《神思篇》之未备，而求文思常利之术也。”②

同时，我们还可以看到，彦和对于神思范畴的界定以及神思过程的描述，也带有强烈的气学思维痕迹，比如“神与物游”、“神居胸臆”、“神用象通”等提法，无疑均有气化流行的影子。至于创作构思之“陶钧文思，贵在虚静，疏瀹五藏，澡雪精神”，这种“虚静”的状态，本质是一种养气、气感的过程；创作想象之“登山则情满于山，观海则意溢于海，我才之多少，将与风云而并驱矣。方其搦翰，气倍辞前，暨乎篇成，半折心始”，也明显借用了传统辞气的表述方式，而所《神思》谓“人之禀才，迟速异分，文之制体，大小殊功”，则是直接对作者不同才性气质的区分，也即是说，作者之气是决定文本之气的前提，创作中的神思、风骨、情采诸问题，离开作者之气，也就成无本之源了。

关于才性气质对于作者之气的影响，刘勰有深入的论述，他整合了孟学心性层面之“知言养气”与曹丕先天禀赋之“不可移”的思想，认为性情虽出于天，亦受后天修养影响，兼顾先天之学与后天之学。如《事类》:“夫姜桂因地，辛在本性，文章由学，能在天资。才自内发，学以外成，有学饱而才馁，有才富而学贫。学贫者，迍邅于事义；才馁者，劬劳于辞情：此内外之殊分也。是以属意立文，心与笔谋，才为盟主，学为辅佐，主佐合德，文采必

① 郭绍虞主编:《中国历代文论选》第1册，上海古籍出版社1979年版，第160—161页。

② 王元化:《文心雕龙讲疏》，上海古籍出版社1992年版，第231页。

霸，才学褊狭，虽美少功。”① 在此，彦和明确提出“才自内发，学以外成”的观点，这种有内有外的思想，明代谢榛有着更为明确的论断，如云：“自古诗人养气，各有主焉。蕴乎内，著乎外，其隐见异同，人莫之辨也……学者能集众长合而为一，若易牙以五味调和，则为全味矣。”② 谢榛将不同的主体气质与文章风格之间的关系，铺排得极为明晰，其“蕴乎内，著乎外”的说法，旨在“调和”、“全味”，兼备内外、出入两面，相当圆融自得。由此可见，在历代文论家的思想中，合内外之学也是一贯的传统。

作者之气不仅是创作活动的本源，也是批评鉴赏、审美观照的关键，因而以气论人、以气论文，在《文心雕龙》一书中，也就比比皆是了。兹列举如下：

智术之子，博雅之人，藻溢于辞，辞盈乎气。苑囿文情，故日新殊致。宋玉含才，颇亦负俗，始造《对问》，以申其志，放怀寥廓，气实使之。③

至于魏之三祖，气爽才丽，宰割辞调，音靡节平。观其“北上”众引，“秋风”列篇，或述酣宴，或伤羁戍，志不出于杂荡，辞不离于哀思，虽三调之正声，实《韶》、《夏》之郑曲也。④

《卜居》标放言之致，《渔父》寄独往之才。故能气往轹古，辞来切今，惊采绝艳，难与并能矣。⑤

至于文举之荐祢衡，气扬采飞；孔明之辞后主，志尽文畅；虽华实异旨，并表之英也。⑥

刘桢云：“文之体指，虚实强弱，使其辞已尽而势有余，天下一人耳，不可得也。”公干所谈，颇亦兼气。⑦

观其时文，雅好慷慨，良由世积乱离，风衰俗怨，并志深而笔长，故

① 刘勰著，詹锳义证：《文心雕龙义证》，第1418—1421页。
② 谢榛：《四溟诗话》卷3，第69页。
③ 刘勰著，詹锳义证：《文心雕龙义证》，第489页。
④ 刘勰著，詹锳义证：《文心雕龙义证》，第243页。
⑤ 刘勰著，詹锳义证：《文心雕龙义证》，第156—160页。
⑥ 刘勰著，詹锳义证：《文心雕龙义证》，第834页。
⑦ 刘勰著，詹锳义证：《文心雕龙义证》，第1131页。

梗概而多气也。①

则义味腾跃而生，辞气丛杂而至。②

触类以推，表里必符。岂非自然之恒资，才气之大略哉。③

可以看出，在彦和的价值视野中，始终将文气尤其是主体创作之气视为鉴赏审美的重要标准，并将其直接运用于文学批评的实践中，收到了良好的批评效果。

在文气结构中，作者之气与文本之气又是联系在一起的，并无绝对的分梳，这一点，也体现在（志）气与情（理）的关联上。情志同一，自先秦以来，便是一项重要的思想传统，经典的例子，如《左传·昭公二十五年》："民有好恶、喜怒、哀乐，生于六气。是故审则宜类，以制六志。"其中"六志"，即好、恶、喜、怒、哀、乐六种情感，孔疏："此六志,《礼记》谓之六情。在己为情，情动为志，情志一也。"在《文心雕龙》一书中，情（理）与（志）气的密切关联，借助于骈文的表达句式，常常互文见义，譬如《征圣》："精理为文，秀气成采。"④ 此处"精理"与"秀气"是对待立义的。《才略》："嵇康师心以遣论，阮籍使气以命诗。"⑤ 此处"师心"与"使气"是对待立义的。《风骨》："情与气偕。"又云："故辞之待骨，如体之树骸。情之含风，犹形之包气。"⑥ 这里是指"风"在"情"中，虽非"情"本身，但亦可视为"情"的升华。所谓的"风"，按照徐复观先生的解释，由志气而来，刘勰所谓"意气骏爽，则文风清焉"，是指经过反省以后的感情（意），结合生理的生命力（气）所形成的鼓荡状态。⑦质言之，我们或可进一步归结为："风"是"情"、"志"、"理"、"趣"所凝结的精神活力的综合显现。

同时，语言辞采也是与气（志、情）联系在一起的，如《通变》："文辞气

① 刘勰著，詹锳义证：《文心雕龙义证》，第1684页。

② 刘勰著，詹锳义证：《文心雕龙义证》，第1645页。

③ 刘勰著，詹锳义证：《文心雕龙义证》，第1052页。

④ 刘勰著，詹锳义证：《文心雕龙义证》，第53页。

⑤ 刘勰著，詹锳义证：《文心雕龙义证》，第1807页。

⑥ 刘勰著，詹锳义证：《文心雕龙义证》，第1073、1048页。

⑦ 徐复观：《中国文学中的气的问题——〈文心雕龙·风骨篇〉疏补》,《中国文学精神》，第116—117页。

力，通变则久，此无方之数也。”又云：“凭情以会通，负气以适变。”[①] 也即是说，“情”与“气”乃“通变”的前提。又如“气扬采飞”，“辞盈乎气”，“气往轹古，辞来切今”，“气无奇类，文乏异采”，“气伟而采奇”，“气形于言”，“气盛而辞断”，等等，均旨在说明文气乃是构建文字、语言、辞采的前提。[②] 另外，文章体式风格与气也是密切联系的，在《体性》篇中，彦和列举了八种文章风格：典雅、远奥、精约、显附、繁缛、壮丽、新奇、轻靡，对于这八种体式的形成，他认为：“若夫八体屡迁，功以学成，才力居中，肇自血气。气以实志，志以定言，吐纳英华，莫非情性。”如此一来，就将文章风格的成因，明明白白地归结到“气—志—情—辞（言）”的文气结构上。

当然，以今人的眼光看，对于文气的认识，刘勰是相当中庸圆融的，他主要谈及的两个方面，即作者之气和文本之气，均表现出此一特征。在作者之气的诠释上，他强调先天才性和后天养成，所谓“才自内发，学以外成”（《事类》）的内外之分；在养气问题的诠释上，既有儒家式的主动培养，也有道家式的被动存养，比较而言，《神思》偏于主动的才气培养，如云：“积学以储宝，酌理以富才。”在《养气》篇中，彦和视“清和其心，调畅其气”、“烦而即舍，勿使壅滞”、“务在节宣”为“卫气之一方”，这就明显偏于被动的情性保养。在文本之气的诠释上，文辞和音律并重，既重视文辞的技巧，又重视音律的抑扬顿挫，在文本的辞气问题上，既探讨字、句、章、篇的技巧，譬如如何炼字、锻句、裁章、谋篇的问题，又论及比兴、夸饰、用典、隐秀、声律、对偶等修辞手法。总体来看，刘勰兼顾两面，似乎旨在建构一个周全的文气话语结构，以期涵盖文学活动的各个方面。

考之尔后“气—志—情—辞”结构的发展，大体上有两种诠释方向：一是沿着文辞的角度生发开去，对此，本书将在下一节“文本之气”中予以讨论；一是沿着情志的方向继续深入研讨，顺此一意义脉络，考察历代文论家的思想，其中亦不乏具有明确理论意识者，值得关注或可进一步研究的，我们可以举几个例子。唐代令狐德棻（583—666）兼取曹丕、陆机的思想，主张“以气为主，以文传意”，强调文章本于“情性”，如《周书王褒庾信传论》：“原夫文章之作，本

① 刘勰著，詹锳义证：《文心雕龙义证》，第1079、1102页。
② 参见《文心雕龙》之《章表》、《杂文》、《辨骚》、《丽辞》、《诸子》、《才略》、《檄移》等篇。

乎情性，覃思则变化无方，形言则条流遂广。虽诗赋与奏议异轸，铭诔与书论殊途，而撮其指要，举其大抵，莫若以气为主，以文传意。考其殿最，定其区域，摭六经百氏之英华，探屈、宋、卿、云之秘奥，其调也尚远，其旨也在深，其理也贵当，其辞也欲巧。然后莹金璧，播芝兰，文质因其宜，繁约适其变，权衡轻重，斟酌古今，和而能壮，丽而能典，焕乎若五色之成章，纷乎犹八音之繁会。夫然，则魏文所谓通才足以备体矣，士衡所谓难能足以逮意矣。”①南宋刘克庄（1187—1269）有文气“少锐老惰”的说法，《刘圻父诗序》：“文以气为主。少锐老惰，人莫不然。世谓鲍照、江淹，晚书才尽，予独以为气有惰而才无尽。子美夔州、介甫钟山以后所作，岂以老而惰哉？”②宋末元初卫宗武有文气主情的说法，《赵帅干在莒吟集序》：“文以气为主，诗亦然。诗者，所以发越情思，而播于声歌者也。是气也，不抑则不张，不激而不扬。惟夫颠顿困阻，沈阨郁积，而其中所存，英华果锐……屈之骚，宋之九辩，荀卿子之成相佹诗，贾太傅之吊湘赋鹏，皆是物也。”③明代李梦阳（1473—1530）有“情—声—志—气”结构，《张生诗序》：“夫诗，发之情乎？声气其区乎？正变者时乎？夫诗言志，志有通塞，则悲欢以之，二者小大之共由也。至其为声也，则刚柔异而抑扬殊，何也？气使之也。”④清人魏际瑞（1620—1677）有“情—事—景—气”结构，《伯子论文》：“诗文不外情、事、景，而三者情为本。然置顿不得法，则情为章句所昵。尤贵善养其气，故无窘窒懈累之病。古人为文，虽有伟词俊语，亦删而舍之者，正恐累气而节其不胜也。”⑤何绍基（1799—1873）有“真性情”说，《与汪菊士论诗》：“凡学诗者，无不知要有真性情……然虽时刻流露，以之作诗作文，尚不能就算成家者，以此真性情虽偶然流露，而不能处处发现，因作诗文自有多少法度，多少功夫，方能将真性情搬运到笔墨上。又性情是浑然之物，若到文与诗上头，便要有声情气韵，波澜推荡，方得真性情发见充满，使天下后世见其所作，如见其人如见其性情。”⑥何氏认为文气源自“真

① 令狐德棻：《周书王褒庾信传论》，见周祖譔编选《隋唐五代文论选》，第35页。

② 刘克庄：《刘圻父诗序》，《后村先生大全集》卷94，《四部丛刊》本。

③ 卫宗武：《赵帅干在莒吟集序》，《秋声集》卷5，文渊阁四库全书本。

④ 李梦阳：《空同集》卷51，文渊阁四库全书本。

⑤ 魏际瑞：《伯子论文》，见王水照编《历代文话》卷4，第3594页。

⑥ 何绍基：《与汪菊士论诗》，《东洲草堂文钞》卷5，续修四库全书本。

性情”，情志“流动充满”，且“处处发现”，才能“搬运到笔墨上”，形成“声情气韵，波澜推荡”的文气，这与刘勰“志气统其关键，辞令管其枢机”的说法，虽一脉相承，但更为生动传神。

在古代文学思想的演进中，重视情志、情性的传统在宋代有了很大的发展，其中，张戒的诗话理论，进行了一次理论上的总结。《岁寒堂诗话》中浓厚的言志卫道传统，已经引起了不少研究者的关注[①]，在此不再赘引，本书主要谈谈他的“情真—味长—气盛”结构。见于《岁寒堂诗话》的说法，主要有：

言志乃诗人之本意，咏物特诗人之余事。古诗苏李曹刘陶阮本不期于咏物，而咏物之工，卓然天成，不可复及。其情真，其味长，其气胜，视《三百篇》几于无愧，凡以得诗人之本意也。潘陆以后，专意咏物，雕镌刻镂之工日以增，而诗人之本旨扫地尽矣。

子建诗，微婉之情、洒落之韵、抑扬顿挫之气，固不可以优劣论也。古今诗人推陈王及《古诗》第一，此乃不易之论。

诗以用事为博，始于颜光禄而极于杜子美。以押韵为工，始于韩退之而极于苏黄。然诗者，志之所之也。情动于中而形于言，岂专意于咏物哉……苏黄用事押韵之工，至矣尽矣，然究其实，乃诗人中一害，使后生只知用事押韵之为诗，而不知咏物之为工，言志之为本也，风雅自此扫地矣。[②]

张戒诗论，对于作者之气诸要素，尤其是“情”、“志”极为重视，对于《诗大序》、《文心雕龙》中有关“情”的说法，如《诗大序》“情动于中而形于言，言之不足，故嗟叹之”，《文心雕龙》“因情造文，不为文造情”，全盘照收，并以此为据，论证子建、李杜皆情意有余，而苏黄为文造情，乃“诗人中一害”。张氏对于诸家的评价，是否恰当，此处不议，但他以“情真—味长—气盛”的话语结构论诗，是明确不二的，这既是儒家情志传统的承继，也是对传统文气思想的新拓展。另外一位对于传统情性问题进行理论总结的，是明清之际的王船山。源于对张载“心统性情”的推崇，船山反复

① 参见陈应鸾:《岁寒堂诗话笺注》“序言”，四川大学出版社1990年版。

② 张戒:《岁寒堂诗话》，见丁福保编《历代诗话续编》上，第450、451、452页。

强调“情者阴阳之几”、“诗达情”、“诗以言情”①，如评徐渭诗云：“诗以道性情，道性之情也。性中尽有天德、王道、事功、节义、礼乐、文章，却分派与《易》、《书》、《礼》、《春秋》去，彼不能代《诗》而言性之情，《诗》亦不能代彼也。”②我们知道，“诗道性情”是船山诗学的基点，既是区分诗与其他门类的界限，也是其“情景”、“现量”诸论的逻辑起点，因而其理论的总结价值，在文学思想史上是不可忽视的。

三　《原诗》“气—理（事、情）—识（才、胆、力）”

叶燮（1627—1703）及《原诗》的研究，是过去一个世纪文学思想研究的热点之一，这既与20世纪唯物主义话语的兴盛相始终③，也是与中西比较文学的兴起乃至“龙学”研究的鼎盛相联系的。审视一个多世纪以来的研究，微观层面的成果是颇为显著的，譬如文学理论视野中的“理、事、情”、“才、胆、识、力”等范畴以及源流正变、因革沿创、形象思维等核心命题，乃至与其相关的横摄面的文学史观、批评史观、主体“历史性”等问题，前贤已有相当深入细致的考辨。相对缺乏的是宏观层面的研究以及纵摄面的延伸，譬如叶燮对理学的继承及其相关联的文学本体论问题，尤其是叶燮诗论独特的气学结构及其在整个中国文学观念史上的特殊价值等问题，仍然需要我们进一步地思考。

对于《原诗》的整体评价，四库馆臣颇为严厉，如“极纵横博辨之致，是作论之体，非评诗之体”，“词胜于意”，“多英雄欺人之语”④，这是基于传统诗文评的立场，指出《原诗》中颇多不寻常之处，也从反面立证了叶燮思想中不同于传统意会感发式、就诗论诗式的“评诗”传统，而富有创新性的一面。与此不同，近现代以来西学背景下成长起来的学者，更为看重《原诗》的“作论”特质，即其系统性、理论性，认同叶燮思想建构中的逻辑品格、理性精神和思

---

① 王夫之：《诗广传》卷1，《船山全书》第3册，第323、325页。

② 王夫之：《明诗评选》卷5，《船山全书》第14册，第1440—1441页。

③ 半个多世纪以来，关于《原诗》本体论以及相关的唯物与唯心、主观与客观等问题的讨论，大体上有主客结合论、唯物主义论等倾向。相关论著，参见郭绍虞《中国文学批评史》、霍松林校注《原诗》作的《前言》、叶朗《中国美学史大纲》、敏泽《中国文学理论批评史》、张健《清代诗学研究》等专著，以及张少康《叶燮文艺思想的评价问题》、成复旺《对叶燮诗歌创作论的思考》等论文。

④ 永瑢等撰：《四库全书总目》卷197，第1806页。

辨色彩。日本学者青木正儿（1887—1964）在他的《清代文学评论史》中，以“诗坛上自成一家思想之抬头”首推叶燮，以为他在当时清朝文坛宗唐、宗宋诸说纷纭的混乱状态下，主张一切按照个人所好，自成风格，乃吟咏个人性情为宜的第一人。青木正儿对其创作的基本条件“胸襟”以及“以在我之四（才、胆、识、力），衡在物之三（理、事、情），合而为作者之文章”进行了详细分析，对其个别批评之过激言辞也提出“令人有乱发脾气之感”的微词。[①] 敏泽先生在文学理论批评史和美学思想史中，详细论述了叶燮的文学、美学思想，认为叶燮是我国文学理论史、美学思想史上一位卓越而重要的思想家。他认为叶燮的《原诗》，贯穿了从钟嵘、刘勰开始到唐代皎然、刘禹锡，宋代严羽，明代“前后七子”的文学理论批评，从总体上说是切中弊病的，而且他从根本上研究和论述有关诗歌创作的一些本原性问题，譬如就诗歌创作的发展历史、诗歌独创性的途径、作家的主观条件、诗歌创作的形象思维，以及反映论与形象思维的关系、艺术美与艺术的关系，等等，提出了系统的看法，《原诗》也就成为继《文心雕龙》之后中国文学理论批评史上一部最重要的著作。[②] 20世纪以来的这些研究结论，奠定了当代研究的基本视野。

有鉴于以上研究，本书在吸取前贤成果的基础之上，以“气—理（事、情）—识（才、胆、力）”考察叶燮思想体系中的文气话语结构，以及此一结构的思想史与观念史背景，特别关注其中浓厚的形上意味与娴熟的体用范式。

先来看叶燮关于文学本体的定位，见于《原诗》的“理（事、情）”与文气关系的论述，兹引述如下：

> 曰理、曰事、曰情三语，大而乾坤以之定位，日月以之运行，以至一草一木一飞一走，三者缺一，则不成物。文章者，所以表天地万物之情状也。然具是三者，又有总而持之，条而贯之者，曰气。事、理、情之所为用，气为之用也，譬之一木一草，其能发生者，理也。其既发生，则事也。既发生之后，夭矫滋植，情状万千，咸有自得之趣，则情也。苟无

---

① ［日］青木正儿:《清代文学评论史》，杨铁婴译，中国社会科学出版社1988年版，第91—94页。

② 相关论述，参见敏泽:《中国文学理论批评史》下，吉林教育出版社1993年版，第1113—1146页;《中国美学思想史》第3卷，齐鲁书社1989年版，第161—194页。

气以行之，能若是乎？又如合抱之木，百尺干霄，纤叶微柯以万计，同时而发，无有丝毫异同，是气之为也。苟断其根，则气尽而立萎。此时理、事、情俱无从施矣，吾故曰：三者藉气而行者也。得是三者，而气鼓行于其间，絪缊磅礴，随其自然，所至即为法，此天地万象之至文也。[①]

这一段话统摄的内涵极为丰富，可以从两个层面考察：第一，需辨明作者的本意，其中的问题有：何谓“理、事、情”？何谓气？“理、事、情”与气的关联；第二，需进一步诠释的问题有：叶燮以理、气为本体的阐释路数，理学话语与文论话语的融合，气学体用思维模式的运用。

正如有论者业已注意到，关于“理、事、情”的论述，见之于文学思想史，此前《诗大序》有“情动于中而形于言”，陆机《文赋》有“伊兹文之为用，固众理之所因”[②]，以及白居易《与元九书》有“歌诗合为事而作”，等等，均有不同层面的涉及，但全面而系统的理论建构，首见于叶燮的思想体系。在《原诗·内篇下》中，叶氏认为三者之所以重要，在于“足以穷尽万有之变态”，世间万物万象，“凡形形色色，音声状貌”，均无法超越三者的范围。为此，他以花草之生死设喻，推衍铺陈，由一般、抽象的未存到个别、具体的已存，再到形色各异的万象万态。具体而言，所谓“理”，即“能发生”，是事物的本质属性、发生依据和发展规律，譬如草木生长乃其不可移易之本性；所谓“事”，即“既发生”，循“理”而动，借助发生、发展之过程，以具体形象而出现的客观实存；所谓“情”，即“情状万千”，不同于“理”、“事”乃万物之实存，“情”乃是万物外化之情状及其呈现出来的不同形态、情趣等。

在“理、事、情”三者中，叶燮强调“理”，因为“理者与道为体，事与情总贯乎其中”，“惟明其理乃能出之而成文”。他认为“理、事、情”虽然是“在物之三”，但是，“备物者莫大于天地，而天地备于六经。六经者，理、事、情之权舆也”，“为文本于六经”，“文之为用，实以载道”[③]，因而“理、事、情”均需“适于道”，所以“理”归于道，“理”以道为体，“其理无不为道所该”[④]，而不可“叛于道，戾于经”。在情理关系上，他明确提出“夫情必依乎理，情得然后理

① 叶燮著，霍松林校注：《原诗·内篇下》，第21—22页。

② 陆机著，张少康集释：《文赋集释》，第261页。

③ 叶燮：《已畦集》卷13《与友人论文书》，长沙叶氏梦篆楼刊本1917年版。

④ 叶燮：《已畦集》卷8《赤霞楼诗集序》。

真。情理交至，事尚不得耶”，重理但不废情，强调两者的交融，一方面“情得然后理真”，另一方面“情必依乎理”，因而所追求的就必然是“情理交至”。由此可见，叶燮之论，不仅充分意识到感性层面情感的重要性，而且具有强烈的理性品格和形上色彩，同时，兼顾感性觉解与理性知解，颇有折中的意识。叶燮将理一万殊、“格物穷理”的形上思辨运用于论诗中，虽然他业已认识到艺术创作中诗性与理性的独特之处，但他仍然有意识地将诗学理论上升到哲学层面，并借助主客体的交互影响来把握文艺表达的特质，这种力图以理学原则为文学创作、艺术鉴赏立法的意图，还是相当明确的。

显而易见的是，“理、事、情”还不是本体的最终层级，叶燮将文学最终的层级，定义在气。在他看来，“理、事、情”须一气贯通，才会富有生机、活力，才能呈现出气象万千的景象，故《原诗·内篇上》：“然具是三者（理、事、情），又有总而持之，条而贯之者，曰气。”同时，他又认为：“草木气断则立萎，理、事、情俱随之而尽，固也。虽然，气断则气无矣，而理、事、情依然在也。何也，草木气断，则立萎，是理也；萎则成枯木，其事也；枯木岂无形状？向背、高低、上下，则其情也。由是言之，气有时而或离，理、事、情无之而不在。”在此，叶氏描述了两种状态的“理、事、情”，一是“气贯之”状态，一是“气断之”状态，前者为活相，后者为死相。那么，在此基础上，需要进一步追问的问题就是，从生成论的角度看，“理、事、情”是否依气而生？是否受制于气？从本体论的角度看，到底是理（事、情）为本，还是气为本？对此，叶燮似乎难以定断。

从叶燮本体论的两难处境，可以看出，他企图协调理学内部气本、理本的努力，也可以看出，对于宋明以来道学的理本、气本路径，他是兼容并包的。[①]这与他认同儒、道、释三教合一的价值取向是相同的[②]，通过进一步的研讨，或

---

① 虽然叶燮对于程朱理学的批评，在深刻性与尖锐性上不及同时代的王夫之、顾炎武等人，但是，他对于程朱理学得道统真传的说法是表示怀疑的，如云：“宋儒谓自孟子没而道统绝一千四百年，而濂溪周子起而绍其绪，吾窃不敢以为尽然也。”参见叶燮：《已畦集》卷3《从祀说》。

② 叶燮认为，佛、老之学无损于儒学之体用，如云：“反而求之，绝无戾乎福善祸淫之说……终以兴起人为善之意而已矣。”并认为：“不特无害于儒家之体，且无害于儒家之用矣。”参见叶燮：《已畦集》卷21《紫石山留云庵募修引》。唐宋以来理学家，普遍地“出入于老释”，蔚为风尚，如周子用“真”、“妙合”、“化生”讲太极，张载“访诸释、老，累年究极其说”，二程“泛滥于诸家，出入于老、释几十年”，朱子“颇留意于老子、释氏之言”，均经历了由正题转入反题再转入合题的心路历程。叶燮的说法，大约也是基于相同的文化心态。

可发现，这种思想的痕迹也体现在其苦心建构的诗学本体论和哲学方法论上。

对于文学的特质，叶燮有着明确的认识，因而对于理学话语与文学话语之间的转化、融合，亦不乏细致的辨析。首先，来看叶燮对于文学特质的界定，在《原诗·内篇下》中，他是这样论述的：

> 诗之至处，妙在含蓄无垠，思致微缈，其寄托在可言不可言之间，其指归在可解不可解之会，言在此而意在彼，泯端倪而离形象，绝议论而穷思维，引人于冥漠恍惚之境，所以为至也。①

在此，叶氏揭示出艺术思维的根本特质，就是介于可言与不可言、可解与不可解之间，它排除名言、思考、言诠，不依靠逻辑和常理，与意会的表达方式、意象的体验方式须臾不能分离，“要之作诗者，实写理事情，可以言言，可以解解，即为俗儒之作”②。其次，诗理不同于哲理，不着痕迹，不必道破，是融感性与理性、象外与环中、有意与无意、质实与空灵为一体的，这种追求言外之意、象外之象、境外之境的意会方式及其深层的情感体验，是难以穷尽和表述的，其艺术形象的寄寓和审美情感的寄托，无法在概念范畴的逻辑运思或理论推衍中呈现，而终究要借助于情感、直觉、想象、联想等意会体悟方式，方能烘托出浑沦而幽渺、朦胧而深邃的超越品格。

那么，理学本体意义上的“理、事、情”，能否用以阐释诗学本体问题呢？换言之，理气话语能否有效地诠释文学问题呢？在叶燮看来，这是完全可以的。首先，所谓“理、事、情”，具有不同的层级意义，现实生活中实存的“理、事、情”与诗歌中的理趣、物象、情感乃至哲学形上意义的“理、事、情”，其间既有差别，又是统一的。其次，诗歌是对客观事理的艺术加工，只有内心与外物统一，理、事、情贯穿一体，表现出非常理之理、非常事之事、非常情之情，方为诗歌的最高境界。譬如“蜀道之难，难于上青天”，“似将海水添宫漏”，“天若有情天亦老”，“春风不度玉门关”等句，绝非“实写理事情”，必定是虚写，而理之“不可名言”、事之“不可施见”、情之“不可径达”等特质，又具有朦胧性、非确指性和意会性，也即“惟不可名言之理，不

① 叶燮著，霍松林校注:《原诗·内篇下》，第30页。
② 叶燮著，霍松林校注:《原诗·内篇下》，第32页。

可施见之事，不可径达之情，则幽渺以为理，想象以为事，惝恍以为情，方为理至、事至、情至之语”。此一“幽渺”、“想象”、“惝恍”之状，正是虚实相兼、心象融合的过程，这正是文学意义上的“理、事、情”与哲学意义上的“理、事、情”在深层结构上的贯通为一。当然，这种意义的深层转化，还有赖于叶氏文气结构中的另外一条线索：“才、胆、识、力”。

正如学界已经注意到，叶燮“才、胆、识、力”的提法是有所本的。譬如唐代的刘知几（661—721）就认为：“史有三长，才、学、识，世罕兼之，故史者少。”[①] 尔后宋代的苏轼也认为：“贾生志大而量小，才有余而识不足也。”[②] 而论述更为详尽的，则是明代的徐祯卿（1479—1511），在《谈艺录》中，他有“诗之源”与“诗之流”之分，如云：“因情以发气，因气以成声，因声而绘词，因词而定韵，此诗之源也；然情实眑眇，必因思以穷其奥；气有粗弱，必因力以夺其偏；词难妥帖，必因才以致其极；才易飘扬，必因质以御其侈。此诗之流也。”[③] 徐氏将诗歌诸要素分得很细，将“情→气→声→词→韵”的理路也辨析得极为明晰，同时，将诗之源头归于气，这一层意思也是相当明确的。较之前人的说法，叶燮之长，在于融合了各家各说，如云：

> 曰才、曰胆、曰识、曰力，此四言者所以穷尽此心之神明。凡形形色色，音声状貌，无不待于此而为之发宣昭著。此举在我者而为言，而无一不如此心以出之者也。
>
> 大凡人无才，则心思不出；无胆，则笔墨畏缩；无识，则不能取舍；无力，则不能自成一家。[④]

对于四者在诗论结构中的地位，叶燮强调“识”。在他看来，“识”为体，“才”为用，“识”处于核心和主宰的地位。“识”明则“胆”张，无“识”而有“才”，则“胆”“力”会“背理叛道”，便会成为“风雅之罪人”。对于四者之间的关系，叶

① 欧阳修，宋祁撰：《新唐书》卷132《刘子玄传》，第4522页。
② 苏轼著，孔凡礼点校：《贾谊论》，《苏轼文集》卷4，第106页。
③ 徐祯卿：《谈艺录》，见何文焕编《历代诗话》下，第765页。
④ 叶燮著，霍松林校注：《原诗·内篇下》，第23、16页。

燮认为:“大约才、识、胆、力，四者交相为济。苟一有所歉，则不可登作者之坛。”[①]这种“交相为济”的关系，具体来看,“胆”有赖于“识”，又能延展深化为“才”，故云:“惟胆能生才，但知才受于天。而抑知必待扩充于胆邪！”“才”必须有待于“力”之承载，又云:“惟力大而才能坚，故至坚而不可摧也。历千百代而不朽者以此。昔人有云:‘掷地须作金石声。’六朝人非能知此义者，而言金石，喻其坚也。此可以见文家之力。”[②]没有“力”的作用,“才”亦是无法充分展现出来的。比较而言，叶燮以“才—胆—识—力”来统摄创作主体的心理结构，较之曹丕重视先天之学、刘勰折中先天与后天之学，在理论旨趣上并不相同。叶燮的作者之气结构，并不否认先天之气，也承认后天之学，但其理论兴趣却在主体的胆识、力气，至于胆识、力气的由来，叶氏认为是主体“触”万物之“理、事、情”而来的，此一问题的展开，又涉及对主与客、物与我关系的认识。

将主客、物我之间的交融定义为“融”、“触”，是中国文论意会体悟表达方式的重要实现手段。在古人看来，人象天法地，在构造上相同、在精神上共感、在表象上互为因果，人与天地、情与景、主体与客体、内根与外境浑然为一，天人、道器、体用贯通一体，神形、心物、知行一面两体。这是一种依托于古代知识结构与信仰系统，浓缩了传统修养与个人经验的认知方式，是中国古代人文传统形成的思想前提，只是在不同的文化领域，表达方式不同而已。见于文学思想领域的，譬如《礼记·乐记》“心物感应”之说、《文心雕龙·明诗》“人禀七情，应物斯感，感物吟志，莫非自然”[③]的说法，至于明代谢榛说得更加圆融[④]，逮至清初，有关物我、主客之间的理解已成诗家共识。稍早于叶燮的王船山也有相关的论述，如《姜斋诗话》下卷:“‘池塘生春草’、‘胡蝶飞南园’、‘明月照积雪’，皆心中目中与相融浃，一出语时，即得珠

① 叶燮著，霍松林校注:《原诗·内篇下》，第29页。

② 叶燮著，霍松林校注:《原诗·内篇下》，第28、26页。

③ 刘勰著，詹锳义证:《文心雕龙义证》，第173页。

④ 如谢榛《四溟诗话》(又名《诗家直说》):“诗有天机，待时而发，触物而成，虽幽寻苦索，不易得也。”参见谢榛著，宛平校点:《四溟诗话》卷2，人民文学出版社1998年版，第41页。又云:“景乃诗之媒，情乃诗之胚，合而为诗。”参见谢榛著，宛平校点:《四溟诗话》卷3，第69页。谢榛是明代复古派阵营“后七子”的重要人物，论诗也讲格调之类，但较偏重于对诗歌艺术美的探索，故而其持论与其他复古论者经常相左，因而遭到李攀龙等人的摈斥。以上主客关系的融通之论，可为一证。

圆玉润，要亦各视其所怀来而与景相迎者也。”又云：“宾主历然，镕合一片。”①虽然近代以来研究者常常注意到王夫之与叶燮的不同之处，譬如前者致力于气本，与后者理气并重颇不相同，但两者在思想上的共同点也是不少的，除物我关系有相似的见解外，两者均有关于经典诠释中“设身处地”的说法②，这些都是值得进一步研究的。

文气话语结构中“理、事、情”与“才、胆、识、力”，两者之间如何贯通为一，叶燮认为，可以通过“触”的方式，如云：

> 原夫作诗者之肇端而有事乎此也，必先有触以兴起其意。③
>
> 千古诗人推杜甫。其诗随所遇之人之境之事之物……一一触类而起，因遇得题，因题达情，因情敷句，皆因甫有其胸襟以为基。
>
> 盖天地有自然之文章，随我之所触而发宣之，必有克肖其自然者，为至文以立极。④

对于物与我、宇宙与作者之间关系的理解，叶燮认为，诗人创作之前，先由物“触以兴起其意”。这种“触”，乃是由“作诗者”接触“天地自然之文章”与“所遇之人之境之事之物”而成的，这既包括外在的天地自然万物，也包括内在的人生际遇情感，只有借助于两者的“有触”，才能达致主与客、内与外的融合为一。这种强调“触”的体悟方式，与中国文论传统中固有的感应、意会的理解方式是一致的。对此，本书在第七章“文气话语的方式方法”中有进一步的论述。

鉴于以上研究，在揭示“气—理（事、情）—识（才、胆、力）”结构

---

① 王夫之：《船山全书》第15册，第820、821页。

② 譬如王夫之认为：“设身于古之时势，为己之所躬逢；研虑于古之谋为，为己之所身任。取古人宗社之安危，代为之忧患，而己之去危以即安者在矣。取古昔民情之利病，代为之斟酌，而今之兴利以除害者在矣。得可资，失亦可资也，同可资，异亦可资也。故治之所资，惟在一心，而史特其鉴也。”参见王夫之：《读通鉴论·叙论四》，《船山全书》第10册，第1182页。叶燮认为：“然设身而处当时之境会，觉此五字之情景，恍如天造地设，呈于象，感于目，会于心。”参见叶燮著，霍松林校注：《原诗·内篇下》，第30—31页。虽然前者是谈论史观，后者是谈论诗歌，但在方法论原则上是一致的。

③ 叶燮著，霍松林校注：《原诗·内篇上》，第5页。

④ 叶燮著，霍松林校注：《原诗·内篇下》，第17、25页。

的基础上，可以进一步探究叶燮气学话语的基本运思方法，那就是体用思维模式的娴熟运用。叶燮在理本、气本的取向上是相当为难的，他并不认为“理、事、情”是本体的最终层级，在他看来，三者需借助气之贯通，才会呈现出气象万千的景象，所谓“总而持之，条而贯之者”，亦复此意。体现在诗学主张中，叶氏以诗人之气作为衡定作品高下的标准，比如他认为李白之天才诗名，非得之才，而得之气，如云：

> 李白天才自然，出类拔萃，然千古与杜甫齐名，则犹有间。盖白之得此者，非以才得之，乃以气得之也。从来节义、勋业、文章，皆得于天，而足于己；然其间亦岂能无分剂。虽所得或未至十分，苟有气以鼓之，如弓之括力至引满，自可无坚不摧，此在彀率之外者也。如白《清平调》三首，亦平平宫艳体耳；然贵妃捧砚，力士脱靴，无论懦夫于此，战栗趑趄万状；秦舞阳壮士，不能不色变于秦皇殿上，则气未有不先馁者，宁暇见其才乎。观白挥洒万乘之前，无异长安市上醉眠时，此何如气也。大之即舜禹之巍巍不与，立勋业可以鹰扬牧野，尽节义能为逢比碎首。立言而为文章，韩愈所言“光焰万丈”，此正言文章之气也。气之所用不同，用于一事则一事立极，推之万事，无不可以立极。故白得与甫齐名者，非才为之，而气为之也。历观千古诗人，有大名者，舍白之外，孰能有是气者乎？①

在此，叶氏谈到“气之用”的问题，所谓“气之所用不同，用于一事则一事立极，推之万事，无不可以立极”。在他看来，力气、勇气、才气、文章之气，均属于“气之用”的范围，以此类推，不难看出，诗文亦是属于“气之所用”一端。

在具体的诗文评中，叶燮以杜甫《玄元皇帝庙作》的“碧瓦初寒”一句为例，将一物两体、即体即用的思维方式，以及“虚实相成”、“有无互立”的对待立义特质诠释得相当深入，如云：

> 言乎“外”，与内为界也。“初寒”何物，可以内外界乎？将“碧瓦”之外，无“初寒”乎？“寒”者，天地之气也。是气也，尽宇宙之内，无处不充塞；而“碧瓦”独居其“外”，“寒”气独盘踞於“碧瓦”之内乎？“寒”

① 叶燮著，霍松林校注：《原诗·外篇下》，第64—65页。

而曰“初”，将严寒或不如是乎？“初寒”无象无形，“碧瓦”有物有质；合虚实而分内外，吾不知其写“碧瓦”乎？写“初寒”乎？写近乎？写远乎？使必以理而实诸事以解之，虽稷下谈天之辩，恐至此亦穷矣！然设身而处当时之境会，觉此五字之情景，恍如天造地设，呈于象，感于目，会于心。意中之言，而口不能言；口能言之，而意又不可解。划然示我以默会想象之表，竟若有内、有外，有寒，有初寒。特借“碧瓦”一实相发之，有中间，有边际，虚实相成，有无互立，取之当前而自得，其理昭然，其事的然也。昔人云：“王维诗中有画。”凡诗可入画者，为诗家能事。如风云雨雪，景象之至虚者，画家无不可绘之于笔；若初寒内外之景色，即董巨复生，恐亦束手搁笔矣！天下惟理事之入神境者，固非庸凡人可摹拟而得也。①

叶氏此论，借助于有无、虚实、内外、远近的对待立义内蕴，离形而似，设身处地，以证“理、事、情”之当然，将文学思维中想象和联想诸问题所具有的恍惚性、朦胧性，用范畴对举所形成的理论张力加以范围，以开显杜诗“藉气而行”的内在理路，所谓“呈于象，感于目，会于心”的“默会”体悟，把握相当精准，终究不同于一般诗文评的理论深度。

从方式方法的角度看，对待立义是叶燮文气方法论的基本特色。叶氏认为，万物均有对待之义，如《二取亭记》：

凡物之义不孤行，必有其偶为对待。弃者，取之对待也……夫道本无有可弃，本无有不可，道之常也。有弃有取，道之变也。有弃斯有取，有取斯有弃，道之变而常也。故物之有弃有万，吾以二统之，物之取亦有万，吾以二摄之。②

万事万物的存在都不是孤立的，而是相对待、相比较而存在的，对待立义与变化发展乃永恒法则。对于这一点，叶氏分析得相当明晰，又云：

对待之义，自太极生两仪以后，无事无物不然：日月、寒暑、昼

① 叶燮著，霍松林校注：《原诗·内篇下》，第30—31页。

② 叶燮：《己畦集》卷6《二取亭记》。

> 夜，以及人事之万有——生死、贵贱、贫富、高卑、上下、长短、远近、新旧、大小、香臭、深浅、明暗，种种两端，不可枚举。大约对待之两端，各有美有恶，非美恶有所偏于一者也。其间惟生死、贵贱、贫富、香臭，人皆美生而恶死，美香而恶臭，美富贵而恶贫贱。然逢比之尽忠，死何尝不美！江总之白首，生何尝不恶！幽兰得粪而肥，臭以成美。海木生香则萎，香反为恶。富贵有时而可恶，贫贱有时而见美，尤易以明。即庄生所云："其成也毁，其毁也成"之义。对待之美恶，果有常主乎！生熟、新旧二义，以凡事物参之：器用以商周为宝，是旧胜新；美人以新知为佳，是新胜旧。肉食以熟为美者也，果食以生为美者也。反是则两恶。推之诗，独不然乎！舒写胸襟，发挥景物，境皆独得，意自天成，能令人永言三叹，寻味不穷，忘其为熟，转益见新，无适而不可也。若五内空如，毫无寄托，以剿袭浮辞为熟，搜寻险怪为生，均为风雅所摈。论文亦有顾、逆二义，并可与此参观发明矣。①

对待立义，反复而变，其中所体现的盈虚消长、新旧更替，乃是阳中有阴、阴中有阳，阳变为阴、阴变为阳，由此形成对待中阴阳之转化与流行中阴阳之推移。所谓"一阴一阳之谓道"，有对待与流行乃是根据易学阴阳之道而阐发的，对待为体，乃就阴阳之相对静态而言的，流行为用，乃就阴阳之转化变易而言的。因而，对待与流行，乃因果循环、体用相依的关系，八八六十四卦的符号系统，正是借助这样的生成机制与衍化程序而推演的，此乃易学传统之精髓所在。叶燮正是用这样的眼光看待世界，看待文化现象的，在他看来，诗歌创作中的新旧、美恶、生熟诸问题，亦是相对而言、相互发明的，不可偏一废一，这既是对传统易学的继承，也是对理学体用观的发挥，这与同时代的王夫之、方以智有着相同的世界观与方法论视野。关于这一方面的论述，本书在"对待立义"一节将进一步的展开。

第三节　文本之气

相对于声势浩大的作者之气，文本之气在文学思想史上的地位显得较

① 叶燮著，霍松林校注:《原诗·外篇上》，第44—45页。

轻，其中涉及的原因很复杂，既与古人的文学实践活动有关，同时也与中国文化的整体价值取向有着内在的关系。① 从发生意义上看，虽然文本之气源自作者之气，但文学活动终究还是要诉诸视听的外在显现方式，故而古人尤为看重辞气、声气、神气等文本的具象之气，讲究在文本的语言、技巧、章法以及结构展开方面的特点。其中的一些著名观念，譬如春秋末曾子（前505—前432）关于君子容貌、颜色和辞气标准的论述，中唐韩愈的“气盛言宜”，以及清代刘大櫆（1698—1780）“以字句、音节求神气”的说法，在文本之气的阐释史上均产生过极为重要的影响。

“桐城三祖”之一的姚鼐（1731—1815），强调文辞、格律、声色之美，如《答翁学士书》：“文字者，犹人之言语也，有气以充之……意与气相御而为辞，然后有声音节奏高下抗坠之度、反复进退之态、采色之华。故声色之美，因乎意与气而时变者也。” ② 在他看来构成文章的要素有八种，《古文辞类纂序目》：

> 凡文之体类十三，而所以为文者八，曰神、理、气、味、格、律、声、色。神、理、气、味者，文之精也；格、律、声、色者，文之粗也。然苟舍其粗，则精者亦胡以寓焉？ ③

这很容易让人联想到明代胡应麟早有类似的八分，《诗薮·内编》：“宋人学杜得其骨，不得其肉；得其气，不得其韵；得其意，不得其象；至声与色并亡之矣。” ④ 少室山主人将诗歌元素分为“骨”、“肉”、“气”、“韵”、“意”、“象”、“声”、“色”，两相对照，姚氏之论与其不乏相似之处。在姚氏八要素中，他认为属于文章精神的有“神、理、气、味”，即所谓“文之精”，乃无迹可寻；属于文章

---

① 古人重视内在质素远胜外在形式，此一思想体现在文化创造的诸多方面。在古代文学思想研究中，对于作者之气的强调远远超过本文之气。历代论述，比比皆是，譬如唐人裴度（765—839）《寄李翱书》：“文之异，在气格之高下，思致之浅深，不在其磔裂章句，隳废声韵也。人之异，在风神之清浊，心志之通塞，不在于倒置眉目，反易冠带也。”参见李昉等编：《文苑英华》卷680，文渊阁四库全书本。又如宋人陈善云：“文章以气韵为主，气韵不足，虽有辞藻，要非佳作也。”参见陈善：《扪虱新话》卷1，丛书集成本。

② 姚鼐：《惜抱轩文集》卷6，中国书店1991年版，第64页。

③ 姚鼐：《古文辞类纂》，中国书店1986年版，第26页。

④ 胡应麟：《诗薮》卷4，上海古籍出版社1979年版，第60页。

形貌的有“格、律、声、色”，即所谓“文之粗”，乃有迹可考。对于两者的关系，姚氏也分析得颇为透辟，所谓“文之精”体现于“文之粗”中，离开“文之粗”，“文之精”无所依；同时，“文之精”的“神、理、气、味”必须求诸“文之粗”的“格、律、声、色”，而“文之粗”的“格、律、声、色”也必须服务于“文之精”的“神、理、气、味”。在他看来，文章有气，百世之后，读其文，仍然栩栩如生，如见其人，文章无气，则只是字句的堆砌而已。姚氏关于文章要素的分析，兼顾文章内外两个层面，形成了一个颇为完整的思想体系，20世纪20年代，郭绍虞先生在写作《文气的辨析》一文时，就是从姚氏的分类说开的。[①]应该来讲，虽然姚氏之论是就散文而言的，但是时至今日看来，仍然是适用于一般意义上的文学理论言说，他所谓的“格、律、声、色”，关注于文章的外在形式层面，与本书所谓文本之气的内涵亦是基本重合的。

一　辞气

对于辞气的理解，古今不同。近代以来学者，多持中西合璧的观点，认为辞气指的是言语的语气。譬如马建忠先生（1844—1900）模仿葛郎玛（grammar）著《马氏文通》，在他看来，“华文义例”是汉语的独特性所在，辞气的研究正是这种独特性的表现。以辞气为中心的句读论是马氏语法体系的一个重要组成部分，所谓“口气决而意达，意达而句读成矣”[②]，这种句读论的出发点是基于对言语辞气的认识。吕叔湘先生（1904—1998）在《中国文法要略》中指出：“‘语气’可有广狭两解。广义的‘语气’包括‘语意’和‘语势’。所谓‘语意’，指正和反、定和不定、虚和实的区别。所谓‘语势’，指说话的轻或重、缓或急。除去这两样，剩下的是狭义的‘语气’，假如要给他一个定义，可以说是‘概念内容相同的语句，因使用的目的的不同所生的分别’。”[③]读古书，最重要的是通辞气，即古人说话的语法与语气，辞气通了，才能文从字顺。《马氏文通》所论“辞气”承袭传统语文学，通过言辞声气的体悟来认知言语句法和语义，其所指内涵与吕先生所说的广义“语气”，大致是相当的。

从上古文献来看，古人理解辞气，多从言辞的声气口吻、文势神情等方面

---

① 郭绍虞：《照隅室古典文学论集》上编，第116页。

② 吕叔湘、王海棻编：《马氏文通读本》，上海教育出版社1986年版，第222页。

③ 吕叔湘：《吕叔湘全集》第1卷，商务印书馆1990年版，第257页。

来诠释。譬如《春秋穀梁传·宣公八年》:“而，缓辞也，足乎日之辞也。”又《定公十五年》:“乃，急辞也，不足乎日之辞也。”所谓“缓辞”、“急辞”的说法，显示出古人对于辞气的舒促、语义的轻重开始有意识地关注了。关于辞气，更为人熟知的一层含义，是将其与容颜举止并举，作为理想君子精神意志和人格品行的外在表现，譬如《战国策》、《史记》中，有曹沫劫齐桓公时“颜色不变，辞气不悖”的记载，而影响更为广泛的是孔门弟子曾子的说法。

根据《论语·泰伯》的记载，曾子病之不起，临终善言，告以君子修身之道，按照他的说法：

> 君子所贵乎道者三：动容貌，斯远暴慢矣；正颜色，斯近信矣；出辞气，斯远鄙倍矣。

也即是说，能常注意“动容貌”，己身便可远离“暴慢”；能常注意“正颜色”，己身便可日近忠信；能常注意吐辞、发音清晰明确，己身便可远于“鄙倍”。对此，郑注：“此道谓礼也。动容貌，能济济跄跄，则人不敢暴慢之；正颜色，能矜庄严栗，则人不敢欺诈之；出辞气，能顺而说之，则无恶戾之言入于耳。”朱子集注：“辞，言语。气，声气也。鄙，凡陋也。倍，与背同，谓之背理也。”① 曾子认为，君子德行修养要注意三个方面的规范，即严肃容貌、端正脸色、规范言辞，只有这样才能使人对你尊敬和信任。钱穆先生认为，曾子之学，盖主谨于外而完于内，“心弥小而德弥恢，行弥谨而守弥固。以临深履薄为基，以仁为己任为量”，孟子主由中以达外，以修身为本，乃学脉相承。较之《中庸》“喜怒哀乐未发之谓中，发而皆中节之谓和”的原则，所谓“容貌”、“颜色”、“辞气”，均喜怒哀乐之所由表达。鄙之与雅，倍之与顺，正之与邪，信之与伪，暴之与和，慢之与庄，即中节不中节之分。曾子此章，工夫平实，病危而犹云云，可见其平日修养之诚且固。②

源于儒学一系对辞气的推崇，在后世理学家的眼里，这种动容貌、修辞气，旨在培养庄整齐肃的“主敬”境界，圣人辞气等同于圣人气象，譬如二程认为：

---

① 朱熹:《四书章句集注》，第104页。

② 钱穆:《论语新解》,《钱宾四先生全集》卷3，第284页。

问:“出辞气，莫是于言语上用工夫否？”

曰:“须是养乎中，自然言语顺理、今人熟底事，说得便分明。若是生事，便说得蹇涩。须是涵养久，便得自然。若是慎言语不妄发，此却可著力。”①

在理学家身心修养的工夫论中，圣人全身内外均为流行的道德心气所贯通，圣人气象就是内在所养之气外显的结果，当然，外显的方式，可能是言语辞气，也可能是行为举止。

在古人的文化视野中，辞气的含义大体包含言辞、语气、口气、谈吐以及文章的风格、辞锋、辞采诸义。譬如《韩诗外传》卷9载：

传曰：孔子过康子，子张子夏从。孔子入座。二子相与论，终日不决。子夏辞气甚隘，颜色甚变。子张曰:“子亦闻夫子之议论邪？徐言訚訚，威仪翼翼，后言先默，得之推让，巍巍乎，荡荡乎，道有归矣！小人之论也，专意自是，言人之非，瞠目搤腕，疾言喷喷，口沸目赤，一幸得胜，疾笑嗌嗌，威仪固陋，辞气鄙俗，是以君子贱之也。”②

此处谓子夏“辞气甚隘，颜色甚变”，带有贬义，子张以夫子与小人之辞气颜色比较，虽然是就二子争论而言的，但所指显然是辞气、颜色后面的精神状态与人格品行。又如刘义庆《世说新语·文学》记载北来道人与林公辩答，如云:“此道人语，屡设疑难，林公辩答清析，辞气俱爽。”③此处“辞气”，是指语言文辞的机敏。又如《文心雕龙·诸子》:“斯则得百氏之华采，而辞气文之大略也。”《总术》:“按部整伍，以待情会，因时顺机，动不失正。数逢其极，机入其巧，则义味腾跃而生，辞气丛杂而至。”④在彦和看来，掌握文章的写作方法，是通才的基本要求，为文若能以术驭篇，那文章的义理韵味便会腾越而生，文辞气势便会源源涌出。再如唐人皎然评价“建安七子”，认为刘桢的辞

① 程颢、程颐:《二程遗书》卷18，第258页。

② 韩婴撰，许维遹校释:《韩诗外传集释》，中华书局1980年版，第333页。

③ 刘义庆撰，徐震堮校笺:《世说新语校笺》，中华书局2001年版，第119页。

④ 刘勰著，詹锳义证:《文心雕龙义证》，第653、1645页

气、气格与《古诗十九首》同属一流,《诗式》:“邺中七子，陈王最高。刘桢辞气，偏正得其中，不拘对属，偶或有之，语与兴驱，势逐情起，不由作意，气格自高，与《十九首》其流一也。”①此处“辞气”，所指偏于文章的风格、气象。

有关文本辞气与文章整体风格、气象关系的论述，是历代文气论者关注的一个话题。譬如曾巩的学生刘弇（1048—1102）《上运判王司对书》:“孔子之气，周天地，该万变，故六经无余辞焉，而其小者犹足以叱夹谷之强齐。孟子芥视尤钟，小晏婴管仲，而其自养则有所谓浩然者，故其书卒贻后世。语赋者莫如相如，相如似不从人间来者，以其慕蔺也。语史者莫如子长，瑰玮豪爽，视古无上者，以其上会稽，探禹穴，窥九疑，浮沅湘以作其气也。唐之文章固无出退之者，其人王庭凑军也，视若轩渠乳儿，则足以知其气矣。若夫持正褊中，禹锡浮躁，元稹绿宦人取宠，吕温茹便僻规进，而宗元戚嗟于放废之湘南，皆其气之不完者，故其文章终馁于理，亦其势然也。”②他评价了自孔子到唐代以来，学问大家的文章特色，认为凡诗赋、史论莫不恃气而行，论及“气完”、“气盛”、“气壮”、“气贯”诸中状况，强调“其气完者其辞浑”，反之则“馁于理”。再如金人王若虚认为苏轼才情横溢，如云:“公雄文大手，乐府乃其游戏。顾岂与流俗争胜哉！盖其天资不凡，辞气迈往，故落笔皆绝尘耳。”③东坡辞气源于天资，常常于不经意间，写出与众不同的作品来。又如明代谢榛认为作诗要免去陈套，就如同辞与气之间的关系，孰轻孰重，不可偏执一端，而要灵活运用，故云:“学选诗不免乎套子，去套子则语新而句奇。务新奇则太工，辞不流动，气乏浑厚。如辞胜气，气胜辞，套子用否之间，善作者不堕于一隅也。”④又如清人张裕钊（1823—1894）强调为文要意、辞、气、法浑然一体，如《答吴挚甫书》:“吾所求于古人者，由气而通其意，以及其辞与法，而喻乎其深。及吾所自为文，则一以意为主，而辞气与法胥从之矣。”⑤正是基于对“辞气”的重视，所以张氏有“因声求气”的说法。

推而广之，古人遂将辞气的不同特质与文学思想各个阶段的特征，一一比附起来，譬如明代陈谟（1305—1400）《答或人》云:

---

① 皎然:《诗式》，见何文焕编《历代诗话》上，第29页。

② 刘弇:《上运判王司对书》,《龙云集》卷18，文渊阁四库全书本。

③ 王若虚:《滹南诗话》卷2，见丁福保编《历代诗话续编》上，第517页。

④ 谢榛:《四溟诗话》卷3，第93页。

⑤ 张裕钊:《答吴挚甫书》，见舒芜等编选《近代文论选》上，第298页。

朱子论风雅颂部分，盖曰辞气不同，音节亦异论……时异事异，故辞气亦异，然而以声相附者，声犹后世所云调，若腔也。盛唐中唐晚唐律同则音同，谓其辞气不同，可谓其音不同不可，况盛唐亦有辞气类晚唐者，晚唐复有类盛唐者乎？尝欲取盛唐诸家，和平正大高明俊伟者，不分古体律绝类为盛唐诗，其辞气颇类晚唐者类为晚唐之祖，合为一卷。中唐晚唐各为一卷，其辞气颇类盛唐者则类为各卷之首，中唐晚唐盛唐所谓系一人之本者，诗之正变，则诗人之性情，而辞气不同耳，使学习之审如是，晚唐可入盛唐，不如是盛唐，则至晚唐靡靡，而后已亦少补也。①

陈氏以辞气为准，区分盛唐、中唐、晚唐的诗歌风格，在文学批评史上是比较独特的评价标准。究其根源，在古人的文化视野中，从大处看，历史文化的变迁影响辞气的变化；从小处看，个体年龄体貌的变化也会影响辞气的特质，譬如明代李时勉（1374—1450）《题夏氏所收诗字后》认为："常闻前辈言，文章亦可以卜人之寿夭，何也？夫人年少之时，辞气清俊，如朝霞映日光彩流丽；及其壮也，辞气峥嵘，如龙腾霄云汉雨意满空；其既老也，辞气苍古，如岁寒松柏不改其操，此皆寿征也。"②此处"辞气"，也就兼有血气、志气、文气等多重内蕴了。

从儒学一以贯之的传统来看，中唐韩愈"气盛言宜"的提出，是对传统辞气理论的新阐释。对于辞气，昌黎先生是颇为重视的，如《答张籍书》："及聆其音声，接其辞气，则有愿交之志。"③又《与汝州卢郎中论荐侯喜状》："辞气激扬，面有矜色。"④有关"气盛言宜"的说法，见于《答李翊书》，如云：

气，水也；言，浮物也。水大而物之浮者大小毕浮，气之与言犹是也，气盛则言之短长与声之高下者皆宜。⑤

---

① 陈谟：《海桑集》卷10，文渊阁四库全书本。

② 李时勉：《题夏氏所收诗字后》，《古廉文集》卷8，文渊阁四库全书本。

③ 韩愈著，马其昶校注：《答张籍书》，《韩昌黎文集校注》第2卷，上海古籍出版社1987年版，第131页。

④ 韩愈著，马其昶校注：《与汝州卢郎中论荐侯喜状》，《韩昌黎文集校注》第8卷，第585页。

⑤ 韩愈著，马其昶校注：《答李翊书》，《韩昌黎文集校注》第3卷，第171页。

韩昌黎以恢复道统、文统为己任，挽狂澜于既倒，“平生用力深处，终不离乎文字言语之工”①，尤为看重文章句式与语言声响。他的文气思想，虽源自孟学一脉，但更偏于文本之气，尤其关注文气在文章写作中随形式、言辞的具体展开及其传达效果。对于辞，昌黎先生不仅在创作实践中身体力行，而且在理论上极为推崇，在他看来，辞可以贯道，如《答李秀才书》：“愈之所志于古者，不惟其辞之好，好其道焉尔。”② 又《题欧阳生哀辞后》：“学古道则欲兼通其辞，通其辞者，本志乎古道者也。”③ 又《答尉迟生书》：“体不备不可以为成人，辞不足不可以为成文。”④ 在古文家浓厚的“文以载道”思想中，辞气是一个重要范畴，是连接道与文的中介，缺少此一中介，文与道便无法贯通了。⑤

所谓运气以驭辞、铸辞以凝气，是一个完整的辞气运化过程，这也是韩门的传统，对此，李翱（772—836）就有极为缜密的运思推衍，如《答朱载言书》：“故义深则意远，意远则理辩，理辩则气直，气直则辞盛，辞盛则文工。”⑥ 李氏之文，平实流畅，清人章学诚批评皇甫湜（约777—830）时，就曾以李氏之文为正面的例子，如《皇甫持正文集书后》云：“真气不足，于学盖无所得。袭于形貌以为瑰奇，不免外强中干。不及李翱氏文远矣。”⑦ 在章实斋看来，仅仅流连于形貌之“瑰奇”，便会文气不足，“外强中干”，这种轻气重辞，乃为文一大弊病。

在辞气问题上，后世论者大多在辞与气之间保持一种中庸平衡的立场。譬如宋濂《答董秀才论诗书》：“所谓相师者，或有异焉。其上焉者师其意，辞因不似而气象无不同；其下焉者师其辞，辞则似矣，求其精神之所寓，固未尝近也。”⑧ 言辞与气象之间，有形似与神似的高下之别，仅有言辞而无意义，则无

---

① 真德秀：《西山读书记》卷30《韩子之学》，文渊阁四库全书本。

② 韩愈著，马其昶校注：《答李秀才书》，《韩昌黎文集校注》第3卷，第176页。

③ 韩愈著，马其昶校注：《欧阳生哀辞》，《韩昌黎文集校注》第5卷，第305页。

④ 韩愈著，马其昶校注：《答尉迟生书》，《韩昌黎文集校注》第2卷，第145页。

⑤ 韩愈喻“气”为水、“言”为水上之物，在他看来，文学创作之自由表现，在于“气”之充实，这种经由文学达于道的理想，囿于偏重“文学、言语、声响之工”，缺乏修为工夫与实现方法而被朱子批评，参见朱熹著，黎靖德编，王星贤点校：《朱子语类》卷121、137，第2918、3255、3276页。

⑥ 李翱：《答朱载言书》，见周祖譔编《隋唐五代文论选》，第332页。

⑦ 章学诚：《章学诚遗书》卷8，文物出版社1985年版，第69页。

⑧ 宋濂：《答董秀才论诗书》，《文宪集》卷28，文渊阁四库全书本。

法求得“精神之所寓”。尔后周忱（1381—1453）《高太史凫藻集序》云：“文以理为主，而气以发之。理明矣，而气或不充，则意虽精，辞虽达，而萎苶不振之病有所不免。”① 既主理，又强调“气之充”对于辞、意的意义。稍后的徐祯卿在《谈艺录》中，就辞与气之间的对应关系进行了若干分类，其论可谓独树一帜，他认为：“诗之词气，虽由政教，然支分条布，略有径庭。良由人士品殊，艺随迁易。故宗工巨匠，词淳气平；豪贤硕侠，辞雄气武；迁臣孽子，辞厉气促；逸民遗老，辞玄气沉；贤良文学，辞雅气俊；辅臣弼士，辞尊气严；阉童壶女，辞弱气柔；媚夫倖士，辞靡气荡；荒才娇丽，辞淫气伤。”② 同时代的李梦阳（1473—1530），论及衡量辞气的价值原则，如《驳何氏论文书》：“辞之畅者，其气也。中和者，气之最也。夫然，又华之以色，永之以味，溢之以香，是以古之文者，一挥而众善具也。”③ 李氏论文，重气、重辞，其风格“多北方之音，以气骨称雄”④，这一特征与其诗学主张是一致的。归有光（1506—1571）重视辞气在文章中的作用，《归震川先生论文章体则·辞气委婉则》：“秦汉以下，去圣人渐远，故其辞气往往有迫切之病。惟左氏所载诸国往来之辞与君臣相告谋之语，辞不迫切而意有独至。今录吕相绝秦论，兼取其文也。乐毅《报燕王书》，味其辞气，亦庶几者，故并录之。”⑤ 震川先生将辞气迫切与文意独到结合起来，独推崇《左氏春秋》辞气之优游不迫，故而独具意味。

总的来看，古人围绕辞与气关系的论述，形成了系统的文气话语体系，内容丰富，层次分明。就主体之气而言，包括“内游”、“外游”、“主敬”等方式构成的炼气、养气理论，以及灵感、虚静、应感、神思等意会体悟方式；就文本之气而言，有“辞根于气”、“气形于言”、“气畅辞达”、“气盛言宜”、“随物赋形”、“气殊格异”、“阴阳刚柔”诸说法；就文章气象而言，有气脉、气势、气骨、气象、气韵、风骨等，论及作品艺术生命力与整体精神风貌，构成蔚为壮观的文气话语景观。

---

① 周忱：《高太史凫藻集序》，见高启《高太史凫藻集》卷首，《四部丛刊》本。

② 徐祯卿：《谈艺录》，见何文焕编《历代诗话》下，第768页。

③ 李梦阳：《驳何氏论文书》，见蔡景康编选《明代文论选》，第100页。

④ 李维桢：《彭伯子诗跋》，《大泌山房集》卷131，四库全书存目丛书。

⑤ 归有光：《归震川先生论文章体则·辞气委婉则》，见王水照编《历代文话》卷2，第1720页。

值得关注的，还有“气骨”一说。在早期有关“（气）骨”的论述中，既有指向作者之气的，也有指向文本之气的，典型的例子如《诗品》。钟嵘评诗，颇为重气，在《诗品》中，气多指气骨、风力，譬如对列为上品的曹植，评云：“其源出于《国风》。骨气奇高，词彩华茂，情兼雅怨，体备文质，粲溢今古，卓尔不群。嗟乎！陈思之于文章也，譬人伦之有周孔，鳞羽之有龙凤，音乐之有琴笙，女工之有黼黻。俾尔怀铅吮墨者，抱篇章而景慕，映余晖以自烛。”又如评刘桢云：“其源出于《古诗》。仗气爱奇，动多振绝。真骨凌霜，高风跨俗。但气过其文，雕润恨少。然自陈思已下，桢称独步。”[①] 曹、刘均以气骨取胜，钟嵘这里说的“气”，是指作家的才气。再如评张华云：“其源出于王粲。其体华艳，兴讬不奇，巧用文字，务为妍冶。虽名高曩代，而疏亮之士，犹恨其儿女情多，风云气少。”评刘琨、卢谌云：“其源出于王粲。善为凄戾之词，自有清拔之气。”评郭泰机、顾恺之、谢世基、顾迈、戴凯五人：“观此五子，文虽不多，气调警拔。”[②] 这里所谓“气”，兼有骨意，是指作品的风格。

在古代文论家的价值取向上，气和骨的理想状态，应该是保持着一种适度，如胡应麟云：“肉不可使胜骨，而骨又不可太露；词不可使胜气，而气又不可太扬。”[③] 无论“胜气”，或是“胜骨”，都不是最佳的取向，所谓“运骨于气”可能是最好的选择，譬如“清初三大家”的侯方域（1618—1654），以名公子而为古文，颇有才士风流。在《答孙生书》中，他认为“文之所贵者，气也”[④]，他以气与骨的关系，辨析先秦之文与汉代以后文章的不同，《与任王谷论文书》：“大约秦以前之文主骨，汉以后之文主气。秦以前之文，若六经，非可以文论也，其他如《老》《韩》诸子、《左传》、《战国策》、《国语》，皆敛气于骨者也；汉以后之文，若《史》、若《汉》、若八家，最擅其胜，皆运骨于气者也。”[⑤] 秦汉之文和唐宋之文的区别，常常成为古文家追究的问题。在侯氏看来，先秦之文，乃“敛气于骨”，汉以后文章，包括唐宋八大家，乃“运骨于气”，前者“主骨”，后者“主气”，故而论文，主张由“唐宋八大家”入手，而后史、汉，以达

① 钟嵘：《诗品》，见何焕文编《历代诗话》上，第7页。
② 钟嵘：《诗品》，见何焕文编《历代诗话》上，第11、13页。
③ 胡应麟：《诗薮》卷5，第82页。
④ 侯方域著，王树林校笺：《侯方域集校笺》第3卷，中州古籍出版社1992年版，第125页。
⑤ 侯方域著，王树林校笺：《侯方域集校笺》第3卷，第126页。

先秦“敛气于骨”的境界。“姚门四子”的方东树（1772—1861）也强调气骨，如云：“古人皆于本领上用工夫，故文字有气骨。今人只于枝叶上粉饰，下梢又并枝叶亦没了。文字成，不见作者面目，则其文字可有可无，诗亦然。”① 这里所谓的“气骨”，显然并不仅仅局限在文本之气的层面，而是兼有作者之气的意味了。

二 声气

就大的趋向而言，中国学术传统中对于书面语的重视超过口语，古人看重字义、词义或字形等意义层面，远甚于音韵、音节、声调等语言层面，体现在文气研究领域，有关声气方面的研究也就相对滞后了。在反切发明②，四声发现之前③，古人常常以乐论中表示音阶的宫、商、角、徵、羽“五音”来形容文句的高低声调。在早期的乐论中，古人尤以黄钟之宫为声气之元，这在历代的乐志、律吕中多有论述。从发生意义看，古人对于声气的认识，是伴随着乐论、气论言说边界的模糊而逐渐衍变形成的。

在目前所见的早期文献中，“声”与“圣”、“乐”、“听”之间有着密切的关联。譬如马王堆帛书《五行篇》：“听者，圣之藏于耳也。”又云：“闻而知之，圣也。”《德圣篇》：“圣者，声也。”④ 参之汉人的记载，亦可为印证，如《白虎通义·圣人》：“圣者，通也，道也，声也。道无所不通，明无所不照，闻声

① 方东树：《昭昧詹言》卷1《通论五古》，人民文学出版社1961年版，第2页。

② 产生于汉末的反切注音，使古人开始注意分析汉语的语音结构和特点，为发现汉语的韵母、声调和声母奠定了基础，郑玄弟子孙炎的《尔雅音义》（原书失传，见于唐人陆德明《经典释文·尔雅音义》）一书中的反切用字，多为后来注音所遵循。

③ 关于“平上去入”四声的发现，历来说法不一。譬如《清华学报》9卷2期中陈寅恪先生《四声三问》认为与佛教盛行的“转读”佛经有关，今人对此亦有不同看法。至于以“五音”为代表的上古声调与以“四声”为代表的中古声调之间的关联，按照日僧空海（法号遍照金刚，774—835）所编《文镜秘府论》中记载李季节《音韵决疑》的说法，“五音”就是“四声”，但是，按照其所载沈约的说法又有不同，沈约《答甄公（即甄思伯）论》：“经典史籍，唯有五声，而无四声。然则四声之用，何伤五声也？五声者，宫商角徵羽，上下相应，则乐声和矣。君臣民事物，五者相得，则国家治矣。作五言诗者，善用四声，则讽咏而流靡；能达八体，则陆离而华洁。明各有施，不相妨废。”沈氏将“五声”与“四声”并提，并且按照《礼记》的说法诠释“五声”，但是他没有明言“五声”与“四声”的关系，因此，此一问题仍然有待进一步研究。参见王利器：《文镜秘府论校注》，中国社会科学出版社1983年版。

④ 马王堆汉墓帛书整理小组：《马王堆汉墓帛书》一，文物出版社1974年版，第18、39页。

知情，与天地合德，日月合明，四时合序，鬼神合吉凶。”①《风俗通义》：“圣者，声也，通也。言其闻声知情，通于天地，条畅万物，故曰圣。”② 对此，近人郭沫若先生《卜辞通纂·畋游》认为，古代的“听”、“声”、“圣”为同一字③，这个判断是可信的。究其根源，“声”之所以释为“圣”、“通”，是建立在气之流行贯通基础上的，这与春秋以来的气化宇宙观是一致的，由此可见，对于声气的重视，应该是源自先秦的思想传统之一。

上古时期，关于声气的论述，多集中于礼乐政教观与宇宙自然观的诠释领域。譬如《左传·襄公三十一年》释“威仪”云：

> 故君子在位可畏，施舍可爱，进退可度，周旋可则，容止可观，作事可法，德行可象，声气可乐，动作有文，言语有章，以临其下，谓之有威仪也。

这里讲的是，居上位者在起表率作用时应保持的仪态，其中“声气可乐”是就乐教所具有的心理调节与道德教化作用而言的。《左传》中还有类似的记载，如《僖公二十二年》：“三军以利用也，金鼓以声气也。利而用之，阻隘可也，声盛致志，鼓儳可也。”古时两军作战，击鼓前进，鸣金收兵，鼓、金二物以声壮军威，这里的“声气”是指击鼓、鸣金发出的声音，所谓“声盛致志”，是指雄壮的鼓声，可以激发士兵的斗志。以上用例，均就人事而言，自然宇宙观角度的用例，也有不少。如《昭公元年》：“天有六气，降生五味，发为五色，征为五声，淫生六疾。”又《昭公二十五年》：“则天之明，因地之性，生其六气，用其五行。气为五味，发为五色，章为五声。”古人认为，阴、阳、风、雨、晦、明六种天候不仅联系着五行、五味、五色、五声，而且产生人之六情。《昭公二十五年》谓“民有好、恶、喜、怒、哀、乐，生于六气”，就是典型的从天文到人文的气类比附。《吕氏春秋·应同》谓“气同则和，声比则应”，其运思前提在于，气通万物，气乃文之本、声之本。对此，宋人戴侗（1200—

① 陈立撰，吴则虞点校：《白虎通疏证》，第334页。
② 王利器校注：《风俗通义校注·佚文》，中华书局1981年版，第618页。
③ 郭沫若：《卜辞通纂》，《郭沫若全集》第2卷《考古编》，科学出版社1983年版，第489页。

1284）说得更明白,《六书通释》:“夫文，声之象也。声气之鸣也，有其气则有其声，有其声则有其文，声与文虽出于人，亦各其自然之征也。”[①] 在古人看来,“气→声→文”具有发生意义上的关联，作为人文创造的不同形态，无论音乐或文学，虽然有着各自的源流统序，但是在本质上同源共生。对此，清人江永（1681—1762）的见解就非常深刻，如云:“凡声，气也，人亦气也，同在一气之中，其势自有流变，非人之所能御。”[②] 又譬如李调元（1734—1802）认为:“音乐以气为主，然气有放开者，有收合者。放开者，曲中《混江龙》是也；收合者，曲中《桂枝香》是也。气之放开收合，相题而然。”[③] 在“万物一体”的整体关联世界中，声气的流变以及声与气之间的关系，遵循气化流行的规律，乃自然而然的事。

在古人的政教文化视野中，有正必有邪，故而邪气一开始便是同滋味、声色联系在一起的，如《淮南子・诠言训》:“君子行正气，小人行邪气。内便于性，外合于义，循理而动，不系于物者，正气也。重于滋味，淫于声色，发于喜怒，不顾后患者，邪气也。邪与正相伤，欲与性相害，不可两立，一置一废，故圣人损欲而从事于性。”[④] 在传统的主流思想话语中，声色、滋味等质素常常处于边缘地位，非圣人君子所为，这大约自根柢上便注定了文本之气在文气话语中的地位。声、气、象之间的比类互通，素来是儒学一系所关注的问题，因为这是关乎政教得失、治乱兴衰的大事，对此,《礼记・乐记》中如是说:“凡奸声感人，而逆气应之。逆气成象，而淫乐兴焉。正声感人，而顺气应之。顺气成象，而和乐兴焉。倡和有应，回邪曲直，各归其分，而万物之理，各以类相动也。是故君子反情以和其志，比类以成其行。”在儒者眼里，声、气、象三者之间的联动感应，不仅存在于静态的对应层面，更反映在动态的平衡层面，某一方面的和谐或失衡必定引起其他方面的连锁反应。也正因为如此，在儒家看来，春秋时期的“礼坏乐崩”，并不仅仅表现为制度层面周礼的破坏，还表现为声、气、象之间的失衡、失调，正是针对这种失衡、失调的状况，孔子遂有“正乐”、“复礼”、“正诗”、“正名”等一系列举动，旨在拨乱

① 戴侗:《六书通释》，文渊阁四库全书本。

② 江永:《律吕余论・声音自有流变》,《律吕新论》卷下，文渊阁四库全书本。

③ 李调元:《雨村诗话》卷上，见郭绍虞编《清诗话续编》下，第1518页。

④ 刘安著，何宁集释:《淮南子集释》，第1014页。

反正，从而实现其复兴周礼的政教理想。

在早期的思想史语境中，古人常常强调“中气”、“中声”以及声气之和，来显示在听觉上对和谐美感的追求。在孔子中庸观提出之前，较为重要的是医和和伶州鸠关于“中声”的说法。《左传·昭公元年》：“先王之乐，所以节百事也，故有五节，迟速本末以相及，中声以降，五降之后，不容弹矣。”这是医官医和为晋平公诊病以后，以“先王之乐”为例，回答关于节制女色的问题。《国语·周语下》：“古之神瞽考中声而量之以制，度律均钟，百官轨仪。”这是乐官伶州鸠从乐律的角度劝谏周景王不应铸大钟的一段话。考察春秋时期众多谈论声气之和的言论，不仅论及诗乐礼仪之政教、风土、人情内涵，而且从清浊、大小、刚柔、周疏的相对协调角度加以论述，具有相当明确的方法论意识。在诗教、乐教的阐释传统中，孔子“乐而不淫，哀而不伤”的说法，通过“不淫”、“不伤”的规约，使“乐”与“哀”两种不同性质的情感并存，形成适度而止、合乎礼义的中和之情，被历代经学家视为性情之正、声气之和的“中和之美”范本。在圣人“制礼作乐”的政教独尊话语系统中，声与气不仅承载着丰富的政治内蕴，同时，还必须在视觉、听觉乃至味觉上呈现出和谐均衡之感，这是自先秦以来便附着于声气的基本品质。① 这种认识贯通于古代各种知识领域，对此，明代算学家柯尚迁（1528—1583）归纳得很好：

> 圣人作乐以宣畅其和声，故制为六律、六同以齐其声，使清浊、高下、长短、疾徐合天地之自然，循环不穷，以和其声，然后作为和乐，使五声成文而不乱，八音从律而不奸，始也审声以气，终也召气以声。故鬼

① 这种品格在中古以后的诗乐理论中，亦屡见不鲜，譬如阮籍《乐论》：“故定天地八方之音，以迎阴阳八风之声；均黄钟中和之律，开群生万物之情。”参见阮籍著，陈伯君校注：《阮籍集校注》，第78页。嵇康《声无哀乐论》：“使心与理相顺，气与声相应，合乎会通，以济其美。”参见嵇康著，戴明扬校注：《嵇康集校注》，人民文学出版社1962年版，第222页。对于乐的认识，仍然范围在先秦两汉的礼乐话语框架之内。对于声气的解释，宋人王灼云：“凡阴、阳之气，有中有正，故音乐有正声，有中声……中正之声，正声得正气，中声得中气。”参见王灼：《碧鸡漫志·论雅郑所分》，见中国戏曲研究院编《中国古代戏曲论著集成》(1)，中国戏剧出版社1959年版，第111页。王氏认为“中声”、“正声”虽同属雅乐，但因分别源自“中气”和“正气”，两者乐律有所不同。这种逻辑今人看来不免牵强，但对古人而言，确乎真诚信仰，不证自明，究其根源，仍然是三代以来“尚中致和”政教传统的延续。

神虽幽可以人道接，人情虽戾可以和平感，万物虽远可以声气召，盖以两间声气常相随故也。①

历史地看，在诗可以歌的上古诗教传统中，诗文韵律感、节奏感的获得，主要借助于语言的错落、谐调以及双声、叠韵等手段。② 随着汉魏以后文人创作的极大繁荣，文学理论话语形态的渐次独立，古人对于文学创作中外在形式层面的要素逐渐重视，加之音韵学的蜂起，反切和四声的深入人心，促使人们更加重视汉语的音节结构。六朝以后，研究诗歌韵律问题，渐成风气，唐宋以后，则更加普遍，逮至明清，更是盛极一时，这对于古代诗文创作所产生的巨大影响延续至今。在对文本之气的理解上，声气、声律、音韵、音节、声调乃至诵读遂成为文强调的核心要素。

在古人看来，声律与文气的关系非常密切，声律和谐，文气自然顺畅，故而论文气，常常着力于音节韵律方面。对于文气说与声律学之间的关系，罗根泽先生曾经有一个著名的判断，他认为文气说是音律说的前驱。在分析曹丕《典论》时，罗氏指出，子桓所谓气，有两解，"文以气为主"之"气"与"徐干有齐气"，"公干有逸气"之"气"，指文章的气势声调，"气之清浊有体"与"孔融体气高妙"之"气"，指先天的才气及体气。在比较沈约音律说与曹丕文气说之后，他认为："文气是最自然的音律，音律是最具体的文气。"③ 在这里，我们可以看出，罗氏所谓"文气"，包含了作者之气与文本之气两个层面，虽然这种阐释业已超出曹丕的本义，但这一判断，对于解释齐梁时代的文气话语形态，无疑是适用的。譬如以强调宫商声律而闻名的沈约，就把能否通晓音律作为"言文"的关键，《宋书·谢灵云传论》：

夫五色相宜，八声协畅，由乎玄黄律吕，各适物宜。欲使宫羽相变，低昂舛节，若前有浮声，则后须切响。一简之内，音韵尽殊，两句之中，轻重悉异，妙达此旨，始可言文。④

---

① 柯尚迁：《周礼全经释原》卷6，文渊阁四库全书本。

② 譬如《诗三百》中《国风》的许多诗篇、《西京杂记》卷2引司马相如《答盛览问作赋》"一宫一商"的说法，陆机《文赋》谓"音声之迭代"，均就此一特点而言。

③ 罗根泽：《中国文学批评史》(1)，上海古籍出版社1984年版，第165—167页。

④ 沈约：《宋书谢灵云传论》，见郁沅、张明高编选《魏晋南北朝文论选》，第297页。

在此基础上形成的“四声”（平、上、去、入）“八病”（平头、上尾、蜂腰、鹤膝、大韵、小韵、旁纽、正纽）之说，成为中古认识声气问题的转折点，使得古人对于文本之气的探讨，真真实实地展开了。对于这种以类相推的方法，萧子显（487—537）归结为“以气类相推”、“文皆用宫商”、“以平上去入为四声”①，这大体上代表了魏晋南北朝以来声律学家的共识。虽然沈约的声律论，因过于琐细，而受到同时代钟嵘的反对，但对于中国文学的影响，却是巨大的，刘师培先生认为：“影响所及，迄于隋唐，文则悉成四六，诗则别为近体，不可谓非声律论开其先也。”② 从中古的文学批评实践来看，对于声律的重视，改变了之前文气研究中，仅仅重视作者之气的状况，渐次向文本的音律、字句、章法等写作技巧转变，实现了真正意义上文学批评的自觉。就此意义而言，沈约虽然没有就文气提出相应的见解，但他的声律说，对于此后文气观念的阐释衍化，无疑具有转向的作用，意义十分深远。

对于声气，除了从声律学的角度进行诠释外，亦不乏按照传统五声及其发声方式进行理解的，譬如刘勰《文心雕龙·声律》：“夫音律所始，本于人声者也。声合宫商，肇自血气……夫征羽响高，宫羽声下；抗喉矫舌之差，攒唇激齿之异，廉肉相准，皎然可分。” ③ 所谓“喉舌之差”、“唇齿之异”，均是指血气借助于身体器官发出声音时的方式、形状。对于声与气之间的关系，明人王廷相将其归结为“声气自然”之机理，如云：“故凡人呼而出声，不论歌唱言说，必自宫而征，而商，而羽，而角，角者，气平之声，音之终者也。故宫音始而浊，羽音极而清，落而收于角，清浊平焉。此声气自然之妙，非人力强而能为者。”④ 王氏所论，依旧是沿袭了五声的解释模式以及礼乐政教的话语系统。谢榛认为：“诗法，妙在平仄四声而有清浊抑扬之分。试以东、董、栋、笃四声调之，东字平平直起，气舒且长，其声扬也；董字上转，气咽促然易尽，其声抑也；栋字去而悠远，气振愈高，其声扬也；笃字下入而疾，气收斩然，其声抑也。夫四声抑扬，不失疾徐之节，惟歌诗者能之；而未知所以妙

① 萧子显：《南齐书》卷52《文学》，中华书局1972年版，第898页。
② 刘师培：《中国中古文学史》，人民文学出版社1959版，第98页。
③ 刘勰著，詹锳义证：《文心雕龙义证》，第1209—1213页。
④ 王廷相著，王孝鱼点校：《与范以载论乐书》，《王廷相集》，第500页。

也。非悟何以造其极，非喻无以得其状。”① 谢氏以平仄四声解释“象人之声气”，“气舒”、“气振”则“声扬”，“气咽”、“气收”则“声抑”，据此区别“气舒”、“气咽”、“气振”、“气收”在自然机理上的不同，兼有上古乐学和中古声律学思想的核心内涵。

一般来看，声气以“可闻”之听觉特点，与“可见”、“可感”等视觉、触觉特点相同，被视为探究事物本质的一种途径。譬如首倡“为政公廉”的明儒曹端（1376—1434）就认为：“所谓无极而太极，无谓无形象无声气无方所……凡有形象、声气、方所者，皆不甚大，如此极者，虽无声气而有形象方所焉，惟理则无形象之可见，无声气之可闻，无方所之可指，而实充塞天地贯彻古今。”② 曹氏学宗朱熹，精于太极之学，躬行实践，被誉为“明初理学之冠”。他认为太极即理、即道，乃万物之本源，为体；凡形象、声气、方所者，均为用，这是从形上的角度谈论声气的问题。

明代嘉靖年间，“唐宋派”代表唐顺之（1507—1560）的文气论，颇有可观，《董中峰侍郎文集序》是一篇专论声气的重要文章，如云：

> 喉中以转气，管中以转声。气有湮而复畅，声有歇而复宣。阖之以助开，尾之以引首，此皆发于天机之自然，而凡为乐者，莫不能然也。最善为乐者，则不然。其妙常在于喉管之交，而其用常潜乎声气之表。气转于气之未湮，是以湮畅百变而常若一气；声转于声之未歇，是以歇宣万殊而常若一声。使喉管声气融而为一，而莫可以窥，盖其机微矣。然而其声与气之必有所转，而所谓开阖首尾之节，凡为乐者，莫不皆然者，则不容异也。使不转气与声，则何以为乐？使其转气与声而可以窥也，则乐何以为神？有贱工者，见夫善为乐者之若无所转，而以为果无所转也，于是直其气与声而出之，戛戛然一往而不复，是击腐木湿鼓之音也，言文者，何以异此？③

唐氏所谓“气转于气”为“一气”，“声转于声”为“一声”，方能“声气融而

---

① 谢榛：《四溟诗话》卷3，第77页。

② 曹端：《曹月川集》，文渊阁四库全书本。

③ 唐顺之：《董中峰侍郎文集序》，见蔡景康编选《明代文论选》，第160页。

为一”，在他看来，以气论乐，以乐喻文，声乐之道与文辞之道殊途同归。又云：“汉以前之文，未尝无法，而未尝有法，法寓于无法之中，故其为法也，密而不可窥。唐与近代之文，不能无法，而能毫釐不失乎法，以有法为法，故其为法也严而不可犯，密则疑于无所谓法，严则疑于有法而可窥。然而文之必有法，出乎自然而不可易者，则不容异也，且夫不能有法，而何以议于无法？有人焉见夫汉以前之文，疑于无法，而以为果无法也，于是率然而出之，决裂以为体，饾饤以为词，尽去自古以来开阖首尾经纬错综之法，而别为一种臃肿佶涩浮荡之文。其气离而不属，其声离而不节，其意卑，其语涩，以为秦与汉之文如是也，岂不犹腐木湿鼓之音。”①唐氏认为“声”与“气”的关系，乃是“喉中以转气，管中以转声”的关系，所谓“声”与“气”之相转，是有迹可求的。“气有湮而复畅，声有歇而复宣。阖之以助开，尾之以引首”，同时，其迹也难求，“气转于气之未湮，是以湮畅百变而常若一气，声转于声之未歇，是以歇宣万殊而常若一声”。唐氏据此认为，唐宋之文，有迹可求，从“开阖首尾精微错综之法”，可知古人的气势和神态，而秦汉之文，无迹可求，“法寓于无法之中”，只能从词句、字面求之，如此一来，两者的高下便自然分明了。荆川先生论文，提倡“文从字顺”，强调规矩法度，这种重视技巧的文学观念，在文论传统中具有特殊的价值。

重视声气，到清代桐城派时，达致鼎盛。桐城之学延续了唐代古文家重文与宋代理学家重理的思想倾向②，为文学韩、欧，论文主气，讲究“义理”，讲求法度。譬如重视神气的刘大櫆，在《论文偶记》中认为：

> 一句之中，或多一字，或少一字。一字之中，或用平声，或用仄声。同一平字仄字，或用阴平、阳平、上声、去声、入声，则音节迥

① 唐顺之：《董中峰侍郎文集序》，见蔡景康编选《明代文论选》，第160—161页。

② 宋人吴子良《跋陈耆卿篔窗集》：“为文大要有三，文之以理，张之以气，束之以法。篔窗先生挥周、程之旨趣，贯欧、曾之脉络。”参见陈耆：《篔窗集》卷末，文渊阁四库全书本。对此，罗根泽先生评云：“理是周、程、游、谢之义理，法是欧、曾、晁、张的脉络，气是宋人的常谈。”参见罗根泽：《中国文学批评史》卷3，第187页。钱锺书先生以此条为佐证，认为桐城派虽出现在清季中叶，但在南宋及金人时均已标举桐城旗帜，并以此认为桐城派主张中的“二本”，即唐代古文家之文与宋代理学家之理。参见钱锺书：《管锥编》第5册，中华书局1979年版，第115页。

异，故字句为音节之矩。积字成句，积句成章，积章成篇，合而读之，音节见矣。歌而咏之，神气出矣。[①]

刘氏坐实了方苞（1668—1749）所谓的“义法”之“法”，从音节、字句入手，探讨文章神气的路数，被桐城弟子视为不传之密，影响极大。其弟子姚鼐进一步概括，形成了系统的古文理论，姚氏认为“诗文皆技也，技之精者必近道”，故《答翁学士书》：“文字者犹人之言语也，有气以充之，则观其文也，虽百世而后，如立其人而与言于此；无气则积字焉而已。”[②] 文章有气，百世之后，读其文，仍然栩栩如生，如见其人，文章无气，则只是字句的堆积而已。

声本于气，欲得古人之文气，不得不求助于声律，而求之于声律，又常常从诵读入手。作为桐城一派的重要传统，对于声气的重视是一以贯之的，因而诵读也就成为作诗的必修功课，对于这一点，曾国藩非常看重，如《咸丰十一年十二月廿四日日记》：“是日酉刻温苏诗，朗诵颇久，有声出金石之乐。因思古人文章，所以与天地不敝者，实赖气以昌之，声以永之，故读书不能求之声气之间，徒糟粕耳。”[③] 又《咸丰八年八月二十日书于弋阳军中》：“凡作诗最宜讲究音调……须熟读五古、七古、各数十篇。先之以高声朗读以昌其气；继之以密咏恬吟以玩其味；二者并进，使古人之声调拂拂然若与我之喉舌相习，则下笔为诗时，必有句调奔赴腕下，诗成自读之，亦自觉琅琅可诵，引出一种兴会来。”[④] 诸如此类的论述，在“桐城中兴”中屡见不鲜，又譬如曾国藩的弟子张裕钊，《答吴挚甫书》：“文以意为主，而辞欲能副其意，气欲能举其辞。譬之车然，意为之御，辞为之载，而气则所以行也。欲学古人之文，其始在因声以求气，得其气，则意与辞往往因之而并显，而法不外是矣。”[⑤] “因声求气”，是桐城古文家论文的重点，声律与文气关系的论述，对于后世文学创作和批评鉴赏均产生了重要的影响。逮至近人夏丏尊先生（1886—1946）的《文章讲话》和唐弢先生（1913—1992）的《文章修养》，偏于对文章气势和技巧的探讨，仍然沿袭了“因

① 刘大櫆：《论文偶记》，人民文学出版社1959年版，第6页。

② 姚鼐：《答翁学士书》，《惜抱轩文集》卷6，第64页。

③ 曾国藩：《曾国藩全集》，第698页。

④ 曾国藩著，李鸿章校勘，宁波等校注：《足本曾文正公全集》第8部，第5515页。

⑤ 张裕钊：《答吴挚甫书》，见舒芜等编选《近代文论选》上，第297页。

声求气”的路数。

对于桐城派“因声求气”的说法，钱锺书先生（1910—1998）认为：

> 姚范《援鹑堂笔记》卷四四：“朱子云：‘韩昌黎、苏明允作文，敝一生之精力，皆从古人声响处学’；此真知文之深者”（《朱文公集》卷七十四《沧洲精舍谕学者》：“老苏但为学古人说话声响，极为细事，乃肯用功如此”）；吴汝纶《桐城吴先生全书·尺牍》卷一《答张廉卿》：“承示姚氏论文，未能究极声音之道……近世作者如方姚之徒，可谓能矣，顾诵之不能成声”；均指散文之音节，即别于“文韵”之“笔韵”矣，古罗马文家谓“言词中隐伏歌调”，善于体会，亦言散文不废声音之道也。①

虽然在今天看来，一篇成功的文学作品，并不能完全归于音节、语句等文本之气上，但不可否认的是，“声音之道”在文学作品中的巨大感染力，诚如“桐城派”最后一位代表人物林纾所言：“盖天下之最足动人者，声也。”② 林氏所译西方小说，颇有文采，风靡一时，应该与他对“声音之道”的认识分不开。

对成功的文学创作而言，文字的魅力固然是一个主要原因，但是，行文的节奏和词语的响亮也是一个重要的因素。如果我们将文学作品分为用眼睛看和用耳朵听两类的话，那么，对于声气的强调无疑是属于后者，因为声气形成的审美效应存在于转瞬之际。如明代宋应星《论气·气声》所云：“人物受气而生，气而后有声，声复返于气。是故形之化气也，以积渐而归，而声之化气也，在刹那之顷。”③ 只有具有高度艺术感受力、想象力的人，才能于声气的聆听中获得审美快感。譬如法国作家夏多布里昂（Chateaubrind，1768—1848）的《墓中回忆录》，长期以来被视为法国散文的典范，其用词响亮而有节奏，最宜于高声朗诵，有天风海雨惊心动魄之感。晚年的埃德蒙·德·龚古尔（Edmond de Goncourt，1822—1896）在《日记》中表示，他愿意拿人之初以来的所有诗篇换取《墓中回忆录》的头两卷。法国作家福楼拜（Gustave Flaubert，1821—

---

① 钱锺书：《管锥编》第4册，第1223—1224页。

② 林纾著，范先渊校点：《春觉斋论文·声调》，人民文学出版社1959年版，第78页。

③ 宋应星：《论气》，第64页。

1880）甚至认为，评价一本书，要看它能否大声朗读，能就是好书，否则就一文不值，因为“没有节奏”，他一日朗读夏多布里昂的《殉道者》，竟然从中听见了“长笛小提琴二重奏”①。在听觉中获得的暗示与想象，带有古典时代的和谐感、均衡感与高贵气质，因而具有长久的审美效应。

所谓辞气与声气，虽然侧重点不同，但同为文本之气的表达方式，刘师培《论文章有生死之别》认为：“一篇自首至尾奄奄无生气，文虽四平八稳，而辞采晦，音节沉，毫无活跃之气，即所谓死也。”②如果说，辞气是偏于诉诸视觉的书面语言表达，那么，声气就是偏于诉诸听觉的口头语言表达，故而同样被古人视为文学创作过程中的有机环节。譬如明人徐祯卿就认为：“盖因情而发气，因气而成声，因声而绘辞，因辞而定韵，此诗之源也。”③这样的推导，就将文学创作中涉及的文本诸要素均纳入理论视野中。

最后，我们还要提到一个重要的艺术范畴：气韵。考辨今人对此的研究，多有不同，有从神韵及精神气质的角度解释的④，有从元气及人物品鉴的角度解释的⑤，也有从气运、气化的角度解释的⑥，争议颇多。对此，笔者更为认同宗白华先生的说法：

> 韵，就是宇宙中鼓动万物的“气”的节奏、和谐。绘画有气韵，就能给欣赏者一种音乐感。六朝山水画家宗炳，对着山水画弹琴，“欲令众山皆响”，这就说明山水画里有音乐的韵律。⑦

虽然宗先生并没有展开进一步的论述，但他的理论直觉无疑是正确的。这也

① ［法］夏多布里昂：《墓中回忆录》，郭宏安选译，生活·读书·新知三联书店1997年版，第10—11页。

② 刘师培：《汉魏六朝专家文研究》，《中国中古文学史讲义》，第121页。

③ 徐祯卿：《谈艺录》，见何文焕编《历代诗话》下，第765页。

④ 参见王迎：《古画鉴赏》，漓江出版社1995年版，第17页；袁济喜：《六朝美学》，北京大学出版社1989年版，第82页。

⑤ 参见叶朗：《中国美学史大纲》，上海人民出版社1985年版，第220页；徐复观：《中国艺术精神》，华东师范大学出版社2001年版，第86—126页。

⑥ 参见张锡坤：《“气韵”范畴考辨》，《中国社会科学》2000年第2期。

⑦ 宗白华：《美学散步》，上海人民出版社1981年版，第44页。

是本书为什么要将气韵归入声气系列的原因所在。韵源于声，声源于气，这一点，本书在前面引证颇多，在此不再赘引，所谓“气→声→韵”的推衍方式①，秉承了宇宙生成论的路子，亦是传统时代学者普遍接受的一种方式，如果将“声”的因素放进去，那么气（声）韵范畴，在本质上体现的是气之节奏、韵律也就顺理成章了。对于这一点，与谢赫（479—502）同时代刘勰的说法，也可佐证，《文心雕龙·声律》：“异音相从谓之和，同声相应谓之韵。”②彦和认为“韵”为“同声相应”，“和”为“异音相从”，以此来看，所谓气（声）韵，应该是当时一种较为正统的说法。当然，在那个时代，对于气韵的理解，也是丰富多义的。譬如萧子显谈文学之缘起，云：“文章者，盖情性之风标，神明之律吕也。蕴思含毫，游心内运，放言落纸，气韵天成，莫不禀以生灵，迁乎爱嗜，机见殊门，赏悟纷杂。”③这是古代文学批评中，较早论及“气韵”一词的，这里既可以指作者之气，也可以指文本之气。

对于气韵的解释，我们还可以参照苏门弟子李廌的说法，他认为“凡文章之不可无者有四”，即体、志、气、韵。释“气”云：“充其体于立意之始，从其志于造语之际，生之于心，应之于言，心在和平则温厚尔雅，心在安敬则矜庄威重，大焉可使如雷霆之奋，鼓舞万物，小焉可使如脉络之行，出入无间者，气也。”又释“韵”云：“如金石之有声，而玉之声清越，如草木之有华，而兰之嗅芬香，如鸡鹜之间而有鹤，清而不群；犬羊之间而有麟，仁而不猛；如登培塿之丘，以观崇山峻岭之秀色；涉潢污之泽，以观寒溪澄潭之清流。如朱弦之有遗音，大羹之有遗味者，韵也。”④从其对“气”、“韵”的解释来看，虽然脱胎于传统诗教、乐教话语系统，也带有明显的言志说、感物说的痕迹，但他将“韵”的来源归于声、音的这一层意思，还是非常清楚的。

与此相关的一个问题就是，谢赫为什么在画论“六法”中首标“气韵生动”呢？对于谢赫本人的情形，现在知道得很少，他大约活动在齐梁时代，是当时有名的宫廷画家，擅长人物画的创作，没有现存的作品。由于古代“诗画

① 关于这一点，以陆时雍《诗镜总论》“韵生于声……韵动而气行”的说法最为典型。参见陆时雍：《诗镜总论》，见何文焕编《历代诗话续编》下，第1415页。

② 刘勰著，詹锳义证：《文心雕龙义证》，第1228页。

③ 萧子显：《南齐书》卷52《文学》，第907页。

④ 李廌：《答赵士舞德茂宣义论宏词书》，《济南集》卷8，文渊阁四库全书本。

同源”、“书画同源”的观念相当地深入人心，所以后人常常根据宫廷诗的风格进行推论，认为宫廷画大多专注于女性的衣饰、舞姿、睡态、肉体、神态等内容。那么，由此产生的问题便是，为什么这样一个宫廷画家要在“六法”中首标“气韵生动”呢？对于这个问题，如果要用“文如其人”的理论来解释，恐怕是有困难的，因为在艺术史上，文不如其人的例子是太多了，所以一定要用“气韵生动”来解释谢赫的宫廷画内容或者风格，恐难自圆其说。值得思考的是，在中国古代的艺术理论中，画论较之乐论、诗论，出现得较为晚近，作为一个绘画理论的奠基者，同时又是其时主流画派的引领者，谢赫借用其他艺术领域业已成熟的理论成果，通过艺术理论上的通感，移用到画论的建构上，也是有可能的。对于一种理论形态成熟较晚的门类来说，首先标明与其他艺术理论的关系，是立宗立派的头等大事，因此，在画论中首先拈出“气韵”一词，这个与乐论、诗论最为接近的范畴，就更有可能了。

三　神气

古人对神气的认识，从早期生成论路径以及形上层面“形—神—气”结构的形成，到中古时期在书论、画论、诗论领域的全面展开，逮至清人在文本层面的理论构建，经历了一个漫长的历史衍变过程。如果说早期的辞气侧重于君子精神品格，声气侧重于礼乐政教，两者各有侧重的话，那么，神气问题的探讨，就兼有两者的意思，体现了古人在精神认识领域的旨趣与追求。

从历时性看，较早对神气问题进行探讨的，有医家和道家。在内经学的理论中，对于神气的理解，采用的是一一坐实的方法。《内经》认为神气来自五谷，乃血气中的一种精气，譬如《素问·八正神明论》：“血气者，人之神，不可不谨养。”①《灵枢·营卫生会》：“营为者，精气也；血者，神气也。故血之与气，异名同类焉。”② 神气的主要作用有三：一是通过营卫赋予脏器生命的活力，一是主宰人的精神活动，一是调节全身脏器的活动。如《素问·离合真邪论》：“候吸引针，气不得出，各在其处，推阖其门，令神气存，大气留止，故命曰补。”又《素问·调经论》：“神有余有不足，气有余有不足，血

① 张志聪集注：《黄帝内经素问集注》，第204页。

② 张志聪集注：《黄帝内经灵枢集注》，第155页。

有余有不足，形有余有不足，志有余有不足。凡此十者，其气不等也。”① 凡“神”、“气”、“血”、“形”、“志”五者，均有虚实之不等，有余、不足各五，如何使血气和谐，故专设《调经论》一篇加以研讨。在内经学的思想体系中，阴阳协调成为治疗的基本原则和最终目的，因此，作为卫外阳气和脏腑阴气之间的相互作用，以及这种相互作用对于人体生理、心理活动的意义，得到了特别的揭示。如《素问·阴阳应象大论》:“清阳发腠理，浊阴走五藏。清阳实四肢，浊阴归六府……阳为气，阴为味。味归形，形归气，气归精，精归化……阴胜则阳病，阳胜则阴病，阳胜则热，阴胜则寒。”又《素问·生气通天论》:“阴者，藏精而起亟也；阳者，卫外而为固也。阴不胜其阳，则脉流薄疾，并乃狂。阳不胜其阴，则五藏气争，九窍不通……阴平阳秘，精神乃治，阴阳离决，精气乃绝。”② 正是基于这样的理解，明清之际的王夫之以“营卫”之气的失调来解释齐梁文学之弊，也就顺理成章了。③

道家著作中较早出现“神气”的说法,《庄子·天地》:“汝方将忘汝神气，堕汝形骸，而庶几乎！”庄子的运思前提在于形神并举、神气互通，如《在宥》:“抱神以静，形将自正。”又《知北游》:“夫昭昭生于冥冥，有伦生于无形，精神生于道，形本生于精，而万物以形相生。”在神与气相通的理论假设下，较容易理解庄子讲的故事，譬如“梓庆削木为鐻”,《达生》:“臣将为鐻，未尝敢以耗气也，必齐以静心。齐三日，而不敢怀庆赏爵禄；齐五日，不敢怀非誉巧拙；齐七日，辄然忘吾有四枝形体也。当是时也，无公朝，其巧专而外骨消；然后入山林，观天性；形躯至矣，然后成见鐻，然后加手焉；不然则已。则以天合天，器之所以凝神者，其是与。”这里的“凝神”与“耗气”相对而言,“神”即为神气，是指人的精神气质。庄子的养神之道，在于顺天而行，在他看来，只有恬淡专一、邪气不入，方能如《刻意》所:“德全而神不亏”。这种说法，就如同《列子·黄帝》“夫至人者，上闚青天，下潜黄泉，挥斥八极，神气不

① 张志聪集注:《黄帝内经素问集注》，第208、416页。

② 张志聪集注:《黄帝内经素问集注》，第36—38、23页。

③ 譬如《古诗评选》卷5:“文者气之用，气不昌则更无文。顾昌气者，非引之荒大，出之駤戾也。行于荣卫之中，不见其条理而自不相失，苟顺以动，何患乎窒？故有文采焜煌而经纬适，文情惊踔而纲维调。若气有或至或不至，小顿求工而失其初度，则削肉留筋，筋之绝理者，早已为戾矣。齐、梁之失，唯此为甚。”参见王夫之:《船山全书》第14册，第762页。

变”[①]，虽然《列子》未必是先秦时期的论著，但其思想也应该有所本。就目前较为可信的资料来看，魏晋时期，神气范畴的使用已经较为普遍了，如嵇康《养生论》:“外物以累心，不存神气，以醇泊独著。”又《答难养生论》:“不荡喜怒，平神气，而欲却老延年者，未之闻也。”[②]神气的含义，已经基本定格在主体的精神气质方面了，这与《世说新语》中常常以气来品评人物，譬如以“神气”言顾雍、王戎、嵇康、裴楷等人在才性气质方面的卓然超群，在审美取向与价值判断上，大体是相同的。

学界一般认为，“形—神—气”观念是原始宗教文化的产物，源自先民灵魂不死的思想，这在春秋以来的魂魄观、生死观中已初露端倪，逮至战国以后各家各派的思想中，已经极为常见了。[③]譬如荀子有关于形神一体的观点，《荀子・天论篇》:“形具而神生，好恶、喜怒、哀乐臧焉，夫是之谓天情。”这是从生成论意义上讲形神的先后问题。在东汉的无神论思潮中，桓谭（前23—56）《新论・形神》提出“以烛火喻形神”，王充《论衡・论死篇》强调“精神依倚形体”，“形须气而成”，揭示出物质与精神孰为第一性的问题，近世以来被视为中国古代的唯物论思想代表。尔后范缜（约450—约515）《神灭论》中，引入体用范畴，主张“形神相即”、“形质神用”，反对“形神相异”，具有较为明显的形神一元倾向。

就主导倾向而言，“形神相即”和“神”、“气”高于“形”的思想，是历代研究者的基本共识。[④]在“形—神—气”三者之间，“神”、“气”寓于形骸，形体受制于“神”、“气”；在“神”与“气”两者之间，“气”乃万物之本原，“气”之凝聚则升华为“神”。就目前所见的文献来看，意义完整的“形—神—气”思想

---

① 列子著，杨伯峻集释:《列子集释》，第50页。

② 嵇康著，戴明扬校注:《嵇康集校注》卷4，第156、193页。

③ 譬如杜正胜先生《从眉寿到长生——中国古代生命观念的转变》认为，战国时期的思想家，分析生命的起源和本质，不以“气”为满足，进而提出“精”或“神”，以说明它们与“形”的关系。肉体之“形”、成形之“气”、气之精华“精”和精气之极“神”，四者构成一个系列。“气”、“精”、“神”同属一个范畴，与“形”合而为人，形式上虽为二元，其实是不可分割的一体。尽管各家各派有学术差异，但一般来说，“形”、“气”、“精”、“神”合为一体的假定，是基本一致的。参见《“中央研究院”历史语言研究所集刊》第66本第2分册，第447页。

④ 譬如形神关系上，表现为重神轻形的价值倾向，见于《世说新语》中，多赞誉神姿离彻、神理隽彻、神矜可爱、精神渊著、神清明秀、神姿朗彻、器朗神俊之类，就体现出此一特点。

表述，见于汉初如《淮南子·原道训》：

形神气志，各居其宜，以随天地之所为。夫形者生之舍也，气者生之充也，神者生之制也，一失位则三者伤矣。是故圣人使人各处其位，守其职，而不得相干也。故夫形者，非其所安也而处之则废，气不当其所充而用之则泄，神非其所宜而行之则昧。此三者，不可不慎守也。①

《淮南子》认为，生命是由“形”、“神”、“志”、“气”诸元素构成的，在“形—神—气（志）”的三元结构中，“形”是“神”与“气”的物质载体，“气”是“神”显现的本源，而“神”的显现要以“气”的充实来达到。由此可以看出，“形—神—气（志）”三元结构的建立，有利于辨析具象之气与精神之气的关联，从而使天地人的整体解释体系更加精致圆融了。

在理学家的气学话语中，“形—神—气”一以贯之，可以通道。譬如在《正蒙·太和》中，张载据《易传》“阴阳不测之谓神”，认为“散殊而可象为气，清通而不可象为神”，“太虚为清，清则无碍，无碍则神；反清为浊，浊则碍，碍则形”②，《乾称》谓“气之性本虚而神，则神与性乃气所固有，此鬼神所以体物而不可遗也”③。对张载而言，万物“一于气而已”，“神”乃“气”之化，是一种神妙莫测的化迹，因而具有优先性与超越性。但是，问题的另一方面在于，“神”、“形”须经由“气”，方能保持运化的贯通性与连续性。尔后，朱子高足陈淳（1159—1223）《北溪字义·鬼神》认为，“形”、“神”源于气，“形既生”，“神发知”④，将形神论建立在气本的基础上。对于形神问题，明代何瑭（1474—1543）有不少的论述，譬如《阴阳管见》：“造化之道，阳为神，阴为形。形聚则可见，散则不可见。神无聚散之迹，故不可见。”⑤他既将“形”、“神”分属阴阳二元，又兼顾两面，主张“形”为用、“神”为体，体现了阴阳互为体用的原则。

① 刘安著，何宁集释：《淮南子集释》，第82—84页。

② 张载：《张载集》，第7、9页。

③ 张载：《张载集》，第63页。

④ 陈淳著，熊国祯、高流水点校：《北溪字义》，中华书局1983年版，第58页。

⑤ 黄宗羲著，全祖望补修：《明儒学案·文定何柏斋先生》，《黄宗羲全集》第8册，第480页。

见之于文学思想领域，论者大多主张“神气合一”、“神合气完”。如明代“唐宋派”王慎中（1509—1559）《寄道原弟书三》：“大抵气厚要神完，神完要心纯。”[①] 又如明代“后七子”王世贞云：“篇法之妙，有不见句法者；句法之妙，有不见字法者，此是法极无迹，人能之至，境与天会，未易求也。有俱属象而妙者，有俱属意而妙者，有俱作高调而妙者，有直下不对偶而妙者，皆兴与境谐，神合气完使之然。”[②] 又《徐汝思诗集序》：“盛唐之于诗也，其气完，其声铿以平，其色丽以雅，其力沈而雄，其意融而无跡，故曰：盛唐其则也。”[③] 张实居（1634—1713）论律诗云：“诗家此体最难，求其神合气完，代不数人，人不数首。”[④] 所谓的“神合气完”，大抵是古来造艺者追求的最高境界之一。晚清邓绎《藻川堂谭艺·日月》：“由太始而为太虚，由太虚而为太素，絪缊化融，浩乎其不可测也，必有所以为天地日月星辰山川者，而天地人物之文乃其象与迹耳。所以为天地人物之文者，气也；所以为气者，神也；所以为神者，道也。”[⑤] 他将天地万物归于“气”，又将“气”归于“神”，“神”归于“道”，逐层推衍，秉承的仍然是“神气合一”的体用路数。

比较而言，在“形—神—气”结构中，“形”偏于实，“神”、“气”偏于虚，而较之“气”，“神”更虚，更不可见、不可知，如同《管子·内业》谓“精也者，气之精者也……一物能化谓之神”，“抟气如神，万物备存”，“气”乃“神”的基础，“神”乃“气”的升华。譬如《溪山琴况》的著者，明末清初的琴家徐上瀛，提出二十四字琴学要诀：和、静、清、远、古、澹、恬、逸、雅、丽、亮、采、洁、润、圆、坚、宏、细、溜、健、轻、重、迟、速。对此，徐氏逐条加以阐述，如比较“远”与“迟”云：

> 远与迟似，而实与迟异。迟以气用，远以神行。故气有候，而神无候。会远于候之中，则气为之使。达远于候之外，则神为之君。至于神游气化，而意之所之，玄之又玄。时为岑寂也，若游峨眉之雪。时为流逝也，若在洞庭之波。倏缓倏速，莫不有远之微致。盖音至于远，境入

① 王慎中：《寄道原弟书三》，《遵岩集》卷24，文渊阁四库全书本。
② 王世贞：《艺苑卮言》卷1，见丁福保编《历代诗话续编》中，第961页。
③ 王世贞：《徐汝思诗集序》，见蔡景康编选《明代文论选》，第217页。
④ 王士祯等：《师友诗传录》卷7，见丁福保编《清诗话》上，第133页。
⑤ 邓绎：《藻川堂谭艺·日月篇》，见王水照编《历代文话》卷7，第6168页。

希夷，非知音未易知，而中独有悠悠不已之志。吾故曰：求之弦中如不足，得之弦外则有余也。[①]

所谓“候”，乃征候与表象，即诉诸于感觉的可感、可见、可知，徐氏将“远”与“迟”两种习琴境界，与“神”与“气”联系起来，通过人们熟知的“远”、“迟”感受，来诠释“神”与“气”的层次与特性。在他看来，“远”与“迟”之所以相似而实异，在于“迟”以“气”为用，而“远”以“神”为行，“气”有候而“神”无候，“气”为使“神”为君，“远”的状态便是“神游气化”，达致所谓“意至于远，境入希夷”的境界。徐氏此论的一个重要前提就是，“神”的层次高于“气”，是一种更灵性、更虚幻、更超越的艺术境界，所谓神气，也就是一种由高妙的指法造诣而带来的精粹灵动之气。传统琴艺中那种空灵悠远艺术氛围的形成，大概也得益于古来琴家对于神气境界的追求。

有关神与气在层级意义上的分梳，是先秦以来形上学领域的重要思想传统。参之古代文献，神是一个颇为抽象难言的范畴，泛指精神、神采、灵魂。在古人看来，凡物之所生，均内蕴有神，譬如“凡人所生者神也，所托者形也。神大用则竭，形大劳则敝，形神离则死”[②]，又如“诗不难乎起而难乎气，不难乎结而难乎神”[③]。因而在主流的审美意识中，凡人物、花鸟、鱼虫、山水、景物，均是形神具备、虚实结合的统一体，于外在形体中体现出深层的生命意蕴，而这种生命意蕴的内核便是气、便是神。可以说，有关神范畴意义的界定，在相当程度上依赖于形与气等范畴的联结与烘托，就像汉末荀悦（148—209）认为的那样：“凡言神者，莫近于气。有气斯有形，有神斯有好恶喜怒之情矣。故人人当作神有情，由气之有形也。”[④]在他看来，“气”是与“形”、“神”分不开的，无“气”则无人之“形”，无“形”则无“神”，无“神”则无“情”，在这里，荀悦对“形—神—气—情”关系做了颇为有序的推导，但是对于“神”与“气”之间的层级意义，判定并不明晰。

探究历代气论者的言论，常常可以看见这样一种倾向，就是谈论为文之

① 徐上瀛：《溪山琴况》，续修四库全书本。
② 司马迁撰，裴骃集解，司马贞索隐，张守节正义：《史记》卷130《太史公自序》，第3292页。
③ 黄子云：《野鸿诗的》，见丁福保编《清诗话》下，第856页。
④ 荀悦：《申鉴》卷5《杂言下》，文渊阁四库全书本。

道，或作家、作品鉴赏时，秉承以气为主的基本原则，但同时又认为气中有所主，或以道、或以理、或以神、或以诚、或以意，各有不同。譬如宋人王柏主“道”，云：“学者要当以知道为先，养气为助……道苟不明，气虽壮，亦邪气而已，虚气而已，否则客气而已。不可谓载道之文。”[①] 宋末元初王构（1245—1310）主“诚”，云：“文章以气为主，气以诚为主。”[②] 稍后的刘将孙，虽然主张作家创作时“以气为主”，但仍然认为“非主于气，乃其中有所主”[③]。明代刘基（1311—1375）《苏平仲文集序》：“文以理为主，而气以摅之。理不明为虚文，气不足则理无所驾。”[④] 理与气互为体用的问题，是宋明以后文论家谈文论艺时常常关注的一个维度。清代“阳湖派”恽敬（1757—1817）论“作文之法”，主张“理实气充”，云：“作文之法，不过理实气充，理实先须致知之功，气充先须寡欲之功。”[⑤] 在理与气之间，文论家大都能够秉持一种中庸的立场。在历代的文论主张中，也有“以意为主”的观点，譬如唐杜牧主“意”，云：“凡为文以意为主，以气为辅，以辞采章句之为之兵卫。”[⑥] 明代王世贞根据“主意”与“主气”的不同，将唐绝句前后风格裁为两截，他认为：“七言绝句，盛唐主气，气完而意不尽工；中晚唐主意，意工而气不甚完；然各有至者，未可以时代优劣也。”[⑦] 与此相似，清人厉志（1804—1861）认为古今“意”、“气”各执一端，云：“今人作诗，气在前，以意尾之。古人作诗，意在前，以气运之。气在前，必为气使，意在前，则气附意而生，自然无猛戾之病。”[⑧] 更为著名的，就是以“神”为主的刘大櫆，本书稍后将重点论述。

用之于艺术批评领域的神气范畴，常常与造艺者的整体精神状态及其内在的人生观、价值观密切相关，充分地显示了造艺者的人格力量、审美情趣和精神意志，在古人看来，这是作品优劣成败之关键所在。元代杨维桢（1296—1370）《赵氏诗录序》：“诗之情性神气，古今无间也。得古之情性神气，则古之诗

① 王柏：《题碧霞山人王公文集后》，《鲁斋集》卷11，文渊阁四库全书本。
② 王构：《修辞鉴衡》卷2，文渊阁四库全书本。
③ 刘将孙：《谭村西诗文序》，见陶秋英编选《宋金元文论选》，第552页。
④ 刘基：《苏平仲文集序》，见蔡景康编选《明代文论选》，第25页。
⑤ 恽敬：《答来卿》，见王运熙、顾易生主编《清代文论选》下，第668页。
⑥ 杜牧：《答庄充书》，见周祖譔编选《隋唐五代文论选》，第308页。
⑦ 王世贞：《艺苑卮言》卷4，见丁福保编《历代诗话续编》中，第1007页。
⑧ 厉志：《白华山人诗说》卷2，见郭绍虞编《清诗话续编》下，第2283页。

在也。”[①]清人袁枚《与程蕺园书》:“近见海内所推博雅大儒，作为文章，非序事噂沓，即用笔平衍，于剪裁、提挈、烹炼、顿挫诸法大都懵然。是何故哉？盖其平素神气沾滞于丛杂琐碎中，翻撷多而思功少；譬如人足不良，终日循墙扶杖以行，一旦失所依傍，便怅怅然卧地而蛇趋，亦势之不得不然者也。”[②]厉志认为:“学古人最难，须以我之性情学问，暗暗与古人较计，所争在神与气，貌袭者不足道也。”[③]方东树认为:“凡诗、文、书、画，以精神为主。精神者，气之华也。”又云:“大约古文及书、画、诗，四者之理一也。其用法取境亦一。”又云:“凡古人所为品藻此四者之语，可聚观而通证之也。”[④]在他看来，诗、文、书、画，不仅同源共生，互证互通，而且法则相同，均以精神境界为重。

传统的书画理论对神气亦是相当重视的，究其根源，体现在书法、绘画中的文本之气更直接可感，与造艺者自身的情感、意志、趣味、力度等精神底蕴，也即作者之气更具一致性。见于历代画论中神气的论述，譬如东晋画家顾恺之（约345—406）有“传神写照”之说，其《画云台山记》中有“画天师瘦形而神气远”之语，这是早期绘画艺术理论化的标志。其后以倡导“气韵生动”而闻名的南齐谢赫也强调神气，如评晋明帝云:“虽略于形色，颇得神气。笔迹超越，亦有奇观。”[⑤]唐人张怀瓘（约713—741）评顾恺之云:“顾公运思精微，襟灵莫测，虽寄迹翰墨，其神气飘然在烟霄之上，不可以图画间求。”[⑥]宋人董羽（生卒年不详）对画龙理论颇有研究，如云:“画龙者得神气之道也。神犹母也，气犹子也，以神招气，以母招子，孰敢不致？”[⑦]明代董其昌《画禅室随笔》:“文要得神气，且试看死人活人,生花剪花，活鸡木鸡，若何形状，若何神气。”[⑧]清代“常州派”创始人恽寿平（1633—1690）在《南田画跋》中，提出以神气为

---

① 杨维桢:《赵氏诗录序》，见陶秋英编选《宋金元文论选》，第581页。

② 袁枚:《与程蕺园书》，见王运熙、顾易生主编《清代文论选》下，第526页。

③ 厉志:《白华山人诗说》卷1，见郭绍虞编《清诗话续编》下，第2272页。

④ 方东树:《昭昧詹言》卷1，人民文学出版社1961年版，第30页。

⑤ 谢赫:《古画品录》第五品，见俞剑华编《中国画论类编》，人民美术出版社1986年版，第365页。

⑥ 转引自张彦远著，冈村繁译注，俞慰刚译:《历代名画记译注》卷5，上海古籍出版社2002年版，第271—272页。

⑦ 董羽:《画龙辑议》，见俞剑华编《中国画论类编》，第1018页。

⑧ 董其昌:《画禅室随笔》卷3《评文》，文渊阁四库全书本。

首要标准判定优劣，云：

> 凡观名迹，先论神气。以神气辨时代，审源流，考先匠，始能画一而无失矣。[①]

恽氏以“神气”为“辨时代，审源流，考先匠”的标准，不仅提升了“神气”的理论地位，而且将其内涵由单一的主体精神气质拓展到广阔的时代风貌与复杂的学术源流，其论可谓独树一帜。他据此认为南唐山水画大家释巨然“行笔如龙”、“无迹可寻”、“神气森然洞目”，为五代两宋以来唯一的一家。

见于历代书论中神气的论述，也是颇为常见的。譬如唐人张怀瓘品评书法的标准，《书议》：“风神骨气者居上，妍美功用者居下。”[②] 这里的“风神骨”三者，从本质上看，均源于“气”，这种标准的提出，对于后世书法理论的影响极为深远。宋人欧阳修认为：“作字要熟，熟则神气完实而有余，于静坐中自是一乐事。”[③] 蔡襄（1012—1067）主张书贵神气，学贵尚法，他在《评书》中认为：“学书之要，唯取神气为佳。若模象体势，虽形似而无精神，乃不知书者所为耳。”[④] 米芾（1051—1107）在谈及写字经验时认为：“世人多写大字时用力捉笔，字愈无筋骨神气，作圆笔头如蒸饼，大可鄙笑。”[⑤] 姜夔（1163—1203）《续书谱·迟速》：“迟以取妍，速以取劲。必能先速，然后为迟。若素不能速而专事迟，则无神气。若专事速，又多失势。”[⑥] 他以“迟”与“速”对举，来谈论“神气”的把捉问题，别开一路，颇多新意。王澍（1668—1743）《论书剩语·结字》：“作字如人然，筋、骨、血、肉、精、神、气、脉，八者备而后可为人。”[⑦] 在古人“文

① 恽格著，朱季海、施立华校勘：《南田画跋》，上海人民美术出版社1987年版，第57页。

② 张怀瓘：《书议》，见上海书画出版社、华东师范大学古籍整理研究室选编《历代书法论文选》，上海书画出版社1979年版，第146页。

③ 欧阳修：《试笔·作字要熟》，见李逸安点校《欧阳修全集》卷130，中华书局2001年版，第1978页。

④ 蔡襄：《评书》，《端明集》卷34，文渊阁四库全书本。

⑤ 米芾：《海岳名言》，见上海书画出版社、华东师范大学古籍整理研究室选编《历代书法论文选》，第361页。

⑥ 姜夔：《续书谱·迟速》，见上海书画出版社、华东师范大学古籍整理研究室选编《历代书法论文选》，第393页。

⑦ 王澍：《论书剩语》，《淳化秘阁法帖考正》卷12，文渊阁四库全书本。

如其人”的理念中，论文、论书与论人，取法相同或者相似，并无本质上的不同。

显而易见的是，刘大櫆以字句、音节为核心的神气论，与我们所熟知的上古以来的思想传统——文学的、哲学的或宗教的观念——相去甚远。学者一般认为，刘大櫆的神气音节观念受法于方苞的义法论，是对其思想的具体规定与进一步完善。望溪先生认为，“义”是《易》之谓“言有物”，“法”乃《易》之谓“言有序”，两者的关系“义以为经而法纬之，然后为成体之文”①。对于“义法”与气的关系，方氏认为：“依于理以达乎其词者、则存乎气。气也者，各称其资材，而视所学之浅深以为充歉者也。”② 方氏确立“义法”的最高楷模，乃是儒家的“四书”及《易》、《诗》、《书》、《春秋》等典籍，他并没有进一步明确“义法”的内涵，虽然业已显露出将理学思想引入诗文理论的意图，但其论大体限于道学之性理领域，对此，进一步完善的是刘大櫆。

海峰先生论文，强调神气。在《论文偶记》中，他是这样说的：

> 神者，文家之宝。文章最要气盛。然无神以主之，则气无所附，荡乎不知其所归也。神者气之主，气者神之用。神只是气之精处。③

在此，他明确地将神与气的关系视为体用关系，神为体，气为用，神乃是“气之最精处”，两者不可离分。这种观念仍然是传统神气思想的延续，但刘氏的论述并没有止于此。在前书所论及上古以来的神气观念中，神气常常被视为“气之精”，虚之有虚，玄之又玄，乃一种神妙莫测的至境，学者唯恐不能用最虚无、最玄妙的方式来描述，而绝少有将其证实的。海峰先生的路数正好与之相反，在一步一步的推导下，他最终把神气的问题归结到字句上。从神气范畴阐释的历史来看，刘大櫆最大的贡献，大约就在于做实了神气，让玄虚的神气变得具体可感，易于探究辨析了。

刘氏不重义理，而重义法，他认为“古人文章可告人者惟法耳”，“只有文法高妙”，始能论文。在他看来，属于“匠人之材料”的义理、书卷、经济，只知“行文之实”，终不能成为“大匠”，而属于义法的神、气与音节，乃是“匠人之

---

① 方苞：《又书货殖传后》，《方望溪全集》卷2，中国书店1991年版，第29页。

② 方苞：《进四书文选表·凡例》，《方望溪全集》“集外文”卷2，第288页。

③ 刘大櫆：《论文偶记》，第4页。

能事”。对于此三者的关系，他认为神行气行、气到神到，因而，神主气辅，乃是二者浑然一体的最佳状态。对此，《论文偶记》认为：

> 行文之道，神为主，气辅之。曹子桓、苏子由论文，以气为主，是矣。然气随神转，神浑则气灏，神远则气逸，神伟则气高，神变则气奇，神深则气静，故神为气之主。①

那么，如何求得神气呢？在接下来的推导中，他提出于音节中求神气，又云：“音节高则神气必高，音节下则神气必下，故音节为神气之迹……合而读之，音节见矣；歌而咏之，神气出矣。”② 那么，又如何求得音节呢？他又进一步提出于字句中求音节的方法，《论文偶记》认为：

> 神气者，文之最精处也。音节者，文之稍粗处也。字句者，文之最粗处也。然论文而至于字句，则文之能事尽矣。盖音节者，神气之迹也。字句者，音节之矩也。神气不可见，于音节见之，音节无可准，以字句准之。③

我们可以看到，在刘氏的层层推衍中，神气的内涵得以不断清晰起来，由“神气（最精处）→音节（稍粗处）→字句（最粗处）”，可以顺着推导，由“字句（最粗处）→音节（稍粗处）→神气（最精处）”，亦可逆向推导。经由音节、字句为中介的意义转换，神气这个难以把捉的范畴，一下子被具体且简单地呈现出来了，这不能不说是刘氏神气说的高明之处。正是基于“于音节以求神气”的主张，故而刘氏最为赞赏韩昌黎之文，如《论文偶记》认为：“一集之中篇篇变，一篇之中段段变，一段之中句句变，神变、气变、境变、音节变、字句变，惟昌黎能之。”④ 当然，问题的另一面还在于，他把理论体系的基石全部依托在音节、字句之上，撇开作者之气的诸多因素，也撇开了社会人生、历史文化的复杂状况，局限也就很明显了。

---

① 刘大櫆：《论文偶记》，第3页。
② 刘大櫆：《论文偶记》，第6页。
③ 刘大櫆：《论文偶记》，第6页。
④ 刘大櫆：《论文偶记》，第8页。

正因为如此，与刘大櫆持相反看法的文论家，也就大有人在了，他们大抵以炼气（骨）来对抗炼字、炼句。譬如贺贻孙（约1637年前后在世）《诗筏》，论“炼气”云：“诗家固不能废炼，但以炼骨炼气为上，炼句次之，炼字斯下矣。”① 稍后的薛雪认为：“篇中炼句，句中炼字，炼得篇中之意工到，则气韵清高深眇，格律雅健雄豪，无所不有，诗文之能事毕矣。”② 费锡璜（1664—1696）认为：“不知古诗浑浑浩浩，纯是元气结成，若以字句求之，真是呓语。”③ 厉志也认为：“古人诗多炼，今人诗每不解炼。炼之为诀，炼字、炼句、炼局、炼意，尽之矣。而最上者，莫善于炼气，气炼则四者皆得。所谓炼气之文，《三百篇》后竟不多见。”④ 上述各家，有关“炼字—炼句—炼局—炼意—炼气（骨）”层层递进关系的论述，其理路的推衍，与刘大櫆是完全逆向的。又譬如黄子云借晚唐诗作与韩柳文的比较，来判断炼气与炼句之高下，云：“晚唐后专尚镂镌字句，语虽工，适足彰其小智小慧，终非浩然盛德之君子也。韩、柳之文，陶、杜之诗，无句不琢，却无纤毫斧凿痕者，能炼气也。气炼则句自炼矣。雕句者有迹；炼气者无形。”⑤ 对此，晚近的刘熙载（1813—1881）说法较为折中，云：“文以炼神炼气为上半截事，以练字炼句为下半截事，此如《易》道有先天后天也。”⑥ 在他看来，炼神、炼气与练字、炼句是互为体用的，炼神、炼气为体，练字、炼句为用，兼顾两面，也就稳妥中庸了。

重视神气的论者，也不乏其人。譬如与刘大櫆同时代的李重华，就认为神与气为体用关系，神行气行，气到神到。《贞一斋诗说》：“神与气互相为用，曷以离而二之也……诗之宗莫若李、杜。杜生气远出，而总以神行其间；李神采飞动，而皆以浩气举之。是两人得之于天，各擅其长矣。惟夫杜之妙，神行而气亦行；李之妙，气到而神亦到，此其所以未易优劣尔。”⑦ 李氏以神与气的关系论述李杜诗歌，在他看来，无论是李白之浩气，还是杜甫之生气，均有神贯注其间，神与气相协而动，不可离分。后世姚门弟子方东树秉承桐城一派的宗旨，论

① 贺贻孙：《诗筏》，见郭绍虞编《清诗话续编》上，第165页。

② 薛雪：《一瓢诗话》，人民文学出版社1979年版，第134页。

③ 费锡璜：《汉诗总说》，见丁福保编《清诗话》下，第948页。

④ 厉志：《白华山人诗说》卷1，见郭绍虞编《清诗话续编》下，第2275页。

⑤ 黄子云：《野鸿诗的》，见丁福保编《清诗话》下，第859页。

⑥ 刘熙载：《艺概·文概》，上海古籍出版社1976年版，第24页。

⑦ 李重华：《贞一斋诗说》，见丁福保编《清诗话》下，第921—922页。

文以义理、法式、神气为核心，云："气之精者为神，必至能神，方能不朽，而衣被后世，彼伪者，非气骨轻浮，即腐败臭秽而无灵气者也。"又云："有章法无气，则成死形木偶。有气无章法，则成粗俗莽夫。大约诗文以气脉为上，气所以行也，脉绾章法而隐焉者也。章法形骸也，脉所以细束形骸者也。章法在外可见，脉不可见，气脉之精妙，是为神至矣。俗人先无句，进次无章法，进次无气。数百年不得一作者，其在兹乎！"① 方氏所论，较之"全在字句音节"的说法，已经有所纠偏了，但他对于法式的过分倚重，仍然是有目共睹的。

第四节　文章气象

一　气象与"象喻"

考察气象范畴，有两个层面的问题：一是认识论层面的"象喻"言说方式，一是审美境界论层面的整体风貌与精神气质。就前者而言，所谓气象，乃气之"象"，在古人的文化视野中，气是"象"的原始状态，所谓"气之苍苍，目之所止也；日月星辰，象之著也"②，气生"象"，"象"源于气，也即"象者，气之成"③。一般来讲，文章之气象，体现在气与"象"两个面向，但论者常常重视气的一面，而忽略了"象"的一面，这样产生的问题就是，极为容易强调气所蕴含的主体精神一面，而基本忽视了"象"所蕴含的结构意义乃至整体性一面。本书认为，就气象范畴的意义而言，更偏于"象"的一面，或者说，在气象范畴所体现的整体性与形象性上，与"象"的联系或许更为直接一些，这也许是古人常常在绘画理论中谈到气象的缘由。④ 作为"象喻"言说方式的一种，谈论气象的问题，必须从"象"的问题开始。对此，在既往的研究中，本书业已进行了深入的研讨 。⑤ 在古代思想文化体系中，"象"是独具中华民族思维特质的

① 方东树：《昭昧詹言》卷1，第25、30页。

② 张载：《张子语录》中，《张载集》，第326页。

③ 王廷相著，王孝鱼点校：《慎言·道体篇》，《王廷相集》，第751页。

④ 譬如五代荆浩《笔法记》，宋李成《山水诀》、韩拙《山水纯全集》、郭若虚《图画见闻志》、郭熙《林泉高致集·山水训》、董卣《广川画跋·书燕龙图写蜀图》、米芾《画史》，元汤后《画鉴》，明董其昌《画禅室随笔》、沈宗骞《芥舟学画编》，等等，这样的例子很多。

⑤ 参见拙著《礼乐文化与中国文论早期形态研究》中"象喻"一节。

重要范畴，也是中国文学观念史上出现最早且伴随始终的基源范畴。“象”源于先民的“尚象”意识，在三代文化尤其是夏商巫卜文化和周代宗法文化的熏染下，成为构建古代思想系统的基本文化符号，经过先秦思想家的理论阐释与精神超越，遂演变为蕴含思维特征、文化观念和审美特质的“象喻”思维与言说模式，辐射到思想史、哲学史、美学史、文学史诸多领域。在古代思想家的理论视野中，“象”最大范围地概括了人与天地之间的关系，贯通形上与形下，具有本体论的意义，这一点，在老子之“象”中体现得很明显①。而孔门借助易学的阐发，引入伦理道德一路，注入更多人间化色彩，形成“象”通礼乐、“以象比德”的政教传统。

在以“三才”、阴阳五行为框架建立的古代知识系统中，“象”是与天地人、阴阳五行密切联系的一个基源范畴。易学之“象”，具有涵盖天地人的表意功能，故《周易·说卦》：“易六画而成卦，分阴分阳，迭用柔刚，故易六位而成章。”对于“象”所表现的天地交感、春秋代序、五行始终、阴阳交易、昼夜推移，王船山一言蔽之：“天下无象外之道。”②把一切事物都归因于阴阳相应的“象”，是古人认识世界本质的独特方法，不独《周易》如此，《素问·阴阳应象大论》所谓的“阴阳应象”，也旨在揭示“象”与阴阳之间的密切关联，云：“积阳为天，积阴为地。阴静阳躁，阳生阴长，阳杀阴藏。阳化气，阴成形。”又云：“味厚者为阴，薄为阴之阳。气厚者为阳，薄为阳之阴。味厚则泄，薄则通。气薄则发泄，厚则发热。壮火之气衰，少火之气壮，壮火食气，气食少火，壮火散气，少火生气。气味辛甘发散为阳，酸苦涌泄为阴。”③在《内经》的作者看来，无论是天地上下自然物象，还是人体里外生理表象，均与阴阳有着千丝万缕的联系，故《素问·五运行大论》归结为：“天地阴阳者，不以数推，以象之谓也。”④虽然五脏六腑属于“器”的层面，但内经医学的目的在于通过“器”来反映功能之象，阴阳五行是用以说明“象”之动态特征的范畴，离开了“象”，就难以体察阴阳五行。换言之，正因为阴阳五行统摄天地万物之象，故而人们能够感知、体验到的一切，无不具有阴阳五行之属性。

---

① 老子之“象”具有形上的特征，如《老子》第21章云：“道之为物，惟恍惟惚。惚兮恍兮，其中有象。恍兮惚兮，其中有物。”《老子》第41章又云：“大音希声，大象无形，道隐无名。”

② 王夫之：《周易外传》卷6，《船山全书》第1册，第1038页。

③ 张志聪集注：《黄帝内经素问集注》，第37、35页。

④ 张志聪集注：《黄帝内经素问集注》，第462页。

通过研习表露于物质世界的万象，来洞察天地人之动态品性与行为功能，是传统“象”论之真义。无论是《史记·天官书》中种种天象的记载，还是上古典籍中常见的地震、山崩等地象剧变，以及音律、数术、风水等人间象学，乃至董仲舒“人附天数”、《内经》“五藏之象”等言论，均明确地表述了此一思想。在天象、地象、人象的整体结构中考察，“象”与“三才”、阴阳五行相互渗透，熔铸一体，这成为古代思想传统中的重要特点。对此，清代的章学诚有过这样的总结，在《文史通义·易教下》中，他认为：“有天地自然之象，有人心营构之象……然而心虚用灵，人累于天地之间，不能不受阴阳之消息，心之营构，则情之变易为之也。情之变易，感于人世之接构，而乘于阴阳倚伏为之也。是则人心营构之象，亦出天地自然之象也。”①章氏以“天地自然之象”为体，“人心营构之象”为用，视“阴阳消息”为转化中介，建构了一个“象喻”的话语系统，从而完成了对传统易学之象的一个理论总结。

所谓“象喻”，是以“象”为核心，以“喻”为手段形成的一套思维机制与言说方式，兼有“象征符号”和“深层结构”的双重含义。作为元范畴的“象”是探索整个人文现象缘起的工具，也是人类认识世界、表述世界的切入路径之一，它不仅为人们仿效事物的形体提供了范式，而且用以揭示其背后的意义、思想和情感，朱子谓“言之所传者浅，象之所示者深”②，正复此意。作为一个特殊中介，“象”在完整地传达可观事物之特征时，既不舍弃思维对象之具象因素又能保留思维主体之主观旨趣，从而使整个认识活动得以系统而完整地展开。考察古代思想家的运思理路，常常将“象”的认识置于首位，并且通过对“象”的认知，引导出对“形”、“器”、“用”、“质”、“名”、“文”的认识。③可以

① 章学诚著，叶瑛校注：《文史通义校注》，中华书局1994年版，第18页。

② 朱熹著，廖名春点校：《周易本义》卷3，中华书局2009年版，第242页。

③ 譬如“文”在本质上是可感知的“象”。文象同源的传统历史悠远，在三代文化中已经具有稳定的含义，至迟春秋战国时期，作为一种普遍性的知识话语，此一思想已经定型。在古人的理论视域中，礼乐之文乃“象喻”的产物，无论是器物之文、人身之文抑或文字之文、绘画之文，乃圣人据“天下之赜”符号化活动的产物。《周易·系辞上》的说法最为经典，所谓圣人仰观于天，俯观于地，近取于身，远取于物，“叁伍以变，错综其数。通其变，遂成天下之文。极其数，遂定天下之象。非天下之至变，其孰能兴于此”。考古学者根据殷代文物，认为“文”是用三、五片棕交错织出不同的斜纹文样，是古人在长期纺织实践中总结而来的。参见于民：《春秋前审美观念的发展》，中华书局1984年版，第131页。任何物象的形成，都经历了观念之象转化为心象再到具体形象的“象喻”思维过程，文象的形成也不例外。

说，在古代知识系统中，“象”无疑具有认知中介、逻辑起点的重要意义。①以下，分别以气质、乐象、气象为例，略加说明。

在气学话语系统中，虽然气与质常常并举，但两者也有区别。譬如《易纬·乾凿度》：“有太易，有太初，有太始，有太素也。太易者，未见气也。太初者，气之始也。太始者，形之始也。太素者，质之始也。气形质具而未相离，故曰浑沦。”②又《孝经纬·钩命诀》：“形象未分，谓之太易。元气始萌，谓之太初。气形之端，谓之太始。形变有质，谓之太素。”③这就将“气”、“形”、“质”区别为三个层次，两相比较，“气”无“形”有象，“质”有“形”且固定。朱子认同气与质的区别，云：“先有个天理了，却有气。气积为质，而性具焉。”又云：“阴阳是气，五行是质。有这质，所以做得物事出来。五行虽是质，他又有五行之气做这物事，方得。”④朱子以阴阳与五行的不同，来判定“气”与“质”的区别，在他看来，“质”乃“气”所成，“气”函于“质”中，“理”函于“气”中，“气”和“质”的结合决定个性的不同。

古人对于乐象的认识，是与“象喻”言说和气学类比联系在一起的。“乐象”一词的正式出现，虽然是在《礼记·乐记》，但自春秋以来的阴阳五行思想中，与乐相关的问题，就常常与气的言说联系在一起。⑤以《礼记》为代表的儒家著作综合了先秦各家的思想成果，《乐记》认为，气之“象”决定乐之“象”，故有所谓“逆气成象，而淫乐兴焉”，“顺气成象，而和乐兴焉”的说法。但气与象之间并不仅仅是简单的对应关系，而是在“象喻”运思的动态平衡中，构成了一个互动相生的思想体系，如《乐记》：“是故清明象天，广大象地，终始象四时，周还象风雨。五色成文而不乱，八风从律而不奸，百度得数而有常。小大相成，终始相生。倡和清浊，迭相为经。故乐行而伦清，耳目聪明，血气和

① 譬如对于气、象、心之间的转化关系，张载有深入的探讨，《张子语录》：“气之苍苍，目之所止也；日月星辰，象之著也，当以心求天之虚。大人不失其赤子之心，赤子之心今不可知也，以其虚也。”《正蒙·大心》：“由象识心，徇象丧心。知象者心，存象之心，亦象而已，谓之心可乎。”

② ［日］安居香山、中村璋八辑：《纬书集成》，第11页。

③ ［日］安居香山、中村璋八辑：《纬书集成》，第1016页。

④ 朱熹著，黎靖德编，王星贤点校：《朱子语类》卷1《理气上》，第2、9页。

⑤ 古人常常将四时之气与五味、五色、五声联系在一起，譬如《左传·昭公元年》：“天有六气，降生五味，发为五色，征为五声，淫生六疾。”

平，移风易俗，天下皆宁。"《乡饮酒义》："乡饮酒之义，立宾以象天，立主以象地，设介僎以象日月，立三宾以象三光。古之制礼也，经之以天地，纪之以日月，参之以三光，政教之本也。"所谓的"象天"、"象地"、"象四时"、"象风雨"、"象日月"与"五色成文"、"八风成律"、"百度得数"一样，乃人文化成之表征，目的在于"血气和平"、"耳目聪明"、"移风易俗"，为"古之制礼"、"政教之本"，政治的、历史的、社会的、文化的意义极为重大。在古代的思想世界中，一切制度的合理性皆源于人们对于宇宙万象的体验、感悟与想象。"象喻"是借助"象"的解释和推衍所形成的符号系统来呈现世界的本质与意义，因此，从运思模式的角度看，"象喻"是古代社会真理产生的思维机制。

从外在路径看，乐象的问题，是"象"到物的转化过程，所谓"象因物生"①，即"象"之所感、所显。按照古人的思维路数，"象"非自生成，自变化，那么，如何从本体论和生成论的角度，解释"象"之所由、所本呢？从内在路径看，必定要追溯到气，关于这个问题，历代思想家中，张载和王夫之的探讨最为透彻。首先，"象"源于气，《正蒙·乾称》："凡可状，皆有也；凡有，皆象也；凡象，皆气也。气之性本虚而神，则神与性乃气所固有，此鬼神所以体物而不可遗也。"②《张子正蒙注·乾称》："使之各成其象者，皆气所聚也，故有阴有阳，有柔有刚，而声色、臭味、性情、功效之象著焉。"③其次，气生"象"（为万物所本），"象"成形、意、境、韵（为万物赋形），凡声色、臭味、性情、功效等，均依"象"而显，而立。气无形，"象"有形，凡"象"皆有对，气与"象"相互对待，以阴阳、刚柔、动静的形式呈现。《正蒙·太和》："气本之虚则湛无形，感而生则聚而有象。有象斯有对，对必反其为。"④《张子正蒙注·太和》："二气之动，交感而生，凝滞而成物我之万象。"又云："以气化言之，阴阳各成其象，则相为对，刚柔、寒温、生杀，必相反而相为仇，乃其究也，互以相成，无终相敌之理，而解散仍返于太虚。"⑤按照船山的说法，"象"实为气化的产物，阴阳各成其象，相对相反，散则入太虚，因此离"象"也就无

① 范晔著，李贤等注：《后汉书》卷11《律历志》，第3084页。
② 张载：《张载集》，第63页，
③ 王夫之：《船山全书》第12册，第358页。
④ 张载：《张载集》，第10页。
⑤ 王夫之：《船山全书》第12册，第40、41页。

所谓气。《正蒙·神化》:“所谓气也者，非待其蒸郁凝聚，接于目而后知之，苟健、顺、动、止、浩然、湛然之得言，皆可名之象尔。然则象若非气，指何为象？时若非象，指何为时？”[①]《张子正蒙注·神化》:“健顺、动止、浩、湛之象，为乾、坤六子者皆气也，气有此象也。”[②]正所谓气具有虚而实、形而不形的特征，虽无形但可感可知，以一气流行存在于天地人构成的世界中，无有阻隔，永无停息，乃是一切实象、虚象、具象产生的动因、动力与大本、大原，这大约也是气与“象”结合成为范畴的逻辑前提。

从观念史的角度看，“象喻”话语系统中的若干核心要素，如气、象、形、质，其间存在着极为复杂的意义关联。在老学知识系统中，气、道与“象”联系密切，万物在阴阳之气中得到统一，均通向本体之道。老子首倡“非言”，对于言与名的表意功能持深刻的怀疑，认为凭借语言和概念难以穷尽道（气）的精微之处，对道（气）的表达只能凭借“象”（尤其是“大象”），因而达于道、通于气，成为“象”的最终意义指向。老学意会式的表达方式，通过众多物象体悟“大象”，由此感悟本原性的道（气），这种路数成为古代学术研究中的一个重要传统。对此，宋代张载的论述极为透彻，《正蒙·太和》:“气之为物，散入无形，适得吾体。聚为有象，不失吾常。”又云:“散殊而可象为气，清通而不可象为神。”[③]在他看来，“象”乃气的外化，具有贯通形上道气与形下器物的功能，因而具有本体论的意义。对此，船山先生释云:“阴阳二气充满太虚，此外更无他物，亦无间隙，天之象，地之形，皆其所范围也。”[④]在他看来，“形”与“象”虽然有区别，但均为“阴阳二气”所孕育。与王夫之同时代的方以智也认为:“气嗃声而附形，形必有象，象谓之文。”[⑤]方氏在此辨析“气—声—形—象—文”的关联，以为不立文字非不通文字、招摇过市，真正立文字者乃真读书，真读书乃真能不立文字，直指人心。

二　作为文章的整体风貌

对于文气的层级意义，古人并没有明确的区分，关于作者之气、文本之气

① 张载:《张载集》，第16页。
② 王夫之:《船山全书》第12册，第82页。
③ 张载:《张载集》，第7页。
④ 王夫之:《张子正蒙注·太和》,《船山全书》第12册，第26页。
⑤ 方以智著，庞朴注:《东西均注释·不立文字》，第192页。

也没有清晰的界分，对他们而言，两者是浑融一体的，共同营造出作品的整体风貌。本书所谓文章气象，乃是指审美主体的精神气质与作品的风格情貌所烘托的文章总体风貌，也就是说，文章气象是对于作品之气和作者之气的一种整体性把握。作者之气与文本之气，互为表里，作者之气为文本之气的决定性要素，文本之气为主体生命性情之形迹。在具体的文学创作和批评实践中，既不可能离开主体之形神、性情而论文气，也不可能离开文本之言辞、声调、气势而论文气。一个完整的文学作品，依托于作者之气和文本之气，“或托住上文，或领入下句，转换处，必须令脉络分明”①，这种浑然一体的整体风貌，就是文章气象，这是一种内在才性禀赋与外在形式技巧有机融合而展现出的总体艺术形相。本节主要从“一体三相”的角度考察，在历代的经典诠释者眼里，气象的意义是如何生成的。

从知识谱系考察，在基源意义上，气象范畴是指自然之景象，并不包含感情色彩或审美意蕴。譬如《黄帝内经》中有《平人气象论》，所谓“平人气象”，大抵是指常人所具的生命状况与精神相貌。又如《梁书·徐勉传》称引《答客喻》：“春荣秋落，气象之定期。”②乃是指气候节气，与自然景象、景色密切相关。又如常常被人注意的晋人谢道韫（约350—405）《登山》：“气象尔何物？遂令我屡迁。”③唐人高适（约700—765）《信安王幕府诗》：“四郊增气象，万里绝风烟。”④五代及北宋画家李成（919—967）《山水诀》：“气象，春山明媚，夏木繁阴，秋林摇落萧疏，冬树槎枒妥帖。”⑤宋人范仲淹（969—1052）《登岳阳楼记》：“朝晖夕阴，气象万千。”⑥郭熙（1020—1109）《山水训》：“山水大物也，人之看者须远而观之，方见得一障山川之形势气象。”⑦朱熹认为：“荆襄山川平旷，得天地之中，有中原气象，为东南交会处，耆旧人物多，最好卜居。但有变，则正是兵交之冲，又恐无噍类。”⑧以上引述，意义所指均在自然景观与山

① 王元启：《惺斋论文·论作法》，见王水照编《历代文话》卷4，第4164页。

② 姚思廉：《梁书》卷25，中华书局1992年版，第386页。

③ 谢道韫：《登山》，见冯惟讷编《古诗纪》卷7，文渊阁四库全书本。

④ 高适著，孙钦善校注：《高适集校注》，上海古籍出版社1984年版，第29页。

⑤ 李成：《山水诀》，见俞剑华编《中国画论类编》，第617页。

⑥ 范仲淹著，李勇先等校点：《登岳阳楼记》，《范仲淹全集》卷7，四川大学出版社2002年版，第194页。

⑦ 郭熙：《林泉高致》，见俞剑华编《中国画论类编》，第632页。

⑧ 朱熹著，黎靖德编，王星贤点校：《朱子语类》卷2《理气下》，第30页。

川风貌，与文学批评意义上的主体性情学识等价值判断无涉。对此，颜昆阳先生认为：“气象一词，必须从单纯地对客观气氛、景象之描述，进至对主体性情学养之表现及语言形式运作之评估，才真正具有文学批评上之意义。”① 这种判断是有道理的。

在古人的气化理论中，气象是人内在工夫的外在呈现，内在之气并非仅仅以生理层面、精神层面为旨归，它必然会形诸于外，有外在形貌、形体的表征。这种“形—气—神”的整体呈现，便是人的气象，因此，在引申意义上，气象是指人之精神风貌以及与之相应的人生态度与价值信仰。譬如旧题王维《山水论》论画云：“观者先看气象，后辨清浊。”② 又如《新唐书》评王丘云：“气象清古，行修洁，于词赋尤高。”③ 在论诗者看来，不同的人格气质表现在诗歌中的人生气象也大不相同，譬如清人陈仅（1787—1866）在《竹林答问》中，评价了中唐与晚唐诗风的不同，在他看来，原因就在于诗人人格气象的高下及其文气的盛竭方面，如云：

> 诗以气为主，此定论也。少陵，元气也。太白，逸气也。昌黎，浩气也。中唐诸君，皆清气之分，而各有所杂，为长篇则不振，气竭故也。香山气不盛而能养气，沧澜渟蓄，引而不竭，亦善用其短。晚唐则厌无气矣。譬之于水，杜为东瀛，李为天汉，韩为江河，白则平湖万顷，一碧涟漪，晚唐之佳者，不过涧溪之泛滥而已。④

在理学家身心修炼的传统中，气象是非常核心的观念之一。“观喜怒哀乐未发前气象”，系《中庸》首章“中和”之说，被二程引为静坐工夫口诀与“知人论世”标准。譬如程颐评价张载与孟子的不同，如云：“子厚谨严，才谨严便有迫切气象，无宽舒之气。孟子却宽舒，只是中间有些英气，才有英气，便有圭角。英气甚害事。”⑤ 以“不主一门，不私一说”为家学宗旨的宋儒吕希哲（1036—

① 颜昆阳：《六朝文学观念丛稿》，第355页。
② 王维：《山水论》，见俞剑华编《中国画论类编》，第596页。
③ 欧阳修、宋祁撰：《新唐书》卷129，第4481页。
④ 陈仅：《竹林答问》，见郭绍虞编《清诗话续编》下，第2235页。
⑤ 程颢、程颐：《二程遗书》卷18，第246页。

1114)，论“气象”云：“初学当理会气象，词令、容止、轻重、疾徐之间，不惟君子、小人于此分，亦贵贱、寿夭所由定。”[①]再譬如宋人罗大经(1196—1242)论学者的胸襟与气象，如云：“古人观理，每于活处看。故诗曰：‘鸢飞戾天，鱼跃于渊。’夫子曰：‘逝者如斯夫，不舍昼夜。’又曰：‘山梁雌雉，时哉时哉！’孟子曰：‘观水有术，必观其澜。’又曰：‘源泉混混，不舍昼夜。’明道不除窗前草，欲观其意思与自家一般。又养小鱼，欲观其自得意，皆是于活处看。故曰：‘观我生，观其生。’又曰：‘复其见天地之心。’学者能如是观理，胸襟不患不开阔，气象不患不和平。”[②]以上所论气象，显然已经兼具内外的生命气质、人生境界，偏于儒学的心性道德一路，带有明显的价值判断意味。

对于“圣人气象”的推崇，是理学工夫论中共同关注的话题。[③]譬如朱子的《四书或问》，张栻(1133—1180)的《癸巳论语解》、《南轩集》，真德秀的《西山读书记》中，有颇多记载，与之相类似的说法，还有“圣贤气象”、“颜曾气象”、“儒者气象”、“精神气象”、“气象宏大”，等等。所谓“圣人气象”，乃圣人的精神境界，是指圣人通过为人、为学及其言行举止所流露出的一种整体气质与人格力量。古人常常以“圣人气象”指称天地气象，所谓观于天地，则见圣人；而观于圣人，则见天地。在宋儒的标准中，孔子乃天地之气象，颜子乃和风庆云之气象，孟子乃泰山之气象。对此，牟宗三先生认为，“圣人气象”即是天地气象，天地气象即是天地生万物之气象，以天地比圣人，或以圣人比天地，这是源于《中庸》的传统。如同于圣贤说气象，于英雄说气概，这亦是中国原有的品题词语。[④]

运用于传统文学思想领域的气象范畴，从创作主体之精神状况引申出艺术创造之个性特质、文本风格之审美质素、艺术鉴赏之境界高下，等等。体现为作者之气的气象范畴，常常被视为创作主体个性气质之表征。譬如周紫芝(1082—1155)《竹坡诗话》云：“东坡尝有书与其侄云：‘大凡为文，当使气象峥嵘，五色绚烂，渐老渐熟，乃造平淡。’余以不但为文，作诗者尤当取法于此。”[⑤]

---

① 吕希哲：《史传三编》，文渊阁四库全书本。

② 罗大经：《鹤林玉露》卷3《活处观理》，中华书局1983年版，第163页。

③ 譬如朱熹与吕祖谦(1127—1181)合编的《近思录》，即以“圣贤气象”作结。

④ 牟宗三：《研究中国哲学之文献途径》，《鹅湖月刊》1985年第121期。

⑤ 周紫芝：《竹坡诗话》，见何文焕编《历代诗话》上，第348页。

朱子赞誉唐人韦应物（737—792）之诗，如云："其诗无一字做作，直是自在，其气象近道，意常爱之。"[①] 谢榛认为："赋诗要有英雄气象。人不敢道，我则道之；人不肯为，我则为之；厉鬼不能夺其正，利剑不能折其刚。"[②] 在古代文论家的眼里，作者总体性的生命特征与人生追求可以通过诗之气象直接地体现出来，所谓文如其人，作家的生命气质铸造着作品的个性特质，《艺概·诗概》谓"诗无气象，则精神无所寓矣"，两者是相互印证的关系。对于这个问题，谈论得相当深入的是元人范德机（1272—1330），在《木天禁语》中，他专论"气象"：

> 翰苑、辇毂、山林、出世、偈颂、神仙、儒先、江湖、闾阎、末学。已上气象，各随人之资禀高下而发。学者以变化气质，须仗师友所习所读，以开导佐助，然后能脱去俗近，以游高明。谨之慎之。又诗之气象，犹字画然，长短肥瘦，清浊雅俗，皆在人性中流出。[③]

范氏从人性的角度分析作者资质习染之异同，较之其他诗论者，在理论深度上，明显有进。人性之不同，源自不同的先天禀赋和后天习染，由此造就的生命追求与人生境界也就不同，作品气象之呈现自然高下有别。所谓气象，按照近人冯友兰先生的理解，是"人的精神境界所表现于外的，是别人所感觉的"那种"气氛"[④]；按照钱锺书先生的说法，这是把"文章通盘的人化或生命化"[⑤]，深刻地反映了艺术风格与作家生命形态的统一，乃是中国古代文学批评的一个固有特征。

体现为文本之气的"气象"一词，常常被视为构成文本审美特质的基本要素，或是批评鉴赏的标准。如姜夔云："大凡诗，自有气象、体面、血脉、韵度。气象欲其浑厚，其失也俗；体面欲其宏大，其失也狂；血脉欲其贯穿，其失也露；韵度欲其飘逸，其失也轻。"[⑥] 严羽云："诗之法有五：曰体制，曰格

① 朱熹著，黎靖德编，王星贤点校：《朱子语类》卷140《论文下》，第3327页。
② 谢榛：《四溟诗话》卷4，第107页。
③ 范德机：《木天禁语》，见何文焕编《历代诗话》下，第751页。
④ 冯友兰：《中国哲学史新编》第5册，人民文学出版社1985年版，第122页。
⑤ 钱锺书：《中国固有的文学批评的一个特点》，《文学杂志》1937年第1卷第4期。
⑥ 姜夔：《白石诗说》，见何文焕编《历代诗话》下，第680页。

力，曰气象，曰兴趣，曰音节。”① 元代杨载（1271—1323）《诗法家数》云：“凡作诗，气象欲其浑厚，体面欲其宏阔，血脉欲其贯串，风度欲其飘逸，音韵欲其铿锵。若雕刻伤气，敷演露骨，此涵养之未至也，当益以学。”② 明代胡应麟是以气象论诗的代表人物，在《诗薮》中例子颇多：

> 至淮南《招隐》，迭用奇字，气象雄奥，风骨稜嶒，拟骚之作，古今莫追。
>
> 钱、刘诸子排律，虽时见天趣，然或句格偏枯，或音调孱弱，初唐鸿丽气象，无复存者。
>
> “明月自来还自去，更无人倚玉阑干”，“解释东风无限恨，沉香亭北倚栏干”，崔鲁、李白同咏玉环事，崔则意极精工，李则语由信笔，然不堪并论者，直是气象不同。③

在胡氏的诗学主张中，虽然气象所指偏于诗歌的整体风格，但他对于达成艺术整体效果的文学要素，譬如遣词、造句、声调、句格，也即文本形式、语言技巧、言辞章法等方面，仍然是颇为看重的。

在更为广泛的层面上，气象范畴扩展为一个社会总体精神或时代风貌的总括，譬如常常可见的盛唐气象、帝王气象、圣人气象等，并逐渐成为古人对文学精神、美学品格进行整体判断的标尺。作为一个时代文学整体精神的象征，古人常常在这个层面上使用气象范畴，譬如指特定时期的艺术创造风格和审美特性。韩愈《荐士》云：“建安能者七，卓荦变风操。逶迤抵晋宋，气象日凋耗。”④ 这是指晋宋年间缺乏建安时代的豪迈气概与博大胸怀。韩门弟子李汉《昌黎先生集序》云：“秦汉已前其气浑然，迨乎司马迁、相如、董生、扬雄、刘向之徒，尤所谓杰然者也。至后汉、曹魏，气象萎尔。”⑤ 李氏主张“文以载道”，他所推崇的是先秦思想家的恢弘浩然气象，这种气象是与创作主体的精神气质密切相关的。又如黄庭坚（1045—1105）《与王观复书》云：“文章盖自建

① 严羽：《沧浪诗话》，见何文焕编《历代诗话》下，第687页。
② 杨载：《诗法家数》，见何文焕编《历代诗话》下，第736页。
③ 胡应麟：《诗薮·内编》，第5、78、109—110页。
④ 韩愈：《荐士》，见徐倬编《全唐诗录》卷47，文渊阁四库全书本。
⑤ 李汉：《昌黎先生集序》，《韩昌黎文集校注》“序”，第1页。

安以来，好作奇语，故其气象衰尔，其病至今犹在。”① 宋人严羽认为：“汉魏古诗，气象混沌，难以句摘。”又云：“建安之作，全在气象，不可寻枝摘叶。灵运之诗，已是彻首尾成对句矣，是以不及建安也。”又云：“唐人与本朝人诗，未论工拙，直是气象不同。”② 严沧浪充分肯定汉魏古诗的整体气象，扬唐贬宋，推崇盛唐气象。

在古人的审美价值视野中，源于对“浩然之气”的顶礼膜拜，故而偏于雄浑一路，尤其是对唐代李白、杜甫的赞颂，到了无以复加的地步。譬如宋人叶梦得（1077—1148）认为：“七言难于气象雄浑，句中有力，而纡徐不失言外之意。自老杜‘锦江春色来天地，玉垒浮云变古今’，与‘五更鼓角声悲壮，三峡星河影动摇’等句之后，常恨无复继者。韩退之笔力最为杰出，然每苦意与语俱尽。”③ 在他看来，气象雄浑之境界，唯杜甫笔力能至，韩愈尚且不够。明人胡应麟推崇盛唐诗风“气象浑成，神韵轩举”，尤其盛赞杜甫，他认为：“五言律体，极盛于唐……唯工部诸作，气象嵬峨，规模宏远，当其神来境诣，错综幻化，不可端倪。千古以还，一人而已。”④ 又云：“老杜七言律全篇可法者……气象雄盖宇宙，法律细入毫芒，自是千秋鼻祖。”⑤ 又如王国维（1877—1927）《人间词话》赞誉李白：“太白纯以气象胜。‘西风残照，汉家陵阙’，寥寥八字，遂关千古登临之口。后世唯范文正之《渔家傲》、夏英公之《喜迁莺》，差足继武，然气象已不逮矣。”⑥ 基于古人时代精神与诗歌风格相联动的思维方式，李白、杜甫所代表的盛唐诗风也就成为历代诗歌创作的正宗。作为一种带有强烈阳刚色彩和道德意蕴的审美品格，风格壮美的雄浑气象是古人推崇备至的，而源于此人格气象油然而生的浩荡文气，亦为古人所津津乐道。

与此相关，雍容典雅、淳厚宏深的气象，也是历代论者推崇的主流。胡应麟认为：“李、杜外，短歌可法者：岑参《蜀葵花》、《登邺城》……虽笔力非二

① 黄庭坚著，刘琳等校点：《与王观复书》，《黄庭坚全集》卷18，四川大学出版社2001年版，第471页。

② 严羽：《沧浪诗话》，见何文焕编《历代诗话》上，第695、696页。

③ 叶梦得：《石林诗话》，见何文焕编《历代诗话》上，第432页。

④ 胡应麟：《诗薮》卷4，第58页。

⑤ 胡应麟；《诗薮》卷5，第93页。

⑥ 王国维著，徐调孚、周振甫注，王幼安校订：《人间词话》，人民文学出版社1960年版，第194页。

公比，皆初学易下手者。但盛唐前，语虽平易，而气象雍容。中唐后，语渐精工，而气象促迫，不可不知。”① 王夫之《诗绎》：“‘采采芣苢’，意在言先，亦在言后，从容涵咏，自然生其气象。”② 刘熙载推崇“纯而懿”的文章气象，在《艺概·文概》中，赞许《左传》“气象所长在雍容尔雅”、王通《中说》“气象雍裕”，他认为：“文之要，本领气象而已。本领欲其大而深，气象欲其纯而懿。”③ 所谓的“纯而懿”，与“杂而俗”相对，代表一种意气风发、雍容优雅的理想君子风范。对于“气象雍裕”、“从容涵咏”、“雍容尔雅”，古文论家大多推崇，从中不仅折射出作者的胸襟气质，也反映出时代的精神气象，兼有作者之气与文本之气的多重意蕴。

在中国古典诗学的审美理想追求中，有一种明显的“尚清”意识，并衍变成为追求清丽、清空的审美意识与风格气象。清气思想的源头，大体上可以追溯到先秦以来的宇宙生成论，在气之阴阳、清浊二分中，作为一种与生俱来、与物俱化的自然之气，清浊二气业已形成了在审美领域的雏形，延伸到艺术风格层面的一个重要范畴就是清丽。④ 在汉末以来的人物品藻和艺术鉴赏中，“尚清”意识业已流露得相当明显了。譬如《世说新语》在人物品评的用词中，常见的清畅、清高、清蔚、清便、清鉴、清真、清允等；又如陆云（262—303）《与兄平原书》称《述思赋》为“清妙”，《楚辞》、《九歌》为“清绝滔滔”，谓陆机之文“清新”，等等。有晋一代，更是无清不美、无清不妙，“清”业已成为重要的审美标准。这种以清浊、清丽谈文论艺，与汉人以阴阳五行之清浊论才性，已然不同，少有生成论乃至禀性气质方面的追究，而多着眼于审美特质、鉴赏韵味、作家风韵的面向。于民先生认为，从认识上讲，所谓“清”与汉代清浊之气有关，但它非就宇宙生成的角度而言，乃是本体追求的一种表现。它是魏晋风韵的一个突出特征，也是魏晋文艺特色的一个显著表现，在当时常以自然、天然、玄远、平淡、超逸、旷远、高踔、神明、高、深、简、约、通、达等概念

① 胡应麟：《诗薮》卷3，第51页。

② 王夫之：《诗绎》，《船山全书》第15册，第808页。

③ 刘熙载：《艺概·文概》，第44页。

④ 本书视清丽为清浊二气在六朝以后文学观念史领域衍生的想法，得到陈应鸾先生指点。参见陈应鸾：《论李杜的清丽观》，《中国古代文论与文献探微》，巴蜀书社2008年版，第71—81页。

反映出来。[①]这种判断是可信的。譬如刘勰所推崇的风骨，就与“清”有着不可分割的关联，《文心雕龙·风骨》：“结言端直，则文骨成焉；意气骏爽，则文风清焉。”又云：“使文明以健，则风清骨峻，篇体光华。”[②]这种“意气骏爽”、“风清骨峻”的艺术魅力，显然是与古人尚“清”的意识分不开的。

追根溯源，“尚清”的审美意识，与道家一系，尤其是庄子思想，有着深刻的思想渊源。庄子讲气本、气化，多涉及“清”、“虚”的问题，如《庄子·天道》：“夫虚静恬淡寂漠无为者，万物之本也。”又云：“以虚静推于天地，通于万物，此之谓天乐。”《天运》：“夫至乐者，先应之以人事，顺之以天理，行之以五德，应之以自然。然后调理四时，太和万物。四时迭起，万物循生。一盛一衰，文武伦经。一清一浊，阴阳调和，流光其声。”后世谈论“清”的问题，常常受到庄学思想中超越境界的影响，将气本自然、气自生、气自化视为不证自明的运思前提。宋人方回（1227—1305）主张自然清新，《冯伯田诗集序》释“清”云：“天无云谓之清，水无泥谓之清，风凉谓之清，月皎谓之清。一日之气夜清，四时之气秋清。空山大泽，鹤唳龙吟为清，长松茂竹，雪积露凝为清。荒迥之野笛清，寂静之室琴清。而诗人之诗有亦所谓清焉。”[③]元代刘将孙认为，天地间之清气，可为“六月风，为腊前雪，于植物为梅，于人为仙，于千载为文章，于文章为诗”，“目之于视，口之于言，耳之于听，类不知其所以然而然”，“惟发之真者不泯，惟遇之神者必传，惟悠然得于人心者必传而不朽”[④]。明代胡应麟主张“诗最可贵者清”，云：“绝磵孤峰，长松怪石，竹篱茅舍，老鹤疏梅，一种清气，固自迥绝尘嚣。”[⑤]他对“清”的意蕴做了细致区分，如谓靖节“清而远”，康乐“清而丽”，曲江“清而澹”，浩然“清而旷”，常建“清而僻”，王维“清而秀”，储光羲“清而运”，韦应物“清而润”，柳子厚“清而峭”，徐昌谷“清而朗”，高子业“清而婉”，等等。魏禧《汪秋浦诗引》：“昔人有言：诗清物也。古人诗，壮丽、质朴、澹逸、奥衍、苍秀不同致，然莫不

---

① 于民：《气化谐和——中国古典审美意识的独特发展》，东北师范大学出版社1990年版，第241页。

② 刘勰著，詹锳义证：《文心雕龙义证》，第1048、1071页。

③ 方回：《桐江集》卷1，江苏古籍出版社1988年版，第29页。

④ 刘将孙：《彭宏济诗序》，见陶秋英编选《宋金元文论选》，第550页。

⑤ 胡应麟：《诗薮》卷4，第185页。

有淑清之气与山川云物相接，故其言尝浮于世而不没。今之诗亦然。予览今人诗，未暇遽论意格所运，句字工拙之故，必先揽其气之清浊，然后知其为诗人也。”① 章学诚《与邵二云》：“仆持文律，不外清真二字，清则气不杂也，真则理无支也。”② 又《文史通义·诗话》：“清真者，学问有得于中，而以诗文抒写其所见，无意工辞而尽力于辞者莫及也。”③ 沈祥龙《论词随笔》：“词宜清空，然须才华富，藻采缛，而能清空一气者为贵。清者不染尘埃之谓，空者不著色相之谓。清则丽，空则灵，如月之曙，如气之秋。”④ 况周颐（1859—1926）《蕙风词话》论“清气”云：“问：填词如何乃有风度？答：由养出，非由学出。问：如何乃为有养？答：自善葆吾本有之清气始。问：清气如何善葆？答：花中疏梅、文杏、亦复托根尘世，甚且断井、颓垣，乃至摧残为红雨，犹香。”⑤ 总体而言，古人关于清气、清空、清丽的说法，在思想谱系上，与庄子“天地与我并生，而万物与我为一”相似，在精神境界与审美追求上，是一脉相承的。

汉人开始用“丽”来概括楚辞和汉赋的特征，司马迁认为：“子虚之事，大人赋说，靡丽多夸。”⑥ 扬雄认为：“诗人之赋丽以则，辞人之赋丽以淫。”⑦ 班固认为：“其文弘博丽雅，为辞赋宗。”⑧ 王充《论衡·定贤》谓赋“弘丽”、“文丽”，曹丕《典论·论文》谓“辞赋欲丽”。作为一个完整的范畴，“清丽”一词，最早出现在陆机的《文赋》：“或藻思绮合，清丽千眠，炳若缛绣，凄若繁弦。”⑨ 刘勰对此有所发挥，《文心雕龙·情采》：“老子疾伪，故称‘美言不信’，而五千精妙，则非弃美矣。庄周云‘辩雕万物’，谓藻饰也。韩非云‘艳乎辨说’，谓绮丽也。绮丽以艳说，藻饰以辩雕，文辞之变，于斯极矣。”《明诗》：“五言流调，则清丽居宗……茂先凝其清，景阳振其丽。”⑩ “丽”为文采的

① 魏禧著，胡守仁、姚品文、王能宪校点：《汪秋浦诗引》，《魏叔子文集》卷9，第488页。
② 章学诚：《章学诚遗书》卷9，第81页。
③ 章学诚著，叶瑛校注：《文史通义校注》，第569页。
④ 沈祥龙：《论词随笔》，见唐圭璋编《词话丛编》第5册，中华书局1986年版，第4054页。
⑤ 况周颐著，王幼安校订：《蕙风词话》，人民文学出版社1960年版，第10页。
⑥ 司马迁撰，裴骃集解，司马贞索隐，张守节正义：《太史公自序》，《史记》卷13，第3317页。
⑦ 扬雄著，汪荣宝义疏：《法言义疏·吾子》，第48页。
⑧ 班固：《离骚序》，见宋本《楚辞》卷1，《四部丛刊》本。
⑨ 陆机著，张少康集释：《文赋集释》，第145页。
⑩ 刘勰著，詹锳义证：《文心雕龙义证》，第1154、210页。

华丽、华美，刘勰明确视“清”与“丽”为五言诗的特色，认为张华诗“清”，张协诗“丽”。

作为一种审美意识与文章风格，古人常常将“清”与“丽”对举，褒“清”贬“丽”。李白《古风五十九首》：“自从建安来，绮丽不足珍。圣代复元古，垂衣贵清真。”① 他把“绮丽”看作建安以后尤其是南朝的风尚，把“清真”看成“元古”，即《诗经》、《楚辞》时代的风尚。杜甫《戏为六绝句》：“不薄今人爱古人，清词丽句必为邻。窃攀屈宋宜方驾，恐与齐梁作后尘。”② 这就把“清”视为屈原、宋玉为代表的“古人”文风，把“丽”视为齐梁为代表的“今人”文风，高下自然分明了。宋初孙仅（969—1017）《读杜工部诗集序》：“中古而下，文道繁富。风若周，骚若楚，文若西汉，咸角然天出，万世之衡轴也。后之学者，瞽实聋正，不守其根而好其枝叶，由是日诞月艳，荡而莫返，曹、刘、应、杨之徒昌之，沈、谢、徐、庾之徒和之，争柔斗葩，联组擅绣，万钧之重，烁为锱铢，真粹之气，殆将灭矣。洎夫子之为也，剔梁陈，乱齐宋，抉晋魏，潴其淫波，遏其烦声，与周楚西汉相准的……昂昂然神其谋，挺其勇，握其正，以高视天壤，趋入作者之域。所谓真粹气中人也。”③ 孙氏推崇西汉的“文道”，对于东汉以后的“真粹之气，殆将灭矣”，颇有微词，至于魏晋以后“淫波”、“烦声”，则是加以贬斥的。他力主诗歌创作必须要有“真粹气”，这种观点，在理论预设上，仍然是将“清”与“丽”对立的。

汉代以来有关清浊、清丽观点的形成，对于后世审美观念的演进有很大的推进作用，对文学作品的风格、意境做了根本性的价值区分，褒清新自然贬雕琢绮丽，形成以清、高、闲、旷、逸、清远、玄妙为主流的文学价值观，并与阴柔阳刚风格对举的观点联系在一起，形成更为复杂的含义。

第五节 结论

本章以经典诠释的“隧道效应”视角，审视历代论者围绕文气结构三个面向展开的论述以及其中所蕴含的问题意识。在论述的过程中，我们发现文气话语

---

① 李白著，王琦注：《李太白全集》卷2，中华书局1977年版，第87页。

② 杜甫著，仇兆鳌注：《杜诗详注》11，中华书局1979年版，第900页。

③ 孙仅：《读杜工部诗集序》，见杜甫著，仇兆鳌注《杜诗详注》卷25，第2237—2238页。

形态所牵涉的问题颇多，一言不足以蔽之。

首先，本章检视了作者之气的诠释及其回响，此一维度的论述，是历代文气研究中数量最为庞大的。在孟子的思想体系中，虽然气不是最核心的要素，但其心性论的核心大体是围绕“气—志（心）—言”结构展开的，并通过养气、持志、存心、践行的修为工夫，朝向天人贯通、“万物一体”的境界，也正是源于气对知、情、志、意等心理要素的整体性融合，方能超越生理、心理的欲望达致气化的“本心”状态。在《文心雕龙》谈文论艺的诸要素中，气是一个无处不在的因素，借助“气—志—情—辞”这样一个兼顾作者之气与文本之气的周全结构，彦和既显示出折中的一贯立场，也传达出中和先天之学与后天之学的价值诉求。叶燮的思想虽然纠结于理本、气本之间，但贯通“理、事、情”的理论努力，是有目共睹的。在其运思逻辑中，一方面，文学意义上的“理、事、情”与哲学意义上的“理、事、情”是相互转化、互为体用的；另一方面，“才、胆、识、力”的心理结构，强调物我、内外的相融共感，凸显主体精神的维度。叶燮对于气之体用及其对待立义特质有深入的思考，以此为理论前提，论述文学创作中想象与联想诸问题，其层层递进的论证推衍，充分展示了《原诗》一书的“作论”特色。

其次，从孟子到叶燮，是一个文气话语结构由共相（儒者）到殊相（作者）的转化、完善过程。刘勰引“情”、“辞”入作者之气的结构，旨在使作者的为文之气能够“为情造文”；叶燮强调“触”，内在之气的“才、胆、识、力”与外在之物的“理、事、情”互动相生而成为作者的为文之气。因此，考察作者之气结构演变的历时性轨迹，是儒者道德修养向文学修养的阐释衍化，就其主导倾向来看，偏于作者才性气质方面的为文创作之气，而非道德修养方面的为人处事之气。

再次，在文本之气的理解及其蕴含的问题部分，受制于文学自觉及文体成熟，从文本之气维度考察文气话语结构，成为古代经典解释中“内在路径”的一个面向。作为文本之气的统一体，辞气、声气、神气在不同的历史时间段、不同的解释者眼里，呈现出不同的特质。就辞气的理解而言，解释者多从言辞、语气、文势、辞采等角度阐发，并形成将辞气的不同特质与文学思想史的阶段性特征相比附的解释模式。源于儒学一系的推崇，圣人辞气与圣人气象均指向言行举止中流露出的整体气质与人格力量。韩愈的“气盛言宜”，将辞气视为文与道贯通的中介，运气以驭辞，铸辞以凝气，形成一个完整的辞气运行过程。从气学、乐学中渐次独立的声气，经历了从早期礼乐政教与宇宙自然的外在领域向声律、音韵、声调、诵读等文学世界的内在衍化。对于声气的重视，在桐城派“因声求气”的“义法”中，达到顶峰。从早期的思想文化语境来看，“形—神—气”三者中，神、气高于形，神高于气，在后世的诗、书、画论中，主张神气合一，讲究“神合气完”是主导倾向。刘大櫆的神气音节说，作为桐城“义法”的完善，通过层层推导，最终将难以把捉的神气归结到具体可感的音节字句上，这种分析推衍的路数，将精神境界层面的问题转化为训诂音韵层面的问题，此一方法论的翻转，虽然体用倒置，但在古代文学理论中确属别开生面，自成一系。

复次，有关文章气象的意义分梳，侧重于问题意识自主性层面的诠释，在长于“象喻”言说的文论传统中，“象”源于气，气待“象”立，气与“象”是相互对待的关系。文章气象是对作者之气与文本之气的一种整体性把握，从本章的分析之中，可以看出，在历代经典诠释者眼里，气象的意义是如何围绕“一体三相”而生成，并且在不同的艺术领域展开的。运用于古代文学思想领域的气象范畴，统摄了创作主体的精神品格、艺术创作的想象特质，文本风格的审美质素、艺术鉴赏的境界高下乃至文学总体精神与时代风貌等内涵，层次复杂，意蕴丰富，影响深远。

最后，需要指出的是，本章的分析旨在说明，在古代源远流长的经典解释传统中，文气话语结构是如何生成、衍化、完善并自成体系的，经典的后代解释者受制于“历史性”的牵引，在历史客观性彰显与现实主体性发挥的两难处境中，建构起“一体三相”形态复杂的文气“隧道效应”历史，由此在中国古代文学思想史、观念史上所产生的纵横交错的渗透作用，值得研究者特加注意。

第七章

文气话语的方式方法

第一节　引言

素有“宁都三魏”、“易堂九子”盛誉的清初散文家魏禧在《论世堂文集序》中有这样一段话：

> 地悬于天中，万物毕载，然上下无所附，终古而不坠，所以举之者，气也。入之能载万物者，莫如文章，天之文，地之理，圣人之道，非文章不传。然而无以举之，则文之散灭也已久。故圣人不作，六经之文绝，然其气未尝绝也。圣人之气如天之四时，分之而为十有二月，又分之而为二十有四气，得其一气，则莫不可以生物。六经以下，为周诸子、为秦汉、为唐宋大家之文。苟非甚背于道，则其气莫不载之以传。《书》、《诗》、《易》、《礼》、《春秋》之气，得其一皆足以自名。①

此一段论述，大体上包括几层意思：一是气与天文、地理、人道的关系，二是气学与经学的关系，三是文气的言说方式。整体地看，可以将这一段话视为古代知识分子关于文气地位在天地人知识系统中最为完整条贯的论述，也可以将其看成清人经学思维方式的一个完整诠释。这样判断的理由在于，魏叔子论文，强调“立本”、“积理”、“练识”、“尊法”②，翻检《魏叔子文集》，凡文、目

---

① 魏禧著，胡守仁、姚品文、王能宪校点：《魏叔子文集》卷8，第395—396页。

② 参见《魏叔子文集》卷8《宗子发文集序》、卷6《答蔡生书》、卷8《〈八大家文钞选〉序》、卷6《答施愚山侍读书》、卷8《陆悬圃文序》等。

录、诗三十三卷，与气相关的问题，并不是其理论建构的核心所在，因而，以上这一段关于气学知识的阐释，不妨视为清代学者的一般共识，这与后来桐城诸子论文重气，旨趣是不一样的。

以上所论，撇开本书涉及的气学在本体论、知识论层面的意义，值得深入研讨的是背后的思维模式与方式方法，这是形成文气话语系统所以然的逻辑理路，也是诠释文气范畴、命题之间内在联系的理论预设。对于传统气学的思维路数，学者多有所悟却未能尽其全，其中的原因，不仅在于气学知识系统本身的博大，还在于近代以来在研究方法上的缺失，除前书业已揭示的本体论、知识论层面的遮蔽外，破除认识论、方法论上的误判（包括神秘主义、唯心主义、先验论、天才论等标签），也不妨视为重释中国式气学思维的思想前提与理论准备。

具体来看，本书前面几章的论述，大体上明确了气从直接的生命和生活经验提升为一套圆融博厚体用哲学的精神历程，接下来的问题在于，如何体认气之即本体即流行呢？如何从气的经验和体验中把握气的观念和气的真实呢？也即是说，如何界定气？如何表述气？如果重新审视源于上古的诠释传统，可以发现，气之理解为气，实源于整体关联、意会体悟、对待立义的方式方法。其中，整体关联是认知前提，意会体悟是获知路径，对待立义是致知原则，这三种方式又可以细分为许多具体范畴、命题以及解释模式，既包含气学思维的一般特征，从中也能反映出人们认识和接纳天地万物的能力，可以说是古人理性思辨与经验整合的结果。

方法论的形成，在根源上，来自人们对于宇宙世界的总体认识，因而受制于宇宙观以及由此形成的历史观、人生观的影响。中国古代经典诠释传统，作为一种巨大的精神文化存在，在历代诠释者选择文化生存状态时，必然形成一种文化心理，并最终凝结成一股精神力量与思维惯性，且常常借助于隐微、暗示的言说方式，寓价值义理于历史事实的叙述之中。太史公“究天人之际，通古今之变，成一家之言”的立场，业已表明经典诠释活动不仅可以超越历史时空的界限，还原某些历史事实，寻求天地人的普遍性原则或鉴戒，而且必定会显露出诠释者的价值指向，并体现在对宇宙人生、历史现实的认识判断中。因此，当今人来探究有关古代气学诠释的方式方法时，首先不妨从古人的宇宙观、人生观出发。

第二节　整体关联

元代延祐（1314—1320）年间，科举考试恢复，出现了不少应试参考书，其中陈绎曾所著《文说》颇为著名。陈绎曾进士出身，官至国子助教。在《文说·养气法》中，他提出“用事之法”、“立意之法”、“养气之法”等，从而奠定了在文学思想史上的地位。关于“养气之法”，他是这样讲的：

> 右养气之法，宜澄心静虑，以此景此事此人此物默存于胸中，使之融化，与吾心为一，则此气油然自生，当有乐处，文思自然流动充满而不可遏矣。切不可作气；气不能养而作之，则昏而不可用。所出之言，皆浮辞客气，非文也。气之变化无方，当以此类推之。

陈氏所谓“澄心静虑”→“默存于胸”→“融化”→“吾心为一”→“油然自生→流动充满”的养气过程，步骤完整，极为高妙。由澄明、虚静之途，返回内心的本然状态，融天地万物于胸中。“融化”即融入、融合，将人对世界的感知、体悟等，收拢并融入整体的人格气质之中，文思自然流出，文气变化无方，进而培育出无穷的创生力量与万千的文章气象。

一

古人这种整体性、系统性的运思逻辑，是何以形成并潜移默化地影响古代思想文化传统的呢?

作为一种亘古不变的人文价值追求，天地人合一的理想构成了中国式整体关联话语的基础所在，内蕴的是一套思维模式与价值标准，外显的是一套行为规范与生活方式。其中的价值核心，是作为宇宙世界关联法则的天人相通、作为人文世界关联法则的“万物一体”，以及贯通两个世界的气化流行，包括的要素有“三才”（天、地、人）、道、气（元气、精气、阴阳、理气）、四时、五行、八卦，等等。“三才”是此一套话语系统的基础所在，是阴阳、四时、五行、八卦等范畴生成、关联和运行的思维平台。① 气及其统摄的阴阳五行是此一

① “三才”之中，天比地重要，天统摄地，因此，古人常常是以天人关系来代表天地人三者的关系，天人亦是古代思想史出现得最早的一对范畴。参见拙文《关于〈文心雕龙·原道〉的“惟人参之”》,《文学评论》2009年第3期。

话语系统的关联要素，在古人的宇宙视野中，天地人之存在，不过是气聚散之形态与气变化之过程而已。天地人之所以具有相似性和相通性，就在于气的大化流行，分阴分阳是对待，动静刚柔是流行，“三才之道”均可统一于气。在古人的人伦视野中，气是联结此岸世界与彼岸世界的桥梁，是先祖神灵与现世社会存在一致性的纽带。如果说，古代祖先崇拜礼仪是理解传统概念体系中道德本体论的关键所在（譬如道德中心原则“孝”、“德”与“礼”等概念）的话，那么，气学思维范式则是揭示传统概念体系中方法论的核心所在，也是宇宙本体论与价值论的基质所在与终极指向，黄梨洲谓“人与天虽有形色之隔，而气未尝不相通。知性知天，同一理也”①，说的就是这个意思。在中国古人的思想世界里，气是天、地、人三界保持一致性的缘由，也是古代整体性的天文、地理、人道世界形成的依据。

具体而言，作为此一关联话语系统的核心，“三才”出现得很早。它从史前时代的原始宇宙观发展成为古人的自然宇宙观和人生价值观，并最终形成具有中华民族特色的“天人合一”思维范式与解释系统，其间融合了古代天文学、地理学、气象学、物理学、生物学以及哲学、史学、文学等多方面的知识。②历史地看，此一话语系统，从萌生到最终形成一个开放的系统，经历了漫长的历史过程，这一点，尤其鲜明地体现在易学传统中。“三才”的正式拈出，虽然是在《易传》中，但《易经》六十四卦已经蕴含了丰富的思想因子，尤其是从卦象与谈论人事吉凶的卦爻辞的相互配合，可以看出古人在天人观上的一些看法。譬如乾卦，此卦象征天，为全阳之气，六根阳爻自下而上地排开，表明六爻与天地万物处于不断运动之中；又如泰卦，卦象为乾下坤上，《彖传》谓“天地交而万物通也”，《象传》谓“天地交，泰”，是指天人之间“无平不陂，无往不复”循环往复的法则。更为鲜明的“三才”思想见于《易传》，综观《易传》，我们可以发现，其间处处流露出作者对天道、地道、人道变化及其相互关联的强烈兴趣，如云：

---

① 黄宗羲：《孟子师说》卷7，《黄宗羲全集》第1册，第148页。

② 关于“天人合一”的主要特点，李学勤先生认为：其一，天即自然，是一个大系统，人则是一个小系统，是大系统的一部分；其二，天、人两个系统相类似，有彼此对应的许多性质；其三，天、人两个系统应该和谐一致，人必须遵行天道；其四，人又是天这个大系统的核心，天的目的趋向通过人才能完全体现。参见李学勤：《古代中国文明中的宇宙论与科学发展》，《烟台大学学报》（哲社版）1998年第1期。

《易》之为书也，广大悉备，有天道焉，有人道焉，有地道焉。兼三材而两之，故六。六者非它也，三材之道也。

兼三才而两之，故易六画而成卦。分阴分阳，迭用柔刚，故易六位而成章。

易的经验，从占筮到义理、从符号到语言、从无意识到有意识，整合了先民的宇宙经验、社会经验和生活经验，随着意义系统的不断递进扩展，在天、地、人的整体框架中建构了一个包含各种思想因素和多层次关联的系统。大体上包括：其一，易每卦六爻，分天、地、人三位，其中日月星辰、风云雷电、寒来暑往等归为天类，地形地物、动植飞潜、方向部位等统归为地类，人则单独成一类，由此建构了一个整体性的天、地、人宇宙知识系统。其二，气之阴阳五行是天、地、人结构中的关联性因素，是古人思考一切问题的基础和出发点，也是通向终极之道的必由之路。伴随着气学思维的不断推衍、泛化，形成以气释万物存在及发展的言说定势，囊括天、地、人三界，形成了一个整体关联的宇宙话语系统。①

为了更为清楚地阐明古人整体关联思维的特质，下面分别以《淮南子》的宇宙观和内经的医家思想为例，略作阐发。

在《淮南子·天文训》中，记录了中国早期文献所见最成熟的宇宙生成论，对于天地的生成及其各要素之间的因果关联表述得详尽而明晰，原文是这样的：

天地未形，冯冯翼翼，洞洞灟灟，故曰太昭。道始于虚廓，虚廓生宇宙，宇宙生气。气有涯垠，清阳者薄靡而为天，重浊者凝滞而为地。清妙之合专，重浊之凝竭难。故天先成而地后定。天地之袭精为阴阳，阴阳之专精为四时，四时之散精为万物。积阳之热气生火，火气之精者为日；积阴之寒气为水，水气之精者为月。日月之淫为精者为星辰，天受日月星

① 本文谈论的整体关联，主要立足于自然宇宙观层面。在易学解释系统中有丰富的意义层次，譬如刘述先先生的观点，就是值得参考的。在《哲学分析与诠释：方法的反省》中，刘先生认为易学解释有四种意义层次：一是作为占筮之书的符示、一是作为主客对应的自然/理性符示、一是太极阴阳的自然宇宙观、一是道德形而上学的道德/形上符示。参见黄俊杰主编，李明辉编：《儒家经典诠释方法》，华东师范大学出版社2008年版，第18—19页。

辰，地受水潦尘埃……天道曰圆，地道曰方。方者主幽，圆者主明。明者吐气者也，是故火曰外景；幽者含气者也，是故水曰内景。吐气者施，含气者化，是故阳施阴化。天之偏气怒者为风，地之含气和者为雨，阴阳相薄，感而为雷，激而为霆，乱而为雾。阳气胜则散而为雨露，阴气盛则凝而为霜雪。毛羽者，飞行之类也，故属于阳；介鳞者，蛰伏之类也，故属于阴。日者，阳之主也，是故春夏则群兽除，日至而麋鹿解。月者，阴之宗也，是以月虚而鱼脑减，月死而蠃蛖膲。火上荨，水下流，故鸟飞而高，鱼动而下。物类相动，本标相应，故阳燧见日则燃而为火，方诸见月则津而为水。①

从这一大段关于天、地、人生成动因及其因果对应关系的论述中，可以发现，一个"道→气→天地→四时→万物"的生成模式，完整地呈现出早期气学知识话语的核心成分。譬如作为原初范畴之阴阳、精气、清浊，次生范畴之热气、火气、寒气、水气；气化范畴之吐（气）、含（气）、（阳）施（阴）化、和、感、激，以及相关的衍生概念，如雷霆、雨露、霜雪，等等，经过层层的类推比附，遂建构起一个系统完备的气学知识总汇。

如果进一步考察上述这段文字，可以发现：其一，从思想文化语境看，以阴阳为气之属性、以五行为气之结构的理念，业已全面渗透到气学话语中，成为毋庸置疑的前逻辑，这既易于理解又便于操作，乃早期宇宙生成观得以有序建构的思想前提。其二，从话语形态建构看，气之清浊、阴阳、聚散并举，构成对待立义二项式的气学结构形态。② 这种自成体系的理论链条导引出宇宙间包括时空维度的各种对待项，生成了具有普遍因果联系的知识序列，如下所示：

清 天 阳 热 火 日 圆 明 吐 施 散 雨露 毛羽 飞行 上荨

气→

浊 地 阴 寒 水 月 方 幽 含 化 凝 霜雪 介鳞 蛰伏 下流

从上古文献中所见的此一类知识生成来看，气范畴之原初意义与气学思维之整

① 刘安著，何宁集释：《淮南子集释》，第165—172页。

② 这是一种建立在天地人普遍因果信念之上的二项类比、类同，这种气学思想谱系中形成的对待立义思维范式，本书将在"对待立义"一节详细论述，此处就不展开了。

体关联特质可谓显露无疑。对于气学知识话语所具有的这一特质，参之维特根斯坦的“家族相似”性理论[①]，是具有启发性的。在上述《淮南子·天文训》所展示的气学知识系列中，“家族相似”性特征就体现得颇为明显，从其中的若干衍生概念，如雷霆、雨露、霜雪来看，其相似性与知识共性在于，既包括了核心的气元素，又呈现了气化的不同形态，并以一气流行、循环往复的方式与天、地、人的整体世界建立起普遍联系，因而极为典型地体现了中国式的整体关联思维方式。

此一特质，不仅体现在追究万物之本的宇宙论中，也体现在立足人体协调的医学理论中。在内经学体系中，人与天地万物均气化而成，人既与天地同此一气，同时，又要协调各种内在之气，关注内部世界与外部世界的贯通，由此形成的天人一体、天人相应的医家思想，这种整体性和关联性是传统医学的理论基础。《素问·生气通天论》：“自古通天者，生之本，本于阴阳。天地之间，六合之内，其气九州九窍、五藏十二节，皆通乎天气。”《素问·阴阳应象大论》：“阴阳者，天地之道也，万物之纲纪，变化之父母，生杀之本始，神明之府也，治病必求于本。”[②]内经学视人为自然的一部分，将人的生理活动与自然界的变化联系起来，用系统的、整体的观念，来研究自然变化与人体生理变化在节奏上具有的相似性、一致性，譬如《素问·八正神明论》：

> 天温日明，则人血淖液而卫气浮，故血易泻，气易行，天寒日阴，则人血凝泣而卫气沉。月始生则血气始精，卫气始行；月郭满则血气实，肌肉坚；月郭空则肌肉减，经络虚，卫气去，形独居。是以因天时而调血气也。[③]

---

① 在后期的《哲学研究》中，维特根斯坦认为：“我想不出比‘家族相似’更好的说法来表达这些相似性的特征：因为家族成员之间的各种各样的相似性就是这样盘根错节的：身材、面相、眼睛的颜色、步态、脾性，等等，等等。我要说：‘游戏’形成一个家族。”维氏一反前期对语言的本质主义看法，提出语言游戏说。他认为语言的本质就是游戏，是特定语言游戏中的规则，也即是说一个语词的意义不在于其对应的实体，而在于其使用。虽然语言没有共同的、本质的东西，但是各种语言游戏具有相似之处，有亲缘关系，就如同象棋和三子连珠棋具有家族的亲缘关系，也即“家族相似”性一样。参见［英］维特根斯坦：《哲学研究》，陈嘉映译，上海人民出版社2005年版，第38页。

② 张志聪集注：《黄帝内经素问集注》，第14、34页。

③ 张志聪集注：《黄帝内经素问集注》，第199页。

这是整体关联话语方式在医家思想中最典型的阐释之一，这种对于人与天地万物具有的同一性、同步性的确认，是传统医学养生论的理论支柱。当然，其中也不乏牵强之论，譬如《灵枢·邪客》："天圆地方，人头圆足方以应之。天有日月，人有两目；地有九州，人有九窍；天有风雨，人有喜怒；天有雷电，人有音声；天有四时，人有四肢；天有五音，人有五藏。天有六律，人有六府……此人与天地相应者也。"① 这种简单的比附，与汉代的"天人感应"在思想资源和运思逻辑上大抵相同。

考辨上述文献，可以清晰看出古人对于天地人关系的基本理解，其中尤其值得注意的是对人的重视。作为一个有机联系的整体，天地人之间具有深刻而神秘的互动关系，在本质上同源，在精神上互感。理解此一套天地人解释系统，根本还在于通过了解天地，从而了解人自身，借助于对天地的阐释达到对人的理解。在古人的文化视野中，人生观源于宇宙观，人性是宇宙性的延伸，精神性的统一是更高层面上的追求，按照《周易·系辞上》的说法，就是"一阴一阳之谓道，继之者善也，成之者性也"。以人为中心，从人出发对天地的观察、体验与想象，构成了古人文化视野中关于天地人关系的原初意义。这些观念积淀下来，并逐渐由自然宇宙领域比附、延伸到社会政治文化领域，成为解释社会现象、人文现象的理论出发点，形成了古人思考人文现象的基本向度：其一，古人以整个世界为思考对象，将自然、社会、个人视为不可分割的有机整体，天人、道器、体用贯通一体，神形、心物、知行紧密结合，并以追求整体和谐为最终目的。其二，人乃"三才"的中心，以人事问题为出发点谈论一切人文现象是中国思想史上的重要传统，尤其强调"三才"在精神上的合一，人与天地、情与景、主与客、内根与外境的浑然为一，由此培育了独具民族特质的思维模式与言说方式。

二

天地人整体关联话语形态的形成，是通过气学思维来完成的。作为一个统摄宇宙万物存在及变化的普适性范畴，气涵括事物阴阳相对的两个方面，对待立义，达成整体，阴阳既统摄万有之实，亦囊括万有之虚，是整合性和关联

---

① 张志聪集注：《黄帝内经灵枢集注》，第402—403页。

性合一的对待型范畴的典范。从认识论看，气循道而流，无所不包，贯通天道、地道、人道，是天、地、人之间的纽带，是“三才”共具的本质特征，这是古人思想世界里的共同假设。从方法论看，气学思维以把握“天人合一”的整体性为己任，但不能直接把握并表述它，所以须借助关联性概念与知识体系去烘托“天人合一”的境界，由此呈现出消融主客的“万物一体”与超越主客的大化流行特质。

气学思维所蕴含的主客交融，并非西学意义上的主体与客体对立，即对象化的主客关系，而是一种主客互摄式的“同声相应，同气相求”，甚或是超越主客对待的万象皆隐、大化流行。① 所谓的主客互摄，表现为天地人的诸般变化是通过天地之气与人体之气、自然之气与社会之气的相通相应而显现的。因此，既可以将人间万事比附为自然万象，也可以将自然万象人格化为人间万事，两者相互依存，互为印证。对于这一点，汉代董仲舒的论述最为详尽。作为董学核心的“天人感应”思想，理论基础源于墨学“天志”说，心理依据在于天地人之道的恒久、天地人之气的相通。在自创的“人副天数”② 理论中，通过天人在形体与情感上的相似，推衍出两者具有相同的道德伦理特征，董仲舒认为：

何谓本？曰：天地人，万物之本也。天生之，地养之，人成之。天生

---

① 这种整体关联的运思方式，恰如法国汉学家弗朗索瓦·于连在讨论中国诗歌时所认为的那样：“在中国，诗就这样从激励的关系而非表象的活动中产生，世界并不对意识构成‘对象’，而是在相互作用过程中充当意识的对话者。”在谈论“兴”在情与景之间的感应作用时，他认为：“在此不再有主体，也没有对象；也不再有表象；外部世界充当的是内心世界的对话者，二者在同一过程中协作。”参见［法］弗朗索瓦·于连：《迂回与进入》，杜小真译，生活·读书·新知三联书店1998年版，第151、161页。

② 董仲舒认为人是天有目的创造出来的，《春秋繁露·为人者天》：“人之人本于天，天亦人之曾祖父也。此人之所以乃上类天也。人之形体，化天数而成；人之血气，化天志而仁；人之德行，化天理而义。人之好恶，化天之暖清；人之喜怒，化天之寒暑；人之受命，化天之四时……天之副在乎人。”在此基础上推演、比附的天人相类，极为具体，《春秋繁露·人副天数》：“天以终岁之数，成人之身，故小节三百六十六，副日数也；大节十二分，副月数也；内有五脏，副五行数也；外有四肢，副四时数也；乍视乍瞑，副昼夜也：乍刚乍柔，副冬夏也；乍哀乍乐，副阴阳也。心有计虑，副度数也；行有伦理，副天地也。”参见董仲舒著，苏舆撰：《春秋繁露义证》，第318—319、356—357页。

之以孝悌，地养之以衣食，人成之以礼乐，三者相为手足，合以成体，不可一无也。①

在他看来，天地人之间不是对象化的存在，所谓“三者相为手足，合以成体，不可一无也”，没有主客的对立，而是一种消融主客的互摄、互涵。董仲舒思想想象奇特，比附大胆，规模宏大，基本垫定了古代天人学在后世发展的基调。

如果说董仲舒的“天人感应”思想，尚存“有无相生”的生成论痕迹的话，那么到理学家那里，便建构起完整的体用不二、“天人合一”的思想体系，譬如二程认为：“天地之间，只有一个感与应而已，更无甚事？”② 反复强调天道与人事之间的感应之理，并且认为：

所以谓万物一体者，皆有此理，只为从那里来。“生生之谓易”，生则一时生，皆完此理。人则能推，物则气昏，推不得，不可道他物不与有也。③

在二程看来，所谓“万物一体”④，是指万物皆有一个天理，理贯穿在人与宇宙万

① 董仲舒著，苏舆义证：《春秋繁露义证》，第168页。

② 程颢、程颐：《二程遗书》卷15，第198页。

③ 程颢、程颐：《二程遗书》卷2上。第84页。

④ 关于“万物一体”，冯友兰先生认为是孟子、张载等人思想中的神秘主义，参见《中国哲学小史》，商务印书馆1934年版，第20页；陈来先生《儒学传统中的神秘主义》认为源自理学的神秘主义传统，参见《中国近世思想史研究》，商务印书馆2004年版，第307—327页；杨儒宾先生《理学家与悟——从冥契主义的观点探讨》认为理学家的神秘经验基本上以外向型为主，这与儒家体用论有密切关系。相关学术综述，参见林永胜：《中文学界有关理学工夫论研究现况》，见黄俊杰先生主编《儒学的气论与工夫论》，第237—241页。对于这一方面的研究，值得借鉴的西学资源，譬如美国学者威廉·詹姆士（William James）提出神秘主义四个标记：超言说性（ineffability）、知悟性（noetic quality）、暂现性（transiency）、被动性（passivity），参见［美］威廉·詹姆士：《宗教经验之种种》（*The Varieties of Religious Experience: A Study in Human Nature*），唐钺译，商务印书馆2009年版，第379—380页。英国学者史泰斯（W. T. Stace）认为，冥契主义是普遍的，冥契境界的差别不在体验，而在诠释。冥契主义分为内外两种类型，内向型成熟圆满，外向型青涩有待发展。参见［英］史泰斯：《冥契主义与哲学》（*Mysticism and Philosophy*），杨儒宾译，台北正中书局1998年版，第69—148页。

物之中。换言之，人与万物之所以能够相通感应，关键就在于皆存此理，且以理贯之，这是二程以理为体，以事为用思想体系的根本。

有关气学思维所体现的“万物一体”境界，可以举两个例子。宋代理学家包恢（1182—1268）对气学思维颇为推崇，他重视“天人合一”的自然论，以气之行来描述这种“内外上下同一”的境界，《敝帚稿略》卷七有一段相当精彩的论述：

> 水之乘气而行，神速之极，不出一息之顷，而无穷之山，大以成大，小以成小，皆以俨然森然弥满宇内矣。抑山者有情意之活通，有精神之飞动，第昧者不见耳。或前去而顾后，或后来而望前，左右亦如之，如揖如拜，如立如坐，如抱如负，如拱如挹，如送如迎，如驰如逐，虽相去数百里或数千里之远，亦如相与相扶，相感相应，相交相助，盖无非一气之行，周流贯通。如人一身，内外上下同一血脉，无有间断。气行之时，已无非此情意精神之运。故山成之后，此情意精神自轩豁呈露，辉光发越不可掩没……气即此理此法也，岂人力之所能为哉？然或阅其形象有似于人为者，或如排布，或如制作，或如装饰，或如捏塑，或如裁成，或如画就，或真如施斧斤而扑斲之精美，如假诅咒而鬼物之幻出者，曾不知造化之神，气机之速，以一水之为，在倏忽之间，立见其生成之妙，有不可致诘者，一毫人力之智巧何与焉？

包氏以为，正是因为“一气之行，周流贯通”，故而“有情意之活通，有精神之飞动”。即便山形各异，“相去数百里或数千里之远”，但其内在联系不断，所谓“相与相扶，相感相应，相交相助”，这种气行千里的神妙，非人力所能达到。由于古代气感话语系统的形成，源自先民对于水、云、烟等自然现象的观察，以及对人体血脉气息流通的体验，因而从山川之中感受气息的流动与造化的神奇，是古人习常的一种生命体验方式。

王阳明用更加具体生动的例子来论述“天人合一”、“万物一体”的道理，《大学问》重在阐释“万物一体之仁”：

> 大人之能以天地万物为一体也，非意之也，其心之仁本若是，其与天地万物而为一也，岂惟大人，虽小人之心亦莫不然，彼顾自小之耳。是故

见孺子之入井，而必有怵惕恻隐之心焉，是其仁之与孺子而为一体也；孺子犹同类者也，见鸟兽之哀鸣觳觫，而必有不忍之心焉，是其仁之与鸟兽而为一体也；鸟兽犹有知觉者也，见草木之摧折而必有悯恤之心焉，是其仁之与草木而为一体也；草木犹有生意者也，见瓦石之毁坏而必有顾惜之心焉，是其仁之与瓦石而为一体也；是其一体之仁也，虽小人之心亦必有之。是乃根于天命之性，而自然灵昭不昧者也。①

很明显，阳明以孟子"四端"为标准。在他看来，"万物一体"发自一个人性为善的境界，天地万物均贯穿"一体之仁"，故不仅人与人相通，"见孺子之入井，而必有怵惕恻隐之心焉"。人与不同类的鸟兽、草木、瓦石也能相通，也能产生"不忍之心"、"悯恤之心"、"顾惜之心"，故而阳明见岩中花，"则此花颜色一时明白起来"②，这种"人与物"融洽和谐的化境，与庄子所谓"知鱼之乐"、"坐忘"大体相似，均处于物我两忘的精神境界层面。譬如《庄子·大宗师》借颜回之口，解释何谓"坐忘"，云："堕肢体，黜聪明，离形去知，同于大通，此谓坐忘。""堕肢体"是远离一切感官刺激，"黜聪明"是排除所有五音杂念，"离形去知"类似于"听止于耳，心止于符"的"心斋"状态，只有意念专一、排除干扰、忘我净心，专注于呼吸之气，才能"同于大通"，消解主与客的对立，达到心与物的冥合，以主客相融的方式达致对宇宙人生更高层面的体悟与理解。③

三

在阐明整体关联话语所具有的消融主客、"万物一体"特征后，需要进一步探讨的问题就是，这种中国式的思维方式与西学的主客二分有什么不同呢？

作为一种对天、地、人世界进行有效解释的模式，整体关联被中国古代思想家广泛运用于各种思想领域，尤其是"天人合一"的观念，长久浸淫其间，日

① 王阳明著，吴光等编校：《王阳明全集》卷26，第968页

② 王阳明著，吴光等编校：《王阳明全集》卷3，第108页。

③ 作为一气流行的存在，整体存在的互涵、互摄、互入是气化宇宙观所强调的机能，对此，张东荪先生（1886—1973）提出的"神秘的整体论"（mystic integralism）值得关注。张氏区别本体与整体，他认为本体是万物的底子（substratum），在西方近于本质（ultimate stuff），整体是把宇宙当作"一个"，相当于绝对的观念。他从各个方面证明中国哲学只有整体论，没有本体论。参见张东荪：《知识与文化》，商务印书馆1946年版，第99、117、213—214页。

用而不自知[①]。在古人看来，此乃亘古不变的真理，不证自明，勿庸置疑，所以董仲舒断言“天不变道亦不变”。对此，近人严复以西学天文知识加以质疑，他认为:“天不变，地不变，道亦不变，此观化审似是实非之言也。天始于䆮菩（即星云nebule音译），今成椭轨；天枢渐徒，斗分岁增；今日逊古日之热，古暑较今暑为短，天果不变乎。”[②]严复据此批判董仲舒，这明显是偷换了概念。那是因为，中国古人所谓的“天”，既不是西学词汇中的上帝（God），也不是天堂（heaven），也不是自然（nature），更不是天空（sky），它是天地人在内的统一整体，既包括物质世界，也包括精神世界，所以美国学者安乐哲在《论语》的新译中，保留天（tian）的汉语拼音。[③]这无疑是明智的做法，就如同其他的“道”、“理”、“气”范畴一样，找不到对应的英文词汇。

源于对人在宇宙间地位认识的不同，在相当程度上决定了中西思维形成伊始所采取的不同路径。中国式整体关联所言的整体性，与西学传统有很大的差异。古希腊那些勤于思考的圣哲们惊诧于外在世界，惊诧于自然万物，执着于寻找那个作为“一”的万物基元，无论是将本源归于火，或气、或数的讨论，均旨在从个别的、多样性的、变化不居的万物中寻找普遍性、统一性的真理，这是一种整合性的思维方式。因此，寻找作为整体基元的“一”，就成了哲学思维的基本任务，也就不难理解为什么古希腊哲学传统中特别重视对“一”与“多”关系的讨论。[④]比较而言，中国式的整体思维与古希腊传统中寻找“一”的整合思维各不相同，后者执着于“万宗归一”的整体宇宙观的统一，这是一种外在式的统一，自诞生伊始便蕴含了主客二分的因子。在中国思想家的文化视野中，天地人是一个普遍联系的整体，具有结构形相与情感性理的内在关联，如朱子云:“天人一物，内外一理，流通贯彻，初无间隔。若不见得，则虽生于天地间，而不知所以为天地之理，虽有人之形貌，而亦不知所以为人之理矣。”[⑤]

---

① 譬如孔子谓“巍巍乎！唯天为大，唯尧则之”，董仲舒谓“天不变道亦不变”，王阳明谓“能以天地万物为一体”，均为“天人合一”思想的经典表述。

② 严复:《严复集》第1册，中华书局1986年版，第50页。

③ 参见［美］安乐哲、罗思文:《〈论语〉的哲学诠释》，余谨译，中国社会科学出版社2003年版。

④ 参见张世英:《天人之际——中西哲学的困惑与选择》，人民出版社1995年版。

⑤ 朱熹:《晦庵先生朱文公文集》卷38《答袁机仲别幅》,《朱子全书》第21册，第1674页。

在他看来，天人之间的贯通，不仅在于外表形象的相似，更在于内在结构的相同以及深层情感的相通，惟其如此，方能达致“内外一理，流通贯彻”的境地。正因为如此，寻找天地人之和谐共存，融通古今万有之变，也即“究天人之际，通古今之变”，成为了古代思想家的共同信念与最高理想，这也就自根源上超越了古希腊式的一与多关系，从而展示了一种更高的哲学生存智慧。

就西学的立场而言，作为主体，人可以通过于思维、判断，并借助于语言、概念来认识客体的本质，进行归纳、总结甚或改造，人站在对象之外，与万物相对。① 柏拉图的哲学业已开创主客二分的先河，在他看来，作为哲学最高目标的理念是可以认识的，可以通过概念言说的。其思想的根本在于将人与存在对立起来，而缺乏人与存在合一的整体观念。② 这种外在性、对象性的观念在西方思想传统中很流行，发展到现代的理论极致，就是科学主义。③ 随着科学万能主义、科学普遍主义的盛行，科学也就由人类思想的工具演变为物化人类生活的异化力量，从而泯灭、化略了人与世界的整体性、真实性存在。20世纪以来，在战争杀戮不断重现，经济发展延缓停滞，生态环境整体恶化，科技负面效应渐次凸显之时，作为人类心灵支撑的理性主义以及幻想人类社会发展将持续进步的科学主义，业已破产，因而对于科学主义的哲学前提主客二分也到了不得不反思的境地。

这种对象性的思维方式以主客的分裂为基本特征，哲学家把自己当作主体，把宇宙世界当作一个静止抽象的客体，脱离了人与宇宙的总体联系，从

---

① 关于主客二分与“天人合一”的异同，张世英先生有精到的论述，参见张世英:《天人之际——中西哲学的困惑与选择》，人民出版社1995年版;《进入澄明之境——哲学的新方向》，商务印书馆1999年版。

② 柏拉图的“理念说”是重普遍、轻个别的理论。所谓理念，是在丰富多样的感性事物中寻找普遍、统一、不变的东西，理念外在于事物，先于事物存在，因此，仍然是典型的外在整合思维。

③ 所谓科学主义（即唯科学主义），强调科学具有真理性、确定性，认为科学是无私的，超社会的；科学的真理论断是自持性的，不需要参照更为一般的哲学道理；科学是唯一合理的知识种类，宇宙万物的所有存在均可通过科学方法来认识。现代科学用理性的语言重新解释世界万物与人类经验，并取得了可以预测、可以重复的实际成果，从而以实用的技术改变了世界和人的关系。相关问题的检讨，参见［美］伊曼纽尔·沃勒斯坦:《知识的不确定性》（*The uncertainties of knowledge*），王昺等译，山东大学出版社2006年版;［美］郭颖颐:《中国现代思想中的唯科学主义（1900—1950）》（*Scientism in Chinese thought,1900—1950*），雷颐译，江苏人民出版社1990年版。

而纠缠于知识论、认识论中无法自拔。考察20世纪以来西方哲学思想的发展转变，在反对外在性、对象性的主客二分上，海德格尔的理论努力有目共睹。1955年8月，在法国诺曼底做的一场“哲学何为”的报告中，他提出：

> 当我们问“什么是哲学”之际，我们是关于哲学来谈论。此类方式来追问，我们显然是站在哲学之上，也即在哲学之外。但我们的问题的目标乃是进入哲学中，逗留于哲学中，以哲学的方式来活动，也即“进行哲学思考”（philosophieren）。①

所谓“进入哲学中，逗留于哲学中”，按照海德格尔的说法，就是人要进入哲学所要把握的事物之内，与之合一。换言之，哲学要把握的是具体的存在，人不能只按照主客二元的方式把存在看成是人以外的东西而加以认识，人与存在的关系是一种内在的整体关联，因而“进行哲学思考”就是要达到人与万物存在合一的超越境界，这与其主张的“天地神人”四位一体的观点是相同的。在《诗人何为》中，海德格尔把整体式的把握同主客方式对立起来，并明确指出：“人把世界当作对象，在世界的对面把自身摆出，并把自身树立为有意来进行这一切制造的人。”② 据此，他批评这种主客关系式，认为这种思维模式不能使人处于敞开的“澄明”之境：

> 在存在者整体中间有一个敞开的处所，一种澄明（lichtung）在焉……这个敞开的中心本身就像我们所不认识的无（nichts）一样，围绕一切存在者而运行。③

在他看来，敞开的“澄明”之境乃是人生的最终家园，唯有诗人因为不以对象化的方式贯彻意愿，才能达到敞开的“澄明”之境。因而在引证荷尔德林（Friedrich Hlderlin，1770—1843）诗句时，海德格尔尤其强调“诗意地栖居”，同时是“在

① ［德］海德格尔：《什么是哲学》,《海德格尔选集》，第588—589页。
② ［德］海德格尔：《诗人何为》,《海德格尔选集》，第428页。
③ ［德］海德格尔：《艺术作品的本源》,《海德格尔选集》，第273页。

这个大地上”的栖居，因此诗人作诗，“把人带向大地，使人归属于大地”，在天与地之间飞翔，吟唱最广阔、最丰富的高远之境。①应该说，后期海德格尔的思想，与中国式的“天人合一”思想以及总体性的关联思维方式已相当接近了，这大约也得益于其对于中国传统哲学思考方式所具有的“非概念性语言和思维”长处的认识。②

四

有关中国式整体关联话语方式的特征，以及中西思维特质的比较，大致如上所述。接下来需要探讨的问题是，从方法论的层面看，气学思维是如何体现并达致“万物一体”的境界的呢?

究其根源，在于气之体用特征。有与无、动与静、虚与实，乃一面两体、一体两用，虽有本体发生之先后次序，但又依赖于不同功能的相互依存与补充，按照老子的说法，就是“同出而异名，同谓之玄”，在本质上具备天人一体、万物同源的共性，此谓“玄”之精义。作为比天地更具本源性的太极的创化成果，气既以天、地、人为本源，又为天道、地道、人道的根源，既具整合性，又有关联性，是共相与殊相的合一，是过程与目标的统一。正因为具有此一特质，气学思维也因之建构了一套体系完备的诠释方法与言说模式，为古代形上学的发展以及中国式思维模式的形成提供了一个典范与样本。

作为一种本体性的存在，气承太极而起，发而为道、为理，成人、成物而为性、为仁。体用相即，动静相感，既能贯通天下，亦能范围万物。气是对宇宙万象生存活动的最本源、最初始状态的形象描述与抽象归纳，以本体的方式化生于现实万物之中，万有之实由气凝聚而成，气之散为万有之虚，即体即用，别无所居。中国式的气学本体论并没有本体与现象的差别，而是以天与地、阴与阳、两与一、神与化、体与用的统一体为基本特征，并且与现实人生浑然一体，须臾不可分。纵观中国古代的阴阳大化、道器合一、天地相感、虚实相生、体用不二等命题，均为气本、气化观念形态的呈现。作为一种

① ［德］海德格尔:《……人诗意地栖居……》,《海德格尔选集》，第468—469页。

② 在辨析了中西思维方式的不同特质之后，我们亦可以了解，为什么中国式的思维方式经过现代的“创造性的转换”，不仅可以成为东方发展中国家的现代文化资源，同样也能成为西方摆脱“后现代困境”的良方，因而自20个世纪以来，成为中西思想家关注的热点，20世纪新儒学的崛起，便可以很好地印证这一点。

精神性的存在，气以整体的形式昭示其存在，是天道、地道、人道的集中体现，也是天文、地文、人文的大本大原。自然之气的内化，培育了人的先天质素，如知、情、理、志等，再通过后天的养气、养性与修为导引，转化为才、胆、识、意、神、风、骨、味、趣、力、势、韵等精神风貌，外显于各种人文创造活动之中，展现出层次各异的精神气象。

这种内、外宇宙的一气流行，借助于主客相融的方式得以实现，并在相当层面上，依托心学来完成。譬如在孟子的心性体系中，有气内在的整体贯通，有气外在的大化流行，各种生理机制、心理情感、精神力量浑融为一，神化而不自知，达致内在的身心和谐，并自然而然地流溢于外，所谓“仁义礼智根于心，其生色睟然，现于面，盎于背，施于四体，四体不言而喻”①，从而进入一种超越主客界限，并与天地精神合一的自由高超境界。孟子以强大的理性精神，强调心的作用，以心主气，所谓“本心”，大抵为一种气化状态，是一种摆脱了生理欲望的自然自化状态。而所谓“平旦之气”、“夜气”，是指人的生理处于完全休息状态时，欲望未被激发，善端最易显露，此时之心，是摆脱欲望而独立活动的“本心”，乃气化之至境，可以说，建立在心学基础上的大化流行乃是孟学内外宇宙相通的前提。

对于气与心的相通，不只是孟子关注的中心，也是早期思想家共同关注的话题，譬如老子认为：“心使气曰强。”显示出气是受到心支配的。《管子·内业》认为：“是故此气也，不可止以力，而可安以德。不可呼以声，而可迎以意。敬守勿失，是谓成德，德成而智出，万物毕得。”在管学一派看来，气的获得，“不可止以力”、“不可呼以声”，只能是“迎以意”、“敬守”，也就是排除外在的物理方式，借助于内在的心念控制。相同的意思，用庄子的话来说，就是“心斋”、“坐忘”、“虚静”。譬如《庄子·应帝王》：“游心于淡，合气于漠，顺物自然而无容私焉，而天下治矣。”心要“淡（静）”，气要“漠（和）”，摒去欲念，顺乎自然，持与万物为一体的心境，则与气相合，人人如此，则天下大治。又《庄子·人间世》：

若一志，无听之以耳而听之以心，无听之以心而听之以气。听止于

---

①《孟子·尽心上》。

耳，心止于符。气也者，虚而待物者也。唯道集虚，虚者，心斋也。

庄子所谓“心斋”，是以虚为要，专一心志，拒绝感性刺激（“无听之以耳”），排除心绪杂念（“无听之以心”），凡感觉、思虑、意念均停止（“听止于耳，心止于符”），在这种自然而然、听之任之的状态下，始能集气于心，气与道通（郭象谓“虚其心则至道集于怀也”），于不知不觉间进入虚无、澄明的境界。由此观之，庄子借助于心，旨在达致气，通于道，因而其理论推衍可归结为：由静而心，由心而气，由气而“万物一体”。对此，庞朴先生认为，“心斋”的认识阶段分为三：第一个是“听之以耳”的感性认识，第二个是“听之以心”的理性认识，第三个是“听之以气”的悟性认识。它是悟出来的，不是感觉到的，也不是理解到的，悟出道与自己齐一的状态，就是庄子说的“天地与我并生，万物与我齐一”的状态。[①] 在认识事物之前要做这样一个“斋”，把自己看成跟天地“万物一体”的，这样得到的认识才是最高级的。这一段关于“听之以气”的论述，是庄子认识论的精华部分。

以气学为核心的整体思维的形成，不仅在于纵横交错的结构与外显的宇宙万象，而且包含了背后的动态系统，气之聚散、气之神化、气之“二五”等，其意义的完成，并不纯粹来自对一个静态个体的省思或认知，而必须来自对事物动态关系的整体把握。气学思维的关联性存在方式，使其必然具有动态性的特征，故而特别强调世界的整体性、运动性、和谐性，以及如何构成一个动态平衡的整体网络。就气之“二五”而言，气分阴分阳，阴阳二元是贯通“三才”的两种势力，以对待立义与动态平衡构成天地人结构的内在根据与生生不息的发展动力；五行为阴阳二气在宇宙万物间的展开，是普遍适用的结构模式，用以揭示和证明天地人所共同具有的相生相克的复杂机制。此一思想，虽渊源甚早，但真正完整的结合，见于周敦颐的太极图式，二气妙合成五行，经“二五”妙合成男女，这样由气之阴阳五行所化生的世界图式，本身便是一个圆融自足、互动互释的理论框架。

所谓“万物一体”的境界，在本质上，也就是一气流通的整体宇宙观，气即化（气化、生化、教化、变化），化即气，既是动态过程的起点，亦是终点。老子认为“万物将自化”，庄子认为“庄周梦蝶”为“物化”，均强调万有之实处

---

① 庞朴：《中国文化十一讲》，中华书局2008年版，第166页。

于日新日化的动态过程，而无一息停驻，且其化为“自化”，无需外力推动，因而此气之化乃是生命存在的本质。在《论衡·自然》篇中，王充反复论证“气自动”、“气自为”、“气自变”等命题，大体上也是同样的意思。气既源于宇宙本体，又是宇宙创生的结果，是宇宙之创化与创造的本源，从宇宙生成看，气化成万物，凡天地之气、阴阳之气、五行之气，均具有生化的特征；从人文化成看，气化生万物，先在地蕴含了万物品性与发展潜力，因而是一种创造潜能，是人创造力高下的源泉。对天地人整体关联的话语结构而言，气既是此一结构的基础与纽结，又是过程始终与变化发展的源泉。

气既是贯通天地精神之根柢所在，是德性之源泉，同时亦是对人的知、情、志、意等心理活动的整体性消融。正是借助于气的关联与贯通，才能达致外部世界与内心世界的和谐为一，其理想的状态便是中和之气，如李梦阳所言：“中和者，气之最也。”① 中和之气是指各种精神要素融合为一，从而达致内在的整体和谐，亦如章学诚所言：“主敬则心平，而气有所摄，自能变化从容合度。”② 此气见诸于文章，在行文中有着正、反两面的鲜明体现，如钱谦益（1582—1664）《周孝逸文稿序》云：

> 此气之根于志者也。根于志，溢于言，经之以经史，纬之以规矩，而文章之能事备矣。不养气，不尚志，剪刻花叶，俪斗虫鱼，徒足以慵耳借目，鼠言空，鸟言即，循而求之，皆无所有，是岂可以言文哉？③

在钱氏看来，能否秉持“此气”，是文章成败的关键，得之则文章之事备，失之则一事无成，因此，论气乃谈文论艺的基础。作为一种注重内在结构与情感融通的整体观念，“此气”协调着造艺者的各种精神活动，包括情、志、神、意、才、德、习、味等心理状况，在各种审美感知活动中，互动相生，浑然为一。

气学思维的主客交融方式，必然会诉诸于心念、意志等感性层面的相通为

---

① 李梦阳：《驳何氏论文书》，见蔡景康编选《明代文论选》，第100页。

② 章学诚著，叶瑛校注：《文史通义校注》，第279页。

③ 钱谦益著，钱曾笺注，钱仲联标校：《牧斋有学集》卷19，上海古籍出版社1996年版，第826页。

一，气之大化流行也就使之成为可能。历代学者所津津乐道的心游、内游、神游、目游等手法，虽各有玄妙，但均需借助于气之化生、气之贯通，犹如李德裕《文章论》曰：

> 魏文《典论》称“文以气为主，气之清浊有体”，斯言尽之矣。然气不可以不贯，不贯则虽有英词丽藻，如编珠缀玉，不得为全璞之宝矣。鼓气以势壮为美，势不可以不息，不息则流荡而忘返。①

这种一气贯通的内宇宙和谐，依靠人与外宇宙在精神上的融通为一，强调人与天地、内根与外境的浑然不可分割。在古人的文化视野中，文学艺术是以生命为本体的，气是生命本体的当下显现，也是文学艺术的本体，因而古代文论家常常习惯于用一气贯通的言说路数，来解释自然生命现象和社会历史现象以及各种精神创造活动，这对古代思想文化的诗性智慧启发与审美逻辑延伸发挥了本源性的影响。值得关注的是，李氏在此还提出“势不可以不息”的命题，这是指文章气势的节制问题，即便是气盛、气贯，但行气“不可以不”有所节制，切忌冗长泛滥，单单讲求气壮而文无余味。这种文气话语的表述方式，兼顾两面，中庸圆融，是建立在整体关联思维基础上的一种常见论证策略。

五

在整体关联的气学言说模式中，颇为常见的是物感说。所谓的物感，大约是人处天地之间最直观的感受之一，由此衍生出古人关于通感、移情、情景的种种说法来。譬如《文心雕龙·明诗》：“人禀七情，应物斯感，感物吟志，莫非自然。”又《文心雕龙·物色》：“山沓水匝，树杂云合。目既往还，心亦吐纳。春日迟迟，秋风飒飒。情往似赠，兴来如答。”② 这大概是古人关于物感说最为经典的表述了。

关于天地之气与人体之气的关系，古人的理解大致在两个层面：其一，天地之气与人体之气是贯通一体的，譬如宋人司马光（1019—1086）《与王乐道书》：“凡人之所赖以生者，天地中和之气也。若不节饮食衣服，直以极热极寒

---

① 李德裕：《文章论》，见周祖谍编选《隋唐五代文论选》，第303—304页。

② 刘勰著，詹锳义证：《文心雕龙义证》，第173、1761页。

疏利之药循环攻之，使中和之气何以自存乎？”[1] 这是从养生立场谈论人体之气与天地之气具有的一致性。清人程廷祚（1691—1767）《诗论十三·再论刺诗》：“天地之大，犹人之一身，一气之周流也，或滞而不行，则为痈为疣。”[2] 在他看来，天地之气与人体之气具有相似性，周流则健旺，阻滞则生疾，这是从气化的角度谈论的。其二，人体之气要顺应天地之气，《张子正蒙注·太和》：“气之聚散，物之死生，出而来，入而往，皆理势之自然，不能已止者也。不可据之以为常，不可挥之而使散，不可挽之而使留。是以君子安生安死，于气之屈伸无所施其所为，俟命而已矣。”[3] 物与人之生乃气之聚，是“出而来”，物与人之亡乃气之散，是“入而往”，气之聚散，物之存亡，人之生死，自然而然，永无停止。君子的态度就是顺应自然，安于生，安于死，无所作为，“俟命而已”。

在古人的理想中，人体之气与天地之气所达致的和谐境界，体现在两个层面：一为遵循，一为合一。古人常常强调作者要遵四时之气，禀四时之感，备四时之气，常以“四时之气皆备”来赞誉文章大家，如方回赞韩愈[4]、叶燮赞苏轼[5]，等等。在四时之气与文气的关系上，古代文论家习惯于将春夏秋冬之景与喜怒哀乐之情，一一比附，这是传统物感说中论述最为精彩的部分，如云：

> 夫喜怒哀乐之发，与清暖寒暑，其实一贯也。喜气为暖而当春，怒气为清而当秋，乐气为太阳而当夏，哀气为太阴而当冬……人生于天，而取化于天。喜气者诸春，乐气者诸夏，怒气者诸秋，哀气者诸冬，四气之心也。[6]
>
> 天亦有喜怒之气，哀乐之心，与人相副。以类合之，天人一也。春，喜气也，故生；秋，怒气也，故杀；夏，乐气也，故养；冬，哀气也，故藏；四者天人同有之。[7]

---

① 司马光：《与王乐道书》，《传家集》卷62，文渊阁四库全书本。
② 程廷祚：《诗论十三·再论刺诗》，见王运熙、顾易生主编《清代文论选》下，第469页。
③ 王夫之：《船山全书》第12册，第20页。
④ 方回：《跋吴古梅诗》，《桐江集》卷3，第245页。
⑤ 叶燮著，霍松林校注：《原诗·外篇》，第52—53页。
⑥ 董仲舒著，苏舆义证：《春秋繁露义证》，第330—331页。
⑦ 董仲舒著，苏舆义证：《春秋繁露义证》，第341页。

遵四时以叹逝，瞻万物而思纷，悲落叶于劲秋，喜柔条于芳春。[①]

若乃春风春鸟，秋月秋蝉，夏云暑雨，冬月祁寒，斯四候之感诸诗者也。[②]

论者谓“晚唐之诗，其音衰飒”。然衰飒之论，晚唐不辞；若以衰飒为贬，晚唐不受也。夫天有四时，四时有春秋，春气滋生，秋气萧杀，滋生则敷荣，萧杀则衰飒。气之候不同，非气有优劣也。使气有优劣，春与秋亦有优劣乎？故衰飒以为气，秋气也；衰飒以为声，商声也。俱天地之出于自然者，不可以为贬也。又盛唐之诗，春花也：桃李之秾华，牡丹芍药之妍艳，其品华美贵重，略无寒瘦俭薄之态，固足美也。晚唐之诗，秋花也：江上之芙蓉，篱边之丛菊，极幽艳晚香之韵，可不为美乎？[③]

天有四时之气，神亦如之。得春之气者为和，而多含蓄；得夏之气者为旺，而多畅遂；得秋之气者为清，而多闲逸；得冬之气者为凝，而多敛抑。若狂笑、盛怒、哀伤、憔悴之意，乃是天之酷暑严寒，疾风苦雨之际。在天，非其气之正，在人亦非其神之正矣。[④]

人体之气与天地之气的理想境界，就是融化、合一。石涛（1630—1724）谓“山川与予神遇而迹化”，强调主体精神与自然气象完全消融，所谓“山川脱胎于予也，予脱胎于山川也”，“山川使予代山川而言”，“山川与予神遇而迹化”[⑤]，惟其如此，方能真正达致物我同此一气的境界。亦如清人方苞《游雁荡山记》所云：“凡山川之明媚者，能使游者欣然而乐……盖至此，则万感绝，百虑冥，而吾之本心乃与天地之精神一相接焉。”[⑥]这种主体精神与自然气象的同一，便是古人最为向往的主客一体、物我同气的至境。

基于物感说的共识，在古代文学观念的诠释中，衍生出种种物我之间通感、移情的看法。宋人李涂《文章精义》：“做大文字，须放胸襟如太虚始

① 陆机著，张少康集释：《文赋集释》，第20页。

② 钟嵘著，曹旭集注：《诗品集注》，上海古籍出版社1994年版，第47页。

③ 叶燮著，霍松林校注：《原诗·外篇》，第66—67页。

④ 沈宗骞述，齐振林写：《芥舟学画编》，第5页。

⑤ 石涛：《苦瓜和尚画语录·山川章》，第152—153页。

⑥ 方苞：《方望溪全集》卷14，第210页。

得。太虚何心哉？清轻之气旋转乎外，而山川之流峙，草木之荣华，禽兽昆虫之飞跃，游乎重浊渣滓之中，而莫觉其所以然之故。人放得此心，廓然与太虚相似，则一旦把笔为文，凡世之治乱，人之善恶，事之是非，某字合当如何书，某句合当如何下，某段当先，某段当后，如妍丑之在鉴，如低昂之在衡，决不致颠倒错乱，虽进而至之圣经之文可也。今人作文，动辄先立主意，如诗赋论策，不知私意偏见，不足以包尽天下之道理，及主意有所不通，则又勉强迁就，求以自伸。若是者，皆时文之陋习也，不可不戒。”[①]他认为主体之气与自然之气“廓然与太虚相似”，故为文时，应遵循自然之道，秉“清轻之气”，不可“意在笔先”、“先立主意”，否则便会“私意偏见”、“勉强迁就”，在他看来，这是古来大文章与时文的区别所在。叶燮《原诗·内篇》:“我谓作诗者，亦必先有诗之基焉。诗之基，其人之胸襟是也。有胸襟，然后能载其性情、智慧、聪明、才辨以出，随遇发生，随生即盛。千古诗人推杜甫，其诗随所遇之人之境之事之物，无处不发其思君王、忧祸乱、悲时日、念友朋、吊古人、怀远道，凡欢愉、幽愁、离合、今昔之感，一一触类而起，因遇得题，因题达情，因情敷句，皆因甫有其胸襟以为基。如星宿之海，万源从出；如钻燧之火，无处不发；如肥土沃壤，时雨一过，夭矫百物，随类而兴，生意各别，而无不具足。”[②]叶燮以理想人格之胸襟为“诗之基”，在这种光辉的照耀下，无论身处何境，身受何感，均可像杜甫那样“一一触类而起，因遇得题，因题达情，因情敷句”，在通感与移情效应中，“随遇发生，随生即盛”，“随类而兴，生意各别”，通过心物之间的交感互动，万事万物也就人格化了，遂成为创作主体抒情言志的触发点。近人俞陛云在《诗境浅说》中，评刘禹锡《秋风引》“何处秋风至，萧萧送雁群。朝来入庭树，孤客最先闻”云:“四序迭更，一岁之常例。惟乍逢秋至，其容则天高日晶，其气则山川寂寥，别有一种感人意味，况天涯孤客，入耳先惊，能无惆怅？苏颋之汾上惊秋，韦应物之淮南闻雁，皆同此感也。”[③]这种写秋而悲，物我通感，亦是天人同此一气、气化类推的典型表现手法之一。

---

① 李涂:《文章精义》，第79页。

② 叶燮著，霍松林校注:《原诗·内篇》，第17页。

③ 俞陛云:《诗境浅说》，第127页。

第三节 意会体悟

意会是国人所熟知的思维表达方式，所谓知而不言默而识之，无法言尽意会见之，只有心领神会，方能超乎事物表象，是最具有民族思维特质的方式方法。见于古人诗文的，譬如东坡评陶渊明诗云："陶潜诗'采菊东篱下，悠然见南山'，采菊之次，偶然见山，初不用意，而景与意会，故可喜也。"① 南宋章如愚认为："说诗多以意会。今人说诗，空有无限道理，而无一点意味，只为不晓此意耳。"② 明代陈白沙《湖山雅趣赋》："所过之地，盼高山之漠漠，涉惊波之漫漫，放浪形骸之外，俯仰宇宙之间，当其境与心融，时与意会，悠然而适，泰然而安，物我于是乎两忘，死生焉得而相干？"③ 这种"悠然而适"、"泰然而安"生死两忘的情境与心境，是古代文人极为推崇和向往的。在现代学术谱系中考察，意会体悟不仅仅是一种艺术表达方式，更是一种知识系统的生成模式④，而在古代气学知识谱系中，意会体悟与"象喻"言说方式，有着内在的因果关联。

一

总而论之，意有创生、行为之义，会有关联、行动之义，因有意，故有会。意会的方式是一个知识管道，它源自本源性的阴阳之气，通向多元的价值本体，与很多现代科学知识无法解释的现象，譬如直觉、灵感、顿悟、冥想，等等，息息相关，人文知识的生成，须由意经会而明，这是中国古代气学知识生成的路径。其理论存在的前提在于：自然之内化于人与人之外化于自

---

① 转引自胡仔著，廖德明校点：《苕溪渔隐丛话前集》卷3，人民文学出版社1962年版，第15页。

② 章如愚：《群书考索别集》卷6，文渊阁四库全书本。

③ 陈献章著，孙通海点校：《陈白沙集》卷4，第275页。

④ 根据20世纪50年代以来的研究，知识结构分为两大类型：一是"可编码化"知识（codified knowledge），一是"意会型"知识（tacit knowledge）。前者是指能够用语言和图形进行系统化处理的知识，后者是指不可编撰的、人类对过去积累的经验、教训和隐藏在大脑深处的，很难用语言表达的知识。美国信息研究所的报告认为，随着知识信息化趋势的加剧，人类全部知识的98%将成为"可编码的"知识，而"意会型"知识将被压缩到2%左右。参见美国信息研究所编：《知识经济：二十一世纪的信息本质》，王亦楠译，江西教育出版社1999年版，第5页。

然，乃一体两面之事。这就意味着，在主客、人神、心物、灵肉之间，没有绝对的分殊。有研究者认为："每当人要表达那既非具体对象亦非一己观念，既非有形质者亦非抽象道理的微妙含义时，就不期然而然地求之于'气'这个有无之间的大象，因为它提供了一种表达和理解非现成者、余意不可尽者的可能。"① 可以说，作为一个动态的、开放的、含义无穷的意义系统，气学解释话语恰恰为意会体悟表达方式提供了一种理解与表达的可能性。

分而析之：意者，心之所存，是能发；会者，会通融合，是所发；体者，体证体现；悟者，觉解豁然。先来看意，为此，不妨重温刘宗周的一段话：

> 心无体，以意为体；意无体，以知为体；知无体，以物为体。物无用，以知为用；知无用，以意为用；意无用，以心为用。此之谓体用一源，此之谓显微无间。②

蕺山先生这一段话，层次丰富，含义深远，对于"心、意、知、物"体用层次的分析，可谓上下互推、环环相生，从"心→意→知→物"是宇宙论的坐实，从"物→知→意→心"则是性命论的体认。在这个动态模式中，核心在于"意"，宗周视"意"为比"心"更为根本的范畴，乃"心"之体而非"心"之用，较之朱子、阳明视"意"为"心"之所发，既能准确地揭示传统思辨方式的意会特质，也更能呈现出其思考之精微缜密。既然"意"为"心"之所存，那么，"心"又存何处呢？存于"气"，如谓"人心一气而已矣"③，宗周虽然在理、气、心关系上纠葛不清，但在总体上偏向张载的气本思想，故而在其著作中，随处可见"盈天地间一气而已"④之类的说法。

顺着宗周的语脉推衍，"意"不仅为心之所存，亦为气之所用，"以意会之"

---

① 张祥龙：《海德格尔思想与中国天道——终极视域的开启与交融》（修订新版），中国人民大学出版社2010年版，第219页。

② 刘宗周：《刘子遗书》卷2《学言三》，文渊阁四库全书本。

③ 刘宗周：《刘子遗书》卷4《学言三》，文渊阁四库全书本。

④ 在此问题上，几乎完全秉承宗周思想的及门弟子黄宗羲说得更明白一些："天地间只有一气充周……心即气之灵处……理不可见，见之于气；性不可见，见之于心，心即气也。"参见黄宗羲：《孟子师说》卷2，《黄宗羲全集》第1册，第60页。

也即气化感知，使物内化于心，进而生“意”，反复内化使之独具意味，再外化为“象”。意会与体悟相生相融，是一种审美把握与表达方式的同步共振，涵摄人伦道德、心性信仰、艺术审美和情感想象等诸多层面，这种表达方式的显著特征之一，便是物我始终为一,万物归于一气。凡切近人生的学问，如人之生死、命之祸福、心之躁宁、情之忧乐、性之善恶、文之雅俗，等等，大多可以借助意会体悟的方式得以呈现。

对于“意”的重视，不同于其后宋明理学家在思辨层面的辨析，唐以来的论者擅长于在文学艺术领域进行理论总结，其中常常为人称引者有二：一是杜牧（803—853）的诗论，一是张彦远（815—907）的画论。虽然两者均有重“意”的言论，但在理论思辨层面与审美价值取向上，却不尽相同。杜牧持明确的“意主气辅”观点,《答庄充书》：

> 凡为文以意为主，气为辅，以辞采章句为之兵卫……是以意全胜者，辞愈朴而文愈高；意不胜者，辞愈华而文愈鄙。①

杜氏所谓“意”，大抵由道化生而来②，这种以“意”（道）驱使气的说法，以及对文辞质朴与华美的褒贬态度，仍然在传统文道、文气思想的框架内。在《历代名画记》中，张彦远提出“得意”、“立意”、“意不在于画故得于画”、“笔不周而意周”等论点，充分地发掘出“意”在艺术创作尤其是绘画中的意义，如《论画六法》云：

> 夫象物必在于形似，形似须全其骨气。骨气形似，皆本于立意而归乎用笔。③

在他看来,“象物”来自“形似”,“形似”源于“骨气”,“骨气”本于“立

① 杜牧:《樊川文集》卷13，中华书局1978年版，第194—195页。

② 对于这一点，郭绍虞先生揭示得很清楚。参见郭绍虞主编:《中国历代文论选》第2册，第183页。

③ 张彦远著,［日］冈村繁译注:《历代名画记译注》，俞慰刚译，第59页。

意”、归于“用笔”，此一番推论，兼顾对象生命感（骨气）形成的内、外两面因素，可谓相当周全。上述两种观点，后者较之前者，在传统意会方式的表述与拓展上，运思更为周全缜密。中国传统绘画以写意、表意为目的，借助笔墨，立意为象，但并不拘泥于摹拟的准确性，而是强调借助象，超越象外，表达出情感意志、人生旨趣与精神境界来。所谓的写意、表意，实则为一种意会体悟的传达手段，既是客观物象摹写，又是主观情愫融会，借助于两者之间的思路同化、心灵相约，从而营造出一种带有复杂情感体证的总体性艺术感知。

作为知识方式的“以意会之”，在早期道家思想中，业已明白地揭示出来。老学之道，从理论层面开启了古代意会体悟思维的先河，所谓“道可道，非常道”，执着于重返整体性的意义世界，是对宇宙人生的整体性体悟，这是一种典型的只可意会、不可言传的境界，在此一境界中，人之物化、自然人化，物我两忘。对于此一类的体悟觉解，汉人严君平（前86—10）《知者不言篇》释云：

> 达于道者，独见独闻，独为独存。父不能以授子，臣不能以授君。犹母之识其子，婴儿之识其亲也。夫子母相识，有以自然也，其所以然者，知不能陈也。五味在口，五音在耳，如甘非甘，如苦非苦，如商非商，如羽非羽，而易牙师旷有以别之其所以别之者，口不能言也。①

在这里，严君平举了两个例子，一是母亲与孩子相认，一是声音与味道的区别，在他看来，均无标准和依据，仅凭直觉感知，即使是易牙这样的大厨和师旷这样的大乐师，也无法借助语言说清楚。故而严氏认为“达道”的过程，乃“独见独闻，独为独存”，个人体会不同，“父不能以授子，臣不能以授君”，无法传授他人。

对于意会与言传两种知识方式的不同之处，庄子不仅在理论上有完整的表述，而且有相当精谨的论证。《庄子·天道》：

> 世之所贵道者书也。书不过语，语有贵也。语之所贵者，意也，意有

---

① 严君平:《道德指归论》卷4，文渊阁四库全书本。

所随。意之所随者，不可以言传也。

为了把这个道理说明白，庄子举了“轮扁斫轮”的例子。工匠做车轮时，榫眼宽或紧，就会导致松滑或滞涩，唯有松紧适当，而这种知识“得之于手而应于心，口不能言，有数存焉于其间”①，庄子称之为“只可意会，不可言传”的“不知之知”②。这种“不知之知”，高于“知”的层面，冯友兰先生就认为：“‘无知’与‘不知’不同。‘无知’状态是原始的无知状态；而‘不知’状态则是先经过有知的阶段之后才达到的，前者是自然的产物，后者是精神的创造。”③ 庄子所谓“不知之知”，无法言传，不能论辩，只能意会地“知”，由低层次的“知”到高层次的“不知之知”，最终的旨归便是知道。

庄子举的这个例子，是很能说明问题的，其实不仅仅是“轮扁斫轮”，很多传统的技能、手艺以及一些技巧性的运动，乃至于文学活动中的想象、灵感及鉴赏等，大都需要身临其境，凭经验、直觉、技巧来把握，均呈现出“只可意会，不可言传”的特性，这构成了中国古代知识系统的一个基本特征。那么，如何解决此一认识论难题，古代圣贤的解决之道各不相同。老子取“归根—复命—知常（容—公—全—天—道）”的路径④，庄子开出的方子是“坐忘”、“心斋”，即进入一种物我两忘的澄明之境⑤，老庄的解决方案与本体论、境界论联系在一起。在这一点上，与儒家不同，譬如荀子持性恶，首要任务便是扫清欲念，净化心灵，方能专心致志⑥，因此，荀子的解决之道便是人文教化，这就与认识论、方法论联系在一起了。

在易学解释传统中，“同声相应”、“同气相求”是理解中国式意会体悟的学理基础。《周易·乾·文言》：

---

① 《庄子·天道》。

② 《庄子·知北游》：“弗知乃知乎，知乃不知乎，孰知不知之知？”

③ 冯友兰：《中国哲学简史》，北京大学出版社1985年版，第134—135页。

④ 《老子》第16章：“致虚极，守静笃，万物并作，吾以观复。夫物芸芸，各复归其根。归根曰静，是谓复命。复命曰常，知常曰明。不知常，妄作凶。知常容，容乃公，公乃全，全乃天，天乃道，道乃久，没身不殆。”

⑤ 《庄子·大宗师》：“堕肢体，黜聪明，离形去知，同于大通，此谓坐忘。”又《人间世》：“气也者，虚而待物者也。唯道集虚，虚者，心斋也。”

⑥ 《荀子·解蔽篇》：“人何以知道？曰：心。心何以知？曰：虚壹而静。”

同声相应，同气相求。水流湿，火就燥。云从龙，风从虎。圣人作而万物睹。本乎天者亲上，本乎地者亲下。则各从其类也。

孔疏：“‘同声相应’者，若弹宫而宫应，弹角而角动是也。‘同气相求’者，若天欲雨而柱础润是也。此二者声气相感也。”孔氏认为，“水流湿，火就燥”是形象相感，“云从龙，风从虎”是同类相感，“圣人有生养之德，万物有生养之情，故相感应也”，“本乎天者”、“本乎地者”是指“天地之间，其相感应，各从其气类”。在孔颖达看来，“感”在先，“应”在后，天地万象之所以“方以类聚，物以群分”，其根据就在于“同声相应”、“同气相求”，这是“万物一体”、一气流行的整体世界的理论根基与逻辑关联之所在。

中国式的意会体悟，是自然、人生经验的自我升华，是一个完善的动态修持养成过程，与逻辑、语言、概念分析构成的知识过程无涉，两者处于知识的不同层面。在这一点上，中西思维方式上的差异是很明显的。①以逻辑思辨为基本认识方法的西方学术传统，自古希腊时代就标举理性主义和科学精神的大旗，其最具意义的特征在于，人有着抽象和演绎的理性能力，这些能力能够为知识建立抽象和普适的原则。在西方哲人看来，人的理性是先天的，理性的真理是人类知识的范本，因而逻辑是认识世界本体最有效的思维工具，如此一来，就将意义与价值摒弃于知识之外，即使是代之而起的非理性、非科学和非确定的后现代，同样也保持着此一传统。在中国的思想传统中，把握本体的方法是意会体悟，它与人的生存方式、社会实践密切联系在一起，并没有先在的逻辑范畴与预设的知识工具，不固守于既定的名理定势，而是使人在意会觉解的过程中摆脱现成的概念框架，在追求“心斋”、“虚静”、“通神”、“忘知”、“合一”中达致最高境界。同时，在体悟豁然中追求整体性的“天人合一”、“万物一体”，这不是对象性的物我二分，而是主客的消融，在宇宙的整体关联中与本体浑然为一。较之西学传统，中国古代并没有被理性主义视为范本的发达的逻辑学、数学、物理学，这与历史上的儒、道、释均推崇悟性思维方式密不可分的。

① 关于中国体悟型审美思维与西方思辨型美学理论思维的区别，参见赵仲牧：《审美范畴与思维模式——试论中国传统审美理论的体悟型思维》，《思想战线》1991年第3期。

二

在现代中西学术的比较视野下，要理解意会与言传之间的矛盾，不妨借鉴迈克尔·波兰尼的“意会知识”理论，对此，本书在“如何说气及其蕴含的一般知识状况”中业已援引。在波兰尼的知识二分中，尤为突出地强调了“意会知识”（tacit knowledge）的先在地位，在他看来，“意会知识”不同于显知识（explicit knowledge），既非可言明的感性经验，也不是非理性的冲动，而是存在于人的认识实践中。在相当大的程度上，一切信息的沟通都得依靠唤醒人类无法明言的知识，而一切关于心理过程的知识——比如关于感觉或者有意识的知性活动的知识——也是以某种人类无法明言的知识为基础的。他认为：“默会成分支配一切，以致言述实际上变得不可能的领域。我们可以称之为不可表述的（ineffable）领域。”[①]对“意会知识”的掌握是导致语言或其他形式“显知识”的前提，因而也是一切知识的主要源泉。

中国学者看波兰尼的学说，颇多亲近之感，这是因为其对“意会知识”的揭示，与中国传统学术的知识表达范式颇为近似。他用科学的语言把“只可意会，不可言传”的精神底蕴表述出来，这对于中国学者在当下多元语境中重新认识自己的传统，是有建设意义的。按照中国学者的一般理解，所谓“显知识”大体相当于“言”，“意会知识”大体相当于“意”，所谓“意会知识”大多是体悟式、直觉式、顿醒式的，具有情境性、设身处地性、难言性等特质。这种知识的二分法，对于理解中国古代的形上范畴（譬如道、气、理、性、命等），只能诉诸于思维模式、符号体系而非语言形式、逻辑推断的解释特征，无疑具有较强的适用度，也更具亲和力。

对于意会知识的表达，国人常常借助于“言—象—意”的结构关联，此一意义系统经由易学、庄学、玄学的发展，形成了一套具有民族特色的“象喻”思维与言说方式，其中的核心要素是“象”，它是联系言与意、意与气的关键所在，所谓“象生于意”、“意以象著”，不能“离象求意”，构成了意会体悟思维方式的基本规范。

在中国古代重视意会体悟的思想传统中，对“言”的作用，往往是怀疑

---

① ［英］迈克尔·波兰尼：《科学、信仰与社会》（*Science、Faith and Society*），第196页。

的、不信任的，尽管“言”也是一个重要的话题，但在“言—象—意”关系中，言以尽意，言以显象，常常被赋予工具性的地位。譬如老子谓“道可道，非常道。名可名，非常名”，第一个“道（名）”字是常道（常名）的意思，第二个“道（名）”是言说（名言）的意思。老子开篇就将言说、名言排除，通过放弃语言的有限规定性，从而获得思想空间的无限可能性，这种用言辞无法达到的境界，大约是古代圣人们的共同追求。又譬如《论语·公冶长》“听其言而观其行”，《论语·里仁》“君子欲讷于言而敏于行”，对于巧言令色、名实相悖，夫子素来就是否定的。《周易·系辞上》假孔子之口归结为“书不尽言，言不尽意”，“圣人立象以尽意，设卦以尽情伪，系辞焉以尽其言，变而通之以尽利，鼓之舞之以尽神”，传达的也是相同的意思。在古代的思辨传统中，言不尽意、意在言外、辞不害意的理念，自先秦诸子便定下基调，即便有魏晋的“言意之辩”，但在历史上影响深远的，仍然是“言不尽意”一派。在“言—象—意”三者中，“意”是追求的终极所在，但“意”是无法穷尽的，只能不断地接近，这就自然凸现出“象”的价值，其中所内蕴的重要方法，就是“象喻”的思维方式与言说模式。

在既往的研究中，笔者认为，所谓“象喻”是以“象”为思维纽结，以“观物取象”为起点，以“取象比类”、“立象见意”为目的，以引申、暗示、象征、隐喻、比拟、类推等方式，借助于主体的感受，以整合的、情感的方式最大范围地把握和表述人与天地之间的关系。① 在易学传统中，借助于阴阳二爻，以数的奇偶排列组合推衍出八卦、六十四卦和三百八十四爻，因数定象，观象以辞，以象辞定吉凶，这样就以“象”为核心，将易、数、辞、占等具有高度象征比拟意义的图式符号，组建成一个复杂的意向系统，将情景相关、意义相通的事物联系成互通互感、可以理喻的东西。“象喻”的方式由已知推未知，突破了天地人感应的表层比附与推论，具有一般的方法论意义，在中国早期思想史的语汇中，类似的表述还有譬、比、类等。譬如比类，《素问·示从容论》谓“若能览观杂学，及于比类，通合道理”②，比类具有触类旁通、举一反三的特性，是一种融会贯通各种知识的方法，所以胡适先生（1891—1962）将

① 参见拙文《古代文论中的“象喻”传统》，《文艺研究》2010年第6期。

② 张志聪集注：《黄帝内经素问集注》，第646页。

“类”解释为模型，认为与“象”具有相似之处。[①] 在《新原道》中，冯友兰先生也有类似的看法，他认为：

> 六十四卦，三百八十四爻都是象。象如符号逻辑中所谓变项。一变项可以代入一类或许多类事物，不论什么类事物，只要符合条件，都可以代入某一变项……这一卦的卦辞或这一爻的爻辞，都是公式，表示这类事物，在这种情形下，所应该遵行底道。这一类底事物，遵行道则吉，不遵行则凶。[②]

在他看来，“象”类思维如同一个模子，六十四卦、三百八十四爻均为具象，可以带入以“象”为符号的思维模型中，这是古人判断吉凶意义的根据。

“象喻”是古代知识生成的重要方式，各种概念的提出，名称的确定，均借助于此一思维模式与言说方式的呈现。对于中国传统“象喻”思维的研究，可以参之西方的隐喻理论。譬如德国人恩斯特·卡西尔认为，语言与神话是西方人文哲学的家园，神话与语言得以存在的前提是“隐喻思维”，因为“人类的全部知识和全部文化从根本上说并不是建立在逻辑概念和逻辑思维的基础之上，而是建立在隐喻思维这种‘先于逻辑的（pro-logical）概念和表达方式’之上”[③]。他认为“隐喻思维”不仅具有逻辑上的“在先”，而且具有时间上的“在先”，以此强调其在人类文化与哲学中的重要性。在他看来：

> 在我们人类的历史上必然且确实有过这样一个时期：那时，任何超出日常生活的狭隘视野的思想都非得凭借隐喻手段才有可能表达出来，并且这些隐喻那时尚未演变成今天这个样子，也就是说，还不是象我们眼中那样只不过是约定俗成沿袭下来的一些说法罢了，它们仍然半是按照其本来特性，半是按照其改变了的特性而被感受和理解的。[④]

---

① 胡适著，《先秦名学史》翻译组译，李匡武校：《先秦名学史》，学林出版社1983年版，第85页。

② 冯友兰：《三松堂全集》第5卷，第71页。

③ 甘阳：《从“理性的评判”到“文化的评判”》，见［德］卡西尔《语言与神话》（*Sprache und Mythos*）“序言”，生活·读书·新知三联书店1988年版，第13页。

④ ［德］卡西尔：《语言与神话》（*Sprache und Mythos*），第104页。

卡西尔认为，人类活动本质上是一种符号或象征活动，语言、神话、宗教、艺术等不同文化形式，作为人把握世界的一种方式，乃是展示了符号运用的“功能统一性”（functional unity）。这种“隐喻思维”是其符号学建立的理论基础。

值得关注的还有乔治·拉克夫（George Lakoff）和马克·约翰逊（Mark Johnson），在《我们赖以生存的隐喻》（*Metaphors We Live By*）中提出“在喻象中进行思考”的观点。他们认为，人的思维、感知和行为是由隐喻为其提供结构的，一种语言的整个概念体系从本质上讲是隐喻性的，一切思维和行为归根结底是从一个植根于一系列相互联系的隐喻的信念体系出发的。① 对于上述观点，艾兰先生认为，拉克夫和约翰逊所谓“一种文化中最基本的价值，将附着在这种文化中的基本概念的隐喻结构之中”，乃是“本喻”，这既不是比喻性语言的通常意义，也不是以具体意象再造抽象观念的用法，而是观念最初抽象化时的具体根基。也就是说，“本喻”是具体的模型，它内在于抽象观念的概念化之中。抽象观念源于类比推理的过程，而不是比喻类推来说明已经形成的观念。艾氏关注于早期中国概念思维所依据的原型研究，在她看来，由于中国早期哲人认定自然界与人类社会有着共同的原则，所以，中国早期哲学思想最有意义的概念都以源于自然界的“本喻（root metaphor）”为模型，水与植物则为许多原生的哲学概念提供了“本喻”。②总的来看，西方的隐喻理论，无论是隐喻说、符号说、喻象说、本喻说，虽然在文化心理基础与逻辑推衍路数上，较之中国古代思维方式，有着不同的特质，但也不乏参照意义，甚至可以部分地理解并解释“象喻”思维。

三代以来的“象喻”传统一直影响着古人的思维定势，使国人习惯于以一种意会体悟的方式来看待天、地、人的关系，而气之变动不居又无所不在、模糊玄妙又具体可感的特性，既满足了经验层面的把握，亦有利于理论层面的总束，因而极为切合“象喻”运思的要义。如果假定有支配天、地、人三界共同

① 根据他们的分析，许多构成人类经验的隐喻，如“时间就是金钱”（节约或投入时间等）、“争论就是战争”（攻击、防御、赢得一场争论等），均是如此。譬如关于存在的观念，是基于隐喻结构中的具体形象并用我们的文字语言呈现出来的。参见［美］乔治·拉克夫、马克·约翰逊：《我们赖以生存的隐喻》（*Metaphors We Live By*），芝加哥大学1980年版，第3、18、22页。

② ［美］艾兰：《水之道与德之端》，第13—14页。

原则的话，那么，除了气（理），就是道（德），它们分别是古代宇宙本体论与道德本体论的源头，正是借助于这些本源性范畴之间的类比贯通，使得古代知识系统中自然宇宙系统与伦理道德系统两大序列互为印证、相互支撑。古代的"象喻"思维极为发达，运用广泛，但被古人日用而不知，且常常被视为诡辩术而忽略其意义，然而，一旦承认这个假定，即天地人三界有着共同的支配原则，研究者就能够看到，"象喻"的类推论述方式——作为古代意会体悟的重要组成部分——形成了极为深远的思想史与观念史学术效应。它的广泛存在与灵活应用，正是建立在气学思维的理论假设上，即自然与人类具有形似性、贯通性的基础之上的。

三

在古代思想家的一般推论中，意会体悟存在的基础在于天地人之间共在的一气流行，在本质上体现着气之内养与外化，"象"便是这种内外运化的关联。如王昌龄谓"搜求于象，心入于境，神会于物，因心而得"①，亦如王廷相谓"二气感化，群象显设，天地万物所由以生也，非实体乎"②，气为内在之体悟，"象"为外在之意会。对于古人的这种推衍运思，可以举两个例子。

见之于艺术思想领域，论者对于气与"象"的内在关系，颇为在意，譬如五代荆浩（889—923）《笔记法》：

> 似者得其形遗其气，真者气质俱盛。凡气传于华，遗于象，象之死也……气者，心随笔运，取象不惑。③

荆氏认为，"气质俱胜"的"真"，来自外在之"形"与内在之"气"，仅画形，只是"似"而非"真"，因为无气之"象"，就意味着"象之死也"，所谓的"真"，应该是内外、形气"俱胜"之作。荆浩被后世尊为北方山水画派之祖，因避后梁战乱，隐居太行山中，于大山大水之上下、远近、虚实、宾主的

---

① 王昌龄：《诗格》，见郭绍虞主编《中国历代文论选》卷2，上海古籍出版社1979年版，第88页。

② 王廷相著，王孝鱼点校：《慎言》卷1，《王廷相集》，第751页。

③ 荆浩：《笔记法》，见俞剑华编《中国画论类编》，第605—605页。

全景审视中，形成了“山水之象，气势相生”的整体观念，创立了“开图千里”的新格局。他的山水画理论注重气与“象”的关联，在其强调的绘景“六要”（气、韵、思、景、笔、墨）中，气居首位，乃心手如一、取象用笔之前提。

见之于哲学思想领域，譬如邵雍以“道德功力”和“化教劝率”的体用原则，归纳出八种政治运作的模式,《观物内篇》云：

> 夫意也者尽物之性也，言也者尽物之情也，象也者尽物之形也，数也者尽物之体也。
>
> 尽物之性者谓之道，尽物之情者谓之德，尽物之形者谓之功，尽物之体者谓之力。①

在邵子看来，物类有性、情、形、体，人类有言、意、象、数，前者为所指，后者为能指，两者一一对应,“意”尽“物之性”,“言”尽“物之情”,“象”尽“物之形”,“数”尽“物之体”。邵子将心物、主客关系联系起来，以此作为打通天人关系的桥梁，他以体用模式诠释性情、形体、言意、象数，辨明意会知识构成的要素及其关联，显示出其思想中极为思辨的一面。故而朱子赞誉邵子之学“包括宇宙，终始古今”②，这也是古人为学的最高目标了。

通观气学话语与“象喻”言说的关系，拟可以得出如下结论：气为万物赋形，由形入象，由象生意、生境，即“气→形→象→意→境”，这是一个逻辑意义上的衍生、递进过程，也是中国式意会知识生成的一般路径。

此一知识过程的完成，需借助于体悟的层层推衍，其间既有“体”之“随物以宛转”，也有“悟”之“与心而徘徊”，更是体证体现与豁然觉解的统一。如严羽《沧浪诗话·诗辨》:“惟悟乃为当行，乃为本色。”③亦如姚鼐《与石甫姪孙莹》:“凡诗文事与禅家相似，须由悟入，非言语所能传。然既悟后，则返观昔人所论文章之事，极是明了也。”④这种物与我、内与外的融合，有似于近代西方直觉主义的认识方法。譬如法国哲学家柏格森（Henri Bergson，1859—1941）贬低理

① 邵雍:《邵雍集》，第16页。

② 朱熹著，黎靖德编，王星贤点校:《朱子语类》卷100《邵子之书》，第2542页。

③ 严羽:《沧浪诗话》，见何文焕编《历代诗话》下，第686页。

④ 姚鼐:《惜抱尺牍》卷8，见《明清十大家尺牍》卷3，第166页。

性，认为只有直觉才是把握宇宙生命本质或绝对真理的唯一工具，因而抛弃概念、判断、推理等一切逻辑思维形式。在他看来："所谓直觉，就是一种理智的交融，这种交融使人们自己置于对象之内，以便与其中独特的、从而是无法表达的东西相符合。"[①] 柏氏认为直觉为意志的努力，超出感性经验、理性认识和实践范围之外，是区别逻辑理性的另一种认识活动，因此，这种直觉是指自我生命深入到对象内在生命之中，达到主体和客体直接、无差别的融合为一。这种直觉的认识方法，强调人在世界之中的认识立场，与国人所谓的体认、体悟，譬如《周易·咸·象传》释"感"、朱子谓"置心物中"，亦不乏相似之处。

意会体悟的过程，也是一个气化创生的过程。气化是实象与虚境之化合，其中所显示的包容万有的涵性与灵动创生的质性，十分契合艺术活动的本质特征。所谓气者无形可感，乃《庄子·知北游》谓"不形之形，形之不形"，王廷相谓"有形，生气也，无形，元气也"[②]，能自由出入有无之间，是虚实相生、形神统一的产物，这恰如方以智所总结："充一切虚，贯一切实，更何疑焉？"[③]在古人的文化视野中，气化是万物之间或心物之间联系的唯一纽带，按照刘勰《文心雕龙·物色》的说法，应该是这样的：

> 诗人感物，联类不穷。流连万象之际，沈吟视听之区。写气图貌，既随物以宛转；属采附声，亦与心而徘徊。[④]

所谓"随物以宛转"、"与心而徘徊"、"目既往还心亦吐纳"等说法，均是指心物、主客之间的交感往复，此一感物的过程，按照庄子的说法，便是"听之以气"一类的悟性认识。气化、气感的过程需借助于各种心理感觉之间的转换，这又常常被今人称为"联觉"或"通感"。所谓"联觉"，就生理而言，是指身体一部分发生的感觉与伴生的感觉；就心理而言，则是指一种感觉兼有另一种感觉的心理现象。钱锺书先生称之为"通感"，他曾经用不少中西文学作品的例子

① ［法］柏格森：《形而上学导言》，刘放桐译，商务印书馆1963年版，第3—4页。

② 王廷相著，王孝鱼点校：《慎言》卷1，《王廷相集》，第751页。

③ 方以智：《物理小识》卷1，见庞朴注《东西均注释》"序言"。

④ 刘勰著，詹锳义证：《文心雕龙义证》，第1733页。

来解释“通感”现象，并有如下定义：“在日常经验里，视觉、听觉、触觉、嗅觉、味觉往往可以彼此打通或交通，眼、耳、鼻、舌、身各个官能的领域可以不分界限。颜色似乎会有温度，声音似乎会有形象，冷暖似乎会有重量，气味似乎会有锋芒。”① 在审美活动尤其是诗歌创作中，“通感”的例子是很多的，譬如在评述潘岳《秋声赋》时，钱先生认为：

> 潘岳谓其以“四蹙”示“秋气”之“悲”，实不止此数。他若“收潦水清”、“薄寒中人”、“羁旅无友”、“贫士失职”、“燕辞归”、“蝉无声”、“雁南游”、“鹍鸡悲鸣”、“蟋蟀宵征”，凡与秋可相系着之物态人事，莫非“蹙”而成“悲”，纷至沓来，汇合“一涂”，写秋而悲即同气一体，举远行、送归、失职、羁旅者，以人当秋则感其事更深，亦人当其事而悲秋逾甚，如李善所谓春秋之“别恨逾切”也。②

由此可见，能“通感”者，共同之处就在于“同气一体”，这是一种在气化流行、心物感应前提下形成的物我一体的互动相生结构。这种“涵濡以味之”的心灵通约过程，之所以能够产生“以人当秋则感其事更深”的深切之感，其前提在于主客互摄式的“同声相应，同气相求”，这也就从理论到实践阐明了古人“写秋而悲”的内在心理机制。

四

中国式的意会体悟表达方式，在文学理论领域的典型表述，就是有关感应、灵感、神会一类的提法，最为著名的是陆机“应感之会”的说法。《文赋》：“若夫应感之会，通塞之纪。来不可遏，去不可止。藏若景灭，行犹响起。方天机之骏利，夫何纷而不理？”③ 对于“应感之会”，徐复观先生认为：“应感，是就主客的关系而言。作者的心灵活动是主，由题材而来的内容是客。有时是主感而客应，有时是客感而主应。‘会’是主客感应的集结点，亦即是主客合一的‘场’，这是创作的出发点。”④ 这种分析是颇有见地的。在现代学术视野下，深

① 钱锺书：《七缀集》，生活·读书·新知三联书店2002年版，第64页。
② 钱锺书：《管锥编》第2册，第618页。
③ 陆机著，张少康集释：《文赋集释》，第241页。
④ 徐复观：《陆机〈文赋〉集释》，《中国文学精神》，上海书店出版社2006年版，第298页。

一步的分析，本书认为，“应感之会”的意义体现在两个层面：一为关系性存在，一为过程性存在。

所谓关系性的存在，这是天地人之间的普遍联系方式，也是中国式整体关联话语系统的基本特征之一，这就自根本上决定了古代文学思想对物我、主客等问题的认识是感应、体悟的方式，而非反映、再现的方式，此一特质，自先秦以来的学术传统就业已奠定。《周易·咸·象》释“感”云：“咸，感也。柔上而刚下，二气感应以相与……天地感而万物化生，圣人感人心而天下和平。观其所感，而天地万物之情可見矣。”《周易·乾·文言》有“同声相应，同气相求”，孔颖达《正义》释：“天地之间共相感应，各从其气类。”又云：“感者动也。应者报也。皆先者为感，后者为应。”《吕氏春秋·应同》：“类固则召，气同则合，声比则应。”[①] 关于这一点，程颐一语道破：“天地间只有一个感应而已，更有甚事？”[②] 对于天地人所共处的整体性的关系世界，体会最为精妙的是王阳明，按照《传习录下》的记载，王阳明游南镇，与朋友有关于岩中花树的一段问答，如云：

> 问曰：“天下无心外之物，如此花树，在深山中自开自落，于我心亦何相关？”先生曰：“你未看此花时，此花与汝心同归于寂。你来看此花时，则此花颜色一时明白起来。便知此花不在你的心外。”问：“大人与物同体，如何《大学》又说个厚薄？”先生曰：“惟是道理自有厚薄。此如身是一体，把手足捍头目，岂是偏要薄手足？其道理合如此。禽兽与草木同是爱的，把草木去养禽兽，又忍得。人与禽兽同是爱的，宰禽兽以养亲，与供祭祀，燕宾客，心又忍得。至亲与路人同是爱的，如箪食豆羹，得则生，不得则死，不能两全，宁救至亲，不救路人，心又忍得。这是道理合该如此。及至吾身与至亲，更不得分别彼此厚薄。盖以仁民爱物，皆从此出；此处可忍，更无所不忍矣。《大学》所谓厚薄，是良知上自然的条理，不可逾越，此便谓之义；顺这个条理，便谓之礼；知此条理，便谓之智；终始是这条理，便谓之信。”又曰：“目无体，以万物之色为体；耳无体，以万物之声为体；鼻无体，以万物之臭为体；口无体，以万物之味为

---

① 吕不韦著，陈奇猷校释：《吕氏春秋新校释》，第682页。

② 程颢、程颐：《二程遗书》卷15，第198页。

体；心无体，以天地万物感应之是非为体。①

这种“则此花颜色一时明白起来”的境界，建立在“天地万物感应”的基础上。这种超越主客、“万物一体”的共感状态，大约也是古人理想中“人与物”和“人与人”所能构成的关系世界的最佳境况了。

所谓过程性的存在，是指“会”与“化”、“感”的方式，有着相似之处，均为过程性语素。“会”的方式是一种过程性存在，古人关于意会、兴会、神会的种种理解，关键还在于“会”，这是形形色色的创作灵感、审美感受产生的前提。关于这一方面的描述，历代典籍中所见颇多，譬如：

每尝思之，原其所积文章之体，标举兴会，发引性灵，使人矜伐。②

偶其兴会，则触遇造笔，皆发于衷，不从于外。③

夫文章兴作，先动气，气生乎心，心发乎言，闻于耳，见于目，录于纸。意须出万人之境，望古人于格下，攒天海于方寸。诗人用心，当于此也。④

感兴势者，人心至感，必有应说，物色万象，爽然有如感会。亦有其例。如常建诗云：“泠泠七弦遍，万木澄幽音，能使江月白，又令江水深。”又王维《哭殷四诗》云：“泱莽寒郊外，萧条闻哭声，愁云为苍茫，飞鸟不能鸣。”⑤

及其悟也，心动而手均，圆者中规，方者中矩，粗者能锐，细而能壮，长者不为有余，短者不为不足，思与神会，同乎自然，不知所以然而然矣。⑥

---

① 王阳明著，吴光等编校:《王阳明全集》卷3，第107—108页。

② 颜之推著，王利器集解:《颜氏家训集解·文章篇》卷4，第238页。

③ 张怀瓘:《书断》，见上海书画出版社、华东师范大学古籍整理研究室选编《历代书法论文选》，第180页。

④ 遍照金刚著，王利器校注:《文镜秘府论校注·南卷·论文意》，第286页。

⑤ 遍照金刚著，王利器校注:《文镜秘府论校注·地卷·十七势》，第126—127页。

⑥ 李世民:《指意》，见上海书画出版社、华东师范大学古籍整理研究室选编《历代书法论文选》，第121页。

顾生思侔造化，得妙物于神会。①

此一类兴会、神会的出现，在于物事与人事的“同气一体”，以心物、主客之间的互动共感为前提，这种感应的存在样态与无形可感的化生特质，是典型的意会体悟表述方式。如欧阳修《书梅圣俞稿后》：“工之善者，必得于心，应于手，而不可述之言也。听之善，亦必得于心而会以意，不可得而言也……余尝问诗于圣俞，其声律之高下，文语之疵病，可以指而告余也；至其心之所得者，不可以言而告也。余亦将以心得意会，而未能至之者也。”② 长于创作者，能够得心应手，但未必能用语言表述出来；长于欣赏者，能够以意会之，但未必能用语言传达出来。在欧阳修看来，这都属于“心得意会”一类的体悟。在古人看来，欣赏者须平心静气，沉浸于密咏恬吟、涵润濡染的氛围之中，方能有所“觉”、有所“体”，体悟出前人创作的精妙之处。如同沈德潜所言：“诗以声为用者也，其微妙在抑扬抗坠之间。读者静心按节，密咏恬吟，觉前人声中难写，响外别传之妙，一齐俱出。朱子云：‘讽咏以昌之，涵濡以体之。’真是读诗趣味。”③ 今人傅庚生先生认为：“研之精则悟之深，悟之深则味之永，味之永则神相契，神相契则意相通，意相通则诂之达矣。”④ 在他看来，人之内发者曰“情”，外触者谓“感”，应感而生，故曰“兴会”。逢佳节备思亲，赴荆门而怀古，窥鬓白以相思；兴之所至，侍奉其会，发为词章，便成佳构；及其所之既倦，情随事迁，“兴会”已逝，就不免辍翰而腐毫矣⑤。

第四节　对待立义

一

何谓对待立义？20世纪70年代马王堆出土的《老子》乙本帛书《称》，提供了迄今最早的二元对待义项，其中涉及天地人的名目既综合又庞杂，如云：

---

① 李嗣真：《续画品集》，见俞剑华编《中国画论类编》，第394页。
② 欧阳修：《书梅圣俞稿后》，《欧阳修全集》卷72，第1048—049页。
③ 沈德潜：《说诗晬语》卷上，见丁福保编《清诗话》下，第524页。
④ 傅庚生：《中国文学欣赏举偶》，第3页。
⑤ 傅庚生：《中国文学欣赏举偶》，第13页。

> 凡论必以阴阳□大义。天阳地阴。春阳秋阴。夏阳冬阴。昼阳夜阴。大国阳，小国阴。重国阳，轻国阴。有事阳而事阴。信（伸）者阳者屈者阴。主阳臣阴。上阳下阴。男阳女阴。父阳子阴。兄阳弟阴。长阳少阴。贵阳贱阴。达阳穷阴。取（娶）妇姓（生）子阳，有丧阴。制人者阳，制于人者阴。客阳主人阴。师阳役阴。言阳黑（默）阴。予阳受阴。诸阳者法天，天贵正，过正曰诡□□□□祭乃反。诸阴者法地，地之德安徐正静，柔节先定，善予不争。①

此一阴阳相应的语义系列，囊括了早期对待立义思维的基本内涵，虽然前者（主于阳）较之后者（主于阴）不乏具有在先和主导性，但在本质上，阴阳中的天地乾坤、男女尊卑、内外刚柔、君臣高下，等等，相互依存，互为体用。虽然外延在不断扩展，意义系统在不断充实，但是，缺少了任何一方，另一方也就不复存在了。就阴阳的本义而言②，无论是日光所照为阳反之为阴，或是山北水南为阳反之为阴来看，均是就时令节气的时间迁移与地理方位的空间比对而论的，两种现象相对而言，具有互换性，且正是在这种相对与互换中呈现出对待立义的整体意义。

从《周易》古经的阴阳二爻看，先民业已运用“—”与“—”来表示事物的存在状态，这是早期的用符号来表达对待立义思想，逮至《易传》解释系统提升到以概念化形式来确立阴阳对举的形上意义，并且随着外延的不断推衍延伸，形成了以阴阳二项式为基准的多项对应系统。譬如看《内经》的理论体系，卫外阳气和脏腑阴气之间的相互作用，对于人体生理、心理的健康具有重要意义，以此为范型引出一系列的对举范畴，如天地、男女、天人、上下、左右、顺逆、坚脆、清浊、动静、本末、徐疾、标本、厚薄、来去、前后、热寒、水火、燥湿、湿凉、生死、盛衰、缓急、虚实、出入、大小、多少、彼此、补泻、成败、真邪、始终、喜怒、功利、表里、深浅、粗细、迎随、吉凶、偏正、奇恒，等等。值得注意的是，这些相互对应的范畴，乃是以阴阳原

① 马王堆汉墓帛书整理小组:《马王堆汉墓帛书》(壹)，第81页。

② 关于阴阳本义，许慎《说文解字》14篇下释云:“阴，闇也，水之南，山之北也。从阜，侌声。”又云:“阳，高明也。从阜，昜声。”段玉裁注:“夫造化侌、昜之气，本不可象，故黔与阴，昜与阳，皆叚云日山阜，以见其意而已。参见许慎著，段玉裁注:《说文解字注》，上海古籍出版社1981年版，第731页。

有特质为基准，并透过此一特质来了解相应系统中的对象，赋予其相应的意义，这就不仅涵括万物存在之规律、形式与缘由诸义，而且能够解释万物变化之规律、形式与缘由。

思维方式乃是一个民族在漫长的历史文化发展中所积淀并长久地发挥作用的运思定势。不同的文化背景、历史传统与生存环境，使得不同民族即使面对相同的问题，也会得出不同的结论。譬如在人与自然的关系问题上，中国式的对待立义，虽然也承认两分，但于分中更重合，宗旨在一，归于“万物一体”、“天人合一”，因而更强调两端之间的张力与动态关系，执着于寻找中庸和谐的那一度。在西方的哲学传统中，对于人与自然关系的理解，与中国的方式不同。柏拉图的理念论把理念世界与感性世界对立起来，这在一定意义上分离了思维与存在、主体与客体；中世纪哲学以神学的方式存在，其核心问题是神与人的关系问题，有关思维与存在的对立，也就是天与人、灵魂与肉体、精神生活与物质生活的对立；近代哲学突出了认识论问题，在思维与存在的问题上，强调对立统一，强调人的能动性，黑格尔建立了思维与存在、主体与客体对立统一的辩证法，从而也就达到了认识论领域中天人二分、主客对立的顶峰。

中国式的对待立义思维方式，与西学的辩证法不同。西方哲学中的辩证法是指了解世界变化的逻辑规律，自柏拉图经中世纪神学到黑格尔，发展成一套完整的理论体系。其实质是否定之否定规律，即认为任何事物的发展均为两种对立斗争力量所推动，通过所谓否定之否定而达到一个更高的层次，这种辩证法以历史发展的直线阶段论和终极目标论为先导，所强调的对立统一源自主客、精神肉体的二分。西方这种传统的辩证法思想，自19世纪末以来遭到根本性的批判，譬如德国人尼采否定了以康德、黑格尔为代表的古典哲学批评传统，认为其最大谬误在于，企图寻找一种放之四海而皆准的普遍价值，其病根在于基督教的神学前提，因此，他宣布上帝已经死亡，否定有任何超越一切文化传统的绝对真理存在。尼采极力反对终极目的论和价值观，他认为哲学家必须是“谱系学”（genealogy）家，谱系学要阐明事物的源流统绪，要解释价值观本身的发展流变，因而，一个谱系学家必定会抛弃任何现成的绝对价值、终极目的或功利主义等，重新评估一切价值观和历史，真正以文化的“多元主义”（pluralism）展现生活本身的复杂性。①

---

① 参见［德］尼采：《论道德的谱系》，周红译，生活·读书·新知三联书店1992年版。

中国思维方式中的对待性具有辩证的特征，如易学经验中阴阳变化法则及其借助形上之道、气等观念形态的呈现，但是，中国思想传统中并没有辩证法，所谓阴阳二元式的思维方式，只是一种对待立义，二者必须有所待，不即不离，在互补中共构，在相离中共存，无内无外、流动不居，在动态平衡中凸显整体的意义。因此，就本质而言，中国式的对待立义，不同于主客二分式、对立统一式、否定之否定式，而是表现为追求对待性和立义性的合一，天地人的整体关联是对待立义思维的一个既定前提，中庸和谐是对待立义思维的价值指向，这与基督教传统的二元论思维方式和黑格尔式否定之否定的辩证法，以及所指向的直线历史发展阶段论与欧洲中心论，是纯然不同的。

从思想史的角度考察，对待立义的形成是伴随着气学思维的兴盛，并主要通过阴阳五行的阐释演变而形成完整思想系统的。① 在古代中国，阴阳之说是最普遍的知识，所谓“百姓日用而不知”，深刻地影响到古人思维模式与文化心态的形成。关于阴阳的起源，古今无有定论，根据《周易》中包牺氏“近取诸身，远取诸物”作八卦的这一比较晚近的说法，可以推测是先民从长期的自然、社会、人事观察中，得出的关于天、地、人生成发展动因的最直切推断，这是源于人们日常生活经验基础上的一种抽象概括。无论从迄今发现的最早文字，如周原甲骨卜辞与西周金文中所见“阴”、“阳”二字，还是《诗经·大雅·公刘》歌颂周人先祖择地而居的“相其阴阳，观其流泉”，所指“阴”、“阳”均是与天象、地理方位有关的知识性概念，这是古人对自然的天象、地理长期观察后形成的直观判断，应该是作为二字本来意义使用的。② 将阴

---

① 关于对立关系的分类，庞朴先生以“两”、“贰”、“匹”为例，分为三种：并生式、从生式、发生式。参见庞朴：《对立与三分》，《中国社会科学》1993年第2期；关于对立思维的发展，吾敬东先生将其分为图形化、符号化和概念化时期，阴阳概念的出现是对立思维概念化、概括化的最高阶段。参见吾敬东：《古代中国思维对对立现象的关注与思考》，并认为《中国哲学史》1997年第2期。

② 梁启超先生曾考证《诗》、《书》、《礼》、《易》中“阴”、“阳”二字的意义。《仪礼》无“阴”、“阳”二字；《诗》言“阴”者八处，言“阳”者十四处，言“阴阳”者一处；《书》言“阴”言“阳”者各三处；而《易》仅“中孚”卦九二爻辞有一“阴”字。据此，他认为：“所谓阴阳者，不过自然界中一种粗浅微末之现象，绝不含何等深邃之意义。”参见梁启超：《阴阳五行说之来历》，《古史辨》第5册，第347页。现代学者根据甲骨文辨析，有不同的结论，譬如萧良琼先生《从甲骨文看五行说的渊源》一文认为，甲骨文中有“阴”、“阳”二字，但没有材料说明商人已有

阳纳入思想体系并上升为哲学范畴的，是春秋末的老子，所谓“万物负阴而抱阳，冲气以为和”的说法，旨在说明万物皆具有阴、阳两面的特性，这里所言的“阴”、“阳”，不再是原始的天象、地理等含义，也不再是简单的二气，而是发生了抽象化和形而上的意义提升，成为构成宇宙的基本元素和解释万物变化的根本法则。成书于战国的《易传》，将阴阳范畴引入对《易经》义理的阐释，论及“阴”、“阳”者，凡十二处，既用来解释自然现象，也用来解释社会现象、精神现象。在易的经验中，“三才”各一分为二，由阴卦、阳卦各取一个配合，明确地标示出阴阳是贯通天、地、人之中介，建构了以阴阳贯通的自然、社会和人事一体化的理论范型，确立了以阴阳释易的思想体系。

以气化释五声、五色、五味的思想，由来已久。所谓的五行，是对阴阳的具体化，以数术的方式说明宇宙万物存在的结构与秩序。春秋战国是五行学说兴盛的时期，从具体事物到抽象符号，从基本构型到相生相克的功能属性，凡自然现象之五味、五声、五色、五时、五方，人体心志之五脏、五体、五窍、五荣、五志，道德伦理之五德、五事、五服、五常，礼仪刑政之五典、五祀、五礼、五章、五刑、五教，等等，其思想含义渗透到社会生活的各个领域。在古代整体关联的运思模式中，阴阳之气、五行之气与自然万象、社会人事乃至人体器官，乃是一一对应、坐实的关系，这构成了古人对于天、地、人三界的基本理解，逮至南宋朱震（1072—1138）仍然认定：“阴阳之精，五行之气，气聚为精，精聚为物，得乾为首，得坤为腹，得震为足……五行阴阳，各还其本。”①此一类的比附，在古代阴阳五行话语中极为常见，虽然今人看来不免机械，但其间所反映的是古人对于天、地、人之间最深刻本质的探索以及最普遍联系的信仰。

从观念史的角度看，对待立义是早期哲学思辨的重要成果，在先秦时期就

阴阳变化的思想，“阴”表示天气，“阳”用于地名。参见艾兰等主编：《中国古代思维模式与阴阳五行说探源》，江苏古籍出版社1998年版，第224、218页。黄天树先生《说甲骨文中的“阴”和“阳”》一文认为，商代甲骨文中已有“阴”、“阳”二字，“阴”指水南山之北，“阳”指水北山南，殷人有阴阳的观念，能定方位、辨阴阳。参见《黄天树古文字论集》，学苑出版社2006年版，第216、217页。随着简卜文献的大量出现，围绕此一问题的研究仍在继续。参见李存山：《试评清华简〈保训〉篇中的“阴阳”》，《中国哲学史》2010年第3期。

① 朱震：《汉上易传·系辞上》，文渊阁四库全书本。

相当成熟。所谓阴与阳“两一”与阴阳五行“二五”的萌芽应该是很早的，从殷墟中大量吉凶两端的卜辞来看，殷人已经习惯于一种两分的思维方式；《左传·昭公三十二年》有“物生有两”、“体有左右，各有妃耦”，《昭公二十年》有“清浊、小大、短长、疾徐、哀乐、刚柔、迟速、高下、出入、周疏，以相济也”等说法，已经是相当清晰的“两一”思想。譬如见于《论语·子罕》、《礼记·中庸》，各有一例“两端”的说法，俱无详论，因而后世考证本义时，歧义颇多，对照郑玄和朱熹的解释，如下：

> “两端”，过与不及也。“用其中于民”，贤与不肖皆能行之也。①
>
> 两端，尤言两头。言始终、本末、上下、精粗，无所不尽。②

两相比较，两位大儒的阐释路径，可谓泾渭分明，基本上代表了汉学的政教路径和宋学的知识学路径。尤其是朱子的诠释，在张子、二程之后，理论形态的表述业已相当完备。③ 对于“两端”的理解，虽然历代学者的诠释各不相同，但认为事物均有两面而非一面，这一层意思应该是没有异议的。

在老学思想体系中，相反相成的概念群极为丰富，近乎百对，所谓“反者道之动”的相互转化思想也很饱满，可以说，《老子》一书是早期“两一”思想的集中展示。在稷下学派的思想中，作为“制人之术”，阴阳五行乃重要政治理论之一，《管子·揆度》有“二五”之数为“国之至机”的说法。从《管子》全书看，阴阳所包括的对待关系甚为宽泛，譬如利与害、生与死、贫与富、盈与亏、治与乱、战与和、攻与守、安与危、兴与废、盛与衰、强与弱、损与益、予与取、往与来、动与静、决与塞、开与闭、难与易、刚与柔、轻与重、大与小、实与虚、远与近、多与少、侈与俭、赏与罚、存与亡，等等。管

① 郑玄：《中庸》注，十三经注疏本。

② 朱熹：《四书章句集注》，第111页。

③ 朱熹秉承张载、二程的思想，对于“一物两体”提出不少新观点，譬如他认为宇宙万物“皆是一生两尔”，天下的道理“只是一个包两个”，承认“无独必有对”，“独中又自有对”，强调变化的思想，如云：“凡天下之事，一不能化，惟两而后能化。且如一阴一阳，始能化万物。”参见《朱子语类》卷67《易三》，第1651页；《朱子语类》卷65《易一》，第1610页；《朱子语类》卷95《程子之书一》，第2434页；《朱子语类》卷98《张子之书一》，第2512页。

子一派不仅看重阴阳之对待性，对于阴阳之立义性，也有相当深入的阐释，如《管子·枢言》："凡万物阴阳两生而参视。"又《管子·乘马》："春秋冬夏，阴阳之推移也。时之短长，阴阳之利用也。日夜之易，阴阳之化也。"虽然有关对待立义所具有的相反相成、相互转化的特性，管子一派并未特别强调，但较之老庄之学所秉持的万物生成路数，无疑论述得更为深入，并且在运思逻辑上开启了易学的先声。在易的经验中，总结了早期"两一"观的三个核心命题："生生之谓易"、"刚柔相推而生变化"、"一阴一阳之谓道"。不仅明确指出天地万物均存在着阴阳两端，而且强调两者之间相互依存、相互转化的关系，这是古代知识生成的法则，也是古代真理产生的机制。

总体而言，作为呈现对待立义思维的经典范式，阴阳充分展示了国人在哲学思辨层面的成果。从思想史的角度看，在原初先民那里，气是生死之延续、循环，由气之上升、下潜，又可以有高下、尊卑之意；到战国末期，气被理解为宇宙的本原，决定万物变化的自然力量，作为气之两重性，阴阳成为贯穿一切生命体的对待项，并伴随着五行的程式化得以进一步完善，阴阳五行遂成为象征宇宙力量的符号称谓；随着阴阳的体系化，凡天地人，各种对待的物象均被纳入阴与阳的系列，作为最显在的对待范畴，阴阳最终成为划分所有对立项的通用符号。从观念史的角度看，在国人的思维定势中，阴阳的配列与嬗变，是从森罗万象事物的两端出发，通过一套简易的识别代码，从而获得一种把握世界的无所不包的认知模式。一方面，从自然现象到人文现象，从生命范畴到道德范畴，从形象思维到抽象思维，阴阳对举形成了一个博大精深的思想库；另一方面，对自然和社会共有的品性，亦用阴阳加以解释，如刚柔、健顺、进退、伸屈、贵贱、高低，等等。因此，无论是自然现象，还是社会现象，在内在形态上均表现为一阴一阳，在意义生成上均呈现出对待立义的整体特征。①

对于这种衍化模式的形成动因与心理机制，诺夫乔伊的观点值得重视。他

---

① 譬如从自然现象看,天为阳地为阴，日为阳月为阴，暑为阳寒为阴，明为阳暗为阳，昼为阳夜为阴,《周易·系辞上》："天尊地卑，乾坤定矣……日月运行，一寒一暑。"又云："广大配天地，变通配四时。阴阳之义配日月，易简之善配至德。"从社会现象看，男为阳女为阴，君为阳民为阴，君子为阳小人为阴,《周易·系辞上》："乾道成男，坤道成女。"《周易·系辞下》："阳一君而二民，君子之道也。阳二君而一民，小人之道也。"

认为，某些特定的假设或“理智习惯”影响着人们的思维进程，这种“理智习惯”总是让人们本能地倾向于把所有一般概念的意义归结为那些属于这类概念的具体可见的特殊事物的枚举。[1]情况的确如此，正如本书业已论述，这种“理智习惯”在中国古代阴阳五行思想的泛化、衍生进程中，确实发挥了巨大的影响。

二

对待立义、相反相成的“两一”观，在早期思想中的发展线索已经相当明晰了，同时，借助气之循环化生的阐释路径也逐渐明确起来，形成了较为清晰的思想谱系。气的存在本身不仅具有不同的层次面向与变化法则，而且在不同的思想文化发展阶段，人们对于气所表现出的性向与状态的认识，也不尽相同。这一点，从汉代经学、魏晋玄学到宋明理学逮至明清之际的学术集大成，呈现不同的特质，需要特别加以注意。

在汉代董仲舒的文化视野中，事物对立面之间是互相依存的，如《春秋繁露·保位权》:“声有顺逆，必有清浊。形有善恶，必有曲直。”[2]这种互为印证的对待关系，是“天人感应”思想的理论基础。后来魏晋玄学的理论旨趣，就是在远与近、显与幽、内与外、本与始、王权与道统之间确立合理性，寻找终极价值。这一点，王弼论述得相当清晰，如云:“夫欲定物之本者，则虽近而必自远以证其始。夫欲明物之所由者，则虽显而必自始幽叙其本。故取天地之外，以明形骸之内。明侯王孤寡之义，而从道一以宣其始。”[3]“两一”观的形上构架，是由宋代理学家完成的。张载《正蒙·太和》:“两不立则一不可见，一不可见则两之用息。两体者，虚实也，动静也，聚散也，清浊也，其究一而已。”[4]在他看来，气之运动变化，在于本身所包含的阴阳两面的相遇相感。在气化过程中，本体之气以“无”为本，由于内在的运动化生表现出阴阳、动静、聚散、清浊、虚实、有无、形神、刚柔等属性，如阴因静而散，因散而归清、虚，至清无碍，为无、为神；阳因动而聚，聚则归于浊、实，至浊为形、为有。对于这种运思方式，张载《正蒙·参两》称为“一物两体”，并且反复加以说明，如《横

---

① 参见［美］诺夫乔伊:《存在巨链——对一个观念的历史的研究》第一章“观念史的研究”，第1—25页。

② 董仲舒著，苏舆义证:《春秋繁露义证》，第175页。

③ 王弼著，楼宇烈校释:《老子指略》,《王弼集校释》，第197页。

④ 张载:《张载集》，第9页。

渠易说·说卦》：

> 一物两体者，气也。一故神，两故化，此天之所以参也。两不立则一不可见，一不可见则两之用息。两体者，虚实也，动静也，聚散也，清浊也，其究一而已。有两则有一，是太极也。若一则有两，有两亦一在，无两亦一在。然无两则安用一？不以太极，空虚而已，非天参也。①

关于对待立义，二程也有精到论述，譬如明道先生言："天地万物之理，无独必有对，皆自然而然，非有安排也。每中夜以思，不知手之舞之，足之蹈之也。"②明道此论，极为传神。在他看来，即使是理学最高范畴的理，也是由内在的对待性所决定的，明了此意，也就不免手舞足蹈了。这种对待性，尤以阴阳之消长、善恶之增减为特征，又云：

> 万物莫不有对，一阴一阳，一善一恶，阳长则阴消，善增则恶减。斯理也，推之其远乎。③

气之往来、屈伸，无一不有对待之意含摄其中，也因之无一不有对待之理含摄其中，推而广之，阴与阳关涉到庞大的理学范畴群。譬如，阳关联到刚、重、有、雄、动、亲、仁、爱，等等；阴关联到柔、轻、无、雌、静、尊、义、敬，等等。"北宋五子"之后，对"两一"观有深刻论述的是南宋叶适（1150—1223），水心先生倡导"功利之学"，在理学诸问题上与朱子、象山见解不同，但在"两一"观上仍然是承关学路数，如释"中庸之道"：

> 道原于一而成于两。古之言道者必以两。凡物之形，阴、阳、刚、柔、顺、逆、向、背、奇、偶、离、合、经、纬、纪、纲. 皆两也。夫岂唯此，凡天下之可言者，皆两也，非一也。—物无不然，而况万物，万物皆然，而况其相禅之

① 张载：《张载集》，第233—234页。

② 程颢，程颐：《二程遗书》卷11，第167页。

③ 程颢，程颐：《二程遗书》卷11，第170页。

无穷者乎！①

在他看来，物之所在，道则在焉，物由气构成，五行八卦乃气之变化形态。他提出“一物为两”、“一而不同”的命题，认为事物的对待两面处于相互转化、永不停息的过程中，同时强调只有“止于中庸”，方能各得其所，各安其位。

明清之际的方以智，是传统时代对待立义思想的总结者，在其晚年所著《东西均》中，有不少精辟的结论，如《东西均·反因》：

> 夫对待，即相反者也。
>
> 有一必有二，二皆本于一。岂非天地间之至相反者，本同处于一原乎哉？
>
> 因对待谓之反因……所谓一切对待之法，亦相对反因者也。②

方氏的“公因反因”说，极为精粹。所谓“公因反因”，《易余·充类》释云：“极则必反，始知反因。反而相因，始知公因。公不独公，始知公因之在反因中。”③“反因”是指对待的两端，“公因”是指对待两端的统一，简言之，“公因，一也；反因，二也”④，“一在二中”⑤。有关“公因反因”的例证，往大处说，便是太极和阴阳，也即“大一”和“大二”，如《易余·三冒五衍》：“大一分为大二，而一以参之，如弄丸然，如播鼗然。”⑥往小处说，凡天地万物无不有“公因反因”，如《东西均·反因》：

> 天地间之至理，凡相因者皆极相反……则所谓相反相因者，相救相胜而相成也。昼夜、水火、生死、男女……剥复、震艮、损益、博约之类，无非二端。⑦

① 叶适著，刘公纯等点校：《叶适集》，中华书局1961年版，第732页。
② 方以智著，庞朴注：《东西均注释》，第88、89、94页。
③ 转引自庞朴：《东西均注释》“序言”，第6页。
④ 《物理小识》卷5方中通按语，商务印书馆1937年版，第108页。
⑤ 方以智著，庞朴注：《东西均注释》，第96页。
⑥ 转引自庞朴：《东西均注释》“序言”，第6页。
⑦ 方以智著，庞朴注：《东西均注释》，第87—88页。

不同于今人的理解，方氏较为强调一在二中，一参于二，如“参即是两，举一明三，用中一贯”[①]，“一不可言，而因二以济”[②]，在他看来，这才是儒家“执两用中”的真谛。方氏思想之深邃博辩，令人折服。

关于“两一”观的总结，另外一位集大成者，是与方氏同时代的王夫之。船山将一分为二、合二为一的对待思想分析得颇为清晰，《张子正蒙注·太和》：“合两端与一体，则无有不兼体者。”又云：“一气之中，二端既肇，摩之荡之，而变化无穷。”[③] 在他看来，物物皆有阴阳，没有孤阴孤阳。所谓“一”，是两端之间的关系，而非两端之一，故《思问录·内篇》：“两端者，虚实也，动静也，聚散也，清浊也，其究于一也……聚于此者散于彼，散于此者聚于彼，浊入清而体清，清入浊而妙浊，而后知其一也，非合两而以一为之纽也。”[④] 较之方以智重视一在二中，船山的兴趣显然偏于二归一，强调气化阴阳的整体关联特质。

稍晚的叶燮，对于“两一”观亦有相当深刻的见解，并将之熟练地运用于诗歌的解释活动中，这也是其文论体系建立的哲学基础。如《二取亭记》：“凡物之义不孤行，必有其偶为对待……夫道本无有可弃，本无有不可，道之常也。有弃有取，道之变也。有弃斯有取，有取斯有弃，道之变而常也。故物之有弃有万，吾以二统之，物之取亦有万，吾以二摄之。”[⑤]《原诗·外篇》：“对待之义，自太极生两仪以后，无事无物不然：日月、寒暑、昼夜，以及人事之万有：生死、贵贱、贫富、高卑、上下、长短、远近、新旧、大小、香臭、深浅、明暗……大约对待之两端，各有美有恶，非美恶有所偏于一者也。”[⑥]叶氏坚持“虚实相成，有无互立”的对待立义原则，反复强调万事万物的存在都不是孤立的，而是相对立、相比较而存在的，凡物必有对，有有必有无，有弃必有取，有美必有恶，“偏于一者”不可取。这种理解代表了清代学者的一般看法，在中国古代以意会体悟为核心的知识生成模式与艺术表达方式中，对待立

① 方以智著，庞朴注：《东西均注释》，第88页。

② 方以智著，庞朴注：《东西均注释》，第243页。

③ 王夫之：《张子正蒙注·太和》，《船山全书》第12册，第42页。

④ 王夫之：《思问录·内篇》，《船山全书》第12册，第411页。

⑤ 叶燮：《已畦集》卷6。

⑥ 叶燮著，霍松林校注：《原诗·外篇上》，第44—45页。

义无疑是一种具有开放性，且蕴含多种可能性的方法论原则，故而受到理论家的一致推崇。

上述从思想史和观念史角度的梳理，旨在说明对待立义思维方式的形成，既是一个历史的积淀过程，一个在历史思想文化脉络中衍化融合的过程，也是一个有着自主性，有着自身生命力而不单纯依赖外力推动的内在理路。在古代思想寻找统一极则的倾向中，阴阳五行被视为气范畴更为根本、更具代表性的变化形态，气分阴分阳，五行为阴阳的展开，这种范式的推衍是在思想发展的漫长过程中逐渐凝聚的。历史地看，"两一"观的形成，与古人宇宙生成论和形上本体论的演进与成熟同步，这在董仲舒的时代完成了框架意义上的结合，而真正哲学意义上的严谨整合，见于周敦颐二气生五行的太极图说。太极依元气而立，太极分化，天地生成，四时变迁，八卦产生，这种一分为二,二分为四,四分为八的化生结构，为一气流行的结果，并由气之对待性而内在决定。《易纬·乾凿度》所谓"因阴阳，定消息，立乾坤，以统天地"[①]，亦复此意。

在现代学术视野下考察，所谓对待立义，作为古人对天、地、人关系的一种认知方式，是构成气学整体关联话语形态的内在逻辑依据。气以阴阳五行为基础（或者说，气含阴阳两种性向与五行五种状态），气与阴阳五行互为体用，包含了天、地、人三界的架构形态与发展动因，其中所展示的世界，由物我、天人、主客的相应相融、互释互动，而构成了一个层级分明、圆融自足的意义系统。在"气之层级释义及其意义关联"一节，业已指出，受整体性与关联性特征所决定，不可就气而言气，而必就气之体用对待了解气。自体言，气是最具体的实体，也是最抽象的本体；自用言，气乃阴阳、动静的气化过程。气之体用义，即体而即用，涵括了现象界、观念界与本体界的层次与境界，具有深刻而辩证的超越意义。此一理论体系极为复杂错综，是一个具有上下、内外结构层次与前后、左右因果关联的解释系统，其间充分地展示出中国体验式的本体观与变化观的特质。

三

以气学为核心所衍生的对待立义思维方式，是讨论古代文论范畴形成的一

① ［日］安居香山、中村璋八辑:《纬书集成》，第10页。

个基本结构与意义框架，也是了解古代艺术思辨的一个逻辑起点。这大体表现在三个方面：一是本体阐释意义上的对待型范畴群，二是两两相对的质态平衡的意义系统，三是对待立义求中和的价值追求。下面拟分而论之。

一而二的对待性与两归一的立义性，构成对待立义的基本特质。所谓对待性，即两两相对，缺一不可，这是天地人同生共在的结构，也即方以智谓“夫对待，即相反者也”，“有一必有二,二皆本于一”，“所谓一切对待之法，亦相对反因者也”[①]，一在二中，一参于二，阴阳对待，一气贯通，共同分享着天地人的一致性和类比性原则。体现在文学批评领域，就是两两相对的对待型范畴，这是古老的对待立义思维方式在话语形态与范型模式上的重要思想遗产，是中国古代哲学、美学及文学观念史上一道独具特色的风景线。

清人刘熙载在《艺概》中，论及文学艺术作品的内容、形式、风格、意境及其相关性诸问题时，运用了一系列的对举范畴。譬如正与变、义与法、质与文、丑与美、疏与密、益与损、轻与重、实与虚、内与外、形与神、曲与直、断与续、深与浅、意与象、聚与散、言与旨、真与伪、弛与严、幽与隽、淡与旨、平与奇、柔与刚、圆与方、细与阔、沉与快、婉与直、隽与雄、逸与雄、是与异、含与露、皱与透、稳与超、徐与疾、僻与熟、隐与秀、结实与空灵、沉着与飘逸、复古与从时、出色与本色、人籁与天籁、俊致与狂逸、优柔与清深、醉厚与雄奇、迂徐与直捷、柔婉与硬直、缠绵与超旷、幽淡与雄快、凝重与流动，等等，这是古代诗文评中所见数量最为庞大的对待立义范畴群。这些范畴莫不以对待性关系的问题提出，且于彼此对举中，形成另一层次或更高层次的立义性动态结构，其内涵和外延，既独立又关联，既相反又相成，在互动互释中揭示作品艺术创造之轨迹，显示艺术审美之浑然天成与韵味无穷，充分展示了刘氏所秉承“文之为物，必有对也”[②]的诗学主张。在他看来，这与《易传》“物相杂故曰文”,《国语》“物一无文”，有异曲同工之妙。

考察大量成双作对范畴的构型特点，大体可分为两类：一是并生互渗类，一是发生共构类。

---

① 方以智著，庞朴注:《东西均注释·反因》，第88、89、94页。

② 刘熙载:《艺概·经义概》，第182页。

前者如中和、教化、美善、诗乐、情志、形神、险僻、奇怪、直舒等，此类范畴两语素边界模糊、分殊而合、相蕴相含、互动相生，关照方位与指述对象在相互阐释与吸纳中呈现出开放的特征。以中和为例，中和范畴的形成是一个历史的过程，是三代以来“尚和”与“尚中”意识培育而成的。[①] 在古人看来，有天、地、人之和，始有钟鸣鼎食之政和、人文之和，而达于和，必求于中，当触及对待面之转化时，和与中才相联系。对此，董仲舒《春秋繁露·循天之道》明言：“中者，天地之所终始也，而和者，天地之所生成也。夫德莫大于和，而道莫正于中。”并进而断定：“中之所为，而必就于和。”[②] 董仲舒认为天地之道“起于中而止于中”，“中”是规律、尺度，“和”是境界、目的，没有“和”的境界，“中”就失去意义，没有“中”的尺度，“和”亦无法达致。就对待立义思维而言，中和范畴的构型特征在于：和中有中，中中有和。

后者如文质、古今、虚实、巧拙、动静、奇正、浓淡、隐显、雅俗、真幻等，此类范畴两语素虽独立成体，但纯粹一极没有意义，须有所待，彼此点化，在相离中共存，在互补中共构，在相互牵制的共同结构中方能呈现出整体意义。以文质为例。文质范畴是礼乐知识谱系下生成的元范畴，在古人看来，物之质文犹如人之内外，属于事物不可缺少的两个部分，宇宙万物乃至各种人文现象都不可避免地存在质内文外的问题。[③] 古人习惯于在文质递变中寻求天地人之法则，如《春秋元命苞》：“王者一质一文，据天地之道，天质而地文。”[④]《太玄·文》：“阴敛其质，阳散其文，文质斑斑，万物粲然。”[⑤]“质”是阴气内敛的结果，“文”是阳气外散的结果，文质结合而万物粲然，文质也因之具有阴阳的普遍意义。就对待立义思维而言，文质范畴的构型特征在于：文不离质，质不离文。

正如老学以有无、一多的对举来理解本体，宋儒标举道、气、理、性、命、心阐释体用一样，在古代文学、哲学、美学的本体阐释范式中，常常采取的是范畴对举。具有本体阐释意义的对举范畴，譬如古人常用的中和、文质、动静、虚

① 参见拙文《“中和”思想源流及其文论意蕴》，《文学评论》2007年第3期。

② 董仲舒著，苏舆义证：《春秋繁露义证》，第444、446页。

③ 参见拙文《文质原论——礼乐背景下的诠释》，《文学评论》2004年第2期。

④ ［日］安居香山、中村璋八辑：《纬书集成》，第622页。

⑤ 扬雄著，司马光集注，刘韶军点校：《太玄集注》，中华书局1998年版，第97页。

实、有无、心物、形神等，它们均能为现代意义上的主体与客体、本质与现象、内容与形式、已发与未发诸问题提供一种理论形态的解答，均可视为古人基于不同的经验环境与认知方式，围绕文学、哲学、美学本体意义探讨而积淀的观念形态与思维模式。透过范畴的两两对举，在对待立义中促使两者的理解、融合，并通过两者相互限定、互为体用的思辨过程，既规范问题，也提供答案，从而获得整体与部分相互决定的本体论意义上的结论。这种既规范问题，亦提供答案，从而获得整体意义的话语形态与范型模式，可以说在对待立义思维中已经充分具备了。因此，考察上述两类数量庞大的对待型范畴，理解特定范畴的内在意蕴及逻辑关系，对于中国文学观念史和哲学观念史的研究极具理论价值，不仅能够使研究者理解范畴的思想意蕴，抽绎出概念所根植的相同话语形态，又易于明了其潜在的范型模式，而且可以察见范畴间的结构关联与逻辑意义延伸，更有助于准确理解中国早期概念体系的发生特征以及在文学艺术领域的渗透。

四

对待立义所具有的互动化生的思辨特质、“万物一体”的超越品格以及整体和谐的审美旨趣，体现在文学思想史领域，就是体用互为、互证互释，追求质态平衡的文论意义系统的形成，这是建立在对待立义思维所具有的立义性特点之上的。所谓立义性，即两归一的特质，于相反相成中烘托出整体性，以万物相通、一气流行的方式呈现。王夫之谓“两端者，虚实也，动静也，聚散也，清浊也，其究于一也”[①]，强调立义性所展示的关联结构与整体意义。从运思逻辑看，强调两归一的立义性，这既是两两相对、互动互释的对待型范畴的价值抉择，也是达成质态平衡意义系统在逻辑和审美上的必然要求。

此一意义系统的形成，乃根植于体用不二、即体即用的逻辑理路，体现在天道、地道、人道与天文、地文、人文所具有的相似性与同一性上。这就自根源上决定了传统哲学观念在体系上的整体性追求，故而范畴两极之间也就自然形成一种整体关联的结构张力，如同水克火，金克木，水生木，火生土的动态结构一样，所显示的是两极之间的对待性与辩证关系，两者相互影响，相互决

① 王夫之:《思问录·内篇》,《船山全书》第12册，第411页。

定，这与西学以抽象独立观念形成范畴的逻辑关系是不同的。[①]所谓阴与阳，乃相对而言，具有互换性，且于互换中显示出整体意义。所谓五行之“行”，亦不止于五种基本物象（属性）的描述，而是更为强调五者之间的内在法则与整体关联，这既是一个相生相克的变化过程，又有一个动态自足的运行结构。在此一意义系统的影响下，传统文论概念范畴两极之间往往交融互摄、相浃相洽，如情与志、心与物、趣与味、神与气等，虽然作为不同的概念，它们有着各自不同的形成过程及其内涵界定与理论向度，但文论家在使用这些范畴来诠释文学创作与艺术鉴赏的审美体验，或指述作品内在的审美意蕴时，往往不加区分，旁通统观，互为诠释，在不同的批评语境使用不同的概念时所指述或诠释的对象却是相同的。譬如以情志为例。

情志为一，乃是先秦以来的学术传统，《左传·昭公二十五年》：“民有好恶、喜怒、哀乐，生于六气。是故审则宜类，以制六志。”其中“六志”，即好、恶、喜、怒、哀、乐，是指六种情感，孔疏：“此六志，《礼记》谓之六情。在己为情，情动为志，情志一也。”故而以情为志气的观点，在古代文论传统中，乃是属于一种共享性知识，如《文心雕龙·附会》：“必以情志为神明，事义为骨髓，辞采为肌肤，宫商为声气。”[②]所谓的“情志为一”，是刘勰“才童学文”的四要素之一。又如西晋挚虞《文章流别论》：“夫诗虽以情志为本，而以成声为节。”[③]又如清人钱谦益《题燕市酒人篇》：“诗言志，志足而情生焉，情萌而气动焉。”[④]在儒学一系的诸多核心知识要素中，人的先天质素，如心、志、气、情、意等，并无明确分梳，往往融为一体，互为例证，互为支持，且常常处于圆融自足的平衡状态，神化而不自知，外显在各种人文活动与审美创造之中。

源于对待立义、循环恒变的运思逻辑，在知识结构上，古代文论的范畴命

① 关于中西范畴体系与思维模式的不同，汉学家的研究成果值得借鉴，如葛兰言提出的“中国思维模式”（structure of thought）、葛瑞汉提出的“关联思维”（correlative thinking），以及李约瑟视阴阳为“自然主义”和“前”科学的看法。参见［英］葛瑞汉：《论道者——中国古代哲学论辩》，张海晏译，中国社会科学出版社2003年版；［英］李约瑟：《中国古代科学技术史》第2卷《科学思想史》，何兆武等译，科学出版社、上海古籍出版社1990年版。

② 刘勰著，詹锳义证：《文心雕龙义证》，第1593页。

③ 挚虞：《文章流别论》，见郁沅、张明高编选《魏晋南北朝文论选》，第180页。

④ 钱谦益著，钱曾笺注，钱仲联标校：《牧斋有学集》卷47，第1550页。

题往往呈现出一体两面的特质，气（道）为体，阴阳、清浊、虚实、有无乃至境界、风骨、神韵等均为体之两面呈现。如清人李兆洛《骈体文钞序》:“天地之道，阴阳而已，奇偶也，方圆也，皆是也。阴阳相并俱生，故奇偶不能相离，方圆必相为用。道奇而物偶，气奇而形偶，神奇而识偶……文章之用，其尽于此乎？”①凡阴阳、奇偶、方圆均呈现一面两体、即体即用的关系，这既是天地之道，亦是文章之法。在文论家看来，一切事物均有对待面，故《文心雕龙·丽辞》谓“体植必两，辞动有配，左提右挈，精味兼载”②，两个单独的范畴虽各有独特的艺术功能，但须相待而成，精义与韵味兼有，在互渗互涵中显现完整意义，在动态平衡中寻求适度和谐与丰富多样。譬如文质,《论语·颜渊》谓“文犹质也，质犹文也”,《文赋》谓“理扶质以立干，文垂条以结繁”③,《文心雕龙·通变》谓“矫讹翻浅，还宗经诰，斯斟酌乎质文之间”④，均旨在说明作为对待之两端，文和质虽各具独立性，但纯粹的文和纯粹的质没有价值，只有在相反相成中相映成趣，才能达到文质并盛的理想状态。同时，体现在对待型范畴两极的关系上，亦呈现出一种相待相斥的理论张力，如言意、意象、形神诸范畴，既相待相须，又相斥相析，且正是借助于这种相待相斥，意、象、神方能超越言、意、形的层面，朝着更完善、更隐秘的方向发展，惟其如此，莹澈玲珑、不可凑泊之境方可诞生，从而达致对诗歌本质的一种整体性的艺术把握。诚如党圣元先生所言，这种理论观照空间的调整与拓展，使思理形式之因素多样化而克服过于程式化之弊端，在指述和诠释功能方面向对象之更隐秘微妙处延伸，从而增强理论之“解蔽”功能。⑤

更深一步考察，对待立义的两极间并不是静态的存在，而总是处于生生不息的运动变化之中，所谓“物极则反，事极则变，困既极矣，理当变也”⑥,“有盛则必有衰，有终则必有始”⑦，保持着此消彼长、此起彼伏的动态结构，且在不断相摩相荡、竞长争高中达致新的平衡，如《艺概·词曲概》所云:“词之

① 李兆洛:《骈体文钞序》，见舒芜等编选《近代文论选》，第109页。
② 刘勰著，詹锳义证:《文心雕龙义证》，第1327页。
③ 陆机著，张少康集释:《文赋集释》，第60页。
④ 刘勰著，詹锳义证:《文心雕龙义证》，第1094页。
⑤ 参见党圣元:《中国古代文论的范畴和体系》,《文学评论》1997年第1期。
⑥ 程颐:《伊川易传》卷4，文渊阁四库全书本。
⑦ 程颢、程颐:《二程遗书》卷15，第202页。

章法，不外相摩相荡，如奇正、空实、抑扬、开合、工易、宽紧之类是已。”① 所谓“相摩相荡”的说法，源于易学,《周易·系辞上》谓“刚柔相摩，八卦相荡”，是指阴阳两卦相生相济，由二而四、而八、而六十四的变化过程，而“一气之中，二端既肇，摩之荡之而变化无穷”②，正体现出对待两极之间的动态结构关系。这种动态关系，又常常呈现循环往复的特征，按照汉人司马迁的说法：“物盛则衰，时极而转，一质一文，终始之变。”③ 按照明儒罗钦顺（1465—1547）的说法：“盖通天地，亘古今，无非一气而已。气本一也，而一动一静，一往一来，一阖一辟，一升一降，循环无已。积微而著，由著复微。”④ 按照清儒方宗诚（1818—1888）的说法：“天地之气运，流行不能自已，蓄久则必盛，盛久则必靡，亦理之势然也。”⑤ 一气流行往复，万物由此而生，由此而变，此乃天地间第一大循环，这有似于文学的消长之道。在“一盛一衰”、“一文一质”、“一治一乱”、“一分一合”的往复循环中获得质态稳定性，极则反，反而因，万物皆然,《艺概·书概》谓“怪石以丑为美，丑到极处，便是美到极处”⑥。据此，也就不难理解叶燮在《原诗》中，以源流本末之相续相禅、正变盛衰之互为循环论及古代诗歌发展的历史，明显也是承续对待立义的路子。

在中国古代源远流长的经典解释传统中，以相反相成、即体即用为核心价值取向的对待立义思维方式，在历代诠释者选择文化生存状态时，势必形成一种文化心理，并最终凝结为一股精神信仰与思维惯性，常常先在地、隐微地存在着。在古人的宇宙观中，天地人之存在，不过是气之聚散与气之运化而已，天地人之所以具有相似性和相通性，就在于气的大化流行，分阴分阳是对待，动静刚柔是流行,“三才之道”均可统一于气。气既是宇宙人生的本体，也是文学艺术的本体，造艺的过程乃是气化的过程，这是中国古代艺术创造和艺术生产的核心环节，在此一过程中，气之对待立义思维模式潜移默化地影响着造艺者的文化心理结构与审美趣味。见之于古代艺术理论，对待立义的运思方

① 刘熙载:《艺概》，第113页。
② 王夫之:《张子正蒙注·太和》,《船山全书》第12册，第42页。
③ 司马迁撰，裴骃集解，司马贞索隐，张守节正义:《史记》卷30《平准书》，第1442页。
④ 罗钦顺著，阎韬点校:《困知记》卷上，中华书局1990年版，第4页。
⑤ 方宗诚:《桐城文录序》，见舒芜等编选《近代文论选》，第92页。
⑥ 刘熙载:《艺概》，第168页。

式，屡屡可见：画论如动静结合、奇秀相称、形神兼备；书论如骨肉相称、肥瘦相和、燥润相济；诗论如以礼节情、中和之美、情景交融、虚实相生、化实为虚、意与境浑、思与境偕。实在不难发现与对待立义方法论之间的蛛丝关联。凡此种种，不一而足。

以“虚实相生”为例。气本无形，要表现气之形，需借助于“虚实相生”的手法，这种极具民族特质的艺术表现手法，广泛地闪现在各门艺术创作实践和理论研究领域。譬如书法艺术追求的墨气，就是在字体之大小相间、下笔之轻重缓急、笔画之勾勒顿挫、用墨之干湿枯润中，体现一虚一实、动静结合的品格，达致笔未到气已吞的理想效果。再如绘画技法中讲究线条之长短、粗细、曲直、刚柔，章法之开合、疏密、虚实、主客、呼应、入出，墨色之浓淡、深浅、干涩、苍润，色彩之冷暖、清浊，物象之大小、多少、高低、聚散、藏露，等等，均强调实景清而空景现，追求无画处皆成妙境的审美感受。作为传统艺术境界与审美理论的核心，“虚实相生”在诗学领域的运用也极为广泛。古人讲究虚与实之间的体用不二，所谓“虚”则神、“虚”则妙、“虚”则灵、“虚”则化、“虚”则纯一不杂，亦不滞于一[①]，虚为体，实为用，故常以虚之无衬实之有。在艺术思维中，通过感观而可观之外显，如言、形、秀、韵，与通过心灵而体悟之内蕴，如意、神、隐、味，相互衬托、相互关照，达致言与意、形与神、隐与秀、韵与味的浑然为一。文章家于虚实的回旋往复、联动会通中空纳万象，以虚无衬实存，于有限见无限，引发无尽想象，如范晞文（1269年前后在世）《对床夜语》云：“不以虚为虚，而以实为虚，化景物为情思，从头至尾，自然如行云流水。”[②]亦如吴雷发（清康熙、雍正年间人）《说诗菅蒯》云：“真中有幻，动中有静，寂处有音，冷处有神，句中有句，味外有味，诗之绝类离群者也。”[③]以实为虚，化有形之景为虚玄之思，这种虚实难明、情景交融的境界，如采采流水、蓬蓬远春，散发着浓郁的民族诗性智慧的韵味。凡古人论及意境、意象、韵味、兴趣、神韵、滋味诸问题时，均不离虚与实的理论视野，这对于古代思想文化的诗性智慧启发乃至审美运思的逻辑延伸，有着内在而深远的影响。对此，宗白华先生认为：“我们宇宙

① 参见牟宗三:《心体与性体》，第393—394页。

② 范晞文:《对床夜语》，见丁福保编《历代诗话续编》上，第421页。

③ 吴雷发:《说诗菅蒯》，见丁福保编《清诗话》下，第905页。

既是一阴一阳、一虚一实的生命节奏，所以它根本上是虚灵的时空合一体，是流荡着的生动气韵。”[①]在他看来，中国人抚爱万物，与万物同节奏，静而与阴同德，动而与阳同波，乃阴阳之道影响的结果。

五

作为一种方法论原则，对待立义不仅具有经验描述性质，更具备本体论和价值论的导向性，其终极价值在于为主客相应的人文世界提供一种整体关联的解释模式。这是一个层级分明、圆融自足的解释系统，正所谓“凡是真实必有对待，凡有对待必有变化，凡有变化必有统一”[②]，统摄了对待、变化、统一的多重关系。此一特性体现在古代哲学、美学及文学思想观念中，形成了以中庸之道为核心的哲学价值观，并孕育出以对待立义求中和为价值取向的文学审美观。

对待立义思维模式在价值取向上所体现的普遍和谐品格，对于传统时代文学样式的形成乃至正统文艺观的发生、发展有着深刻的影响。譬如以对仗为例。对仗是独具中华民族审美特质的艺术格式与技巧，见于古代诗、赋、词、曲等文学门类以及成语、谚语等语言形式中，并派生出骈文、对联等表现形式。凡对仗，讲究形、音、义的两两相对，所谓“同声相应，同气相求”，借助于词语和句式上严格的两两相对，在形式和结构上体现出整齐均匀的美感，其展开的范围与程度互渗互济、相反相成，在质态平衡中寻求中和适度、中庸和谐。《文心雕龙·丽辞》所谓“造化赋形，支体必双，神理为用，事不孤立。夫心生文辞，运裁百虑，高下相须，自然成对”[③]，正复此意。因此，对仗颇为精致地体现了对待立义的思想，是古人所追求的普遍和谐精神在艺术审美创造上的典范。

以《文心雕龙》为例。作为一种思维方式与话语模式，对待立义业已内化在刘勰文学批评的各个方面。从历史文化语境看，随着有无、本末、动静、一多等命题在形上论辩领域的展开，玄学从认识论角度进一步阐发了物与物相反相成的关系，加之佛学的中国化，对中国哲学固有命题的新诠释，从而大大增强了对待立义思维的形上思辨色彩，这与六朝时期丰富的文学创作实绩相

① 宗白华:《美学散步》，上海人民出版社1981年版，第95页。

② ［美］成中英:《阴阳思想的辩证法》,《创造和谐》，第55页。

③ 刘勰著，詹锳义证:《文心雕龙义证》，第1294页。

结合，促使文论家在理论认识层面的不断深入，刘勰就是其中的代表人物之一。在文学批评的总体性原则上，他提出宗经“六义”，即“情深而不诡”、“风清而不杂”、“事信而不诞”、“义贞而不回”、“体约而不芜”、“文丽而不淫”①。评价不同文体，他取不同的标准，譬如辨析笺和记两种文体，“既上窥乎表，亦下睨乎书，使敬而不慑，简而无傲”②，恭敬谨慎但不惶恐畏惧，简易随便但不凭才傲慢；辨析箴、铭两种文体，“其取事也必核以辨，其摛文也必简而深”③，选取事物要抓住要点且辨析清楚，使用文辞要简练而深刻。在文学史观上，他反对“竞今疏古”，认为黄唐“淳而质”，虞夏“质而辨”，商周“丽而雅”，楚汉“侈而艳”，魏晋“浅而绮”，宋初“讹而新”，一部文学史的发展趋势就是“从质及讹，弥近弥澹”④的过程。在具体作品的点评上，他认为魏典“密而不周”，陈书“辩而无当”，应论“华而疏略”，陆赋“巧而碎乱”，《流别》“精而少功”，《翰林》“浅而寡要”⑤。在刘勰看来，为文之精妙，在于奇正相生、兼容并蓄、刚柔互济、应变适用，他所秉持的对待立义思想内涵丰富，层级分明，充溢着浓厚的中庸之道与中和之美色彩。在文章风格上，他提出“雅与奇反”、“奥与显殊”、“繁与约舛”、“壮与轻乖”⑥。在他眼里，文章风格的形成，与对待立义的话语形态以及在结构上呈现的动态气势，尤其是在擒与纵、收与放、刚与柔、抑与扬、舒与促之间的行文张力，有着天然的内在关联。

从文学观念史的角度看，对待立义思维对于文论范畴、命题的影响，主要表现在话语形态构成的相似性与审美价值追求的同一性上。在古人看来，中和是一种遍布时空、充盈天地人的普遍存在方式，整个宇宙的存在，正是因为具有阴阳互补和五行相生的属性，从而处于一种中庸和谐的动态平衡之中，以对待立义求中、求和，也就成为古代哲学、美学、文学观念史上众多命题的价值追求。体现在话语表达方式上，典型的句式有二：“而不”句式、“阴中有阳”句式。

---

① 刘勰著，詹锳义证：《文心雕龙义证》，第83—84页。
② 刘勰著，詹锳义证：《文心雕龙义证》，第941页。
③ 刘勰著，詹锳义证：《文心雕龙义证》，第420页。
④ 刘勰著，詹锳义证：《文心雕龙义证》，第1089页。
⑤ 刘勰著，詹锳义证：《文心雕龙义证》，第1918页。
⑥ 刘勰著，詹锳义证：《文心雕龙义证》，第1020页。

数量众多的“而不（无）”句式，是以两两相对的范畴构成的命题，这最早见于《尚书·尧典》中的“刚而无虐，简而无傲”，春秋时期吴季札（前576年—前484）观乐，一连用了二十多个表达中和适度的“而不”句式，见于《左传·襄公二十九年》的记载，如“勤而不怨”、“忧而不困”、“思而不惧”、“乐而不淫”、“怨而不言”、“直而不倨，曲而不屈，迩而不逼，远而不携，迁而不淫，复而不厌，哀而不愁，乐而不荒，用而不匮，广而不宣，施而不费，取而不贪，处而不底，行而不流”，这是先秦典籍中所见对待立义思想颇为集中的展示。稍后孔子“乐而不淫，哀而不伤”，其后《荀子·不苟》“君子宽而不僈，廉而不刿，辩而不争，察而不激”，均为此一传统的沿袭。古人之所以采用“而不”句式谈文论艺，究其根源，在于其用最简洁、最直观的方式表达了对待立义的理念。① 从某种意义上说，正是由于“而不”句式的广泛运用，从结构形态上先在地决定了中庸和谐的审美价值追求。譬如《淮南子·泰族训》中，论物有“张而不弛，成而不毁者”，唯圣人能“盛而不衰，盈而不亏”，论圣人教化应该“不言而信，不施而仁，不怒而威”，而非“施而不仁，言而不信，怒而不威”②。嵇康《琴赋》谓“曲而不屈，直而不倨”、“疾而不速，留而不滞”③。萧绎（508—554）《内典碑铭集林序》认为，时势推移，“论文之理非一”，故赞赏“艳而不华，质而不野，博而不繁，省而不率，文而有质，约而雅润，事随意转，理逐言深”的“菁华”④之文。《竹庄诗话》卷一引皎然《诗式》：“唯古诗之制，丽而不华，直而不野。如讽刺之作，雅得和平之资，深远精密，音律和缓，其象琴也。”⑤ 这与《诗有四不》“气高而不怒”、“力劲而不露”、“情多而不暗”、“才赡而不疏”，以及《诗有六至》“至险而不僻，至奇而不差，至丽而自然，至苦而无迹，至近而意远，至放而不迂”⑥，在价值取向上是相同的，均为相反相成的对待立义运思在诗歌理论中的具体发挥。这种建立在“和而不同”、异而互补基础上的话语范式，培育了中国古代文论中正平和的价值追求以及开放流动的理论视

① 参见拙文《“中和”思想源流及其文论意蕴》，《文学评论》2007年第3期。

② 刘安著，何宁集释：《淮南子集释》，第1389、1401页。

③ 嵇康著，戴明扬校注：《嵇康集校注》，第98、101页。

④ 萧绎：《内典碑铭集林序》，见郁沅、张明高编选《魏晋南北朝文论选》，第379页。

⑤ 何汶著，常振国等点校：《竹庄诗话》卷1，中华书局1984年版，第12页。

⑥ 皎然：《诗式》，见何文焕编《历代诗话》上，第27、28页。

域，构成整齐、对称、流动、平衡之美，整体上呈现稳定和谐的精神气质。同时，研究者或可注意到，运用于文论领域的“而不”句式，在价值取向上业已发生明显的转向，由早期强调外在的德行、伦常、心性转而关注内在的文采、文质、雅正、音律诸方面了。

在古人看来，一切事物均有其对立面：阴与阳、静与动、主与客、心与物、虚与实，无内无外、流动不居，只有在对待立义中、在互渗、互涵、互补和互转中、在整体和谐的动态平衡中方能凸显整体意义。以对待立义求中和的思维模式也深刻地影响到文论中众多范畴的美学追求，如文与质、言与意、意与象、情与理、情与采、形与神、动与静、虚与实、奇与正、雅与俗、巧与拙、清与浊、浓与淡、隐与显、繁与简、方与圆、疏与密、因与革，等等，二者虽独立成体，但不是彼此对抗，纯粹的一极没有意义，只有在对待立义中相反相成、相酝相酿又相映成趣，既各竞所长，又珠联璧合、互动相生、阴阳相和、刚柔相济，彼此点化，出入尚中致和之境，追求中和圆融的境界，方能显现出深刻的哲理之思。

所谓对待立义互为体用的特征，不仅体现在两两对举范畴的大量涌现，还体现为范畴的两极之间，既对等又统一，呈现出相生、相克、相推与互涵、互根、互补的关系，从而构成一种我中有你、你中有我的话语表达方式。如《春秋繁露·保位权》:“于浊之中，必见其清；于清之中，必知其浊；于曲之中，必见其直；于直之中，必见其曲。”① 在董仲舒的文化视野中，事物对立面之间是互涵互为，互为印证的，这是表述其“天人感应”思想的典型话语形态。又如明人张介宾（1563—1640）认为:“阴阳之理，原自互根，彼此相须，缺一不可，无阳则阴无以生，无阴则阳无以化。”② 这就将两极之间既对立又统一，相互依赖、资生、促进、助长的关系说得明白清楚。再如清人丁皋（？—1761）《写真秘诀·阴阳虚实论》:“凡天下之事事物物，总不外阴阳……惟其有阴阳，故笔有虚有实，惟其有阴中之阳，阳中之阴，故笔有实中之虚，虚中之实。”③ 丁氏以阴阳、虚实之道论及画法，所谓“阴中之阳，阳中之阴”、“实中之虚，虚中之实”的归纳，极为准确地点出了对待立义思维的特质。在《艺概》中，刘熙载论述

① 董仲舒著，苏舆义证:《春秋繁露义证》，第157页。

② 张介宾:《景岳全书》卷48，文渊阁四库全书本。

③ 丁皋:《写真秘诀》，见俞剑华编《中国画论类编》，第547页。

主客、物我之间的情景交融、形神兼备，也常常采用这样的话语表述方式，如“幽中有隽”、“淡中有旨”、“浅中有深”、“平中有奇”等，借以强调对立面之间相济相生的关系。古人诸如此类的说法颇多，如柔中见刚、平中见奇、薄中见厚、黑中见亮、虚中有实、实中有虚、曲中有直、直中有曲、开中有合、合中有开、动中有静、静中有动、诗中有画、画中有诗，等等，可谓屡见不鲜。正因为得益于此一话语表述方式，传统时代的审美概念范畴往往能提供一种灵而动、虚而实、诗而画的理论思辨场景与诠释效果，如欧阳修《六一诗话》所言：“必能状难写之景，如在目前，含不尽之意，见于言外，然后为至矣。”①借物引怀，亦诗亦画，无穷之情皆从景中宣出，从思维机制的根底追究，大抵不离对待立义的理论视野。

第五节　结论

本章开宗明义揭橥三个问题作为讨论文气方式方法的起点，即整体关联、意会体悟、对待立义。文气方式方法的研究，包括气（元气、精气）、阴阳、五行等核心要素，天地人“三才”的运思平台，循环往复的气化思维趋向，以及整体关联、意会体悟、对待立义的运思方法，同时关联到感觉、知觉、理智、直觉、灵感、联想、情感、意志等观念性、精神性活动在内的认识过程与审美体验。

气学思维的核心在于整体性与关联性，如果说，整体关联的话语系统是一个知识平台或意义之网，那么，对待立义思维方式就是知识生成的动力或缘由，意会体悟的表达方式则是知识生成的通道，它们均通向多元的气学价值本体。传统的文气思维类型，虽然表现形式各异，但在本质上是同一形态的东西，这是因为它们均统一于“三才”、阴阳五行的宇宙本体论结构中，加之均建立在经验具象的基础上，通过由此及彼的类比衍生与情感联系，沟通人与物、人与人、物与物，贯通形上与形下、道与器、体与用，浑然道德经验与价值判断、思想意义与知识认知，由此完成文气运思方法的总体格局，这也代表了中国古代文学思维模式的基本特质。

本章的分析能带给研究者何种启发呢？这个问题可以从两个角度思考：其

① 欧阳修：《六一诗话》，《欧阳修全集》卷128，第1952页。

一，作为特殊的人文知识，古代气学知识系统并非现代意义上的科学知识或可编码化的技术知识，其知识宗旨是价值与意义，而非普遍真理，是能够体验感知却无法用理性知识予以分析的。这是对文化深层价值的“耳濡目染，心领意会”[①]，是一种切近古人生活经验、情感体验的生命学问与精神智慧，是一种难以用语言文字表述的意会默识，理解此一特质，对于中国文论的历史反思、当下建构与未来展望，是极其重要的。

其二，作为一个整体性的意义系统，气学话语体系的合法性与有效性来源于人人可感知的直接经验与能够借助于言、象表达的理性自觉，各种经验及其自觉的转化贯通融会一体，形成气学系统的若干价值原则。就气学话语的整体系统而言，以知识为前提重建价值，不断地做出真理性的评价，并在主体体验的基础上印证价值，是获得认知有效化与合法性的必由之路，这是理解何以文气成为历代阐释者思想重要出发点的前提，也是本书终篇之际要探讨的问题。

---

① 戴表元：《剡源文集》卷26，文渊阁四库全书本。

第八章
文气话语的价值体系

第一节 引言

对于文气问题的认识，除实证式地考证源流统绪，哲理式地辨析心性层次，意会式地体认知、情、意一体外，最重要的特性还是评价性，尤其是对文气价值观的评价，因为人文化成的任何活动必定朝向人的种种价值预设。有关文气的追求，既与人存在之本然相联系，具有实在性、真实性，又与预设之当然相联系，具有价值的意义，这种由实然层面到价值层面的敞开，搭建了由本然状态进入意义世界的桥梁。所谓文气价值论，是指一种价值追求和价值理想，是文气应然方向的价值预设，涉及古人对文气价值实现、文气价值体系、文气价值理性等一系列根本问题的看法，所展示的是由主体实践能力与客体现实条件等问题构成的一个可能性的世界。诚如党圣元先生指出的那样，“文以气为主”属于一般文学观念，但是当曹丕提倡此一观念，并且以此作为评价标准来衡量品评当时的一些诗人及其作品时，它就转化成为一种价值观了。凡文学观念都有特定的价值所指，而文学价值又无不具有一定的观念所依。①

对于古人所持的文气价值取向，我们可以举一个例子，宋人王十朋（1112—1171）对于阳刚之气，曾经有一段很精彩的论述：

> 文以气为主，非天下之刚者莫能之。古今能文之士非不多，而能杰然自名于世者亡几，非文不足也，无刚气以主之也。孟子以浩然充塞天地

---

① 敏泽、党圣元:《文学价值论》，社会科学文献出版社1997年版，第252页。

> 之气，而发为七篇仁义之书；韩子以忠犯逆鳞，勇叱三军之气，而发为日光玉洁，表里六经之文。故孟子辟杨墨之功，不在禹下；而韩子觝排异端，攘斥佛老之功，又不在孟子下，皆气使之然也。若二子者，非天下之至刚者欤？①

梅溪先生认为，孟子辟杨墨与韩愈排佛倡儒在本质上相同，“皆气使之然也”。在他看来，以孟子和韩愈为代表的“至刚”之气，呈现一种道德价值的力量，是人生命力之正价值，这不仅是立言为文之根本所在，亦是为人“能杰然自名于世”的关键所在。这种对于阳气、刚气的偏爱，正是中国古代文气价值观的一种重要表现形态，源于上古以来对于气之阴阳尊卑的价值预设。

作为观念形态的思想系统，文气是对文学价值、人生价值乃至社会价值深度意义的体验与评价，这种体验与评价基于对生命的会通而来，也是基于对文学经验的整体反省而来。笔者认为，一方面，文气话语以价值观为其内核，这种价值观处处紧扣文学艺术的中心价值与社会人生的核心价值来思考问题，无论是现实的状况还是理想的预设皆然。另一方面，文气价值观是气学价值观在人文领域的延伸与泛化，传统气学价值观沾溉下的文气价值观，其价值核心的形成受制于气学价值观若干原则的牵引，譬如阴阳清浊与气质禀赋，尚中养气与价值理性，和气、正气与国之兴衰，等等，由此范围而确立了文气主体的价值追求、文气的价值体系以及正统文气价值观等中心内容。

第二节　文气价值的实现

文气的价值实现，既是作为价值目标的理想人格的实现过程，也是价值主体尽善尽美的完善过程，按照明初大儒宋濂《文说》的理解，是这样一种境界：

> 穷乎天地之际，察乎阴阳之妙，远求乎千载之上，广索乎四海之内，无不知矣，无不尽矣。而不止乎此也，及之于身以观其诚，养之于心欲其明，参之于气而致于平，推之为道而验其恒，蓄之为德而俟其成，德

① 王十朋:《蔡端明公文集序》，见梅溪集重刊委员会编《王十朋全集》下，上海古籍出版社1998年版，第963页。

果成矣，道果至矣，视于其身，俨乎其有威，煜乎其有仪，左礼而右乐，圆规而方矩，皆文也。①

宋氏位列“开国文臣之首”，以继承道统为己任，坚持宗经师古、明道致用，其文质朴简洁、雍容典雅，承续了儒家正统一系的文脉。他在这里铺排的“身诚—心明—气平—道恒—德成”，既是价值主体追求善的历程，也是文气的价值实现过程。换言之，君子之养气，不仅仅在于获得知识层面的认知能力，更为重要的是实现道德上的自我完善，完成价值主体的人格建构，故谓“道明而后气充，气充而后文雄”②，“道德仁义，积而气，因以充”③。这也是宋氏“攻内不攻外，图大不图小”④修为目标的落实，在他眼里，惟其如此，方能达致“身诚—心明—气平—道恒—德成”的层层递进的至善境界，也只有在此一至善的精神境界中，其身、其言、其仪皆合礼乐、皆合规矩，方能一切“皆文”。当然，此“文”乃广义的价值判断，在儒学一系的传统中，凡“三才”之人文化成，凡一生之德行修养，皆可通称为“文”，如同刘勰《文心雕龙·征圣》谓“政化贵文”、“事迹贵文”、“修身贵文”一样，是极普遍、极宽泛的界定。

对价值论的重视是中国古代哲学思辨的一大特色，也是古人修养论、养生论的根源，所以我们可以看到历代关于养气的论述极为浩瀚，从孟子高举“吾善养浩然之气”发端，逮至宋儒持敬主诚，讲究凝心养气、自我完善，到明儒追求“身诚—心明—气平—道恒—德成”的至善之道，均为传统价值论、修养论思想的一脉相承。或可注意的是，正是由于价值论、修养论的发达，所以在中国主流的学术传统中，纯粹的本体论、知识论并不发达，这也就自然地影响到文气话语整体形态的发展。不难发现，所有关于文气的方法论思考均是在价值论、修养论格局下提出的，也就是说，与“文气是什么”的事实判断包含描述性意义不同，“文气意味着什么”的价值判断偏于评价的意义，“文气应当是什么”的规范预设则具有实践导向的意义。历史地看，在任何一个时代的人文理想中

① 宋濂:《文宪集》卷26，文渊阁四库全书本。
② 宋濂:《文宪集》卷31，文渊阁四库全书本。
③ 宋濂:《文宪集》卷26，文渊阁四库全书本。
④ 宋濂:《文宪集》卷25，文渊阁四库全书本。

均预设了道德人格的典范形态，无论各个时代人文理想的内涵具有多么不同的历史差异性，但对于人自身趋于完美的内在目的性追求上，无一例外地提供了尽善尽美的终极理想与行动路径。因此，在历代文气思想中，每每颂扬“浩然之气”、阳刚之气的理想人格，每每执着于养气修身对于人性完善的重要性，也就顺理成章了。

一

在古人看来，生命之气与心灵之气不但铸就肉体与灵魂，同时为人的情感意志、情性好恶所主宰，故而有“养气”一说，其中尤以早期儒学的阳刚之气与老庄的阴柔之气最具代表性。[①]那么，为什么要“养气”呢？清人黄宗羲是这样论述的：“人身虽一气之流行，流行之中，必有主宰。主宰不在流行之外，即流行之有条理者。自其变者而观之谓之流行，自其不变者而观之谓之主宰。养气者使主宰常存，则血气化为义理。失其主宰，则义理化为血气，所差在毫厘之间。”[②]梨洲秉承的是心学路线，在他看来，心即理、心即气，流行与主宰、血气与义理互为表里，“养气”的目的在于“使主宰常存，则血气化为义理”，所谓即流行即主宰，离气谈心性，则无从谈起，故云：“养气即是养心，然言养心犹觉难把捉，言养气则动作威仪……离气以求心性，吾不知所明者何心，所见者何性也。”[③]在古人的功夫论中，“养气”即“养心”、“养性”，这是由艺而德、由技而道的基本功之一。

在精神追求上，古人养气注重致虚守静、清心寡欲，先秦时期的老子提倡“专气致柔”，“致虚极，守静笃”。早期管子一派的养气之法，讲究“寡→静→精→独→明→神”，如《管子·心术上》云：“去欲则宣，宣则静矣，静则精。精则独立矣，独则明，明则神矣。”又云：“虚其欲，神将入舍；扫除不

---

① 值得注意的，还有《周易》为代表的养气传统。易学具有的杂糅、整合色彩，对上古、中古乃至晚近养气思想的影响都是很大的。杨儒宾先生在《一阳来复——〈易经·复卦〉与理学家对先天气的追求》一文中，梳理“七日来复”的修炼传承，认为宋儒《复卦》功夫论，由儒门《易传》与《易》外别传的《周易参同契》共同决定，它侧重于人身内外阴阳消长的讯息结合，这成为尔后理学家打通身心、天人的利器，并揭示出儒家价值色彩极深的性命之学。参见黄俊杰主编：《儒学的气论与工夫论》，第72—110页。

② 黄宗羲：《孟子师说》卷2，《黄宗羲全集》第1册，第61页。

③ 黄宗羲：《孟子师说》卷2，《黄宗羲全集》第1册，第60—61页。

洁，神乃留处。”养气的过程，在于摈弃杂念，收视返听，引导心神进入一种虚静澄明之境，方能以“神”会万物，“神”智清明地体悟宇宙大全。这一点与庄子也颇为相似，如《庄子·天道》：“水静犹明，而况精神。圣人之心静乎，天地之鉴也，万物之镜也。”“主静”历来是道家的传统，后来的道教也有相同的主张①。比较而言，儒学一系的养气理论更为讲究外王功夫，《荀子·修身》：“治气养心之术：血气刚强，则柔之以调和；知虑渐深，则一之以易良；勇胆猛戾，则辅之以道顺；齐给便利，则节之以动止；狭隘褊小，则廓之以广大；卑湿、重迟、贪利，则抗之以高志；庸众驽散，则劫之以师友；怠慢僄弃，则炤之以祸灾；愚款端悫，则合之以礼乐，通之以思索。凡治气养心之术，莫径由礼，莫要得师，莫神一好。夫是之谓治气养心之术也。”荀子的“治气养心之术”，偏重于人格的修养，至于人格修养的提高，则需要借助于“劝学”、“隆礼”等外在的功夫了。

养气的问题，作为一种修养功夫，在本质上体现了主体的价值理想与人生境界，因而成为古代思想家关注的共同话题，尤其是在管子一派、庄学、丹道学的思想体系中，居于重要的位置。②管子一派认为，气的修炼首先从“治心”开始，《管子·枢言》；“道之在天者，日也。其在人者，心也。故曰：有气则生，无气则死。”“治心”必须“守中”，故而反复强调“定心在中”，“治心在于中”，如《管子·内业》：“定心在中，耳目聪明，四枝坚固，可以为精舍。精也者，气之精者也。气，道乃生，生乃思，思乃知，知乃止矣。凡心之形，过知失生。”“治心”、“定心”均在于“中”，只有把握“中”的尺度，心才能成为精舍，方能得道治理天下。又《管子·内业》：“精存自生，其外安荣，内藏以为泉原，浩然和平，以为气渊。渊之不涸，四体乃固；泉之不竭，九窍遂通。乃能穷天地，被四海。中无惑意，外无邪灾，心全于中，形全于外，不逢天灾，不

---

① 譬如晚近道教《性命圭旨·三家相见说》：“精气神谓之三元，三元合一者，丹成也。摄三归一，在乎虚静。虚其心，则神与性合。静其身，则精与情寂。意大定，则三元混一。”

② 譬如为炼阳销阴、得道成仙，后世丹家和道徒均把炼气、炼心置于修炼的首位，《修真辨难》曰“要知炼己即是炼心功法”，《中和集》曰“炼气之要在乎心”，《大成捷要》曰“入手修真，总以炼心为主”。天地人道通为一，炼气即炼心，如《皇极阖辟证道仙经·凝神入窍章》：“人有三心，曰：人心、道心、天心。人心者，妄心也。道心者，照心也。天心者，玄关祖窍气穴是也。太上观心者，以道心而普照天心也。”以“治中”、“守中”为核心的丹道炼气之法，讲究守住气海、气穴，并辅以守静，方能得道。

遇人害，谓之圣人。”只要气渊不竭，“精存自生”，便能获得旺盛的精力，进入“九窍遂通”、“穷天地，被四海”的自由境地。

道家的养气思想，是后世思想家诠释的中心问题，尤其是其中所蕴含的审美品格与超越意识，对于中国古代艺术精神的培育有着重要的影响。譬如庄子“纯气之守”的命题，是在“形全精复，与天为一”的基础上提出来的,《庄子·达生》:“壹其性，养其气，合其德，以通乎物之所造。”在庄子看来，只有形体健全，精神充足，与天地为一，才能保住此一自然、本真、纯粹之气，也即《庄子·刻意》所谓“纯素之道，唯神是守，守而勿失，与神为一,一之精通，合于天伦”。那么，这种“神全”、“气完”、“道通”的境界如何才能达致呢？那就需要借助于“心斋”、“坐忘”和“听之以气”的方式方法，如同老子的“专气致柔”一样，唯有进入庄子“纯气”的状态，才是达道的唯一途径。庄子的“纯气”思想，重在守气、护气与调节，旨在养生、养性与养心，注重保全身心的自然和睦，强调整体性的卫护与疏浚，追求去智去欲、守静致虚的自由心境。

所谓的“心斋”、“坐忘”、“听之以气”，乃是一种气化的悟性思维状态，旨在忘却现世之是非得失、功利欲求与意志努力，消除主客、物我之差异，“离形去知”、“虚而待物”，以静澈澄明之心体悟天地之道，以本元之气（尚未进入人的知行过程的存在）与天地自然之气互动化生，使心灵活动达致极纯粹的境地，这是对价值主体人格所能够达到的生命境界的高度认同，也是重返整体性世界的重要方法之一。同时，以虚静为特征的养气方式，也体现了文气主体的价值投射问题。艺术价值的根源，在于虚静澄明之心。纯客观的存在，本无境界之高下，伴随着价值主体此心的敞开，进入虚静澄明之境，其价值理想与精神人格便自然投射到审美对象身上。因此，自然对象所具有的审美意义，在相当程度上源于价值主体的审美所赋予，审美意义的生成离不开价值主体的视域。[①] 所以徐复观先生认为，庄子虚静明的心就是一个艺术心灵，自魏晋起中国伟大的画家都是在虚静明之心下从事创造的。[②] 唐代画家张璪谓“外师造化，中得心

① 譬如《荀子·礼论》“无伪则性不能自美”，叶燮《集唐诗序》“凡物之美者，盈天地间皆是也，然必待人之神明才慧而见”，亦复此意。

② 参见徐复观:《中国思想史论集》，第214页。

源”[1]，便是概括了中国传统画论的精髓。

按照刘勰的设想，“虚静”的状态乃是进入创作的前奏，《文心雕龙·神思》谓“陶钧文思，贵在虚静，疏瀹五藏，澡雪精神”[2]，在他看来，如同婴儿般尘杂全无、澡雪澄明，重返本真状态，乃是“驭文之首术，谋篇之大端”，也就是说，只有以价值主体的内在整体冥合宇宙整体之无，才能揭示出天、地、人之灵秘，创造出与宇宙精神浑然一体的艺术生命，故而“虚静”的重要性，就在于开启了客体与主体整体融合的一种境界。对此，王元化先生（1920—2008）在《刘勰的虚静说》一文中认为：“老庄把虚静视为返朴归真的最终归宿，作为一个终点，而刘勰却把虚静视为唤起想象的事前准备，作为一个起点。老庄提倡虚静的目的是为了达到无知无欲、浑浑噩噩的虚无之境，而刘勰提倡虚静的目的却是为了通过虚静达到与虚静相反的思想活跃、感情焕发之境。一个消极，一个积极，两者的区分是显而易见的。”[3]所谓积极、消极的断定，虽然未必妥当，但有关两种虚静状态不同特征的区分，还是具有说服力的。

气的涵养包括知、情、意、行诸多方面，养气的过程，既是血气的生理存养，也是情志的心理培养，不仅是知性的积累，更是德性的提升、悟性的开启。孟子认为，“浩然之气”的养成是一个长期艰苦的积累过程，必须心志专一、思虑集中、持之以恒，既不能像《孟子·公孙丑上》宋人那样“闵其苗之不长而揠之者”，也不能像《孟子·告子上》弈秋学棋不专心致志的那人一样。关于“浩然之气”所蕴含的文气话语结构问题，“知言”与“养气”的关系问题，及其牵涉的文气知识论、价值论的多层意义，前书已有专门论述，此处不再赘述。总的来看，孟学与庄学在养气方法上的不同偏好，大体上代表了早期儒、道两家各具特色的养气理论，在思想根柢上，体现了两家在哲学终极价值与现世人生福祉理解上的差异。

在古人看来，养气的方式，有动养和静养之分、内养和外养之别，这一方面的论述，王廷相有诸多精辟的见解。譬如关于动、静之养，他认为：“静，寂而未感也；动，感而遂通也，皆性之体也。圣人养静以虚，故中心无物；圣人慎动以直，故顺理而应，此皆性学之不得已者。后儒独言主静以立本，而略以

① 张彦远著，[日]冈村繁译注，俞慰刚译：《历代名画记译注》卷10，第447页。

② 刘勰著，詹锳义证：《文心雕龙义证》，第976—977页。

③ 王元化：《文心雕龙讲疏》，上海古籍出版社1992年版，第119页。

慎动，遂使孔子克己复礼之学不行，而后生小子以静为性真，动为性妄，流于禅静空虚而不自知，悲哉！”①王氏不满宋儒偏于静养的观念，认为圣人之学乃动与静的结合，所谓“养静以虚，故中心无物”，“慎动以直，故顺理而应”，这样才不会“流于禅静空虚而不自知”的境况。关于内、外之养，他认为：

> 古人之学，先以义理养其心，“志于道，据于德，依于仁”是也。复以礼乐养其体，声音养耳，彩色养目，舞蹈养血脉，威仪养动作是也。内外交养，德性乃成，由是动合天则，而与道为一矣。今人外无所养，而气之粗鄙者多，内无所养，而心之和顺者寡，无怪乎圣贤之不多见矣。②

王氏虽然讲“内外交养、德性乃成”，但侧重点仍然在于强调“外无所养”、“内无所养”的后果。为了说明何为“善养者”，王廷相仔细地区分了“动心”与“应心”的不同，在他看来：“先内以操外，此谓之动心，动心不可有；由外以触内，此谓之应心，应心不可无。非不可无，不能无也。鉴之明，不索照也，来者应之矣。能应矣，未尝留迹焉。易曰‘无思也，无为也’，动心何有乎？‘感而遂通天下之故’，固应心之不能无也。喜怒者，由外触者也。过于喜则荡，过于怒则激，心气之失其平，非善养者也。惟圣人虚心以应物，而淡然平中焉，故万事万物，以理顺应，而无定情，于迹也何有？是故虚则公，公则不为己有，不为己有则不见其迹。”③王氏认为，由内而外是“动心”，由外而内是“应心”，唯圣人善养，能够“通天下之故”，在于“虚心以应物”，“以理顺应”，故能中正平和，不留痕迹，所以“动心”不可有，而“应心”，则不可避免。

关于动、静之养，明代汤显祖（1550—1616）认为“养气有二”，他极为细致地分析了动养和静养在方式、手段、作用上所具有的不同特点。在他看来：

> 养气有二。子曰：“智者动，仁者静。仁者乐山，而智者乐水。”故有以静养气者，规规环室之中，回回寸管之内，如所云胎息踵息云者，此其人

① 王廷相著，王孝鱼点校：《雅述》上，《王廷相集》，第846页。

② 王廷相著，王孝鱼点校：《慎言·君子篇》，《王廷相集》，第814页。

③ 王廷相著，王孝鱼点校：《雅述》上，《王廷相集》，第839页。

心深而思完，机寂而转，发为文章，如山岳之凝正，虽川流必溶湇也，故曰仁者之见。有以动养气者，泠泠物化之间，亹亹事业之际，所谓鼓之舞之云者。此其人心炼而又思精，机照而疾。发为文章，如水波之渊沛，虽山立必陂陁也，故曰智者之见。二者皆足以吐纳性情，通极天下之变。①

在养气问题上，他认为动、静之养，皆能“发为文章”、“吐纳性情”，各有所长，不可是一非一。在他看来，善“静养气者”，为人则“心深而思完”，为文则凝正典雅；善“动养气者”，为人则“心炼而又思精”，为文则渊沛广博，这种将养气与作者气质、文章风格相比附的观点，贯通天地之气、作者之气、文本之气，相当周全缜密。

就养气与为文的关系而言，历代论者无论是偏于以静养气，还是偏于以动养气，均以肯定养气之于创作的重要性为理论前提，凡虚静、感物、内游、兴会和灵感等艺术把握方式，均建立在气之内养外化基础上。同时，或可注意到，以动静论养气，与阴柔、阳刚论养气，在运思逻辑上大抵是相同的，动只是气之动，静只是气之静，“二者皆足以吐纳性情，通极天下之变”，动静结合是达致理想精神境界的重要途径之一。中国传统儒、道、释的修养功夫，均旨在强调使心从其他生理活动中摆脱出来，进入气自化、气自生、气自变的状态与过程，最后达致道德、艺术、信仰等纯粹的内在体验境域。因而，视养气为价值主体实现的根本途径之一，各派思想家的理论预设并没有本质上的差异。

二

综观气学观念史的发展，可以看出，气生万物的思维模式在不同的历史时期，衍生出不同的命题，譬如以气论道、以气论性、以气论圣、以气论文，等等。那么，这一系列命题背后的运思逻辑是什么呢？笔者认为，可以追溯到两个方面：一是天地人合一的意义世界，一是气学知识所独具的气化特质，其理论前提，在于古人对“三才”的存在及其运行法则的共同假设。作为一种本体性的存在，气承太极而起，发而为道、为理、为性，成人、成物而为圣、为仁、为文。天地人之所以具有相似性和相通性，就在于气的大化流行与整体关

① 汤显祖著，徐朔方笺校：《朱懋忠制义叙》，《汤显祖诗文集》卷31，上海古籍出版社1982年版，第1068页。

联，这是古代整体性的天文、地理、人道世界形成的依据，是人道、人伦、人文的价值本原。气既是对宇宙万象本源状态的形象描述，也是对形上世界本质特征的抽象归纳，故而视气为论道、论性、论圣、论文的理论出发点与终极价值指向，在本质上并无不同。在古人的文化视野中，文学艺术作品之所以具有感天动地、手舞足蹈的感染功能，就在于其本身皆由血气、才气、灵气等主体的本元之气凝聚外化而成，是宇宙间气化的有机组成部分，经由气而道、而性、而人、而文，既是气化价值目标所在，也是人文化成的过程。作为哲学意义上气论的稀释与淡化，视文气为艺术作品生命力的内在基质，自然也就成为历代文论家的共识。

关于一般意义上的以气论文，清人方东树曾明确断言“诗文者，生气也”，他认为：

> 观于人身及万物动植，皆全是气所鼓荡，气才绝，即腐败臭恶不可近，诗文亦然。①

方氏以攻击汉学、尊宋颂宋的姿态弘扬桐城文脉，将气的思想贯穿于诗文论和书画论，从而进入一般艺术论的论域。②在他看来，凡天地间万物，从动物、植物推及人身，皆由气鼓荡而生、而亡，旁及诗文亦是如此，这是一种相当泛化的以气论文观点，依然是基于上古以来的宇宙生成论思路。同时代的宋大樽针对时人对于陶渊明诗“色香臭味俱无”的评价，反驳认为：

> 此色香臭味之难可尽者，以极澹不易见耳。太平之世，风不鸣条，雨不破块，雷不惊人，电不眩目，雾不塞望，雪不封条，阴阳和也。和气之流，必有色香臭味。云则五色而为庆，三色而成矞。露则结味而成甘，结润而成膏。人养天和，其色香臭味亦发于自然。有《三百》之和，则有《三百》之色香臭味。有靖节（陶渊明谥号）之和，则有靖节之

① 方东树:《昭昧詹言》卷1，第24页。

② 在《昭昧詹言》中，方氏将画论中的气韵说运用于诗文理论。他认为诗、文、书、画四者，均以精神之气为主，道理相同、取境相同。对此，日本学者青木正儿评云：“在诗论中提出气韵说，这是罕见的。”参见［日］青木正儿:《清代文学评论史》，第154页。

色香臭味。①

他认为有阴阳乃“天和”，“和气”有“色、香、臭、味”，人乃天地之养成，其诗文之中便自然呈现出天地之“和气”，只是时世异也，各人养成不同，其“色、香、臭、味”自然也就有所差异。宋氏所描绘的是天地之气到主体之气到文本之气的往复循环，这种天地人之间的类比推衍，涉及气在不同层面的涵养与提升。对古人而言，养气与为人、为文的整体关联，便是文学价值的实现过程。对此，明初宋濂《文原》有这样的归纳：“气得其养，无所不周，无所不极也；揽而为文，无所不叁，无所不包也。”他强调“为文必在养气”，这种养气不同于古文家的行文气势，而是偏于孟子的“浩然之气”，故《文宪集》谓“人能养气，则情深而文明，气盛而化神，当与天地同功也”，此气与天地之气、文章之气循环往复、交相辉映。宋氏之论，基于宇宙的整体性与关联性原则，秉持“天人合一”、万物一气的宗旨，明显偏于儒学正统一脉。

如果更加具体深入立足于文论领域的论述，就可以看清人朱庭珍的说法。在《筱园诗话》中，对于养气、炼气，朱氏有相当系统的论述。如释“养气”云：

气虽盛，而是客气，非真气矣。故气须以至动涵至静，非养不可。养之云者，斋吾心，息吾虑，游之以道德之途，润之以诗书之泽，植之在性情之天，培之以理趣之府，优游而休息焉，蕴酿而含蓄焉，使方寸中怡然涣然，常有郁勃欲吐畅不可遏之势，此之谓养气。②

朱氏认为，文气源于养气。在他看来，养气乃将外在客气内化为真气，这种内化，重在培育道德、诗书、性情、理趣等内在质素，通过读者与文本、在我之气与文本之气的互动，完成文本之气向作者之气的化生过程。为此，他主张以静养气，所谓“斋吾心，息吾虑”，带有明显的庄学痕迹。关于“炼气”，朱氏认为：“及其用之之际，则又镇之以理，主之以意，行之以才，达之以笔，辅之以理趣，范之以法度，使畅流于神骨之间，潜贯于筋节之内，随诗之抑扬断

① 宋大樽：《茗香诗论》卷16，见丁福保编《清诗话》上，第106页。
② 朱庭珍：《筱园诗话》卷1，见郭绍虞编《清诗话续编》下，第2332页。

续，曲折纵横，奔放充满于中，而首尾蓬勃如一。敛之欲其深且醇，纵之欲其雄而肆，扬之则高浑，抑之则厚重，变化神明，存乎一心，此之谓炼气。”①此一段话内涵极为丰富，以“炼气”统摄“理”、“意”、“才”、“笔”、“理趣”、“法度”、“神骨”、“筋节”等众多为文要素，以气之流畅贯通文章脉络，在力厚思醇、抑扬断续中体味彼此间的关联法则与章法节度。可以说，朱氏的文气思想体系业已相当圆融自如。

在古代文论家看来，养气与造艺之间的往复运化，就是谢榛所谓“蕴乎内，著乎外”②的显现过程，也即郑燮（1693—1765）所谓“内有养而外有济”③的培育过程，这种内与外、出与入、吐与纳的关系，不仅是主体心性修养的实现过程，也是人文创作中主客、心物的气化运思过程。④对此，古人相关的论述颇多，譬如：

> 然有诸内，必形诸外。⑤
>
> 写气图貌，既随物以宛转；属采附声，亦与心而徘徊。⑥
>
> 凡具形象之属，生动之物，靡不综摄，为我材品；敷辞以命意，则凡九代之英,《三百》之章，及夫仙圣之灵，山川之精，靡不会协，为我神助，此非取自外者也，习而化于我者也。故能摆脱形模，凌虚构结，春育天成，不犯旧迹矣。⑦

这种气化，非源自外，而是发乎内，故而能够“摆脱形模，凌虚构结，春

① 朱庭珍:《筱园诗话》卷1，见郭绍虞编《清诗话续编》下，第2332页。

② 谢榛:《四溟诗话》，第69页。

③ 郑燮:《与江宾谷江禹九书》,《郑板桥集补遗》，中华书局1962年版，第198页。

④ 在儒学的身心修养传统中，内在修养可以通过外在方式显现出来。对此，唐君毅先生《礼记中之礼乐之道与天地之道》认为:“声之所以能表情，则又由于声之出于吾人之体气之转动。体气之动转，与吾人之身体之生理之变化相依。而此生理之变化，又与吾人心之情志之变化相依。”参见唐君毅:《中国哲学原论》“原道篇”，第661页。唐氏所论，揭示出儒学内外之道的一个基本理论预设，即精神意志→内在之体气→外在感观显现。此论借助体气（心气）的一气流行，将礼乐之有音有节，有干戚羽旄，收归到人之内在性情，这种“和顺积中”而“英华发外”的思想，为古代文论的内外、出入、吐纳诸说，提供了思想资源。

⑤ 宋大樽:《茗香诗论》卷23，见丁福保编《清诗话》上，第109页。

⑥ 刘勰著，詹锳义证:《文心雕龙·物色》，第1733页。

⑦ 王廷相著，王孝鱼点校:《与郭价夫学士论诗书》,《王廷相集》，第504页。

育天成，不犯旧迹”，只有借助于此一化生（“神助”），方能进入主客合一、物我为一的精神境界，创造出不同寻常的文学形象。同时，养气就是宁心静气，无论内化或外化，均为一气之流行，气化为文是主体所养之气的外发，这是作者之气向文本之气的外显，这既是价值主体的建构过程，也是文气在新层面的产生。

作为一种主观审美活动，造艺者的审美意识、审美能力、审美感知，乃至审美个性的差异，均源自气的养成。较早从理论上谈论这个问题的是汉人，如《淮南子·原道训》：

> 今人之所以眭然能视，营然能听，形体能抗，而百节可屈伸，察能分白黑，视丑美，而知能别同异，明是非者，何也？气为之充而神为之使也。①

所谓“气为之充”、“神为之使”，能够正视听，察黑白、美丑、同异、是非，这并不止于审美感知的培育，更牵涉价值判断的引导。这一方面，清人的诸多论述，可以视为传统时代理论上的总束，如恽敬《与纫之论文书》：“圣人之所谓达者，何哉？其心严而慎者，其辞端；其神暇而愉者，其辞和；其气灏然而行者，其辞大；其知通于微者，其辞无不至。”② 在他看来，造艺者的德行修养、气质禀赋对于文辞气力乃至遣词造句，有着极为内在的影响。基于这种理论前提，论者常常强调主体“气厚”对于创作的意义，譬如朱庭珍强调律诗创作要“力厚思沈”、一气贯注，如云：“贵一气相生，词意浑成，精光熊熊，声调响亮。用笔则贵有抑扬顿挫，开阖纵擒之奇。造语炼句，则贵生辣警拔，力厚思沈，又须无斧凿痕迹，虽炼而不伤气格，乃为上乘。”③ 况周颐（1859—1926）认为作词有“三要”，首标“重”，如云：“重者，沈著之谓，在气格，不在字句。”④ 而所谓“沈著”，乃是“厚之发见乎外者”，这里“厚”，也就是“气厚”的意思。与此相关，所谓“气过其文”，历来为诗家一大忌讳，譬如钟嵘评价“建安

① 刘安著，何宁集释：《淮南子集释》，第84—85页。
② 恽敬：《与纫之论文书》，见王运熙、顾易生主编《清代文论选》下，第659页。
③ 朱庭珍：《筱园诗话》卷1，见郭绍虞编《清诗话续编》下，第2336页。
④ 况周颐著，王幼安校订：《蕙风词话》卷1，第4页。

七子”刘祯的风格,《诗品》:“其源出于《古诗》。仗气爱奇，动多振绝。真骨凌霜，高风跨俗，但气过其文，雕润恨少。”[①] 比较而言，人们常常更为欣赏“穆如清风”，譬如明代陆时雍就认为:“气太重，意太深，声太宏，色太厉，佳而不佳，反以此病，故曰‘穆如清风’。”[②] 清人沈德潜也认为:“用意过深，使气过厉，抒藻过浓，亦是诗家一病，故曰‘穆如清风’。”[③] 这种以清为雅的审美观念，同样也是建立在养气基础上的文学鉴赏标准。

在古人的文化价值视野中，彰显“气充文显”、“文章最要气盛”，贬斥“孱弱无劲气”[④]，在他们看来，只有气充、气厚、气盛，方能显现出造艺者深沉厚重的内在质素与形神兼备的外在形相[⑤]。譬如古人关于元气的看法，自中古以来，元气就被视为宇宙之本原，能形上地诠释生命物质与精神意识之缘起，同时，元气又是一种充满生命活力的当下显现，是一切文学艺术创作的源头。对此，董仲舒、王充、柳宗元、王安石多有论述，清人的总结也甚为丰厚，如黄宗羲认为:“夫文章，天地之元气也。元气之在平时，昆仑旁薄，和声顺气，发自廊庙，而鬯浃于幽遐，无所见奇。逮夫厄运危时，天地闭塞，元气鼓荡而出，拥勇郁遏，坌愤激讦，而后至文生焉。”[⑥] 郑燮认为:“古之善画者，大都以造物为师。天之所生，即吾之所画，总需一块元气团结而成。”[⑦] 在大化流行的宇宙精神中，天地之气与人体之气整体趋同，在我、在物皆“一块元气团结”，体现在诗文中，自有清空一气，搅之不去、挥之不开，换言之，只有主客之气融贯互渗，才能创造出与宇宙精神浑然一体的艺术作品。正是基于这样的认识，在古人看来，文学价值主体培育的关键，就在于与元气的融合为一。对此，刘熙

① 钟嵘:《诗品》，见何文焕编《历代诗话》上，第7页。

② 陆时雍:《诗境总论》，见丁福保编《历代诗话续编》下，第1412页。

③ 沈德潜:《说诗晬语》卷下35，见丁福保编《清诗话》下，第549页。

④ 参见苏辙:《上枢密韩太尉书》；刘大櫆:《论文偶记》；管同:《与友人论文书》。

⑤ 关于“厚”，贺贻孙《诗筏》释:“厚之一言，可蔽风雅。《古十九首》，人知其澹，不知其厚。所谓厚者，以其神厚也，气厚也，味厚者。即如李太白诗歌，其神气与味皆厚，不独少陵也。他人学少陵者，形状庞然，自谓厚矣；及细测之，其神浮，其气嚣，其味短，画孟贲之目，大而无威；塑项籍之貌，猛而无气，安在其能厚哉。”见郭绍虞编《清诗话续编》上，第136页。所谓“神厚”、“气厚”、“味厚”，皆就主体之气而言，这种“厚”，不是表面的“浮”、“嚣”，而是内心的充实与厚重，只有缘自内著于外，才是真正淳厚、浓厚、凝重的文气。

⑥ 黄宗羲:《谢皋羽年谱游录注序》,《黄宗羲全集》第10册，第34页。

⑦ 郑燮:《题兰竹石二十三则》,《郑板桥集》，第222页。

载说得很明白："文要与元气结合。"又云："文得元气便厚。"[①] 文论家之所以强调气充、气厚，关键还在于通过养气而培植元气。

与养气相关的，还有"养胆"一说，古人认为胆气对于文气有着间接的影响。如贺贻孙《皆园集序》："胆恃气而后克，义气所鼓，胆即赴之。孟庄两贤之书，其言养气者皆谆谆矣，而独无一语及胆者。胆周一身而有相，气塞两间而无形。孟庄惟能养其无形以及其有相，故能藐大人、卑万乘而无扰。藉令气不足以克其胆，则虽以十三岁杀人秦舞阳，及其气夺于秦王，即震恐色变。"[②] 又云："养气者养之使老，养胆者养之使壮。气老欲其常翕，胆壮欲其常张。以气驭胆，以老用壮，以翕主张，天下无难事矣。"贺氏将内养之气称为"无形"，将外显之气称为"有相"，并指出两者的关系是"养其无形以及其有相"，旨在将内蕴"无形"之血气外化为"有相"之胆气，两者一内一外，互为表里，这种对于精神胆气的强调，颇有道德层面价值担当的意味。当然，从气学知识谱系的家族关系看，胆气与勇气、血气的联系更为密切一些，而与文气的关联则相对间接了。

在古人看来，养气的反面就是气衰。在文学史上，气衰的经典例子，便是江郎才尽。根据《南史·江淹传》的记载，南朝江淹（444—505）少有文名，晚年诗文无佳句，原因在于才思减退。刘克庄（1187—1269）认为："世谓鲍照、江淹晚节才尽，余独以为气有惰而才无尽，子美夔州、介甫钟山以后所作，岂以老而惰哉！"[③] 这种才思减退，实则为文气衰、文气尽。魏了翁认为，先天血气盛衰固然重要，但后天志气的培养更为重要，他认为江郎之所以才尽，就是因为没有培养后天之气，如云："诗三百，圣贤忧愤之所为者十六七，六艺之作、七篇之书，亦出于历聘不遇，凡皆坦明敷畅，日星垂而江河流也。圣人之心，如天之运纯亦不已，如川之逝不舍昼夜，虽血气盛衰所不能免，而才壮志坚，纯终弗贰。曷尝以老少为锐惰，穷达为荣悴者哉？灵均以来，文词之士兴，已有虚骄恃气之习；魏晋而后，则直以纤文丽藻为学问之极致。方其年盛气强位亨志得，往往时以所能哗世眩俗；岁慆月迈，血气随之，则不惟形诸文词衰飒不振，虽建功立事，蓄缩顾畏，亦非复盛年之比。此无他，非有志以基

---

① 刘熙载：《艺概·文概》，第39、2页。

② 贺贻孙：《皆园集序》，《水田居诗文集》卷3，四库全书存目丛书。

③ 刘克庄：《刘圻父诗序》，见陶秋英编选《宋金元文论选》，第413页。

之，有学以成之，徒以天资之美，口耳之知，才驱气驾而为之焉。”① 在鹤山先生看来，文根诸气，徒有天资，不善养后天志气，亦有才尽之叹，唯有持志养气，方能“穷当益坚，老当益壮”。他认为“血气盛衰”是不可逆转的自然现象，但“有志以基之，有学以成之”，便可以推迟这个衰退的过程，少年时代不立志、不修德，仅仅满足于“纤文丽藻为学问之极致”、“年盛气强位亨志得”，等到年老气衰，必然会“文词衰飒不振”、“蓄缩顾畏”，此乃江郎才尽的根本原因。

在古人的文气观念中，颇为担心文气的衰微。譬如欧阳修《试笔·学真草书》：“然虚名已得，而真气耗矣。”② 朱熹评欧阳修、苏轼云：“人老气衰，文亦衰，欧阳公作古文，力变旧习。老来照管不到，为某诗序，又四六对偶，依旧是五代文习。东坡晚年文虽健，不衰，然亦疏鲁，如《南安军学记》，海外归作，而有‘弟子杨觯序点者三’之语，‘序点’是人姓名，其疏如此。”③ 楼钥《答綦君更生论文书》：“人之少而壮，壮而老，如朝气之锐，昼堕而暮则归。”④ 魏了翁弟子吴咏《与魏鹤山书》评云：“文以神志为主，异时选人逐客，踬于忧患，伤于感慨，耗于血气，既衰困而无精采，而侍郎（指魏了翁）养熟道凝神全志壹，作为文章，天力自到。”⑤ 王夫之《夕堂永日绪论外编》：“科场文字之蹇劣，无足深责者。名利热中，神不清，气不昌，莫能引心气以入理而快出之，固矣。”⑥ 以上诸家，对于年老气衰以及虚名、富贵所带来的文气耗尽，极为感慨，相当警觉。吴乔（1611—1695）《答万季埜诗问》：“明代功名富贵在时文，全段精神，俱在时文用尽，诗其暮气为之耳。此间有二种人，一则得意者不免应酬……一则失意者不免代笔。”⑦ 无论是官场得意或失意之人，均无正气，故不能振其辞，而以“暮气”为诗，吴氏认为，这就是明代文士以“暮气”为诗的缘由。其实，早在齐梁时期的刘勰，就特别强调保养固有的体气，“玄神宜宝，素气资养”，以免“钻砺过分，则神疲而气衰”，“精气内销，有似尾闾之

① 魏了翁：《浦城梦笔山房记》，《鹤山集》卷49，文渊阁四库全书本。
② 欧阳修：《欧阳修全集》卷130，第1977页。
③ 朱熹著，黎靖德编，王星贤点校：《朱子语类》卷139，第3311页。
④ 楼钥：《答綦君更生论文书》，见陶秋英编选《宋金元文论选》，第333页。
⑤ 吴咏：《鹤林集》卷28《与魏鹤山书》，文渊阁四库全书本。
⑥ 王夫之：《船山全书》卷15，第869页。
⑦ 吴乔：《答万季埜诗问》，见丁福保编《清诗话》上，第34页。

波；神志外伤，同乎牛山之木”①，出现水流尽、树砍光的悲凉景况。那么，如何避免文气的衰微呢？方法无非有二：一是保有、善用先天固有之体气、才气，一是以后天存养补先天不足。如郑燮《与江宾谷江禹九书》：“读书深，养气足，恢恢游刃有余地矣。”②只有善于养气，借助后天之学，充实主体之气，才能避免陷入气衰而文衰的景况。

在历代有关主体之气涵养的论述中，唐人柳冕（约730—804）的观点值得重视。他强调才气对于为文创作的本原性，《答衢州郑使君论文书》：“噫！文之无穷，而人之才有限。苟力不足者，强而为文则蹶，强而为气则竭，强而为智则拙。”③柳氏关于“养才之道”的一段论述，颇为精辟。《答杨中丞论文书》：“来书论文，尽养才之道，增作者之气，推而行之，可以复圣人之教，见天地之心，甚善。嗟乎！天地养才而万物生焉，圣人养才而文章生焉，风俗养才而志气生焉。故才多而养之，可以鼓天下之气；天下之气生则君子之风盛。古者陈诗以观人风。君子之风，仁义是也；小人之风，邪佞是也。风生于文，文生于质，天地之性也。止于经，圣人之道也；感于心，哀乐之音也。故观乎志而知国风。逮德下衰，风雅不作，形似艳丽之文兴，而雅颂比兴之义废。艳丽而工，君子耻之，此文之病也。嗟乎！天下之才少久矣，文章之气衰甚矣，风俗之不养才病矣，才少而气衰使然也。故当世君子学其道，习其弊，不知其病也。所以其才日尽，其气益衰，其教不兴，故其人日野。如病者之气，从壮得衰，从衰得老，从老得死，沉绵而去，终身不悟，非良医孰能知之。”在他看来，养才先养气，“故无病则气生，气生则才勇，才勇则文壮，文壮然后可以鼓天下之动，此养才之道也”，否则“如老夫之文不近于道，老夫之气已至于衰，老夫之心不复能勇。三者无矣，又安得见古人之文，论君子之道，近先王之教”④。文章之气源自作者之气，文章有气，方能鼓动天下之气，柳冕认为文章本于教化，文章盛才能推动先王之教，这种文气思想，与其卫道崇文的价值取向是一致的。柳冕的时代，稍早于韩愈和柳宗元，对于古文家的思想亦有一定的影响。

① 刘勰著，詹锳义证：《文心雕龙义证》，第1565、1571页。
② 郑燮：《郑板桥集补遗》，第197页。
③ 柳冕：《答衢州郑使君论文书》，见周祖诜编选《隋唐五代文论选》，第170页。
④ 柳冕：《答杨中丞论文书》，见周祖诜编选《隋唐五代文论选》，第168—169页。

三

文气的获得，不外乎两种途径：先天禀赋与后天培育。关于先天禀赋，最著名的就是《典论·论文》“虽在父兄，不能以移子弟”的说法，这指的就是无法培养的先天禀赋。至于后天的培育，一般有两种路数：一是抽象式的道德修养培育，这是中国历史上最为主流的观点，从孟子开始一直到现代，历代都不乏倡导者；一是强调人生阅历的增广，这包括外在的社会阅历与内在的读书学识两个面向。

就前者而言，抽象的、形而上的养气理论可谓比比皆是。在“存养气质”的心性学语境中，养气是“持敬”、“主敬”的重要修养功夫，如程颐弟子尹和靖《师说》：“涵泳自得，蕴蓄不挠，存养气质，成就充实，至于刚大，然后为得也。”[①] 章学诚《文史通义·文德》：“主敬则心平，而气有所摄，自能变化从容以合度也。”又云：“主敬者，随时检摄于心气之间，而谨防其一往不收之流弊也。”[②] 对于实斋此一论述，徐复观先生极为赞赏，认为主观上多一分敬意，便多浮出一分客观事实，章氏此论，针对当时浮嚣的考据家而发，体认很深刻。[③] 在为文之道上，文论家提倡“诚”、“积理”，譬如宋人张耒（1054—1114）在《上曾子固龙图书》中，提出为文须“诚”：“君子之文章，不浮于其德，其刚柔缓急之气，繁简舒敏之节，一出乎诚，不隐其所已至，不强其所不知，譬之楚人之必为楚声，秦人之必衣秦服也。惟其言不浮乎其心，故因其言而求之，则潜德道志，不可隐伏。”[④] 宛丘先生为“苏门四学士”之一，其创作渊源于“三苏”，提倡直抒胸臆、文理并重，反对雕琢文辞，因而所谓“诚”，大体上偏于自然情性之理，即“满心而发，肆口而成”之意。清人朱庭珍强调“培根柢”为诗人“第一义”，而“根柢之学，首重积理养气”，如云：“积理而外，养气为最要，盖诗以气为主，有气则生，无气则死，亦与人同。”[⑤] 他评价唐宋以来的文气理论，认

---

① 尹和靖：《和靖集》卷7，文渊阁四库全书本。

② 章学诚著，叶瑛校注：《文史通义校注》，第279页。

③ 徐复观：《中国文学中的气的问题——〈文心雕龙·风骨篇〉疏补》，《中国文学精神》，第142页。

④ 张耒著，李逸安等点校：《张耒集》卷56，中华书局1999年版，第844页。

⑤ 朱庭珍：《筱园诗话》卷1，见郭绍虞编《清诗话续编》下，第2331、2332页。

为“至动”、“至静”均生客气，而非真气，如云：

> 昌黎曰：“气，水也，言，浮物也。水大而物之大小浮者毕浮，气盛则声之高下与言之长短皆宜。”东坡曰：“气之盛也，蓬蓬勃勃，油然浩然，若水之流于平地，无难一泻千里，及其与山石曲折，随物赋形，一日数变，而不自知也。盖行所当行，止所当止耳。”是皆善于言气者。夫气以雄放为贵，若长江、大河，涛翻云涌，滔滔莽莽，是天下之至动者也。然非有至静者宰乎其中，以为之根，则或放而易尽，或刚而不调，气虽盛，而是客气，非真气矣。故气须以至动涵至静，非养不可。①

朱氏总结韩愈、苏轼的文气思想，提出“至动涵至静”的命题，颇得气学之精义。因为理想状态的“积理养气”，是体用互为、阴阳相合、有无相生的气化过程，这种“至动”、“至静”的运化流行，便是天地之气、本体之气、文本之气的一气贯通、循环往复。

就后者而言，所谓人生阅历，包括外在的社会阅历和内在的读书学识两方面，这大体上相当于“外游”与“内游”。就“外游”的思想资源来看，太史公读万卷书、行万里路的人生阅历，成为激发后世理论家想象的不竭源头，其间所禀受的江山大川之助，也成为主“外游”思想的重要来源。刘勰《文心雕龙·物色》：“屈平所以能洞监风骚之情者，抑亦江山之助乎？”② 陆游《偶读旧稿有感》：“挥毫当得江山助，不到潇湘岂有诗？”③ 袁枚评沈方舟诗：“沈诗音节沉雄，得明七子梗槩，而新颖过之，足迹所到，足以助其豪宕之气。”④ 在他们看来，目之所见、身之所历是创作的前提，创作主体的养气源于生活观察与体验，所谓“江山之助”，就是借助一气流行，将天地之气转化为主体之气并外显于文本之气中。苏辙（1039—1112）是主“外游”的代表,《上枢密韩太尉书》：

> 太尉执事：辙生好为文，思之至深。以为文者气之所形。然文不可以

① 朱庭珍：《筱园诗话》卷1，见郭绍虞编《清诗话续编》下，第2332页。
② 刘勰著，詹锳义证：《文心雕龙义证》，第1759页。
③ 陆游：《剑南诗稿》卷60,《陆游集》，中华书局1976年版，第1457页。
④ 袁枚：《随园诗话补遗》卷1，人民文学出版社1960年版，第579页。

> 学而能，气可以养而致。孟子曰："我善养吾浩然之气。"今观其文章宽厚宏博，充乎天地之间，称其气之大小。太史公行天下，周览四海名山大川，与燕赵间豪俊交游，故其文疏荡，颇有奇气。此二子者岂尝执笔学为如此之文哉？其气充乎其中而溢乎其貌，动乎其言而见乎其文，而不自知也。①

在这里，苏辙将孟子道德涵养式的养气与司马迁社会阅历式的养气相提并论，倍加赞赏，这大体源于其"气充—貌溢—言动—文见"的推衍运思，但两相比较，他仿佛更认同太史公"读万卷书，行万里路"的养气方法，在他看来，增广社会阅历以开阔胸襟是极其重要的养气途径，这种观点是典型的"外游"理论。追随"外游"养气的学者，历代不乏其人，与苏辙同时代的马子才，在《子长游赠盖邦式》中评价司马迁曰："子长平生喜游，方少壮自负之时，足迹不肯一日休。非直为景物役也，将以尽天下之大观，以助吾气，然后吐而为书。今于其书观之，则其平生所尝游者皆在焉。"② 张孝祥（1132—1169）《题杨梦锡客亭类稿后》："梦锡之文，从昔不胶于俗，纵横运转如盘中丸，未始以一律拘，要其终亦不出于盘。盖其束发事远游，周览天下山川之胜，以作其气；所与交者，又皆当世知名士，文章安得不美耶？"③又如清人吴雷发《说诗菅蒯》："文要养气，诗要洗心。子由推司马子长之文有奇气，而归功于游览，是亦气之一助也。"④在他们看来，借远游、交游而获得"山川之助"，乃是涵养文气的重要手段之一。

古人养气的核心在于提升内在修为，读圣贤书也是主要途径之一，因而极为强调广泛涉猎经、史、子、集对于道德境界、文章修养的意义。譬如宋代吕南公（1047—1086）强调读书的重要性，如云："盖才卑则气弱，气弱则辞蹇。为文而出于蹇弱，则理虽不失，人罕喜读。人不读矣，则谁复料其持论哉！"⑤元代戴良（1317—1383）坚定地认为，气非学不充，读三代两汉之经书，是养气的

① 苏辙著，陈宏天、高秀芳校点：《栾城集》卷22，《苏辙集》，第381页。

② 马存：《子长游赠盖邦式》，见王霆震编《古文集成》卷2，文渊阁四库全书本。

③ 张孝祥著，徐鹏校点：《于湖居士文集》卷28，上海古籍出版社1980年版，第281页。

④ 吴雷发：《说诗菅蒯》，见丁福保编《清诗话》下，第906页。

⑤ 吕南公：《与王梦锡书》，见陶秋英编选《宋金元文论选》，第199页。

唯一途径，如云："文主于气。而气之所充，非本于学不可也。六经而下，以文雄世者，称孟轲氏、韩愈氏。孟轲氏曰：'我善养吾浩然之气。'韩愈氏曰：'气盛则言之短长声之高下皆宜。'然孟轲氏之养气，则既始之以知言；而韩愈氏之气盛，亦惟三代两汉之书是观，圣人之志是存耳。文以气为主，气由学以充，见之二氏可考而知也。后之学者，乃或不是之求，方贵华尚采，粉泽以为工，遒密以为能。吁，亦末矣！"[①] 清人汪婉（1624—1691）认为："仆曾遍读诸子百氏大家名流与夫神仙浮屠之书矣，其文或简练而精丽，或舒畅而明白，或汪洋纵姿，逶迤曲折，沛然四出而不可御，盖莫不有才与气者在焉，惟其才雄而气厚，故其力之所注，能令读之者动心骇魄，改观易听，忧为之解颐，泣为之破涕，行坐为之忘寝与食，斯已奇矣。"[②] 所谓"才雄而气厚"，历来被古人视为"文之正体"的基本审美特征，此一"气厚"的获得，来自古代经典，源于遍读经书。比较而言，也有较为中庸的观点，譬如宋大樽《茗香诗论》："诗之铸炼云何？曰：善读书，纵游山水，周知天下之故而养心气，其本乎。"[③] 黄子云《野鸿诗的》："记诵实胸中，何患气机艰涩。登临遍宇内，自然心目开张。"[④] 他们所秉持的，大体上是读书与游历并重的路子。

在主张通过读圣贤书以养气的观念中，值得注意的，还有所谓强调"内游"的说法，元人郝经（1223—1275）就是其中的代表。郝氏在《内游》、《养说》等篇中，发挥孟子"善养浩然之气"的思想，强调主体精神的自我涵养提升，如《内游》：

> 身不离于衽席之上，而游于六合之外，生乎千古之下，而游于千古之上，其区区于足迹之余，观览之未者所能也？持心御气，明正精一，游于内而不滞于内，应于外而不逐于外。[⑤]

他认为苏辙所谓的"外游"，收获甚微，因为自然之气无法转化为主体的

---

① 戴良：《密庵文集序》，见陶秋英编选《宋金元文论选》，第593页。
② 汪婉：《答陈霭公论文书一》，见王运熙、顾易生主选《清代文论选》，第237页。
③ 宋大樽：《茗香诗论》卷23，见丁福保编《清诗话》上，第104页。
④ 黄子云：《野鸿诗的》，见丁福保编《清诗话》下，第859页。
⑤ 郝经著，秦雪清点校：《郝文忠公陵川文集》卷20，山西人民出版社2006年版，第296页。

血性气质。造艺者“浩然之气”的形成，并不依赖于“山川之助”，只有畅游于《河图》、《洛书》、《周诰》、《商盘》、《禹谟》、《舜典》等典籍，以及尧、舜、禹、汤、文、武、周等史迹中，方有助于主体心性之气的培育。对此，不少论者有相同的看法，如谢榛云：“汉人作赋，必读万卷书，以养胸次。《离骚》为主，《山海经》、《舆地志》、《尔雅》诸书为辅。又必精于六书，识所从来，自能作用。若扬袘、戌削、飞襳、垂髾之类，命意宏博，措辞富丽，千汇万状，出有入无，气贯一篇，意归数语，此长卿所以大过人者也。”又云：“充其学识，养其气魄，或李或杜，顾其自然而已。”① 袁枚引李玉洲言：“凡多读书，为诗家最要事。所以必须胸有万卷者，欲其助我神气耳。”② 李重华云：“诗至淳古境地，必自读破万卷后含蕴出来；若袭取之，终成浅薄家数。多读书非为搬弄家私，震川谓善读书者，养气即在其内，故胸多卷轴，蕴成真气，偶有所作，自然臭味不同。”③ 在他看来，读书破万卷乃是养气之道，也是为文之道。总体而言，虽然养气的方式，并不仅仅局限于读书，但读书一定会使文气充足，这大抵是古人的一般认识。同时，无论偏于“内游”，或是偏于“外游”，只是养成的方式不同而已，气非养而不充，这一点也是没有异议的，如管同云：“舍养气而专言为文，不可以言文矣，惟所养有浅深，则所就有高下，要之必归于此，而后为得焉。”④ 气之养或不养，养之浅或深与文之高或下，两者之间必定有着内在的关联。

当然，除“内游”和“外游”路数外，还有另外一种情况，王渔阳《然镫记闻》：“‘为何须要多读书，以养其气；多历名山大川，以扩其眼界；宜多亲名师益友，以充其识见。’堪问曰：‘是则然矣。但寒士僻处穷巷，无书可读，而又无缘游历名山大川，常憾不得好友之切磋。奈何？’曰：‘只是当境处莫要放过。时时著意，事事留心，则自然有进步处。’”⑤ 在这里，王渔阳提到另外一种境况，寒士处“僻处穷巷”，既“无书可读”又“无缘游历名山大川”，但是，只要“时时著意，事事留心”，即留心观察身边一切可提升心性修养之物事，自然

① 谢榛：《四溟诗话》卷2，第62、45页。

② 袁枚：《随园诗话补遗》卷1，第565页。

③ 李重华：《贞一斋诗说》，见丁福保编《清诗话》下，第933—934页。

④ 管同：《与友人论文书》，见舒芜等编选《近代文论选》，第28页。

⑤ 王渔阳口授，何世璂笔述：《然镫记闻》，见丁福保编《清诗话》上，第120页。

也会有所进步。这种将日常生活中的任何境况均视为身心修炼的机会，亦是源自先秦以来儒学心性一系的传统。

四

在古人看来，文章成败并不仅仅维系于价值主体的道德人格建构，也是时代文化的产物，所谓世运气数，递变相禅，与此一时代的精神风貌、思想变迁密不可分，换言之，一个时代有一个时代的文学。这种“知人论世”的传统，其较早的渊源或可追溯到孟子,《孟子·离娄下》所谓“王者之迹熄而《诗》亡,《诗》亡然后《春秋》作”的说法，首开以史观诗的先河，也得益于《汉书·艺文志》“春秋之后，周道浸坏，聘问歌咏不行于列国，学《诗》之士逸在布衣，而贤人失志之赋作矣”①的说法，这种源自上古的诗教传统认为，特定的文学文本乃至文学体裁的产生，均受到当时世气、人气的影响，是世运与气运所构成的气场合力的结果。

关于世运气数、时序气运对文气价值主体的影响，也受制于中国古代历史观、文学史观的影响。在古人看来，时势异也，自然影响到造艺者的才性气质，如同叶燮在《原诗·内篇》里认为的那样，自有天地以来，古今气数世运，相禅相续，天道十年一变，无事无物不然，故而为文也不例外。对于这个问题，更早的刘勰多有提及，如谓“歌谣文理，与世推移”②,“文辞气力，通变则久”③，胡应麟谓“诗之体以代变……气运推移”④，李东阳谓“文章固关气运，亦系于习尚”⑤，大体也是相同的意思。对此，李东阳有更为具体的分析，他认为:“汉魏六朝唐宋元诗，各自为体。譬之方言，秦晋、吴越、闽楚之类，分疆画地，音殊调别，彼此不相入。此可见天地间气机所动，发为音声，随时与地，无俟区别，而不相侵夺。”⑥这种将文学风格与时代、地域等外在因素相关联的研究路数，历代不乏支持者。譬如袁中道（1570—1623）云:“文章关乎气

---

① 班固撰，颜师古注:《汉书》卷30，第1756页。
② 刘勰著，詹锳义证:《文心雕龙义证》，第1657页。
③ 刘勰著，詹锳义证:《文心雕龙义证》，第1079页。
④ 胡应麟:《诗薮·内篇》卷1，第1页。
⑤ 李东阳著，李庆立校释:《怀麓堂诗话》卷35，第116页。
⑥ 李东阳著，李庆立校释:《怀麓堂诗话》卷66，第179页。

运……非谓才不如，学不如，直为气运所限，不能强同。”①钟惺（1574—1624）云：“诗文气运，不能不代趋而下。”②清人蒋湘南（1795—1854）云：“气有厚薄，时代之所为。”③诚如有论者指出：“文以气为主，是本；文随时而变，是末；持气而适变，固本以应时，才不失本末，不至错位。”④在气学话语解释系统中，有关气运的理解，常常是与“时”、“代”、“世”等文学史观的问题视域交织在一起的。

除世运、气运以外，文气与个人气数、先天禀赋也是密切相关的。所谓气数，是一种源自先天禀赋的必然命运，譬如在辩论因果报应问题时，东晋的罗含（292—372）认为：“人物有定数，彼我有成分。有不可灭而为无，彼不得化而为我。聚散隐显，环转于无穷之途；贤愚寿夭，还复其物。自然贯次，毫分不差。”⑤稍晚的颜延之（384—456）认为：“福应非他，气数所生。”又云：“凡气数之内无不感对，施报之道，必然之符。”⑥在他们看来，气数（定数）决定因果报应，决定祸福，是存在于三界的一种普遍法则。朱熹谓“气升降，无时止息”，“屈伸往来者，气也”，“气运行，磨来磨去”，“气运从来一盛又一衰，一衰了又一盛，只管凭地循环去”⑦，说的大体也是相同的意思。万事万物皆有定数，就文学演变而言，也不例外，见于文学理论领域的论述，《宋书谢灵运传》中已经有所涉及，如云：“民禀天地之灵，含五常之德，刚柔迭用，喜愠分情。夫志动与中，则歌咏外发，六义所因，四始攸系，升降讴谣，纷披风什。虽虞夏以前，遗文不覩，禀气怀灵，理无或异。然则歌咏所兴，宜自生民始也。”⑧这不同于易学“法天象地”的天地起源说，而是更为强调“三才”中人的因素，虽然两者所依据的理论资源，同样为上古以来的气学解释话语。那么，如何应对这种先在的气数呢？除了顺

① 袁中道：《宋元诗序》，见蔡景康编选《明代文论选》，第335页。

② 钟惺：《诗归序》，见蔡景康编选《明代文论选》，第355页。

③ 蒋湘南：《与田叔子论古文第二书》，见舒芜等编选《近代文论选》，第114页。

④ 陈竹：《中国古代气论文学观》，华中师范大学出版社1995年版，第36页。

⑤ 罗含：《更生论》，见僧佑编《弘明集》卷5，《四部丛刊》本。

⑥ 颜延之：《重释何衡阳》、《释达性论》，见僧佑编《弘明集》卷4，《四部丛刊》本。

⑦ 朱熹著，黎靖德编，王星贤点校：《朱子语类》卷1《理气上》、卷4《性理一》，第68、8、6页。

⑧ 沈约：《宋书谢灵运传论》，见郁沅、张明远编选《魏晋南北朝文论选》。第296页。

应，就是变通。譬如刘勰的解决之道就是变通，所谓“负气以适变”①、“刚柔以立本，变通以趋时”②的说法，视气为体变为用，文随时变，与时俱进，这构成了古代文学史观基本的体用原则。

养气的问题，还牵涉地方风土情貌的问题，所谓一方水土养一方人，大抵上也是国人的共识。③譬如清人刘淇云：“构文之道，不过虚实两端，实字其体骨，虚字其性情也。盖文以代言，取肖神理，抗坠之际，轩轾异情，虚字一乖，判于燕越。”④这里的“燕”指燕赵之豪气，“越”指吴越之柔气，在刘氏看来，古文的抑扬顿挫，就在于虚字的表情功能，能够表达语气之轻重缓急与张弛强弱，其中的区别，就仿佛燕、越两地作者所显示的不同创作风貌一样。另外，在文气问题上，引起广泛关注的，还有曹丕评价徐干（170—217）“齐气”的问题。《典论·论文》：“徐干时有齐气，然粲之匹也。”《文选》李善注：“言齐俗文体舒缓，而徐干亦有斯累。”⑤李氏以齐俗特性来解释“齐气”，具有一定的合理性，但又不尽全面，故而历来虽不乏认同者，但也有不同的声音。

作为一个地理文化概念，齐文化可以追溯到西周初年，从姜尚建齐逮至西汉封国，其领地大体范围今山东东部和北部。春秋时期，齐鲁毗邻，但文化差异却很显著，鲁国居内陆，重礼乐文化；齐国濒海，重商任侠。自汉人以

① 刘勰著，詹锳义证：《文心雕龙义证》，第1102页。

② 刘勰著，詹锳义证：《文心雕龙义证》，第1177页。

③ 在中国地域文化传统中，以南北气异说最为悠远，见于元人傅若金《孟天伟文稿序》：“夫南北之气异，文亦如之。南方作家婉密而不枯，其失也靡；北方简重而不浮，其失也俚。”参见《傅与砺诗文集》卷4，文渊阁四库全书本。沈宗骞《芥舟学画编·宗派》：“天地之气，各以其殊，而人亦因之。南方山水蕴藉而萦纡。人生其间，得气之正者为温润和雅，其偏者则轻佻浮薄。北方山水奇杰而雄厚，人生其间，得气之正者为刚健爽直。其偏者则粗厉强横，此自然之理也。于是率其性而发为笔墨，遂亦有南北之殊焉。”究其根源，在中国学术传统中，向来有南北之分，《隋书》卷76《文学传序》：“江左宫商发越，贵于清绮，河朔词义贞刚，重乎气质。气质则理胜其词，清绮则文过其意，理深者便于时用，文华者宜于咏歌，此其南北词人得失之大较也。”刘永济先生据此认为：“隋书此说，于南北文学风尚，得其长短矣！盖文学之事，因关乎时序，亦繁于方土。北土凝重，南方轻浮，影响所致，遂有此异。”参见《十四朝文学要略（上古至隋）》，中华书局1987年版，第173页。南北风土不同，文学风格各异，南北作家禀气不同，文章风格自然便有差异。

④ 刘淇：《助字辨略》“自序”，中华书局1955年版。

⑤ 萧统编，李善注：《文选》卷52，上海古籍出版社1982年版，第2270页。

来，就认为齐地民俗主要为宽缓阔达、足智好议、虚言夸饰，在文风上体现为舒缓、阔大、尚奇等特点。[①] 徐干是北海人（今山东昌乐），自董卓乱起便隐居不仕，读书自娱，建安之际曾短暂出仕，后又托病居家至死。就其一生来看，可以说是长期浸染于齐文化氛围之中。因而，所谓"齐气"作为一种地域文化性格，在徐氏的个性气质中应该有所体现，如谓"人囿于气化之中，而欲超乎时代土壤之外，不亦难乎"[②]？亦谓"诗派，人之性情也。性情不殊，系乎风土"[③]，道理是一样的，故而以齐俗特性来解释徐干"齐气"，成为历代主流观点，也就不难理解了。对于这个问题，或应注意的是，徐干为建安时期的大儒，儒学修养极为深厚，观其《中论》，对于这一点可以体会得很深刻，因而也不妨假设，所谓舒缓之气，也可能与其深厚的儒学功底及其呈现的人格气象不无关系。

五

在古人有关文气价值实现的诸多观念探讨中，一个重要的范畴是气势，以及由此形成的"一气贯注"问题。论气必论势，大抵是古人的共识，刘大櫆《论文偶记》云："李翰云：'文章如千军万马，风恬雨霁，寂无人声。'此语最形容得气好。论气不论势，文法总不备。"[④]从气化运行看，气必生势，势乃气化流行之必然，气势、气运、气象共同构成了气场。这种气势，源自主体之气，体现在作者的才情才气上；也源自文体之气，体现在风格气象上。就相同之处看，气势、气象、气韵，均为内在之气的外在显现，这种显现需借助于审美鉴赏（眼界、感悟）的介入方能体会得到；就区别之处看，如果说气象偏于文本之气，气韵偏于阅读者的审美感受，那么，气势就偏于主体之气的维度了。

---

① 有关齐地风俗特征的文献，譬如《史记·田敬仲完世家》："宣王喜文学游说之士……皆赐列第，为上大夫，不治而议论。"又《货殖列传》："齐带山海……其俗宽缓阔达，而足智，好议论。"又《齐太公世家》："其民阔达多匿知，其天性也。"《汉书·地理志》："多好经术，矜功名，舒缓阔达而足智……其失夸奢朋党，言与行缪，虚诈不情，急之则离散，缓之则放纵。"《文心雕龙·时序》："唯齐楚两国，颇有文学。齐开庄衢之第，楚广兰台之宫。孟轲宾馆，荀卿宰邑，故稷下扇清风，兰陵郁其茂俗。邹子以谈天飞誉，驺奭以雕龙驰响。"

② 李东阳著，李庆立校释：《怀麓堂诗话》卷66，第179页。

③ 张泰来：《江西诗社宗派图录》跋，见丁福保编《清诗话》上，第62页。

④ 刘大櫆：《论文偶记》，第4页。

在中国古代哲学观念中，“势”的意蕴极为丰富。[①]《老子》五十一章：“道生之，德畜之，物形之，势成之。”这是所谓的“势”，偏于事物的内部关系及其变化趋势。《孟子·尽心上》：“古之贤王好善而忘势，古之贤士何独不然？乐其道而忘人之势，故王公不致敬尽礼，则不得亟见之。”又《公孙丑上》：“虽有智慧，不如乘势。”这里所谓的“势”，偏于政治意义上的权势、威势。《慎子·威德》：“故腾蛇游雾，飞龙乘云，云罢雾霁，与蚯蚓同，则失其所乘也。故贤而屈于不肖者，权轻也。不肖而服于贤者，位尊也。尧为匹夫，不能使其邻家，至南面而王，则令行禁止。由此观之，贤不足以服不肖，而势位足以屈贤矣。”这里的“势”，作为政治原则为慎到所用，偏于权势、权位的意义。兵家所言“势”，多为形势，如《孙子兵法·势篇》：“勇怯，势也。强弱，形也……故善战者，求之于势，不责于人。”《孙膑兵法·势备》：“凡兵之道四：曰阵，曰势，曰变，曰权。察此四者，所以破强敌，取猛将也。”在兵家眼里，夺人气势乃是克敌制胜的法宝之一。《管子》有《形势》一篇，尹知章注：“自天地以及万物，关诸人事，莫不有形势焉。夫势必因形而立。”在《管子》一书中，谈论“势”的地方颇多，且多以阴阳气化之形来解释经世治国之势。汉代司马迁以“事势之流，相激使然”[②]，说明古代货币的产生演变历史。唐代柳宗元《封建论》：“彼封建者，更古圣王尧、舜、禹、汤、文、武莫能去之。盖非不欲去之也，势不可也。势之来，其生人之初乎？不初，无以有封建。封建，非圣人意也。”[③]柳河东将封建的形成归于“势”，即郡县制代替分封制的历史趋势，较之此前的圣人意愿或天命的说法，显然胜出一等。

从发生的角度看，“势”的来源在于气。对此，清代画家沈宗骞有相当深入的论述，《芥舟学画编·取势》：“气以成势，势以御气，势可见而气不可见，故欲得势，必先培养其气。气能流畅，则势自合拍。气与势原是一孔所出，洒然出之，有自在流行之致，迴旋往复之宜，不屑以求工，能落落而自合，气耶势耶并而发之，片时妙意，可垂后世而无忝，质诸古人而无悖，此中妙绪，难为

① 张岱年先生认为“势”有三意：事物与事物之间的相对位置，即形势；由此等相对位置而引起的变化趋向，即趋势；统治者对被统治者具有管束、压制的权力，即权势。参见张岱年：《中国古典哲学概念范畴要论》，中国社会科学出版社1989年版，第136页。

② 司马迁撰，裴骃集解，司马贞索隐，张守节正义：《史记》卷30《平准书》，第1443页。

③ 柳宗元：《柳宗元集》卷3，中华书局1979年版，第70页。

添凑而成者道也。”又云：“天下之物，本气之所积而成。即如山水，自重岗复岭，以至一木一石，无不有生气贯乎其间。是以繁而不乱，少而不枯。合之则统相联属，分之又各自成形。万物不一状，万变不一相。总之，统乎气以呈其活动之趣者，是即所谓势也。”① 从对待立义的关系看，气是必然、共相，“势”是偶然、殊相，金岳霖先生“理有固然，势无必至”② 的观点，与沈氏说法相似，理是共相，是必然，势是殊相，是偶然。两者皆自然而成，不可勉强为之，如同厉志所云：“作诗原要有气势，但不可瞋目短后，剑拔弩张；又不可如曹蜍、李志之为人，虽活在世上，亦自奄奄无生气。其要总在精神内敛，光响和发，斯为上乘。”③ 古人眼中的上乘之作，乃是生气贯注、顺势而为之作，非奄无生气，亦非剑拔弩张之作。

所谓“势”，代表一种趋势、一种方向，趋势为大，乃是“发于自然”、“顺而不逆”的。对此，王夫之的界定很明确：“凡言势者，皆顺而不逆之谓也，从高趋卑，从大包小，不容违阻之谓也。”④ 章学诚的认识也很清楚，《文史通义·古文十弊》：“夫文章变化侔于鬼神，斗然而来，戛然而止，何尝无此景象？何尝不为奇特？但如山之岩峭，水之波澜，气积势盛，发于自然。”⑤ 他们均强调其“顺而不逆”、“不容违阻”、“气积势盛”、“发于自然”的特性。对于这一点，齐梁时期的刘勰早有认识，故而强调“自然之势”，《文心雕龙·定势》：“势者，乘利而为制也。如机发矢直，涧曲湍回，自然之趣也。圆者规体，其势也自转；方者矩形，其势也自安；文章体势，如斯而已。是以模经为式者，自入典雅之懿；效《骚》命篇者，必归艳逸之华；综意浅切者，类乏酝藉；断辞辨约者，率乖繁缛：譬激水不漪，槁木无阴，自然之势也。”⑥ 唐人皎然提出“气势腾飞”一说，《诗式·明势》：“高手述作，如登荆巫，觌三湘鄢郢山川之盛，萦回盘礴，千变万态。或极天高峙，崒焉不群，气腾势飞，合沓相属。或修江耿耿，万里无波，欻出高深重复之状。古今逸格，皆造其极妙矣。”⑦ 在他看来，这

① 沈宗骞述，齐振林写：《芥舟学画编》，第85—86页。

② 金岳霖：《论道》，中国人民大学出版社2005年版，第171页。

③ 厉志：《白华山人诗说》卷1，见郭绍虞编《清诗话续编》下，第2275页。

④ 王夫之：《读四书大全说》卷9，第601页。

⑤ 章学诚著，叶瑛校注：《文史通义校注》，第509页。

⑥ 刘勰著，詹锳义证：《文心雕龙义证》，第1113—1117页。

⑦ 皎然：《诗式》，见何文焕编《历代诗话》上，第26页。

种“萦回盘礴，千变万态”之情状，非文章高手“气势腾飞”不能至也。

在历代文论家的眼中，气势磅礴、气势有余的文章，方为上品。《文心雕龙·定势》记载了刘桢的一段话：“文之体势有强弱，使其辞已尽而势有余，天下一人耳，不可得也。”彦和评云：“公干所谈，颇亦兼气。然文之任势，势有刚柔，不必壮言慷慨，乃称势也。”周振甫先生据此认为：“在因情立体、即体成势方面，刘勰又提出势更气、势更刚柔、势实须泽问题。刘桢非常推重‘辞已尽而势有余’，刘勰指出这是兼气说的。话说完了，这种气势还留在听众的印象内，这就是辞已尽而势有余，激昂慷慨的话具有这种效果。刘勰指出不仅壮言慷慨是这样，就是娓娓清谈，只要感情真挚、柔婉动人，它也可以达到话说完了，使人回味不尽，即辞已尽而势有余。”①正因为气势有余，故而言辞已尽，仍然使人回味无穷。关于这一方面的论述，在古籍中屡屡可见，概举如下：

鼓气以势壮为美，势不可以不息，不息则流荡而忘返。②

夫文者在势，大抵逆则耸而顺则卑，逆则奇而顺则庸，逆则强而顺则弱。形家以顺龙为奴龙，擂家以逆势为霸势，是故一逆不已而再逆，故一波未平而再波。③

朱子曰：“行文要紧健，有气势，锋刃利快，忌软弱宽舒。”

气势之说，如所云“笔所未到气先吞”、“高屋建瓴”、“悬河泄海”，此苏氏所擅场，但嫌太尽，一往无余，故当济以顿挫之法。④

眼不高，不能越众；气不充，不能作势；胆不大，不能驰骋；心不死，不能入木。此四者，作诗之大旨也。⑤

大抵阳刚者，气势浩瀚；阴柔者，韵味深美。浩瀚者，喷薄出之，深美者，吞吐而出之。⑥

有气则有势，有识则有度，有情则有韵，有趣则有味。古人绝好文

---

① 周振甫：《文心雕龙注释》，人民文学出版社1981年版，第345页。

② 李德裕：《文章论》，见周祖谍编选《隋唐五代文论选》，第304页。

③ 魏际瑞：《答石公论文书》，见王运熙、顾易生主编《清代文论选》，第202页。

④ 方东树：《昭昧詹言》卷1，第24页。

⑤ 黄子云：《野鸿诗的》，见丁福保编《清诗话》下，第849页。

⑥ 曾国藩：《咸丰十年三月十七日记》，《曾国藩全集》，第475页。

字，大约于此四者之中必有一长。①

在谈到“势度与韵味”时，傅庚生先生认为《孟子》之文，是有气有势之典范，他认为：“文以理路胜者，声势必宏，洋洋洒洒，至大至刚，充塞于天地间，不能磷于外，不能已于内；称吾气之大小。周览天下名山大川而文思以进者，襟怀开豁而志气充沛，伸楮落墨，声势自然雄伟也。是故无其气者无其势，无其势者无其文。强以为之，外强而中干，色厉而内荏，是为无本；‘苟为无本，七八月之间雨集，沟浍皆盈，其涸也，可立而待也。’故虽文势如沄潮，推原厥始，必其盈科而后进也；吞吐之气，端在善养。”②他将气势视为文章之本，凡外强中干、色厉内荏者，皆属无本，只有襟怀开豁、志气充沛者，方能气势宏伟。

在文章体裁方面，古人强调气势的因素，尤其是关于歌行体的创作。沈德潜认为：“歌行起步，宜高唱而入，有‘黄河落天走东海’之势。以下随手波折，随步换形，苍苍莽莽中，自由灰线蛇踪，蛛丝马迹，使人炫其奇变，仍服其警严。至收结处，纡徐而来者，防其平衍，须作斗健语以止之；一往峭折者，防其气促，不妨作悠扬摇曳语以送之，不可以一格论。”③在他看来，歌行的特点不在“格”，而在“势”，犹如风行水上，随步换形，变化无迹，长于纡徐而不平衍、峭折而不气促的自然之势。那么，如何保持歌行的一气贯注呢？王夫之《夕堂永日绪论》云：“古诗及歌行换韵者，必须韵意不双转……此法可通于时文，使股法相承，股中换气。”④歌行体换韵较为自由，因而保持文气畅达的关键，就在于转韵中的换气。

文气充沛，气势浩荡，所带来的审美感受就是“一气贯注”，这是创作、阅读中审美快感的重要来源。对此，古人有很多近似的说法，略举数例：

一首贵一气贯注，凡诗之精炼者，或少排宕流利，若能兼之，斯为上乘。⑤

① 曾国藩著，李鸿章校勘，宁波等校注：《同治四年六月初一日家训》，《足本曾文正公全集》第8部，第5562页。

② 傅庚生：《中国文学欣赏举偶》，陕西人民出版社1983年版，第102页。

③ 沈德潜：《说诗晬语》卷上85，见丁福保编《清诗话》下，第536页。

④ 王夫之：《船山全书》第15册，第823页。

⑤ 吴雷发：《说诗菅蒯》，见丁福保编《清诗话》下，第899页。

起承转收，一法也……起不必起，收不必收，乃使生气灵通，成章而达。自歌行来者，就一气中骀宕灵通，句中有余韵，以感人情。①

而少陵自首至结一气，横历无前，纵越绳墨之外，激昂霄汉之表。②

“一气如话”四字，前辈以之赞诗，予谓各种文词，无一不当如是。如是即为好文词……千古好文章，总是说话，只多“者、也、之、乎”数字耳……“一气”则少隔绝之痕，“如话”则无隐晦之弊。③

泼墨者，先以土笔约定通幅之局，要使山石林木，照映联络，有一气相通之势；于交接虚实处，再以淡墨落定，蘸湿墨一气写出。④

一气蝉联而下者，以此为法。⑤

唐玄宗“剑阁横云峻”一篇，王右丞“风劲角弓鸣”一篇，神完气足，章法、句法、字法俱臻绝顶，此律诗正体。而太白“五月天山雪，无花只有寒。笛中闻折柳，春色未曾看。”一气直下，不就羁缚。右丞“万壑树参天，千山响杜鹃。山中一夜雨，树杪百重泉。”分顶上二语而一气赴之，尤为龙跳虎卧之笔。此皆天然之妙，未易追摹。⑥

五言长篇，固须节次分明，一气连属。然有意本连属，而转似不相连属者，叙事未了，忽然顿断，插入旁议，忽然联续，转接无象，莫测端倪，此运左、史法于韵语中，不以常格拘也。⑦

近人俞陛云《诗境浅说》中，每每以“一气贯注”论诗，譬如评王勃《送杜少府之任蜀川》云：“先将本题叙明。以下六句，皆送友之词，一气贯注，如娓娓清谈，极行云流水之妙。大凡作律诗，忌枝节横断。唐人律诗，无不气脉流通，此诗尤显。作七律亦然。”评张乔《书边事》云：“此诗高视阔步而出，一气直书，而仍有顿挫，亦高格之一也。”评王维“君自故乡来，应知故乡事”一诗

---

① 王夫之：《船山全书》第15册，第826、839页。
② 黄子云：《野鸿诗的》，见丁福保编《清诗话》下，第849页。
③ 李渔：《李渔全集》第2卷，第512页。
④ 沈宗骞述，齐振林写：《芥舟学画编·用墨》，第48页。
⑤ 沈德潜：《唐诗别裁集》卷19，中华书局1975年版，第256页。
⑥ 沈德潜：《说诗晬语》，见丁福保编《清诗话》下，第540页。
⑦ 沈德潜：《说诗晬语》，见丁福保编《清诗话》下，第534页。

云："此诗句复清空一气，所谓妙手偶得也。"他将刘禹锡《西塞山怀古》与崔颢《黄鹤楼》比较后，认为两者异曲同工，故云："崔诗从黄鹤仙人着想，前四句皆言仙人乘鹤事，一气贯注。刘诗从西塞山铁锁横江着想，前四句皆言王濬平吴事，亦一气贯注。"评李商隐《夜雨寄北》云："清空如话，一气循环，绝句中最为擅胜。诗本寄友，如闻娓娓清谈，深情弥见。此与'客舍并州已十霜'诗，皆首尾相应，同一机轴。"此处比较的是贾岛《渡桑干》"客舍并州已十霜，归心日夜忆咸阳。无端更渡桑干水，却望并州是故乡"一诗，他认为："作七绝者，或四句一气贯注，或曲折写出，而仍能一气，最为难到之境。学诗之金针也。"在评李白五律《赠卢征君》"陶令辞彭泽，梁鸿入会稽"一句时，俞氏提出"诗有讲气格而不在琢句者"，并认为："四句纯以气行，与'青山横北郭'诗，格调相同。四句皆作对语，而不碍其浩瀚之气。若'五月天山雪'及'牛渚西江夜'二诗，则皆作散行，气盛言宜，无施不可也。"① 纵观《诗境浅说》全书，"一气贯注"是诗歌鉴赏的一个重要标准，甚或是唯一的标准。

第三节 文气话语价值体系的奠基

一

气之阴阳、刚柔、清浊，乃一体两面之事，本无所谓高下、善恶、尊卑之分，一旦赋予褒贬之意，就意味着隐藏在背后的气学价值观在发挥作用，这是独具中华文化特质的宇宙生命观和人生价值观。② 对此，本书举一极端例子，朱熹晚年的得意门生陈淳，曾经对人性有过详细的分析，他是这样进行归纳的：

> 有一等人非常刚烈，是值阳气多；有一等人极是软弱，是值阴气多；有人躁暴忿戾，是又值阳气之恶者；有人狡谲奸险，此又值阴气之恶者；

① 俞陛云：《诗境浅说》，天津人民出版社2008年版，第3、22、106、61、221、203、33页。

② 在儒学传统中，"用气为性"的观念，自秦汉以后兴起，经由董仲舒、扬雄、韩愈等人不断深化，逮至北宋理学诸家，在此问题上更是用力甚深。譬如《周子通书·师》："性者，刚柔善恶中而已矣。"《张子语类》："天授予人则为命，人受于天则为性，形得之备，气得之偏，道得之同，理得之异。"均认为人性的形成，乃是气化运行中，落实到个体的特殊性，这种气质之性千差万别，各自不同。

有人性圆，一拨即转；也有一等极愚拗，虽一句善言亦说不入，与禽兽无异，都是气禀如此。阳气中有善恶，阴气中亦有善恶。①

北溪先生是朱子理学的重要阐发者，他从理生气、气化万物的角度出发，认为人性乃是理气生成的“天地之性”和“气禀之性”的共同体，并依据禀气之清浊和赋质之纯杂搭配，把气质分为刚烈、软弱、躁暴、狡谲、性圆、愚拗诸类。这种分法，今人看来，仿佛独断，但对古人而言，却是真诚信仰，毋庸置疑。再譬如四百年后的明代大儒吕坤（1536—1618）《说天》：“一曰中正之气：一阴一阳。纯粹以精，极精极厚，中和之所絪缊，秀灵之所钟毓；人得之而为圣，为贤……二曰偏重之气：孤阴孤阳，极浊极薄，各姿其有余，各擅其所能，为邪为毒：人得之而为愚，为恶……三曰驳杂之气：多阴多阳，少阴少阳，不阴不阳，或阴阳杂糅不分，为昏，为乱，为细，为浮，人得之而为蚩，为庸。”②由于禀气不同，形成的人格气质有极大的差异，虽然吕氏以继往开来心学为己任，但在气学价值观的选择上，与程朱并无不同。

在古代思想家的价值视野中，气是诠释天、地、人的来源及其关系，尤其是人生价值意义的总体性观念。气包孕天地，化生万物，人受气（命）于天，所禀不同，则性格各异。禀得阳刚之气，则中气浑厚，体格强健，性格坚强；禀得阴柔之气，则中气缺乏，体格虚弱，性格柔顺。自根柢而言，所谓气之阴柔阳刚、清浊高下之分，都直接或间接地把气本体化与价值化了，同时，气之化境也就成为修养论、养生论的功夫与目标，并与现实人生与经验世界形成距离。儒家注重人事价值化之气，崇尚阳刚之气，成为尊阳思想的理论源头。道家注重自然本体化之气，崇尚阴柔之气，成为尊阴思想的理论源头。两家均重视气之对待立义性与整体关联性，这就为我们理解并诠释气学价值取向提供了互为印证的运思路径。

气学价值体系的存在，建立在气学知识系统之上。通过知识凝聚价值，通过价值建构知识，两者相互支撑、相互影响，共同构成气学话语形态存在的两个层次。气学知识系统的合法性与有效性来源于古人的气学价值评价体系，以

---

① 陈淳著，熊国祯、高流水点校：《北溪字义·性》，第7页。

② 吕坤：《去伪斋文集》卷1，文渊阁四库全书本。

及众多探究者对此一体系的高度自觉，可以说是价值生成知识。在《知识与价值》一文中，成中英先生认为：

> 知识的形成本就包含了价值，而价值的形成本就包含了知识。知识和价值具有一项内在的互需关系，犹如一阴一阳之谓道。本体中本有主体与客体，正如道中本有阴与阳一样，两者可以互相转化但却不可取代一样，这也是人的生活世界内涵的基本结构。①

成氏关于价值与知识互为体用的见解，对于重新审视气学话语形态中知识与价值的关系，具有启发意义的。

就气学价值系统而言，价值之为价值具有多重内涵，包括美善、真假，也包括尊卑、贵贱及权责、治乱等复合内涵，是一个牵涉到人与物、人与人之间关系及其评判的有机整体，其中颇为清晰地呈现出三种价值判断模式。本书认为，尊阳系列（以阳气、刚气为代表）和尊阴系列（以阴气、怨气为代表）以及中和系列（以和气、正气为代表），构成了中国早期气学价值体系中最具代表性的话语表达范式。从方法论角度看，上述三种模式均受制于整体关联话语的牵制，也是对待立义思维的发展延伸，同时，其深层意义还在于尊阳、尊阴以及中和的价值范式，不仅决定了文气价值主体在天、地、人解释系统中的独立地位，而且在总体上决定了气学知识的构成形态与衍生方向。整体而言，尊阳、尊阴以及中和的价值范式支配着气学话语系统的形成，而何种价值范式的选择，也自起源处便影响到古代宇宙论、人性论、政教论、善恶论、情性论的发生。

正如前书业已论述的那样，从观念史的角度考察，气学话语系统是一个体用互为、层级分明、圆融自足的系统，那么，其中所含摄的阴与阳是怎样一种关系呢？就一般意义而言，阴阳是相待一体的，阴阳中的天地乾坤、男女尊卑、内外刚柔、君臣高下两大系列，相对而言且具有互换性，也正是在这种相对与互换中显示出整体的意义。以上所识，大体上代表了古人对于气学知识的一般性认识，但是问题在于，从价值观的角度考察，必然存在一种价值选择，其中尤为核心的问题就是：阴阳之间，孰尊孰卑？孰主孰辅？对此，古人

① ［美］成中英：《知识与价值》，《创造和谐》，第116页。

的价值取向各不相同，本节主要谈论尊阳、尊阴系列，至于中和系列，乃是传统时代的正统一脉，放在下一节讨论。

二

历史地看，气学价值范式的形成，经历了一个漫长的衍生过程。典型的尊阴观点，源于老学。在老子的阴阳气化宇宙观中，《老子》第四十章云：“万物负阴而抱阳，冲气以为和”，阴阳参变、万物化合是理论前提。对于阴阳两者的关系，老子有着极为明显的倾向性，譬如《老子》第六章“谷神不死，是谓玄牝。玄牝之门，是谓天地根。绵绵若存，用之不勤”，《老子》第六十一章“牝常以静胜牡”，老子以“玄牝”喻道，而“牝”具有“静”的属性，呈现出阴的特质，这就明确地拔高了阴的地位。在《老子》全书中，重阴柔轻阳刚的论点，可谓比比可见，譬如《老子》第三十六章“柔弱胜刚强”，《老子》第四十三章“天下之至柔，驰骋天下之至坚。无有入无间，吾是以知无为之有益”，《老子》第七十八章“弱之胜强，柔之胜刚”，等等。一方面，老子一味地抬高柔弱的作用，《老子》第四十章所谓“反者道之动，弱者道之用”，将其提升到道的高度。另一方面，老子极为贬斥阳刚，认为至刚昭示着死亡，反之，至柔则意味着生命力，并将其推广为天、地、人的一种普遍性法则，如《老子》第七十六章云：“人之生也柔弱，其死也坚强。草木之生也柔脆，其死也枯槁。故坚强者死之徒，柔弱者生之徒。”对此，老子还借助与其他范畴的关系来进行佐证，如《老子》第二十八章云：“知其雄，守其雌，为天下谿……知其白，守其黑，为天下式……知其荣，守其辱，为天下谷。”以阴柔一方为主，以阳刚一方为次，其价值取向也极为明确。其后的庄子，虽然现代学者一般认为与老子有着学术上的承接关系，但并不认同尊阴贬阳的观点，譬如《庄子·秋水》：“师天而无地，师阴而无阳，其不可以行明矣。”庄子主张阴阳二气“相照相盖相治”，“莫得其偶”，“通天下一气”，“阴阳者，气之大者也”[1]，庄子重在阴阳之“气变”、“形变”、“气聚”、“气散”，故而并不看重阴阳高下、尊卑之分。

与老学相比，易学经验有着明显的尊阳贬阴倾向。在易学的诠释传统中，将阴阳与卦的划分整合在一起，譬如《周易·系辞下》“刚柔者，立本

① 参见《庄子·则阳》、《齐物论》、《知北游》。

者也”，“阴阳合德而刚柔有体，以体天地之撰”，形成了以阴阳定卦的意义系统。以气之阴阳诠释卦义，是易学迈向哲理化的重要步骤，譬如《周易·乾》：“大哉乾元，万物资始，乃统天。”盛赞上天至大至刚、生生不息的元阳之气。又如《周易·说卦》：

> 乾，天也，故称乎父。坤，地也，故称乎母。震一索而得男，故谓之长男。巽一索而得女，故谓之长女。坎再索而得男，故谓之中男。离再索而得女，故谓之中女。艮三索而得男，故谓之少男。兑三索而得女，故谓之少女。

这里将父母、子女的长幼尊卑、贵贱高低，进行有序排列，形成一个等级分明的家族伦理序列。在易学经验中，阳爻代表君子，阴爻代表小人，“阳行刚健”乃君子所为，“阴行柔顺”乃小人所为，阳象征“一君而二民”的君子之道，阴乃象征“二君而一民”的小人之道。这种将阴阳做小人与君子的划分，带有明显的尊卑、褒贬价值倾向。这一倾向，在《系辞》中也流露得非常明显，在卦爻序列中，总是将阴爻置于危位，阳爻置于胜位，“其柔危，其刚胜邪”，阳爻居于主导，阴爻作为辅助，其间的价值取向也极为显明。总体而言，易学对于阳之创生性的定位高于阴之肃杀性，这对于后世的儒学传统影响甚深。

董仲舒明确提出“阳尊阴卑”的观点，这是两汉时期的主流思想，也是“三纲五伦”思想的宇宙论依据。《春秋繁露·阳尊阴卑》：“阳方盛，物亦方盛。阳初衰，物亦初衰……以此见之，贵阳而贱阴也。”①自然万物“贵阳而贱阴”，而“人副天数”，那么人类社会也要遵循相同的法则，才能顺于天而化于人，故而从伦理纲常上看，君为阳臣为阴，父为阳子为阴，夫为阳妻为阴的“三纲”，也就天经地义、顺理成章了。这种阴阳尊卑贵贱的思想，贯穿于董仲舒整个天道自然观和社会政治观，是其“大一统”理论的根据所在。譬如在刑德问题上，《春秋繁露·阴阳义》谓“阳者天之德也。阴者天之刑也”②；在自然观上，《春秋繁露·阳尊阴卑》谓“是故天以阴为权，以阳为经。阴出而南，阳出而北。经用于盛，权用于末。以此见天之显经隐权，前德而后刑也”③。总的来看，董仲舒“阳

① 董仲舒著，苏舆义证：《春秋繁露义证》，第324页。
② 董仲舒著，苏舆义证：《春秋繁露义证》，第341页。
③ 董仲舒著，苏舆义证：《春秋繁露义证》，第327页。

尊阴卑”思想具有完整的体系，这基本上奠定了两千多年来主流的政教伦理价值取向。对董仲舒颇为推崇的王充，并不认同阴阳尊卑的观点，他认为“天道无为”，故“阳气自出”，“阴气自起”①，阴阳自生自化，无需外力的驱使。但王充认为人禀阴阳二气而生，只有阴阳兼备，才能形神具备，“阴气主为骨肉，阳气主为精神”②，阴气化生骨肉躯体，阳气化生精神意识，而骨肉与精神的层级意义是不同的，精神乃智慧所在，也就意味着，阳气中具备先在的精神智慧因素，故而这种说法，仍然承续了阳胜阴的儒学传统。

对于阴阳之间的对待关系，理学家的诠释颇多，尤其是在谈论气性诸问题时。譬如邵雍《观物外篇》认为：“人得中和之气则刚柔均，阳多则偏刚，阴多则偏柔。”③又譬如明代“前七子”之一的王廷相，不满周子的“主静立人极”，故《雅述》上：“圣人之学有养有为，合动静而一之，非学顾如是，乃造化人物之道……夫动静交养，厥道乃成，主于静则道涉一偏，有阴无阳，有养无施，何人极之能立？缘此，后学小生专务静坐理会，流于禅氏而不自知，皆先生启之也。”④他也不认同朱子“气所以能动静者，理之为主宰也”的观点，指出元气的运动变化不在于理的主宰，而在于气本身所包含的阴阳、虚实、聚散、动静两个方面的相互作用，故《雅述》：“大抵造化之妙，阴阳配合而道化生焉。”在《慎言·乾运篇》中，他提出“阴阳相待，不可以三者”的命题，认为“阴不离于阳，阳不离于阴，曰道”。在他看来：“阴阳即元气，其体之始．本自相浑，不可离析，故所生化之物，有阴有阳，亦不能相离。”⑤也就是说，元气包含阴阳两个方面，阴阳处于统一体中，两者互不相离。在此基础上，王廷相进一步明确提出“气有偏盛，遂为物主”的观点，认为“阴阳之合，有宾主偏胜之义，而偏胜者恒主之”⑥，这就为阴胜阳，或阳胜阴，增添了新的理论阐释维度。

三

对于阴柔阳刚的褒贬取向，有偏于尊阳一系的阳气、怒气，有偏于尊阴一

① 王充著，黄晖校释：《论衡校释·自然篇》，第782页。
② 王充著，黄晖校释：《论衡校释·订鬼篇》，第946页。
③ 邵雍：《邵雍集》，第177页。
④ 王廷相著，王孝鱼点校：《王廷相集》，第857页。
⑤ 王廷相著，王孝鱼点校：《王廷相集》，第964页。
⑥ 王廷相著，王孝鱼点校：《王廷相集》，第756页。

系的阴气、怨气，不同的视域不仅规定了考察问题的方式，也提供了理解事物的特定视角。这种价值观意义上对世界的理解与对待世界的立场，不仅直接影响到传统时代士人的人生价值观与文学审美观，而且对于国人文化心态乃至民族性格的形成有着内在的影响。

譬如老学所推崇的尊阴观念，在谋术上重视以柔克刚、后发制人；在兵法上强调以智取胜、以弱胜强；在养生上重视“守静”、“入静”的修炼方式；在园艺中讲究曲径通幽，在文化气质上柔媚有余，磅礴昂扬之气则明显不足。凡此种种，均可视为由尊阴文化基因之衍生。体现在文学理论领域，形成了追求内向隽永、细腻幽婉、以虚显实、以神统形的批评传统。譬如刘勰《文心雕龙·隐秀》谓“深文隐蔚，余味曲包”①，所谓“隐秀”，就是讲究含蓄隽永、余味无穷；司空图（837—908）谓“近而不浮，远而不尽，然后可以言韵外之致耳”②，所谓“韵外之致”，就是追求语言文字之外的情致，故而《诗品》专列“含蓄”一品。其后如魏泰、张戒、杨万里、姜夔、严羽等人论诗，多承此意，形成了一股重要的理论潮流。明人谢榛主张含蓄浑融而致味，如云：“诗有辞前意，辞后意，唐人兼之，婉而有味，浑而无迹。”③ 他倡导雅淡古朴的自然韵味，又云：“刘长卿《送道标上人归南岳》诗曰：‘悠然依孤棹，却忆卧中林。江草将归远，湘山独往深。白云留不住，绿水去无心。衡岳千峰乱，禅房何处寻？’此作雅淡有味。”④ 在此基础上，谢氏提出了独特的“全味”说：“熟读初唐、盛唐诸家所作，有雄浑如大海奔涛，秀拔如孤峰峭壁，壮丽如层楼叠阁，古雅如瑶瑟朱弦，老健如朔漠横雕，清逸如九皋鸣鹤，明净如乱山积雪，高远如长空片云，芳润如露蕙春兰，奇绝如鲸波蜃气：此见诸家所养之不同也。学者能集众长，合而为一，若易牙以五味调和，则为全味矣。”⑤ “全味”一说，意蕴深广，在古代的滋味论中独树一帜。清人黄图珌（1700—？）论作词，以气立论，偏好清幽纤细一路，如《看山阁集闲笔·词气》：

---

① 刘勰著，詹锳义证：《文心雕龙义证》，第1511页。

② 司空图：《与李生论诗书》，见周祖谍编选《隋唐五代文论选》，第348页。

③ 谢榛：《四溟诗话》卷1，第23页。

④ 谢榛：《四溟诗话》卷4，第102页。

⑤ 谢榛：《四溟诗话》卷3，第69页。

> 词之有气，如花之有香，勿厌其秾艳，最喜其清幽，既难其纤长，犹贵其纯细，风吹不断，雨润还凝。是气也，得之于造物，流之于文运，缭绕笔端，盘旋纸上，芳菲而无脂粉之俗，蕴藉而有麝兰之芳，出之于鲜花活卉，入之于绝响奇音也。①

黄氏对于“词之有气”的论述，极为细腻委婉，所谓“风吹不断，雨润还凝”，“缭绕笔端，盘旋纸上”的论述，最能呈现尊阴一系的理论诉求与审美特质，这与其追求字之“婉丽”、句之“幽芳”以及吞吐蕴藉、境清调绝的词曲旨趣是一致的。

历史地看，除以“浩然之气”为代表的豪气外，在尊阳一系中，愤气和不平之气也有悠久的传统。就理论层面的探究而言，关于人性与血气的关系，《淮南子·本经训》的发挥最为经典，如云：“人之性，心有忧丧则悲，悲则哀，哀斯愤，愤斯怒，怒斯动，动则手足不静。人之性，有侵犯则怒，怒则血充，血充则气激，气激则发怒，发怒则有所释憾矣。”② 就具体的例证而言，汉代司马迁因“穷”、“怨”而“发愤著书”的史迹，是极具感召力的，班固《汉书·司马迁传赞》云：“既陷极刑，幽而发愤。”③ 对此，后世学者感同身受，阐发颇多。白居易《洛诗序》云：“情发于中，文形于外，故愤忧怨伤之作，通计今古，什八九焉。”④ 陆游《澹斋居士诗序》云：“盖人之情，悲愤积于中而无言，始发为诗，不然，无诗也……激于不能自已，故其诗为百代法。”⑤ 刘克庄《江西诗派小序·晁叔用》云：“秦汉以来，士有抱奇怀能，流落不遇，往往躁心汗笔，有怨诽戾沈抑之思，气候急刻，不能闲退，古之词人皆是也。”⑥ 元好问《杨叔能小亨集引》云：“至于伤谗疾恶，不平之气不能自掩，责之愈深，其旨愈婉，怨之愈深，其辞愈缓。”⑦ 历代关于“不平之气”的描述，以袁宏道评价徐文长，最为力透纸

---

① 黄图珌：《看山阁集闲笔》，见中国戏曲研究院编《中国古典戏曲论著集成》第7册，第140—141页。

② 刘安著，何宁集释：《淮南子集释》，第599页。

③ 班固撰，颜师古注：《汉书》卷62，第2738页。

④ 白居易著，朱金城笺校：《白居易集笺校》卷70，第3757页。

⑤ 陆游：《渭南文集》卷15，《陆游集》，第2110页。

⑥ 刘克庄：《江西诗派小序·晁叔用》，见陶秋英编选《宋金元文论选》，第400页。

⑦ 元好问著，李正民增订：《元好问全集》卷36，山西古籍出版社2004年版，第38页。

背,《徐文长传》:

> 其胸中又有勃然不可磨灭之气，英雄失路托足无门之悲，故其为诗，如嗔如笑，如水鸣峡，如种出土，如寡妇之夜哭，羁人之寒起。虽其体格时有卑者，然匠心独出，有王者气。[①]

对于此一类愤气、“不平之气”个中缘由的深究，也是历代文论家所乐道的，其间常常不乏与自身际遇交相辉映之处。譬如对于杜甫的评价，陆游认为他到夔州,“如九尺丈夫，俛首居小屋下，思一吐气而不可得”[②]，谢榛认为他“不遭天宝之乱，何以发忠愤之气，成百代之宗”[③]。又譬如论“不平之气”，在《送孟东野序》一文中，韩愈开宗明义“大凡物不得其平则鸣”[④]，所谓“不平则鸣”，苏轼《送参寥师》以诗释云:“退之论草书，万事未尝屏，忧愁不平气，一寓笔所骋。”[⑤]欧阳修《梅圣俞诗集序》:“予闻世谓诗人少达而多穷，夫岂然哉？盖世所传诗者，多出于古穷人之辞也。凡士之蕴其所有而不得施于世者，多喜自放于山巅水涯。外见虫鱼草木风云鸟兽之状类，往往探其奇怪。内有忧思感愤之郁积，其兴于怨刺，以道羁臣、寡妇之所叹，而写人情之难言，盖愈穷则愈工。然则非诗之能穷人，殆穷者而后工也。”[⑥]石介《石曼卿诗集序》:“诗之作，与人生偕者也。函愉乐悲郁之气，必舒于言，能者述之传于律，故其流行无穷，可以播管弦而交鬼神也。”[⑦]对于这种因怨愤而生的刚气，本书仍然引用宋人王十朋的论述，如云:

> 文以气为主，而公之诗文，实出于气之刚，入则为謇谔之臣，出则为神明之政，无非是气之所寓。学之者宜先涵养吾胸中之浩然，则发而为文

---

① 袁宏道著，钱伯城笺校:《袁宏道集笺校》卷19，上海古籍出版社2008年版，第716页。
② 陆游:《渭南文集》卷17《东屯高斋记》,《陆游集》，第2134—2135页。
③ 谢榛:《四溟诗话》卷2，第60页。
④ 韩愈著，马其昶校注:《韩昌黎文集校注》卷4，第233页。
⑤ 苏轼著，王文诰辑注，孔凡礼点校:《苏轼诗集》卷17，中华书局1982年版，第905页。
⑥ 欧阳修:《梅圣俞诗集序》,《欧阳修全集》卷43，第612页。
⑦ 石介:《徂徕石先生文集》卷18，第212页。

章事业，庶几无愧于公云。[①]

这种对于造艺者阳刚之气的极力推崇，其理论依据，仍然源于儒家的尊阳价值观。

在人性论的理解上，伦理道德乃是元气的固有属性，体现为仁、义、礼、智、信等质素，小人与君子虽属同类，但禀气阴阳、多寡不同，故而天性不一。古人对于禀气厚薄而形成的君子与小人之分，极为看重，对于易学所谓“天行健，君子以自强不息”的刚性品格，颇为推崇，因此，对于“浩然之气”、阳刚之气的人格理想，常常是倍加称颂的，表现在文学审美领域，历代论者不乏精辟见解。譬如对于慷慨悲愤的阳刚之气，清人廖燕《刘五原诗集序》释云：

> 慷慨者何哉？岂藉山水而泄其幽忧之愤者耶……山水者，天地之愤气所结撰而成者也。天地未辟，此气尝蕴于中，迨蕴蓄既久，一旦奋迅而发，似非寻常小器足以当之，必极天下之岳峙潮回海涵地负之观，而后得以尽其怪奇焉。其气之愤见于山水者如是……岂非吾人所当收罗于胸中而为怪奇之文章者哉。[②]

廖氏认为，这种慷慨愤然之阳气，源自天地自然之气，凝结见于山川，则为“天地之愤气”，凝结见于文章，则为诗人之愤气，这种对于慷慨之气的理解，显然是偏于尊阳一系的。

在文学思想领域，对于阴柔阳刚呈现的不同风格，文论家们有着高度的理论自觉。曹子桓所谓“文以气为主，气之清浊有体，不可力强而致”，已经意识到气之清浊对于造艺者为文风格的影响，后世论者很容易从中揣摩出阳刚、阴柔之意。譬如《文心雕龙·体性》所谓“才有庸隽，气有刚柔……风趣刚柔，宁或改其气”，郭绍虞先生对照曹、刘之说后，认为“刚”近于“清”，“柔”近于“浊”，分别指气之重浊柔顺和清新刚健[③]。彦和谓“刚柔以立本，变通以趋时。立本有体，意或偏长”[④]，“刚柔虽殊，必随时而适用”，“文之任势，势有刚

① 王十朋:《蔡端明公文集序》，见梅溪集重刊委员会编《王十朋全集》下，第964页。

② 廖燕著，屠友祥校注:《二十七松堂文集》卷4，第86—87页。

③ 郭绍虞主编:《中国历代文论选》第1册，第162页。

④ 刘勰著，詹锳义证:《文心雕龙义证》，第1177页。

柔”①，这种将文章风格做刚柔之分，大体上分别指慷慨激昂的壮美与婉转柔和的优美。在《文心雕龙》一书中，刘勰对于气之阴阳有相当多的论述，业已具有很明确的刚柔风格意识，与此相关，与阴阳对待立义思维方式相关的范畴、命题，也有广泛的涉及。

现代以来的文学批评史研究者，一般视清人姚鼐为阴柔阳刚美学风格的开创者，如果更早地追溯渊源，元代王礼（1314—1386）已有相关论述，如《伯颜子中诗集序》:“夫文之在天地间，二气之为也，盖阳明之气在天，为日月星辰，在人为刚直为朴厚为君子。其于物也，为金为玉，为麟为凤，为龙为虎，为后凋木；在地为原为阜为冈陵。发为文章也，英华俊伟，明白正大，如春阳如海运，神妙变化而光彩不可掩抑。阴晦之气，在天为雨雪为云雾；在人为谀佞为残忍，其于物也，为铅为石，为枭为乌，为虺为狐为葭菼；在地为汜为巷为洼薮为沮洳。得之于文也，浅涩尘浊，晦昧骫骳，如寒荧光，如焦谷芽，读之无足快人意者，则是气之为也。”②王礼将文气分为阳明之气和阴晦之气，承续了汉代董仲舒的阳尊阴卑观念，开启了清人阳刚之美和阴柔之美的先声，在文气价值论的阐释历史上，也是一个值得重视的环节。

对于阴柔与阳刚的关系，姚鼐认为两者对待立义、相辅相成，同时，他更明确地表达出偏重阳刚之美的价值取向。对此，他是这样说的：

> 鼐闻天地之道，阴阳刚柔而已。文者，天地之精英，而阴阳刚柔之发也……其得于阳与刚之美者，则其文如霆如电，如长风之出谷，如崇山峻崖，如决大川，如奔骐骥。其光也，如杲日如火如金镠铁；其于人也，如凭高视远，如君而朝万众，如鼓万勇士而战之。其得于阴与柔之美者，则其文如升初日，如清风，如云如霞如烟，如幽林曲涧，如沦如漾，如珠玉之辉，如鸿鹄之鸣而入寥廓。其于人也，漻乎其如叹……且夫阴阳刚柔，其本二端，造物者糅而气有多寡，进绌则品次亿万，以至于不可穷，万物生焉……糅而偏胜可也；偏胜之极，一有一绝无，与夫刚不足为刚，柔不足为柔者。皆不可以言文。③

① 刘勰著，詹锳义证:《文心雕龙义证》，第1120、1131页。

② 王礼:《麟原文集》前集卷4，文渊阁四库全书本。

③ 姚鼐:《惜抱轩全集》卷6，第71—72页。

苟有得乎阴阳刚柔之精，皆可以为文章之美。阴阳刚柔，并行而不容偏废，有其一端而绝亡其一，刚者至于偾强而拂戾，柔者至于颓废而阉幽，则必无与于文者矣。①

姚氏所论，融会贯通了传统思想体系中对于阴阳的理解，并将其熟练地运用于古文理论中，这无疑是一种新阐释，在文学理论史上具有突出的价值，尤其是运用了一系列的形象来比喻两种不同的风格之美，更是发挥了阴阳对待立义思维的精义。在他看来，刚柔偏胜虽然不可避免，但不可偏废，不能“有其一端而绝亡其一”，因为两者是并行不悖的，如果非此即彼，那么就会“刚不足为刚，柔不足为柔”。虽然在艺术创作时，每个人都不免有所偏颇，如同书法笔势之轻重缓急、文章熔裁之松紧放敛、声调用韵之抑扬顿挫、情性趣味之悲喜哀乐，或刚而少柔、或柔而少刚，即便“桐城三祖”也概莫能外。但是，作为一种理想的价值范式与先在的体系构想，姚鼐的见解无疑是相当精辟的。

晚清吴曾祺（1852—1929）对时人“无不瓣香韩欧”，颇不以为然，认为均逃不过粗与弱的弊端，对此，他以气分阴阳为例进行阐释，颇多新意。《涵芬楼文谈·养气》：“大凡气有阴阳二者之分，有如异云骤起，倏忽变化者，此天地之阳气也，气之属刚者也；有如游丝袅空，轻盈摇曳者，此天地之阴气也，气之属柔者也。阳气之文，其才力充盛，足以凌盖一世，其失也，如武夫得志，遇事作色，其患在粗；阴气之文，其气度从容，足以包罗万有，其失也，如病夫对客，辍息待续，其患在弱。韩氏之文，得天地之阳气者也，凡抒写所至，往往能自出意义，以达乎境界之变。不善学之，则袭其皮毛，而有生吞活剥之讥。欧阳氏之文，得天地之阴气也，其生平所历，往往能各见性情，不背于风格之正。不善学者，则习其腔套，而有依响附声之诮。”② 在吴氏看来，韩愈之文，属阳气之文，长在才力充盛、凌盖一世，患在“粗”；欧阳修之文，属阴气之文，长在包罗万有，患在“弱”。故而善学者，各见性情，不善学者，仅得腔调。

① 姚鼐:《惜抱轩全集》卷4，第35页。

② 吴曾祺:《涵芬楼文谈·养气》，见王水照编《历代文话》7，第6580页。

在古人的文学发展观中，以阴阳之气的交会境况，来附会不同时代的政教治乱与文学艺术的盛衰风貌，也成为一种常见的价值抉择。如黄宗羲在为其二弟黄宗会（1618—1663）《缩斋文集》所作的序中，发挥易学震、巽二卦之义，以四段文学史料印证阴阳之气的交会，《缩斋文集序》云：

阳气在下，重阴锢之，则击而为雷；阴气在下，重阳包之，则抟而为风。商之亡也，《采薇》之歌，非阳气乎？然武王之世，阳明之世也。以阳遇阳，则不能为雷。宋之亡也，谢皋羽、方韶卿、龚圣予之文，阳气也，其时遁于黄钟之管，微不能吹纩转鸡羽，未百年而发为迅雷。元之亡也，有席帽、九灵之文，阴气也，包以开国之重阳，蓬蓬然起于大隧，风落山为蛊，未几而散矣。①

黄梨洲认为：其一，商为阴浊之世，周为阳明之世，伯夷、叔齐之流哀商亡，不食周粟，隐居首阳山饿死，其行刚烈，虽则以阴抗阳，但《采薇》乃不失阳刚之气。其二，周武王之世，阳明之世，以阳遇阳，和气顺生，故无所新创。其三，南宋为阳，元为阴，元灭宋乃是阴胜阳，谢、方、龚等人隐居抗元，虽作用甚微，但终属以阳抗阴，故而不到百年（元朝八十年而亡）便发为“迅雷”。其四，元为浊阴之世，明为阳明之世，席帽（王逢）、九灵（戴良）之徒拒为明臣，虽不失骨气，但终无大成，“未几而散”。黄梨洲用四个朝代阴阳之气相会的状况，来印证文学史上的现象，在历代文气诠释史上独具特质。与此类似的论述，譬如晚清蒋湘南（1795—1854）在《唐十二家文选序》中，以阴阳与奇偶的对应关系描述先秦至唐宋以来的文学发展史，如云：

道一而二，曰阴曰阳，阳变阴化，奇只偶双，奇偶相间，律中宫商，物相杂，声成音，皆谓之文，盖犹规矩之于圆方。是以《六经》之语有奇有偶，文不窳而道大光也。三代以后之文，或毗于阳，或毗于阴，升降之枢，转自唐人。唐以后之文主奇，毗于阳而道欹，此欧、苏、曾、王之派所以久而愈漓。唐以前之文主偶，毗于阴而道杻，此潘、陆、徐、庾

① 黄宗羲：《缩斋文集序》，《黄梨洲文集》，第337页。

之派所以浮而难守。①

又譬如在《艺概·词曲概》中，刘熙载以阴阳论词家特色，如云："词有阴阳，阴者采而匿，阳者疏而亮。本此以等诸家之词，莫之能外。"② 纵观上述诸家之论，在他们看来，文学的盛衰，由阴柔刚阳二气之聚散、升降而来，世运、气运、文运的交汇之处，乃是一个时代文学整体风貌的总体显现。

四

对气学价值的追求是主体自我实现的重要甚或唯一方式，价值源于主体对于意义世界的需求、自我意志世界的实现要求以及终极关怀世界的目标感，文气价值意义的寻求是主体人文活动的表征，同时也只有在人文活动中得以实现才能形成价值。因此，不同价值范式的选择，最能显示出价值主体的才性气质、知识结构乃至人生境界，同时，先在的价值范式对于价值主体的精神气质、人格意志的塑造，也是至关重要的。在这种价值视野的关照下，本书欲考察古人对于性情（欲）的褒贬评价。

在气之阴阳褒贬价值观下谈论性情（欲）的问题，是儒学一系的重要传统。从心性角度谈的有孟子，从天道角度谈的有荀子，从阴阳角度谈的有董仲舒，宋以后的思想家，开始将心、性（理）、情（欲）放在本体层面考察。在早期儒者的运思理路中，人之性情源于气（道、天、命），譬如郭店楚简《性自命出》："性自命出，命自天降，道始于情，情先于性。"《语丛二》："爱生于性，亲生于爱，欲生于性，虑生于欲。"③ 均为典型的"天（命、道）→性（情、欲）"的推衍路数。自董仲舒以阴阳释性情以来，尊阳贬阴的观念在天、地、人价值系统中开始占据重要的地位。在董仲舒看来，天与人具有相同的禀性，人之有喜怒哀乐，犹如天之有春夏秋冬，均表现为有阴有阳、有性有情，故《春秋繁露·阳尊阴卑》："阳天之德，阴天之刑也。阳气暖而阴气寒，阳气予而阴气夺，阳气仁而阴气戾，阳气宽而阴气急，阳气爱而阴气恶，阳气生而阴气杀。是故阳常居实位而行于盛，阴常居空位而行于末。天之好仁而近，恶戾之

① 蒋湘南著，李叔毅等点校：《七经楼文钞》卷6，中州古籍出版社1991年版，第198页。
② 刘熙载：《文概·词曲概》，第122页。
③ 李零：《郭店楚简校读记》，北京大学出版社2002年版，第105、169页。

变而远，大德而小刑之意也。先经而后权，贵阳而贱阴也。”[①] 考察董仲舒的阴阳尊卑系列，可以归结如下：

> 阴：天之刑、寒、夺、戾、急、恶、杀、空位、行于末
>
> 阳：天之德、暖、予、仁、宽、爱、生、实位、行于盛

在董仲舒看来，人之性情，源于天地，自产生伊始便具有合法性、合理性，如《春秋繁露·深察名号》：

> 天地之所生，谓之性情。性情相与为一瞑。情亦性也。谓性已善，奈其情何？故圣人莫谓性善，累其名也。身之有性情也，若天之有阴阳也。言人之质而无其情，犹言天之阳而无其阴也。[②]

在这里，所谓“性情相与为一瞑，情亦性也”，讲得很明白，性就是情，情便是性，同始同终、相伴而行。那么，如何理解性情与善恶的关系呢？这便有了“性禾善米”的说法，《春秋繁露·实性》：“善如米，性如禾。禾虽出米，而禾未可谓米也。性虽出善，而性未可谓善也。米与善，人之继天而成于外也，非在天所为之内也。天所为，有所至而止，止之内谓之天，止之外谓之王教。王教在性外，而性不得不遂。”[③] 这里以“米”与“禾”来比喻善与性的关系，阐发教化的缘由，遂成为后世政教伦理思想的理论依据。董仲舒以阴阳释性情，从形上角度论证了性情在发生意义上的合法性，其后的《白虎通》，从理论层面进行了更为精致的发挥，如《情性》：“性者阳之施。情者阴之化也。人禀阴阳气而生，故内怀五性六情。情者，静也。性者，生也。此人所禀六气以生者也。故《钩命诀》曰：‘情生于阴，欲以时念也。性生于阳，以就理也。阳气者仁，阴气之贪，故情有利欲，性有仁也。’”[④] 性之“五常”，系阳气之化生；情之“六欲”，乃阴气之成就。人禀天地阴阳之气，故生而有

---

① 董仲舒著，苏舆义证：《春秋繁露义证》，第327页。

② 董仲舒著，苏舆义证：《春秋繁露义证》，第298—299页。

③ 董仲舒著，苏舆义证：《春秋繁露义证》，第311页。

④ 班固撰，陈立疏证：《白虎通疏证》，第381页。

“仁、义、礼、智、信”和“喜、怒、哀、乐、爱、恶”的“五性六情”。总而言之，汉人关于性情的看法，归结起来就是许慎的解释：“性，人之阳气，性善者也。情，人之阴气，有欲者。”① 这基本上代表了早期思想家在气学价值观上的一般认识。

对于性情的这种褒贬判断，后世学者不断进行理论升华、做实工作。譬如《刘子·防欲》：

> 人之禀气，必有性情。性之所感者，情也；情之所安者，欲也。情出于性，而情违性，欲由于情，而欲害情。情之伤性，性之妨情，犹烟冰之于水火也。烟生于火，而烟郁火，冰出于水，而冰遏水。故烟微而火盛，冰泮而水通；性贞则情销，情炽则性灭。是以珠莹则尘埃不能附，性明则情欲不能染也。②

在《刘子》的作者看来，人之有情有性，乃气禀而成。情与性是对立的，人性本善，之所以邪而不正，在于情炽，只有收敛情欲，方为全性之道。唐人孔颖达重视性情，对《周易·咸卦》以男女交感乃“二气感应以相与”为始，《正义》释云：“结叹咸道之广，大则包天地，小则该万物。感物而动，谓之‘情’也。天地万物皆以气类共相感应，故‘观其所感，而天地万物之情可见矣’。”孔氏此论，旨在强调一阴一阳为天地万物之道，而万物相通正在于阴阳之感应。两百年后的李翱，把性善情恶与佛教有关佛性的说法结合起来，《复性书上》：“人之所以为圣人者，性也；人之所以惑其性者，情也。喜怒哀惧爱恶欲七者，皆情之所为也。情既昏性斯匿矣。非性之过也，七者循环而交来，故性不能充也。”③ 在李氏“灭情复性”的理论中，性是根本的，情是派生的，要恢复性，根本途径就是灭情，这也开启了宋明理学“存天理，灭人欲”的先河。

宋明以后，性情之间的价值分梳更加绝对化了，出现了许多不同的声音。譬如有关气之清浊与才之高下的关系，程颐认为：“性出于天，才出于

---

① 许慎：《说文解字》卷10下，第217页。

② 杨明照校注，陈应鸾增订：《增订刘子校注》，巴蜀书社2008年版，第82—84页。

③ 李翱：《李文公集》卷2，文渊阁四库全书本。

气，气清则才清，气浊则才浊。”① 以气之清浊判断才之清浊。元代大儒许衡（1209—1281）将气之清浊与美善、智愚、贤不肖对应起来，《答丞相问论大学明明德》：“受生之初，初禀之气，有清者，有浊者，有美者，有恶者，得其清者则为智，得其浊者则为愚，得其美者则为贤，得其恶者则为不肖。若得全清全美则为大智大贤。”② 船山从气化角度进一步阐释，《张子正蒙注·诚明篇》：“才者，成形于一时升降之气，则耳目口体不能如一，而聪明干力因之而有通塞精粗之别，乃动静阖辟偶然之机所成也。”③ 先天气质禀赋决定后天才力，偶然结果中又带有必然的因素。

对于性情问题，张载有相当独到的见解。他首倡“心统性情”，《性理拾遗》：“心统性情者也。有形则有体，有性则有情。发于性则见于情，发于情则见于色，以类而应也。”④ 朱子赞赏不已，认为此说超过二程，是张子的一个重大理论贡献，对此，他进一步解释为：“惟心无对，心统性情，二程却无一句似此切。”又云：“性者，理也。性是体，情是用。性情皆出于心，故心能统之。”⑤ 也就是说，性情皆统于心，但二者又分体用。作为理性范畴，性是体；作为感性范畴，情是用。性乃形上之本体，本不可见，必因情而后见，两者皆出于心。朱子高足陈淳继承“情者性之动”的说法，并进一步认为，从性中发出的情“便是善，更无不善”，而“感物欲而动，不从本性发来，便有个不善”⑥，这就将性、情、欲之间存在的矛盾解决了。对于朱子性情之体用二分，牟宗三先生的诠释有所不同。他认为，心与情俱属于气，乃形而下者；性是理，乃形而上者。心与情为一边，性为一边。心、性、情三分实只是理气二分也。同时，此性与情（理与气）之体用，与心与情之体用不同。心与情之体用是无间之体用，是有机生发之体用，心是真能发用此情者，心之发用即是情。但性与情之体用，是有间之体用，如主与仆，性并不是真能发而用此情。情之发用之体是心，而不是性。情之纲纪之体是性，而不是心。⑦ 可备一说。

① 程颢、程颐：《二程遗书》卷19，第305页。
② 许衡：《许鲁斋集》卷3，丛书集成本，第39页。
③ 王夫之：《船山全书》第12册，第129页。
④ 张载：《张载集》，第374页。
⑤ 朱熹著，黎靖德编，王星贤点校：《朱子语类》卷98《张子之书》，第2513页。
⑥ 陈淳著，熊国祯、高流水点校：《北溪字义·情》，第14、15页。
⑦ 牟宗三：《心体与性体》，第406、284—285页。

但陆、王不同意“心统性情”之说。象山认为，性情为一物；阳明认为，心即性即理。黄宗羲不同意朱子观点，坚持性情合一、情即性的观点。戴震既不同意朱子观点，也不同意王阳明观点，在他看来：

> 人生而后有欲，有情，有知，三者血气心知之自然也。给于欲者，声色臭味也，因而有爱畏，发乎情者，喜怒哀乐也，因而有惨舒，辨于知者，美丑是非也，因而有好恶。①

他认为情、欲、知为性，心在性中，理存于欲，反对“心统性情”。要之，宋明以后的性情思想，从义理层面“节情”到伦理层面“非情”逮至“去欲”，多立足于本体层面谈论人之性、情、欲诸问题，如程朱以理释性，陆王以心释性，横渠、船山以气释性，等等，路径虽然不同，但是，气之阴阳、尊卑、贵贱之分，仍然是他们理论建构的前提预设。

第四节　尚中与养气——价值理性的形成

一

在气学的价值化历程中，尊阳、尊阴分别构成了思想体系的两端，这就为阴阳相生系列的形成提供了理论思辨的空间。以“尚中”、“尚和”追求为内容的价值理性，自先秦以来，便已表现出价值优先的趋向，逮至宋明以后，“尚中”、“尚和”的追求遂泛化为一种普遍的理性要求，以中和为核心的价值理性的主导地位，由此得以最后的确立。② 无论是主阳刚为文，还是主阴柔为文，在价值取向上仿佛左右，在审美内涵上仿佛对立，但两者同源共生，常常相互为济，“尚中致和”是共同的审美价值理想。这种理想经由天地之道，并最终落实为人道、人性、人文，就如同《礼记·乐记》所设想的那样：“是故先王本之情性，稽之度数，制之礼义。合生气之和，道五常之行，使之阳而不散，阴而不密，刚气不怒，柔气不慑，四畅交于中，而发作于外，皆安其位，而不相夺

① 戴震：《孟子字义疏证·才》，第40页。

② 关于“尚中”、“尚和”的异同，参见拙文《“中和”思想流变及其文论意蕴》，《文学评论》2007年第3期。

也。”亦如同《人物志·九征》品鉴才性的最高标准:“凡人之质量，中和最贵矣。中和之质必平淡无味。故能调成五材，变化应节。是故观人察质，必先察其平淡，而后求其聪明。”在气学思想体系中考察，中和最终的思想根基与价值目标均指向气本体，气既是起点，亦是终点，无论偏于阳抑或偏于阴，均为“气化和谐”的宇宙人生观与价值理想所统摄。《中庸》谓“中也者，天下之大本也；和也者，天下之达道”，程颢谓“圣人之言，冲（一作中）和之气也，贯彻上下”①，这就在更高的本体层面突出了“中”、“和”追求为内容的价值理性的范导作用。

在儒学一系的价值观建构中，从原始儒学到“七十子”、“儒家八派”，呈现复杂的面貌。就孔子本身的思想而言，就具有多面性，后学从不同的人生处境、行动目标出发，多角度发挥，大体有两种致思的路数：天人学路径与心性学路径。前者向外探寻，从宇宙本体到社会功利，兴趣多在礼乐教化；后者向内探索，明心见性，注重内在心性修养。前者由《易传》而荀子而《大学》，后者由子思而孟子而《中庸》。对于心性学领域的气学价值选择，在上一节已有论述。就天人学的路径而言，自春秋“礼坏乐崩”，儒学兴起，逮至宋代儒学的哲学化建构，历代儒者围绕礼乐的复兴、政治文化秩序的重建展开过深入的思考，他们将精神信仰重建的问题放在整体文化建设中考察，以政治关怀为中心，以事功为追求，强调仁义道德、礼乐政教，是历史上儒学的主流。此一路径体现在气学价值选择中，就是对和气、正气的推崇；对社会政教而言，为和气；对个体修养而言，为正气。在儒学的政教话语系统中，气之阴阳、清浊是与天地之治乱、王教之盛衰联系在一起的，天地之和气、人之正气构成了正统一脉文气观的核心价值。

在古人的政教价值理念中，理想范式在于“未病”、“未乱”，圣人之所以体察阴阳五行四时，并不仅仅在于人的现世福祉，更重要的是悟道、行道，关怀的焦点在于社会政教治乱与个体精神生活和道德水准。那么，如何达致“未病”、“未乱”的应然状态，重要途径之一就是和气的培育，这与中国古代源远流长的“尚和”传统密切相关。

古人习惯以“和”的视野去看待宇宙、自然、社会和人生诸问题，以此探

① 程颢、程颐:《二程遗书》卷11，第176页。

知天地所由、发展所本、物类所依。作为一种整体性的宇宙观、世界观,“尚和”构成了古人对于天、地、人的基本规定,广泛地闪现于古代思想文化的各个领域,如阴阳论、五行论、气论、形神论、中庸论、大一统论,以及形形色色的人性论、人格论、人生论、知行论中;作为一种认知把握世界的方法论与价值观,“尚和”指向事物存在的本然状态与应然方向,制约着人的现实存在方式与理想价值预设,成为独具华夏民族特质的主体思想意识之一;作为一种政治观、伦理观,“尚和”意识在三代甚至更早的史前时期已经存在并且广为流行了,如《尚书》开篇即有“协和万邦”,随后更有“惟和惟一”、“咸和万民”、“庶政惟和”、“燮和天下”等说法。这说明“和”的观念在三代已经很普遍了,其内涵的政治、经济、教化理念在相当程度上影响了中国古代政教制度的发展轨迹。就早期思想家的论述来看,“和”观念的产生源于先民的感官意识,一为饮食调和之味和、一为声音相和之乐和,即《国语·郑语》所谓“和五味以调口”,“和六律以聪耳”,这种源于自然的感受,表达了先民对人与世界关系的一种理解和想象。①

作为一套古老价值系统的核心,“尚和”典型地体现了早期“两一”观以及尔后易学“阴阳两仪”思想的精髓。“尚和”思维的核心是“两一观”,以对待立义为基本构架展开,阴阳相分是宇宙间最典型的对待立义形态,因而哲学意义上的“和”常常被概括为阴阳两端的相待相成。在古人看来,“和”的状态不仅存在于天地万物之中,而且展现在“三才”、阴阳五行等对待方面的相济、相和、相成之中,此一特质,尤其明显地体现在西周末年诸子关于“和同”的辨析上。②以《左传》中的两段记载为例,《昭公元年》记载医和为晋平公诊病,以“先王之乐”为例,回答关于节制女色的问题,他认为:“先王之乐,所以节百事也。故有五节,迟速本末以相及,中声以降,五降之后,不容弹矣……天有六气,降生五味,发为五色,征为五声,淫生六疾。”医和视“五声”、“五色”为天地“六气”的产物,他认为过度的感官享受会引起人生理和精神的种种不

① 关于“尚和”的源流、特征及其对于中国古代思想文化的影响,参见拙文《“中和”思想源流及其文论意蕴》,《文学评论》2007年第3期;《“和”义源流》,《延安大学学报》2008年第2期;《“尚和”思维论》,《中国社会科学院研究生院学报》2008年第6期。

② 关于“和”与“同”在本体论和价值论上的区别,参见杨国荣:《“和”“同”之辩及其哲学意蕴》,《教学与研究》2002年第5期。

适，所以主张节制。医和这套理论，以阴阳五行谈论五官感受，旨在强调和气在病理、心理、乐理、自然、节气等方面的重要意义。对此，更为深刻阐释的是晏婴。晏婴答齐侯辩同论，文存于《昭公二十年》，他以煮鱼汤为例，指出“和”的境界是事物相对待因素的相济相成，如云：

> 声亦如味，一气，二体，三类，四物，五声，六律，七音，八风，九歌，以相成也。清浊、小大，短长、疾徐，哀乐、刚柔，迟速、高下，出入、周疏，以相济也。君子听之，以平其心。心平，德和。

通过整体与部分、主体与客体关系的辨析，以及“清浊”、“小大”、“短长”、“疾徐”等十种对待立义范畴的比较，晏婴将关注的视野延伸到价值主体及其相关的社会文化领域，辩证地充实了“尚和”思维的内涵。

春秋末世，“尚和”思想氛围业已相当浓厚，现存典籍中诸子各家关于“和”或“中和”的论述极为普遍。譬如道家，在《老子》一书中，多处论及“和”、“合”，如“音声相和”，“和其光”，“知和曰常”，“和大怨”，“冲气以为和”，“天地相合”，“牝牡之合”，内容涵盖天人之和、万物之和、社会之和、身心之和。老子理论的基础是“万物负阴而抱阳，冲气以为和”，强调阴阳和谐乃万物存在之基础，阴阳相推乃万物化生之根本，故而“和”为天地万物之本原，具有形上的意味。庄子发挥阴阳相和思想，推衍为“天地之和”、“天人之和”、“人心之和”、“道之和”、“德之和”等命题，譬如《庄子·天道》：“夫明白于天地之德者，此之谓大本大宗，与天和者也。所以均调天下，与人和者也。与人和者，谓之人乐。与天和者，谓之天乐。”在庄子的逻辑推断中，“道之和”为根本，只有明“道之和”才能“心之和”，只有“心之和”才能实现“天人之和”、“阴阳之和”，这种对于“和”的认识与推衍，具有极为清晰的层次感。

作为一种理想化的价值预设，和气的意义，不仅在于揭示“三才”的本质与特征，还在于是社会政教治乱的表征，这是历代儒者关注的中心问题。譬如《荀子·乐论》：“故乐行而志清，礼修而行成，耳目聪明，血气和平，移风易俗，天下皆宁，美善相乐。”在荀子看来，乐教使人气志清明，礼教使人循礼笃行，二者的结合，不仅可以使个体“耳目聪明，血气和平”，而且可以使社会“移风易俗，天下皆宁”，从而达到“美善相乐”的理想境界。同样的思想，在其后《吕氏春秋·大乐》,《淮南子》的《主术训》、《泰族训》、《天文训》以及《礼记·乐记》中也有相当多的发挥。① 这一点，在纬书中，亦有相当明晰的论述，譬如《乐纬·乐叶图徵》：

> 天地以和气至，则和气应。和气不至，则天地和气不应。钟音调，下臣以法贺主；鼓音调，主以法贺臣；声音调，主以德施于百姓；琴音调，主以德及四海八能之士。常以日冬至成天文，日夏至成地理。作阴乐以成天文，作阳乐以成地理。②

所谓“和气应”与“和气不应”，作为国安与国危的表征，业已成为政教治乱的风向标，这基本上代表了汉代中期以来社会的一种普遍认识。

源于“天人合一”的整体性思维方式，对于自然之气与政教之气的相感相应，古人浸淫其间，深信不疑，遂成为古代气学话语的一种典型运思方式，历代不乏论者。汉初陆贾（约前240—前170）《新语·明诫》云：“恶政生于恶气，恶气生于灾异……治道失于下，则天文变于上。”③ 郑玄注《礼记·乐记》“大乐与天地同和，大礼与天地同解”云：“言顺天地之气与其数。”唐代陈子昂《谏政理书》云：“天地之道，莫大乎阴阳。万物之灵，莫大乎黔首。王政之贵，莫大乎安人。故人安则阴阳和，阴阳和则天地平，天地平则元气正矣。是以古先帝王代。见人之通于天也，天之应乎人也。天人相感，阴阳相和。”④ 白居易《策林二·兴五福销六极》云：“故君得其中，则人得其所，人得其所，则和乐生焉。是以君子之心和，则天地之气和；天地之气和，则万物之生和。”⑤ 宋人田锡（939—1003）《天机论》云：“其若君明臣忠，父慈子孝，兄友弟恭，夫和妻

① 甘怀真先生认为，战国以后流行的气化宇宙观，使得人们相信宇宙间之万物（包括人、神、鬼）皆源于一气，且由气所构成。《乐论》、《乐记》等儒家经典就是以气论为根据，解决宇宙分化前的状态（表现为乐）与分化后的秩序（表现为礼）间的矛盾如何调和。参见甘怀真：《皇权、礼仪与经典诠释：中国古代政治史研究》，华东师范大学出版社2008年版，第47、92页。

② ［日］安居香山、中村璋八辑：《纬书集成》，第556页。

③ 陆贾著，王利器注：《新语校注》，中华书局1986年版，第155页。

④ 陈子昂著，徐鹏校点：《陈子昂集》卷9，中华书局1960年版，第208页。

⑤ 白居易著，朱金城笺校：《白居易集笺校》卷63，第3461—3462页。

柔，则悦心在于人，而和气动于天。是以天之六气，不得不调，地之万物，不得不泰。”[①] 蔡襄《言灾异二》云：“臣等近以亢旱，请行自古帝王消弭灾谴之术……上以答天戒，下以慰民心……臣闻天地之气与人相通，阴阳不和本自人召。今若不修人事，则无以回天意而召至和。”[②] 刘敞（1019—1068）《重黎绝地天通论》云：“昔天地之始判也，清者在上，浊者在下，在上者谓之阳，在下者谓之阴……阴阳者，气也。是虽人物，而有上下之异，然其治乃反在人。人者天地之心也。故人道治，则天地适其位，清浊安其常，阴阳辨其序。人道不治，则上下交乱矣。”[③] 对于这个问题，王夫之认为气是分类的，善气与恶气、治气与乱气，各归其位，故《张子正蒙注・太和》云：“散而归于太虚，复其絪缊之本体，非消灭也……散而仍得吾体，故有生之善恶治乱，至形亡之后，清浊犹依其类。”又云：“尧舜之神，桀纣之气，存于絪缊之中，至今而不易。”[④]无论清浊、聚散，各依其类，善气归于善气一类，恶气归于恶气一类，治气归于治气一类，乱气归于乱气一类，互不混淆。

对于和气境界的向往，存在于现实的生存世界与想象的意义世界中，是古人安身处事的原则与审美判断的标准，对古代文学艺术观念的起源影响深远。以气之和，论诗乐之缘起，自秦汉以来就是文学思想领域的重要传统。譬如阮籍认为乐得天地之体、万物之性，通阴阳乾坤之道，《乐论》：“得其体，得其性，则和；离其体，失其性，则乖。”又云：“乾坤易简，故雅乐不烦；道德平淡，故无声无味。不烦则阴阳自通，无味则万物自乐。”[⑤] 嵇康认为乐“观气采色”、“自有气色”，乃“自然应声之具”，《声无哀乐论》：“阴阳愤激，然后成风。气之相感，触地而发……律吕分四时之气耳，时至而气动，律应而灰移。皆自然相待，不假人以为用矣。”[⑥] 以上所论，虽意在论乐，但在古人的理论预设中，乐乃阴阳之气相激而成，气和乃乐和之理论前提。唐宋以后文学思想家多秉持“尚中致和”的理念，调阴阳、均刚柔、致中和成为共同的审美

① 田锡：《咸平集》卷10，文渊阁四库全书本。
② 蔡襄：《端明集》卷16，文渊阁四库全书本。
③ 刘敞：《公是集》卷38，文渊阁四库全书本。
④ 王夫之：《船山全书》第12册，第19、23页。
⑤ 阮籍著，陈伯君校注：《阮籍集校注》，第78、81页。
⑥ 嵇康著，戴名扬校注：《嵇康集校注》卷5，第212页。

理想。譬如唐代韩愈《答尉迟生书》云:“本深而末茂，形大而声宏，行峻而言厉，心醇而气和。”[①] 皎然《诗式·诗有四不》云:“气高而不怒，怒则失于风流。”[②] 宋代欧阳修《书梅圣俞稿后》云:“凡乐，达天地之和而与人之气相接，故其疾徐奋动可以感于心，欢欣恻怆可以察于声。”[③] 邵雍《观物外篇》云:“人得中和之气则刚柔均。”[④] 逮至清人徐增亦云:“作诗如抚琴，必须心和气平，指柔音澹，有雅人深致为上乘。若纯尚气魄，金戈铁马，乘斯下矣。”[⑤] 历史地看，经过历代学者不断自觉的理性反思，和气为文的观念作为民族文化基因，渗透到古人的文化创造心态中，从而使中国古代文学观念从内容到形式均呈现出浓郁的“尚和”色彩。

对于阴阳调和生和气而为文的理想图式,《礼记·乐记》中有“情深而文明，气盛而化神”的说法，后世学者对此深为赞赏。明代宋濂在《文原》中，从养气的角度进行阐发，他认为:“为文必在养气，气与天地同，苟能充之，则可配序三灵，管摄万汇。不然则一介之小夫尔，君子所以攻内不攻外，图大不图小也。力可以举鼎，人之所难也，而乌获能之，君子不贵之者，以其局乎小也；智可以搏虎，人之所难也，而冯妇能之，君子不贵之者，以其骛乎外也……呜呼！人能养气，则情深而文明，气盛而化神，当与天地同功也。与天地同功，而其智卒归之一介小夫．不亦可悲哉！”[⑥] 在他看来，养气“攻内不攻外，图大不图小”，善养气者，能与天地同功，意义深广。清人章学诚在《文史通义·史德》中，也特别拈出“情深文明”，他是这样阐发的：

> 凡文不足以动人，所以动人者，气也；凡文不足以入人，所以入人者，情也。气积而文昌，情深而文挚。气昌而情挚，天下之至文也。然后其中有天有人，不可不辨也。气得阳刚，而情合阴柔，人丽阴阳之间，不能离焉者也。气合于理，天也；气能达理以自用，人也。情本乎性，天也。情能汩性以自姿，人也……夫文非气不立，而气贵于平，人之气，燕居

① 韩愈著，马其昶校注:《韩昌黎文集校注》，第145页。
② 皎然:《诗式》，见何文焕编《历代诗话》上，第27页。
③ 欧阳修:《欧阳修全集》卷72，第1048页。
④ 邵雍:《邵雍集》，第177页。
⑤ 徐增:《而庵诗话》，见丁福保编《清诗话》上，第429页。
⑥ 宋濂:《文宪集》卷25，文渊阁四库全书本。

> 莫不平也，因事生感，而气失则宕，气失则激，气失则骄，毗于阳矣。文非情不深，而情贵于正。人之情，虚置无不正也。因事生感，而情失则流，情失则溺，情失则偏，毗于阴矣。阴阳伏沴之患，乘于血气而入于心知，其中默运潜移，似公而实逞于私，似天而实蔽于人，发为文辞，至于害义而违道，其人犹不自知也……夫气胜而情偏，犹曰动于天而参于人也。才艺之士，则又溺于文辞，以为观美之具焉，而不知其不可也。[①]

章氏所论，得传统和气思想之精髓，中庸平实。在他看来，文非气不立，非情不得，而人居阴阳之间，气得阳刚，情合阴柔，若阴阳相谐，则为文可以气昌而情挚；反之，若气失情失，气胜情偏，便有阴阳"伏沴之患"，为文便会"害义而违道"。以上这一段论述，可以视为传统文学思想中有关和气价值取向的一个理论总结。

二

如果说和气的价值取向偏于外王层面的话，那么，正气的价值取向则偏于内圣层面。所谓正气，在价值取向上体现的仍然是儒家"乐而不淫，哀而不伤，怨而不怒"的中和原则。阴阳之气有中有正，故而音乐有正声、中声，正声得正气，中声得中气，这大抵是历代乐家、律历家的共识。究其根源，正气源于三代以来的"尚中"意识，与源自"尚和"思维的和气同源共生，并以易学解释经验的中正为价值标准与行为准则。

从思想谱系考察，"尚中"源于古人天地自然之宇宙意识与社会存在之秩序体验，辐射到古代宇宙观、政治伦理观以及原始哲学思想与宗教意识等方面，是包括地理、政治、文化的同一性在内的早期华夏民族认同感的重要组成部分。"尚中"观念在三代已经很流行，体现在天文历法之北斗"天枢"意识[②]、建国建都之

---

① 章学诚著，叶瑛校注:《文史通义校注》，第220—221页。

② 在古人的宇宙意识中，北极星是天之中心，如《夏小正》的核心是记录北斗斗柄在一年不同月份的指向以及一些相应的活动。《史记・天官书》划分中宫和东、南、西、北五宫，中宫即北斗星所在。《论语・为政》:"譬如北辰，居其所而众星共之。"《尔雅・释天》:"北极谓之北辰。"郭璞注:"北极，天之中，以正四时。"《新论・离事》:"北斗极，天枢。枢，天轴也……知为天之中也。"对于以农牧业为生的华夏民族而言，北斗"天枢"对于天文历法的重要性是不言而喻的。

"土中"意识[①]、建筑之中轴意识、礼器之天园地方、乐教之中正平和等方面。从政治伦理思想考察，"尚中"不仅是古代宇宙观的中心内容，也是古人政治伦理观的核心价值。《尚书·洪范》有"皇极"一畴，传云："皇，大；极，中也。"孔疏："极之为中，常训也。"在"皇极"一畴的中间，有一段韵文典型地表达了"不偏不倚"的"尚中"意识，如云："无偏无陂，遵王之义……会其有极，归其有极。"这大约是一首流行的古歌，是讲执政或者做人，要行中道，不可片面偏差。这种思想，在《洪范》的第六畴"三德"、第八畴"庶征"中也有体现。作为一种普遍性原则，"尚中"理念在《尚书》颇为常见，譬如《大禹谟》有"允执厥中"，讲的是"中"与王道的关系；《酒诰》有"作稽中德"，《盘庚》有"各设中于乃心"，讲的是"中"与道德的关系；《吕刑》有"士制百姓于刑之中"，"故乃明于刑之中"，"明启刑书，胥占，咸庶中正"，讲的是"中"与刑政的关系。

作为一种普遍性的思维倾向，"尚中"在先秦典籍中有很多记载，如《诗经·鄘风·定之方中》："定之方中，作于楚宫。"又《小雅·吉日》："瞻彼中原，其祁孔有。"《小雅·大东》："周道即砥，其直如矢，君子所履，小人所视。"又《大雅·民劳》："惠此中国，以绥四方。"这种思想，在诸子著述中也很常见。譬如在墨子的思想中，就有明确的"尚中"意识，如《墨子·法仪》："巧者能中之，不巧者虽不能中，放依以从事，犹逾己。"又《非攻下》："尚欲中圣王之道，下欲中国家百姓之利。"又《天志上》："中者是也，不中者非也。"墨家以"天志"为"中"，这与儒家以礼为中的价值取向，是很不相同的。孔子在思想上继承了殷周以来"尚和"、"尚中"的思想传统以及春秋以来"尚中致和"的文化精神，予以融会与升华，形成了"叩其两端"、"执两用中"、"过犹不及"的中庸理论。《论语·雍也》："中庸之为德也，甚至矣乎。民鲜久矣。"在孔子这里，中庸作为儒家最高的道德准则和处理矛盾的原则，具有价值观和方法论的一般意义。以此为核心，孔子及其后学提出了"中道"、"中行"、"时中"、"中和"等一系列观念。老庄一派也是"尚中"思想的阐发者，见于《老子》通行本第五章，有"多闻数穷，不如守中"的说法，这与郭店楚简《老子》甲组"致虚，恒

① 根据卜辞记载，商人自命为"中商"，所居之地为"土中"。根据《逸周书》记载，周公的政绩之一就是"作大邑成周于土中"。又《尚书·召诰》："王来绍上帝，自服于土中。"《太平御览》引《要义》："王者受命创始，建国立都，必居中土，所以总天地之和，据阴阳之正，均统四方，以制万国。"三代以来王者就有以"土中"建国立都的传统。

也。守中，笃也”可互为印证；庄子的“尚中”意识也很浓厚，如《庄子·人间世》“养中”、《齐物论》“环中”、《庚桑楚》“敬中”，等等，这与《尚书》之“皇极”、《周易》之“中行”、孔子之中庸在价值取向上是相同的，与三代以来“尚中”传统在精神品格上也是一脉相承的。“尚中”意识在易学解释中得以理性的升华，在《易经》的爻序、爻位及卦爻辞中，“尚中”、用中意识屡屡可见，《易传》对爻辞的阐释，将其进一步提升为自觉的方法论原则，如十翼频频使用“中正”、“中道”、“中行”、“中直”、“及时”、“趋时”、“时行”，等等，表明三代以来的“尚中”意识，在易学阐释中业已具备了哲学意义的表述方式与思辨品格。

引起现代学者广泛注意的，还有《春秋繁露》中所引述的，公孙尼子有关“反中”的养气理论。关于公孙尼子其人其作，及其与《孟子》、《礼记》等典籍之间的关联，长期以来是学界关注的热点问题。见于《春秋繁露·循天之道》的记载如下：

> 公孙之养气曰：里藏泰实则气不通，泰虚则气不足，热胜则气□，寒胜则气□，泰劳则气不入，泰佚则气宛至，怒则气高，喜则气散，忧则气狂，惧则气慑。凡此十者，气之害也，而皆生于不中和。故君子怒则反中而自说以和，喜则反中而收之以正，忧则反中而舒之以意，惧则反中而实之以精。夫中和之不可不反如此。故君子道至，气则华而上。凡气从心，心，气之君也，何为而气不随也……是故道者亦引气于足，天之气常动而不滞，是故道者亦不宛气。苟不治，虽满不虚。是故君子养而和之，节而法之，去其群泰，取其众和。高台多阳，广室多阴，远天地之和也，故圣人弗为，适中而已矣。①

关于这一段话的主旨，杨儒宾先生归纳为四点：其一，造成身内之气失常的因素有二，一是形体上的失衡（如太实、太虚、太劳等），一是情感上的失衡（如怒、喜、忧等）；其二，气正不正常的标准，或完不完美的状态，在于能否呈现中或中和；其三，气从心，心帅气；其四，当君子臻乎完美境界，其气便会

① 董仲舒著，苏舆义证：《春秋繁露义证》，第448—449页。

升华而有容光。[1] 按照公孙尼子的解释，气之所以“高”、“散”、“狂”、“慑”，乃是因为“反中”，也即偏离了“中”的价值取向。作为道德判断的一个极高的标准，“中（中和）”自三代以来便成为君子阶层的传统，公孙尼子有关“反中”理论的详细论述，应该是在天道性命贯通的大格局下提出的，这与孟子的“知言养气”、荀子的“治气养心”，亦不乏相通之处。

在易的经验中，易每卦六爻，按时位分，初、三、五为阳位，二、四、六为阴位，其中二为上体之中，五为下体之中，故二、五又为中位。所谓“正”，乃“元亨利贞”之“贞”，使物各得其正而谓之“贞”。以中正为标准，对三百八十四爻在六十四卦中的时位进行评价，有所谓“得中”之说，既中且正（如第二爻阴爻或第五爻阳爻），中而不正（如第二爻阳爻或第五爻阴爻）。譬如需卦，乾下坎上，九五以阳卦得中且正，故《彖》曰：“位乎天位，以正中也。”历代易学家根据《彖传》、《象传》的解释，视中正为一种普遍的人生理想与价值导向。在这一面，程颐的《伊川易传》，因象明理，以理解易，注重易学辩证思想的开启，注重儒家人生哲学的阐发，意义尤为重大。在程颐看来，在各种组合中，既中且正，乃尽善尽美，至于中与正的关系，他认为：

> 中则正矣，正不必中也。
>
> 九五之吉，以处正中也。得正中之道则吉，而其悔亡也。正中谓不过无不及，正得其中也。
>
> 不失中，则不违于正矣，所以中为贵也。诸卦，二五虽不当位，多以中为美；三四虽当位，或以不中为过，中常重于正也。盖中则不违于正，正不必中也。天下之理，莫善于中，于六二、六五可见。[2]

在程颐看来，“中”比“正”更为重要，“中”是阴阳之合，其价值指向“和合”，“正”是阴阳之分，其价值指向“别异”。如果阴阳和谐，中正结合，则尽善尽美，若阴阳失调，只要守住中道，便能拨乱反正，促使事物向好的方面转化。在以“乐合同”、“礼别异”为核心的礼乐价值系统中，“和合”是礼乐政教的最终价值指向，推本而言，所谓“别异”的最终目的，仍然不离“和合”的

---

① 参见杨儒宾：《儒家身体观》，第89—90页。

② 程颢、程颐：《二程集》，第863、996页。

视野，因而，程颐所论，符合儒学一以贯之的政教价值理念。[①]

"中"与"正"，乃易学阐释所遵循的重要价值标准。"中"是阴阳结合的最佳尺度，是指德性、行为的一个绝对的、极致的标准，"中"的目的，在于"合和"；"正"是促使群体稳定有序的强制力量，使万物各得其正，"正"的目在，在于"别异"，对抗的是"邪"。"中"与"正"结合，尽善尽美，构成哲学意义上的价值本体，但各有侧重。相对而言，如果说，"中"是偏于知识层面的判断，那么，"正"则是偏于价值层面的实现，判断前者的标准，在于是否符合客观的那一度；判断后者的标准，在于是否符合主观的价值预设。由此形成的中和之气与正气，虽然均有政教情感、伦理道德的种种规定性，但在价值偏向上，各有不同。比较而言，和气是一种差别性、交互式的存在，兼容多种可能性，强调互补互济的共生关系，既可以是自然的原初形态，也可以是人为的理想状态；正气则追求存在的唯一可能性，而排斥其他方式，是对精神世界理想状态的一种自我设定，核心是仁、义、礼、智、信等质素，正气是人为的、后天教化的产物。如果说和气偏于审美超越维度，那么，正气则偏于政教现实维度。

在文学艺术领域提倡正气、"载道"、"温柔敦厚"诸说，本质上是典型的政教文学观的体现，如罗根泽先生所言："文章的正气是载道纪事，诗的正气是吟咏情性之正；载道纪事与吟咏情性之正，都是道学家的共同主张。"[②] 譬如程颐的弟子杨时（1044—1130），历来被视为"程学正宗"，就强调为文要去"邪僻之气"，养"温柔敦厚"之气，如云："为文要有温柔敦厚之气，对人主语言及章疏文字，温柔敦厚尤不可无。如子赡诗多于讥玩，殊无恻怛爱君之意，荆公在朝论事多不循理，惟是争气而已，何以事君？君子之所养，要令暴慢邪僻之气，不设于身体。"[③] 朱熹的私淑弟子楼钥，偏于实学，在比较宋儒的作品后，认为均"出于正"，《答綦君更生论文书》："粹然一出于正……文人欲高

---

① 本段关于"中"与"正"的辨析，参见余敦康：《汉宋易学解读》，第428—438页。作为一种极高的道德价值，有关"中"的研究，参见敏泽：《中国美学思想史》卷1"中行、中声及中和之美"，齐鲁书社1987年版，第117—131页。关于"乐合同"与"礼别异"之分，参见拙文《试论礼与乐的关系》，《孔子研究》2009年第2期。

② 罗根泽：《中国文学批评史》（3），第187页。

③ 杨时：《龟山语录》，见陶秋英编选《宋金元文论选》，第212页。

一世，或挟战国策士之气，以作新之，诚可以顷骇观听，要必有太过处。呜呼！如伊川先生之易传，范太史之唐鉴，心平气和，理正词直，然后为文之正体。可以追配古作。”①在文学创作中，明确高举“正气”大旗的，是宋人王柏。王氏从何基（1188—1268）之学，反对诗歌的写作技巧，认为技巧越多，正气就少。《发遣三昧序》是这样论述的：

> 文章有正气，所以载道而记事也。古人为学，本以躬行讲论义理融会贯通，文章从胸中流出，自然典实光明，是之谓正气。②

王柏注重道与气关系的辨析，从体用角度，强调以道为体，以气为用，道为气本。在《题碧霞山人王公文集后》中，他坚定地宣称：

> 故气亦道也。如是之文，始有正气。气虽正也，体各不同，体虽多端，而不害其为正气足矣。盖气不正，不足以传远。学者要当以知道为先，养气为助。道苟明矣，而气不充，不过失之弱耳。道苟不明，气虽壮，亦邪气而已，虚气而已，否则客气而已，不可谓载道之文也。③

王氏主持敬之道，终身以教授为业，曾主讲金华丽泽书院和台州上蔡书院，品性端庄，为人敬仰。他认为，只有合道之气才是正气，否则就是邪气、虚气、客气；只有“道明气充”，才是“载道”之文，方为“温柔敦厚”之教的典范。与其同时代的吴子良，在《文有正气素质》中也认为：“文虽奇，不可损正气；文虽工，不可掩素质。”④故而主正气，大抵为有宋一代理学家的共识。

在儒学正统一系的文化视野中，气正，人正，方能文正。譬如南宋陆游认为，人之邪正可见于文,《上辛给事书》云：“夫心之所养，发而为言；言之所发，比而成文。人之邪正，至观其文，则尽矣决矣，不可复隐矣。”⑤又《方德亨诗集序》云：“诗岂易言哉，才得之天，而气者我之所自养……德亨晚愈

---

① 楼钥:《答綦君更生论文书》，见陶秋英编选《宋金元文论选》，第332—333页。
② 王柏:《鲁斋集》卷4，文渊阁四库全书本。
③ 王柏:《鲁斋集》卷11，文渊阁四库全书本。
④ 吴子良:《荆溪林下偶谈》卷2，文渊阁四库全书本。
⑤ 陆游:《渭南文集》卷13,《陆游集》，第2087页。

不遭，而气愈全，观其诗，可知其所养也。”在他看来，只有才气，而无正气、是非、德行，也不能真正为文，故云：“有才矣，气不足以御之，淫于富贵，移于贫贱，得不偿失，荣不盖愧，诗由此出，而欲追古人之逸驾，讵可得哉？”[①]又如元人陈绎曾认为“文章与人品同”，如《古文矜式》云：“自古大圣大贤，非有英雄气量者不能到也。英雄之气，担负天地，英雄之量，包含古今，担负天地之至重，包含古今而有余，气量如立天下之道德，成天下之事业无不可，况区区之古文而有不高者乎？”[②]此“气”指浩然正气，此“量”指胸襟度量，“气量高则骨格高”，自古圣贤志向不同，但气量相同，包容天地，磊落光明。再譬如明清之际李渔（1610—1680）《闲情偶寄·戒讽刺》云：“凡作伟世之文者……传非文字之传，一念之正气使传也。”[③]晚清郑诊（1806—1864）强调读书养气，始有正气，如《论诗示诸生时代者将至》：“固宜多读书，尤贵养其气。气正斯有我，学胆乃相济。”[④]以上有关“正气”的论述，与源于易学的“中正”、“中行”、“中节”、“中道”观念，在价值追求与价值视野上，也是一脉相承的。

在古人对正气的颂扬中，不乏国人耳熟能详的。譬如文天祥（1236—1283）《正气歌》云：“天地有正气，杂然赋流形，下则为河岳，上则为日星。于人曰浩然，沛乎塞苍冥。”文氏被囚于阴暗潮湿之土室，充满七种污秽之气，《正气歌序》云：“彼气有七，吾气有一，以一敌十，吾何患焉？”[⑤]由此可见，正气有巨大的力量，可以抵御各种污秽之气。在古人看来，与正气相对的，有邪气、“鄙陋之气”、“轻浮之气”，如谢榛假许彦周之口认为“鄙陋之气不除”[⑥]，则无以为诗，叶燮亦认为：“岂人既陋，其气必苶，安能振其辞乎？”[⑦]说的大抵是相同的意思。

与正气相关的，是古人关于气节、气骨、英气、豪气的看法。魏了翁《杨少逸不欺集序》：“人之言曰：尚辞章者乏风骨，尚气节者窘辞令。某谓不然。辞

① 陆游：《渭南文集》卷14，《陆游集》，第2104页。

② 陈绎曾：《古文矜式》，见王水照编《历代文话》2《文章欧治（文筌）》8卷附，第1291页。

③ 李渔：《闲情偶寄》，《李渔全集》卷3，浙江古籍出版社年1991版，第6页。

④ 郑诊：《论诗示诸生时代者将至》，见舒芜等编选《近代文论选》上，第124页。

⑤ 文天祥：《文天祥全集》卷14，中国书店1985年版，第375页。

⑥ 谢榛：《四溟诗话》卷2，第35页。

⑦ 叶燮著，霍松林校注：《原诗·外篇》，第52页。

虽末技，然根于性，命于气，发于情，止于道，非无本者能之。且孔明之忠忱，元亮之静退，不以文辞自命也，若表若辞，肆笔脱口，无复雕缋之工，人谓可配训诰雅颂，此可强而能哉？唐之辞章，称韩柳元白，而柳不如韩，元不如白，则皆于大节焉观之。”[①] 鹤山以“柳不如韩，元不如白”为例，强调风骨、气节对于辞章、辞令的影响，更为根本。元代韦居安《梅礀诗话》赞华岳：“豪放不羁，诗文皆有气骨……当权臣势炎熏灼之日，皆奋不顾身，投诗抵刺，又上书攻之，气节殊可嘉尚。”[②] 清代王士祯《师友诗传录》赞杜甫：“独是工部之诗，纯以忠君爱国为气骨。故形之篇章，感时纪事，则人尊诗史之称；冠古轶今，则人有大成之号；不有拟古浮辞，而风谣俱归乐府。不有淫佚艳靡，而赠答悉本风人。”[③]凡此种种，古人理想中的气节、气骨，均源自正气，是正气熏陶下君子品行的外在体证。

三

那么，如何才能铸就正气呢？答案是仍然要回到传统的养气、炼气理论。在古人看来，所谓“养气之功在于集义，文章之能事在于积理”[④]，对于正气的理解，大多沉浸在理想人格的理性光辉中，所谓“以气节自负，以功业自许”[⑤]。就内涵而言，正气与勇气、“浩然之气”等并无本质的区别，只是在社会道德、理想人格的实现方面，各有侧重，所以在传统的养气理论中，特别强调主体的学习修养与社会人生阅历，重视修己成人与教化成人在“独善其身”与“兼济天下”的儒家道德理想中的重要性。为此，可以举两个例子，譬如唐代柳冕和明代彭时（1416—1475），曾经这样论述：

> 夫善为文者，发而为声，鼓而为气。真则气雄，精则气生，使五彩并用，而气行于其中。故虎豹之文，蔚而腾光，气也；日月之文，丽而成章，精也。精与气，天地感而变化生焉，圣人感而仁义行焉。不善为文者

---

① 魏了翁：《鹤山集》卷55，文渊阁四库全书本。

② 韦居安：《梅礀诗话》，见丁福保编《历代诗话续编》中，第572页。

③ 王士祯：《师友诗传录》，见丁福保编《清诗话》上，第145页。

④ 魏禧著，胡守仁、姚品文、王能宪校点：《宗子发文集序》，《魏叔子文集》卷8，第411页。

⑤ 范开著，邓广铭笺注：《稼轩词序》，《稼轩词编年笺注》，上海古籍出版社1993年版，第596页。

反此，故变风、变雅作矣。六艺之不兴，教化之不明，此文之弊也。①

天地以精英之气赋于人，而人钟是气也，养之全，充之盛，至于彪炳闳肆而不可遏，往往因感而发，以宣造化之机，述人情物理之宜，达礼乐刑政之具，而文章兴焉。②

这种对文章之道的阐发，虽然根植于传统气学话语系统，但同时带有颇为强烈的卫道色彩。我们知道，中国古代的经典诠释是一种诉之于生命的体验之学，虽然每位解经者的生命历程与体道经验各自不同，但是，他们中间相当多的一部分人，无一例外地将文学的终极价值指向礼乐政教。明代归有光《归震川先生论文章体则·通用则》:“为文必在养气，气充于中而文溢于外，盖有不期然而然者。如诸葛孔明《前出师表》、胡澹庵《上高宗封事》，皆沛然肺腑中流出，不期文而自文，谓非正气之所发乎？”③ 清人郑燮《与江宾谷江禹九书》:“且夫读书作文者，岂仅文之云尔哉？将以开心明理，内有养而外有济也，得志则加之于民，不得志则独善其身，亦可以化乡党而教训子弟。”④ 在他们看来，所谓养气为文的最终目的，是与儒学内圣外王理想紧密地、完整地联系在一起的。

传统价值原则的实现，须由存在于不同境遇中的个体而达到，这样个体的道德人格在传统价值体系中便占据了特殊的地位，唯有造就完善的人格，主体才能在纷繁复杂的社会生活中对价值原则实施的可能性与相对性作出合理抉择。从更广阔的视域看，在儒家以仁义道德为基础的价值体系中，不仅内在地包含自我与他人的关系，而且展开为对自我本身的要求，这意味着，修己成人与教化成人成为自我在人格上达致理想境况的必由阶梯，以养气为核心的气学价值论的深层旨趣正在于此。不妨可以说，正是养气所促使的人格完善，构成了儒学的价值追求，正是在人格完善的境界上，内圣与外王的价值理性得以具体的展现，儒家的价值目标亦由此在本原处得以规定。

---

① 柳冕:《答衢州郑使君论文书》，见周祖诜编选《隋唐五代文论选》，第169—170页。

② 彭时:《文章辨体序》，见吴讷著，于北山校点《文章辨体序说》卷首，中华书局1962年版，第7页。

③ 归有光:《归震川先生论文章体则·通用则》，见王水照编《历代文话》卷2，第1717页。

④ 郑燮:《郑板桥集》补遗，第198页。

第五节　结论

本章论述的主题是文气的价值实现、文气价值体系的形成以及文气的价值理性等问题。本章的分析显示：人的内在价值及其本质力量唯有通过人格的完善才能得以展现和确证，从自然的超越到人文世界的建构，从自然的人化到意义世界的确立，社会理想与人生理想的现实，最终均统一于人格的完善。对儒者而言，无论是治平的外王理想，还是修身的内圣理想，均以主体人格境界的完善为前提，孟、荀虽然在人性论上相左，但在终极价值目标的设定及其体现的超越品格上并无不同。正因为这样，忙碌于现实，关注于事功，主体从自在走向自为的人文化成，就表现为一个德性尽善尽美的过程。同样，转向自身，关注内心，养气、养性、养心亦是成就理想人格的必由之路，所以对于真善美统一性的追求，对于知情意全方位的要求，是传统文气价值体系的核心所在。

“文气的价值实现”一节，旨在说明：其一，文气的价值实现要求创作主体必须重视善养为文之气，养气方能获得经久不衰的艺术生命力；养气的路径是多方面的，这是一个需毕生为之的精神升华过程。其二，文气价值的优化实现，要求创作主体善养文本之气，为文过程既是主体所养之气的外发，亦是新层面上的养气，这既是一个自觉的德艺合一的修为过程，也是一个艰难的“技进乎道”的提升过程。气势的形成源于养气，“一气贯注”的审美感受源自气势浩荡，读者与文本之气的融合，在我之气与文本之气的互动，既完成文本之气的所以然，也是自我养气之一途。本节的论证，亦可以印证畅广元先生的观点，他认为：“作为作家独特的审美心理结构所蕴含的一种功能效应的为文之气，是一种多次生成、多次消散的特殊生成物，本身具有强烈的动能和明确的意向。”① 文学的价值自养气始，又回归养气，往复循环于不同层面的气化生成中，价值实现者与受益者正是在此一过程中得以不断完善、趋于圆满的。②

“文气价值体系的奠基”、“尚中与养气——价值理性的形成”两节，旨在说

① 畅广元：《文艺学的人文视界》，首都师范大学出版社2001年版，第134页。

② 文学创作是一个精益求精的修改过程（譬如“一字之师”现象），这个过程常常与作者、文本、文章三者之气的价值实现有着综合性的整体关联，难以明确地区分。

明：其一，气分阴阳，是价值中立。阴阳有别是事物属性的差异，主阴、主阳各有所长，偏于一端，则适得其反。其二，阴阳二气与君子小人相联系，是一个复杂的气化过程。虽然在今人眼里，先天禀赋之气不可裁定后天高下，决定性因素乃是后天的所“习”（养气）与所“为”（行气），尤其是既成之人的内在之气与生存境域气场互动相生的产物，与化生其生命之浊气或清气的属性几乎无关。但是，古人受到宇宙观、人生观的裁制，价值和意义先于知识，能够以价值中立进行事实判断的，毕竟乃少数。其三，和气是气不断优化的结果，兼容多种可能性，乃阴阳二气各以其本真属性相对待立义，而化生、而演化的结果，体现的是一种天地境界与审美品格。正气所追求的是气之优化的一种可能，常常出现在重要的人生价值选择关口，这是一种对自我设定、自我审视的再设定、再审视，是人内在阴阳二气的本真属性在“志（意）”的牵引下，形成的一种气化新形态，体现的是一种人生境界与道德品格。

结　语

这部书写作的目的在于就两千年来中国思想家气学诠释言论中，择其较具代表性者加以分析，并探究气学思想观念之发生衍化。为了集中分析焦点，本书首章提出关注的八组问题，并在随后的七章中，就这些问题展开了较为深入的分析。

本书第一章回顾并反思20世纪学术界有关气学研究的成果，在此基础上，提出气学解释的转向与新维度问题。第二章通论气学诠释之一般性的方法论问题，尤其强调从体用的角度理解气学问题的价值和意义。第三章从知识学的角度，逐层推衍气学知识谱系的生成与扩展诸问题，旨在厘清气学在中国早期思想文化传统中的意义脉络与运思轨迹。第四章从“一体三相”的具象之气、本体之气、精神之气，阐释气学思想谱系的建构以及艺术活动中的气化问题。第五章从语义学的角度分析“气”系列与“文”系列之共相与殊相，在此基础上，分析“气”之层级释义与意义关联以及文气元范畴意义的确立。第六章以经典诠释的“隧道效应”视角，审视历代论者围绕文气结构三个面向，即作者之气、文本之气、文章气象，所展开的论述及其蕴含的问题意识。第七章从方法论的角度，就气学思维的三种基本范型展开探讨，分析整体关联、意会体悟、对待立义在气学思想史上的发展脉络，在气学观念史上的价值属性；以及在文学批评领域的渗透与影响。第八章从价值论的角度，分析文气价值的实现、文气话语价值体系的奠基、价值理性的形成等问题，探讨文学批评史上主流的文气价值观的基本特征和表现形态。

在问题意识和方法论的选取上，本书兼顾文学观念史研究和文学思想史研究两大路径，在文史哲合一的国学视野中、在中西文化的比勘会通中，尝试文气研究中解释转向、话语重建的可能性。终篇之际，谨再回首本书首章所揭示的八组问题，综合全书论述，提出若干结论性看法。

一

本书视文气的发生为古代气学体用思维的一个不可或缺的此生系统，考察文气之知识谱系、思想谱系、话语形态、结构形态、价值论核心与方法论原则。文气之体用义涵盖本体论、知识论、语言论、价值论层面的精义，在本体论层面指向文气的形上本源与超越品格，在知识论层面指向文气的知识特性与形成条件，在语言论层面指向文气的表达方式与形式技巧，在价值论层面指向文气的价值理想与审美境界，四者相互界定，基本上可以涵盖以文气为元范畴的中国文论的知识特质与精神品格。

本书所言“气学”，既是对历史上具有代表性的诸家“气论”，从知识层面进行的梳理，从“学”层面进行的概括，又是根据当代知识结构和表述方式，以“学”的陈述原则对其予以重新的结构和表述。就知识学的角度而言，“气学”之所以可以称为“学”，是因为它对于宇宙世界、天地人的生成与演变，以及人的诸多复杂精神活动，具有独到的论述。体现这种独到论述的，包括一系列复杂交错的话语形态（范畴、概念、命题以及方法论、价值系统等）。一旦确立了“气学”的理论构架，那么，作为它的重要组成部分“文气话语形态”的研究，建立在“气学”理论构架的基础上，便会有理可循、有据可依了。

作为知识体系与理论形态的“气学”，浓缩了三代以来中华民族理论思维发展的历史，蕴含着中华文化特有的信仰体系、思维方式、行为模式、价值追求、社会理想、人生体验、生死态度等多重意蕴。“气学”的提出，旨在把中国式的思维方式通过气之体用论证予以知识化，这是与西方业已知识化的思维方式相比较而存在的。本书立足于“中体西用”的价值立场，参照一定数量的西学观点，尝试从中西视野融合而形成的问题意识出发，重新审视“气学”所彰显的民族文化的固有特质。

本书所理解的气，有两个层次：一是“用”的层次，这是现象的、经验的层次，此层次的气可视为某种经验可感知、可观察的存在；一是“体”的层次，这是理论、概念的层次，此层次的气可视为受制于某种理论观念（如对待立义和

“万物一体”)，并在此理论的作用下用以说明经验意义的存在。气具有不同的层级意义，其层级结构的特点在于，阴阳气化，气禀不同，则气类不同，各有分殊，从原质形态的“本体之气”化生为形象各异的“具象之气”，并派生出若干心灵活动与生命境界的“精神之气”。每一个层级均能与下一层级关联共同构成一个整体，不同层次、不同种类全体相通、合如一体，乃循环往复、生生不息的整体气化过程，整体性的最上一个层级界定了天地人的相通合一，只有基于这个“万物一体”的整体化生才能达到更高的大化流行境界。

本书所选取的文气体用义，并不纯然是传统心性领域内的用法。在那种形上学语境里，主要表现为认识论与功夫论，所谓“体”，指的是作为本体之体的自我实现与展开，以及人们对它的体悟和体证。所谓“用”，是指各种具象、事项以及心理、精神的现象或过程。本书所指的文气体用义，兼有三层含义，既范围古代具有普遍知识意义的气为“体”文为“用”，更拓扩为以下两个层面：作为价值核心与基质之“体”和作为知识系统与解释方法之“用”，以及作为宇宙本源本体之“体”和作为社会人文化成之“用”。就第一层含义看，文气体用义兼有形上和形下两个面向：作为本体叙事范畴的形上义，气是共相之“体”，文气是殊相之“用”，气为未发之潜能，文气为已发之实现，所谓体用同源、同体异用；作为具体事物之自身范畴，“体”是形上之气，“用”是形下之文，气为本文为末，气为虚文为实，气待文存，气在文中，所谓自有体用、体用不离。以上两个层面所涵摄的意义，包括气本论中一与多、本体与表象，文学活动前、中、后三种状态的诸多表象及其特征。第二、三层含义落实下来，既包括以道、气为核心的元范畴，以及文学思想领域的文道与文气，也包括以道与气为核心的话语系统，如思想史意义上的“三才”、阴阳、五行解释框架、艺术活动中“一体三相”的气化运行，以及观念史意义上数量庞大的次生范畴系列，等等。

二

作为知识体系与理论范式的文气话语形态，涵盖从经验层面的知识觉解、道德践履、生命体验、审美快感，到超验层面的精神境界与心性超越，同时，在价值观和方法论上也具有深广的意义，如“天人合一”与“万物一体”、对待立义与中和之美、意会体悟与引譬连类等方法论原则，标志着古人理解宇宙世界乃至人自身精神世界所能达致的哲学尺度，支持了哲学领域形上之思几千年的历史，这也是中国文学理论体系中最具民族特质的部分。

就知识特质而言，作为意会性知识，气的本质不可界定，我们不可能就此形成知识意义上的完整概念或定义，但在气学所贯通的天地人整体关联话语中，我们仍然能够理解和感受其特性。在以天地、理气、心性为核心构成的中国古代宇宙伦理话语系统中，气是一个公共性的关联要素，也是一个具有形上意义的本体范畴。气为“天人合一”的基础，“天人合一”就是体用合一、道器合一、知行合一、物我合一，这既是我们今天谈论气学问题的理论出发点，也是准确地理解和把握气学问题的方法论原则。

气学思维的核心在于整体性与关联性，整体关联是认知前提，意会体悟是获知路径，对待立义是致知原则，这三种方式可以细分为许多具体范畴、命题以及若干解释模式，既包含气学思维的一般特征，从中也能反映出人们认识和接纳天地万物的能力，可以说是古人理性思辨与经验整合的结果，也代表了中国古代文学思维模式的基本特质。

气学体系层次丰富，结构错综，是一个具有上下、内外层次与前后、左右因果关系的形上系统。受整体性与关联性的特征所决定，不可就气言气，而必就气之体用对待来了解气。自“体”言，气是最具体的实物，也是最抽象的本体；自“用”言，气乃阴阳、动静的气化过程。气之体用义，即体即用，体现在本体与功能层面的等同与互摄，涵括现象界、观念界和本体界的层次和境界，这就使得气这一原初范畴不仅可以与实体性的云、水、雾、血等语素联用，构成云气、水气、雾气、血气等概念，而且可以与精神性的心、意、志、神等语素联用，构成心气、意气、志气、神气等概念，这亦使得在中国古代思想体系中，凡是涉及气的概念、范畴，大都带有体用不二、亦心亦物的特征，具有深刻而辩证的超越意义。

在古人的文化视野中，气既是贯通天地精神之根柢所在，是德性之源泉，同时亦是对人的知、情、志、意等心理活动的整体性消融，正是借助于气的关联与贯通，才能达致外在世界与内心世界的和谐为一。因此，古代文论家常常习惯于用“一气贯通”的言说路数，来解释自然生命现象和社会历史现象以及各种精神创造活动，这对于古代思想文化的诗性智慧启发与审美逻辑延伸发挥了本源性的影响。

气之意会体悟，是一个气化创生的过程。气化是万物之间或心物之间联系的唯一纽带，既联系着审美对象的特质，又与审美主体的感知能力、情感态度相纽结，同时还与主客之间达致的平衡和谐状态密切相关。正是源于这种心物相感、万象归气的意义关联，使得中国古代以意会体悟为特质的知识系统，自产生伊始就不免带有由实悟虚的虚化色彩以及“象外之象”的符号化旨趣。

作为一种有效的理论建构方法，对待立义所涵摄的两两相对、相反相成与循环往复、物极必反等理念内化为古代文论的理性品格与文化基因，运用于创设概念、范畴、命题、营构体系与品评鉴赏之中。历史地看，自先秦以来的文论史，甚至就整个古代文论史的发展衍生来看，文学理论的诸多核心问题均趋向于对待立义结构或动态关系的把握与诠释。①从观念史的角度看，中国古代文学观念史的中心范畴大都可以从对待立义结构或动态关系来考察，这大约是古人从思辨层面把握文学现象及其本质规律的最有效的方法之一。

三

对古人而言，以气论天地万物、以气论人间万象、以气谈文论艺，没有什么本质上的不同。作为共享性的气学知识话语，超验之“体”与具相之“用”呈现一种统摄与归属的关系，正所谓“理一分殊”、“月印万川”，将共相还原于殊相，思想资源相同，方式方法相同，只不过研究对象与问题意识有所不同，也正是基于此，由气学话语衍生出文气话语，在古人看来，也就自然而然、不证自明了。

作为哲学意义上气论的淡化②，文气是文学艺术的本体。落实到复杂纷纭的生命体时，文气是一种充满生命活力的当下显现，乃身体、心体、性体之

① 此一观点，受到成中英先生《“本体与功夫”的现代哲学意义》的启发，参见［美］成中英:《创造和谐》，第218页。

② 诺夫乔伊认为，文学史中的观念大部分都是淡化了的哲学观念，也即是改变了形态，从哲学体系所散播的种子中成长以来的观念，文学研究者如果缺乏合适的哲学训练，那么，这些观念的历史世系、逻辑含义、言外之意以及在人类思想中别的表现形式，即文学的哲学背景就很难得以说明。参见［美］诺夫乔伊:《存在巨链——对一个观念的历史的研究》，第17页。

本，兼有物质义与精神义、经验与超验的双重性，充盈于天地之间，至大至广，流动于人的身体与精神，是贯通肉身与灵魂、生命力与道德能量、形上与形下的中介，呈现出丰富的形态与层级。古代文学艺术体系是以生命为出发点的，其中，文气位居这个体系的中心，既是生命本体的当下显现，也是文学艺术与生命本体的中介。文气话语所对应的并不仅仅是作者、作品、读者，也非通常意义上的自然空间特征，就更广阔的思想脉络而言，文气的意义是一种关系性的存在，是一种历史性的构建，是古人在人文意义场域所建立的一套话语系统，可以有效地诠释文学领域的各种活动，已发与未发、已然与应然，因而具有较为普遍的方法论意义。

文气的问题，不仅涉及事实判断和方法论原则，更涉及价值判断和实现要求诸问题。中国文学思想史上文气话语形态的展开，与作者之气、文本之气、文章气象三个方面有着密切的关联。就历代论者诠释文气结构的言论观之，以上三个方面的诸多因素在不同层面上、也在不同意义内交互作用、因果相联，使历代论者围绕文气的诠释，呈现出复杂的"隧道效应"状态，或兼顾左右、面面俱到，或单刀直入、片面深刻，但不论诸家诠释的角度、高度、深度如何，无疑均是以文气为其诗学理论的最终根据或价值指向。就这一点来看，围绕文气话语结构形态的论述，实为历代文气解释的中心话题，甚至前提基础。

就当前中国文论的研究方向而言，对于整体性、系统性乃至民族性的诉求，仍然是一个未尽的话题。作为古代文艺思想体系的核心，文气是联结心与物、主与客、创作与文本、文本与解读的纽结，文气之体用义融实存、价值、实践、方法于一炉，有极强的文化衍生性、包容性与解释力，在很大程度上范围了中国文论的知识维度、逻辑空间、精神气质与价值取向，影响到古人对于文艺性质、特征、规律及其功能等根本问题的认识。围绕文气的诠释，历代思想家之价值立场、学术理念及其时代特质等，均显露无疑。考察古代文艺思想史，很难找到第二个范畴具有这样的本源性、涵括性、灵动性与贯穿性。同时，我们还可以看到，古人围绕文气所建立的一套话语系统，有效地诠释了文学领域的诸多活动，由此也影响到古人对于文艺性质、特征、规律及功能等根本问题的认识，因此，最为充分地体现了中国传统"大文论"的特质。笔者认为，以文气为核心的文学思想体系研究，不仅有利于传统文论研究视域的拓宽和研究方法的更新，也有利于重新建构并贯通文史哲的精神文化脉络，因而是中国文论研究领域一个值得展望的未来方向。

特别应该指出的是，本书所分析的文气话语形态，较为侧重儒学一系（虽然在论述过程中，也不免参照其他各家的思想），这就牵涉晚近以来学界对于儒学思想传统的正面、负面评价问题。笔者认为，中国历史上的儒学思想内容繁复，它与近代化、现代性乃至后现代精神之间的关系也是很复杂的，很难一概而论，但是，经过百余年来与西方文化思潮及哲学观念的全面接触、碰撞后，业已获得充分的舒展，颇多旧观念与新思潮化合，并以崭新的面孔出现，不断彰显中国文化的特质，成为文化复兴的重要思想资源。就学界今日的处境而言，儒学文气价值观的意义，并不止于学术层面的开启，更在于回顾过去、解释当下、展望未来，在延续传统中突破传统并创造新的传统。

最后，需要说明的问题：其一，本书所引文献，先秦两汉时期的经书，采用阮元校刻，中华书局1980年版的《十三经注疏本》，一般不注明页码；子书采用中华书局版的《诸子集成本》、《新编诸子集成本》，先秦时期的，一般不注明页码；汉代以后的，一般注明页码。其二，有鉴于研究对象的复杂性与丰富性，任何一个角度、层面的阐发，都只不过是历史文化发展链条中的一环而已，所以，在本书八章的写作中，虽然也有一以贯之的逻辑关联贯穿其中，但同时也充分注意到问题意识的独立性，全篇八章所涉及的气学诸问题，均可以独立成篇，有鉴于此，所以每章开头、结尾，均设“引言”、“结论”，以图眉目清晰，各有章法。

参考文献

一、古籍（按经、史、子、集排序）：

1. 经部：

《十三经注疏》，阮元校刻，中华书局1980年版。

《周易译注》，黄寿祺、张善文撰，上海古籍出版社1989年版。

《尚书今古文注疏》，孙星衍撰，陈抗、盛冬铃点校，中华书局1986年版。

《春秋左传注》，杨伯峻编著，中华书局1981年版。

《论语集释》，程树德撰，程俊英、蒋见元点校，中华书局1990年版。

《孟子正义》，焦循撰，沈文倬点校，中华书局1987年版。

《孟子字义疏证》，戴震撰，中华书局1961年版。

《孟子师说》，黄宗羲撰，文渊阁四库全书本。

《四书章句集注》，朱熹撰，中华书局1983年版。

《礼记集解》，孙希旦撰，沈啸寰、王星贤点校，中华书局1989年版。

《礼记训纂》，朱彬撰，饶钦农点校，中华书局1996年版。

《大戴礼记解诂》，王聘珍撰，王文锦点校，中华书局1983年版。

《毛诗传笺通释》，马瑞辰撰，陈金生点校，中华书局1989年版。

《韩诗外传笺疏》，屈守元撰，巴蜀书社1996年版。

《郭店楚墓竹简》，荆门市博物馆，文物出版社1998年版。

《上海博物馆藏战国楚竹简》，马承源主编，上海古籍出版社2001、2005年版。

《纬书集成》，安居香山、中村璋八辑，河北人民出版社1994年版。

2. 史部：

《国语》，上海师范大学古籍整理组校点，上海古籍出版社1978年版。

《周书》，中华书局排印本1971年版。

《逸周书汇校集注》，黄怀信、张懋镕、田旭东撰，上海古籍出版社1995年版。
《史记》，中华书局排印本1959年版。
《汉书》，中华书局排印本1962年版。
《后汉书》，中华书局排印本1965年版。
《宋书》，中华书局排印本1974年版。
《资治通鉴》，中华书局点校本1987年版。
《宋元学案》，黄宗羲著，全祖望补修，陈金生、梁运华点校，中华书局1986年版。
《明儒学案》，黄宗羲著，沈芝盈点校，中华书局1985年版。
《文史通义》，章学诚著，叶瑛校注，中华书局1985年版。

3. 子部：

《二十二子》，上海古籍出版社1985年版。
《帛书老子校注》，高明撰，中华书局1996年版。
《老子乙本卷前古佚书释文》，马王堆汉墓帛书整理小组，文物出版社1974年版。
《老子甲本及卷后古佚书》，马王堆汉墓帛书整理小组，文物出版社1974年版。
《庄子集释》，庄子著，郭庆藩撰，中华书局1961年版。
《墨子间诂》，墨子著，孙贻让撰，孙以楷点校，中华书局1986年版。
《荀子集解》，荀子著，王先谦撰，沈啸寰、王星贤点校，中华书局1988年版。
《韩非子集解》，韩非子著，王先慎撰，中华书局1998年版。
《文子疏义》，文子著，王利器撰，中华书局2000年版。
《山海经校注》，袁珂校注，上海古籍出版社1980年版。
《吕氏春秋新校释》，吕不韦著，陈奇猷校释，上海古籍出版社2002年版。
《淮南子集释》，刘安著，何宁集释，中华书局1998年版。
《黄帝内经集注》，张志聪集注，方春阳等点校，浙江古籍出版社2002年版。
《春秋繁露义证》，董仲舒著，苏舆撰，钟哲点校，中华书局1992年版。
《论衡校释》，王充著，黄晖撰，中华书局1990年版。
《白虎通疏证》，班固著，陈立撰，吴则虞点校，中华书局1994年版。
《说苑》，刘向撰，向宗鲁校证，中华书局1987年版。
《说文解字》，许慎著，徐铉校订，中华书局1963年版。
《说文解字注》，许慎著，段玉裁注，上海古籍出版社1981年版。
《释名疏证补》，刘熙著，王先谦撰，上海古籍出版社1984年版。
《颜氏家训集解》，颜之推著，王利器撰，中华书局1993年版。
《列子集释》，列子著，杨伯峻撰，中华书局2012年版。
《历代名画记译注》，张彦远著，冈村繁译注，俞慰刚译，上海古籍出版社2002年版。
《鹤林玉露》，罗大经著，王瑞来点校，中华书局1983年版。

《朱子语类》，朱熹著，黎靖德编，王星贤点校，中华书局1986年版。
《北溪字义》，陈淳著，熊国祯、高流水点校，中华书局1983年版。
《东西均注释》，方以智著，庞朴注，中华书局2001年版。
《日知录集释》，顾炎武著，黄汝成集释，岳麓书社1994年版。
《四库全书总目》，永瑢等编，中华书局影印本1965年版。

4. **集部：**

《全上古三代秦汉三国六朝文》，严可均校辑，中华书局影印本1958年版。
《文选》，萧统编，李善注，上海古籍出版社1980年版。
《艺文类聚》，欧阳询撰，上海古籍出版社1982年版。
《三曹集》，曹操、曹丕、曹植著，岳麓书社1992年版。
《曹植集校注》，曹植著，赵幼安校注，人民文学出版社1984年版。
《韩昌黎文集校注》，韩愈著，马其昶校注，上海古籍出版社1987年版。
《周子通书》，周敦颐著，上海古籍出版社2000年版。
《邵雍集》，邵雍著，郭彧整理，中华书局2010年版。
《张载集》，张载著，中华书局1978年版。
《二程集》，程颢、程颐著，王孝鱼点校，中华书局1981年版。
《二程遗书》，程颢、程颐著，上海古籍出版社2000年版。
《欧阳修全集》，欧阳修著，李逸安点校，中华书局2001年版。
《徂徕石先生文集》，石介著，陈植锷点校，中华书局1984年版。
《苏轼文集》，苏轼著，孔凡礼点校，中华书局1986年版。
《苏轼诗集》，苏轼著，王文诰辑注，孔凡礼点校，中华书局1982年版。
《苏辙集》，苏辙著，陈宏天、高秀芳校点，中华书局1990年版。
《王十朋全集》，王十朋著，梅溪集重刊委员会编，上海古籍出版社1998年版。
《朱子全书》，朱熹著，朱杰人等主编，上海古籍出版社、安徽教育出版社2002年版。
《陆九渊集》，陆九渊著，钟哲点校，中华书局1987年版。
《北溪字义》，陈淳著，熊国祯、高流水点校，中华书局1983年版。
《龟山集》，杨时著，文渊阁四库全书本。
《西山文集》，真德秀著，文渊阁四库全书本。
《鹤山集》，魏了翁著，文渊阁四库全书本。
《陈献章集》，陈献章著，孙通海点校，中华书局1987年版。
《王阳明全集》，王守仁著，吴光等编校，上海古籍出版社1992年版。
《王廷相集》，王廷相著，王孝鱼点校，中华书局1989年版。
《牧斋有学集》，钱谦益著，钱曾笺注，钱仲联标校，上海古籍出版社1996年版。
《黄宗羲全集》，黄宗羲著，浙江古籍出版社1985年版。

《读四书大全说》，王夫之著，中华书局1975年版。
《船山全书》，王夫之著，《船山全书》编辑委员会编校，岳麓书社1996年版。
《魏叔子文集》，魏禧著，中华书局2003年版。
《二曲集》，李颙著，陈俊民点校，中华书局1996年点校本。
《方望溪全集》，方苞著，中国书店1991年版。
《刘大櫆集》，刘大櫆著，吴孟复标点，上海古籍出版社1990年版。
《戴震全集》，戴震著，清华大学出版社1995年版。
《惜抱轩全集》，姚鼐著，中国书店1991年版。
《章学诚遗书》，章学诚著，文物出版社1985年版。
《足本曾文正公全集》，曾国藩著，李鸿章校勘、宁波等校注，吉林人民出版社1995年版。
《诗品集注》，钟嵘著，曹旭集注，上海古籍出版社1994年版。
《文赋集释》，陆机著，张少康集释，人民文学出版社2002年版。
《文心雕龙注》，刘勰著，范文澜注，人民文学出版社1962年版。
《文心雕龙义证》，刘勰著，詹锳义证，上海古籍出版社1989年版。
《五代诗话》，王士禛著，戴鸿森校点，人民文学出版社1989年版。
《文则・文章精义》，陈骙、李涂著，王利器校点，人民文学出版社1960年版。
《沧浪诗话校释》，严羽著，郭绍虞校释，人民文学出版社1961年版。
《诗话总龟》，阮阅编，周本淳校点，人民文学出版社1987年版。
《怀麓堂诗话校释》，李东阳著，李庆立校释，人民文学出版社2009年版。
《随园诗话》，袁枚著，顾学颉校点，人民文学出版社1960年版。
《诗源辩体》，徐学夷著，杜维沫校点，人民文学出版社1987年版。
《四溟诗话》，谢榛著，宛平校点，人民文学出版社1998年版。
《原诗》，叶燮著，霍松林校注，人民文学出版社1979版。【与“《一瓢诗话》薛雪著，杜维沫校注/《说诗晬语》沈德潜著，霍松林校注”合订】
《昭昧詹言》，方东树著，汪绍楹校注，人民文学出版社1981年版。
《谈龙录》，赵执信著，陈迩冬校点，人民文学出版社1998年版。【与“《石州诗话》翁方纲著，陈迩冬校点”合订】
《艺概》，刘熙载著，上海古籍出版社1978年版。
《蕙风词话》，况周颐著，王幼安校订，人民文学出版社1960年版。【与“《人间词话》王国维著，徐调孚，周振甫注”合订】
《论文偶记》，刘大櫆著，人民文学出版社1959年版。【与“《初月楼古文绪论》吴德旋著，《春觉斋论文》林纾著，范先渊校点”合订】
《中国中古文学史/论文杂记》，刘师培著，舒芜校点，人民文学出版社1959年版。
《中国中古文学史讲义》，刘师培著，上海古籍出版社2006年版。
《清诗话》，丁福保编，上海古籍出版社1963年版。

《清诗话续编》，郭绍虞编，上海古籍出版社1983年版。
《历代诗话》，何文焕编，中华书局1981年版。
《历代诗话续编》，丁福保编，中华书局1983年版。
《词话丛编》，唐圭璋编，中华书局1986年版。
《历代文话》，王水照编，复旦大学出版社2007年版。
《先秦两汉文论选》，张少康、卢永璘编选，人民文学出版社1996年版。
《魏晋南北朝文论选》，郁沅、张明高编选，人民文学出版社1996年版。
《隋唐五代文论选》，周祖诜编选，人民文学出版社1990年版。
《宋金元文论选》，陶秋英编选，人民文学出版社1984年版。
《明代文论选》，蔡景康编选，人民文学出版社1999年版。
《清代文论选》，王运熙、顾易生主编，人民文学出版社1999年版。
《近代文论选》，舒芜等编选，人民文学出版社1959年版。
《中国古代戏曲论著集成》，中国戏曲研究院编，中国戏剧出版社1959年版。
《历代书法论文选》，上海书画出版社、华东师范大学古籍整理研究室选编，上海书画出版社1979年版。
《中国画论类编》，俞剑华编，人民美术出版社1957年版。

二、今人著作（分中、外两组，按出版年份排序）：

梁启超:《饮冰室合集》，上海中华书局1936年版。
张东荪:《知识与文化》，商务印书馆1946年版。
刘永济:《文心雕龙校释》，中华书局1962年版。
《十四朝文学要略》（上古至隋），黑龙江人民出版社1984年版。
唐君毅:《中国哲学原论》，香港新亚研究所1974年版。
李镜池:《周易探源》，中华书局1978年版。
钱锺书:《管锥编》，中华书局1979—1981年版。
《七缀集》，上海古籍出版社1985年版。
郭绍虞主编:《中国历代文论选》，上海古籍出版社1979、1980年版。
宗白华:《美学散步》，上海人民出版社1981年版。
章太炎:《章太炎全集》，上海人民出版社1982年版。
张岱年:《中国哲学大纲》，中国社会科学出版社1982年版。
《中国哲学概念范畴要论》，中国社会科学出版社1989年版。
汤用彤:《汉魏两晋南北朝佛教史》，中华书局1983年版。
胡适:《先秦名学史》,《先秦名学史》翻译组译，李匡武校，学林出版社1983年版。
《胡适全集》，安徽教育出版社2003年版。

陈鼓应:《庄子今注今译》，中华书局1983年版。
《老子注译及评价》，中华书局1984年版。
《老庄新论》，上海古籍出版社1992年版。
郭绍虞:《照隅室古典文学论集》，上海古籍出版社1983年版。
罗根泽:《中国文学批评史》，上海古籍出版社1984年版。
于民:《春秋前审美观念的发展》，中华书局1984年版。
《气化谐和——中国古典审美意识的独特发展》，东北师范大学出版社1990年版。
熊十力:《新唯识论》，中华书局1985年版。
《熊十力全集》，湖北教育出版社2001年版。
《体用论》，中国人民大学出版社2006年版。
徐复观:《中国文学论集》，台湾学生书局1985年版。
《中国艺术精神》，春风文艺出版社1987年版。
《中国人性论史》，上海三联书店2001年版。
《中国思想史论集》，上海书店出版社2004年版。
《中国文学精神》，上海书店出版社2006年版。
冯友兰:《三松堂全集》，河南人民出版社1986年版。
钱穆:《钱宾四先生全集》，台北联经出版社1982年版。
严复:《严复集》，中华书局1986年版。
吕叔湘、王海棻编:《马氏文通读本》，上海教育出版社1986年版。
程宜山:《中国古代元气学说》，湖北人民出版社1986年版。
朱荣智:《文气论研究》，台北学生书局1986年版。
金岳霖:《论道》，商务印书馆1987年版。
《金岳霖学术论文选》，中国社会科学出版社1990年版。
张荣明:《中国古代气功与先秦哲学》，上海人民出版社1987年版。
徐梵澄:《老子臆解》，中华书局1988年版。
王卜雄、周世荣:《中国气功学术发展史》，湖南科学技术出版社1989年版。
谢松龄:《天人象：阴阳五行学说史导论》，山东文艺出版社1989年版。
成复旺:《神与物游》，中国人民大学出版社1989年版。
李志林:《气论与传统思维方式》，学林出版社1990年版。
李存山:《中国气论探源与发微》，中国社会科学出版社1990年版。
刘长林:《中国系统思维》，中国社会科学出版社1990年版。
刘小枫编:《中国文化的特质》，生活・读书・新知三联书店1990年版。
吕叔湘:《吕叔湘全集》第一卷，商务印书馆1990年版。
张立文编:《气》，中国人民大学出版社1990年版。
饶宗颐:《文辙：文学史论集》，台湾学生书局1991年版。

成中英:《世纪之交的抉择——论中西哲学的会通与融合》，知识出版社1991年版。
　　《创造和谐》，上海文艺出版社2002年版。
　　《易学本体论》，北京大学出版社2006年版。
敏泽:《中国文学理论批评史》，吉林教育出版社1993年版。
颜昆阳:《六朝文学观念丛论》，台湾正中书局1993年版。
杨儒宾编:《中国古代思想中的气论与身体观》，台北巨流图书公司1993年版。
杨国荣:《善的历程：儒家价值体系的历史衍化》，上海人民出版社1994年版。
　　《历史中的哲学》，华东师范大学出版社2009年版。
　　《道论》，华东师范大学出版社2009年版。
蒲慕洲:《追寻一己之福——中国古代的信仰世界》，台湾允晨文化1995年版。
王铁:《汉代学术史》，华东师范大学出版社1995年版。
陈竹:《中国古代气论文学观》，华中师范大学出版社1995年版。
张庆熊:《熊十力的新唯识论和胡塞尔的现象学》，上海人民出版社1995年版。
张世英:《天人之际：中西哲学的困惑与选择》，人民出版社1995年版。
　　《进入澄明之境——哲学的新方向》，商务印书馆1999年版。
王运熙、顾易生主编:《中国文学批评通史》，上海古籍出版社1996年版。
杨儒宾:《儒家身体观》，台北“中央研究院”中国文哲研究所1996年版。
张祥龙:《海德格尔思想与中国天道》，生活·读书·新知三联书店1996年版。
　　《从现象学到孔夫子》，商务印书馆2001年版。
敏泽、党圣元:《文学价值论》，社会科学文献出版社1997年版。
牟宗三:《中国哲学的特质》，上海古籍出版社1997年版。
　　《心体与性体》，上海古籍出版社1999年版。
　　《牟宗三先生全集》，台北联经出版社2003年版。
刘师培:《刘申叔遗书》，凤凰出版社1997年版。
寇效信:《文心雕龙美学范畴研究》，陕西人民出版社1997年版。
蔡壁名:《身体与自然——以〈黄帝内经素问〉为中心论古代思想传统中的身体观》，台北大学出版社1997年版。
李景林:《教养的本源——哲学突破期的儒家心性论》，辽宁人民出版社1998年版。
丁四新:《郭店楚墓竹简思想研究》，东方出版社2000年版。
丁为祥:《虚气相即——张载哲学体系及其定位》，人民出版社2000年。
李零:《中国方术考》，东方出版社2000年版。
　　《郭店楚简校读记》，北京大学出版社2002年版。
郭沂:《郭店竹简与先秦学术思想》，上海教育出版社2001年版。
畅广元:《文艺学的人文视界》，首都师范大学出版社2001年版。
涂光社:《原创在气》，百花洲文艺出版社2001年版。

张立文:《中国哲学逻辑结构论》，中国社会科学出版社2002年版。
梁漱溟:《中国文化要义》，学林出版社1987年版。
胡明:《古典文学纵论》，辽海出版社2003年版。
余英时:《中国思想传统的现代诠释》，江苏人民出版社2003年版。
　　《东汉生死观》，侯旭东等译，上海古籍出版社2005年版。
李幼蒸:《仁学解释学：孔孟伦理学结构分析》，中国人民大学出版社2004年版。
敏泽:《中国美学思想史》，齐鲁书社1987、1989年版。
黄俊杰:《中国孟学诠释史论》，社会科学文献出版社2004年版。
贺麟:《贺麟选集》，吉林人民出版社2005年版。
余敦康:《汉宋易学解读》，华夏出版社2006年版。
夏静:《礼乐文化与中国文论早期形态研究》，中华书局2007年版。
　　《合内外之道——儒学文艺思想论集》，中国社会科学出版社2012年版。
梁涛:《郭店竹简与思孟学派》，中国人民大学出版社2008年版。
黄俊杰主编，杨儒宾、祝平次编:《儒学的气论与工夫论》，华东师范大学出版社2008年版。
黄俊杰主编，李明辉编:《儒家经典诠释方法》，华东师范大学出版社2008年版。
黄俊杰主编，黄俊杰编:《中国经典诠释传统（一）：通论篇》，华东师范大学出版社2008年版。
陈来:《有无之境：王阳明哲学的精神》，生活·读书·新知三联书店2009年版。
　　《古代宗教与伦理：儒家思想的根源》，生活·读书·新知三联书店2009年版。
党圣元:《返本与开新——中国传统文论的当代阐释》，河南大学出版社2011年版。

北京大学翻译:《古希腊罗马哲学原著选辑》，商务印书馆1957年版。
黑格尔:《哲学史讲演录》，贺麟、王太庆译，商务印书馆1959年版。
罗素:《西方哲学史》上卷，何兆武、李约瑟译，商务印书馆1963年版。
柏格森:《形而上学导言》，刘放桐译，商务印书馆1963年版。
谢林:《先验唯心论体系》，梁志学、石泉译，商务印书馆1977年版。
柏拉图:《理想国》，郭斌和、张竹明译，商务印书馆1986年版。
布伯:《我与你》，陈维纲译，生活·读书·新知三联书店1986年版。
中村元:《比较思想论》，吴震译，浙江人民出版社1987年版。
恩斯特·卡西尔:《语言与神话》，于晓译，生活·读书·新知三联书店1988年版。
路德维希·维特根斯坦:《名理论（逻辑哲学论）》，张申府译，北京大学出版社1988年版。
小野泽精一、福永光司、山井涌编:《气的思想——中国自然观和人的观念的发展》，李庆译，上海人民出版社1990年版。
汤浅泰雄:《灵肉探微——神秘的东方身心观》，马超等编译，中国友谊出版社1990年版。
李约瑟:《中国古代科学技术史》第2卷《科学思想史》，何兆武等译，科学出版社、上海古籍出版社1990年版。
吉尔伯特·赖尔:《心的概念》，徐大建译，商务印书馆1992年版。
保罗·里克尔:《诠释的冲突》，林宏涛译，台北桂冠图书公司1995年版。
《解释的冲突》，莫伟民译，商务印书馆2008年版。
海德格尔:《海德格尔选集》，孙周兴译，上海三联书店1996年版。
郝大维、安乐哲:《孔子哲学思微》，蒋弋为、李志林译，江苏人民出版社1996年版。
柯林武德:《历史的观念》，何兆武、张文杰译，商务印书馆1997年版。
史泰斯:《冥契主义与哲学》，杨儒宾译，台湾正中书局1998年版。
艾兰等编:《中国古代思维模式与阴阳五行说探源》，江苏古籍出版社1998年版。
福柯:《知识考古学》，谢强、马月译，顾嘉琛校，生活·读书·新知三联书店1998年版。
马克斯·韦伯:《社会科学方法论》，韩水法、莫茜译，中央编译出版社1999年版。
《宗教社会学》，康乐、简惠美译，广西师范大学出版社2005年版。
迈克尔·波兰尼:《个人知识——迈向后批评哲学》，许泽民译，贵州人民出版社2000年版。
《科学、信仰与社会》，王靖华译，南京大学出版社2004年版。
梅洛-庞蒂:《知觉现象学》，姜志辉译，商务印书馆2001年版。
诺夫乔伊:《存在巨链——对一个观念的历史的研究》，张传有等译，邓晓芒等校，江苏教育出版社2002年版。
艾兰:《水之道与德之端：中国早期哲学思想的本喻》，张海晏译，上海人民出版社2002年版。
葛瑞汉:《论道者》，张海晏译，中国社会科学出版社2003年版。
安乐哲、罗思文:《〈论语〉的哲学诠释》，余瑾译，中国社会科学出版社2003年版。
本杰明·史华兹:《古代中国的思想世界》，程钢译，刘东校，江苏人民出版社2004年版。
伽达默尔:《真理与方法——哲学诠释学的基本特征》，洪汉鼎译，上海译文出版社2004年版。
怀特海:《思维方式》，刘放桐译，商务印书馆2006年版。
《过程与实在》，周邦宪译，陈维政校，贵州人民出版社2006年版。
《观念的冒险》，周邦宪译，译林出版社2012年版。
尼采:《悲剧的诞生》，杨恒达译，译林出版社2007年版。
威廉·詹姆士:《宗教经验之种种》，唐钺译，商务印书馆2009年版。

附　　录

气论研究目录

本目录所辑录的论文、论著，接续杨儒宾先生主编《中国古代思想中的气论及身体观》(台北巨流图书公司1993年版)一书所附录的中、日参考文献，以及祝平次先生编辑的《中、日、韩文参考文献》(收入杨儒宾先生主编《儒学的气论与工夫论》，华东师范大学2008年版)。不同点在于，本目录主要以20世纪以来国内研究者的成果为主，因为涉及文、史、哲研究领域众多学者的论文、论著，为避免交叉重复，本目录较多地选入了文学研究领域的成果，依出版时间排序，以期历时性地呈现出学术研究的发展趋势以及学术兴趣的转换，以资参考。

冯友兰:《孟子浩然之气章解》，原载《清华学报》第12卷第1期，1941年3月，收入《三松堂全集》第11卷。

杨超:《先秦阴阳五行说》,《文史哲》1956年第3期。

徐复观:《孟子知言养气章试析》，收入《中国思想史论集》，台湾学生书局1959年版。

郭绍虞:《论陆机〈文赋〉中之所谓“意”》,《文学评论》1961年第4期。

郭预衡:《〈文心雕龙〉论一代文风》,《北京师范大学学报》(社会科学)1963年第1期。

徐复观:《中国文学中的气的问题——〈文心雕龙·风骨篇〉疏补》，收入《中国文学论集》，台湾学生书局1976年版;《中国文学论集》和《中国文学论集续编》合为《中国文学精神》，上海书店出版社2006年版。

刘此丁:《杜甫论“神”“气”——读杜笔记》,《内蒙古大学学报》(哲学社会科学版)1978年Z1期。

李华年:《魏文帝〈典论论文〉“齐气”说》,《社会科学战线》1978年第3期。
黎子耀:《阴阳五行思想与〈周易〉》,《杭州大学学报》(哲学社会科学版)1979年Z1期。
周振甫:《刘勰的风格论》,《南昌大学学报》(人文社会科学版)1979年第2期。
王启兴:《为韩愈一辩——韩愈评价中几个问题的商榷》,《西北大学学报》(哲学社会科学版)1979年第4期。
毛时安、魏威:《文气・文风・文眼——柳宗元、欧阳修、苏东坡山水游记的艺术特色》,《名作欣赏》1980年第1期。
黄明同:《浅谈〈管子・内业篇〉精气说的特点》,《华南师院学报》(哲学社会科学版)1981年第1期。
钱仲联:《释“气”》,收入古代文学理论研究编委会编《古代文学理论研究丛刊》第5辑,上海古籍出版社1981年版。
郁沅:《桐城派美学理论中的“神气”说》,《江淮论坛》1982年第6期。
郭绍虞:《文气的辨析》,收入《照隅室古典文学论集》上编,上海古籍出版社1983年版。
王景琳:《曹丕“文气”先天说质疑》,《宁夏大学学报》(社会科学版)1983年第1期。
吴孟复:《曹丕“文气”说浅析》,《淮北煤师院学报》(社会科学版)1983年第2期。
周桂钿:《王充气论思想》,《社会科学》1983年第3期。
程宜山:《试论张载对元气学说史的贡献》,《人文杂志》1983年第6期。
胡明:《试辨古代文论中的“气”》,《中州学刊》1984年第2期。
陈果安:《中国古代文论中的文气说》,《江汉论坛》1984年第4期。
李之鉴:《论王安石的“元气之不动”》,《河南师范大学学报》(哲学社会科学版)1985年第2期。
洪珉:《文气的实质》,《殷都学刊》1985年第2期。
贾树新:《试释“文气”》,《松辽学刊》(社会科学版)1985年第4期。
仇幼鹤:《文气略谈》,《河南财经学院学报》1985年第4期。
吴孟复:《简论神理气味与格律声色》,《江淮论坛》1985年第6期。
卢佑诚:《由刘桢诗漫话文气》,《许昌学院学报》1986年第1期。
陈守富:《文气简说》,《淮北煤师院学报》(社会科学版)1986年第2期。
陈守富:《试论“知言养气”的合理部分》,《阜阳师范学院学报》(社会科学版)1986年第4期。
程宜山:《中国古代元气学说》,湖北人民出版社1986年版。
朱荣智:《文气论研究》,台湾学生书局1986年版。
王步贵:《王符的“元气一元论”探析》,《人文杂志》1987年第1期。
陈守富:《文气与“人气”析》,《四川大学学报》(哲学社会科学版)1987年第1期。
何人斯:《论孔融文气》,《中国文学研究》1987年第2期。
刘文刚:《评〈文心雕龙〉的“文气”说》,《辽宁师范大学学报》1987年第5期。
张荣明:《中国古代气功与先秦哲学》,上海人民出版社1987年版。

胡省三:《略谈中国古代的“元气论”》,《丽水师专学报》1988年S2期。
祝兆炬:《古代文气理论初探》,《绍兴师专学报》(社会科学版)1988年第1期。
李岚:《中国审美主体理论的发轫与道家哲学——曹丕“文气说”探源之一》,《学术研究》1988年第2期。
黄俊杰:《朱子对孟子知言养气说的诠释及其回响》,《清华大学学报》1988年第2期。
卢国龙:《论司马承桢的道教思想:养气存形与坐忘合道》,《中国道教》1988年第3期。
衷尔巨:《理学和心学考辨——兼论确认“气学”》,《社会科学》1988年第3期。
薄忠信:《元气考辨》,《锦州师院学报》(哲学社会科学版)1988年第4期。
袁金刚:《曹丕“文气说”涵义新探》,《宝鸡师院学报》(哲学社会科学版)1988年第4期。
张炳煊:《文气的哲学审视及其实践价值》,《武汉大学学报》(社会科学版)1988年第6期。
李洁非:《文气与文病(文坛现状随想录·一)》,《当代文坛》1988年第6期。
衷尔巨:《罗钦顺开端明代气学》,《哲学研究》1988年第8期。
施炎平:《张载“性”、“气”范畴刍议》,《学术月刊》1988年第9期。
黄俊杰:《孟子知言养气章集释新诠》,《台湾大学历史系学报》1988年第15期。
罗福应:《谈孟子的文气》,《六盘水师范高等专科学校学报》1989年第1期。
李存山:《〈内业〉等四篇的精气思想探微》,《管子学刊》1989年第2期。
臧永青:《试析文气一元论与形式内容二元视角》,《东北师大学报》(哲学社会科学版)1989年第3期。
白少玉:《“文气”:范畴的结构机制与内蕴》,《华中师范大学学报》(哲学社会科学版)1989年第5期。
陈葛满:《宋濂“养气”说述评》,《高校社会科学》1989年第6期。
杨儒宾:《从“以体合心”到“游乎一气”:论庄子真人境界的形体基础》,收入东海大学文学院编《第一届中国思想史研讨会论文集》,东海大学文学院1989年。
王卜雄、周世荣:《中国气功学术发展史》,湖南科学技术出版社1989年版。
谢松龄:《天人象:阴阳五行学说史导论》,山东文艺出版社1989年版。
成复旺:《神与物游》,中国人民大学出版社1989年版。
蔡健:《中国美学中“气”的两重涵义》,《华南师范大学学报》(社会科学版)1990年第1期。
杨儒宾:《论孟子的践形观:以持志养气为中心展开的工夫论面相》,《清华学报》1990年第1期。
夏述贵:《“文以气为主”泛论》,《文史杂志》1990年第2期。
汪晚香:《是“文气说”还是“修养论”?——韩愈“气盛则言宜”说再评价》,《湖北师范学院学报》(哲学社会科学版)1990年第4期。
姜国柱:《评〈王廷相和明代气学〉》,《孔子研究》1990年第4期。
成九田、畅孝昌:《古代文论之“文德”与“文气”说》,《殷都学刊》1990年第4期。
郭晋稀:《试谈文气和刘勰的文气说》,《社会科学》1990年第5期。

王梦鸥:《从典论残篇看曹丕嗣位之争》,《“中央研究院”历史语言所集刊》第51本1分册,“中央研究院”历史语言研究所1990年版。
于民:《气化谐和——中国古典审美意识的独特发展》,东北师范大学出版社1990年版。
李志林:《气论与传统思维方式》,学林出版社1990年版。
李存山:《中国气论探源与发微》,中国社会科学出版社1990年版。
张立文编:《气》,中国人民大学出版社1990年版。
蔡方鹿:《气与宋明理学》,《重庆师院学报》(哲学社会科学版)1991年第1期。
杨儒宾:《论“管子·白心、心术上下、内业”四篇的精气说与全心论:兼论其身体观与形上学的联系》,《汉学研究》1991年第1期。
白少玉:《试论“文气”说对古典散文的审美把握》,《荆州师专学报》1991年第3期。
杜正胜:《形体、精气与魂魄:中国传统对“人”认识的形成》,《新史学》1991年第3期。
王步贵:《谶纬与元气》,《甘肃社会科学》1991年第6期。
李苏平:《中国气学与日本古学比较》,《福建论坛》(文史哲版)1991年第6期。
韶泉、姬建萍:《孟子的“知言养气”说及其对古代文论的影响》,《齐鲁学刊》1991年第6期。
郑力为:《孟子养气论诠辨》,《鹅湖学志》1991年第7期。
刘长林、胡奂湘:《〈管子〉心学与气概念》,《管子学刊》1993年第4期。
成汝信:《韩愈“气盛言宜”的理论和实践》,《中山大学学报论丛》1991年第24期。
杨清澄:《〈说文〉中的“气”字及气论》,《怀化师专学报》1992年第1期。
杨儒宾:《论公孙尼子的养气说》,《清华大学学报》1992年第1期。
王煜:《评张立文主编的〈气〉一书》,《社会科学研究》1992年第1期。
杨琦:《释孟子的“养浩然之气”》,《陕西师范大学学报》(哲学社会科学版)1992年第1期。
李才远:《孟子的“养浩然之气”说》,《西南师范大学学报》(哲学社会科学)1992年第1期。
傅永聚:《孟子养气说浅析》,《齐鲁学刊》1992年第2期。
刘希善:《文章最要气盛——文气说浅论》,《理论学刊》1992年第2期。
张运华:《“气”与“元气”的辨析——关于先秦自然观形态的探讨》,《西北大学学报》(哲学社会科学版)1992年第3期。
祁志祥:《“文气”说——中国古代的文学生命论》,《宝鸡师院学报》(哲学社会科学版)1992年第3期。
杨翊:《文气说考论》,《唐都学刊》1992年第4期。
张清华:《论韩愈的气盛言宜和辞事相称》,《宁夏社会科学》1992年第5期。
王元化:《刘勰的虚静说》,收入《文心雕龙讲疏》,上海古籍出版社1992年版。
李夫泽:《作家主体意识的提升——论曹丕的“文气说”》,《娄底师专学报》1993年第1期。
杨胜宽:《苏轼的气论与养气方法》,《四川师范大学学报》(社会科学版)1993年第2期。
毛慧玉、白少玉:《古代散文理论中“文气说”的风格美指向》,《武汉大学学报》(社会科学版)1993年第2期。

罗宗强:《从庄子的“坐忘”到唐人的炼神服气》,《传统文化与现代化》1993年第3期。
张运华:《先秦气论与中国古代文化》,《西北大学学报》(哲学社会科学版)1993年第4期。
陈来:《王船山〈论语〉诠释中的理气观》,《文史哲》1993年第4期。
林文树:《庄子之审一气以观化》,《台湾师范大学国文研究所集刊》1993年第37期。
刘长林:《说“气”》,收入杨儒宾编《中国古代思想中的气论及身体观》,台北巨流图书公司1993年版。
蒋年丰:《从思孟后学与荀子对“内圣外王”的诠释论形气的角色与义涵》,收入《中国古代思想中的气论及身体观》,台北巨流图书公司1993年版。
朱晓海:《荀学一个侧面“气”的初步摹写》,收入《中国古代思想中的气论及身体观》,台北巨流图书公司1993年版。
杨儒宾:《支离与践形——论先秦思想里的两种身体观》,收入《中国古代思想中的气论及身体观》,台北巨流图书公司1993年版。
杨儒宾编:《中国古代思想中的气论与身体现》,台北巨流图书公司1993年版。
李申:《万法归宗:气范畴通论》,北京华艺出版社1993年版。
郑世根:《庄子气化论》,台湾学生书局1993年版。
张连科:《感情与人性,曹丕“文气”说的特性》,《九江师专学报》1994年Z1期。
李道湘:《从〈管子〉的精气论到〈庄子〉气论的形成》,《管子学刊》1994年第1期。
黄志洲:《论孟子知言与养气》,《和春学报》1994年第1期。
张海青:《文气:中国古代文学艺术整体论》,《西北大学学报》(哲学社会科学版)1994年第1期。
寇效信:《曹丕“文以气为主”辩》,《陕西师范大学学报》(哲学社会科学版)1994年第2期。
黄庆惠:《“论衡”中的气》,《辅大中研所学刊》1994年第3期。
李胜利:《气论与中国古典美学》,《复旦大学学报》(社会科学版)1994年第4期。
李树吉:《由〈典论·论文〉简论曹丕的文气说》,《黑龙江农垦师专学报》1994年第4期。
陈竹:《释气论之“应感”说》,《华中师范大学学报》(哲学社会科学版)1995年第1期。
乐爱国:《〈管子〉的精气说与气功学》,《厦门大学学报》(哲学社会科学版)1995年第1期。
蔡起福:《试论稼轩词的“气”》,《江汉大学学报》1995年第1期。
李旭:《“文气”的壮美风格及其根源》,《五邑大学学报》(社会科学版)1995年第2期。
罗光:《儒家实践生命哲学的圣人心境:气象》,《哲学与文化》1995年第2期。
林正三:《张载的变化气质说》,《东吴中文研究集刊》1995年第2期。
韩连武:《“运气”学说新解》,《文献》1995年第3期。
荒木见悟、李凤全译:《郝敬气学思想研究》,《国学研究》1995年第3期。
张运华:《先秦气论的产生及发展》,《唐都学刊》1995年第3期。
蒋述卓:《说“文气”》,《中国文学研究》1995年第4期。
何明:《中国古典美学范畴的思维特征》,《民族艺术研究》1995年第4期。

胡顺萍:《董仲舒之宇宙论：天与气、阴阳五行彼此之关系》,《辅大中研所学刊》1995年第4期。
王文钦:《主体精神的后天涵养：论孟子的养气说》,《文史哲》1995年第6期。
王新民:《“养气”与作家主体修养》，收入古代文学理论研究编委会编《古代文学理论研究丛刊》第17辑，上海古籍出版社1995年版。
陈竹:《中国古代气论文学观》，华中师范大学出版社1995年版。
乐爱国:《〈管子〉的精气说辨正》,《管子学刊》1996年第1期。
张有恒:《“文气”说分期论》,《沈阳师范学院学报》(社会科学版)1996年第1期。
姜小青:《“文气”论》,《苏州大学学报》1996年第1期。
老枪:《浅谈古代文论中的文气说》,《宜宾师专学报》1996年第3期。
杨开达:《朱筱园的“气论”内涵与溯源》,《云南师范大学哲学社会科学学报》1996年第3期。
张才兴:《先秦诸子的气论》,《中华文化学报》1996年第3期。
张嘉谚:《“情气”论——诗的本体思考》,《安顺师专学报》(社会科学版)1996年第3期。
王劦:《试论中国传统文论中的文气说》,《华东理工大学学报》(文科版)1996年第4期。
彭强民:《文气论的生成及其美学内涵》,《玉林师专学报》1996年第4期。
曲广博:《孟子浩然之“气”辨》,《河北师范大学学报》(哲学社会科学版)1996年第4期。
张家钊:《曹丕“文气”说溯源》,《社会科学研究》1996年第4期。
张家钊:《“元气”论与曹丕“文气”说》,《西南民族学院学报》(哲学社会科学版)1996年第5期。
袁信爱:《朱熹理气论中的人学思想》,《哲学与文化》1996年第5期。
周艳华:《“行气为文章第一义”——曾国藩文气论初探》,《河南师范大学学报》(哲学社会科学版)1996年第6期。
荒木见悟、廖肇亨译:《对气学解释的质疑：以王廷相为中心》,《大陆杂志》1996年第6期。
杨儒宾:《气质之性的问题》,《台大中文学报》1996年第8期。
蔡振丰:《“离形”与“去知”:“听之以耳，听之以心，听之以气”的诠解》,《台大中文学报》1996年第8期。
何晓明:《孟子“浩然之气”与中国士大夫人格修养》,《孔孟学报》1996年第71期。
汪义丽:《论帛书“五行篇”中“心”与“气”的关系》,《孔孟学报》1996年第71期。
杨儒宾:《儒家身体观》，台北“中央研究院”中国文哲研究所1996年版。
余福智:《〈典论·论文〉之“气”的生命美学诠释》,《佛山大学学报》1997年第1期。
陈洪:《庄蝶之梦与混沌之死:〈庄子〉“物化”“气变”论解析》,《苏州大学学报》(哲学社会科学版)1997年第1期。
畅广元:《文气论的当代价值》,《陕西师范大学学报》(哲学社会科学版)1997年第1期。
李凯:《苏辙文论的价值及地位——兼论古代“文气”说》,《社会科学研究》1997年第1期。
周锡山:《论汤显祖的文学理论及其文气说》,《华东理工大学学报》(文科版)1997年第1期。

祁海文:《试论明清时期古代文论“养气”说的理论发展》,《松辽学刊》(社会科学版)1997年第2期。
萧兵:《道家哲学的原子论:兼论〈老子〉的气、精、信》,《淮阴师范学院学报》(哲学社会科学版)1997年第2期。
耿彦君:《冯友兰与朱熹“理在气先”说之比较》,《锦州师范学院学报》(哲学社会科学版)1997年第2期。
常大群:《〈正蒙〉和〈元气论〉——试论北宋儒道两家气论的特点》,《烟台大学学报》(哲学社会科学版)1997年第3期。
李存山:《关于〈内业〉等四篇精气思想的几个问题》,《管子学刊》1997年第3期。
方立天:《中国佛教的气本原说和道体说》,《宗教学研究》1997年第4期。
陈德礼:《气论与中国美学的生命精神》,《北京大学学报》(哲学社会科学版)1997年第6期。
陈碧娥:《简论陆游“养气说”》,《文史杂志》1997年第6期。
王巍:《三曹以气为本的哲学思想》,《清华大学学报》(哲学社会科学版)1997年第6期。
邱运华:《营建一种自然的审美心境——试论刘勰〈文心雕龙·养气〉篇旨及其“气论”的美学史地位》,《广东社会科学》1997年第6期。
朱晓海:《清理“齐气”说》,《台大中文学报》1997年第9期。
陈立骧:《“孟子”“养气知言”章析论》,《鹅湖学志》1997年第10期。
谢建英:《“文气说”与“天人合一”》,《西南民族学院学报》(哲学社会科学版)1998年S1期。
李存山:《如何探讨气论哲学的“一般性质”》,《孔子研究》1998年第1期。
史成志:《二程“理”、“气”思想辨析》,《德州学院学报》1998年第1期。
王忠良、祁海文:《浅谈中国古代文论的“气”论思想》,《延边大学学报》(社会科学版)1998年第1期。
徐松源:《孟子“浩然之气”再识》,《云南师范大学学报》(教育科学版)1998年第1期。
乐爱国:《〈管子·内业〉精气说的再探讨》,《管子学刊》1998年第2期。
何沛雄:《从句式论孟子的“文气”》,《社会科学战线》1998年第2期。
李存山:《“新气学”辨正:与张立文先生商榷》,《学术月刊》1998年第2期。
丁原植:《精气说与精神、精诚两观念的起源》,《安徽大学学报》1998年第3期。
李炳海:《先秦阴阳五行学说与风的文艺学内涵》,《社会科学战线》1998年第3期。
谢明阳:《庄子气论的思想体系》,《鹅湖学志》1998年第3期。
邹志远:《李奎报对中国诗歌创作中的“文气”审美批评》,《东疆学刊》1998年第4期。
王连瀛:《从丹道学的角度揭示〈管子〉的气论思想》,《管子学刊》1998年第4期。
祁海文:《谈古代文论的作家之“气”》,《辽宁大学学报》1998年第5期。
新元:《退溪的“理帅气卒”观念》,《学术月刊》1998年第7期。
李宗强:《孟子“养气说”初探》,《理论导刊》1998年第7期。
黄伟伦:《论孟子“养气”与“存心”的工夫观》,《孔孟月刊》1998年第11期。

夏健文:《张载变化气质说之探讨》,《光武学报》1998年第23期。
王俊彦:《王船山气学思想述要》,第三届《传统文化与现代社会学术研讨会论文集》,1998年。
周飞、唐爱华:《养气者说》,社会科学文献出版社1998年版。
刘青泉:《"道气"自然哲学思想的辨证发展的现代意义》,《自然辩证法研究》1998年第10期。
杨挺:《钟嵘〈诗品〉中的"才、学、气、文"及其它》,《西南民族学院学报》(哲学社会科学版)1999年S1期。
龙建春:《曾国藩文气鉴赏论——曾国藩文气论探讨之一》,《娄底师专学报》1999年第1期。
李存山:《再谈〈内业〉篇的精气与形体:答乐爱国同志的〈再探讨〉》,《管子研究》1999年第1期。
陈坚:《〈论语〉中的"气"》,《孔子研究》1999年第1期。
袁本良:《〈马氏文通〉的辞气论》,《古汉语研究》1999年第2期。
张义宾:《孟子"浩然之气"新解》,《山东大学学报》(哲学社会科学版)1999年第2期。
徐振辉:《刘熙载论书"气"笺释》,《镇江市高等专科学校学报》1999年第2期。
胡遂:《论苏词主气》,《文学评论》1999年第6期。
翁以伦:《文以气为主:略谈孟子的文气观》,《国文天地》1999年第12期。
陈鼓应:《"管子"四篇的心学和气论》,《台湾大学哲学论评》1999年第22期。
陈明恩:《原始生命的理性化:试论孟子对于气的理解》,《鹅湖学志》1999年第23期。
杨泽波:《"知言养气章"难点辨疑》,《中国文化月刊》1999年第234期。
王俊彦:《王廷相的元气无息论》,收入李德超编《章太炎与近代中国学术研讨会论文集》,台北里仁书局1999年版。
陈晓青、李凌:《文气与文意——"文以气为主"与"文以意为主"的比较研究》,《胜利油田党校学报》2000年第1期。
刘荣贤:《"庄子·外杂篇"中"气"与"阴阳"观念之发展》,《暨大学报》2000年第1期。
罗思美:《王夫之论诗"以意为主"说》,《枣庄师专学报》2000年第1期。
许岩:《"气"之溯源及美学概念流变》,《延边大学学报》(社会科学版)2000年第2期。
汪启平:《由"气"观古代文论之现代转换》,《池州师专学报》2000年第2期。
曾锦坤:《气化与轮:庄子的心身观》,《台湾编译馆馆刊》2000年第2期。
张锡坤:《"气韵"范畴考辨》,《中国社会科学》2000年第2期。
程小平:《重释〈文心雕龙·养气〉之"气"——兼析魏晋六朝文学艺术中的"气"》,《北京青年政治学院学报》2000年第3期。
汤勤福:《太虚非气:张载"太虚"与"气"之关系新说》,《南开大学学报》(哲学社会科学版)2000年第3期。
刘毅青:《文气说艺术鉴赏论》,《惠州大学学报》(社会科学版)2000年第3期。
丁四新:《略论郭店楚简〈五行〉思想》,《孔子研究》2000年第3期。
刘大钧:《"卦气"溯源》,《中国社会科学》2000年第5期。

曾振宇:《王充气论的思想史意义》,《文史哲》2000年第5期。
吴肇嘉:《从工夫论角度看“老子”的“气”》,《“中央”大学中国文学研究所论文集刊》2000年第6期。
郭明志:《孟庄论气发微》,《北方论丛》2000年第6期。
丁为祥:《明代气学析辨:兼论张载与气学的关系》,《中国文化月刊》2000年第245期。
丁为祥:《虚气相即——张载哲学体系及其定位》,人民出版社2000年版。
彭世文、章启辉:《论严复“气”范畴及其近代意义》,《湖南大学学报》(社会科学版)2001年S2期。
杨泽波:《孟子气论难点辨疑》,《中国哲学史》2001年第1期。
徐菡:《曹丕“文气说”的几点生发》,《信阳师范学院学报》(哲学社会科学版)2001年第1期。
刘信芳:《简帛〈五行〉述略》,《江汉考古》2001年第1期。
杨儒宾:《变化气质、养气与观圣贤气象》,《汉学研究》2001年第1期。
周兰:《〈典论·论文〉与“文气”说》,《乐山师范学院学报》2001年第1期。
耿波:《阴阳气论哲学中的潜在结构与“和”》,《泰安师专学报》2001年第1期。
张奇伟:《孟子“浩然之气”辨正》,《中国哲学史》2001年第2期。
肖晓明:《论殷璠“气”说》,《赤峰教育学院学报》2001年第2期。
梁涛:《荀子对思孟“五行”说的批判》,《中国文化研究》2001年第2期。
余开亮、蔡永海:《古代气论的三种形态及其美学意蕴》,《北华大学学报》(社会科学版)2001年第3期。
刘云德:《“气”的诗学阐释——中国诗学研究的视角转换及思考》,《承德民族师专学报》2001年第8期。
张方:《说“养气”》,《甘肃教育学院学报》2001年第4期。
陈婉:《文气的源流演变》,《浙江师范大学学报》2001年第4期。
蔡振雄:《试论“文气”说的内涵及理论演变——兼论其对唐宋诗风的影响》,《韩山师范学院学报》2001年第4期。
李存山:《庄子思想中的道、一、气:比照郭店楚简〈老子〉和〈太一生水〉》,《中国哲学史》2001年第4期。
蔡璧名:《庄子“乘天地之正而御六气之辩”新诠(上)》,《大陆杂志》2001年第4期。
蔡璧名:《庄子“乘天地之正而御六气之辩”新诠(下)》,《大陆杂志》2001年第5期。
林继中:《文气说解读》,《文艺理论研究》2001年第5期。
余新华:《论孟子以心证性的修养方法——兼解“养浩然之气”》,《东北师范大学学报》(哲学社会科学版)2001年第5期。
庞朴:《“天参”试解》,《文史哲》2001年第6期。
曾祖荫:《“文以气为主”向“文以意为主”的转化——兼论中国古代艺术范畴及其体系的本性》,《华中师范大学学报》(人文社会科学版)2001年第6期。

许海意、杨存昌:《论古典文论中的“养气”观》,《求索》2001年第6期。
黄俊杰:《山田方谷对孟子养气说的解释》,《“中央”大学人文学报》2001年第24期。
涂光社:《原创在气》,百花洲文艺出版社2001年版。
周建伟:《“气”:感应之枢》,硕士学位论文,辽宁师范大学,2001年。
刘灿群、周静:《关于“文气说”研究的几个问题》,《邵阳学院学报》2002年S2期。
林国标、张多来、许伟平:《从道、气、性三范畴看王夫之对理学的改造》,《船山学刊》2002年第1期。
王辉、时尔:《古代文论“养气”说之流变》,《山东师范大学学报》(人文社会科学版)2002年第2期。
王卫东:《气与乐——音乐的文化学研究之四》,《民族艺术研究》2002年第2期。
曹华、祝红、杨新:《“气”与中国传统》,《安阳师范学院学报》2002年第3期。
王念东:《气韵与文气辨》,《安徽师范大学学报》(人文社会科学版)2002年第3期。
袁忠群:《论曹丕文“气”的基本内涵》,《暨南学报》(哲学社会科学版)2002年第3期。
黄应全:《无为与“养气”——〈文心雕龙〉“养气”说与魏晋玄学》,《首都师范大学学报》2002年第3期。
宋光宇:《从考古与文献探讨“气”的概念形成与发展过程》,《佛光人文社会学刊》2002年第3期。
卿臻、梅良勇:《气论——世界物质统一性的中国式说明》,《广西社会科学》2002年第3期。
易然:《刘大櫆散文创作中的“神”“气”论》,《社会科学研究》2002年第4期。
盖光:《孟子“浩然之气”的生命智慧和美学向度》,《管子学刊》2002年第4期。
吴建民:《古代文论中的三种“文气”观》,《齐齐哈尔大学学报》(哲学社会科学版)2002年第4期。
袁济喜:《论中国古代文论中的天赋论》,《宝鸡文理学院学报》(社会科学版),2002年第4期。
陈雅飞:《中国古代书画领域中“气”论的逻辑推进》,《艺术百家》2002年第4期。
曾振宇:《“气”作为哲学概念如何可能》,《中国文化研究》2002年第4期。
刘灿群、周静:《关于“文气说”研究的几个问题》,《邵阳学院学报》2002年S2期。
李朝龙:《钟嵘“气之动物”之“气”释》,《黔南民族师范学院学报》2002年第5期。
马建荣:《“文气”论的生命意识探询》,《楚雄师范学院学报》2002年第5期。
朱荣智:《孟子论养气》,《孔孟月刊》2002年第5期。
张石川:《曹丕“文气”说考辨》,《福建论坛》(人文社会科学版)2002年第6期。
王俊彦:《吕缉熙“气生于气”之思想》,《中国文化大学中文学报》2002年第7期。
黄俊杰:《中国思想史中“身体观”研究的新视野》,《中国文哲研究集刊》2002年第20期。
林安梧:《中日儒学与现代化的哲学省察:“情实理性、气的感通”与“仪式理性、神道仪轨”——由李泽厚“中日文化心理比较试说略稿”一文引发的检讨》,《国文学报》2002年第31期。

第环宁:《气势论》，民族出版社2002年版。
杨德:《“文气”论与中国士人的言说方式》，硕士学位论文，暨南大学，2002年。
刘国贞:《论“文气”说与作家人格的涵养》，硕士学位论文，山东师范大学，2002年。
孙宁:《“文气”的生命内涵与美学意蕴》，硕士学位论文，西北大学，2002年。
覃晋:《刘勰〈文心雕龙〉之“气论”及其当代价值》,《广西民族学院学报》(哲学社会科学版)，2003年S1期。
张雪敏:《〈乐记〉之“气”论》,《天中学刊》2003年第1期。
彭文忠:《古代文学中的“气”论》,《船山学刊》2003年第1期。
王玫:《论曹丕的“文气论”及其影响》,《太原教育学院学报》2003年第1期。
王卫东:《气：中国古典美学的基石》,《云南艺术学院学报》2003年第1期。
赵倩:《试析“气”的词义及其哲学内涵和文化延伸》,《四川师范学院学报》(哲学社会科学版)2003年第2期。
李夫泽:《作家主体精神的自觉与发扬——论曹丕的“文气说”》,《西南民族学院学报》(哲学社会科学版)2003年第2期。
黄宗广:《“气”在中国古典文论中的意义与价值》,《河南师范大学学报》(哲学社会科学版)2003年第2期。
张坤晓:《“文气”说的渊源及其艺术价值》,《西安电子科技大学学报》(社会科学版)2003年第2期。
张光成:《孟子“浩然之气”说再考论》,《河北师范大学学报》(哲学社会科学版)2003年第2期。
彭岁枫:《“不得于言，勿求于心；不得于心，勿求于气”新解》,《中国文化研究》2003年第2期。
朱良志:《论理学对中国“画气”说的影响》,《孔子研究》2003年第2期。
张利群:《论刘勰“养气”说的“自然之道”本质和特征》,《广西教育学院学报》2003年第2期。
李景林:《通以显体——从老庄道论看中国古代哲学的本体学说》,《孔子研究》2003年第3期。
张毅:《尚“气”、明“志”和凝于“神”——论韩、柳“古文”理论的实践品格》,《南开大学学报》2003年第3期。
萧洪恩:《“元气”演化史观——〈易纬〉的自然史观研究》,《周易研究》2003年第4期。
王晓毅:《“天地”“阴阳”易位与汉代气化宇宙论的发展》,《孔子研究》2003年第4期。
余治平:《以阴阳释性情——董仲舒对儒学性情形而上学的独特建构》,《上海交通大学学报》哲学社会科学版2003年第4期。
丁为祥:《理气、心性与儒佛之辨：罗钦顺思想特质试析》,《哲学与文化》2003年第4期。
陈来:《王船山的气善论与宋明儒学气论的完成——以“读孟子说”为中心》,《中国社会科学》2003年第5期。
吴静:《论二程的理与气》,《内江师范学院学报》2003年第5期。

史少博:《〈周易正易〉:“无本论”向“气本论”转化的桥梁》,《周易研究》2003年第5期。
金演宰:《略论方以智的太极观——从“一两之辨”看方以智“一在二中”、“舍二则无一”的思维方式》,《云南大学学报》(社会科学版)2003年第5期。
肖元初、钟新果:《作家论是王充文学批评思想核心——从元气论到才性论》,《河西学院学报》2003年第6期。
周洪:《阴阳、天一地二及道的原始意义》,《江西社会科学》2003年第8期。
李申:《中国哲学的气论与儒教》,《哲学研究》2003年第8期。
汪治平:《孟子“养气”说背景考》,《中国文化大学中文学报》2003年第8期。
曾锦坤:《庄子的养生思想》,《中国学术年刊》2003年第24期。
郑倩琳:《宗密难儒道元气论探析:以〈原人论〉为讨论中心》,《中国学术年刊》2003年第24期。
林文琪:《杜夫海纳的审美知觉现象学与〈庄子〉“听之以气”的比较研究》,《华冈文科学报》2003年第26期。
林盈盈:《吴廷翰“气即道、道即气”思想之研究》,硕士学位论文,中国文化大学中国文学研究所,2003年。
林轩钰:《由孟子“心性论”论析〈知言养气〉章》,硕士学位论文,中正大学中国文学研究所,2003年。
陈春福:《戴震〈孟子字义疏证〉“气化流行”思想研究》,硕士学位论文,中国文化大学中国文学研究所,2003年。
李玫芳:《〈管子〉形上思想探究:以“道”“气”“心”为主轴的构建》,博士学位论文,辅仁大学哲学研究所,2003年。
郭令原:《先秦时代几个重要文论范畴的研究》,博士学位论文,西北师范大学,2003年。
刘晓莉:《建安文学“气”的形成要素及“力”的构成》,《咸阳师范学院学报》2004年第1期。
陆道夫:《作为一种生命力的“气”——浅谈〈文心雕龙〉“气”之范畴的文本意义》,《广东外语外贸大学学报》2004年第2期。
晁福林:《孟子“浩然之气”说探论》,《文史哲》2004年第2期。
李禹阶、吴静:《二程缘气以论性思想探析》,《中华文化论坛》2004年第2期。
王庆卫:《“气韵”与中国古典美学的诗性思维》,《烟台大学学报》(哲学社会科学版),2004年第2期。
黄柏青、朱登武:《庄子的气论及其哲学、美学意义》,《湖南工程学院学报》(社会科学版)2004年第2期。
杨旭玮:《承孟扬庄铸雄奇——浅论韩愈散文与孟、庄的渊源》,《华中师范大学研究生学报》2004年第2期。
赖锡三:《“庄子”精、气、神的功夫和境界:身体的精神化与形上化之实现》,《汉学研究》2004年第2期。

赵载光:《"性""气"合一与湖湘派儒学：宋明儒学论"性"的分派》,《船山学刊》2004年第2期。
黄柏青:《庄子的气论及其哲学意义》,《中国地质大学学报》(社会科学版)2004年第2期。
滕海滨、黄熹:《"气"与船山心性论》,《船山学刊》2004年第3期。
陈理宣:《"气本体"理论视野下的中国古代美学理论体系》,《内江师范学院学报》2004年第3期。
范少琳:《韩愈"气"说和他散文的气势美》,《红河学院学报》2004年第5期。
高正伟:《孟子浩然之气的生成及对〈孟子〉气势的影响》,《重庆三峡学院学报》2004年第5期。
第环宁:《"气"文化与中国古典文艺美学》,《西北民族大学学报》(哲学社会科学版)2004年第6期。
王剑:《"文气"说综论》,《周口师范学院学报》2004年第6期。
曾振宇:《论"气"》,《哲学研究》2004年第7期。
王俊彦:《王廷相的"性者、气之生理"论》,《中国文化大学中文学报》2004年第9期。
唐文彰:《元气论刍议》,《江汉论坛》2004年第12期。
乐爱国:《孟子论"气"与儒家养生学》,《锦州医学院学报》(社会科学版)2005年第1期。
郭锋:《〈孟子〉"不动心"章发微》,《南京师范大学文学院学报》2005年第1期。
李山、唐巧美:《"往圣"的一段"绝学"——论孟子"浩然之气"的宗教属性》,《中国文化研究》2005年第2期。
郭杰:《仁政·性善·浩然之气——孟子精神世界的再认识》,《深圳大学学报》(人文社会科学版)2005年第3期。
路庆平:《以声求"气"——古诗文朗诵与"文气"解构》,《佳木斯大学社会科学学报》2005年第3期。
许家竹:《气化流行生生不息——重建中国的气论美学》,《山东师范大学学报》(人文社会科学版)2005年第3期。
赵栋栋:《桐城派的"因声求气"》,《太原师范学院学报》(社会科学版)2005年第3期。
李晓娥:《浅论气概念对中国传统思维方式的影响》,《理论导刊》2005年第3期。
赵晓岚:《从"气盛言宜"到"以气使词"——从"养气"说论辛弃疾对韩愈的文学认同》,《文艺研究》2005年第4期。
田智祥:《"文气"涵义试解》,《枣庄学院学报》2005年第4期。
潘殊闲、谭钟琪:《论"气"在中国诗学中的流变》,《西南民族大学学报》(人文社科版)2005年第5期。
谢丹萍、吴建民:《孟子、曹丕、刘勰的"文气"观比较》,《南阳师范学院学报》(社会科学版)2005年第5期。
许家竹:《"文气"论视野中的作家生命形态》,《山西师范大学学报》2005年第5期。
张恩普:《孟子文学批评思想探讨》,《东北师范大学学报》2005年第5期。

毛宣国:《从“气”范畴看中国古代文论观念特色》,《湛江师范学院学报》2005年第5期。
王世朝:《文气说源流考》,《青海师范大学学报》(哲学社会科学版)2005年第5期。
程美华:《略论骈文之“气”——从“六朝”到“初唐四杰”》,《安徽大学学报》2005年第6期。
曾振宇:《中国古典气论对朝鲜徐敬德之影响》,《史学月刊》2005年第12期。
张艳艳:《先秦儒道身体观及其美学意义》,博士学位论文,复旦大学,2005年。
左东岭:《元明之际的“气”论与方孝孺的文学思想》,《文艺研究》2006年第1期。
潘殊闲:《〈文心雕龙〉的“气”论及其在文论史上的影响和意义》,《湘南学院学报》2006年第1期。
周潇:《“齐风”与“齐气”——万历朝山东诗坛》,《管子学刊》2006年第1期。
王才敬:《中国古代文气论源流初探》,《内江师范学院学报》2006年第1期。
张义宾:《中国古代气论文艺观研究中的问题及对策》,《文史哲》2006年第1期。
杨挺:《从“文以气为主”到“气以诚为主”——略论宋代气质观念与诗学》,《郑州大学学报》(哲学社会科学版)2006年第1期。
彭国亮:《从〈典论·论文〉看文气之天赋观》,《沙洋师范高等专科学校学报》2006年第1期。
何云波:《围棋之“气”与中国传统文论、艺论中的“气”比较》,《中国文学研究》2006年第2期。
王允亮:《从“齐气”看汉魏文风的转变》,《兰州学刊》2006年第2期。
胡元德:《古代文气论的现代转换》,《齐鲁学刊》2006年第2期。
管仁福:《韩愈文“气”多维论衡》,《学海》2006年第2期。
马芹芬:《曹丕“文气论”在后世的发展》,《浙江社会科学》2006年第2期。
刘溶:《评历代文论家关于“文”“气”的论述》,《信阳师范学院学报》(哲学社会科学版)2006年第3期。
蒋国保:《张岱年先生“新气学”散论》,《湖南大学学报》(社会科学版)2006年第3期。
刘克:《汉画像石艺术的阴阳本原与古典生态存在论审美观》,《西北师范大学学报》(社会科学版)2006年第3期。
胡建升:《诚斋文气说的审美意蕴》,《北京师范大学学报》(社会科学版)2006年第4期。
饶龙隼:《两汉气感取象论》,《文学评论》2006年第4期。
岳友熙:《“气”:一种古老的刚美意蕴》,《管子学刊》2006年第4期。
李士金:《朱熹文气论的意蕴探析》,《郑州航空工业管理学院学报》(社会科学版)2006年第5期。
刘长林:《阴阳的认识论意义》,《中国社会科学院研究生院学报》2006年第5期。
黄俊杰:《21世纪孟子学研究的新展望》,《文史哲》2006年第5期。
苏宁:《康有为“元气”论的美学内涵》,《天府新论》2006年第6期。
韩国良:《名理学与文气说——对曹丕文学思想的再认识》,《忻州师范学院学报》2006年第6期。

黄政:《论“文气”之偏向》,《理论界》2006年第10期。
马延军:《韩愈的“文气”与刘勰的“情采”》,《科技信息》2006年第12期。
郭晓东:《论程伊川“性即理”的基本内涵及其工夫论指向》,《云南大学学报》(社会科学版)2007年第1期。
吴建民:《古代“文气”论及其当代意义》,《河池学院学报》2007年第1期。
张敏杰:《黄宗羲诗学中“元气”的现实语境和理论内涵》,《河南理工大学学报》(社会科学版)2007年第1期。
罗宏梅:《曹丕“文气说”及“清浊”之辨》,《贵州文史丛刊》2007年第2期。
李仁群:《仁人之心与丈夫之气——孟子对士大夫阶层人生抉择的思考》,《安徽大学学报》2007年第2期。
李文峰:《气的观念:中国式的审美观照》,《内江师范学院学报》2007年第3期。
丁为祥:《气学——明清学术转换的真正开启者》,《孔子研究》2007年第3期。
陈来:《帛书〈五行〉篇说部思想研究——兼论帛书〈五行〉篇与孟子的思想》,《中华文史论丛》2007年第3期。
李炳海:《先秦两汉散文的声气事象》,《烟台大学学报》(哲学社会科学版)2007年第3期。
丁四新:《论早期先秦儒学的养气说与养性说》,《陕西师范大学学报》2007年第4期。
吴振华:《试论韩愈的文学观念》,《文艺理论研究》2007年第4期。
杨雄、王光红:《吕坤元气论探赜》,《商丘师范学院学报》2007年第4期。
季丽莉:《从“气”语义场探析汉字研究生态观》,《山东理工大学学报》(社会科学版)2007年第4期。
寸悟:《“气”之审美视域——中国古典美学范畴研究》,《宝鸡文理学院学报》(社会科学版)2007年第4期。
李景林:《“浩然之气”的创生性与先天性——从冯友兰先生〈孟子浩然之气章解〉谈起》,《社会科学战线》2007年第5期。
赵载光:《宋明儒学的“诚学”一系——“诚学”、“性学”与“气学”》,《湘潭大学学报》(哲学社会科学版)2007年第5期。
彭闹:《论韩愈散文之文气》,《理论观察》2007年第5期。
张凤梅、聂艳华:《曹丕“文气说”阐微——兼论对文人创作的影响》,《内蒙古电大学刊》2007年第5期。
苏安国:《先秦五行思想考述》,《山西师范大学学报》(社会科学版)2007年第6期。
聂飞:《对朱子性、气关系的讨论》,《宜宾学院学报》2007年第7期。
何利华:《石介“气”思想之浅论》,《安徽文学》(下半月)2007年第10期。
储小英:《从“气”到“文气”的演变》,硕士学位论文,首都师范大学,2007年。
刘涛:《庄子心学研究》,硕士学位论文,安徽大学,2007年。
温志拔:《东汉文章的文统与文气论略》,《福建师大福清分校学报》2008年第1期。

卢万平:《〈文心雕龙〉文气说初探》,《成都大学学报》(社会科学版)2008年第1期。
赵树功:《论“才为盟主”、“以气为主”的整合与文学自觉的标准》,《文艺理论研究》2008年第1期。
牛伟:《曹丕的“气学”思想研究》,《社科纵横》(新理论版)2008年第2期。
杨学民:《古代文气论的现代性转换——汪曾祺小说理论散论》,《南京晓庄学院学报》2008年第2期。
张永奇:《王夫之天道观中的五行思想》,《船山学刊》2008年第3期。
胡建次:《中国古代散文理论批评中的“养气”论》,《南都学坛》2008年第3期。
胡建次:《“气”范畴在唐代文论中的展开》,《佛山科学技术学院学报》(社会科学版)2008年第3期。
陈移瑜:《浅析孟子“文气”的艺术境界》,《中国校外教育》(理论)2008年第3期。
周甲辰:《论“知言养气”说的理论内涵及其文本接受思想》,《云南民族大学学报》(哲学社会科学版)2008年第3期。
骆晓倩、杨理论:《陆游养气说的诗学阐释》,《西南大学学报》(社会科学版)2008年第3期。
贺卫国:《“怯气”和“惬气”》,《晋中学院学报》2008年第4期。
田智忠、胡东东:《“即气论仁”——朱子仁学思想的精神特质》,《河北大学学报》(哲学社会科学版)2008年第4期。
刘建如、段红智:《“气”在阳明心学中的地位》,《安庆师范学院学报》(社会科学版)2008年第4期。
孔德明:《再释刘勰〈文心雕龙·体性〉中的“公干气褊”》,《长江师范学院学报》2008年第4期。
徐杰:《刘大櫆“神气”内涵研究述论》,《湖南第一师范学院学报》2008年第4期。
胡欣育:《许浑诗歌“气”的艺术表现》,《理论月刊》2008年第5期。
王菲:《〈庄子〉“道”“气”关系新探》,《潍坊学院学报》2008年第5期。
蔡方鹿:《张载与明代气学》,《陕西师范大学学报》(哲学社会科学版)2008年第5期。
周元侠:《张载的虚气观刍议》,《甘肃理论学刊》2008年第6期。
韩飞雪、夏媛:《罗钦顺的气学心性论》,《新课程研究》(职业教育)2008年第6期。
王治功:《释“易”及阴阳》,《汕头大学学报》(人文社会科学版)2008年第6期。
陈力祥:《王船山礼之形上属性辨正——以礼即理之礼与礼即气之礼之辨为视角》,《中南大学学报》(社会科学版)2008年第6期。
李生信:《〈庄子〉中的“气”及“气化词”的文化本源》,《宁夏社会科学》2008年第6期。
邱美琼、胡建次:《清代散文理论批评中的文气论》,《前沿》2008年第9期。
翟文铖:《论汪曾祺的“文气论”》,《文艺争鸣》2008年第9期。
于巍:《曹丕“文气说”的美学意义》,《大众文艺》(理论)2008年第10期。
唐德胜:《文气例说》,《写作》2008年第13期。

冯宇:《三曹文气成因探究》，硕士学位论文，陕西师范大学，2008年。
谭曜岐:《〈庄子〉养生思想及其对文学的影响》，硕士学位论文，陕西师范大学，2008年。
丁为祥:《践形与践行——宋明理学中两种不同的工夫系统》,《中国哲学史》2009年第1期。
王翠英、刘丽:《“浩然之气”与“大丈夫”之德——孟子“勇”思想探析》,《燕山大学学报》（哲学社会科学版）2009年第1期。
金银润:《对孟子“浩然之气”的一种解读》,《船山学刊》2009年第2期。
胡建次:《清代诗学理论批评视野中的诗气论》,《北方论丛》2009年第2期。
邓辉:《王船山元气论阐微》,《湘潭大学学报》（哲学社会科学版）2009年第2期。
孔艳丽:《试论〈文心雕龙〉中“气”与“风骨”的相关性》,《安徽文学》（下半月）2009年第2期。
赵雅妮:《刘勰“养气说”生成论透析》,《邢台学院学报》2009年第2期。
王立:《“神”“气”辨——〈文心雕龙〉之〈神思〉〈养气〉管窥》,《北京科技大学学报》（社会科学版）2009年第3期。
常森:《简帛〈五行〉篇与孟子之学》,《中国典籍与文化》2009年第3期。
夏静:《文气研究的反思与展望》,《文艺理论研究》2009年第4期。
孔楠:《从曹丕曹植的诗歌论“文气说”》,《今日南国》（理论创新版）2009年第4期。
许家星:《俯仰无愧怍——论朱子“浩然之气”章解的诠释意义》,《中国哲学史》2009年第4期。
黄娟:《汉魏元气论的流变》,《重庆科技学院学报》（社会科学版）2009年第4期。
杨慧鹏:《论魏晋时期曹丕“文以气为主”的美学思想》,《科教文汇》（下旬刊）2009年第5期。
吕会玲:《赵翼“气”深层意义初探——兼与袁枚比较》,《沧桑》2009年第6期。
袁济喜:《〈孟子〉中的思想对话和文学批评》,《中国人民大学学报》2009年第6期。
徐杰:《方苞的“义法”说对刘大櫆“神气”说的影响》,《绵阳师范学院学报》2009年第6期。
魏崇武:《“外游”与“内游”——宋元时期“文气”说略论》,《社会科学研究》2009年第6期。
朱晓红、许宁:《张岱年“新气学”思想述要》,《安徽大学学报》（哲学社会科学版）2009年第6期。
弓亚斌:《“知言养气”与古代文论中的创作批评思想》,《山西高等学校社会科学学报》2009年第6期。
郭玮:《“文气说”之继承与发展》,《今日南国》（理论创新版）2009年第7期。
冯超:《简述“气”在曹丕诗歌中的体现》,《安徽文学》（下半月）2009年第8期。
孔祥卫:《德·气·禅——关于诗歌创作的几点思考》,《网络财富》2009年第19期。
马振国:《文气论的主体特征及美学价值研究》，硕士学位论文，曲阜师范大学，2009年。
张霞:《方孝孺尚气文学思想研究》，硕士学位论文，首都师范大学，2009年。
黄意明:《“情气为性”与“郭店儒家简”之情感论》,《中州学刊》2010年第1期。
王向远:《气之清浊各有体——中日古代语言文学与文论中“气”概念的关联与差异》,《东疆学刊》2010年第1期。

连劭名:《银雀山汉简〈定心固气〉与孟子思想》,《华夏考古》2010年第1期。
张鹏飞:《曹丕〈典论·论文〉中"文气说"的审美体征》,《商洛学院学报》2010年第1期。
米文科:《王船山对张载"太虚即气"的诠释及其意义》,《船山学刊》2010年第2期。
冯杰:《试比较孟子的"养气"说和韩愈的"气盛言宜"说》,《沈阳大学学报》2010年第2期。
余映、田华:《孟子、曹丕的"文气"观比较》,《北方文学》(下半月)2010年第2期。
陈祥波:《文气说浅析》,《铜仁学院学报》2010年第2期。
吕伟:《浅谈牟宗三关于"气"的思想》,《东方论坛》2010年第2期。
吴华峰、周燕玲:《以"气"为词——辛弃疾"以文为词"的理论内涵》,《西南交通大学学报》(社会科学版)2010年第3期。
曾振宇:《从张载到王廷相:中国古代气学的超越与回复》,《齐鲁学刊》2010年第3期。
苟东锋:《〈五行〉体现的三个问题意识》,《燕山大学学报》(哲学社会科学版)2010年第3期。
蒋金华:《"气"作为审美范畴的形成——兼论曹丕"文气"说》,《大众文艺》2010年第5期。
侯文宜:《文气说辨——从郭绍虞文气的辨析的局限说起》,《文学评论》2010年第5期。
夏静:《对待立义与中国文论话语形态的建构》,《文学评论》2010年第6期。
侯文宜:《从批评话语到理论研究:20世纪文气论之变迁》,《山西大学学报》(哲学社会科学版)2010年第6期。
徐娥:《韩愈散文的文气及其表现》,《文学教育(上)》2010年第10期。
欧阳友权:《史识与文气——读冯伟林文化散文〈书生报国〉》,《文艺争鸣》2010年第11期。
董就雄:《屈大均"以理主气"说析论》,2010年香港中文大学中国语言及文学系主办"诠释、比较与建构:中国古代文学理论国际学术研讨会"论文。
任晓娟:《论传统"文气"论的文章学意义》,硕士学位论文,西北师范大学,2010年。
王彩梅:《苏辙文艺思想研究》,博士学位论文,河北大学,2010年。
张松辉:《庄子是道、气和合生物的二元论者》,《湖湘论坛》2011年第1期。
唐纪宇:《论〈程氏易传〉中"才"之观念——程颐对易学中阴阳观念的创新》,《周易研究》2011年第1期。
王燕:《刘桢诗歌"逸气"研究》,《文学教育(中)》2011年第1期。
王治理:《〈论衡〉对〈文心雕龙〉的影响》,《厦门大学学报》(哲学社会科学版)2011年第1期。
阿里木·托和提:《伊斯兰学者刘智的"元气"与日本儒者伊藤仁斋的"一元气"思想——朱子学"理"、"气"学说的批判与重构》,《回族研究》2011年第1期。
胡建次:《清代桐城派文论中的文气论》,《佛山科学技术学院学报》(社会科学版)2011年第1期。
李华:《由哲学观念到文学内涵的衍化——论明清诗话对孟子"养气说"的接受》,《兵团教育学院学报》2011年第1期。
王燕:《刘桢诗歌"逸气"研究》,《文学教育(中)》2011年第1期。
顾炯:《荀子气论思想浅析》,《理论界》2011年第2期。

胡金旺:《王安石的元气说》,《宜宾学院学报》2011年第2期。
米文科:《论王船山易学中的道与阴阳之关系》,《船山学刊》2011年第2期。
顾炯:《荀子的气论思想及其逻辑展开》,《船山学刊》2011年第2期。
洪卫中:《汉魏晋南北朝“望气”浅论》,《甘肃社会科学》2011年第2期。
李健:《曹丕“文气”说的理论价值》,《古典文学知识》2011年第2期。
王智汪:《从血气心智到内心和谐:论戴震的人性论》,《北方论丛》2011年第2期。
吴静:《北宋理学家“气以载性”思想研究》,《河北学刊》2011年第3期。
谭洁:《论孟子的“浩然之气”》,《甘肃教育学院学报》(社会科学版)2001年第3期。
董宇、付延权:《论“文气”说与现代写作主体之关系》,《时代文学》2011年第3期。
逯铭昕:《叶梦得的“气格”论及其意义》,《中国文化研究》2011年第3期。
苟东锋:《简、帛〈五行〉研究述要》,《中国石油大学学报》(社会科学版)2011年第3期。
毛德胜:《论苏洵古文的奇气》,《求索》2011年第4期。
苟东锋:《郭店楚简〈五行〉释义》,《古籍整理研究学刊》2011年第4期。
徐建芳:《苏轼与〈周易〉阴阳观》,《文艺评论》2011年第4期。
刘隽一:《〈文心雕龙·养气〉篇主旨辨》,《天中学刊》2011年第4期。
胡家祥:《中国古代文气论的再体认》,《中南民族大学学报》(人文社会科学版)2011年第4期。
景献力:《试析船山文气理论之独特性——以〈古诗评选〉为中心》,《福州大学学报》(哲学社会科学版)2011年第4期。
王彩梅、冯瑞珍:《苏辙“文气”说论析》,《河北学刊》2011年第4期。
夏静:《如何说气及其蕴含的一般知识状况》,《中国社会科学院研究生院学报》2011年第5期。
杨儒宾:《两种气学两种儒学——中国古代气化身体观研究》,《中州学刊》2011年第5期。
关伟:《论传统文论中“文气”说的渊源流变及内涵》,《内江师范学院学报》2011年第5期。
王万洪:《〈文心雕龙〉的文气说考论》,《成都理工大学学报》(社会科学版)2011年第5期。
余红艳:《简论风骨与文质、文气的关系》,《青年作家》(中外文艺版)2011年第5期。
李德民、沈鸿:《从孟、告之辨看孟子的“不动心”——兼论孟子的“心”、“气”、“言”之逻辑关系》,《西北农林科技大学学报》(社会科学版)2011年第5期。
杨星映:《试论以气、象、味为核心的中国古代文论元范畴》,《西南大学学报》(社会科学版)2011年第6期。
高正伟:《帛书〈五行〉对孟子身心观的继承与发挥》,《文艺评论》2011年第6期。
陈明:《王船山对〈孟子〉“知言养气”章的诠释与其对孟子为学工夫的阐发》,《湖北师范学院学报》(哲学社会科学版)2011年第6期。
王娜:《作家神气与作品文气的关系浅论》,《科教文汇》(上旬刊)2011年第8期。
都佳佳:《试论刘桢诗中“气”的驰骋与消解》,《大众文艺》2011年第11期。

张清真:《浅析〈论文偶记〉中刘大櫆之“神气”说》,《剑南文学》2011年第11期。
邱丽梅:《“正邪二气”说与儒家气秉论》,《学理论》2011年第30期。
赵玲丽:《桐城派“文气”理论及其选评、创作研究》,硕士学位论文,山西大学,2011年。
毛德胜:《苏洵古文研究》,博士学位论文,华中师范大学,2011年。
徐桂秋:《孟子文艺思想研究》,博士学位论文,辽宁大学,2011年。
唐景珏:《〈文心雕龙〉气论探研》,《廊坊师范学院学报》(社会科学版)2012年第1期。
孙希国:《马王堆汉墓帛书〈五行〉篇“说”文与〈孟子〉的关系——兼论何为“子思唱之,孟轲和之”》,《古代文明》2012年第1期。
张杰:《谈气即是谈诗——略论中国传统文化心理中哲学本体论与文学本体论的统一》,《长江学术》2012年第2期。
彭玉平:《词学史上的“潜气内转”说》,《文学评论》2012年第2期。
李亦程、颜蓉仙:《汪曾祺的文气论》,《文学教育(上)》2012年第2期。
侯文宜:《中国文气论批评话语的价值与重构》,《晋阳学刊》2012年第2期。
霍伟:《徐复观文气观特性探析》,《文学界》(理论版)2012年第3期。
李晓春:《试论张载“太虚与气”关系的思想》,《甘肃联合大学学报》(社会科学版)2012年第3期。
周浩翔:《工夫的展开:徐复观对孟子修身观的诠释》,《船山学刊》2012年第3期。
魏义霞:《“万物之生,皆禀元气”——王充元气自然论探析》,《孝感学院学报》2012年第3期。
张立文:《吴廷翰“气为万物之祖”思想探析》,《河北学刊》2012年第3期。
王智汪:《戴震“血气心知”的教育理论》,《淮北师范大学学报》(哲学社会科学版)2012年第4期。
丁为祥:《朱子“理先气后”的发生学解读》,《唐都学刊》2012年第5期。
汪倩:《论苏轼主气》,《阜阳师范学院学报》(社会科学版)2012年第5期。
王兴国:《〈孟子“知言养气”〉章义解——兼论孟子与告子的不动心之道》,《深圳大学学报》(人文社会科学版)2012年第5期。
顾明栋:《从元气到文气:作为艺术创造总体性理论的文气论》,《艺术百家》2012年第6期。
姜日天:《丁若镛的四气本体》,《湖湘论坛》2012年第6期。
罗书华:《宋濂散文学初论》,《吉林师范大学学报》(人文社会科学版)2012年第6期。
顾明栋:《从元气到文气:作为艺术创造总体性理论的文气论》,《艺术百家》2012年第6期。
朱敏卓:《“气”之生命性特征解读》,《哈尔滨学院学报》2012年第11期。
谢建忠:《论刘桢的文气说及文学实践》,《西南农业大学学报》(社会科学版)2012年第12期。
任遂虎:《文思与修养——传统“文气论”的写作意义》,《写作》2012年第21期。
赵树功:《气与中国文学理论体系构建》,人民出版社2012年版。
霍伟:《徐复观文气观研究》,硕士学位论文,苏州大学,2012年。

后　记

“原体显用——文气话语形态研究”是国家社科基金资助的一般项目，2009年立项，2013年结项，经评审而列入“国家哲学社会科学成果文库”，经评审专家建议，命名为《文气话语形态研究》。

要建构一套有关古代知识的解释话语，除了古今思想系统的融通，中西知识工具的借鉴外，在笔者所身处的时代，多元化和创新性也是极为重要的考量方面，因此，在本书的写作中，特别注重方法论的创新和中西知识工具的融会贯通，以及如何在浩瀚文献的基础上建立起一套自圆其说的理论思辨体系。可以说，现在呈现在读者面前的，只是自己近些年来探索“中国文论早期形态研究”的一个阶段性成果，有许多问题都还在思考讨论之中，也敬请方家批评指正。

在本课题历时八年的研究过程中，得到许多学界前辈、同行的指点和支持，时常和他们探讨一些问题，使我无论在资料上，还是新的认识上，均受益匪浅。因这样的学界前辈、同行甚多，无法一一列举，在此谨表谢意！

在本书出版之际，我要特别感谢中国社会科学院党圣元先生所赠序言，感谢他为本书的写作提出了许多原创性的思路建议。同时，感谢商务印书馆丁波先生对本书评审、编辑的全力支持，感谢本书的责编金寒芽女士付出的辛勤劳动。

夏　静

2013年11月于京西寓所

图书在版编目(CIP)数据

文气话语形态研究/夏静著.—北京:商务印书馆,2014
(国家哲学社会科学成果文库)
ISBN 978-7-100-07577-0

Ⅰ.①文… Ⅱ.①夏… Ⅲ.①中国文学—古典文学—文学理论—研究 Ⅳ.①I206.2

中国版本图书馆 CIP 数据核字(2014)第 039735 号

文气话语形态研究

夏静 著

商 务 印 书 馆 出 版
(北京王府井大街36号 邮政编码 100710)
商 务 印 书 馆 发 行
北京瑞古冠中印刷厂印刷
ISBN 978-7-100-07577-0

2014 年 4 月第 1 版 开本 710×1000 1/16
2014 年 4 月北京第 1 次印刷 印张 32¾ 插页 3

定价:120.00 元